동아시아의 글쓰기 전략

동아시아의 글쓰기 전략

辛恩卿 지음

보고사

　이 책은 산문과 운문이 섞여 텍스트가 구성되는 방식에 관심을 갖고 그 다양한 양상을 검토해 온 수년간의 연구의 집적물이다. 이같은 글쓰기 방식은 현대보다는 고전 텍스트에서, 그리고 서양보다는 인도 및 동아시아의 텍스트들에서 더 두드러진 양상으로 부각된다. 이 일련의 작업은 『한국 고전시가 경계허물기』(보고사, 2010)에 실려 있는 「『三國遺事』의 삽입시가 연구」에서 싹이 텄지만, 본격적인 연구의 시작은 필자의 눈에 『춘추좌씨전』이 들어오면서부터였다. 「삼국유사」 논문을 쓰면서, 이 분야에 관심을 가진 거의 대부분의 학자들이 이같은 글쓰기 방식의 기원으로 돈황 강창텍스트를 지목하고 있는 것을 발견했고 그 당시 필자도 같은 맥락에서 「삼국유사」 논문을 작성했던 기억이 있다. 인도문학의 보편적 특징이 佛經을 통해 중국에 전해지고 이것이 講經文·變文과 같은 돈황 강창문학의 형태를 탄생시켰다고 보는 것이 중국·한국학계의 일반적 정설이었고 이 입장은 지금까지도 강력한 힘을 발휘하고 있는 것이 사실이다.

　관심을 가지다 보니 산문과 운문이 결합하여 서술이 이루어지는 패턴은 중국·한국·일본의 고전 담론 거의 모든 양식에서 눈에 띠었고 그 결합 양상도 매우 다양하다는 것을 알게 되었다. 또한 이런 양상이 인도를 비롯, 동아시아 담론에서 보편화되어 있는 것과는 달리 서양의 담론에서는 매우 드문 현상이라는 것도 감지하게 되면서 이같은 서술 패턴이 동아시아 글쓰기방식에 변별성을 부여하는 징표가 되지 않을까 하는 생각을 하게 되었다.

　산운 혼합서술로 된 동아시아의 여러 글들을 검토하던 중 『춘추좌씨전』을 접하고 이 저술이 인도 문학을 발원지로 하여 '불경― 돈황 강창텍스트'로 이어지는 산운 혼합담론 계보와는 전혀 다른 성격을 띠는 또 다른 계보의 발원지가 된다는 확신을 갖게 되면서 이 연구는 큰 전환점을 맞게 되었다. 산문과 운문 중 어느 것이 주가 되는가의 문제, 운문의 위치 문제, 산문부의 성격 등에 따라 산운 혼합서술은 매우 다양한 형태를 보이고 있어 이를 하나의 범주로 다루는 것은 무리가 있다고 판단했다. 그리하여 이 담론 형태들을 몇 개의 유형으로 분류하고 각 유형들의 中始祖들을 추적해 보는 작업을 계속하게 되면서 몇 편의 논문으로 마무리하려 했던 애초의 계획과는 달리 약 30편의 발표·미발표 논문, 1000페이지에 가까운 분량의 방만한 연구가 되어 버렸다. 그래서 산운 혼합담론의 여러 유형들 중 텍스트수가 월등하게 많아 비중이 크고 분량도 많은 서사체 시삽입형을 따로 분리하여 『서사적 글쓰기와 시가 운용』(보고사, 2015)이라는 제목으로 펴내게 되었다.

한국의 고전문학으로 학문의 길에 접어들어 30여 년이 지난 지금 비교문학이 필자의 주전공이 되어 버렸지만, '고전시가'는 항상 학문적 화두의 중심에 놓여 있었다. 『동아시아의 글쓰기 전략』에 수록되어 있는 논문들은 나라나 연구 분야에 있어 다양한 방면에 걸쳐 있지만, 그 출발점은 언제나 고전시에 대한 필자의 관심과 애정이었다는 사실만은 변함이 없다. 앞으로 남은 학문 인생에서도 이 마음은 변하지 않을 것 같다.

해묵은 숙제를 끝낸 것 같아 홀가분하기 그지없지만 한문학·중국문학·일본문학 연구자, 서사문학·구비문학 전공자, 기타 여러 분야의 연구자들에 대한 송구한 마음을 떨칠 수가 없다. 언제나 필자의 연구물을 흔쾌히 출판해 주시는 보고사 김흥국 사장님과 난삽한 원고를 깔끔하게 다듬어주신 이유나 씨께 감사드린다.

2015년 8월
온고을에서
辛恩卿

제3부 열전형과 시화형

제4부 주석형

제5부 시삽입형

순례 기행문으로서의 『往五天竺國傳』 ··· 379

紀行文의 揷入詩 研究 ··· 410

丁若鏞의 『汕行日記』 ··· 436

제6부 복합형

제1부

총론

1. 글, 글쓰기, 글쓰기 전략

동아시아 고전 텍스트의 특징 중 하나는 산문과 운문을 섞어 텍스트를 구성하는 방식 또는 문체가 두드러지게 부각된다고 하는 점이다. 본서는 이를 하나의 '글쓰기 전략'으로 규정하고 중국·한국·일본의 고전 텍스트에서 보이는 다양한 양상을 규명하는 데 관심을 둔다. 그러기 위해서는 먼저 글 및 글쓰기의 범주를 규정하는 문제가 선행되어야 한다.

말과 글은 사람이 자신을 표현할 수 있는 최선·최강의 방법이다. 특히 글은 인류 문화에 있어 최고의 산물이라 할 '문자'에 의거한 자기표현 수단이라는 점에서 인류 고도의 소통 매체가 되어 왔다. 광의의 '글'이란 문자로 쓰여진 간단한 어구에서부터 하나의 문장, 몇 개의 문장이 모여 이루어진 단락, 단락이 여러 개 모여 이루어진 장편의 글단위에 이르기까지 그 포괄 범위가 광범하다. 여기서 관심의 대상으로 삼는 것은 단락 이상의 글단위이다. '문장'이 비교적 간단한 생각을 담은 것이라면 '단락'은 복합적 사고의 표현이 가능한 단위이다.

그런데 문제가 되는 것은 동아시아의 전통적 글쓰기 체계에서는 오늘날처럼 문학·역사·철학이라는 구분이 명백하지 않고 '文'이라는 말로 모든 영역을 포괄했다는 사실이다. 이때의 '文'은 오늘날 말하는 문학(literature)의 개념이 아니며 오히려 '文章'이라는 말이 오늘날의 문학에 가장 가까운 말로 사용되었다. 따라서 현대의 기준에 의거하여 수많은 고전 담론 중 무엇을 문학으로 규정할 것인가 하는 문제는 지극히 어려운 과제가 아닐 수 없다. 그러나 운문을 포함한 글이 대상이 되는 경우 어느 정도 문제 해결의 실마리를 찾을 수 있다. 운문은 명백히 가공의 산물이고 이를 글 안에 포함시킨다고 하는 것은 글의 효과를 높이려는 글쓴이의 의도를 반영하는 것이며 바로 이처럼 글을 꾸미려고 하는 의도로부터 허구의식의 일면을 읽어낼 수 있기 때문이다. 현대의 기준으로 볼

때 운문을 포함했다고 해서 이를 곧바로 문학으로 간주할 수 있는 것은
아니지만, 적어도 문학이라는 개념이 불명확했던 고전 텍스트의 경우는
문학의 범주로 포괄할 수 있는 한 기준이 된다고 본다.

또 하나의 난제는 동아시아의 고전 텍스트들에서 흔히 발견되는 序·
跋·題詞·注·詞書 등과 같이 본문에 부속되어 있는 다양한 글요소들을
어떻게 볼 것인가 하는 문제. 이 부속성분들은 작품의 성립배경에 대한
단편적·객관적 사실의 기록에서부터 한 편의 서사텍스트나 수필로 보아
도 충분한 장편의 서술에 이르기까지 다양한 모습을 보인다. 이런 부속성
분들 중 본서에서는 단순 사실의 기록을 제외하고 글쓴이의 의견이나 느
낌 등 주관이 개입되거나 허구성·상상력이 가미된 부가성분을 텍스트의
범주 안에 포함시키고자 한다. 이 요소들은 텍스트에 그냥 붙어 있는 잉여
요소가 아니라 어떤 의도를 가지고 텍스트성의 형성에 기여한다고 보기
때문이다. 그리하여 본서에서는 이런 부속성분까지를 다 포괄하여 글쓴이
의 상상력과 주관이 가미되어 있고 허구성이 용인된 단락 이상의 글단위
를 대상으로 하고자 한다.

그 다음 고려할 문제는 글을 쓴다는 것이 과연 무엇을 의미하며 글을
쓰는 주체의 성격을 어떻게 파악할 것인가 하는 점이다. 오늘날의 글쓰기
가 작자가 독창성을 발휘하여 새로운 창작물을 생산해 내는 것을 의미한
다면, 근대 이전의 전통사회에서 글을 쓴다고 하는 행위는 지금과는 그
성격이 다른 것이었다. 동아시아의 전통적 글쓰기의 주체를 이해하는 데
있어 롤랑 바르뜨의 작가 분류는 큰 도움이 된다. 그는 서양의 경우에도
중세기 이전에는 우리가 지금 생각하는 개인으로서의 작가나 예술로서의
문학에 대한 개념이 존재하지 않았다고 전제하고 서양의 중세 이전의 작
가 개념을, 아무 것도 덧붙이지 않고 베끼기만 하는 轉寫者(scriptor), 자신
의 것이 아닌 모든 것을 덧붙일 수 있는 編纂者(compilator), 원전을 남이
이해할 수 있도록 자기 생각을 덧붙이는 註釋者(commentator), 딴 사람이

생각한 것에 기대어서 자기 자신의 생각을 감히 발표하는 著者(author) 이 넷으로 분류하였다.[1] 오늘날의 작가 개념을 기준으로 할 때 이에 가장 근접한 것은 '저자'라 할 수 있으며 이를 '제1작자'로, 나머지 셋은 '제2작자'로 구분해 볼 수 있을 것이다.

자신의 이름을 걸고 오늘날까지 작품을 남긴 사람들은 현대적 작가 개념을 적용하여 '저자'로 분류해도 무방하지만, 예를 들어 다른 사람이 쓴 글에 수필 정도에 해당하는 서문을 붙이거나 『한시외전』의 경우처럼 운문으로 된 기존의 경전 구절에 이야기의 성격을 띠는 주석을 붙여 운문의 내용을 쉽게 보충 설명하는 존재, 그리고 『동국여지승람』처럼 어떤 의도를 가지고 지리에 관한 자료들과 더불어 여러 사람이 쓴 글을 모아 이리저리 짜맞추어 모음집 성격의 책을 펴냈던 주체, 우리나라 판소리 사설을 정리하여 집대성한 申在孝와 같은 글쓰기 주체들은 과연 뭐라고 불러야 할 것인가. 이들은 글에 관련된 작업이나 출판을 하는 과정에서 어느 정도 자신의 생각과 사상, 취향 등에 따라 약간의 윤색과 변개를 가하여 조금씩 새롭게 변화를 주었을 것으로 생각한다. 오늘날의 작가 개념의 기준에 부합하는 '저자'를 '제1작자'라 한다면, 이들 편찬자나 주석자들은 '제2작자'로 구분해 볼 수 있을 것이다. 제2작자들은 상상력에 기대어 새로운 작품을 생산해 내는 오늘날 작자의 모습과는 거리가 멀지만, 전통적 글쓰기의 특성상 이들 또한 작자로 간주하지 않을 수 없는 것이다. 사실 고전 텍스트에서는 이처럼 제2작가의 성격을 띠는 글쓰기 주체가 많이 존재했다는 점을 간과해서는 안될 것이다.

그러므로 본서에서 말하는 글쓰기란 제1작가에 의한 창조적 행위뿐만 아니라, 제2작가들에 의해 행해졌을 모든 행위들 예컨대 구전되던 것을 채록하여 문자화하는 과정이나 刊印하는 과정에서 빚어졌을 변개와 윤색,

---

1) 김현, 『한국문학의 위상/문학사회학』(『김현 문학전집』1, 문학과 지성사, 1991 · 2005, 41쪽)에서 재인용.

번역, 심지어는 漢代에 유행했던 '抄寫撰集'처럼 서로가 타인의 저술 내용을 베끼는 것까지도 포괄하는 광범한 개념이다.

어떤 목적이 있을 때 이를 효과적으로 수행하기 위해 다양한 방법을 동원하는 것은 동서고금의 보편적 현상일 것이다. 글쓰기의 경우도 예외는 아니다. 효과적인 글쓰기를 위한 방편으로 다양한 장치가 고안되어 왔는데, 글에 그림을 넣는다든지 제목에 특별한 징표를 부여한다든지, 전체 내용을 몇 개의 卷·章·節로 나누어 주제별로 분류를 한다든지 운과 리듬을 살려 언어를 선택한다든지 다채로운 수사법을 활용하여 언어를 구사한다든지 심지어 書體의 선택에 이르기까지 그 장치는 이루 헤아릴 수 없을 만큼 많다. 글의 효과를 높이기 위해 다양한 방편을 동원하는 것은 마치 전쟁터에서 아군의 피해를 최소화하고 적군을 효과적으로 공략하여 전쟁을 승리로 이끌기 위한 '戰略'을 세우는 것과 같은 이치다.

동아시아의 고전 텍스트에서 가장 빈번하게 활용되는 글쓰기 전략 중 하나는 산문과 운문을 섞어 글을 쓰는 방식이다. 이같은 散韻 혼합서술 문체는 세계문학이라고 하는 스펙트럼 안에서 보편적·공통적으로 발견되는 현상이지만 동아시아의 문학, 특히 고전 텍스트에서 유독 두드러진 특징으로 부각된다.[2] 이 점에 주목하여 중국·한국·일본의 고전 텍스트

---

2) 서양의 경우도 산문과 운문이 결합하여 텍스트가 구성되는 것을 가리키는 용어로 'chantefable'이라는 것이 있었다. 이는 '노래 부르는 것'을 뜻하는 "chanter"와 이야기를 뜻하는 "fable"이 결합한 단어로 말과 노래를 교체해가는 12~13세기 무렵 중세 프랑스 문학의 한 형태이다. 여기서 말은 산문, 노래는 운문을 가리키는데『Aucassin et Nicolette』라는 작품이 이에 해당한다. 그러나 이런 형태는 프랑스 문학에서 하나의 장르로 정착되지 않고 모습을 감추었다. Victor H. Mair, *T'ang Transformation Texts*(Cambridge: Harvard University Press, 1989), p.89.

　서양의 문학에서 산운 결합의 형태는 주로 소설이나 여타 산문의 장과 절 첫머리에 주제를 함축하는 운문 즉 에피그라프(題詞)를 제시한 뒤 산문 서술을 행하는 형태가 보편적이며 산문 서술 중간중간에 운문을 삽입한다든가 산문 서술 뒤에 그 내용을 함축하는 운문을 붙인다든가 하는 예는 매우 드물다. 서양문학에서 드물게 보이는 서사체 시삽입형 산운 혼합담론의 예로『천일야화』와『돈키호테』를 들 수 있다.

들 중 산문과 운문이 혼용된 문체를 '산운 혼합서술 문체'로, 이 방식에 의거해 이루어진 글을 '산운 혼합담론'으로 범주화하여 몇 가지의 유형으로 분류하고 그 기원을 추적하며 각 유형별로 구체적인 예들을 검토함으로써 서양의 담론들과는 명백히 구분되는 동아시아 담론의 한 특성을 조명하고자 하는 데 본서의 목적이 있다.

여기서 본서의 키워드가 될 '산운 혼합담론'이라는 용어를 좀더 부연할 필요가 있다. 먼저 '텍스트'(text)와 '담론'(discourse)의 구분이다. 텍스트가 주로 문자로 '쓰여진 것'을 가리키는 반면 담론은 '말해진 것'까지를 포괄하는 폭넓은 개념으로 사용되는데, 본서에서 다루어질 작품들은 처음부터 '쓰여진' 것도 있지만 '말해진' 것이 나중에 문자로 정착된 것들도 많기 때문에 이들을 모두 포괄하기 위한 용어로 '담론'이라는 말을 주로 사용하고자 한다. 그리고 이미 문자기록으로 전환된 후의 어떤 글단위를 논의 대상으로 할 때는 '텍스트'라는 말을 주로 사용하게 될 것이다. 그러나 둘을 구분하지 않고 혼용하는 경우도 있을 것이며 양자의 구분이 꼭 필요할 때는 이를 명시하였다.

다음은 '韻文' '詩' '歌' '노래' '詩歌'의 구분에 관한 것이다. 고전 텍스트

몇 학자들은 『판차탄트라』나 원시 불경 중 '자타카'(본생경) 등의 산스크리트 문학에서 보이는 액자식 구성과 동물 우화, 수많은 운문의 삽입과 같은 문학적 장치가 『천일야화』에서도 활용되고 있다는 점에 주목하여 『천일야화』 형성의 궁극적 배경으로 이들 산스크리트 문학의 영향을 지적한다. 이종화, 「『천일야화』의 서양으로의 전이 과정 연구」,《지중해지역연구》 제11권 3호, 부산외국어대학교 지중해지역원, 2009.8, 5쪽. 8쪽; Wikipedia, "One Thousand and One Nights"(https://en.wikipedia.org), p.3.

또한 『판차탄트라』가 페르시아와 아랍 문화권을 관통하여 13세기 중반 이후 이베리아반도의 기독교 문화권에 전파·수용되어 스페인 중세문학에 큰 영향을 끼친 점을 감안(백승욱, 「스페인 중세문학에 나타난 『판차탄트라』의 전파와 수용 양상 연구」,《외국문학연구》 제43호, 한국외국어대학교외국문학연구소, 2011)한다면 『돈키호테』에서 보이는 수많은 운문의 삽입 또한 인도 문학의 특징과 무관하지 않다고 본다. 그러나 이에 대해서는 좀더 면밀한 연구가 요구되며 필자는 그 가능성만을 지적하는 선에서 그치고자 한다.

에서 '詩'는 보통 한문으로 '쓰여진' 시를 가리키며 '노래'는 입으로 '불려진' 것을 가리킨다. 그리고 자구적으로 '노래'를 의미하는 '歌'는 경우에 따라 漢詩와 노래를 모두 지칭하는 데 사용되는 포괄적 용어다. 이에 비해 '운문'은 그 기원이 노래이건 시이건 문자화된 것 중 韻이 있는 글을 가리킨다. 그러나 韻이 없는 경우에도 '시'의 동의어처럼 사용되기도 하며, 시나 운문 모두 산문에 대응되는 글을 가리키는 데 사용된다. 운문을 둘러싼 이 용어들은 각각 성격이 다른 것이 분명하지만, 본서에서는 그 개별적 차이가 논의의 초점이 되지 않는 한 이들을 혼용할 수 있음을 밝힌다.

2. 散韻 혼합담론의 제 유형과 散韻 결합의 방식

2.1. 산운 혼합담론의 제 유형

운문과 산문을 섞어 글을 쓰는 방식에 있어 산문과 운문 중 어느 쪽에 비중이 두어져 있는가, 그리고 운문을 텍스트 어느 위치에 배치하는가 하는 문제는 혼합담론의 유형을 결정하는 데 중요한 기준이 된다. 혼합담론중에는 산문이 主가 되고 시가 부수적 혹은 從이 되는 散主韻從의 형태가 있는가 하면, 시가 主가 되고 산문이 부수적 혹은 從이 되는 韻主散從의 형태도 있다. 찬이 붙은 각종 列傳이나 다양한 시형태가 텍스트 곳곳에 삽입되어 있는 고소설은 전자를 대표하는 것이고, 序를 수반하는 箴銘·頌讚·漢賦[3] 그리고 詩話類 등은 후자를 대표하는 것이다. 혼합담론에서 시의 위치를 보면 시가 텍스트 서두나 말미 등 어느 특정 위치에 고정되어 있는 경우와, 특정 위치 없이 산문의 중간 중간에 배치

---

3) 漢賦는 달리 古賦라고도 하는데 대화체가 주를 이루고 한 편의 텍스트가 서-본-결의 3단 구성으로 되어 있는 것을 말한다. 서는 산문으로 쓰여지고 본사는 운문으로 되어 있다.

되는 경우로 크게 나뉠 수 있는데 위치가 고정된 경우 대개는 텍스트 말미에 붙는 것이 주를 이룬다. 시의 위치가 고정적인 경우와 비고정적인 경우로 나눌 때, 산주운종의 형태 중 列傳은 전자에 속하며 고소설의 경우는 후자에 속한다. 그리고 운주산종의 형태 중 텍스트 첫 부분에 산문의 序가 붙는 箴銘·讚·漢賦 등은 전자에, 시가 곳곳에 배치될 수 있는 시화류는 후자에 속한다. 또한 이 외에 산문서술 부분의 장르적 성격도 혼합담론의 유형을 변별하는 데 중요한 기준이 된다. 경우에 따라 교술장르나 서정장르적 성격을 띠는 것도 없지 않으나, 서사장르에 속하는 것이 압도적으로 많다. 따라서 산문 부분의 장르적 성격은 산문 서술이 서사체인가 비서사체인가를 살피는 것이 효과적이라 생각한다. 또한, 산문과 운문의 관계에서 내용상의 중복성 여부를 살피는 것도 혼합담론의 유형 분류의 기준이 될 수 있다. 이같은 요소들을 바탕으로 혼합담론을 序附加型, 列傳型, 詩揷入型, 詩話型, 注釋型, 複合型 등 여섯 가지의 유형으로 분류해 볼 수 있다.

'서부가형'은 제목에 '-幷序' 혹은 '-幷記'라는 말이 포함되었건 안 되었건 간에 실질적으로 序의 구실을 하는 산문이 붙은 텍스트로서 箴銘·讚·漢賦 등이 이 유형에 해당된다. 이 유형에서 산문서술은 서사·서정·교술 등 다양한 장르에 걸쳐 있으며, 산문과 시의 내용이 부분적으로 중복되는 양상을 띤다. 다시 말해 시의 주제가 산문부에서 요약적으로 제시되는 양상을 띠는 경우가 많다. 운문의 위치는 고정되어 있다.

'열전형'은 인물들의 傳記 뒤에 讚 혹은 찬의 성격을 띠는 시가 붙는 경우로 高僧傳·列仙傳·列女傳 등과 같은 각종 인물전이 여기에 해당한다. 또한 기사 뒤에 산문으로 된 史評을 수록하는 일반 史書와는 달리 운문으로 된 史贊을 붙인 『後漢書』列傳도 여기에 해당한다. 열전형에서 운문은 텍스트 말미에 고정되어 있으며 立傳 인물에 대한 찬미와 더불어 텍스트의 종결을 알리고 산문 내용을 요약하는 기능을 행한다. 산문 전기 부분과 讚詩 부분은 심층적 주제면에서 중복된다.

'시삽입형'은 산문 서술 중간중간에 운문이 삽입된 형태로 산문 부분이 서사체의 성격을 띠는 것과 그렇지 않은 것으로 나눌 수 있는데 전자를 '서사체 시삽입형', 후자를 '비서사체 시삽입형'으로 구분해 볼 수 있다. 전자의 예로는 傳을 제외한 일반 서사체 예를 들어 唐代의 變文, 「崔致遠傳」 같은 傳奇, 고소설을 들 수 있고, 후자의 예로서는 기행문학이나 일기문학을 들 수 있다. 이 유형에서 운문은 어느 특정한 위치에 고정되어 있지 않고 곳곳에 삽입되어 있으며 산문과 운문은 내용상 부분적으로 겹쳐지는 경우도 있으나 대개는 중복되지 않는다. 동아시아 산운 혼합담론 유형에서 가장 큰 비중을 차지하는 것이 바로 시삽입형이며 그 중에서도 서사체 시삽입형은 거의 반 이상을 차지한다. 그러므로 이에 대해서는 별도의 지면4)에서 심도있게 다루기로 하고 본서에서는 비서사체 시삽입형의 예만 다루기로 한다.

'시화형'은 한 편 이상의 시와 이 시에 관련된 산문 서술이 결합하여 한 편의 텍스트를 이루는 유형이다. 산문 부분은 대개 시가 성립된 배경을 일화 형식으로 서술한 것으로 문학의 종류로 볼 때 수필에 가깝다. 그리고 이 산문 부분은 비록 단편적이나마 서사체의 성격을 띠는 것이 많으며, 비서사체 혹은 準서사체라 할 수 있는 것들도 비슷하게 분포되어 있다. 산문과 시의 내용은 중복되지 않고 시의 위치도 고정되어 있지 않다.

'주석형'은 여러 유형 중 가장 복잡한 형태이다. 이 유형의 경우 본문과 주석 사이에 산운 결합이 이루어지기도 하고 주석문 내에서 산운 결합이 이루어지기도 한다. <동명왕편> 『용비어천가』 『제왕운기』 『韓詩外傳』 등은 주석형의 대표적 작품들이다. 이 유형에서 문제가 되는 것은 주석 부분을 과연 문학으로 볼 수 있는가 하는 점이다. 본서에서 대상으로 하는

---

4) 신은경, 『서사적 글쓰기와 시가 운용』(보고사, 2015).

주석은 글자나 어휘에 관한 자구적 풀이에 그치지 않고 운문의 내용을 보충하면서 그 자체로 독립적인 텍스트의 성립이 가능한 경우이다. 운문의 위치는 고정적이다.5)

'복합형'은 하나의 텍스트, 혹은 여러 개의 개별 텍스트가 모인 작품집이나 문헌, 또는 어떤 한 문학 양식에 여러 유형이 복합되어 나타나는 유형이다. 『춘추좌씨전』『삼국유사』 일본의 하이분(俳文) 등이 여기에 속한다.

2.2. 산운 결합의 제 방식

산문과 운문을 섞어 글을 쓴다고 하는 전략을 살핌에 있어, 선행되어야 할 것은 산문과 운문이 어떠한 관계하에 어떤 방식으로 결합하는가를 검토하는 일이다. 그간 산운결합 방식을 유형화하는 일은 주로 돈황 강창문학 연구자들에 의해 시도되었는데, 보통 중복식·연속식·강조식으로 구분하고 있다. 중복식은 산문의 내용을 운문이 다시 한 번 되풀이 하는 방식이고, 연속식은 운문이 산문의 내용을 되풀이하지 않고 새로운 내용을 서술하여 스토리 전개에 기여하는 방식이며, 강조식은 산문 서술의 어느 한 부분을 특별히 강조하여 부연하는 방식이다. 논자에 따라서는 이를 각각 複用體·連用體·揷用體라는 용어로 구분6)하기도 한다. 이 분류는 강창문학 특히 變文이라고 하는 '서사체'를 대상으로 하고, 주로 '先산문 後운문'의 배열 관계에 초점을 맞춰 언술의 '표층 차원'을 중

---

5) 주석형에서 운문의 위치는 『한시외전』처럼 310장으로 이루어진 텍스트에서 산문이 앞에, 운문이 뒤에 배치되는 경우도 있고 『용비어천가』처럼 125장으로 된 텍스트에서 운문이 앞에, 산문이 뒤에 배치되는 경우도 있다. 산문의 앞이건 뒤건 위치가 고정되어 있다는 특징을 지닌다. 또 <동명왕편>처럼 전체 텍스트에서 의미상의 단락이 형성되는 부분마다 붙기도 한다. 이럴 경우 전체 텍스트의 기준으로 보면 텍스트 중간 중간이 될 수도 있어 시삽입형과 비슷해 보이나 의미상의 분절이 있는 곳에 배치된다는 점에서 시삽입형과는 다르다.

6) 김학주, 『중국문학개론』(신아사, 1992·2003), 360~361쪽.

심으로 유형화한 것이다.

그러나 다양한 형태의 담론과 변수요인이 존재하는 상황에서 이같은 분류는 극히 제한적인 영역만을 대상으로 하였으므로 산운 혼합서술의 다양한 양상을 포괄하기에는 한계가 있다. 송원 화본소설의 入話 부분에 위치하여 이야기 전체의 주제와 내용을 압축하여 읊는 '開場詩'를 예로 들어보면, 이 경우 운문과 산문의 결합양상은 위 유형화의 기준에서 크게 벗어나 있고 세 유형 중 어느 것에도 속하지 않는다. 즉, 개장시는 담론의 맨 처음에 위치하므로 '先산문 後운문'의 배열이 아니고 따라서 어떤 산문 대목을 운문으로 되풀이한다는 패턴에서 벗어나 있다. 또한, 운문은 산문의 어느 '부분'의 내용과 중복되는 것이 아니라 이야기 '전체'의 내용과 등가를 이루는 경우가 많다. 이럴 경우 개장시는 표면상으로 언술화된 어떤 구체적인 줄거리나 내용을 되풀이하는 것이 아니라, 그 줄거리 및 세부적 내용을 관통하는 '심층의 주제'를 함축적으로 제시한다. 그러므로 연속식이라 할 수도 없고 중복식이라고 할 수도 없다. 또 운문의 앞 부분에서는 先行 산문의 내용을 되풀이하면서 뒷부분에서는 後續 산문의 내용에 연결되어 중복식과 연속식이 혼합된 경우 위 세 유형 어디에도 소속시킬 수가 없다.

그러나 다양한 담론에서 다양한 형태로 나타나는 산과 운문의 결합양상을 살핌에 있어 강창문학 연구자에 의해 제시된 이 기본틀은 다소의 수정과 보완을 거쳐 매우 유용하게 적용할 수 있다. 먼저 '중복식'의 경우 '중복'이란 말은 언술의 표면에 구체화된 어떤 내용을 되풀이하는 것을 가리키기 때문에, 산문과 운문의 의미의 겹쳐짐이 심층차원에서 일어나는 양상을 설명하는 데는 적당한 용어가 될 수 없다. 그리고 기존의 '중복식'의 설명에는 산문과 운문간의 의미의 중첩이 일어나는 단위에 대한 세분화된 논의가 결여되어 있다. 기존의 이론틀에서 중복식은 주로 산문서술의 어느 한 대목의 내용을 운문으로 되풀이하는 것을 가리키고 강조식은 산문서술의 어느 한 장면이나 부분을 운문으로 자세히 부연하고 묘사하는 것을 가리킨다. 이에 따르면 중복식에서 의미의 겹쳐짐은 주로 '문장'이나 '단락'―대개는 단락―을 단위로 하고 중복식은 '단어'를 단위로 한다는 얘기가 된다. 그러나 산문·운문간의 의미의 겹쳐짐은 단지 어휘나 단락을 단위로 하여 일어나는 것은 아니다. 앞서 언급한 화본소설의 '開場詩'의 경우는 운문과 그 나머지 텍스트 전체간에 의미의 중첩이 형성된다. 그것은 화본소설의 끝부분에 위치하여 이야기 내용을 요약하고 교훈이나 평을 제시하는 '散場詩'의 경우도 마찬가지다. 앞에서 서술된 이야기 전체와 散場詩 간에 심층차원의 의미의 중첩이 있는 것이다. 그러므로 어휘·문장·단락·텍스트 전체와 같은 의미 중첩의 '단위' 및 표층·심층과 같은 의미중첩의 '차원'의 다양성을 포괄할 수 있는 용어가 필요하다.

또한 강조식은 부분적으로 중복식과 연속식의 성격을 모두 갖고 있으므로 논자에 따라서는 중복식과 연속식 두 유형만으로 산운결합관계를 설명하기도 한다.[7] 그러나 다양한 담론형태에서 두루 발견되는 강조식은 그 미적 효과나 텍스트에서의 기능 등 여러 면에서 중복식이나 연속식과는 다른 독특한 특징을 지니므로 별도의 산운결합방식으로 설정할 필요가 있다.

이런 점들을 감안하여 필자는 중복형이나 연속형이라는 용어 대신 기호학에서 기호의 결합의 두 방식을 나타내는 '系列關係'(paradigmatic relation)와 '繼起關係'(syntagmatic relation)라는 개념을 도입하여, 전자에 기초한 '계열식 결합'과 후자에 기초한 '계기식 결합'으로 나누고자 한다. 계열식 결합의 경우 연속해 있는 산문과 운문, 혹은 운문과 산문의 내용이 중첩되거나 의미상의 등가를 이루며 산문이나 운문 중 하나를 빼거나 서로 순서를 바꾸어도 텍스트 전체 의미의 파악에는 지장이 없다. 다시 말해 산문과 운문은 서로 의존하지 않고 독립적으로 의미를 형성할 수

---

7) 임영숙, 「『降魔變文』 硏究」, 성균관대학교대학원 중어중문학과 석사학위 논문, 2005, 32~43쪽.

있다. 반면 계기식 결합의 경우 연속해 있는 산문과 운문, 혹은 운문과 산문의 내용이 중첩되지 않으며 상호 의존적으로 작용하여 의미를 형성한다. 이것은 두 요소 중 하나가 없으면 의미형성 내지 의미파악에 지장이 초래된다는 것을 말한다. 서사체에서의 계기식은 산문과 운문이 상호 의존적으로 결합하여 줄거리의 진전에 기여하는 방향으로 작용하지만, 비서사체인 경우 정보의 부가, 장면의 전환, 질문과 대답의 전개, 원인과 결과관계의 서술, 논리의 전개 등에 기여하는 양상으로 작용한다. 따라서 계기식에서 산문과 운문의 순서를 바꾸면 일관성과 용인성을 지닌 의미를 형성하는 데 혼란이 야기된다.

계열식 결합은 다시 의미의 중첩이 표층 차원에서 행해지는지 심층 차원에서 행해지는지에 따라, '내용'의 반복과 '주제'의 반복으로 구분할 수 있다. 텍스트 전체의 '주제'를 운문이 포괄적으로 함축할 경우, 운문과 산문은 의미의 '등가'를 이룰 뿐이지 구체적 내용을 되풀이하는 것은 아니다. 이 점을 감안하여 계열식 결합에서 의미의 중첩이 표층차원에서 이루어지는 경우에 대해서는 '중복' 혹은 '반복'이라는 말을, 심층차원에서 이루어지는 경우는 '등가'라는 말을 사용하고자 한다.

한편, 기존의 설명에서 '강조식'으로 분류되던 결합방식은 산문서술 중의 어느 한 '단어'나 '어구'를 단위로 하여 이에 대해 운문이 부연적으로 서술하는 패턴[8]이므로 그 단어와 운문 사이에 의미의 중첩이 있다고 볼수도 있으나, 운문 서술을 통해 새로운 정보가 부가되고 구체화가 이루어진다는 점에서 계기식에 훨씬 근접해 있는 양상이라 생각한다. 예를 들어 화본소설이나 의화본에서 흔히 볼 수 있는 '그 사람의 생긴 모습은 이러하였다'라고 서술한 뒤 운문으로 그 모습을 자세히 부연하고 묘사하는 경우 산문서술 중 '모습'에 대한 구체적 정보가 운문에서 주어진다. 즉, 운문을

---

8) 이 반대의 경우, 즉 운문 중의 어느 한 '단어'에 대해 산문이 부연적으로 서술하는 경우는 매우 드물다.

통해 새로운 정보가 부가되고 산문과 운문이 중첩되는 것은 단지 '모습'이
라는 어구일 뿐이다. 따라서 극히 일부에서 의미의 중첩이 있기는 하나
전반적으로 계기식에 근접한 양상을 띤다고 볼 수 있으므로, 필자는 앞의
두 방식과는 별도로 '準계기식'이라는 용어로 포괄하고자 한다. 구체적인
텍스트에서 이 세 가지 방식은 단독으로 표출되기도 하지만, 대개는 둘
이상이 뒤섞여 나타나는 예가 더 많다. 이 구체적인 양상은 개별 텍스트들
을 검토할 때 다시 언급될 것이다.

3. 동아시아 산운 혼합담론의 기원
– 佛經과 春秋左氏傳

산문과 운문을 섞어 하나의 담론을 구성하는 방식은 동서고금의 글에
서 두루 발견되는 현상이지만 특히 동아시아 고전 담론의 두드러진 특징
이라고 말할 수 있다. 이런 문체의 기원9)에 대한 그간의 논의를 보면, 인
도문학의 보편적 특징이 佛經을 통해 중국에 전해지고 이것이 講經文·
變文과 같은 돈황 강창문학의 형태를 탄생시켰다고 보는 것이 학계의 일
반적 정설이다. '講唱'이라는 용어를 講說과 歌唱을 섞어 줄거리를 엮어
가는 연행예술의 형태로 이해한다면 '강창이 唐代에 들어와 성행했다'는
언급이라든가 '唐代에 성행한 변문을 최초의 강창으로 보는 관점'10) 등은

---

9) 어떤 현상이나 사물이 시작되는 처음을 가리키는 말들, 예컨대 始原·起源·嚆矢·
祖型·祖宗·雛形 등의 표현은 그 함의가 조금씩 다르다. '추형'이란 병아리 단계의
닭과 마찬가지로 본격적인 것이 아닌 '초기적' 모습이 강조된 것이고, '祖型' 또는
'祖宗'이란 족보에서 어떤 성씨의 시조가 되는 존재처럼 뚜렷한 특징과 형태로서
하나의 계보를 이루는 것의 뿌리라는 의미가 강조된 것이다. 자구적으로 '효시'는
'처음·시초'의 의미가, '시원'이나 '기원'은 어떤 현상이나 사물의 '근원'이라는 의미
가 강조되면서 사용된다.

10) 김학주, 앞의 책, 355쪽.

타당하다고 할 수 있다. 그러나 때때로 이 말은 산문과 운문을 섞어 담론을 구성하는 '문체'를 가리키는 용어로 사용되기도 하는데, 이 경우 唐代의 변문을 散韻 혼합서술 문체의 효시로 본다거나 이 문체가 당대에 들어와 형성되고 발전을 이루었다고 보는 것은 타당하지 않다. 또한 여기서 한 발 양보하여 '당 이전에도 六朝시대의 志怪로 분류되는 작품들에는 더러 산문에 운문이 삽입되기도 했고 이것이 唐代 傳奇에서 크게 성행했다'라고 하여 지괴와 전기를 산운 혼합서술 문체의 기원으로 내세운다 해도 문제는 크게 달라지지 않는다.

산문과 운문의 결합 내지 교직으로 하나의 담론이 구성되는 예는 강창문학이나 傳奇가 발달·성행한 唐이나, 志怪가 성행한 육조시대보다 훨씬 이전 시기의 담론에서도 어렵지 않게 발견된다. 인물 간에 일상 언어와 노래를 섞어 대화를 이어나가는 예는 일찍이 『書經』 「虞書·益稷」의 순임금과 皐陶에게서 그 최초의 용례를 찾아볼 수 있다. 이외에도 춘추삼전 중 하나인 『春秋左氏傳』, 漢代 劉向이 지은 인물전기라 할 『列女傳』이나 『列仙傳』, 筆記類 故事選集이라 할 『新序』와 『說苑』 또한 그 구체적 양상은 다르지만 명백히 산문과 운문을 섞어 담론을 구성한 예라 할 수 있다. 그리고 서사성을 띠는 序를 幷記한 뒤 本辭를 서술하는 것이 보편화된 漢代의 賦나 『韓詩外傳』 『呂氏春秋』 『晏子春秋』 등도 산운 혼합담론에 해당한다.

위의 예들에서 보는 바와 같이 산운 혼합담론은 매우 다양한 형태로 존재해 왔기 때문에 산운 혼합의 방식이나 유형, 기원 등에 대해서는 총체적이고 면밀한 고찰이 필요하다. 이 문제에 대하여 돈황 강창텍스트를 동아시아 산운 혼합담론의 효시로 거론하는 것도 재고되어야 하지만, 다양성을 간과하고 혼합담론의 기원을 어느 하나로 귀결시키는 單元論的 관점 또한 지양되어야 한다.

여기서 동아시아 산운 혼합담론의 형성·발전에 있어 하나의 자극 요인이 된 佛典에 대해 생각해 볼 필요가 있다. 산문과 운문을 섞어 텍스트를 구성하는 것은 인도 문학의 두드러진 특징이 되고 있는데『판차탄트라』나『히또빠데샤』, 12부경을 중심으로 하는 불교문학 등에는 이런 특징이 잘 나타나 있다. 인도의 고전 우화집인『판차탄트라』(Panchatantra)는 '다섯 권의 책' 또는 '다섯 편의 이야기집'으로 번역되는데 이 이야기집은 오래 전부터 구전되던 인도의 우화들이 브라만 승려인 비시누샤르만에 의해 약 기원전 3세기 경 무렵 산스크리트어로 기록된 것으로 알려져 있다. 각 편 첫머리에 그 章에 속한 이야기들의 주제를 함축적으로 포괄하는 序詩가 붙어 있고 이야기 중간중간에도 운문이 등장하여 앞에서 얘기한 내용을 요약하거나 뒤에 오는 내용을 소개하는 데 활용된다. 또한 인도 벵갈 지방을 중심으로 퍼져 있었던『히또빠데샤』(Hitopadesa)는『판차탄트라』에 연원을 둔 이야기집으로 산문이 중심이 되는『판차탄트라』와는 달리 운문과 산문이 같은 비중을 지닌다는 차이가 있다.[11] 한편 원시 경전 12分敎[12]는 불멸 직후 열린 제1결집 후에 문체·문장 및 기술의 형식과 내용 등을 기준으로 경전을 12가지로 분류한 것을 말하는데 이 중 불타의 전생담이라 할 '本生'(jataka)이나 신도·불제자의 전생담을 말하는 '本事'(it-ibrttaka)는 이야기 속에 운문을 삽입하는 형태로, '祇夜'(重頌, geya)는 산문으로 서술한 경의 내용을 운문으로 한 번 더 되풀이하는 형태로 산문과 운문을 결합시키고 있다.

산운 결합이라고 하는 인도 문학의 보편적 특징이 담긴 이 경전들은 불교와 함께 중국에 전래되어 後漢(25~220)에 들어와 2세기 후반 무렵부터 역경승들에 의해 본격적으로 한역이 이루어지기 시작한다. 불교와 한역 불전이 중국 문화에 뿌리를 내림에 따라 불전의 글쓰기 방식 또한 재

---

11) 최형원,「중앙아시아의 구비 설화 : 판차탄트라의 터어키와 몽골 전파에 관한 약술」, 《몽골학》 제15호, 한국몽골학회, 2003, 126쪽.

12) 12부경 또는 12분경이라고도 한다.

래의 글쓰기 방식과 경합하거나 상호보완 작용을 하면서 중국의 글쓰기 전통에 합류하게 된다. 이처럼 불전이 동아시아 산운 혼합담론을 형성시킨 외적 자극 혹은 외래 기원이 된 것은 사실이나 엄밀히 말해 이것은 인도의 담론이지 동아시아의 담론은 아니다. 이런 점에서 佛經의 대중화 과정에서 형성된 돈황 강창텍스트들을, 불경을 기원으로 하는 동아시아 산운 혼합담론 계보의 祖型으로 상정해 볼 수 있다.

동아시아 산운 혼합담론의 외래 기원을 불경으로 보면서, 이와 함께 검토해야 할 것은 이전부터 존재해 왔던 중국 재래의 전통을 추적하는 일이다. 필자는 재래 기원을 대표하는 것으로 『春秋左氏傳』에 주목한다. 『춘추좌씨전』은 공자가 편찬한 것으로 전해지는 『春秋』에 대한 주석서 중 하나로 노나라 太史였던 左丘明이 주를 붙인 것이다. 주석자로 알려진 좌구명은 생몰연대가 불분명하고 그가 『춘추좌씨전』을 저술했다는 확실한 근거도 충분치 않지만 적어도 이 저술이 불경의 전래나 한역 시기보다 훨씬 앞선 것은 사실이다. 그러므로 이 저술을 동아시아 산운 혼합담론의 最古形 또는 始原으로 자리매김해도 무방할 것으로 본다.

필자는 한역 불전을 동아시아 산운 혼합담론의 외래 기원, 『춘추좌씨전』을 재래 기원으로 보면서 각 유형별로 中始祖를 제시함으로써 다원적 시각을 유지하고자 한다. 주석형과 독본류 서사체 시삽입형의 경우는 『춘추좌씨전』을, 구연류 서사체 시삽입형의 경우는 돈황 강창텍스트를, 서부가형의 경우는 漢賦를, 그리고 열전형의 경우는 『열녀전』을, 시화형의 경우는 『本事詩』를 각각의 祖型으로 보고 있는 것이다.

본서에서 취할 이같은 多元論的 관점은 산운 혼합담론에 대하여 여러 종류의 祖型을 상정할 수 있는 가능성과 융통성을 전제함과 동시에 후대 혼합담론들의 형성·발전에 있어 여러 종류의 조형들의 복합적인 상호작용을 전제함으로써 '영향'의 다원성까지도 고려하는 입장이라 할 수 있다.

제2부

서부가형

【소총론】

'서부가형'은 운문 앞에 산문으로 된 序를 붙이는 형태로서, 고전 담론에서 서는 단순히 본문에 붙어 있는, 다시 말해 본문에 종속되어 있는 잉여적 요소가 아니라 그 자체가 본문의 일부이며 산문 문체의 하나로 간주되기도 한다. 서는 운문이 쓰여진 배경을 설명하는 구실을 하므로 서부가형은 운문이 주가 되고 산문이 종이 되는 韻主散從의 형태로 漢賦가 그 기원이 된다. 서부가형에서 운문은 대개 산문 뒤에 위치하는데 산문과 운문은 내용상 중복되지 않는 경우가 많지만 부분적으로 중복되는 경우도 더러 있다.

산문 서술은 운문이 쓰여진 연대나 작자와 같은 객관적 사실을 간단히 소개하는 것에서부터 한 편의 수필로 볼 수 있을 만한 것, 나아가서는 서 사체의 요건을 충분히 갖춘 것에 이르기까지 길이나 내용면에서 매우 다양한 양상을 보인다. 여기서는 단순히 어떤 사실을 附記하는 것에 그치지 않고, 글쓰기 의식이 반영된 것 다시 말해 서를 쓴 주체의 주관이 반영된 것을 대상으로 하고자 한다.

또한 제목에 '并序'라는 어구가 附記되고 운문과 이어지는 부분에서 "其辭曰"과 같은 연결어구가 포함되는 경우가 있는가 하면, 산문 서술이 '序'임을 나타내는 문구도 없고 따라서 연결어구도 문면에 나타나지 않는 경우도 있다. 전자를 '정격', 후자를 '변격' 서부가형으로 구분해 볼 수 있는데 여기서 '서부가형'은 兩者를 다 포괄한다. 실질적으로 '序'라는 말이 없어도 '序'의 구실을 하는 것이면 序에 준하는 것으로 볼 수 있기 때문이다.

箴銘·哀祭·碑銘·頌贊과 같은 운문 양식에서 전형적인 정격 서부가형 혼합담론의 예가 발견된다. 운문 내용이 어떤 인물의 행적이나 덕목을 찬양하는 것일 경우, 서에서 그 인물의 일생을 傳記와 같은 형태로 서술하는 양상을 어렵지 않게 찾아볼 수 있다. 이 경우 혼합담론의 제 유형 중 '열전형'과 흡사한 형태를 보이지만 열전형은 산문이 주가 되는 반면, 서부가형은 운문이 주가 된다는 점에서 결정적 차이를 지닌다.

서부가형에서 주목할 것은 일본의 『萬葉集』이나 和歌集에서 흔히 발견되는 다이시(題詞)나 고토바가키(詞書)와 같이 序의 기능을 갖는 산문 서술이다. 일본에서는 우타(歌)[1]를 짓는다는 것이 단지 자신의 감정과 생각을 운문으로써 표현하는 것만을 의미하지는 않았다. 타인과 우타를 주고 받으며 자신의 생각과 느낌을 상대방에게 전하는 수단으로 활용하기도 하고, 우타아와세(歌合せ)라는 일종의 시짓기 경연대회같은 놀이를 통해 社交의 장을 마련하기도 했다. 말하자면 우타는 지식층 인사들에게 있어 사교의 중요한 몫을 하면서 문화인이 갖추어야 할 기본적인 교양이 되어 왔던 것이다. 그런 만큼 자연히 우타를 짓게 된 배경과 동기가 귀족층·지식인층의 관심사로 부각하게 되었는데 그 作歌 배경에 대한 산문 서술은 와카 앞에 짧게 덧붙여지기도 하지만 세부적 사건과 에피소우드같은 것이 추가되어 「이세 모노가타리」와 같은 우타를 포함한 이야기로 발전하기도 하였다.

한 인물이 많은 우타를 지었을 때 그것을 날짜별로 엮고 作歌 배경을 곁들이면 일기문학의 형태를 띠게 되고, '여행'이라고 하는 것이 우타를 짓게 된 동기로 작용할 때 기행문학의 성격을 띠게 된다. 그러므로 우타를 짓고 그 作歌 배경을 산문으로 곁들이는 방식은 일본 글쓰기의 한 전통을 이루어 후대에 다양한 유형의 산운 혼합담론을 출현시키는 토대로 작용하게 된다. 일본의 경우 중국이나 한국에 비해 거의 모든 문학 양식에 걸쳐 산운 혼합서술문체가 활성화되어 있고 그 수가 많은 것도 근원을 거슬러 올라가면 이처럼 우타를 짓고 작가 동기를 기록해 놓는 것을 생활화한 옛 사람들의 풍습에서 비롯된 것이라 할 수 있다.

---

1) 한시가 아닌, 가나로 된 시를 말한다.

漢賦와 동아시아 散韻 혼합담론

1. 문제제기

혼합서술 문체의 양상은 그 나라의 고유한 문학적 전통에 따라 혹은 문학양식마다 다르게 나타나지만 그같은 서술형태가 형성되는 과정을 거슬러 올라가 보면 몇몇 공통의 핵, 즉 공통의 연원을 만나게 된다. 이 공통의 핵이 각 나라의 시대별 문학적 관습이나 유행, 전통과 결합하여 독특한 산운 혼합담론을 파생시켰음을 발견하게 된다. 그간의 연구에서는 주로 佛經의 서술방식, 더 거슬러 올라가 불경을 통해 전해진 인도문학의 특성을 그 공통의 기원으로 제시하고 있다.

그러나, 동아시아에는 불경이 漢譯되기 이전에도 불경이나 인도문학의 영향과는 별도로 혼합서술 형태가 존재해 왔다. 따라서 '인도문학—원시경전의 12분교 혹은 불경의 서술방식—변문—唐 傳奇小說'로 이어지는 단원적 맥락 외에 다른 문학적 연원도 검토해야 할 필요성이 제기된다. 이 글은 그 공통의 연원 혹은 祖型 중의 하나로 '漢賦'를 제시하고 서부가형 혼합담론으로서의 한부의 문학적 특성을 살피며 이를 토대로 『三國遺事』의 讚詩와 한부 양식의 연관성을 검토하는 데 목표를 둔다. 이 글에서 '漢賦'란 기본적으로 漢代의 賦를 가리키나, 후대에 지어진 것이라도 한부의 특성을 따르고 있는 작품까지 포괄한다.

2. 산운 혼합담론의 한 祖型으로서의 '漢賦'

漢나라 건국 초기에는 楚歌나 楚辭 등 楚調의 시가가 성행하였는데, 한 무제 무렵에 이르러 이것의 영향으로 '賦'라고 하는 문학형식이 형성되게 되었다. 한부는 넓은 의미에서 초사에 포함되며 漢代의 문인들은 굴원의 작품이나 한대의 부를 같은 범주로 인식하였다. 유협은 부의 기원과 전개 양상에 대하여 '초나라에서 비롯하여 한대에 이르러 극도로 융성하였다. 부는 序言으로 시작하여 總論으로 끝을 맺는다. 서언을 첫머리로 하여 그 부를 짓게 된 사정과 이유를 끌어내고, 결론은 全篇에 대한 마무리로 삼아 문장의 기세를 강화한다.'고 하였다.[1]

하나의 텍스트가 創作 · 實演 · 享受되는 양상을 총체적으로 포괄하여 '演行'이라 할 때, 한 편의 한부가 연행되는 양상은 다른 문학양식과는 매우 다른 양상을 보인다. 우선 賦는 눈으로 읽기보다는 낭송되었으며, 기본적으로 왕실의 후원을 바탕으로 황제와 왕실을 찬양하는 목적 하에 발전한 문학양식이다. '황제는 이들—賦의 작가들—을 俳優처럼 기르고 있었다.'는 구절[2]이나 '부를 짓는 것은 배우 노릇하는 것과 같은 짓이어서 倡優의 무리가 된 것을 후회한다.'는 구절[3]이 암시하듯 賦 작자들은 왕실의 행사나 행차에 불려가 황제의 명에 따라 부를 지어 바침으로써 왕실의 비위를 맞추고 일신의 영화를 꾀하여 마치 배우같은 행태를 보였다. 이로 볼 때 부를 짓고 감상하는 것은 당시 사람들에게 일종의 '놀이'나 '유희' 혹은 '歌舞나 博奕보다는 약간 수준높은 오락' 정도로 인식되었음을 알 수 있다.[4] 이로 볼 때, 부는 혼자 짓고 혼자 즐기는 문학이 아니라, 집단적

---

1) 劉勰, 『文心彫龍』(최동호 역편, 민음사, 1994 · 2005), 122쪽.
2) 『漢書』「嚴助傳」. 김학주, 『中國文學槪論』(신아사, 1992, 129쪽)에서 재인용.
3) 『漢書』「枚皋傳」, 같은 곳.
4) 같은 책, 131쪽.

향유가 이루어지는 문학이라는 것이 분명해진다. 부가 지배계급을 위하여 봉사하는 문학인만큼 부 작가들은 황제나 귀족 등 귀족층을 궁극적인 향유자로 의식하고 있었으므로, 대부분의 한부 작품들은 황제와 왕실을 찬양하는 내용이 주를 이룬다.

2.1. 漢賦의 서술적 특성

동아시아 혼합담론의 한 조형으로서 한대의 부 문학을 고려할 때, 가장 먼저 해결해야 하는 문제는 부 양식의 서술적 특성을 규명하는 일이다. 그러나, 부에 있어서 산문적 요소와 운문적 요소를 當代의 기준으로 가늠할 수는 없다. 왜냐면 중국 고대의 문학가들에게 있어서는 산문과 운문의 구별 의식이 없었고[5] '文學'이나 '文章'에 대한 개념이 지금과는 차이가 있기 때문이다.

중국문학에서 운문적인 요소는 대체로 押韻, 聲調, 對句, 정형적인 글자수의 배치에 의한 리듬감 등이라 할 수 있다. 이러한 요소들이 1회적으로 끝나는 것이 아니라 일정한 간격을 두고 반복될 때 음악과 같은 상태에 근접하게 되고 조화와 균제미를 형성하게 된다. 그러나, 운문성은 이같은 형식적 요소만으로 이루어지는 것은 아니다. 보통 형식적 요소의 반복에 의한 것을 外在律이라 하는데, 이에 대응되는 의미의 리듬 즉 內在律 또한 운문의 중요한 요소가 된다. 형식적 요소의 반복과 마찬가지로, 어떤 동일한 의미요소가 어휘·구·문장·행·연 등과 같은 의미형성 단위에 있어 주기적으로 되풀이될 때 내적 리듬감을 형성하게 되고 이는 어떤 텍스트를 '운문적'인 것으로 혹은 '음악적'인 것으로 느끼게 하는 내적 요인이 된다. 형식적인 면만을 기준으로 한다면 부는 이론의 여지가 없는 운문이다. 그러나, 내용면까지 고려한다면 오히려 산문적인 성격이 강한 문학 양

---

5) 김학주, 『中國古代文學史』(명문당, 2003), 321~322쪽.

식이라 할 수 있다. 이런 이유 때문에 부는 산문적 요소와 운문적 요소를 모두 갖춘 양식으로 규정된다.

한부는 보통 序-本辭-結의 3단 구성으로 이루어지는데, 서에서는 작품을 짓게 된 동기나 경위 등을 서술하고, 본사에서 시적 대상에 대한 구체적이고 본격적인 묘사가 펼쳐지며, 결에서는 작품의 개요가 총괄적으로 제시된다. 서는 대화체를 취하는 경우가 많고, 正賦라고 할 수 있는 본사는 압운과 대구, 화려한 수식어 등으로 이루어진다. 결어는 亂曰·重曰·訊曰·系曰·歌曰 등의 어구로 시작되는 경우가 많으며, 대개 4언의 정형구를 취하지만 때로는 6언 혹은 7언구로 이루어지기도 한다. 이 중 '서'는 형식·내용 모두 산문이고, '본사'는 형식적으로는 운문이지만, 내용적으로는 외부 대상을 객관적으로 자세히 묘사하고 서술하는 데 중점이 두어진다는 점에서 산문에 가깝다. '결'은 형식상으로 본사가 지닌 운문적 요소에 글자의 정형성까지 더해져 운문성이 강화된 양상을 보인다.

말하자면 한 편의 부 작품은 세 종류의 상이한 서술 양식이 복합된 것으로 볼 수 있는 것이다. 이같은 구성을 취하는 한부는 古賦라고도 하는데, 본사인 正賦 부분이 발전하여 六朝의 排賦나 唐代의 律賦가 되었고, 산문적 요소가 발전하여 宋代의 文賦가 되었다. 그러나, 문부라 할지라도 대구나 압운, 4언구 등 운문적 요소를 포함하는 경우가 많다.

이 글에서 논의하는 산운 혼합담론의 조형으로서의 '賦'는 한대의 부 즉 古賦를 주 대상으로 하되, 排賦나 律賦 중에서도 서를 포함하는 것은 혼합서술 텍스트에 해당되므로 논의대상에 포함시켜 다루고자 한다.

2.2. 漢賦에서의 '序'의 의미와 기능

후대의 동아시아 문학에서는 시작품에 서나, 서와 비슷한 구실을 하는 注·장형화된 제목, 그리고 일본의 다이시(題詞), 고토바가키(詞書) 등과 같은 산문부가 시에 부기되어 있는 양상이 흔히 발견된다. 부의 '서'는 이런 텍스트 유형의 형성과 관련하여 직접적이고 중요한 역할을 한다. 초사 계열의 부에서는 서를 결여하기도 하지만 부는 대개 序-本辭-結의 3단 구성을 취하는데, 제목에 '-幷序'라고 명기되는 경우가 있는가 하면 실질적인 서를 가지고 있으면서 제목에 '병서'라는 말이 나타나 있지 않은 경우도 있다.

양자 사이에는 차이가 있는데, '-幷序'라고 명기되는 경우 서 末尾에 '作賦曰' '奮藻以散懷' '其辭曰' '賦之云爾' '作賦云' '賦之曰' '具於此云' 등의 어구가 붙어 있어, 서와 본사를 구분하는 동시에 하나의 텍스트로 연결하는 구실을 한다. 반면 실질적인 서를 가지면서 제목에 병서라는 말이 없는 경우는 연결 어구가 드러나 있지 않다. 전자에서는 '曰' '云'과 같은 글자가 있음으로 해서 본사는 일종의 '인용문'같은 성격을 띤다. 그래서 본사는 '(나는) 다음과 같은 부를 지었다'와 같은 형태로 서의 문장에 삽입될 수 있다. 그럼으로써 서와 본사는 연결되어 한 편의 텍스트를 형성하게 되는 것이다. 다시 말하면, 이런 연결어구는 '서'가 한 편의 부를 구성하는 요소, 즉 텍스트 일부임을 가리키는 시적 장치가 된다고 할 수 있다.

서는 일반적으로 '사물의 顚末이나 내력을 체계적으로 밝힌 글'[6]로서, 유협은 『文心彫龍』에서 '論說'을 여덟 가지로 나누고 그 중 하나로 '序'('敍')를 들고 있다. 그에 따르면 '論'은 경서의 도리를 조리있게 설명하여 잘못이 없게 하고 성인이 의도한 원래의 뜻을 상실하지 않게 하려는 목적을 지닌 글인데, 그 중 작품에 대한 논문을 '서'라고 하였다. 따라서 문학작품에서의 '서'는 '사실'에 입각하여 그 작품을 짓게 된 연도, 동기 및 배경 등을 밝혀 자신의 글을 잘못 이해하는 일이 없도록 하려는 기본 의도를 지닌다고 할 수 있다. 이를 서의 '사실화의 기능'이라 할 수 있을 것이다.

---

6) 이종건·이복규 공저, 『韓國漢文學槪論』(寶晋齋, 1991), 215쪽.

그러나, 부에서의 서는 단순히 창작 동기를 밝히는 구실만 행하는 것은 아니다. 한 편의 부 작품이 지어지고 향수되는 양상을 살펴보면, 작자는 각종 행사나 연회, 出遊의 현장에 황제 옆에 따라다니면서 황제가 명하면 자신의 재주를 동원하여 온갖 미사여구를 사용하여 부를 지어 바치고, 그 자리에 참석한 황제, 귀족 등 지배층은 그것을 읽거나 듣고 즐기는 양상을 띤다. 요컨대 부는 집단 향유의 문학으로서, 문학이 문인의 주관적 생각과 감정을 표현하는 수단이 아니라, 향유자를 즐겁게 해주는 오락적 수단이 된다.

부 작품 중에는 허구적 인물 혹은 역사적으로 실재하는 인물을 내세워, 비록 간단하기는 하지만 스토리를 전개하는 경우가 종종 있다. 司馬相如가 지은 <子虛賦> <上林賦>[7]는 連作의 성격을 띠는 것으로 子虛, 烏有先生, 亡是公과 같은 허구적 인물을 등장시켜 대화를 유도하고 간단한 스토리[8]를 전개한다. 張衡의 <西京賦>에서는 憑虛公子가 安處先生과 나누는 대화를 중심으로 하며, <三都賦>는 서촉공자, 동오왕손, 위국선생 간에 주고 받는 대화가 텍스트를 구성한다. 이 작품들이 허구적 인물을 내세운 것과는 달리, 謝惠連의 <雪賦>는 司馬相如, 鄒陽·枚乘 등 역사적으로 실재하는 인물을 내세워 梁王이 그들에게 賦와 歌, 亂을 짓게 한 내용을 이야기式으로 전개하고 있다. 이 때 스토리는 대화의 형태를 취하는데, 서는 대화를 이끌어 내는 단초가 되고 결은 대화를 마무리하는 장치가 된다. 그리고 구체적인 대화의 내용이 본사를 구성한다. 따라서 대화를 시작하고 맺는 서와 결은 서술상의 '額子'를 이루고 한 편의 부는 일종의

---

7) 이하 인용되는 賦作品은 『文選』에서 발췌함. 小尾郊一 校注·譯, 『文選』1권·2권·6권 (東京: 集英社, 1974·1981).

8) 楚나라의 雲夢澤을 칭찬하는 자허, 齊의 畋獵 行列을 내세워 자허를 누르고자 한 오유선생, 그러나 결국은 망시공이 한무제의 '상림원'을 찬미하는 내용에 굴복하고 만다는 스토리이다.

'액자형 이야기'의 성격을 띠게 된다. 비록 역사적으로 실재하는 인물이라
해도 이 액자형 서술 안에 그들의 말과 행적이 담겨짐으로써 역사성·실
재성을 벗어나 '虛構化'되기에 이른다.

이처럼 가상의 인물을 창조한다든지 실재하는 인물을 허구화하는 경우,
서는 단순히 작품의 창작 배경이나 동기를 서술하는 사실적인 글의 성격
을 넘어 허구적인 短篇 敍事體의 성격을 띠게 된다. 그럼으로써 부가 지
닌 오락적 효과를 극대화하는 데 기여한다. 이를 서가 지닌 '허구화의 기
능'이라 칭할 수 있다.

한편, 부 또한 문학의 한 양식인 만큼 '작가의 내면세계를 표현'한다고
하는 문학의 기본적 기능이 충족되어야 한다. 부는 외부세계에 속하는 것
을 대상으로 그것의 속성·위용·양태 등을 묘사하는 데 중점이 두어지는
교술장르이므로, 그 대상을 접하여 일어나는 작자의 감정이나 주관, 내면
세계를 표출하는 역할을 '서'가 담당하기도 한다. 이를 서의 '서정적 기능'
이라 부를 수 있을 것이다. 부 작품 중 '서'가 없는 경우—제목에 '-幷序'를
포함하지도 않고, 실질적 서의 부분도 없는 경우—는 대개 본문에서 서정
적 내용이 전개된다는 점만 보아도, 서가 서정적 기능을 행하기도 한다는
사실이 입증된다고 하겠다.9)

서의 네 번째 기능으로서, 본사에서 올 내용을 미리 요약적으로 제시하
는 기능을 들 수 있다. 서에서는 작품을 짓게 된 경위나 상황, 시기나 장소
등을 밝히는 것뿐만 아니라 작품의 전체적 내용이나 주제를 본사에 앞서
서 간략하게 제시하는 경우가 대부분이다. 예를 들어 潘安仁이 지은 <秋
興賦 幷序>를 보면 序 첫 부분에 '나이 32세에 처음으로 흰 머리가 난
것을 발견한 상황'10)을 서술하고 자신을 '연못 속의 물고기, 새장 속의 새

---

9) 김학주도 부의 두 종류-서정부와 서사부- 중 서는 주로 한대에 와서 개발된 서
   사부 혹은 영물부에 붙고, 굴원의 소체를 이어받은 서정부에는 서가 생략되는 것
   도 많다고 하였다. 김학주, 앞의 책(1992), 133~134쪽.

가 강과 숲을 그리워하는 것'에 비유한 뒤[11] 이런 자신의 처지를 생각하고 '깊이 탄식하면서 글을 짓게 되었음'[12]을 밝히고 있다. 그리고 '그때가 마침 가을이었기에 秋興이라는 제목을 붙였다'[13]고 서술하고 있다. 즉, 이 서의 내용은 '人生無常' '벼슬살이가 주는 구속과 자유에의 갈망' '가을의 정취'로 요약된다. 서 끝의 연결어구 "其辭曰" 뒤로 본사가 이어지는데, 우리는 이 서만 보아도 본사의 내용이 어떻게 전개될지 그리고 작자가 무엇을 말하려 하는 것인지 짐작할 수가 있다. 결 부분에는 '이 인간세상을 구속받음 없이 활달하게 살아가자! 유유하고 즐겁게 노닐다가 일생을 마치자!'[14]라고 끝을 맺고 있다.

이렇게 볼 때 한 편의 부를 내용 전개의 측면에서 본다면, 서에서 미리 주제를 제시하고 본사에서 구체적으로 묘사·부연 서술하며, 결에서 다시 주제를 요약하여 총괄적으로 마무리하는 양상을 띤다. 그러므로, '서-본사-결' 사이에는 내용상으로 '등가적' 관계가 형성된다고 할 수 있다. 즉, 핵심적 주제가 세 번 되풀이된다고 할 수 있다.

2.3. '結語'의 의미와 기능

한 편의 부는 대개 서언-본사-결어의 3단 구성을 취하는데, 결어는 보통 亂曰·重曰·訊曰·系曰·歌曰 등의 어구로 시작되고 4언이나 7언의 정형구로 이루어진다. 부는 초사의 전통을 잇고 있는 만큼, 종결구인 '亂' 또한 초사에서 비롯된 것이다. '亂'은 주로 長篇의 음악의 終曲을 가리키는데 이것은 원래 초사에서 全篇을 요약·개괄하는 말을 가리킨다. 초사

---

10) "晉十有四年 余春秋三十有二 始見二毛."

11) "譬猶池魚籠鳥 有江湖山藪之思."

12) "慨然而賦."

13) "于時秋也 故以秋興命篇."

14) "玩游儵之潎潎 逍遙乎山川之阿 放曠乎人間之世 優哉游哉 聊以卒歲."

의 마지막 악장이라 할 수 있는 '亂辭'나 '倡' '少歌'는 모두 초나라 지방 악곡의 구성부분이다.15) 앞에서 길게 서술해 온 것을 최후에 매듭짓는 말16)로서, 작품의 끝에 위치하여 전편의 뜻과 내용을 총괄·반복하는, 비교적 短型의 歌詞이다. 亂 외에 漢의 賈誼가 지은 <弔屈原賦>에 사용된 '訊', 굴원이 지은 「九章」 중 <抽思>에 있는 '少歌'와 '倡', 荀子의 부에 보이는 '反辭' 또는 '少歌', 潘岳의 <寡婦賦>에 보이는 '重' 등도 亂과 비슷한 것이다.17)

『論語』 「泰伯」편에 "師摯之始 關雎之亂 洋洋乎, 盈耳哉"18)라는 말이 있는데 여기서 '始'는 음악의 시작을, '亂'은 음악의 끝을 가리킨다. 이로 볼 때 '난'은 樂歌上의 용어로서 樂歌의 末段이나 문장의 결어, 樂章의 마지막 장에 사용된다는 것을 알 수 있다.19) 王逸은 『楚辭章句』에서 '난은 다스리는 것이다. 난을 발하여 글의 뜻을 정리하고 그 요점을 총괄한다. 全篇의 대요를 난사로써 총괄한다.'고 하였다.20) 이처럼 '난'으로 대표되는 부의 결어는 원래 초나라 음악의 마지막 장에 사용되는 곡으로 음악상의 용어였으나, 초사나 부에 와서는 '결미에 붙어 전편의 뜻과 내용을 요약·총괄하고 매듭짓는 말'을 가리키는 문학상의 용어로 변모하였다.

그런데, 한 가지 특기할 사항은 '난'이 단지 전편의 내용을 요약·총괄·종결하는 역할만 하는 것이 아니라 '讚美'의 내용도 함축한다는 사실이다.

---

15) 김영덕·허용구·김병수 편저, 『중국문학사』(청년사, 1990), 90쪽.

16) 目加田誠 譯, 『詩經·楚辭』(東京: 平凡社, 1969·1971), 318쪽.

17) 이 외에 張衡이 지은 <思玄賦>에 보이는 '系曰', 鮑明遠의 <蕪城賦>에 사용된 '歌曰', 班固의 <兩都賦>의 '詩曰'도 같은 맥락에서 이해할 수 있다.

18) 공자께서 말씀하시기를, '악관인 摯가 연주를 시작하여 <關雎>의 끝부분에 이르러서는 절묘한 가락이 온귀에 가득하였다.'

19) 그러므로 이를 '尾聲'이라고도 한다. 傅錫壬 註釋, 『新譯 楚辭讀本』(臺北: 三民書局, 1976·1990), 47쪽.

20) 같은 곳.

이같은 사실은 아래와 같은 『詩經』 「商頌·那」篇의 구절로 미루어 짐작할 수 있다.

　민마보가 말하기를 정고보가 상나라의 유명한 頌을 교정할 때 那를 머리로 삼고 이를 편집하면서 '亂' 운운했던 것이 바로 이 시이다.[21]

유협도 이를 거론하면서 다음과 같이 지적하였다.

　『詩經』 商頌의 <那>편에 나오는 맨 마지막 章을 민마보가 '난'이라 부른 것을 볼 때, 殷나라 사람들이 편집한 상송이나 초나라 사람들이 지은 부는 모두 결론을 갖추고 있다는 것을 알게 된다.[22]

여기서 '난'이 '(商)頌'에 사용되었다는 점에 주목할 필요가 있다. 『시경』의 '송'은 신에게 드리는 제사의 의식에서 사용되는 시를 가리킨다. 유협은 이를 '송은 '容'이니 위대한 덕행을 찬양하기 위하여 그것을 찬양하는 춤과 노래의 모습을 빌려와 전달하는 것이다.' '商頌 이래로 송의 양식은 언어와 형식을 완전히 갖추게 되었다.'[23]라고 하였다. '亂'이 종묘사직에 제사지낼 때 神을 칭송하는 시인 '頌'에 사용되었다는 것은, 곧 '亂'에 찬미의 뜻이 내포되어 있음을 시사한다.

이로써 알 수 있는 것은 '난'이 요약·종결이라는 기본적 기능 외에, 찬미의 어조를 담음으로써 감동을 주는 효과를 갖는다는 사실이다. 따라서 '亂曰' '重曰' 등과 같은 부의 결어 또한 頌讚的 성격을 띤다는 것을 알 수 있다. 이 외에 길이가 짧고 주로 4자나 7자의 정형을 취한다는 것, 서-본문-결을 갖춘 구성에서 결의 역할을 하며 전편을 총결·요약하는 기능을 한다는 것 등도 '난'과 '찬'의 공통점이라 할 수 있다. 이 점은 처음 초나

---

21) "閔馬父曰 正考甫 校商之名頌 以那爲首 其輯之亂曰云云 卽此詩也."
22) 최동호 역편, 『문심조룡』(민음사, 1994·2005), 122쪽.
23) 같은 책, 「頌讚」, 131쪽.

라 음악에서나, 초사에서, 그리고 부에서 일관되는 난의 특징이라 할 수 있다. 한부 중 張衡의 <南都賦>를 보면 결 부분이 특이하게도 "作頌曰"로 시작하는데 여기서 '頌'은 '亂'의 대체라고 할 수 있으며 이 또한 '亂'이 '頌'과 상통하는 점이 있음을 시사하는 근거가 된다. 그리고 드물기는 하지만 부에서 '亂曰' 대신 '贊曰'로 쓴 경우[24]까지 있음을 감안한다면 亂과 頌讚의 관계―구체적으로 말해 讚이 '亂'에서 비롯되었다는 것―는 더욱 확실해진다고 할 수 있다.

여기에 한부가 기본적으로 황제나 왕실에 대한 찬양의 목적을 지닌다는 것, 그리고 읊조리는 대상에 대한 찬미의 뜻을 내포한다는 점까지 고려한다면, 문학양식으로서의 '讚'의 성립에 '亂'이 모태가 된 것이 아닌가 하는 추정이 가능해진다.

이상 서와 본사, 결을 종합하여 살피면, '서'는 명백한 산문이고 '결'은 음악적 연원을 지닌 것이며, '본사'는 형식상으로는 운문이지만 내용상으로는 산문에 가까운 것이어서 서<본사<결 순으로 점점 운문성 혹은 음악적 요소가 증가하고 있음을 본다. 음악은 운문적 속성이 최대치가 된 것이라 할 수 있으므로, 본사는 서보다, 결은 본사보다 상대적으로 음악에 가까워지는 셈이다.

3. 『三國遺事』의 讚詩와 漢賦의 영향

『삼국유사』는 산운 혼합서술로 이루어진 우리나라의 대표적인 텍스트이다. 여기에 실린 수많은 설화들은 향가를 비롯하여 偈, 古詩 및 絶句와

---

24) 한대의 부는 아니지만 李達衷이 쓴 <礎賦> 말미에 '贊曰'로 시작하는 4언구가 붙어 앞의 내용을 요약·총괄하는 역할을 하고 있다. 이는 전형적인 漢賦에서의 '亂曰'의 변형임이 확실하다. 『국역 동문선』권3(민족문화추진위원회, 1977·1985).

같은 詩, 讚, 詞, 歌, 唱, 謠, 향가에 대한 解詩 등 다양한 형태의 운문 양식을 수반하여 혼합서술 형태를 이루고 있다. 이 중 한부와 관련이 있는 것은 '讚'이다. 讚은 頌과 유사한 성격을 지닌 운문 양식이다. 유협은 '讚은 頌에서 나온 것으로 사물에 대한 찬양을 나타내는 데 사용되며 길이는 대체로 짧고 대개 '4언구'로 되어 있으며, 정해진 몇 개의 脚韻만이 사용되며, 간략하게 서술하여 감정과 사물이 충분히 드러나도록 해야 하고, 명백하고 뚜렷하게 언어를 결합하는 것'이 찬의 원리라고 하였다.[25] 찬미의 대상에 있어 頌의 경우는 종묘사직과 천지귀신이 그 대상이 되는 반면, 讚은 사람을 비롯한 여러 자연물이라는 점[26]에서 다소 차이가 있으나 두 가지는 모두 칭송과 찬미의 뜻을 담고 있는 시 양식이라는 점에서 같은 범주에 속한다. 찬에는 산문찬도 있고 운문찬도 있는데, 운문인 경우 주로 4자 정형구를 취한다.

최초의 찬은 한대 사마상여가 荊軻를 칭송한 <荊軻讚>인데 지금은 전하지 않고 후대의 문인들이 이를 본받아 많은 찬을 짓게 되었다. 이로 볼 때 찬은 부보다 나중에 출현한 문학양식이라 할 수 있다. 그러나, 찬도 시 앞에 산문으로 된 배경담이나 서가 附添되어 있다는 점에서 한부와 마찬가지로 산운 혼합담론으로 분류될 수 있다. 司馬相如가 이름난 부 작가라는 점을 감안하면, 그가 지은 찬에 부의 문학적 요소가 많이 스며들어 있을 것이라는 점은 짐작하고도 남음이 있다.

『삼국유사』에는 7언절구 형 찬시 49편과 7언 10行의 찬시 1편 도합 50편의 찬이 실려 있다. 『삼국유사』의 찬은 여타 찬 양식과 마찬가지로 주로 텍스트 뒤에 붙는데 앞에는 산문서술인 배경담이 온다. 『삼국유사』에 삽입된 다양한 운문 양식 중 찬은 一然이 지은 것인데, 찬을 기준으로 한다

---

25) 같은 책, 135쪽.
26) 이종건·이복규, 앞의 책, 174쪽.

면 앞의 산문 서술은 찬시가 지어진 경위나 배경을 附記한 부분이라 할 수 있다. 이 관계는 한부에서의 서와 본사의 관계와 恰似하다.[27]

찬에서 산문과 운문의 관계를 보면 산문부에서 서술된 내용이 운문으로 되풀이되는 양상을 띤다. 즉, 산문과 운문은 '계열식' 결합을 이룬다. 예를 들어, 『삼국유사』 제 5권 「月明師 兜率歌」條를 보면, 월명사가 해가 두 개 나타난 변괴를 노래로써 물리친 이야기와 죽은 누이동생을 제사지낼 때 紙錢이 서쪽으로 날아갔다는 이야기, 그리고 그가 피리를 잘 불어 달이 운행을 멈추었다는 이야기 등 세 가지 삽화가 서술되어 있고 그 뒤에 "風送飛錢資逝妹 笛搖明月住姮娥 莫言兜率連天遠 萬德花迎一曲歌"라는 찬시가 붙어 있다. 찬시의 내용은 이 세 이야기를 모두 포함하고 있어, 산문의 내용을 운문으로 요약·되풀이하는 양상을 띤다. 이런 양상은 찬의 전통을 이루고 있는데 비교적 오래된 작품인 夏侯湛(243~291)의 <東方朔畫贊 並序>나 陶淵明의 찬 작품들과 비교해 봐도 크게 다른 점이 없다. 다만 대부분의 찬이 4언구임에 비해 『삼국유사』의 것은 7언절구 형태를 취한다는 점이 다르다.

『삼국유사』 찬의 기원에 대해서는 크게 불교 원시 경전의 12부경 중, 산문 서술 뒤에 붙어 그 내용을 운문으로 요약·되풀이함으로써 찬송하는 '祇夜'[28]에서 연원한다는 견해와, 불교 경전의 성격과 중국 전통적 문체로서의 성격이 혼합된 것으로 보는 견해가 있다. 전자를 부연하면, 『삼국유사』의 찬시는 거의 불교의 弘法譚에 후첨되어 있는 것으로 보아 이 찬시

---

27) 그렇다고 산문서술과 찬이 결합한 『삼국유사』의 텍스트들을 곧바로 한부와 같은 서부가형 혼합담론으로 규정할 수는 없다. 서부가형은 韻主散從을 기본 특징으로 하지만 『삼국유사』의 경우 운주산종 형태로 볼 수 없기 때문이다. 사실 『삼국유사』의 찬은 서부가형보다는 열전형과 관련이 깊다. 여기서는 다만 『삼국유사』 찬의 연원을 추적하는 데 초점이 맞춰져 있다. 열전형으로서의 『삼국유사』 텍스트에 대한 자세한 논의는 본서 제3부 「전문학의 시가 운용」 참고.

28) 보통 應頌 또는 重頌으로 번역된다.

가 원시 불교경전의 12部經에서 비롯된 것이라 보는 관점이고[29], 후자의
경우는 伽陀·祇夜와 같은 불교 경전 양식이 중국에 들어와 한역되면서
한시적 운문형태로 나아가게 되었고, 결국 佛典의 운문형식과 창작적인
불교시의 중간 형태를 취하게 된 것이 바로『삼국유사』의 찬이라고 보는
관점이다.[30]『삼국유사』의 찬이 직접적으로 祇夜의 영향을 받아 형성된
운문 양식이라고 보는 것이나, 불경이 한역되면서 한시체와 접맥을 이루
는 과정에서 도출된 문학양식으로 보는 것이나 불교적 연원설에 기반한
다는 점에서는 같다.[31]

필자도 불경이『삼국유사』찬의 형성에 상당 부분 영향을 끼쳤다는 점
은 전적으로 수긍한다. 그러나 불경의 연원과는 별도로 중국 문학의 전통,
구체적으로는 한부의 결어인 '亂'이 또 다른 영향의 원천이 된다는 점을
피력하고자 한다. 이 점은 한부의 성행이 불경의 漢譯보다 시기적으로 앞
선다는 사실과, 불경의 '祇夜'와 마찬가지로 '난'도 찬미와 요약의 기능을
갖는다는 사실을 근거로 한다.

불경의 한역 사업이 대대적으로 행해진 것은 크게 세 시기로 나뉜
다.[32] 첫째 시기는 後漢에서 西晉에 걸친 시기로 이때 한역 작업은 安世
高, 支婁加讖 등 외국인 승려에 의해 이루어졌다. 안세고는 148년경 낙
양에 도착하여 170년까지 머물며 불경을 한역하고 불법을 전파하였으며,
지루가참은 166년경 낙양에 들어와 188년경까지 머물며 譯經 사업에 힘
을 기울였다.[33] 이 시기의 한역은 초보적 단계로서 언어 문제 때문에 한
계가 있었다. 제 2기는 東晉에서 南北朝에 이르는 시기로 역경의 전성기

---

29) 임기중, 「鄕歌文學과 佛敎弘法」,『韓國佛敎文學硏究』(동국대학교 韓國文學硏究所
　　編, 1988).
30) 인권환,『高麗時代 佛敎詩의 연구』(고려대 민족문화연구소, 1983·1989), Ⅳ장 2절.
31) 임기중은 전적인 모태로 보고, 인권환은 부분적인 모태로 본다는 차이가 있다.
32) 劉大杰,『中國文學發展史』上·下(大學書院, 1994), 298쪽.
33) K.S. 케네쓰 첸,『중국불교』상·하(박해당 옮김, 민족사, 1994), 56~57쪽.

로서 唐代의 기록에 의하면 당시 96인의 번역자가 3155권의 번역을 했다고 한다. 제 3기는 唐代로서 대표적 譯者로 玄奘이 있다. 이처럼 불경의 한역 사업이 이루어진 것은 한부가 이미 문학 양식으로 뿌리를 내리고 사마상여나 반고, 양웅, 장형 등 뛰어난 부 작가들이 활약하던 시기보다 훨씬 후대의 일이다.

또한, 한부가 시기적으로 불경 한역보다 앞섰고 불경의 용어에 영향을 끼친 근거로, 기야를 '重頌'으로 번역하는 것을 들 수 있다. 앞서 언급한 것처럼 한부의 결어 부분은 '亂曰' 외에도 다양한 말로 시작되는데 그 중 하나가 '重曰'이다. '重頌'이나 '重曰'은 모두 '거듭 노래한다(혹은 말한다)'는 뜻으로, 기야를 중송으로 번역한 것은 이미 산문 부분을 운문으로 거듭 말하는 것에 대한 개념과 용어가 있었기에 그것을 기반으로 한 것이라 볼 수 있다.

그리고 텍스트 끝에 붙어 종결의 기능을 갖는다는 점, 앞에서 서술된 대상에 대해 찬미의 어조를 담는다는 점, 길이가 짧고 대체로 4언구의 정형을 취한다는 점, 앞에서 서술된 내용을 요약한다는 점 등도 '난'과 '찬'의 공통점이라 할 수 있다. 이런 점들을 근거로 하여, 한부의 '난'을, 『삼국유사』의 찬을 포함한 찬 양식의 한 조형으로 보고자 하는 것이다.

「이세모노가타리」의 형성과정과
일본 서부가형 혼합담론

하나의 담론에 산문과 운문이 혼재되어 있는 서술방식은 동아시아 문학의 두드러진 특성 중의 하나이다. 여기서 산문과 운문이 혼합되어 있는 서술이란, 운문과 산문이 독립된 서술단위로 존재하면서 하나의 담론을 구성하는 경우를 가리킨다. 사실 이같은 혼합서술문체는 동아시아 문학뿐만 아니라 서양의 문학에서도 발견되는 현상이므로 동아시아 문학만의 특징이라고 말할 수는 없다. 그러나 동아시아 문학 그 중에서도 고전문학에서는 다양한 문학양식에 걸쳐 이같은 서술방식이 두드러져 하나의 문학적 전통을 이루고 있다. 특히 일본의 경우는 거의 모든 종류의 고전문학 양식에서 혼합서술 문체가 활용되고 있다고 해도 과언이 아닐 만큼 이런 텍스트 유형이 광범하게 활성화되어 있다는 특징을 지닌다. 이 글은 「이세모노가타리」(伊勢物語)의 형성 과정을 중심으로 일본 서부가형 혼합담론의 전개 양상을 살피는 데 목적을 둔다.[1]

「이세모노가타리」는 일본의 대표적인 우타모노가타리(歌物語)로서 10세기 초·중엽에 이루어진 작품이다. '우타모노가타리'란 와카(和歌)를 중

---

1) 「이세모노가타리」는 우타(歌)의 유래를 간단한 小話로 엮는다고 하는 점에서 산운 혼합담론의 유형 중 '시화형'으로 분류된다. 이 글에서는 일본의 서부가형 혼합담론의 기원과 전개 양상을 살피는 데 이 작품을 활용할 뿐이며 시화형 혼합담론으로서의 본격적인 면모는 본서 제3부에서 다루게 될 것이다.

심으로 한 短篇의 이야기群 혹은 우타(歌)의 유래를 간단한 小話로 엮은 것으로 정의된다.[2] 산문인 설화와 운문인 노래를 융합한, 전형적인 혼합 서술 유형의 문학양식이다. 일본에는 산문과 와카가 혼합된 문학양식이 다수 존재하는데, 그 중 '우타가타리'(歌語り)는 궁정 사교장에서 주고받던 와카에 대한 이야기로서 문자로 정착되기 전의 것을 말하는 반면, '우타모노가타리'는 그것을 문자로 기록한 것을 가리킨다.[3] 이외에『古事記』『日本書紀』와 같이 산문기록 속에 시가 삽입되어 있는 것을 모노가타리우타 (物語歌)라고 한다.

우타모노가타리를 대표하는「이세모노가타리」는 한 사람의 작자에 의해 어느 한 시점에서 성립된 것이 아니라, 몇 사람의 작가에 의해 몇 단계의 개작과 증보의 과정을 거쳐 적층적으로 형성된 것이다. 이 작품은 총 125단으로 이루어져 있는데, 각 단은 최소한 하나 이상의 와카를 포함하며 산문 서술은 '昔'이라는 불특정 과거의 시간과 이름이 없이 그냥 '男'라고 하는 인물을 등장시켜 그 와카의 유래에 관한 이야기를 전개하는 형식으로 되어 있다. 주로 '昔男'과 수많은 여성들간의 사랑 이야기를 그 내용으로 한다. 어떤 경우는 와카를 여러 수 포함하고 산문부분도 상당히 길게 서술되어 있지만 대부분은 地文이 數行 정도인 짧은 형태이다. 예를 들어 보면,

옛날에 미숙하지만 정취를 아는 여자가 있었다. 남자가 그 가까이 살고 있었다. 여자는 노래를 읊을 줄 아는 사람이었으므로 어떻게 할까 생각하다 덜 시든 국화를 꺾어 남자가 있는 곳에 노래와 함께 보냈다. "다홍색으로 아름답게 보이는 것은 어떤 부분일까요. 마치 흰 눈이 가지를 휘게 할 정도로 내려 쌓인 것처럼 보여 그 모습이 확실하지 않네요." 남자는 이 노래가 뜻하는 것을 분명히 알고 있었지만, 모르는 척하며 答歌를 읊었다. "붉게 아름다운 색을 덮은 흰 눈같은

2) 佐佐木孝二,『歌語りの系譜』(東京: 櫻楓社, 1982), 18쪽.
3) 雨海博洋 外 2인 共編,『歌語り・歌物語事典』(東京: 勉誠社, 1997), 14쪽.

白菊은, 그것을 꺾어버린 당신의 소매에 스며든 색이 아닐까 하고 생각합니다."[4]

에서 보듯 어떤 남자와 여자 간에 주고 받은 와카를 중심으로 간단한 사랑 이야기가 서술되어 있다.

이 125개의 短篇의 小話들은 낱낱의 독립된 이야기로 존재하는 것이 아니라 어느 정도 일관성과 통일성을 유지하면서 헤이안(平安) 시대에 실존했던 아리와라노 나리히라(在原業平)라는 인물의 일생에 걸친 연애사건들을 연령순에 따라 그리고 있다는 점에서 일대기적 구성을 취하고 있다. 이야기 속에서는 '昔男'이라는 일반명사로 소개되어 있는 나리히라는 귀족이면서 잘 생긴 好色男이다. 그러나 이것만으로는 우타모노가타리의 주인공의 조건을 갖추었다고 할 수 없다. 아무리 인격적으로 훌륭하고 미남이며 귀공자라 해도 와카를 짓고 감상할 수 있는 예술적 안목이 없으면, 설화의 주인공은 될지언정 우타모노가타리의 주인공은 될 수 없다. 그런 만큼 「이세모노가타리」에는 나리히라의 작으로 알려진 와카가 30수 포함되어 있다. 또한 모노노아와레를 아는 고상한 인물로 자유로운 정신의 소유자여야 한다.[5]

여러 차례의 증보·개작의 단계를 거쳐 10세기 중엽 오늘날과 같은 「이세모노가타리」가 형성되기에 이르렀는데 이 과정에서 다양한 영향의 원천이 감지된다. 우타의 유래를 간단한 小話로 엮는다고 하는 점에서, 어떤 偈頌을 제시하고 그것이 지어진 인연을 이야기 형식으로 서술한『法句比

---

4) 「伊勢物語」 18단. "むかし, なま心ある女ありけり. 男近うありけり. 女 歌よむ人な りければ 心みむとて 菊の花のうつろへるを折りて 男のもとへやる. 'くれなゐににほ ふはいづら白雪の枝もとををに降るかとも見ゆ.' 男, しらずよみによみける. 'くれなゐ ににほふが上の白菊は折りける人の袖かとも見ゆ.'" 번역은 片桐洋一 外 3人 校注· 譯, 『竹取物語·大和物語·伊勢物語·平中物語』(東京: 小學館, 1972·1990)에 의거 하였다.
5) 上坂信男, 『伊勢物語評解』(東京: 有精堂, 1978), 31쪽.

喻經』[6]의 방식이 영향을 끼쳤다고 보며, 남녀 애정이 주제가 된다는 점에서 唐 傳奇 중의 하나인 「遊仙窟」[7]이 끼친 영향도 간과할 수 없다. 여기에 『古事記』『日本書紀』에서부터 비롯된 산운 혼합서술의 일본적 전통도 한 몫 했을 것으로 보며, 노래를 섞어 이야기하는 방식—歌入り物語—이 궁정을 배경으로 하는 당대 귀족 문화의 한 취향 내지 유행이었다는 점도 「이세모노가타리」의 형성과 관련하여 중요한 점이라 하겠다.

그러나 무엇보다 「이세모노가타리」의 형성에 직접적 토대가 되었다고 보는 것은 『고킨와카슈』(古今和歌集)[8]이다. 두 작품집은 시기적으로 거의 겹칠 뿐만 아니라 양자에 중복되는 와카의 수가 68수를 헤아리며, 68수 중 在原業平의 작품이 18수[9]에 이른다는 점에서도 양자의 밀착된 관계를 짐작할 수 있다. 『古今和歌集』에서 한 편의 노래는 고토바가키(詞書)·作者名·歌로 조직되는데 때때로 左注가 붙기도 한다. 詞書나 左注는 作歌의 성립 사정을 알려 준다는 점에서는 대동소이하다. 그러나, 詞書는 作歌의 성립사정이나 주제 등 노래에 대한 1차적인 정보를 제시하고 이것이 불분명할 경우는 '題しらず', 작자가 불분명할 경우는 '讀人しらず'로 표기하며, 左注는 詞書·作者名·歌에 대한 2차적·보조적 정보를 부가한다는 차이를 지닌다.[10] 노래를 중심으로 하여 詞書는 歌 앞에, 그리고 左注는

---

6) 게송으로 이루어진 불경인 『法句經』의 게송에 대하여 그 시편들이 이루어진 배경을 서술해 놓은 것이 『法句比喩經』이다.

7) 『新·舊唐書』에 '신라와 일본 사신들이 入朝하여 비싼 값을 주고 「遊仙窟」을 다투어 사갔다'는 기록이 있다.

8) 일본 최초의 勅撰和歌集으로 905년에 편찬되었다. 수록 작품은 1100수이다.

9) 이중 在原業平의 작품이 18수, 작자불명이 25수이다. 雨海博洋 外 2인 共編, 앞의 책, 317쪽.

10) 小島憲之·新井榮藏 校注, 『古今和歌集』(東京: 岩波書店, 1989), 해설 472~473쪽. 『古今集』에서 左注는 대개 作者不明의 경우에 붙는 경향이 있다. 『古今集』의 左注는 和歌의 일부에 대해서 별도의 전승을 나타내는 것, 作者에 대한 전승을 기록한 것, 노래가 읊어진 사정에 대한 내용을 전하는 것 등 세 종류로 나눌 수 있다. 雨海

歌 뒤[11])에 위치한 산문서술 부분이라는 점도 표면상의 큰 차이이다.

「이세모노가타리」의 성립에 관한 학계의 일반적 견해는 和歌集의 고토바가키가 확장·발전하여 이 작품이 성립되었다고 보는 것이다.[12]) 예를 들어 『古今和歌集』 479번 와카의 경우를 보면,

> 人の花摘みしける所にまかりて, をこなりける人のもとに, のちによみてつかはしける (어떤 여성이 꽃을 꺾고 있는 곳에 우연히 가서 만났기 때문에, 후에 그 여성의 집에 읊어 보냈다)

라는 고토바가키 뒤에 작자이름 기노 츠라유키(紀貫之)가 나오고 그 뒤를 이어

> 山ざくら霞の間よりほのかにも見てし人こそ戀しかけれ (산 벚꽃을 안개 틈 사이로 얼핏 본 것뿐이지만, 그것만으로도 지금 사랑하지 않을 수가 없습니다)

라는 노래가 서술되어 있어, 고토바가키가 作歌 사정을 설명하는 배경이 되고 있음을 알 수 있다. 이 예는 고토바가키의 길이에 있어 지극히 평균적인 것인데, 전체를 통들어 가장 긴 예인 411번의 경우는 구체적인 인물·시간·장소는 물론 구체적인 사건이 상세하게 서술되어 있어 '최소

博洋 外 2인 共編, 앞의 책, 317~318쪽.

11) 歌 뒤에 위치해 있는데 '後注'라 하지 않고 '左注'라 한 것은, 세로 글쓰기에서는 노래의 '뒤'가 지면상으로 왼쪽이 되기 때문이다. 이 점에서 詞書는 '序'와, 左注는 '跋'과 기능이 같다고 할 수 있다. 필자는 산문서술의 위치에 따라 詞書가 붙는 것은 '서부가형'으로, 左注를 포함하는 것은 '주석형'으로 분류하였다.

12) 그러나, 「伊勢物語」의 이야기가 『古今和歌集』의 詞書의 기반이 되는 경우도 있어 이 둘은 일방적으로 어느 한 쪽이 다른 한 쪽에 영향을 끼쳤다기보다는 상호 영향을 주고 받았다고 보는 것이 정확하다. 詞書發展說 외에 記紀歌謠에 붙어 있는 左注를 기반으로 발생했다는 설, 우타가타리(歌語り)의 영향을 중시한 설 등이 있다. 「伊勢物語」의 발생연원에 관한 것은 雨海博洋 外 2인 共編(앞의 책, 13쪽)과 佐佐木孝二(앞의 책, 10쪽) 참고.

이야기'로서의 요건을 갖추고 있다.[13]

이로 볼 때, 詞書는 그 기능과 역할, 그리고 산문 서술을 歌에 부가한 동기—서정시에서의 자세한 표현의 부족을 메우기 위해 詞書를 붙임[14]— 등 여러 면에서 '서'와 비슷하다는 것을 발견하게 된다. 「이세모노가타리」가 이 詞書를 바탕으로 형성되었다는 사실은, 「이세모노가타리」라고 하는 혼합담론의 먼 조상중의 하나로서 '한부'를 고려하는 근거가 된다. 그러나, 左注나 詞書는 和歌集에만 고유한 것은 아니다. 『古事記』『日本書紀』의 가요나 『萬葉集』의 노래에서도 이들 존재를 발견할 수 있다. 『古今集』이래 和歌集에서 보이는 詞書는 『萬葉集』의 題詞[15]를 이어받은 것이며 이들은 모두 作歌의 사정을 설명한다는 점에서 '서'와 거의 비슷한 기능을 한다고 할 수 있다.

일본문학사에서 시에 서를 붙이는 새로운 형식은 나라 시대에 편찬된 최초의 漢詩集 『懷風藻』(751년)에서 시도되었다.[16] 여기에 수록된 '-幷序'형 텍스트[17]를 보면, 서 끝에 '其詞曰' '成篇云爾'와 같은 어구가 붙어 있어 한부의 양식을 그대로 따르고 있음을 알 수 있다. 여기에는 64인의 작가의 시 120편이 수록되어 있는데, 주로 중국 六朝時代의 詩風을 따르고 있다. 이 한시집은 『萬葉集』과 거의 같은 시대의 것인 만큼 양쪽에

---

13) '최소 이야기'를 성립시키는 조건에 대해서는 본서 제2부 「고려사 악지 속악조에 대한 신 조명」 참고.

14) 詞書가 자세하게 되면 될수록 서정성 중심의 歌는 서사성 중심의 산문으로 이행하게 된다. 佐佐木孝二, 앞의 책, 329쪽. 앞서 '漢賦에서의 '序'의 기능을 네 가지로 언급했는데 그 중 '서정적 기능'이 바로 이와 관련된 것이다.

15) 題詞는 詞書의 일종이나 주로 『萬葉集』의 노래에 사용되는 용어이며 詞書는 『古今集』이후 和歌集에 사용되는 용어이다. 大養廉 外 6人 共編, 『和歌大辭典』(東京: 明治書院, 1986).

16) 秋山虔·神保五彌·佐竹昭廣 共編, 『日本古典文學史の基礎知識』(東京: 有斐閣, 1975·1982), 58쪽.

17) 시 제목에 '-幷序'라고 표기되어 있는 텍스트를 가리킴.

모두 관련된 작자는 20여 명에 이른다.[18] 이것은 萬葉 歌人이 노래를 지음에 있어 중국 한시문의 영향을 크게 받았음을 시사한다.

『懷風藻』를 개괄하면 중국 시문 가운데서도 특히『文選』『玉臺新詠』「遊仙窟」등은 만엽 가인의 창작의 보고같은 역할을 하였음을 알 수 있다.『懷風藻』에는 제목에 '并序'라는 말이 포함된 작품이 상당수 실려 있는데 이는『文選』을 통해 익숙해진 한부의 특성을 따른 것으로 보인다. 萬葉歌 중 長歌를 '賦'라고 불렀다는 사실, 反歌—혹은 短歌—가 초사 및 한부의 결구인 亂·小歌·倡 등에 기초한 것이라는 점[19] 萬葉歌 중 題詠的 長歌는『文選』소재 부에서 착상을 얻었다는 점, 萬葉歌 중 輓歌는 潘岳의 <寡婦賦>를 의식하고 지은 것이라는 점, 그리고 萬葉 長歌의 유명한 작자는 당시의 지식계급 즉 한시문에 능통한 사람이었다는 점[20] 여기에 여기에 詩序를 붙이는 것이『懷風藻』에서 처음 시도되었다는 사실까지 고려한다면 漢賦—『懷風藻』—萬葉歌 간에는 서로 통하는 면이 있으리라는 것을 짐작할 수 있다. 한 마디로 萬葉 歌人은 한부에 이미 상당한 교양을 가지고 있었다고 할 수 있으며 제목에 '병서'를 붙이고 시작품의 창작 상황 등을 기록하는 것에 익숙했을 것으로 보는 것이다. 이같은 사실로부터『萬葉集』의 題詞를, 한부의 '서'를 계승하여 일본적 변형을 이룬 것으로 보는 필자의 관점이 어느 정도 설득력을 얻으리라 본다.

종합하면, 한부의 '서'가『文選』등을 통해 나라시대의 지식층인 歌人·詩人들에게 알려졌고 이 지식인들은 詩나 歌에 作歌 배경이나 경위 등을 산문 서술로써 부기하는 방법을 익혔으며 자신들이 한시나 와카를 지으면서 이를 활용했던 것이『懷風藻』의 '并序',『萬葉集』의 '題詞'였다고 볼 수 있다. 이같은 문학적 전통이 뒤이어『古今和歌集』을 비롯한 헤이안

---

18) 太田靑丘,『日本歌學と中國詩學』(東京: 弘文堂, 1958), 54쪽.

19) 같은 책, 28쪽, 50~51쪽.

20) 같은 곳.

시대의 각종 와카집의 '詞書'로 계승되었던 것이다. 이처럼 산문과 운문을 섞어 한 편의 텍스트를 만드는 것이 헤이안 시대의 하나의 문학적 유행을 이루었고 여기에 在原業平이라고 하는 유명한 歌人[21]의 애정 편력에 관계된 이야기가 결합하여 「이세모노가타리」라는 혼합담론을 형성하게 된 것이다. 산문으로 된 地文에서는 와카가 지어진 배경을 '昔男'을 주인공으로 한 모노가타리 형태로 서술하고 그 뒤에 해당 와카를 제시하는 구성을 취하게 된 것이다. 그러므로 「이세모노가타리」에서 와카는 이야기 구성에 없어서는 안 되는 부분, 나아가서는 한 편의 小話에서 주가 되는 요소라 할 수 있다. 와카는 이야기 속에서 주로 남녀가 주고 받는 노래의 성격을 띠는데, 화자의 심정을 표현하는 매체가 되어 결국 '대화'의 기능을 행하게 된다. 이렇게 볼 때, 『萬葉集』에 붙은 左注나 題詞가 우타가타리(歌語り)나 넓게는 우타모노가타리의 발생을 조장하는 요소 혹은 직접적 소재가 되었다고 할 수 있다.[22]

左注·題詞·詞書 등이 발전하여 「이세모노가타리」를 성립시켰다고는 하지만, 산문 서술 부분과 歌의 관계에 있어 양자는 큰 차이를 지닌다. 題詞·詞書 등은 歌와는 별도의 것으로 텍스트의 부속 성분이라 할 수 있지만, 「이세모노가타리」의 경우는 이 요소들이 본문으로 편입되면서 산문부와 운문부가 결합하여 하나의 短篇 서사체를 구성한다는 차이이다. 따라서 『萬葉集』이나 『古今集』에서 산문 부분은 설명적 기록으로서 의미를 지니지만[23] 「이세모노가타리」에서는 사실적 기록으로서의 속성을 잃고 '허구화'되는 것이다. 이 작품이 在原業平의 일대기를 바탕으로 했으면서도 실명 대신 '昔男'이라는 보통명사로 나타낸 것은 우타모노가타

---

21) 그는 6歌仙 중 하나이다.

22) 雨海博洋 外 2인 共編, 앞의 책, 14쪽. 318쪽.

23) 이를 '사실화의 기능'으로 나타낼 수 있다. 자세한 것은 본서 제2부 「한부와 동아시아 산운 혼합담론」 참고.

리로서의 일종의 허구화의 장치인 셈이다. 이같은 양상은 사실적 기록에 기초하면서도 그것을 허구화한다는 점에서 漢賦의 序가 지니는 '허구화'의 기능과 흡사하다.[24] 한부의 경우 허구적 인물을 창조했다면, 「이세모노가타리」의 경우는 실재 인물을 허구화했다는 차이가 있을 뿐이다.

「이세모노가타리」에서 실명 대신 '昔男'을 내세운 것은, 실명으로 했을 경우 在原業平과는 무관한 이야기를 전개하기가 곤란하고 향수자가 상상의 세계에서 이야기 속 인물에 동화하면서 현재의 답답한 현실을 벗어나 우타모노가타리의 세계에 빠져드는 즐거움에 제약을 가하는 요인이 되기 때문이다. '昔'이라고 하는 막연한 과거의 시간을 설정한 것도 같은 이유라고 생각한다. '昔'이라는 설정은 시간뿐만 아니라 공간적 불특정성까지 포함한다. 이것은 궁중 살롱에서 여러 사람들이 모여 우타에 관한 이야기를 나눈다고 하는 우타가타리의 집단 향수의 양상을 고려할 때 '昔男'이라는 설정이 실명을 제시하는 것보다 오락성을 배가시킨다는 것이 분명하다.

한 편의 시에 題詞·詞書가 덧붙은 것과 「이세모노가타리」에 시가 삽입된 것 사이의 차이는 단지 사실성이 강조되느냐 허구성이 강조되느냐 하는 것만은 아니다. 전자의 경우는 산문과 운문이 韻主散從의 관계에 놓이며 혼합담론 유형 중 '서부가형'으로 분류되지만, 후자의 경우는 散主韻從의 관계로서 '서사체 시삽입형'으로 분류되는 것이다.

이상 「이세모노가타리」에서 보여주는 혼합서술 양식의 형성에 영향을 끼친 것으로서 가장 먼 근원이라 할 漢賦의 序와 「이세모노가타리」와 거의 동시대의 『古今和歌集』에 보이는 고토바가키(詞書)를 중점적으로 살펴보았다. 고토바가키는 序의 일본적 변형이라 할 수 있다는 점에서 일본의 서부가형 혼합담론의 중심에 놓이는 산문 서술이라 할 수 있다.

---

24) 이 점에 대해서는 본서 제2부 「한부와 동아시아 산운 혼합담론」 참고.

어떤 노래의 作歌 배경에 대한 설명의 성격을 띠는 이 고토바가키에 인물과 간단한 스토리가 가미되어 확대·발전을 이룬 것이 바로 「이세모노가타리」인 것이다. 일본의 경우 산운 혼합서술 문체는 모노가타리(物語), 和歌集들, 기행문학, 일기문학, 俳文25) 등 대부분의 문학 양식에서 광범하게 활용되고 있어 일본 문학 특히 고전문학의 한 두드러진 특징이 되고 있다.

---

25) 하이카이(俳諧)의 색채를 띤 간결한 수필풍의 산문을 가리킨다. 문장 끝에 하이쿠(俳句)를 배치하는 것이 특징이다.

漢詩의 長形 標題에 대한 문체론적 이해

1. 문제 제기

　일반적으로 시텍스트는 표제―또는 제목―와 본문으로 이루어져 있다. 그리고 대부분 시텍스트에 대한 연구는 본문을 대상으로 하여 전개되어 왔고 현재까지도 이런 경향은 크게 달라지지 않았다. 제목은 본문에 덧붙여진 요소로서 혹은 다른 상품과의 구분을 위해 임의로 붙여 놓은 일련번호나 라벨처럼 내용물에는 영향을 끼치지 않는 잉여적 요소로 간주되어 작품의 분석이나 평가에서 제외되고 별 관심이 주어지지 않은 것도 사실이다. 그러나 하나의 텍스트에 있어 '제목'이란 단지 글의 첫머리에 놓여 그 글이 다른 것과 구분되도록 하는 '이름'에 불과한 것이 아니라, 그 글의 의미나 주제, 미적 가치 등과 같은 텍스트성의 형성에 적극적으로 간여하는 주요 구성성분이다. 즉, 사람에게 있어 이름은 단지 다른 사람과 구분을 하기 위한 것이지, 어떤 사람의 정체성을 변화시키는 다시 말해 그 사람의 본질에 영향을 끼치는 요소가 되는 것은 아니다. 예를 들어 '홍길동'이라는 사람이 '홍길수'라는 이름으로 바뀌어 불린다 해서 그의 본질이나 정체성에 변화가 야기되는 것은 아니다.

　그러나, 제목은 때로는 상보적으로 작용하면서 때로는 본문 해석의 보조 수단으로 작용하면서 본문과 유기적인 관련을 맺는다. 하지만 표제와

본문이 한 텍스트에 있어 차지하는 비중은 반드시 대등하다고 할 수는 없
다. 제목이 없어도 본문만으로 독자는 불충분하기는 하지만 그 작품을 감
상·해석할 수도 있고, 평가할 수도 있기 때문이다. 그러므로 제목이 텍스
트의 구성성분의 하나로 인식되는 것은 당연하지만, 제목과 본문 사이에
놓여져 있는 비중상의 불균형, 불균등성 또한 고려되어야 한다.

 '제목'을 두고 다른 운문 형태들 즉 민요, 국문시가, 현대시 등과 비교
해 볼 때 漢詩는 여러 면에서 매우 특이한 점을 보인다. 민요는 물론, 오
랫동안 口傳 또는 향찰로 기록되어 오다 훈민정음 창제 후 국문으로 정
착된 고려가요, 그리고 시조·가사 작품들에는 제목이 붙여져 있지 않은
경우가 많다. 여기서 말하는 제목은 후대인에 의해 붙여진 것이나 노랫
말 첫머리를 따서 자동적으로 붙여진 것1)이 아닌, 작자에 의해 어떤 문
학적 의도하에 붙여진 것을 가리킨다. 민요 및 구비성을 지닌 국문시가
에 제목이 없다고 하는 현상은, 곧 발화 주체가 명시되지 않는 현상과 밀
접하게 연관되어 있다. 그러나 특별한 경우2)를 제외하고 대부분의 한시
에는 제목이 붙여져 있다. '표제'란, 설령 <無題>라는 제목이 붙여져 있
다 할지라도, 어떤 작품에 대하여 작자가 자신의 존재를 드러내는 최초
의 그리고 1차적인 문학적 표지라 할 수 있으므로, 대부분의 한시가 표
제를 지니고 있다는 것은 그것이 작자에 의해 '고안된' 일종의 문학적 장
치라는 것을 의미한다.

---

 1) 예를 들어 정몽주와 이방원이 주고 받은 시조를 각각 <丹心歌> <何如歌>로 명명
  한 것이나, 민요 <아리랑>, 고려가요 <가시리>처럼 노랫말 첫머리가 제목이 된 경
  우, <처용가> <안민가> 등 대부분의 향가 작품처럼 그 노래가 지어진 배경에 의해
  자동적으로 제목이 붙여진 경우 등을 들 수 있다. 이들은 모두 작자에 의해 '의도'되
  고 '고안'된 문학장치로서의 제목이 아닌, 후대인들에 의해 부여된 제목이라 할 수
  있다.
 2) 예를 들어 이제현의 시 <小樂府>같은 경우는, 이 제목하에 9편의 시작품이 수록되
  어 있는데 각 작품에 대해서는 제목이 붙여져 있지 않다.

한시가 갖는 제목상의 특징 중 또 다른 것으로, 제목이 있는 시조·가사 작품들 그리고 현대시와 비교해 볼 때, 韓譯을 했을 때 한 단락 이상의 길이를 가진 장형화된 標題가 많다는 점을 들 수 있다. 그리고 한시 표제의 길이는 운문의 종류에 따라 달라진다는 점 또한 기억해 두어야 할 부분이다.

본문이 텍스트 구성의 '主成分'이라면, 표제는 '副成分'이라 할 수 있는데, 한시는 표제 외에도 幷序·題辭·跋文·題注·題後 등과 같은 부성분을 지니며, 표제는 한편으로는 이 부성분들과, 그리고 또 한편으로는 본문과 밀접한 관계를 맺으면서 어떤 작품의 텍스트적 특성을 구체화하는 데 중추적인 구실을 한다. 장형의 표제는 여러 부성분들 중 특히 병서나 제사와 밀접한 관계를 맺고 있다. 이것이 한시의 표제가 갖는 세 번째 특징이다. 표제는 본문에 대해서는 부차적인 성격을 띠지만, 여타 부성분들이 '선택적'인 것과는 달리 텍스트 성립에 있어 '필수적'이라는 점에서 특별한 의미를 지닌다.

이 글은 한시 연구에서 도외시되어 온 표제 특히 장형화된 표제가 텍스트의 의미형성과 해석에 중요한 구실을 한다는 점에 착안하여 장형표제의 기능·성격·부성분과의 관계 등을 문체론적 관점에서 조명하는 것에 1차적 목표를 둔다. 그리고 아울러 그것의 기원을 살피는 것에도 부차적 관심을 가진다.

앞으로의 논지 전개에서 辭賦를 포함하여 한자로 된 모든 운문 양식을 총괄하여 나타낼 때는 '漢詩'라는 말을, 그리고 고시·근체시 등과 같은 漢詩의 하위 양식을 가리킬 때는 '詩'라는 말을 사용하여 구분하고자 한다. 그리고『동문선』을 비롯, 표제 및 부성분을 붙임에 있어 독특한 면모를 보이는 시인들, 특히 고려시대의 李奎報·李齊賢, 조선시대의 金昌協의 한시를 주 대상으로 하고자 한다.

2. 長形 標題의 문체적 특성

2.1. 문체장치로서의 장형 표제

작자가 어떤 의도를 가지고 본문에 제목을 붙이는 행위 및 시문학 양식이나 시대에 따라 부성분들이 텍스트에 구현되는 양상이 달라지는 현상에는 '언어 사용의 선택적 측면'이 개입되어 있다. 이것이 이 글에서 한시의 표제에 대하여 문체론적 관점에서 접근하고자 하는 이유이다. 즉, 문체란 언어사용에 있어 다양한 가능성이 있을 때 그 중 하나의 가능성을 '선택'하는 데서 형성되는 것이고, 그 과정에 한 작자의 미적 성향, 인식론적 성향이 반영되어 있으며, 어떤 시대·문학양식의 특성이 개입함으로써 형성되는 '독특한 언어사용법'을 가리키는 말이기 때문이다. '문체'를 '개성적 언어표현으로 인식되는 언어적 패턴'으로 규정할 때, 어떤 문체를 형성하는 구체적 요소가 되는 것을 '문체소'(styleme) 혹은 '문체장치'(stylistic device)라 한다. 이런 관점에서 볼 때 한시의 장형 표제 및 여타 텍스트 부성분들은 漢詩를 다른 운문 양식과 구별하는 중요한 문체장치가 된다고 할 수 있다. 운문에서 문체장치가 되는 것으로는 제목 외에도 구문, 어휘, 리듬, 수사법, 어순도치, 고어표현, 이미지, 비유, 아이러니 등을 들 수 있는데, 문체론은 이들 문체소를 발견하는 일에서 출발한다.

어느 정도의 길이가 되어야 長形이라고 할 수 있는지 그 기준은 명확히 제시할 수 없으나 이 글에서는 20字 이상의 것을 장형의 표제로 규정하고자 한다. 한자는 표의문자이므로 20자의 제목을 한글로 풀이하면 한 편의 짧은 산문으로 보아도 무방할 만큼의 분량이 된다. 이렇게 제목이 길어질 때 우리는 언어사용에 있어 독특한 점을 감지하게 되며, 그 긴 제목이 본문과 어떤 상보적인 관계를 맺으면서 특별한 효과를 창출해 낼 것이라는 예측을 하게 된다. 바로 이 점이 장형의 표제를 한시의 독특한 문체장치 중의 하나로 보는 근거가 된다. 이때 간과해서는 안될 점은, 이 문체장치가 '의무적'인 것이 아닌, '선택적'인 사항이라는 사실이다. 한 시인이, 그리고 수많은 시인들이 특별한 의도를 가지고 다양한 언어사용법 중 어느 하나를 선택적으로 즐겨 구사하여 그것이 일종의 보편적인 하나의 패턴으로 정착될 때 비로소 문체 개념이 성립되기 때문이다.

문체를 형성하는 요인으로는 보통 언어환경, 시대적·공간적·문화적 환경, 주제·장르·형식, 수신자에 대한 작자의 태도, 작가의 개인적 성향 내지 취향 등을 거론하는데, 어떤 시인의 한 작품에서 혹은 어떤 문학양식에서 다수의 경우에, 빈번하게, 그리고 보편적으로 독특한 언어사용이 발견된다면 우리는 그것을 문체론적 관점에서 조명할 수 있는 실마리로 삼을 수 있다. 장형 표제의 구체적 예를 들어 살펴보기로 한다.

　(1) 9월 21일 새벽에 꿈을 꾸었는데, 뜰 안에 큰 매화나무가 있어 꽃이 만발하였다. 그래서 바라다보면 마치 하얀 눈이 소복이 내린 것 같았는데 간간이 바람에 떨어지는 꽃잎이 있었다. 나는 홀연히 士興 형제와 오랫동안 멀리 떨어져 만나지 못한 것이 생각나서 꽃가지 하나를 꺾고 시를 지어 함께 보냈다. 잠에서 깨어 그 시를 골똘히 생각한 끝에 '만발한 꽃 바람에 지니 정겨운 사람 그립네("萬點風吹思殺人")'라는 구절이 떠올랐는데, 이 구절은 杜甫의 시구와 너무도 비슷하였다. 그래서 고치려고 하던 참에 방 앞에 차가운 가을달이 휘영청 비치는 것을 보고는 마음이 매우 서글퍼져서 앞의 시구를 가지고 칠언절구 한 수를 지었는데 꿈속에서 지은 시와 아주 흡사하였다. 이 시가 도착하는 날 사홍은 꿈속에서 이 시를 받아볼까, 현실에서 받아볼까? 매화를 받아볼 수 있을까, 받아보지 못할까? 나는 사홍에게 이 의문들에 대한 대답을 적어서 천 리 먼 곳의 나에게 한바탕 웃음거리를 띄워주도록 부탁하였다.[3]

위는 農巖 金昌協(1651~1708)이 지은 어떤 7언절구 작품의 제목이다.

---

3) 金昌協 지음, 『국역 농암집』1(송기채 옮김, 민족문화추진회, 2002), 이하 원문은 생략하고 꼭 필요한 경우만 부분적으로 제시하고자 한다. 번역은 번역서에 의거하되, 군데군데 필자의 의견에 따라 가감하였다. 이하 번역문의 기준은 이와 同.

이 문장에 대한 아무런 사전 지식이나 정보없이 이 글을 접했을 때 아마 대부분의 독자는 수필이나 일기의 일부 또는 전체라고 생각할 것이다. 그 런데 이 글이,

> 昨夜梅花滿樹春　　어젯밤 매화 피니 나무에 봄이 가득
> 攀花遠欲寄情親　　매화가지 꺾어들고 멀리 그리움 전하고파
> 江南驛使歸何日　　강남에서 보냈을 驛使는 언제나 찾아올꼬
> 萬點風吹思殺人　　만발한 꽃 바람에 지니 정겨운 사람 그립네

라는 7언절구의 제목이라는 정보가 주어졌을 때 독자는 그가 제목에 대해 가지고 있었던 기존의 상식 혹은 일반적 기준에서 크게 벗어난 것에 당황 하게 될 것이다. 이처럼 예기치 못한 요소에 의해 파괴된, 기존의 언어적 패턴을 '문체적 규준'이라 한다. 그리고, 이같은 충돌 내지 파괴로 인해 문 체적 규준과 현저한 대조를 이루는 어떤 요소가 부각될 때 이 요소를 '문 체장치'라 한다.[4] 어떤 언어적 요소에 대하여 기존에 형성되어 있는 규준 이 있고, 그 규준이 예기치 않은 요소의 개입으로 파괴될 때 언어의 독특 한 사용법, 즉 문체가 감지되는 것이다. 그러므로 '문체장치'란 사실상 이 예기치 못한 요소를 가리킨다고 보아도 무방하다.

이런 관점에서 위의 예를 보았을 때, 분명 위의 제목은 평균적인 독자 가 시의 제목에 대해 지니고 있는 상식 내지 규준을 파괴하고 있고, 규준 을 파괴한 예기치 못한 요소는 다름아닌 정도 이상으로 늘어난 길이와 거

---

4) Michael Riffaterre, "Criteria for Style Analysis(1959)," *Essays on the Language of Literature*, Seymour Chatman and Samuel R. Levin(eds.), Boston: Houghton Mifflin Company, 1967. p.427. '문체적 규준'의 원문은 'stylistic context'지만 리파 테르는 'context as norm'이라 하여 'context'를 'norm'과 거의 같은 개념으로 사용 하고 있다. 같은 글, p.426. 그리고 '문체 장치'에 대한 원문은 'stylistic stimulus'지만 같은 책에 실린 후속 논문 "Stylistic Context(1960)"(p.431)에서는 'stylistic de- vices(SD)'라는 말을 사용하고 있어 이를 따랐다.

기에 담긴 내용이라는 점을 기억할 필요가 있다. 독자는 기존의 규준에 부합하는 제목 형태와 현저한 차이 및 대조를 이루는 위의 제목에서 독특한 언어구사의 면모를 발견하게 되는 것이다.

그런데 김창협의 시를 일괄해 보면 위와 같은 정도로 길이가 늘어난 제목이 많다는 것을 발견하게 된다.[5] 이처럼 제목에 있어서의 독특한 언어사용이 일회적으로 끝나지 않고 되풀이되어 나타나는 것에 대하여, 우리는 長形의 標題가 그의 시 문체를 형성하는 한 요소 즉 문체장치가 된다고 말할 수 있다.

장형의 표제가 문학의 한 문체적 특징을 이루고 있는 시인은 김창협 외에도 많은 사람을 거론할 수 있는데, 고려시대의 시인들로는 李奎報·李齊賢·安軸·李崇仁 등이 이에 해당한다. 그런데, 한 가지 주목할 만한 사실은 이런 장형 표제는 대개 한시의 제 양식 중 고시·근체시 등 '詩'와 친연성을 지닌다는 점이다. 이는 부성분들 중 '幷序'가 주로 '辭賦'나 '頌贊' '箴銘' '誄' '哀祭' '碑銘' 등에 붙여지는 것과 대조를 보인다. 따라서 우리는 장형 표제를 비롯한 텍스트 부성분들이 한 시인의 문체적 특징이 되는 동시에, 어떤 문학 양식의 문체적 특징이 될 수 있다는 점을 염두에 두어야 할 것이다.

2.2. 詩題 長形化의 제 요인

장형의 표제가 텍스트에서 행하는 기능, 주성분인 본문과의 상호작용 양상, 여타 부성분들과의 관계 등을 검토함에 있어 먼저 제목이 길어지게 되는 요인에 대해 몇 예를 들어 살펴보도록 한다.

---

5) 다른 예로 〈南君得星 下略〉 〈曾於己未余在永平 下略〉 등을 들 수 있는데 전자는 148字, 후자는 222字로 된 긴 제목이다.

(2) 延祐 己未年에 충선왕을 따라서 강남의 보타굴에서 향을 올렸다. 왕이 古杭의 吳壽山을 불러 —어떤 책에는 陳鑑이라고 되어 있으나 잘못인 듯하다 — 나의 초상을 그리게 하고 북촌의 湯 선생에게 찬을 쓰게 하였다. 심양으로 와서 남이 빌려 갔다가 그 所在를 잃어 버렸는데, 32년 후에 내가 국가의 표주를 받들고 중국에 갔을 때 다시 찾게 되었다. 노년과 장년의 변모에 놀라고 이별과 만남이 때가 있음을 느껴 40자로 글을 짓는다.[6]

(3) 11월 18일에 남헌에서 햇볕을 쬐다가 題를 찾아 詩를 짓고자 하여("欲覓題爲詩") 서적을 뒤적여서 마침내 '白'字를 얻었다. '白'은 바탕이다. 나는 바야흐로 퇴임을 청하여 나의 본바탕을 좇고자 하고 있으니 내 뜻에 잘 들어맞는다'고 생각하고 '白'을 읊는다'는 것으로 題材로 삼고("以詠白爲題") 다시 '庭'字를 韻으로 삼았다. 시를 짓다 보니 모르는 사이에 많은 구절이 쌓이게 되어 다시 李侍郎을 불러 함께 짓다.[7]

(4) 이 날 늦도록 마시다가 잠깐 쉬었는데, 오직 서 너 사람만이 마주 앉아 차를 마시게 되었다. 그 후 밤중이 되어 오래 앉아 있자 몸이 피로하고 졸음이 눈을 가리곤 했다. 그러자 스님이 나가서 금귤·모과·홍시를 가지고 와서 손들을 대접하는데 한 입 먹자 나도 모르는 사이에 졸음이 벌써 어디론가 달아나 버렸다. (中略) 아, 평생에 이런 재미있는 놀이는 이 다음에 다시 있을 것같지 않다. 그래서 시 한 편을 지어 오늘밤의 일을 기록하여 둔다.[8]

(5) 尹憲叔이 와서 말하기를, '錦山 禮賢驛에 龍家 할머니라는 사람이 있는데, 용가는 그의 아들이다. 마을 사람들이 그 노파가 나이가 많아 감히 이름을 부르지 못하고 아들 이름으로 불렀다. 나이 백 살이 넘어서도 튼튼하고 無病했는데 작년에 병으로 죽었다. 그 노파가 말하기를, '일곱 살에 東征하는 군사를

---

6) 李齊賢, 『益齋亂藁』『韓國文集叢刊』Ⅱ, 민족문화추진회, 1990; 이종찬 역주, 『원감국사가송·근재집·익재집·급암집』(한국고전문학전집10, 고려대학교 민족문화연구소, 1993).
7) 李奎報, 『동국이상국집』Ⅴ(민족문화추진회, 1980·1985).
8) 李奎報, 『동국이상국집』Ⅱ(민족문화추진회, 1980·1985).

보았다'고 하였는데 宋末 元의 至元 乙亥年 生이고 東征은 辛巳年 일본과의
戰役이니 노파의 나이는 104세였다. 그대가 史官이니 마땅히 左氏가 絳縣노인
을 기록한 예9)를 본받아 史冊에 적으라'고 하였다. 내가 그 말을 듣고 우선 四
韻 한 편을 써두어 뒷날의 참고거리10)로 삼는다. 기미년에 지음.11)

(6) 民望이 郭秘丞 見心의 죽음을 전하다. 아! 견심이 갔도다. 내가 민망과
함께 嶺表를 떠돌며 해를 넘기려 하니 산 사람이나 죽은 사람이나 진실로 애처
롭다. 그 정이 글에 나타나 있다. 진심의 이름은 復이다.12)

(7) 다음날 배를 띄워 노를 젓지 않고 물결을 따라 東으로 내려가니 배가
가는 것이 마치 나는 듯하여 밤에 元興寺 앞에 닿았다. 배에서 자는데 그 때
는 밤이라 고요하고 사람은 자고 오직 물 속에서 고기가 뛰는 소리만 들릴 뿐
이었다. 나도 팔뚝을 베고 조금 자는데 밤 공기가 추워서 오래 자지 못하였다.
고기잡이 노래와 피리 소리가 멀고 가까운 데서 들리는데 하늘은 높고 물은
맑으며 모래는 밝고 언덕은 희었다. 물결 빛과 달 그림자는 뱃집에 출렁대고
앞에는 기이한 바위와 괴상한 풀이 있어 마치 범이 걸터앉고 곰이 쭈그린 것
같았다. 나는 두건을 벗고 비스듬히 기대어서 자못 江湖의 낙을 누렸다. 아!
강호의 낙은 비록 병중이라도 즐겁지 않을 수 없다. 하물며 날마다 기생을 끼
고 朱絃을 타며 마음대로 노니 이 즐거움을 어찌 다 말할 수 있겠는가? 시
두 수를 지었다.13)

(2)는 이제현의 5언율시, (3)과 (4)는 이규보의 5언배율14), (5)는 이숭

---

9) 左傳에 晉 悼夫人에게 초대되어 會食한 강현의 노인에 대한 기록이 있는데 이것을
   가리킴.
10) 원문에는 '張本'으로 되어 있다. 張本이란 문장 등에서 미리 伏線을 쳐 놓는 일을
   가리키므로, '훗날의 참고거리'라 번역하였다.
11) 徐居正 編, 『동문선』 II (민족문화추진회, 1967 · 1989).
12) 徐居正 編, 『동문선』 I (민족문화추진회, 1967 · 1989).
13) 李奎報, 『동국이상국집』 I (민족문화추진회, 1980 · 1985).
14) 『東國李相國集』에는 '古律詩'로 분류되어 있다.

인의 7언율시, (6)은 이숭인의 5언율시, (7)은 이규보의 5언율시와 7언율
시의 제목이다. 이 시제들의 길이가 늘어나게 된 요인을 살피기 위해서는
짧은 제목들과 비교해 볼 필요가 있다. 두 세 자로 된 짧은 제목들 예를
들어 <曉雨> <秋日> <夜吟> <叢石亭> <北風歌> <詠梅> 등을 보면, 대
개 시의 '소재'를 제시하는 내용으로 제목이 구성되는 경향을 보인다. 그
런데, 위에 예를 든 (1)~(7)까지의 표제들은 詩作의 동기와 경위, 시작
당시의 상황을 포함한 이른바 六何—누가, 언제, 어디서, 무엇을, 어떻게,
왜—의 내용을 담아 표제가 구성되기 때문에 자연히 길이가 늘어난다는
것을 알 수 있다. 다시 말해 시인이 본문 내용에 관계된 혹은 본문 이해에
필요하거나 도움이 되는 정보들을 제공하려 하는 의도, 그리고 자신의 시
에 대한 정확한 이해와 평가에 대한 욕구가 개입하여 표제가 장형화되는
직접적 요인으로 작용하는 것이다.

위의 예들은 이런 공통적 토대뿐만 아니라, 장형 표제가 지니는 다양하
고도 특징적 면모들을 보여 주고 있다. (2)는 제목의 어떤 부분에 대한
보충설명[15]을 포함하고 있고 (3)은 시를 짓게 된 구체적인 과정과 방법에
대해 언급하고 있으며, (4)와 (5)는 훗날 기억의 忘失에 대비하여 시작
경위를 상세하게 기록해 두고 있다. (6)은 텍스트 주성분인 본문의 주제
또는 주된 정조라 할 哀悼의 마음을 제목으로 표현하고 있으며, (7)은 한
편의 山水遊記라고 해도 될 만큼 그 자체로 미적 질서를 지니면서 시작
당시의 주변 상황과 소재가 되는 사물들을 자세히 묘사하고 있다. 특히
(6)과 (7)은 제목과 본문 간에 내용·주제면에서 '등가성'이 형성된다는 점
에 주목할 필요가 있다. 즉, 시인은 자신이 표현하고자 하는 내용을 제목의
형식을 빈 산문서술과 본문인 운문서술로 동시에 담아내고 있는 것이다.

또 한 가지 주목할 점은 (3)의 "欲覓題爲詩" "以詠白爲題"에 보이는

---

15) 이를 題注라 부를 수 있는데 이는 뒤에서 자세히 설명될 것이다.

'題'는 제목을 가리키는 것이 아니라는 사실이다. 여기서 '題'는 시작품의 주요 題材를 의미한다. '素材'가 단순히 시의 내용을 서술하는 데 필요한 재료를 의미한다면, '題材'는 많은 소재들 가운데 작품의 主題와 관련된 혹은 주제를 뒷받침하는 핵심적 소재를 의미한다. 이규보의 시작품 가운데 '詠白'이라는 제목이 존재하지 않는다는 사실은, 여기서의 '題'가 詩題를 의미하는 것이 아니라는 점을 반증한다.

이처럼 표제가 장형화되는 요인을 살펴보면, 그 근저에 다음과 같은 시인의 의도 내지 동기가 작용하고 있음을 알 수 있다. 첫째 본문에 대한 정보를 제공하여 독자의 이해를 돕고, 둘째 독자가 자신이 의도한 대로 시를 읽게 하며, 셋째 해당 시를 통해 자신의 詩論을 펼치거나 어떤 논점에 대한 주장을 피력하는 방편으로 삼는다. 넷째 제목을 훗날의 망각에 대비하여 창작 경위를 상세히 기록함으로써 기억을 용이하게 하는 방편으로 삼는다. 장형의 표제에는 이처럼 다양하고 복합적인 시인의 의도가 작용하고 있는 것이다. 이로 볼 때, 한시를 짓는 시인들에게 있어 제목에 대한 인식은, 오늘날 시인들의 그것과는 사뭇 다르다는 것을 알 수 있다.

여기서 표제의 장형화와 관련하여 두 세 자로 된 짧은 詩題에 대해 다시 한 번 살펴보고자 한다. 앞서 예를 든 〈曉雨〉 〈秋日〉 〈叢石亭〉 〈北風歌〉 〈夜吟〉 〈詠梅〉를 볼 때, 짧은 제목은 크게 名詞形과 動詞形으로 나뉜다는 것을 알 수 있다. 여섯 예들 중 앞의 네 개는 명사형이고 나머지 둘은 동사형이다. 품사의 성격에 있어 '명사'가 주관성이나 개인 감정이 배제되고 보편성이 강조된 것이라면, '동사'는 발화자의 개인 감정과 주관성이 개입된 것이다.[16]

이에 근거할 때 장형의 표제는 동사형 표제와 밀접한 관련이 있다고 본다. 시적 대상이나 소재에 대한 개인 감정이나 및 생각, 견해 등을 덧붙

---

16) Rulon Wells, "Nominal and Verbal Style," *Style in Language*, Tomas A. Sebeok(ed.), Cambridge: M.I.T. Press, 1968.

이다 보면, 서술은 점점 확장되어 가고 결과적으로 길이가 늘어나게 되는
것이다. 따라서 소재나 대상에 대한 정보량이 증가하고, 시적 대상이나 세
계에 대한 복합적 인식이 담겨지게 된다. 이로 볼 때, 동사형 시제가 다
長形인 것은 아니지만, 長形의 제목은 모두 동사형 내지 동사형의 연장선
상에 있다고 말할 수 있다. 그리고 이렇게 장형의 제목을 가진 시는 自然
과의 주객합일의 경지를 보여주기보다는 대개 人間事를 언급한 것이 많
다는 점도, 短形의 표제를 가진 작품과 구분되는 점 중 하나라고 하겠다.

2.3. 장형 표제의 기능

문학텍스트에 있어 제목은, 기본적으로 어떤 작품을 다른 것과 구분케
하고 정체성을 부여하는 '이름'의 구실을 한다. 그리고 제목이 행하는 또
다른 주요 기능으로, 텍스트 해석에 있어 실마리를 제공하는 '안내자'의
기능, 주제의 암시 기능을 들 수 있다.[17] 장형의 표제는 앞의 장형화의
요인을 살피는 과정에서 어느 정도 드러났듯, 이런 기본적 기능에 더하여
장형 표제만의 독특한 기능을 행한다. 첫째는 작시 동기·배경·경위·과
정·방법 등을 설명하는 기능, 둘째 훗날 기억이 용이하도록 하는 방편,
셋째 어떤 특별한 목적보다도 그 자체로 미적 효과를 갖도록 하는 기능
등 세 가지로 분류해 볼 수 있다. 이들을 각각 '인지명령의 기능' '기억보존
의 기능' '심미적 기능'으로 부르고자 한다. 이 중 앞의 두 기능이 實用的

---

17) 제목의 기능 및 유형 등에 대한 연구로는 다음과 같은 것들이 있다. Hazard Adams,
"Titles, Titling, and Entitlement To," *The Journal of Aesthetics and Art Criticism*,
Fall 1987; John Fisher, "Entitling," *Critical Inquiry* 11, December 1984; Gérard
Genette, "Structure and Functions of the Title in Literature," Bernard Crampé
(trans.), *Critical Inquiry* 14, Summer 1988; Jerrold Levinson, "Titles," *The Journal
of Aesthetics and Art Criticism*, Fall 1985; Wolfgang Karrer, "Titles and Mottoes
as Intertextual Devices," *Intertextuality*, Heinrich F. Plett(ed.), Berlin: Walter de
Gruyter, 1991.

기능이라 한다면, 세 번째 것은 非實用的 기능이라 할 수 있다.

'인지명령'이라는 말은 사사키 겐이치[18]가 사용한 용어인데, 그에 따르면 제목이란 독자나 감상자에게 작자가 자신의 작품을 '이러이러하게' 읽도록 요구·지시·명령하는 표지가 된다는 의미에서 인지명령의 기능을 행하는 것으로 볼 수 있다고 하였다.[19] 김창협의 작품제목 (1)이나 이규보의 작품제목 (3)을 예로 들 때, 만일 <無題>나 <詠梅> <詠白>과 같은 제목이 주어지거나 아니면 제목없이 본문을 감상했을 경우와, 이런 장형의 제목이 주어지고 작품을 감상했을 경우는 작품 해석이나 의미파악에 있어 큰 차이가 생겨난다.

(1)의 경우 본문만을 놓고 보면, 시인은 매화를 보고 누군가를 그리워하면서 그 사람으로부터 소식이 오기를 기다리는 심정을 노래한 것으로 읽게 된다. 그런데 제목을 통해 그 시를 짓기까지의 경위나 배경에 대해 자세한 정보가 주어지면서 그리움의 대상이 누구이고 무슨 동기로 이 시를 지었으며, 題材인 매화는 어디에 피어 있는 것인지, 그리고 이 시를 언제 지은 것인지 명백해지기 때문에, 독자는 그 범위를 넘어 상상력에 기대 이 작품을 임의로 감상할 수 없게 된다. 따라서 제목은 시인이 독자

---

18) 사사키 겐이치, 「예술 작품 표제의 기호학」, 《기호학연구》 제3집, 한국기호학회, 1997. 이 논문에서 사사키는 'seeing as'라는 말을 자기 나름대로 소화하여 '인지명령'이라는 말로 용어화하였다. 즉, '오리'로도 볼 수 있고 '토끼'로도 볼 수 있는 그림에 만일 <오리>라는 제목이 주어진다면, 그것은 화가가 감상자에게 '이 그림을 오리로 보고 감상하시오' 하고 주문 내지 명령, 요청하는 셈이 된다. 이런 점에서 제목은 작품 감상에 있어 독자 혹은 감상자에게 내리는 '인지명령'으로 볼 수 있다고 하였다.

19) 장형의 표제만이 아니라 단형의 표제도 이 인지명령의 기능을 수행한다는 견해가 제기될 수 있다. 시의 내용이 추상적인 것일 때, 혹은 내용이나 주제가 애매모호할 때 짧은 시제가 해석의 방향을 제시할 수 있다. 그러나 이런 양상은 현대시에서 주로 발견되며 漢詩를 비롯, 고전시가는 그 속성상 내용이 추상적이어서 제목에 기대어 감상해야 하는 경우는 극히 제한되어 있다. 따라서 단형의 제목도 인지명령의 기능을 수행한다는 견해는 한시를 대상으로 할 때 보편적인 것이라 하기 어렵다.

에게 내리는 명령 내지 요청, 지시의 표지로 작용하는 것이다.

(3)의 제목이 붙은 시는 이규보의 5언 배율인데 그 일부를 들어 보도록
한다.

> 質素由來貴　흰 바탕은 본래 귀한 것이니
> 丹黃勿要經　빨강 노랑을 중시하지 말라
> 　　　　　　(中略)
> 積雪鋪寒屋　내린 눈은 지붕에 덮여 있고
> 平沙布漫汀　판판한 모래밭은 물가에 펼쳐 있네
> 三冬氷正合　한 겨울엔 얼음이 꽁꽁 얼어 붙고
> 八月露初零　팔월에는 이슬이 내리기 시작한다
> 　　　　　　(中略)
> 邇來憎俗子　근래에는 속인들어 미워져서
> 無復眼廻靑　다시는 푸른 눈으로 되돌아오지 않는다.[20]

인용부분은 총 36구로 된 배율 중 첫 두 구절과 중간의 일부, 그리고
끝 두 구절을 발췌한 것이다. 시의 처음과 끝은 '흰색'에 대한 시인의 주관
적 견해가 개입되어 있고 중간 부분은 우주만물 중 흰색을 띠는 온갖 대
상을 들어 흰색의 속성을 다양하게 표현하고 있다. 위 인용구절의 경우
'눈' '흰 모래밭' '얼음' '이슬'이 채택되어 있는데, 이 뒤를 이어 '샛별' '옥돌
층계' '시인의 흰 수염' '미인의 얼굴' '배꽃' '버들개지' '누에의 실' '고래의
뼈' '학의 깃' '여울물' '파도' 등과 같은 사물이 흰색의 속성을 드러내는
소재로서 표현되고 있다. 제목이 주어져 있지 않거나 만일 <詠白>이라는
제목이 주어진다면 독자는 이 시를 '흰색의 흼'을 표현한 시, 다시 말해
드러난 '현상'과 그 이면의 '본질'의 관계를 포착한 시로 읽을 것이다. 그런
데 시작 경위와 동기, 과정을 설명한 장형의 표제가 주어짐으로써, 독자는

---

20)『동국이상국집』V, 167쪽. 옛날 晉나라 阮籍이 속인들을 만나면 白眼으로 대하고,
뜻에 맞는 친구를 만나면 靑眼으로 대했다는 고사. 譯者 注 16)에 의거.

이 시가 단지 이런 형이상학적인 주제만을 담고 있는 작품이 아니라, 시인이 처한 당시의 현실—벼슬길에서 물러난 상황—을 빗대어 표현한 작품으로 '읽어야' 한다는 것을 감지하게 된다.

앞의 예들 중 (4)(5)는 장형의 제목이 기억보존의 기능을 행하는 예이며, (7)은 심미적 기능을 행하는 예이다. (7)과 같은 제목은 하나의 독립된 산문으로 보아도 충분할 만큼 그 자체로 의미와 미적 가치를 지니고 있다. 그러나, 실제에 있어 개개 장형 표제들의 기능이 이들 중 어느 하나로 귀착되는 것만은 아니며, 또 세 기능들간에 명백하게 선이 그어지지 않는 경우도 많다. (4)를 예로 들 때, 이 제목은 기억보존의 기능을 행하면서 동시에 한 편의 수필로 보아도 좋을 만큼 심미적 가치를 지니고 있어 사실상 하나의 장형 표제가 여러 기능을 복합적으로 행한다고 보는 것이 타당할 것이다.

3. 長形 標題와 여타 副成分들의 관계

3.1. 표제 이외의 텍스트 부성분들

한시는 국문시가나 현대시와는 달리, 여러 종류의 부성분들이 붙어 있다는 점에서 변별성을 지닌다. 즉, 시텍스트에 다양한 형태의 산문서술을 附記하여 상보적 효과를 갖게 하는 서술방식은 한시의 중요한 문체적 특성 중 하나가 되는 것이다. 부성분들로는 標題 외에 幷序·題辭·題注·題後·跋文 등을 들 수 있다. '幷序'는 주로 '辭賦'나 '頌贊' '箴銘' '誄' '哀祭' '碑銘' 등의 운문 양식에 붙는 부성분인데, 보통 〈祖江賦 幷序〉〈愛惡箴 幷序〉〈兜率院鐘銘 幷序〉〈法華經頌 幷序〉〈陶潛贊 幷序〉처럼 제목 뒤에 표기한다. 산문 문체의 하나로서의 '序'는 문장이나 서적의 저술 동기·경위 및 저작의 내용과 체제를 밝히고 설명하는 글[21] 또는 사물

의 전말이나 내력을 체계적으로 밝힌 글[22]을 말하는데 지금 여기서 대상
으로 하는 것은 독립된 문장양식으로서의 '서'가 아니라, 운문의 앞에 산
문서술로 덧붙여진 '병서'이다. 漢賦에서 처음 보이는 '병서'는 賦를 짓게
된 배경이나 동기를 서술하는 것이 일반적인데, 때로는 허구적 인물을 내
세워 간단한 이야기를 전개하는 경우도 있고[23] 議論을 행하기도 하며,
작자의 주관적 심정을 서술하기도 한다. 『동문선』을 보면 때때로 '幷引'
이라는 말이 보이는데, 원래 '引'은 시가에서 音을 길게 늘여 박자에 맞추
는 것을 의미한다.[24] '序'를 '引'이라는 말로 칭하기도 하는 것은 宋代 三
蘇의 문집에서부터 비롯되었는데, 그것은 蘇氏의 조상 중에 '序'라는 이
름을 가진 사람이 있었기 때문에 그 이름을 피하여 '인'이라 개칭한 데서
연유한다.[25] 또 陶淵明의 <桃花源詩 幷記>에 보이는 '幷記' 역시 幷序
와 그 기능이나 성격이 거의 흡사한데, '幷記'로 표기된 경우는 대개 어떤
특정의 장소나 건축물의 유래와 관계된 내용일 때 붙여지는 경향이 있다.
어쨌든 병서와 병인, 병기는 같은 범주에 속하는 것이기에 '병서'에 포함
시킬 수 있다.

그런데 어떤 작품들에는 제목과 본문 사이에, '幷序'라는 표기만 없을
뿐 내용의 포괄범위나 기능·성격 등 여러 면에서 병서와 대동소이한 성
격의 산문서술이 붙어 있는 것을 볼 수 있다. 이 산문서술들은 제목과 본
문 사이에 위치하고, 본문과 글자 크기가 같으며, 줄을 바꾸어 본문을 시
작한다든지 본문과의 사이에 여백을 둔다든지 해서 별도의 표지를 부여
하는 등 병서와 동일한 형식을 취하고 있다. 이런 패턴은 이미 漢賦에서

---

21) 陳必祥, 『한문문체론』(심경호 옮김, 이회, 1995·2001), 224쪽.
22) 이종건·이복규 공저, 『韓國漢文學槪論』(寶晉齋, 1991), 215쪽.
23) 司馬相如가 지은 <子虛賦> <上林賦> 등이 이에 해당한다.
24) 陳必祥, 앞의 책, 226쪽.
25) 같은 곳.

도 보인다. 예를 들어 張衡(78~139)의 <西京賦>와 <東京賦>를 보면 '并序'로 독립되어 있지는 않지만, 本辭가 시작되기 전에 각각 憑虛公子와安處先生이라는 가공의 인물을 내세워 대화체로써 서경과 동경의 장점을 칭송하는 내용을 서술하고 있다. 그리고 산문서술 말미에 '선생을 위하여 이 일에 대해 서술해 보도록 하겠습니다.'[26)]라는 문구를 넣어 본문과 구별을 짓고 있다. 이런 산문서술들은 '題辭'[27)]라 부를 수 있는데, 사실상 序와 그 성격이나 기능이 대동소이하다. 제사는 실질적으로 序와 성질이 거의 같으나 항상 서적이나 문장, 작품의 앞머리에 위치한다는 점에서 차이가 있다.

한 작자의 문집에서 대동소이한 산문서술을 두고 어떤 경우는 제목과더불어 '병서'라는 표기를 하고 어떤 경우는 표기하지 않는다면, 그리고그런 예가 자주 발견된다면 그것은 단지 누락이나 우연이 아니라 병서와제사에 대한 작자의 문학적 인식의 차이가 개입되어 있는 것으로 보아야한다. 병서와 제사는 내용의 포괄범위에 있어 병서 쪽이 제사보다 더 광범한 경향이 있다. 병서는 본문과 연계하여 작자의 문학관이나 가치관, 세계관, 사상 등을 피력하는 예가 많은데, 제사는 대개 작품 본문에 관한 내용으로 한정되는 경향이 있는 것이다. 그러나 이 차이는 결정적인 것은 아니며 兩者는 대동소이하다고 보아도 무방하다.

한편 한시 제 양식에 걸쳐 광범하게 발견되는 또 다른 부성분으로서표제에 대하여 보충설명을 하는 문구를 들 수 있다. 이 문구는 본문이나병서, 제사보다 작은 글씨로 기록되는데, 그 길이는 장형 표제만큼 긴 경우도 없지 않으나 비교적 짧은 것이 대부분이다. 그리고, '제목'의 일부분에 대한 언급이라는 점에서 본문과 관계된 병서나 제사와는 차이가 있다.

---

26) "請爲吾子陳之." 『文選』卷二(小尾郊一 校注 · 譯, 東京: 集英社, 1974 · 1981).
27) '題辭'는 '題詞'라고도 쓴다.

이 문구들은 제목에 대한 주석의 성격을 띠고 있으므로 '題注'라는 말로 나타낼 수 있다.

또 어떤 경우는 본문 뒤에 본문에 대한 평론이나 간단한 해설을 곁들인 산문서술이 부가되기도 하는데 그 성격은 '跋'이나 '後序'와 유사하지만, 이들에 비해 길이가 짧고 내용의 포괄범위가 이들보다 좁다. 작품 내용에 관한 간단한 촌평, 보조설명 또는 주석의 성격을 지니는 이런 문구 혹은 산문서술을 '題後'라 부를 수 있다. 題注나 題後는 제목, 병서, 제사보다 작은 글자로 되어 있어 시인이 주석을 붙인다는 의도를 가지고 이런 글을 써서 덧붙인 것으로 볼 수 있다. 본문 뒤에 위치하는 또 다른 산문서술로 '跋文'을 들 수 있는데 題後나 발문은 본문을 중심으로 앞에 붙느냐 뒤에 붙느냐 하는 점에 있어 '序'와 외형적인 차이를 보인다. 그러나, 외형적인 차이 외에도 독자의 텍스트 수용이라는 측면에서 제후·발문과 서는 차이를 지닌다. 즉, 독자가 본문에 앞서 읽느냐 본문을 읽고 난 뒤에 읽느냐에 따라 텍스트가 의미화되는 과정에서 차이를 보이는 것이다.[28]

이 부성분들 중에서도 장형 표제는 특히 병서와 밀접한 관련을 지닌다. 후대에 오면서 賦를 비롯한 잠명·애제·송찬 등의 교술양식이 퇴조하고 '詩'와 같은 서정양식이 한시의 주류를 이룸에 따라 병서를 붙이는 방식 또한 서서히 자취를 감추게 되고 병서가 담당하던 기능이 제목으로 대체되면서 제목이 장형화된 것이라 생각된다. 이러한 변화는 남북조 시대에 서서히 표면화되다가 唐代에 들어와 자리를 잡게 된다. 이 점에 대해서는 뒤에 자세히 설명될 것이다.

이런 부성분들은 텍스트 주성분인 본문을 전제로 한 것이기에, 텍스트에 대한 텍스트 즉 '메타텍스트'의 성격을 띤다고 말할 수 있다. 그리고 이들 중 특히 '題注'는 메타텍스트인 제목에 대하여 보충설명을 하는 것이

---

28) 필자는 '제후'나 '발문'의 경우는 주석형으로 분류하고자 한다. 이 점에 대해서는 본서 제4부 참고.

므로 메타텍스트의 메타텍스트로 볼 수 있다. 다른 요소들과는 달리 표제
는 하나의 텍스트가 성립되는 데 있어 없어서는 안 될 필수요소—설령
<無題>라는 제목이라 할지라도—라는 점에서 부성분들 중 텍스트의 의미
형성에 가장 중추적인 구실을 한다.

3.2. 텍스트 부성분들간의 상호역학관계

일반적으로 표제는 2자 이상 10자 이내의 것이 가장 많은데, 제목이 그
이상 길어지게 되는 것은 그것이 제사·병서·제주의 기능까지 복합적으
로 수행 하기 때문이다. 그러므로 '장형 표제+제주' '장형 표제+병서' '장형
표제+제사'의 조합으로 된 경우는 매우 드물다. 반면 詩題의 길이가 짧을
때는 오히려 표제 뒤에 병서나 제사, 제주가 붙는 경우가 흔하다. 제후는
본문에 대한 해설의 성격을 띠므로 제목 길이의 長短과는 무관하게 본문
뒤에 붙을 수 있다.

한편, 병서를 중심으로 여타 부가성분들과의 역학관계를 살펴보면, 병
서는 주로 賦·箴銘·誄詞·哀祭·頌贊과 같은 운문 양식에 붙게 되는데
이런 운문 양식들은 대개 짧은 제목을 지니는 것이 특징이다. 그러므로
이런 운문 양식에서 병서는 제주의 구실까지 충분하게 수행하므로 '병서+
제주'의 조합은 사실상 불필요한 것이라 할 수 있다. 제사는 제목에 '幷序'
표기만 붙지 않았을 뿐, 실질적으로 병서의 기능을 행하는 것이다. 그러므
로 '병서+제사'의 조합 또한 잉여적인 것이라 할 수 있다. 병서와 제후의
관계를 볼 때, 병서는 해당 작품에 관한 정보를 제공할 뿐만 아니라 시인
의 문학관, 사상, 가치관 등을 포괄적으로 제시하고, 심지어는 해당 시작
품에 대한 촌평까지 곁들이는 등 그 포괄범위가 넓기 때문에 사실상 '병서
+제후'의 예도 쉽게 발견되지는 않는다. 그런데 간혹 병서가 있으면서 본
문 뒤에 제후가 붙는 경우도 있는데, 이 때 제후는 극히 간단한 어구로

이루어진다.

이 외에, 제사는 병서와 성격이 비슷하므로 '제사+제주' '제사+제후' 역시 일반화된 조합은 아니다. 또 제주와 제후의 관계를 볼 때 제주는 제목에 대하여, 그리고 제후는 본문에 대하여 보충설명을 하는 것이기에 양자는 서로 영향을 끼치지 않는 무관한 관계라 할 수 있다.

장형 표제를 중심으로 이상의 내용을 종합해 보면, 장형화된 표제는 병서·제사·제주의 구실을 모두 행하므로 작품의 제목이 길어질 경우 이들 부성분들은 불필요해지게 된다. 따라서 장형 표제와 병서·제사·제주는 상호 대척적인 관계에 놓인다고 할 수 있다.

4. 漢詩 長形 標題의 근원

한시의 여러 양식 중 다양한 부성분들의 기원이 되는 것은 漢賦에 붙은 '幷序'이다.[29] 漢代에는 부뿐만 아니라 5언·7언의 고체시[30]도 이미 성립되어 있었는데 여기에는 幷序가 붙지 않는 것으로 보아 제목 뒤에 '병서'를 附記하는 문학양식은 賦에서 시작된 것이 분명하다. 한부에서의 서는 단지 부를 짓게 된 배경만 서술하는 것이 아니라, 작자의 서정적 회포를 서술하

---

29) 사실 시작품에 대하여 序를 붙이는 것은 『詩經』에서 비롯되었다. 각 편의 내용이나 주제를 해설한 것을 '小序'라 하고, <關雎> 뒤에 『시경』 전체의 내용과 특징을 서술한 것을 '大序'라 하는데 소서와 대서의 작자에 대한 설은 子夏·毛亨·衛宏 등 이견이 분분하나 '서' 양식이 보편화된 것이 漢代인 것만은 분명하다. 陳必祥, 앞의 책, 224쪽.

30) 古體詩는 古詩·古風이라고도 부르는데 그 含意는 첫째 『시경』 『초사』까지도 포함하여 근체시 성립 이전의 모든 詩體를 가리키는 말, 둘째 『시경』과 『초사』를 제외한 옛날 歌謠와 兩漢·魏晉南北朝·隋의 모든 樂府歌詩體를 가리키는 말, 셋째 근체시 성립 이후 근체의 規式에 들어맞지 않는 모든 시를 가리키는 말 등 매우 다양하다. 이 중 문학사에서 가장 일반적으로 통용되는 것이 두 번째 함의다. 본고에서도 이 의미로 사용하였다. 김학주, 『中國文學槪論』(신아사, 1992), 50쪽.

기도 하고 가공의 인물을 설정하여 本辭를 써내려 가기 전의 실마리로 삼
기도 하며 때로는 의론을 전개하기도 하는 등 본사와 관계된 내용을 폭넓게
서술한다. 한부에 붙은 부성분 중에는 앞서 언급한 張衡의 <서경부> <동경
부>처럼 '題辭'의 초기 모습을 보이는 형태도 적지 않으며 이 산문서술은
병서의 변이형 혹은 병서에서 갈라져 나온 것이라고 볼 수 있다.

병서는 辭나 賦 외에 箴銘·頌贊·哀祭·誄·碑銘 등에서도 하나의 정
형화된 패턴을 이루고 있는데, 이들은 모두 개인의 내면세계를 표출하기
보다는, 어떤 사실이나 현상·진리·대상 등을 객관적으로 묘사하고 진술
하는 데 중점이 두어지는 '교술양식'이라는 점에 주목할 필요가 있다. 이
들 교술성이 강한 운문은 그 양식적 특성상 어떤 특별한 목적 하에 짓게
되므로 작시 경위나 동기, 배경을 명시할 필요가 있고 이것이 병서나 제사
가 이런 시 양식에서 정형화된 패턴으로 정착되는 토대가 되었다고 본다.

남북조 시대로 들어오면서 천자나 귀족들을 위해 봉사하는, 일종의 집
단 문학인 부의 창작이 퇴조하고 개인의 감정을 중시하는 서정시가 운문
문학의 중심을 이룸에 따라 시텍스트의 부성분의 활용에도 변화가 일어
나는 것을 보게 된다. 이 시기를 대표하는 陶淵明의 예를 들어 살펴보면,
우선 병서를 붙이는 패턴에 큰 변화가 일어나고 있다. 1편의 辭, 2편의
賦에는 모두 병서가 붙어 있고, 3편의 祭文, 5편의 贊에는 병서 표기는
없지만 실질적인 서의 구실을 하는 題辭가 붙어 있다. 이로 볼 때, 비록
작품 수가 적기는 하지만 이들 교술양식의 운문에 병서 내지 제사가 붙는
다고 하는 정형화된 패턴이 그대로 이어지고 있음을 보게 된다. 한편 그의
운문 작품의 주류를 이루는 4언시와 5언시의 경우 병서의 유무는 詩題의
길이와 관련이 있다는 것을 발견하게 된다. 도연명의 경우 시제는 唐代의
시인들에 비해 전체적으로 길이가 짧은데 그 가운데서도 5자 이하의 짧은
시제에만 병서가 붙어 있다. 그리고 병서의 길이도 짧은 것이 눈에 띈다.
예를 들어 <榮木一首 幷序>에는 '<무궁화>는 것을 늙어가는 것을 읊은

시다. 날과 달이 지나가 벌써 또 세 달 90일 동안의 여름이 되었다. 젊은 시절 도를 들었는데 흰 머리가 되어서도 성취한 것이 없다'31)라는 병서가 붙어 시의 주제와 작시의 동기를 간략히 서술하고 있다. 한편 <乙巳歲三月爲建威參軍使都經錢溪>와 같은 것은 그의 작품에서 상대적으로 긴 제목에 해당하는데, '을사년에 건위 참군이 되어 수도에 출장가는 길에 전계를 지나갔'고 하는 내용에서 이미 作詩 시기, 배경, 동기 등이 밝혀져 있어 서의 구실을 하므로 병서를 붙일 필요가 없었던 것이다. 이처럼 병서와 제사는 주로 교술양식의 운문, 짧은 시제와 친연성을 지닌다는 것을 알 수 있다.

唐代에 이르면 병서는 급격히 퇴조하고, 대신 長形의 標題가 급증하는 양상을 보인다. 당대의 대표적인 시인의 병서 附記 횟수를 보면 이백의 경우는 13회, 두보는 3회, 한유는 9회를 보이고 있다. 이들의 총 작품수를 고려할 때, 그리고 이들에 비해 상대적으로 총 시편의 수가 적은 도연명의 경우 16회의 병서 예가 사용된 것과 비교해 볼 때, 당대에 들어와 병서를 붙이는 패턴이 급격히 퇴조했다는 것은 명백해진다. 일반적으로 근체시는 初唐 때 성립된 것으로 이해되는데32) 앞서 언급한 것처럼 병서와 장형 표제는 서로 대척적인 관계, 좀더 정확히 말하면 양자가 공존할 필요가 없는 관계에 놓여 있다. 그러므로 唐詩에서 병서가 퇴조하고 장형 표제가 늘어나는 것은 동전의 양면처럼 밀착된 관계라 할 수 있는 것이다. 다시 말하면, 종래 운문 문학에서 병서가 행하던 기능이 장형의 표제나 제주로 대치되는 양상이 보편화된다. 도연명의 시작품에서 상대적으로 긴 편에 속하는 제목이 唐代 시인들의 작품에서는 평균적 길이의 제목이라는 것을 볼 때, 당대에 들어와서는 전체적으로 시제가 길어지는 추세를 보인다

---

31) "榮木念將老也. 日月推遷已復九夏. 總角聞道白首無成."
32) 김학주, 앞의 책, 50쪽.

고 할 수 있다.

　杜甫의 시를 예로 들어 보면, 수 천 여편의 시작품 중 병서가 붙어 있는
것은 3편에 불과하며, 題辭도 더러 발견되기는 하나 보편적인 것은 아니
다. 그리고 부성분 중 題注를 붙이는 것이 그의 시작품에서 하나의 패턴
으로 정착되는 것을 발견하게 된다. 두보의 詩題 중에는 <臨邑의 동생으
로부터 편지가 왔다. 오랜 비로 황하가 범람하여 제방이 무너지는 재난이
있어 관리들의 근심거리라고 한다. 이에 이 시를 부쳐 그 마음을 느긋하게
해주고자 한다>[33]와 같은 장형이 적지 않으며, <驄馬行>이라는 제목에
붙여진, '이 말은 본디 천자께서 太常寺 梁卿에게 하사한 것인데 지금은
鄧의 李公이 이를 소유하고 사랑하여 나에게 시를 지으라 하였다'[34]처럼
긴 제주도 어렵지 않게 볼 수 있다. 이런 긴 제목과 긴 제주는 종래 서나
제사가 행하던 기능을 이들이 담당하면서 장형화된 것으로 본다.

　이를 종합해 보면 唐代에는 종래 텍스트에서 병서가 행하던 역할을 대
신하는 방법으로, 긴 제목으로써 작자가 전달하려는 내용을 담는 방식과
짧은 제목에 제주를 붙이는 방식이 보편화되었다고 할 수 있다. 이 두 방
법 중 긴 제목으로써 병서의 역할을 대신하는 경향은 宋代에 들어와 더욱
두드러진 양상으로 전개되기에 이른다.

5. 맺음말

　'문체'가 언어의 독특한 사용법을 의미한다고 할 때, 본문의 내용을 보
충하고 해석의 길잡이 구실을 하게 하면서 실용적·심미적 효과를 갖는
장형화된 표제는 漢詩를 다른 운문 양식과 변별짓는 문체장치들 중 하나

---

33) <臨邑舍弟書至苦雨黃河泛溢隄防之患簿領所憂因寄此詩用寬其意>.
34) "太常梁卿勅賜馬也李鄧公愛而有之命甫製詩."

로 볼 수 있다. 漢詩에는 표제 외에도 병서·제사·제주·제후·발문과 같은 부성분이 덧붙어 있는 예가 많은데 장형 표제는 이들 부성분들의 기능을 복합적으로 수행하고 있어 한 작품의 표제가 길 경우 대개 이런 부성분들은 附記되지 않는 경향이 있음을 보았다.

문체를 형성하는 다양한 요인 중 한시의 장형 표제의 특성을 결정하는 가장 주요한 요인으로 본고에서는 교술이냐 서정이냐 하는 운문의 장르적 성격과 개인적 취향을 들었다. 우리나라의 경우 이규보·이제현·안축·김창협 등이 시제를 붙임에 있어 독특한 면모를 보여주고 있다.

시의 표제가 장형화되는 배경을 보면, 교술양식인 한부가 퇴조하고 서정양식인 시가 운문의 주류를 이루면서, 병서를 붙이는 패턴이 퇴조하고 병서가 행하던 구실을 표제가 담당하게 되었고 이로 인해 詩題 자체가 길어졌다고 본다. 병서 대신 짧은 시제에 題注를 붙여, 실질적으로 장형 표제와 같은 구실을 하게 하는 방식도 보편화된다. 이러한 변화는 남북조시대에 서서히 표면화되다가 唐代에 들어와 하나의 패턴으로 정착되고 宋代에 이르러 한시 표제의 두드러진 특징으로 부각되기에 이른다. 이런 점들을 근거로, 장형 표제를 漢賦에서 하나의 정형화된 패턴을 이루었던 '幷序'나 '題辭'의 후대적 변형 또는 파생물로 규정할 수 있다. 따라서 이 또한 서부가형 산운 혼합담론의 한 형태로 볼 수 있다.

『高麗史』「樂志」俗樂條에 대한 신 조명

1. 『고려사』 악지 개괄

이 글은 그동안 국문학 연구의 변두리에 존재하면서 어떤 사실의 설명과 규명을 위한 보조 자료의 구실을 해 온 『고려사』 악지 속악조의 몇몇 텍스트들을 대상으로 하여, 이들을 문학연구의 보조 자료가 아닌 문학텍스트 자체로 보고 그 특성을 규명하는 데 1차적 목표를 둔다. 국문학의 영역을 확대해 가는 데 있어 새로운 자료의 발굴도 중요하지만 변두리에 방치된 것들을 새로운 시각으로 조명하여 중심으로 이끌어 오는 것 또한 중요하리라 본다.

『고려사』는 紀傳體로 된 고려 왕조의 正史인데, 조선시대 태조의 명에 따라 1392년 처음 수찬의 명이 내려진 이래 최종적으로 1451년(문종 1년)에 세가 46권, 지 39권, 연표 2권, 열전 50권, 목록 2권으로 만들어지기까지 『고려사』는 수차례 보수 및 개정이 이루어졌다. 「樂志」는 『고려사』 70권과 71권─각각 志24(樂1)와 志25(樂2)─에 수록되어 있는데 제70권의 '악1'은 '아악', 제71권의 '악2'는 당악·속악·삼국 속악에 대해서 소개하고 있다. '雅樂'은 악기 소개와 음악을 연주하는 절차 등을 설명하고 있고 노랫말이 소개된 예는 극히 적다. '唐樂'은 먼저 악기 소개 뒤에 48편의 작품에 대한 언급이 이어지는데, 이 중 <헌선도> <수연장> <오양선> <포구악> <연화대> 5편은 '연주방식에 대한 설명+노랫말'로 되어 있고 「석노교 곡파」 등 나머지 43편은 노랫말만 수록되어 있다. 그리고 '악2'의 속악조에는 고려시대의 민간음악이, '삼국 속악'조에는 고구려·백제·신라의 음악이 소개되어 있다.

이 글은 이 중 특히 속악조에 주목하고자 하는데 그 이유는 다른 조목에는 노랫말없이 노래의 제목과 그 노래가 지어진 배경만 나와 있는 것에 비해, 속악조에는 배경 설명과 노랫말이 함께 소개된 것이 상당수 포함되어 있기 때문이다. 물론 이 노래들은 한글 창제 이전의 것이므로 한시 형태로 되어 있어 原歌는 알 수 없고 그 내용만 짐작할 수 있을 뿐이다.

속악조에는 총 32편의 노래 제목이 나와 있는데 이 중 노래의 성립배경만 서술한 것이 18편이고, 나머지 14편은 배경과 함께 노랫말이 있는 것이다. 이 14편 중 7편 〈五冠山〉〈居士戀〉〈處容〉〈沙里花〉〈長巖〉〈濟危寶〉〈鄭瓜亭〉에 포함된 노랫말은 益齋 李齊賢이 한시 형태로 풀이해 놓은 것으로 여기서 논의의 대상으로 하는 것은 이 텍스트들이다. 이 7편의 텍스트들에 주목하는 이유는 다음과 같다.

첫째, 산문 서술은 노래 성립배경에 대한 단순한 설명이 아니라 서사성을 띠고 있어 주목을 요한다. 산문배경과 노랫말이 결합되어 있는 14편 중 나머지 7편의 경우는 산문부가 단지 노래에 대한 단편적 정보만을 제공하는 정도지만 이 글의 논의대상이 되는 7편은 短篇 서사체로 볼 수 있는 것이다.[1] 둘째, 이제현의 시들은 그의 문집인 『益齋亂藁』 제4권에 「小樂府」란 제목 하에 수록된 9편에 포함되는 것들인데 이것이 고려시대

---

1) 14편 중 나머지 7편은 〈삼장〉〈사룡〉〈자하동〉〈한림별곡〉〈풍입송〉〈야심사〉〈한송정〉인데 여기에 포함된 산문서술은 노래의 유래에 대한 단편적 정보를 제공한 것이거나 노랫말 작자가 누구인지 알려져 있거나 노랫말이 원래부터 한자로 되어 있는 등 이제현의 해시를 포함한 것들과는 여러 면에서 차이를 보인다. 또한 이들은 노랫말이 먼저 제시되고 노래 성립배경에 관한 산문 서술이 뒤에 온다는 점에서도 차이가 있다. 〈寒松亭〉의 경우는 산문 서술이 서사성을 띠고 解詩도 있어 본고의 대상이 되는 7편과 성격이 같지만, 이 해시는 5언절구의 형태로 張晉公이 지은 것이다. 그래서 논의대상에서 제외했다.

正史인『고려사』「악지」에 인용·수록되었고 또 후대의『新增東國興地勝覽』과 같은 지리서에 注釋의 일부로 포함되기도 하였다. 따라서 같은 텍스트라도 소속 문맥에 따라 의미와 기능이 달라진다는 것을 보여주는 좋은 예가 된다. 셋째, 이들은 어떤 노래와 그 노래의 성립 유래를 설명하는 산문서술로 이루어졌다는 점에서 '散韻 혼합담론'의 범주에서 논할 수 있는 근거가 마련된다. 넷째, 이 7편의 텍스트들에는 익재 이제현을 비롯하여『고려사』편찬에 참여한 史官들, 그리고 노래와 성립 유래를 구전으로 전승한 집단 등 수많은 담론 주체들의 목소리가 섞여 있다는 점에서 극히 '多聲的' 성격을 띤 것으로 볼 수 있다.

이 글은『고려사』악지 '속악조'에 수록된 위 7편의 텍스트들을 主대상으로, 그리고 이 7편이 지닌 문학적 성격을 좀더 명확히 규명하기 위한 비교의 자료로서『신증동국여지승람』에 주석문의 일부로 수록된 것을 副대상으로 하여 이상과 같은 문제들을 검토함으로써 이들이 지닌 문학텍스트로서의 특성을 살피는 데 목표를 둔다. 앞으로 이 글에서 '속악조의 텍스트들'이라 함은 '노래 제목+유래+이제현의 解詩'로 구성된 위 7편을 한정하여 지칭하게 될 것이다.

이『고려사』악지의 자료들은 고전시가의 존재양상과 특징 등을 말해주는 중요한 단서가 되기 때문에 고전시가 연구에 있어 중요한 보조 자료 혹은 2차 자료로 활용되어 왔다. 이 글에서는 이런 관점을 넘어 7편의 기록 자체를 문학 연구의 '1차 텍스트'로 편입시켜 다루고자 한다는 데 차이가 있다.

2. 益齋 詩篇의 존재양상

속악조 텍스트들을 문학연구의 보조자료가 아닌 문학텍스트 자체로 보고 그 특성을 규명하는 데 있어 먼저 이 텍스트들의 핵을 이루는 익재

이제현의 시편들이 어떤 형태로 존재하는가에 대한 검토가 이루어져야
할 것이다.

2.1. 小樂府

이 글에서는 <장암> <거사연> <제위보> <사리화> <처용> <오관산>
<정과정>을 '산문 설명+노랫말'로 이루어진 텍스트들의 '제목'으로 보고
있지만, 일반적으로는 이 중 益齋 李齊賢에 의해 한시 형태로 풀이된 노
랫말 부분만을 떼어 이 제목들로 지칭하는 경우가 많다. 그것은 이 텍스
트들에 포함된 7편의 시편들이 다른 2편[2]과 함께 이제현의 문집『益齋亂
藁』[3] 권4에 「小樂府」라는 제목으로 전하기 때문이다.『익재난고』는 이
제현 개인의 문학적 소양과 취향을 반영하는 私的 언어기술물로서 그 자
체로 독립된 텍스트로 존재한다. 그는 여기서 「소악부」라는 제목으로 9
편의 시편들을 포괄하였을 뿐, 개개 작품에 대한 제목은 붙이지 않았다.
樂府는 원래 한나라 때 민간가요를 수집하는 관청이름이었는데 후에는
여기서 수집한 노래들을 가리키는 말로 사용되기에 이르렀다. 따라서 악
부시 또는 악부체시란 민간가요에 근원을 두는 혹은 민간가요적 성격을
띠는 시양식을 가리킨다. '소악부'라고 한 것은 중국의 악부체시에 대해
우리나라에서 지어진 것이라는 겸손의 의미를 포함한다.
이제현의 소악부 또한 이미 널리 불려지던 노래를 전제로 하여 한시
형태로 '풀이'한 것이므로 전적으로 이제현 개인의 독창적 산물이라 할 수

---

2) 한 편은 <서경별곡>과 <정석가>에 공통적으로 삽입된 속칭 <구슬노래>이고, 다
   른 한 편은 <소년행>으로 알려진 것이다. 이 9편 외에 민사평에게 소악부를 지어
   보라고 권하는 의미에서 <水精寺> <耽羅謠> 2편을 다시 지어 '소악부' 바로 뒤에
   수록하였는데 이것까지 합치면 익재가 지은 소악부는 모두 11편이 된다.
3)『益齋亂藁』는 익재의 아들들에 의해 1363년에 간행되었는데 원고가 완전하지 않
   아 '난고'라는 제목이 붙었다. 1431년에 왕명으로 重刊이 이루어졌는데, 이때『익재
   난고』10권과『역옹패설』4권을 합본하여『익재집』으로 간행했다.

는 없지만, 여러 면에서 그의 문학적 성향과 개인적 취향 즉 '문체적' 특성
을 보여준다. 민요적 성격을 지닌 이 시편들에 대해 개별적으로 제목을
붙이지 않고 '소악부'라는 제목으로 통칭한 것 자체가 그의 문학적 이해를
드러내는 부분이다. 「소악부」 중 7번째의 것을 예로 들어 본다.

木頭雕作小唐鷄	나무에 조그마한 닭을 새겨서
筯子拈來壁上棲	젓가락으로 집어 벽위에 얹어두었네
此鳥膠膠報時節	이 새가 꼬끼오 울면서 시간을 알릴 때
慈顔始似日平西	어머님 얼굴이 비로소 지는 해같으시기를.[4]

이 노래는 악지 속악조에 <五冠山>이라는 제목이 붙어 있는데 이 노래
가 언제부터 이 제목으로 불리게 되었는지 의문이 생긴다. 이제현의 생몰
연대(1287~1367)와 『고려사』의 수찬시기(1392~1451)를 고려할 때 이제현
은 거의 고려 말엽의 인물로서 그의 沒年과 『고려사』의 편찬이 시작된
시기사이에는 불과 20~30년 정도의 시차밖에 나지 않는다. 그러므로 이
제현이 이 노래를 한시 형태로 번역 혹은 풀이할 때는 제목이 없었는데
그 20~30년 사이에 노래가 <오관산>으로 불리게 되었다는 추정은 타당
성이 없다고 본다. 다시 말해 이제현 생존시에도 이 노래는 <오관산>으로
불리었는데 이제현이 漢詩化하는 과정에서 이 제목을 취하지 않고 단지
「소악부」라는 제목으로 9편을 총칭했다는 추정을 해볼 수 있다. 이제현은
우리말로 불리던 이 노래의 제목이 <오관산>이라는 것은 알고 있었지만
노래와 시를 구분했기에 노래의 제목을 한시의 제목으로 취하지 않은 것
으로 보인다. 그 대신 '소악부'라는 이름을 붙임으로써, 俚語로 불리는 노
래를 소재로 하여 자신이 '지어 풀이한 시'("作詩解之")임을 밝힌 것이다.
요컨대 <오관산> 대신 「소악부」의 하나로 이 노래를 칭한 것 자체가 그의

---

4) 이제현의 소악부는 『益齋亂藁』(아세아문화사, 1973)와 『익재집』(『한국고전문학전
　집』 10, 이종찬 역주, 고려대 민족문화연구소, 1993)에 의거함.

詩歌觀을 보여주는 대목이라 할 수 잇다.

「소악부」의 시편들은 모두 7언절구의 형태를 취하며 押韻을 하고 있다. 이 시 또한 제1구·2구·4구 끝글자를 '齊'운으로 押韻을 하였다. '나무로 새긴 닭이 꼬끼오 우는 것'과 같은 불가능한 사실을 전제하여 어머니가 늙지 않기를 바라는 마음을 표현하였다. 이런 표현은 고려가요 <정석가> 에서도 찾아볼 수 있어 고려시대 노래의 한 특징이 아닐까 생각한다. 우리 는 原歌의 노랫말이 어떤 것인지 정확히 알 수는 없지만 대체적인 내용은 소악부의 그것과 대차가 없을 것으로 보인다. 다만 축약이나 가감, 표현상 의 윤색 등 약간의 내용상 변개는 있었을 것으로 추정할 수 있다.

2.2. 解歌詩[5)]

'해가시'란 말 그대로 '노래를 풀이한 시'라는 뜻으로 여기서 '시'는 '漢 詩'를 가리킨다. 『익재난고』에 「소악부」라는 총괄적 제목하에 수록된 위 시는 한 개인의 언어기술물로서, 그 자체로 독립적인 한 편의 텍스트로 존재하면서 '소악부'라는 제목 하에 묶인 나머지 8편과 상호조응을 이룬 다. 그러나, 이 시가 『고려사』 악지 속악조에 <오관산>이란 제목하에 노 래가 지어지게 된 배경과 함께 수록되었을 때 텍스트적 기능과 의미는 달 라지게 된다.

오관산은 효자 文忠이 지은 것이다. 문충은 오관산 아래에서 살았는데 어머 니를 지극히 효성스럽게 섬겼다. 그가 살고 있는 곳에서 서울까지는 30리 거리

---

5) 이제현의 소악부를 '解歌詩'로 나타낸 예는 『新增東國興地勝覽』38권, 『국역 신증 동국여지승람』V(민족문화추진회, 1970·1985)의 濟州牧 '佛宇' 중 「水精寺」 항목 에서 발견할 수 있다. 제주에 있는 절 '수정사'를 소개한 뒤 이 절을 소재로 한 시구 들을 예로 들었는데 그 중 하나가 이제현의 소악부 <수정사>이며 이에 대해 "李齊 賢 解歌詩"란 표현을 사용했다. 즉, 제주 지역에서 전하는 민간가요를 이제현이 한 시로 풀이하였다는 것을 의미한다.

였는데 모친을 봉양하기 위하여 관리 생활을 하여 녹을 받고 살았다. 그래서 아침에 나갔다가 저녁에 돌아오곤 하였는데 아침 저녁 문안을 언제나 게을리 하지 않았다. 그는 자기 어머니가 늙어 가는 것을 한탄하면서 이 노래를 지었는데 이제현은 시를 지어 다음과 같이 풀이하였다.[6]

이와 같은 배경 설명은 이제현의 시를 산문 내용의 테두리 안에서 해석할 것을 요구한다. 즉 운문은 산문과 상호 호응관계를 이루며 의미의 제약을 받게 된다. 「소악부」의 경우 그 자체로 독립성을 지닌 텍스트가 '문맥 의존적' 텍스트로 성격이 바뀌는 것이다. 이제현의 시에서 '어머니'는 이제현 자신을 포함한 모든 일반적 어머니로 해석될 수 있지만, 「악지」의 산문 배경으로 인해 '문충의 어머니'로 범위가 축소되는 것이다.

여기서 한 가지 짚고 넘어갈 것은, 이제현의 시편들을 原歌를 번역한 '譯詩'로 볼 것인가 아니면 원가의 내용을 한시 형태로 풀이한 '解詩'로 볼 것인가 하는 문제다. 7편의 속악조 텍스트들을 보면 먼저 노래 제목이 있고 그 노래의 배경 설명이 이어진 뒤 '李齊賢作詩解之曰'이라는 문구 다음에 절구 형식의 시가 소개되는 방식을 취하고 있다. 여기서 "作詩解之"라는 말에 주목할 필요가 있다. 한글 창제 이전은 말할 것도 없고 그 이후에도 '譯'이라는 말은 일본어와 우리말, 중국어와 우리말 등 두 종류 이상의 언어가 전제될 때 사용된 말이었다. 일예로 고려시대나 조선시대의 譯官은 이렇게 한 언어의 내용을 다른 언어로 옮겨 주는 사람을 의미했다. 그러므로 고유의 문자가 없어 우리말로 전해지고 불려지는 노래를 문자로 된 한시형태로 옮겨놓은 것에 대해서는 '번역'으로 인식되지 않았던 것이다. 한글이 보편화된 뒤에도 한참 동안 '우리의 글'로 인식된 것은 俚語 또는 암클로 불린 한글이 아니라 '漢字'였기 때문에, 그 당시 관점으

---

6) 『고려사』의 원문 및 번역은 전자자료 한국문화콘텐츠(KRpia)의 『고려사』(정인지 외 저, 북한사회과학원, 허성도, 1998)에 의거함. 이하 인용문의 원문은 특별한 경우를 제외하고 생략함. KRpia(http://www.dbpia.co.kr/Helpdesk/Step05_02_01)

로 볼 때 이어로 불린 것을 '우리글'로 옮겨 놓은 것은 '풀이'이지 '번역'이
아닌 것이다. 그러므로 당대의 관점을 수용할 때 이제현의 소악부를 원가
에 대한 飜譯詩로 보기보다는 解詩로 이해하는 것이 타당하다고 본다.[7]

익재 소악부 작품들 중 『악장가사』나 『악학궤범』 등에 原歌의 전체 또
는 일부가 우리말 형태로 전해지는 것으로는 속칭 <정과정>으로 불리는
것과 <정석가> <서경별곡>에 공통적으로 삽입되어 들어간 속칭 <구슬노
래>가 있다.[8] <정과정>의 경우는 노래의 전체 내용을 축약하는 방식으로
풀이가 이루어져 있고[9] <구슬노래>의 경우는 노래의 구절구절을 그대로
옮겨 놓는 형태로 풀이가 이루어져 오늘날의 번역과 흡사한 양상을 보인
다.[10] 이로 볼 때 오늘날 번역에 해당하는 것도 당대의 관점으로는 '풀이'

---

7) 한글 창제 초기에 지어진 『용비어천가』나 이보다 후대에 나온 『악장가사』 등에
   한글 노랫말이 실린 것은 이와는 별개의 문제로 이해해야 한다. 이들은 한글을 시험
   하기 위한 목적 또는 구전되는 노래의 노랫말 모음집으로서의 용도상 한글 노랫말
   이 수록된 것이다. 이에 비해 속악조는 正史인 『고려사』의 일부로 수록된 것이므로
   한자로 된 노랫말만 실을 수 있었던 것이다.

8) 많은 학자들이 <처용>도 같은 경우에 해당한다고 보는데, 필자는 이제현이 대상으
   로 한 처용관련 노래는 향가 <처용가>나 고려 노래 <처용>과는 별도의 것으로 본
   다. 이에 대해서는 3장에서 자세히 논의될 것이다.

9) 이제현의 해시 "憶君無日不霑衣/ 政似春山蜀子規/ 爲是爲非人莫問/ 只應殘月曉
   星知"를 『악학궤범』에 실려 전하는 원가의 노랫말 "내 님믈 그리ᅀᆞ와 우니다니/
   山 졉동새 난 이슷ᄒᆞ요이다/ 아니시며 거츠르신 ᄃᆞᆯ 아으/ 殘月曉星이 아르시리이
   다/ 넉시라도 님은 ᄒᆞᆫᄃᆡ 녀져라 아으/ 벼기더시니 뉘러시니잇가/ 과도 허믈도 천
   만 업소이다/ 믈힛마리신뎌/ ᄉᆞᆯ읏븐뎌 아흐/ 니미 나ᄅᆞᆯ ᄒᆞ마 니ᄌᆞ시니잇가/ 아소
   님하 도람 드르샤 괴오쇼셔"와 비교해 보면 원가 총 11구 중 앞의 4구만 절구로
   풀이된 것을 알 수 있다.

10) 예를 들어 속칭 <구슬노래>로 불리는 "구스리 바회예 디신ᄃᆞᆯ/ 긴힛ᄯᆞᆫ 그츠리잇가
   나난/ 즈믄 해를 외오곰 녀신ᄃᆞᆯ/ 信잇ᄯᆞᆫ 그츠리잇가 나난"은 <정석가>와 <서경별
   곡>의 일부로 흡수된 독립가요인데, 이를 이제현의 해시 "縱然巖石落珠璣/ 纓縷固
   應無斷時/ 與郞千載相離別/ 一點丹心何改移(바윗돌에 구슬이 떨어져 깨진다 해도/
   꿴 실은 끊어지지 않으리라/ 님과 천년을 헤어져 산다 해도/ 일편단심이야 변함이
   있으랴)"와 비교해 보면 자구가 거의 일치하는 것을 알 수 있다.

의 일종으로 인식되었다고 볼 수 있다.

익재의 시편은 '소악부'와 '해가시' 형태 외에 注釋文의 일부로 존재하기도 하는데, 이 점은 뒤에서 자세히 언급될 것이므로 여기서는 생략한다.

3. 속악조 텍스트의 多聲性

이 7편의 속악조 항목이 각각의 제목하에 노래의 유래와 이제현의 解詩로 이루어진 하나의 텍스트로 정착하기까지 여러 단계가 개입되었을 것임은 충분히 짐작할 수 있다. 즉, 이들 텍스트에는 서로 뒤섞여 각자의 목소리를 내는 복수의 담론자층이 존재하고 있는 것이다. 각 텍스트들에는 기본적으로 노래의 전승자(A1), 노래에 관계된 이야기의 전승자(A2), 그리고 이 둘을 결합하여 하나의 텍스트로 조합한 주체(A3) 이 세 층의 담론자층이 존재한다. 그러나 실제로는 더 복잡한 계층이 개입해 있다. A1이라 해도 노래를 처음 만들어 부른 사람이 있고, 그 노래를 7언절구 형태로 풀이한 이제현도 있다. A2 또한 노래가 만들어진 과정 및 내력을 알고 이것을 말로 전한 부류가 있는가 하면 구전된 이야기를 글로 성문화시킨 부류도 있다. A3는 우리가 『고려사』의 편찬자로 부르는 사람들, 구체적으로 「악지」 편찬의 실제 업무를 담당한 문관들에 해당한다. 그러나 A3 중에도 정도전·하륜·변계량·윤회·김종서·정인지 등의 총괄 책임을 담당한 층이 있는가 하면, 실제 작업을 담당한 당대의 문관들과 史官들도 있다. 또 여러 차례 보수·개편 작업을 거치는 동안 그 일을 맡은 사람들의 입장과 목소리도 텍스트에 개입되어 있을 것이므로 이들 또한 A3에 포함될 수 있다. 여기서 글로 기록한 A3는 일종의 작가로 볼 수도 있다.

轉寫者(scriptor)·編纂者(compilator)·註釋者(commentator)·著者

(author)[11] 등 작가로 불리우는 주체들이 지닌 다양한 성격을 고려할 때 글로 말로 전해지는 여러 자료들을 수합하여 기준에 맞게 조합한 뒤 하나의 조목으로 완성한 '악지' 편수 작업 실무자들은 '편찬자' 부류에 속하는 작가라고 할 수 있는 것이다.

<處容>의 예를 들어 속악조 텍스트들의 다성적 성격을 살펴보자.

신라 헌강왕이 鶴城에서 놀다가 開雲浦까지 돌아왔을 때 홀연 어떤 사람 한 명이 기괴한 형용에 이상한 옷을 입고 왕의 앞으로 나와서 노래와 춤으로 왕의 덕을 찬양한 후 왕을 따라 서울로 들어왔다. 자칭 處容이라 부르며 달 밝은 밤마다 저자에서 노래하고 춤추더니 나중에는 그의 간 곳을 알지 못하였다. 그래서 당시 사람들이 神人이라고 생각하였으며 후세 사람도 이상히 여기고 이 노래를 지었다. 이제현이 시를 지어 다음과 같이 풀이하였다. "옛날 신라 처용 노인이/ 푸른 바다 속에서 왔다고 하네/ 조개같은 이, 붉은 입술로 달밤에 노래하며/ 솔개같은 어깨, 자주색 소매로 봄바람에 춤을 추네."[12]

이 글의 대상이 되는 7편의 속악조 텍스트들 중 이 <처용>만큼 복수의 담론자층이 얽혀 있는 것은 없을 것이다. 이 텍스트에 뒤섞여 있는 복수의 목소리들에 대해 언급하기 전에 먼저, 이제현의 해시의 대상이 된 노래 'X'에 대해 생각해 볼 필요가 있다. 위 인용에 의하면 처용 당시의 사람들은 그를 '신인'이라 여겼고 후세의 사람들 또한 처용의 행적을 기이하게 여겨 이 노래 'X'를 지어 불렀다고 하였다. 'X'의 작자는 처용보다 후대의 사람들이라고 밝히고 있는 것이다. 그렇다면 이제현의 해시는 향가 <처용가>를 대상으로 하지 않은 것이 분명하다.

한편 이제현의 해시를 고려시대 궁중의 驅儺儀式에서 불려졌을 것으

---

11) 김현, 『한국문학의 위상/문학사회학』(『김현 문학전집』 1, 문학과 지성사, 1991 · 2005, 41쪽)에서 재인용.

12) 원가에 대한 이제현의 해시는 다음과 같다. "新羅昔日處容翁 見說來從碧海中 貝齒頹脣歌夜月 鳶肩紫袖舞春風."

로 추정되는 고려 노래 〈처용〉[13]과 비교해 봐도 그다지 공통성은 발견되지 않는다. 해시나 고려 〈처용〉 모두 3인칭으로 노래 불려진다는 점, 그리고 처용의 춤추는 모습이 묘사되고 있다는 점에서 다소의 공통성이 보일 뿐이다. 그러나 長篇의 고려 노래 〈처용〉에서 춤추는 모습은 극히 일부에 불과한데다가 묘사내용이나 비유법에 있어서도 양자 간에 공통점이 발견되지 않는다. 뿐만 아니라 해시 제3구의 노래 부르는 모습이 고려 노래 〈처용〉에는 보이지 않는다. 따라서 위 인용문에서 언급된 노래, 즉 이제현이 해시의 대상으로 삼은 노래 'X'는 향가 〈처용가〉도 아니고 고려 노래 〈처용〉도 아닌, 제3의 노래라는 것을 알 수 있다. 그리고 그 노래를 지어 부른 '후세 사람' 또한 오늘날 전하는 고려 노래 〈처용〉을 지어 부른 계층과는 별도의 부류였을 것으로 결론지을 수 있다. 아울러 고려시대 궁중에서 춤과 함께 의식의 일부로 불려진 고려 노래 〈처용〉이나 이제현의 해시의 대상이 된 노래 'X'는 처용 전승 및 향가 〈처용가〉를 소재로 하여

---

13) 『악장가사』와 『악학궤범』에 전하는 고려 〈처용〉의 전문은 다음과 같다. "新羅聖代 昭聖代/ 天下大平 羅侯德/ 處容아바/ 以是人生애 相(常)不語ᄒ시란ᄃᆡ/ 以是人生애/ 相(常)不語ᄒ시란ᄃᆡ/ 三災八難이 一時消滅ᄒ샷다/ 어와 아븨즈시여 處容아븨 즈시여/ 滿頭揷花 계우샤 기울어신 머리예/ 아으 壽命長遠ᄒ샤 넙거신 니마해/ 山象이슷 깅어신 눈썹에/ 愛人相見ᄒ샤 오올어신 누네/ 風入盈庭ᄒ샤 우글어신 귀예/ 紅桃花ᄀ티 붉거신 모야해/ 五香 마ᄐ샤 웅긔어신 고해/ 아으 千金 머그샤 어위어신 이베/ 白玉琉璃ᄀ티 ᄒ여신 닛바래/ 人讚福盛ᄒ샤 미나거신 툭애/ 七寶 계우샤 숙거신 엇게예/ 吉慶 계우샤 늘의어신 ᄉ맷길헤/ 설믜 모도와 有德ᄒ신 가ᄉ매/ 福智俱足ᄒ샤 브르거신 비예/ 紅鞓 계우샤 굽거신 허리예/ 同樂大平ᄒ샤 길어신 허튀예/ 아으 界面 도ᄅᆞ샤 넙거신 바래/ 누고 지어 셰니오 누고 지어 셰니오/ 바롤도 실도 업시 바롤도 실도 업시/ 處容아비룰 누고 지어 셰니오/ 마아만 마아만ᄒ니여/ 十二諸國이 모다 지어 셰욘/ 아으 處容아비룰 마아만ᄒ니여/ 머자 외야자 綠李야/ ᄲᆞ리 나 내 신고흘 미여라/ 아니옷 미시면 나리어다 머즌말/ 東京 ᄇᆞᆯ근 ᄃᆞ래 새도록 노니다가/ 드러 내자리를 보니 가ᄅᆞ리 네히로새라/ 아으 둘흔 내해어니와 둘흔 뉘해어니오/ 이런 저긔 處容아비옷 보시면/ 熱病神(大神)이아 膾ㅅ가시로다/ 千金을 주리여 處容아바/ 七寶를 주리여 處容아바/ 千金 七寶도 마오/ 熱病神을 날자바 주쇼셔/ 山이여 ᄆᆡ히여 千里外예/ 處容아비를 어여녀거져/ 아으 熱病大神의 發願이샷다".

파생된 수많은 처용 노래 중 하나가 아니었을까 추정해 볼 수 있다.

이런 점들을 종합할 때, 속악조 텍스트로서 <처용>에는 '개운포'라는 장소와 '헌강왕때'라고 하는 시간을 배경으로 한 '처용 설화'의 구비 전승자, 처용 설화와 노래를 글로 남긴 사람들, 처용에 관한 자료를 모아 '處容郞 望海寺'라는 제목으로 『三國遺事』에 수록한 一然, 의 목소리가 함께 어우러지고 있다고 할 수 있다. 뿐만 아니라 노래를 지어 부른 주체로서의 처용—즉, 향가 <처용가>의 작자—, 고려 노래 <처용>을 만들어 부른 계층, 제3의 노래 'X'를 지어 부른 사람들, 'X'를 자기 나름대로 풀이하여 7언절구의 형태로 담아낸 李齊賢, 그리고 최종적으로 이 자료들을 익히 알고 있고 이들이 제공하는 정보들을 선별·종합하여 산문과 운문을 결합시킨 '악지' 편찬자들 모두가 속악조 텍스트 <처용>의 복수의 담론자로 볼 수 있다. 이 모든 존재들의 목소리가 속악조 <처용>에 혼재하고 있는 것이다. 뿐만 아니라, 편찬자들이 노래의 유래와 이제현의 해시를 결합할 때 말로 전해지는 구전자료를 토대로 하지는 않았을 것이라고 볼 때, 그들이 참고한 지방의 기록들 및 여타 문헌자료들을 통해 유입된 여타 목소리들의 존재도 간과할 수 없다.

> 고려의 제도 조례들은 역사에서 빠진 것들이 많기 때문에 지금 『古今詳定禮』『式目編修錄』 및 여러 사람들의 이러저러한 기록을 참고하여 志들을 서술한다.

고 한 『고려사』 서문은 편찬작업에 있어 구전이 아닌, 문헌자료를 토대로 했음을 방증하며 「악지」 속악조의 문면에는 나타나지 않았지만 이면에 숨어 있는 자료들의 발화자까지 고려하면 속악조 텍스트 <처용>을 통해 크든 작든, 직접적이든 간접적이든 자신의 목소리를 내는 인물들의 수는 더욱더 증가하게 되는 것이다.

이처럼 여러 층의 목소리들이 한데 어우러지는 과정에서 불협화음이 야기될 수도 있는데,
<濟危寶>에서 그 단적인 양상을 발견할 수 있다.

어떤 부녀 한 사람이 죄를 범하고 徒刑을 받아 제위보에서 일하게 되었다. 그러던 중 어떤 사람에게 손을 잡히게 되었는데 그 수치를 씻을 길이 없었으므로 이 노래를 지어 스스로 자기를 원망하였다. 이제현이 시를 지어 다음과 같이 풀이하였다. "빨래하던 시냇가 수양버들 옆에서/ 내 손잡고 정을 나누던 백마탄 낭군/ 비록 석 달 동안 계속 비가 내린다 해도/ 손끝에 남은 님의 향기 어찌 씻겨나가리오"14)

이제현의 解詩를 보면 시적 화자는 상대방 남성을 '정을 나눈 낭군'으로 여기고 있다. 여기서 '아무리 비가 많이 내린다 해도 손 끝에 남은 님의 향기가 어찌 가시겠는가' 하는 토로는 어떤 어려움이 있다 해도 님을 잊지 않겠다는 뜻으로 해석해도 될 것이다.

그런데, 노래의 성립 유래를 보면 문제의 여인은 어떤 남자에게 욕을 당한 것을 수치스럽게 여겨 노래를 지은 것으로 되어 있다. 산문배경과 운문에 정 반대의 상황이 설정되어 있는 것이다. 이같은 불일치가 야기된 것은 산문서술이 설명하는 노래와 이제현이 풀이한 노래 原歌는 별개의 것인데 산문과 운문을 결합시키는 과정 즉, 편찬의 과정에서 오류가 빚어진 것으로 보인다. 산문 발화자와 운문 발화자는 각자 상이한 내용을 말하면서 목소리 또는 입장간에 상충이 빚어지고 결과적으로 불협화음을 내는 담론이 되고 만 것이다.

---

14) 이제현 해시의 원문은 다음과 같다. "浣沙溪上傍垂楊 執手論心白馬郎 縱有連簷三月雨 指頭何忍洗餘香."

4. 속악조 텍스트의 서술방식

4.1. 산문 서술의 서사성

속악조의 32개 항목들을 보면 노래의 유래를 설명한 산문 서술 중에는 서사성을 지닌 것이 적지 않아 주목을 요한다. 이 산문 서술 부분은 단순한 사실의 기록 혹은 노래의 성립과정에 대한 단편적 설명에 불과한 것에서부터, 비록 짧기는 하지만 서사체로서의 최소한의 요건을 갖춘 것, 나아가서는 소설처럼 복합적인 구성을 갖춘 것[15]까지 다양한 성격을 띠고 있다. 논의의 대상이 되는 7편의 텍스트들은 <居士戀>만 제외하고 短篇의 서사체로 규정될 수 있을 만한 조건을 갖추고 있다. 단편적인 사실의 기록과 서사체를 구분하는 요건이 무엇인가하는 문제는 단순한 것이 아니지만 다음 프랭스의 서사학 이론[16]은 이 문제를 해결하는 데 큰 도움이 된다.

프랭스는 하나의 스토리가 형성되기 위한 최소한의 조건, 다시 말해 '最少 敍事體'(minimal story)[17]가 성립되기 위한 조건으로서 다음과 같은 사항을 제시하였다.

1) 세 개의 명제(혹은 사건)들로 구성되며 이 사건들은 두 개의 接續素에 의해 연결된다. 여기서 사건(events) 혹은 명제(propositions)[18]란 하나

---

15) 예를 들어 '속악조'의 「예성강」, '삼국 속악조'의 「목주」「명주」와 같은 것은 짧은 소설이라고 볼 수도 있을 만큼 사건전개가 복잡하고 인물의 성격묘사도 구체화되어 있다.

16) G. Prince, *A Grammar of Stories*(The Hague: Mouton & Co. N.V. Publishers, 1973).

17) 프랭스의 용어 story는 '이야기'라고 하기보다는 서사체(narrative)에 근접한 개념이고 후의 저술에서는 narrative라는 용어를 쓰고 있으므로 본고에서는 '서사체'라고 번역하기로 한다.

18) 프랭스는 명제보다는 '사건'이라는 말을 즐겨 쓰고 있으나, 서사이론에서 이 말이

의 문장에 의해 표현될 수 있는 '주제(topic)+설명어(comment)' 구조물을
가리킨다.[19]

2) 첫째 사건은 둘째보다, 둘째 사건은 셋째보다 시간적으로 앞서야 한다.

3) 둘째 사건은 셋째 사건의 원인이 된다는 因果性의 조건을 갖추어야 한다.

4) 세 번째 사건은 첫 번째 사건의 逆轉(혹은 변화 및 수정을 가한 것)이어야
한다.[20]

그러나 이것은 어디까지나 이야기가 성립되기 위한 최소한의 조건일
뿐, 실제적으로 서사체는 셋 이상의 수많은 명제들로 이루어지고, 이 명제
들을 연결하는 접속소 또한 둘 이상인 경우가 허다하다. 명제들 중에서
이야기의 진전에 관여하는 것을 프랭스는 '서사적 명제'(narrative events)[21]
라 하였다.

'최소 서사체' 개념을 바탕으로 프랭스는 中核 敍事體(kernel simple
story), 單純 敍事體(simple story), 複合 敍事體(complex story)[22]를 구분
한다. 그에 의하면 '중핵 서사체'는 한 개의 '최소 서사체'로 이루어져 있으
나 후자가 세 개의 명제와 두 개의 접속소로 이루어진 것이라면 '중핵 서
사체'는 셋 이상의 명제, 둘 이상의 접속소로 이루어진 것이다. 모든 '중핵

너무 다양하고 광범하게 쓰이므로 이 글에서는 '명제'라는 말을 사용할 것이다.

19) 텍스트 언어학에서는 이를 주제(theme)-설명어(rheme), 혹은 舊情報(known or
given information)-新情報 (new information)라는 말로 나타내기도 한다.

20) 프랭스는 *A Grammar of Stories* 이후에 발표한 *Narratology: The Form and
Function of Narrative*(New York · Amsterdam: Mouton Publishers, 1982)에서는
역전(inversion) 대신 수정(modification)이라는 말을 사용하고 있다.

21) 예를 들어 '그는 부자이고 머리가 좋고 잘 생겼고 노래를 잘 부른다'라는 문장은
네 개의 명제로 이루어졌으나 이것들은 동질적 내용을 되풀이하는 것과 마찬가지여
서 이야기 전개에 기여하는 서사적 명제는 하나로 간주된다. G. Prince(1973), p.40.

22) 프랭스는 kernel simple story, simple story, complex story 등 narrative라는 말
대신 story라는 용어를 사용하고 있으나, 이 글에서는 story라는 말이 너무 포괄 범
위가 넓기 때문에 '이야기' 대신 '서사체'라는 말로 바꾸어 사용하고자 한다.

서사체'는 한 개의 '최소 서사체'로 구성되어 있으나, '최소 서사체'의 경우 세 개의 명제는 모두 '서사적 명제'인 반면, '중핵 서사체'의 경우는 세 개의 '서사적 명제'를 포함하되 '서사적 명제'가 아닌 것도 포함될 수 있다. 그러므로 모든 핵 서사체는 최소 서사체라 할 수 있지만, 그 역은 성립되지 않는다.

'중핵 서사체'나 '단순 서사체'는 단 하나의 최소 서사체만을 가진다는 점에서는 공통적이나, '단순 서사체'는 중핵 서사체에 과거 장면의 회상 (flashback)이나 미래 장면의 事前 제시(flash-forward)처럼 실제 일어난 사건의 순서를 바꾸어 서술23)하는 기법을 도입하거나, 결과를 먼저 제시하고 그 원인이 되는 사건을 나중에 서술하는 등의 다양한 기법이 가해진 것이다. 다시 말해 '최소 서사체'의 요건 중 2)와 3)의 규칙에 변형이 가해진 것이다. '복합 서사체'는 둘 이상의 최소 서사체가 연접(conjoining), 삽입(embedding), 교체(alternation) 등의 방법으로 결합되어 있는 형태를 가리킨다.

(a)부역과 조세가 번다하고 과중하였으며 (b)토호들과 권세 잡은 사람들이 강탈과 요란을 일삼아 (c)백성들은 곤궁에 빠지고 재정을 손실당하였으므로 (d)이 노래를 지어 참새가 조를 쪼아 먹는다는 말로써 원망하였다. 이제현이 시를 지어 다음과 같이 풀이하였다. (시는 생략)

위는 〈沙里花〉의 전문이다. 노래가 지어진 배경 이야기는 4개의 명제 —혹은 사건—로 이루어져 있어24) 7개의 속악조 텍스트들 중에서도 짧은

---

23) 보통 실제 사건이 일어난 순서대로 기술하는 것을 story, 사건이 서술 상에 나타난 순서를 plot이라 한다.
24) 프랑스의 이론에 따라 엄밀하게 분류하면 명제(d)와 같은 것은 두 개의 명제로 쪼개어야 할 것이나 여기서는 하나로 묶어도 논의에 차이가 없으므로 거칠게 4개의 명제로 나누었다.

적으로 밝힌 글[27])을 말하는데 지금 여기서 말하는 것은 독립된 문장양식
으로서의 '서'가 아니라, 운문의 앞에 산문 서술로 덧붙여진 형태의 '병서'
이다. 漢賦에서 처음 보이는 '병서'는 賦를 짓게 된 배경이나 동기를 서술
하는 것이 일반적인데, 때로는 허구적 인물을 내세워 간단한 이야기를 전
개하는 경우도 있고[28]) 議論을 행하기도 하며, 작자의 주관적 심정을 서술
하기도 한다. '幷序'는 주로 '辭賦'나 '頌贊' '箴銘' '誄' '哀祭' '碑銘' 등의
운문 양식에 붙는 경우가 많고 대부분 운문 앞에 위치한다.

서에는 작자 자신이 지은 自序도 있고 다른 사람이 지은 것도 있다.
일반적으로 문학작품에서의 '자서'는 '사실'에 입각하여 그 작품을 지은 연
도, 동기 및 배경 등을 밝혀 자신의 글을 잘못 이해하는 일이 없도록 하려
는 기본 의도를 지닌다고 할 수 있다. 序와 비슷한 구실을 하는 것으로는
注나 장형화된 제목, 그리고 일본의 다이시(題詞), 고토바가키(詞書) 등과
같은 것이 있는데 이들 산문부 역시 主가 되는 운문에 附記되어 운문을
이해하는 데 보조 설명의 구실을 한다.

<鄭瓜亭>의 예를 들어보자.

정과정이란 노래는 內侍郞中 鄭敍가 지은 것이다. 정서는 스스로 과정이라
고 호를 지었는데 왕의 외가와 혼인한 연유로 인종의 사랑을 받았다. 그 후 의
종이 왕의 자리에 오르자 고향 東萊로 돌려 보내면서 "오늘 이 일은 조정의
공론에 압박되어 행한 것이니 오래지 않아 마땅히 부를 것이다"라고 하였다.
정서가 동래에 가 있은 지 오래 되었으나 소환 명령은 오지 않았다. 그래서 거
문고를 어루만지며 노래 불렀는데 그 가사가 극히 처량하고 구슬펐다. 이제현
이 시를 지어 다음과 같이 풀이하였다. "님 생각하는 눈물/ 옷깃 적시지 않은
날 없었어라/ 봄밤 깊은 산 중의 두견새야/ 내 신세도 꼭 너 같구나/ 묻지 말아

---

27) 이종건·이복규 공저, 『韓國漢文學槪論』(寶晋齋, 1991), 215쪽.
28) 司馬相如가 지은 <子虛賦> <上林賦> 등이 이에 해당한다. 필자는 漢賦에서의 병
　서의 기능을 사실화의 기능, 허구화의 기능, 서정적 기능, 내용의 요약적 제시 기능
　으로 나누어 설명한 바 있다.

라 사람들아/ 지난 날 나의 잘못을/ 다만 내 가슴 알아 주기는/ 저 조각달과
새벽 별뿐이로구나[29]

일반적으로 '서부가형'에서 산문부는 제목 뒤, 운문 앞에 위치하게 되는
데 위의 예에서도 산문 부분은 이제현의 解詩 앞에 위치하여 이 노래의
작자가 누구인지 그 사람은 어떤 신분의 사람인지, 그리고 어떤 동기로
어디에서 이 노래를 지어 불렀는지 등 작시 배경에 대한 설명을 제공함으
로써 '병서'와 마찬가지로 노래에 대한 이해를 돕는 구실을 한다.

위의 예에서 산문 부분을 '서'로 본다면, 이 서의 작자를 누구로 볼 것인
가 하는 문제가 제기된다. 악지 편찬자는 앞서 인용한 『고려사』 서문에서
도 보았듯이 '여러 사람들의 이러저러한 기록을 참고하여 志들을 서술한
다'고 하였다. 그렇다면 〈정과정〉의 산문 부분을 위한 자료로서 동래 지
역의 地方志나 정서에 관한 기록들을 참고했을 것이고, 따라서 이 기록들
중 어떤 요소들을 가려 뽑아 최종적으로 하나의 텍스트로 만들어낸 악지
의 편찬자를 산문 부분의 작자로 보는 것이 타당할 것이다. 산문 서술을
序의 기능을 가진 것으로 간주할 때 서의 작자와 운문 작자는 다른 사람
이 되는 셈이다.

또 일반적인 서부가형과 〈정과정〉을 포함한 여타 속악조 텍스트들의
차이점은, 일반적으로 서부가형에서는 산문 설명을 통해 소개된 운문이
어떤 변형을 거치지 않은 직접적 형태 즉 原歌의 형태로 제시되는 것에
비해, 속악조 텍스트들의 경우는 알 수 없는 原歌 'X'를 한시 형태로 풀이
한다고 하는, 원가의 변형 과정이 있었다는 점이다. 물론 편찬자는 오늘날
『악학궤범』에 전하는, 우리말로 된 원가를 알고 있었을 것이고 『고려사』
수찬의 마무리가 지어지던 문종 때는 이미 한글로 된 『용비어천가』도 나

---

29) 이제현 解詩의 원문은 다음과 같다. "憶君無日不霑衣 政似春山蜀子規 爲是爲非人
莫問 只應殘月曉星知."

온 시점이지만, 正史인『고려사』의 일부로 수록하는 것이기에 원가 대신 이제현의 해시를 수록한 것으로 볼 수 있다.

4.2.2. 속악조 텍스트와『新增東國輿地勝覽』의 비교

속악조 텍스트들의 산운 혼합서술 특성을 살핌에 있어, 속악조 텍스트와 동일하거나 거의 유사한 내용이 다른 맥락에 수록된 예와 비교하는 것은 매우 효과적인 방법이 될 것으로 보인다. 7편의 속악조 텍스트들 중 <오관산> <장암> <처용> <정과정>은 조선시대 지리서인『신증동국여지승람』에 그 모습을 보인다.

『신증동국여지승람』은 地志와 시문선집인『東文選』의 결합으로 이루어진 종합적 인문지리서이다. 성종은 세종 때 착수하여 세조 때 완성된『八道地志』[30]를 바탕으로 시문을 대량 첨재하도록 하여 새로운 지리지의 편찬사업을 지시하였는데 이렇게 하여 이루어진 것이『동국여지승람』이며 여기에 계속 수정이 가해져 중종 25년(1530)에 증보판을 내게 된 것이『신증동국여지승람』[31]이다. 여기서도 알 수 있듯『승람』은 기본적으로 지리서이면서도 어떤 장소나 마을, 경승지 등과 관련된 시문을 다량 싣고 있다는 특징을 지닌다. 그 체제를 보면 전주부, 익산군, 김제군, 고부군, 정읍현, 부안현 등과 같은 큰 범주를 두고 그 안에 건치연혁, 형승, 누정, 제영 등 20여 개의 항목을 설정하고 있고 각 항목마다 그에 속하는 대상이 열거된다. 그리고 각 항목에 대하여 주석 형식으로 설명이 부가됨으로써 실질적인 텍스트가 이루어진다. 이 주석문 안에 운문과 산문 서술이 혼재되어 있는 양상을 보이므로 注釋型 산운 혼합담론 유형의 예에 해당한다.[32]

---

30) 세종 때의『八道地理志』에 지도를 넣어 새로운 지리지로 완성한 것이다.
31) 앞으로『승람』으로 약칭함.

속악조 텍스트 중 <장암>의 예를 들어 보면, 이는『승람』제19권 舒川郡의 '關防' 항목중「舒川浦營」에 동일한 내용이 실려 있다.33)

본군 남쪽 26리 지점에 있다. 수군 만호 1명이 있다. 고려 때에는 長巖鎭이라 일컬었는데 평장사 두영철이 일찍이 여기에 이 포에 유배되어 (중략) 노인이 노래를 지어 그를 기롱한 것이 있어 樂府에 長巖曲으로 전해지는데 이제현이 시를 지어 다음과 같이 풀이하였다.

위 인용에서 '중략'으로 처리된 부분은 앞서 1절에서 인용한 <장암>의 내용과 동일한 부분이다. 속악조의 <장암>과『승람』의 내용을 비교해 보면 '서천포영'이 고려 때는 '장암진'으로 불렸다는 지리적 사실이 먼저 서술된 후 이 곳과 관련된 두영철의 고사와 이제현의 解詩가 소개되고 있음을 본다. 이 단적인 예에서 드러나듯,『승람』에서는 그것보다 먼저 편찬된『고려사』내용을 전적으로 수용하면서도 지리적 사항을 우선시하면서 세부적 내용을 첨가하는 양상을 보인다. 주석문 내에 포함된 산문과 운문의 관계를 보면 산문이 主고 운문이 從이 된다는 것을 알 수 있다. 다른 것도 마찬가지다.

속악조 <오관산>의 내용은『승람』제12권 '長湍都護府'의 '산천' 항목중 <오관산>에 그대로 수록되어 있는데 문충이 살던 곳을 단지 '오관산'이라고만 하지 않고 '오관산 영통사동'이라고 동 이름까지 밝혔으며, 산꼭대기에 작은 봉우리 다섯 개가 冠처럼 생겼기 때문에 오관산으로 불린다는 유래까지 곁들였다.34) 이런 지리적 사실들은『고려사』편찬 당시에도 차이가 없었을 테지만 하나는 '樂志', 또 하나는 '地理書'라고 하는 성

---

32) 주석형 산운 혼합담론으로서의『신증동국여지승람』에 관한 논의는 본서 제4부 참고.

33)『국역 신증동국여지승람』Ⅲ(민족문화추진회, 1967·1989), 112쪽. 원문은 생략함.

34)『국역 신증동국여지승람』Ⅱ, 327~328쪽.

격이 다른 문맥에 실리게 됨으로써 이런 차이가 생긴 것이다.

<처용>은 『승람』 제21권 慶州府의 '古跡' 항목 중 「月明港」에 실려 있다. 해당 조목을 보면 '월명항'이라는 표제어 뒤에,

> 金城 남쪽에 있다. (중략) 세상 사람들이 그를 신이라 하였고, 그가 가무하던 곳을 후세 사람들이 월명항이라 이름하였다. 인하여 처용가와 처용무를 만들어서 가면을 쓰고 연출하였다. 이제현의 시는 생략.[35]

라 하여 '월명항'이라는 고적의 설명과 그 지명의 유래가 중시되고 있음을 본다. '중략'으로 처리된 부분은 속악조 텍스트 <처용>과 동일한 내용으로서 이 처용 관련 고사는 '노래'가 지어진 배경을 설명하기 위한 것이 아니라, '월명항'이라는 고적과 그 地名의 유래를 설명하기 위한 의도에서 소개되고 있는 것이다. 「정과정」은 『승람』 제23권 東萊縣의 '古跡' 항목 중 「瓜亭」에 실려 있는데 속악조의 내용과 다른 점은, '현의 남쪽 10리에 있다'는 지리적 사실을 설명한 뒤 '과정'이라는 정자의 이름의 유래에 대해 덧붙인 점이다. 즉, 임금으로부터 소환의 명을 기다리던 정서가 '정자를 짓고 오이를 심은' 데서 '과정'이라는 이름이 유래했다는 내용이 첨가되어 있는 것이다.[36]

이처럼 『고려사』 악지에 수록되어 있는 내용을 그대로 수용하면서도 지리서라는 문맥의 성격에 따라 내용의 우선 순위가 달라진다. 또한 이제현의 시편이 악지에서는 主가 되는 반면 『승람』에서는 어느 장소를 설명하는 보조 자료로 활용되고 있어 韻主散從으로부터 散主韻從으로 운문의 기능이 달라지는 것을 볼 수 있다. 같은 내용을 산문과 운문을 섞어 서술하면서도 소속 맥락에 따라, 그리고 산문과 운문의 상호 관계 및 텍스

---

35) 『국역 신증동국여지승람』 III, 243쪽.
36) 『국역 신증동국여지승람』 III, 362쪽.

트 내에서의 기능에 따라 '서부가형'과 '주석형' 이라는 큰 차이가 야기되는 것이다.

5. 맺음말

이 글은 고전시가 연구의 보조자료에 머물러 있던『고려사』악지 '속악조'의 텍스트들을 문학 연구의 1차 자료로 보는 관점, 즉 그 자체를 문학 텍스트로 간주하는 관점에서 그 텍스트들이 어떤 문학적 특성을 지니는가를 규명하는 데 목표를 두었다. 논의 대상이 된 7편의 텍스트들은 제목, 노래의 성립배경을 서술한 산문부, 그리고 우리말로 불린 原歌를 7언절구 형태로 풀이해 놓은 이제현의 해시 이렇게 세 부분으로 구성되어 있다. 따라서 노래 성립배경과 해시가 묶여 하나의 텍스트로 성립되는 과정에는 수많은 발화자층이 개입되어 있고 이런 특성은 이들을 '多聲的 談論'으로 규정할 수 있는 근거가 된다.

이들 텍스트에서 산문 서술은 비록 길이는 짧지만 최소한의 서사체로 간주될 수 있는 조건을 갖추고 있어 서사성과 서정성이 한 텍스트에 혼재하는 양상을 보인다. 또한 산문과 운문이 섞여 텍스트가 구성되는 '산운 혼합담론'의 성격을 띤다. 산운 혼합담론의 여러 유형 중 이들은 '서부가형'으로 분류될 수 있다. 7편의 속악조 텍스트들 중 몇 편은『신증동국여지승람』이라는 지리인문서에 그대로 수용되어 있는데, 같은 내용이라도 텍스트가 속해 있는 문맥에 따라 그 기능과 성격이 달라진다는 것을 살펴보았다.『신증동국여지승람』의 경우 '주석형' 혼합담론의 성격을 띠고 있어 「악지」속악조에 수록되는 경우와 큰 차이를 보인다.

「秋齋紀異」의 문학적 특성

1. 머리말

「秋齋紀異」는 趙秀三(1762~1849)의 문집인『秋齋集』7권에 수록되어 있는 篇名이다. 「추재기이」는 총 71편의 텍스트로 구성되어 있으며, 산문으로 각양각층의 다양한 인물의 행태를 기록한 다음 다시 그 내용을 시로 읊은, 독특한 서술형태를 지니고 있다. 여기에는 조선 후기를 살아 가는 인물 군상의 삶이 생생한 필치로 묘사되어 있어 이 시기의 문학을 연구함에 있어 매우 중요한 자료가 되고 있다. 이같은 내용 및 서술방식의 특이성은 오래 전부터 학계의 주목을 받아 그간 상당한 논의가 전개되어 왔는데, 대개 산문인 小傳 부분에 초점을 맞춰 문학사회학적 시각에서 조선 후기 사회의 시대적 특성이 인물의 형상화나 텍스트 내용에 어떻게 반영되었는가를 검토한 연구가 주를 이루고 있다. 「기이」의 독특한 서술방식에 주목하여 小傳과 詩의 관계를 '詩序'와 '詩本文'으로 볼 수 있는 가능성을 제시한 연구도 있으나 문제를 제기한 선에서 멈추었다.[1]

이 글은 그간의 연구와는 각도를 달리 하여, 「추재기이」의 다양한 특성 중 산문과 시가 결합된 '散韻 혼합담론'이라는 점에 초점을 맞추어 「추재기이」의 문학적 특성을 규명하는 데 목표를 둔다. 그러므로 내용보다는

---

1) 김영죽, 「秋齋 '紀異'의 서술방식과 서술시각」,《한문학보》제14집, 우리한문학회, 2006.

형식에 중점을 두는 연구가 될 것이다. 이들 혼합담론은 시와 산문 중 어느 쪽이 主가 되는가 하는 문제, 텍스트에서 시의 위치가 고정적인가 유동적인가의 문제, 산문서술의 장르적 성격 등에 따라 매우 다양한 양상을 보이는데 「추재기이」는 그 중 '서부가형'으로 분류된다. 이 글은 「추재기이」의 서부가형 산운 혼합담론으로서의 면모를 살피는 데 중점을 두게 될 것이다.

2. '서부가형' 혼합담론으로서의 「추재기이」

2.1. '시모음집'으로서의 「추재기이」

「추재기이」의 혼합담론적 특성을 살피기 위해서는 먼저 이것이 어떤 성격을 지닌 텍스트인가를 규정해 보는 작업이 필요하다. 71편의 人物 傳記에 시가 곁들여진 것인지[2] 아니면 특정 주제로 읊은 연작시에 산문의 小傳을 붙인 것인지[3] 다시 말해 산문이 주가 되는 散主韻從의 전기집인지 아니면 시가 주가 되는 韻主散從의 連作詩集인지부터 규명해야 한다. 어떤 관점에서 「기이」를 보든지간에 시와 산문의 성격, 양자의 관계, 각각의 역할이 어떠한지를 규명해야 하는데 기존의 연구에서는 이 점까지 논의가 미치지는 않았다. 이에 대한 필자의 입장을 미리 이야기한다면 「기이」는 조선 후기 중인층 인물 群像의 기이한 행적을 소재로 한 시모음집이며 산문은 序의 성격을 띠는 것으로 보아야 한다는 것이다.

그 첫 번째 근거로 이 「기이」가 『추재집』 제 7권 詩 부문에 수록되어

---

2) 이렇게 보는 관점으로 이우성·임형택 역편, 『李朝漢文短篇集』·中(일조각, 1978·1996) 해설을 들 수 있다.

3) 이렇게 보는 관점으로 안대회, 「『秋齋紀異』의 인간 발견과 인생 해석」,(《한국학논집》 제38집, 계명대학교 한국학연구소, 2004)을 들 수 있다.

있다는 점을 들 수 있다. 『추재집』에는 시와는 별도로 '文'에 해당하는 텍스트가 따로 8권에 수록되어 있는데 이것은 추재가 「기이」를 文이 아닌, 詩로 의도 내지 인식했다는 것을 방증한다.[4] 둘째, 序文 내용 중 '드디어 손자에게 붓을 쥐게 하여 퇴침에 기대 기이시를 짓고 각 인물마다 小傳을 붙여 도합 약간의 편이 이루어졌다.'[5]는 구절이 중요한 단서를 제공한다. 이에 의거하면 기이시를 먼저 쓰고 이에 대한 이해를 위하여 사람마다 소전을 붙인 것으로 해석할 수 있다. 즉, 추재는 紀異詩를 '主'된 것으로, 그리고 이에 대한 小傳을 그에 부수되는 것으로 의도하고 이 기이를 서술했던 것이다. 그의 의도의 중점은 '시'에 있고, 따라서 기이는 韻主散從의 텍스트로 보아야 하는 것이다.[6] 셋째, 큰 글자로 되어 있는 시에 비해 산문 부분은 작은 글자로 되어 있어 본문이 아니라 注나 序와 같은 텍스트 부속 성분의 성격을 띤다는 것을 암시한다. 넷째, 일반적인 인물전은 『추재집』 8권 文篇에 따로 수록하여 「기이」와 구분했음을 알 수 있다.

　「기이」를 전기집으로 볼 수 없는 이상의 근거들이 『추재집』의 편성을

---

4) 추재의 문집은 다양한 사본이 전하고 있어 『추재집』의 저본이 무엇인지, 편집의 원리가 무엇인지 불분명하며 몇 논자들이 이에 의문을 제기하고 있다. 박철상, 「趙秀三의 신자료 『聯床小諧』에 대하여」, 《韓國學論集》 제38집, 한양대 한국학연구소, 2004: 이수진, 「추재 조수삼의 『經畹總集』에 대하여」, 《한민족문화연구》 제20집, 한민족문화학회, 2007.

　또한 「기이」가 수록된 제7권의 성격을 보면, 1~6권까지의 시와도 다르고 8권의 文과도 성격이 다른 작품들—「기이」를 비롯하여 「外夷竹枝詞」, 「高麗宮詞」 등—이 주를 이룬다. 이것이 애초에 추재의 생각이 반영된 것인지 후대에 『추재집』을 발간한 사람들의 생각이 반영된 것인지 확인할 수는 없다. 그러나 추재가 아닌 다른 사람이 『추재집』을 발간했다 해도 추재와 문학활동을 같이 하거나 적어도 문학에 대한 인식을 같이 하는 동인들에 의한 것일 가능성이 크다. 따라서 「기이」가 시 위주의 텍스트이며, 小傳 부분도 8권의 인물전과는 성격이 다른 것으로 보는 필자의 관점에 무리는 없다고 본다.

5) "遂令兒孫把筆 倚枕作紀異詩 人有小傳 合爲若干篇."

6) 이정연도 「『秋齋紀異』 小考」(성신여자대학교대학원 한문학과 석사논문, 1981, 25쪽)에서 이 서문 구절을 들어 「추재기이」가 시를 위주로 한 텍스트라 하였다.

통해 읽어낸 것이라면, 일반 인물전과 비교해서 드러나는 차이점 또한 그를 뒷받침하는 근거가 될 수 있다. 「기이」가, 『추재집』 8권의 인물전을 포함한 조선 후기 일반 인물전과 다른 점으로서, 첫째 일반전은 사람이름 뒤에 '-傳'을 붙여 제목을 삼는 것에 비해 「기이」는 <賣瓜翁>처럼 어떤 인물의 기이한 행적에 초점을 맞추어 그 행적을 요약한 말로써 제목을 삼는다는 점을 들 수 있다. 즉, 일반적인 인물전은 '누구'라고 하는 어떤 특정인물이 중심이 되는 반면, 「기이」의 경우는 '누구'라고 하는 고유명사는 중요한 것이 아니고 그 사람의 '기이한 행적'이 서술의 중심이 되는 것이다.

둘째, 여타 인물전과는 달리 「기이」는 출생이나 신원, 가계, 姓名 등 인물 자체의 전기적 요소가 결여되어 傳이 성립되기 위한 기본 요소를 갖추지 못하였다는 점을 들 수 있다. 이것은 인물의 실재성 여부에 회의를 갖게 하고 서술내용의 허구성을 높이는 요소가 된다. 傳이 사실지향의 문학양식이라는 점을 감안할 때, 「기이」 小傳의 이같은 특성은 일반 인물전과는 큰 차이를 드러내는 부분이라 볼 수 있다.

셋째, 조선 후기 인물전을 보면 종결부의 논평이 거의 산문으로 되어 있는데, 「기이」의 경우 7언 절구의 운문으로 되어 있어 이 점도 큰 차이로 지적할 수 있다.[7]

넷째, 일반적으로 傳은 서사장르의 하위갈래로 규정할 수 있으므로 「기이」를 서사문학의 관점에서 살펴볼 필요가 있다. 보통 서사체를 구성하는 세 요소로서 '인물' '사건' '배경'을 들고 있는데 일반 인물전이 이같은 구성요소를 갖춘 것과는 달리, 「기이」 71편의 텍스트들 가운데는 어떤 '인

---

7) 예를 들어 조수삼이 지은 전의 말미에는 자신의 호를 따서 '經畹子曰'이라는 말로 시작되는 評를 붙였고, 조희룡의 『호산회기』에는 '贊曰'로 시작되는 산문찬을 붙이고 있으며, 이들보다 다소 늦게 나온 張志淵의 『逸士遺事』에서는 '外史氏曰'로 시작되는 논평을 붙였다. 이는 史贊—史書의 記事 말미에 기록된 비평적 견해—과 비슷한 성격을 띠는 것으로 산문으로 되어 있다.

물'을 소개하고 그 인물이 보이는 단편적이고 기이한 행적 혹은 특징을 서술한 것에 그친 것들이 많다. 이런 텍스트들은 어떤 인물을 제시하고 그 인물을 특징짓는 단편적 逸話를 기술하고 있을 뿐이므로 서사 구성 3요소 중 '인물'의 요소만 갖추었다고 할 수 있다. '사건'의 측면에서 보아도 「기이」 텍스트 중 상당수는 '최소 서사체'(minimal story)[8]의 요건조차 갖추지 못한 경우가 많다.[9]

다섯 째, 구성면에서 볼 때 일반적인 인물전이 '도입부-전개부-종결부'로 구성된 것과는 달리 「기이」는 이런 구성을 따르고 있지 않다는 점도 차이로 지적할 수 있다.

이상 「기이」의 편성을 통해 드러난 추재의 의도나 일반적인 인물전과의 비교에서 드러나는 차이점들을 종합할 때 「추재기이」의 산문부는 '傳'의 요건을 갖추지 못한 것이며 따라서 「추재기이」는 傳記集이 아닌, 시모음집의 성격을 지닌 것임이 확실하다고 하겠다.

2.2. 「추재기이」 산문부의 성격

「추재기이」가 어떤 유형에 속하는 것인가를 규명하기 위해서는, 「기이」에서 산문이 시에 대해 어떤 관계를 지니는가 그리고 산문의 성격을 어떻게 규정해야 하는가 하는 문제가 선결되어야 한다. 이를 위해 「추재기이」와 비슷한 형태로 된 혼합담론을 검토해 볼 필요가 있다.

(1-1) 대구 성 밖에 참외장수 노인이 있었는데 해마다 좋은 참외를 심었다.

---

8) 프랑스의 용어 story는 '이야기'라고 하기보다는 서사체(narrative)에 근접한 개념이고 후의 저술에서는 narrative라는 용어를 쓰고 있으므로 이 글에서는 '서사체'라는 말을 사용하기로 한다.

9) 하나의 스토리가 형성되기 위한 최소한의 조건, 다시 말해 '最少 敍事體'(minimal story)가 성립되기 위한 조건에 대해서는 본서 제2부 「고려사 악지」 참고.

참외가 익으면 길가에 지나가는 사람들에게 따서 권했다. 돈이 있는지 없는지
는 묻지 않았다. 돈이 있으면 받고 없으면 인심을 쓸 따름이다.

　　"동릉의 좋은 종자 열 이랑에 심었더니/참외가 익는 날은 삼복의 무더위라/
외 깎는 칼날 위에 찬 이슬이 내리네/쟁반을 들어 목마른 사람에게 베푸노니
값일랑 논하지 말게."

(<賣瓜翁> 全文, 326쪽)10)

　　(1-2) 空空은 최씨댁 하인이었는데 성품이 어리석고 고지식했다. 죽과 밥 외에
다른 것을 알지 못했는데 중년에 비로소 술맛을 알게 되었다. 탁주 사먹을 돈을
얻기 위해 날마다 놋그릇을 닦으러 돌아 다녔다. 품삯으로 돈을 벌면 나머지는
버리고 탁주 한 잔 값 2전만 들고 선술집으로 향했다.

　　"우직한 저 공공은 실은 바보가 아니라네/돈을 벌어도 2전을 넘지 않는다네/애
써 놋그릇을 닦아주고 주는 대로 받아서/선술집에서 탁주 한 잔을 사 마시노라."

(<空空>, 329쪽)

　　(2) 尹威가 남원의 廉察使가 되어 나갔다. 마침 남원 일대의 불순한 도당이
소란을 도모하였다. 고을 관원들은 그들을 제어하지 못했다. 윤공은 홀로 말을
타고 그 도당이 있는 곳으로 가서 그들을 말로 회유하여 그들이 모두 감복하였

---

10) 趙秀三, 『秋齋集』(『조선후기 여항문학총서』3, 여강출판사, 1986). 번역은 『李朝漢
　　文短篇集』·中(이우성·임형택 역편, 일조각, 1978·1996)에 주로 의거했다. 앞으로
　　텍스트를 인용할 때 길이가 짧은 것은 전문을 다 인용하고 긴 것은 내용을 요약하여
　　인용한다. 全文을 인용한 경우만 제목 뒤에 '全文' 표기를 하도록 한다. 그리고 원문
　　은 생략한다. 괄호 안 숫자는 『이조한문단편집』·中에 수록된 면수를 가리킨다.
　　줄거리 요약의 기준은 프랭스가 말하는 '有關性'에 의거했다. 유관성이란 이야기
　　를 요약할 때 줄거리 전개에 필수적인 것, 다시 말해 명제가 상호 관련을 가지면
　　서 서사체를 요약하는 데 꼭 필요한 것—이를 프랭스의 용어로 한다면 '서사적 명
　　제'—을 말한다. 하나의 서사물로부터 이야기 줄거리(또는 플롯)를 끄집어 내어 그
　　서사물을 요약할 수 있게 해주는 것은 부분적으로, 그 서사물을 구성하고 있는 사
　　건들이 제각기 정도 차이가 있는 유관성을 가지고 있다는 사실 때문이다. 즉, 유관
　　하지 않은 사건들은 이야기 줄거리에서 제외되는 반면, 그 연속을 이루는 최초의
　　사건과 최후의 사건(및 수정의 원인이 되는 사건)은 제외될 수 없다. 제랄드 프랭
　　스, 『서사학이란 무엇인가』(최상규 역, 예림기획, 1999), 106쪽.

다. 이에 윤공은 괴수 2, 3명만을 베고 나머지는 놓아 주었다. 그리하여 남원 부내가 안정을 되찾게 되었다. 나는 이 내용을 듣고 감탄만으로는 부족하여 짧은 頌 한 수를 지어 바친다.　　　(李奎報, <尹司業威安撫南原頌 幷序>)[11]

(3) 全州 大都督 김공은 少昊의 후예로 훌륭한 인물이었으나 일찍 세상을 떠나게 되었다. 그 부인은 덕과 예가 뛰어난 사람었다. 남편을 잃자 절개를 맹세하여 머리털을 잘라 용모를 훼손하고 재물을 절에 희사하여 남편의 명복을 빌게 하였다. 그리고 석가모니 불상을 幡에 수를 놓아 바쳤다. 그리하여 福地를 그리며 頌을 짓는다.　　　(崔致遠, <華嚴佛國寺釋迦如來繡像幡贊 幷序>)[12]

(4-1) 貞祐 7년 4월에 내가 左補闕에서 탄핵을 당해 계양의 元으로 임명되어 부임하는 길에 조강을 건너려 할 때, 강물이 본디 빠르고 거센데다 마침 폭풍을 만나 무척 고생한 뒤에 건넜기에 賦를 지어 이를 슬퍼하고 마침내 마음을 스스로 누그러뜨렸다.　　　(李奎報, <祖江賦 幷序> 序 全文)[13]

(4-2) 하늘이 太祖 강헌대왕을 내셨다. 대왕이 백성을 편안하게 하려는 마음을 품고 壬寅年 봄에 홍건적을 평정하시고 戊辰年에 위화도에서 回軍하는 의거를 이루셨다. 萬死一生으로 危難을 무릅쓴 끝에 도적을 평정하고 백성을 도탄에서 건지는 위업을 세우시자 天命과 民心이 대왕에게 돌아오게 되었다. 이같은 공적은 馬上에서 이룬 것이니 말의 공은 잊을 수 없는 것이다. 이에 殿下 —세종—께서 명하여 말의 그림을 그리고 贊을 붙여 오래 전하게 하시니, 이는 先代의 공적을 추모하고 후손에게 교훈을 주시려는 뜻이다. 이에 노래하여 기림이 마땅하여 삼가 절하옵고 賦를 바친다.　　　(申叔舟, <八駿圖賦 幷序>)

(4-3) 합포 정원루가 낙성되자 박공이 山人 풍공에게 명하여 동·서벽에 墨君을 그리고 내게 賦를 지으라 명하기에, 내가 공의 명을 어기기 어려워 감히

---

11) 『국역 동문선』 V (민족문화추진회, 1967 · 1989).

12) 위의 책, 116쪽.

13) 『국역 동문선』 I (민족문화추진회, 1967 · 1989). 이하 申叔舟와 李詹의 賦 작품도 모두 같은 책에서 인용했다.

부를 지었으니, 辭에 이르기를, …   (李詹, ＜墨君賦＞)

　　(1)은 「추재기이」의 작품들이고 (2)는 尹威가 남원부의 도적들을 감화
시켰다는 위업을 찬미한 '頌'의 서문이며 (3)은 全州 大都督 김공의 부인
이 불상의 수를 놓아 바친 것을 찬미한 '贊'의 序이다. 그리고 (4)는 賦作
品들이다. (2)(3)(4)는 산문부분만 인용했는데 이 뒤에 운문이 이어진다.
운문의 형태를 보면 (1)은 7언 절구 (2)는 4언으로 된 頌(3)은 7언으로
된 贊 (4)는 賦이다.

　　열전형의 경우 산문 서술 부분이 모두 서사체의 성격을 띠는 것에 비해,
위의 예들을 보면 (1-2) (2) (3) (4-2)만이 短篇의 서사체를 형성하고 있
어, 이런 부류 텍스트의 산문부는 장르상 꼭 '서사'일 필요는 없으며 유동
성을 지닌다는 것을 알 수가 있다.

　　운문과 상호작용하면서 혼합담론 안에서 이 산문부가 행하는 기능을
살펴보면, 산문은 운문에 부가된 것으로 위의 예에서 제목에 '幷序'라 附
記된 것은 모두 운문이 지어진 경위나 배경·동기를 설명한다. 그리고 위
의 예 모두가 시만으로는 이해하기 어려운 내용을 보충하여 시의 감상을
돕는 길잡이 구실을 한다는 공통점을 지닌다. 이 외에 (2)나 (3)에서 산문
은 찬미의 대상이 되는 인물이나 사물에 대한 정보·소개·설명을 곁들이
는 구실을 한다. 또한 위 인용 대부분의 산문이 뒤에 올 시의 내용이나
주제를 앞서 압축하여 소개하는 역할을 한다. 따라서 산문과 운문은 주제
나 내용상 어느 정도 중복되는 부분이 있게 된다.

　　이상과 같은 점을 고려할 때 「추재기이」는 위에 예를 든 담론들과 동질
적인 성격을 가지며 이들은 모두 '序附加型'의 범주에 소속될 수 있는 여
지를 지닌다. 그러나, 「추재기이」의 산문부를 序로 보는 데는 몇 가지 문
제점이 선결되어야 한다.

　　그 첫 번째 문제는 서부가형에서 '序' 혹은 '序'의 구실을 하는 산문 부

분을 텍스트의 일부로 포함시키느냐의 여부에 관계된 것이다. 이는 문학
텍스트와 문학텍스트가 아닌 것을 구분하는 문제와도 연결되어 있다. 우
선 한문학 영역에서는 이같은 산문 서술을 '序記'類라 하여 산문의 한 영
역으로 취급해 왔다는 문학적 관습을 존중할 필요가 있다. 그리고 일견
사실의 설명처럼 보이는 글이라 해도 언어의 선택, 문장의 짜임 등 형식적
인 면에서 심미성을 추구하며, 내용면에 있어서도 역사적 서술과는 달리
사건 선택의 隨意性이 전제된다는 점에서 허구성과 상상력이 가미된 것
으로 볼 수 있다. 이런 이유로 오늘날의 기준으로 볼 때 비문학처럼 보이
는 이들 산문 서술도 문학텍스트에 포함시켜야 한다고 생각한다.

그 다음으로 선결되어야 하는 문제는 일반적인 서의 기능을 위 예문과
같은 산문 서술 부분이 행하고 있는지 검토해 봐야 한다는 것이다. 序는
일반적으로 '사물의 顚末이나 내력을 체계적으로 밝힌 글'[14]로서, 작품을
짓게 된 시기나 장소, 동기 및 배경 등을 밝혀 자신의 글을 잘못 이해하는
일이 없도록 하려는 '사실적 기능', 작품의 전체적 내용이나 주제를 詩에
앞서서 간략하게 미리 서술하는 '주제의 요약적 제시 기능', 허구적 인물
을 내세우거나 사물을 의인화하여 본론을 유도하는 '허구화의 기능', 本詩
만으로는 이해하기 어려운 부분에 대한 보충설명의 구실을 하는 '보완 기
능' 등을 행한다. 이 중 「추재기이」의 산문부는 사실적 기능 외의 序의
모든 기능을 행한다. 작시 경위 등은 맨 앞의 總序에서 이미 밝혔으므로
개별적인 텍스트에서는 생략한 것이다.

한 편의 텍스트에서 序가 행하는 이와 같은 일반적 역할에 비추어 볼
때, 위의 예문들에서 산문 서술 부분은 '幷序'나 '序'라는 말로 지칭되든
않든 간에, 일반적인 서와 거의 같은 기능을 갖는다는 것을 알 수 있다.
조수삼의 경우도, 조선 후기를 살아가는 다양한 인물들의 특이한 행적이

---

14) 이종건·이복규 공저, 『韓國漢文學槪論』(寶晋齋, 1991), 215쪽.

나 사건을 시로 읊었지만 시로는 그것을 제대로 표현하는 데 한계를 지닌다는 점을 자각하고, 시의 내용을 보충하여 기이시의 취지를 독자에게 잘 전달하고 시에 대한 이해의 폭을 넓히기 위해 小傳을 붙였던 것이다. 소전에서는 이같은 실용적 의도 외에도 인물의 행적을 과장한다거나 實名을 제시하지 않는 등 허구적 요소를 가미함으로써 독자에게 재미와 오락성을 제공하고자 하는 작자의 예술적 의도가 엿보인다. 이 모든 것이 일반적인 서의 기능에 부합한다고 할 수 있다. 따라서 위 예문의 산문 서술부는 序 혹은 序에 상응하는 것으로 보아도 좋다는 결론에 이르게 된다.

이제 「추재기이」 및 이와 같은 범주에 속할 만한 텍스트들의 산문부분을 '서'로 보고, 이런 담론을 '서부가형'으로 분류할 수 있는 단서가 마련되었다고 하겠다. 그러나, 「추재기이」에서 실질적으로 서의 기능을 행하는 것을 왜 '小傳'이라는 말로 표현을 하였는지, 그리고 '서'의 기능을 하는 소전이 71편의 텍스트를 총괄하는 맨 앞의 서와 어떤 관계를 지니는지에 대한 설명이 더 필요할 것으로 본다.

'기이시를 쓰고 사람마다 小傳을 붙였다'라는 서문 구절에서 '小傳'의 含意가 인물전이나 열전의 '傳'과 같은 의미가 아니라는 것은 앞에서 규명한 바 있다. 傳은 원래 驛舍에서 명령을 전달하는 使者를 뜻하며 '명령을 전달하는 수단'의 의미를 지니고 있었다.[15] 그러다가 『左傳』에 이르면 경서 이해와 해석의 보조수단이라는 의미로 전이된다.[16] 傳이 역사 기록의 보조물에서 허구성과 상상력을 허용하는 '作'으로서의 傳으로 의미가 확대되는 것은 사마천의 『史記』 「列傳」에서 비롯된다. 허구성과 상상력

---

15) 김균태, 「'傳'의 장르적 考察-고려 이전의 자료를 중심으로」, 『우전 신호열선생 고희기념논총』(창작과 비평사, 1983), 192쪽.
16) 위의 글, 193쪽. 『左傳』은 『春秋』가 지나치게 소략하여 이해하기 어려웠기 때문에 그 기록의 내용을 부연하고 인간의 행위에 대해 '記錄' 아닌 '記述'을 한 것으로 볼 수 있다.

은 문학의 본질이라 할 수 있으므로 「列傳」이 가지고 있는 이같은 속성은
서사문학으로서의 傳으로 발전하는 토대가 된다.[17]

　이와 같은 '傳'의 含意에 비추어 볼 때 「추재기이」 서문의 '小傳'은 서
사문학으로서의 傳이라기보다는 초기 어원적 의미로서 경전의 이해와 해
석의 보조수단이라는 뜻에 가깝다고 할 수 있다. 紀異詩가 경전은 아니므
로 '본문의 이해를 돕기 위한 보조기술'의 의미로 사용되었다고 보는 것이
타당하다. 보통 '小'라는 말은 1)겸양의 뜻 2)'略式·準'의 뜻 3)텍스트의
篇幅이 작거나 규모·내용의 포괄범위가 좁다는 뜻 4)일반적인 형식이나
규범·기준에서 벗어나 있다는 뜻을 함축한다. 추재의 경우는 이 모든 의
미를 다 포함한다. 추재는 문집 제8권 文部에 人物傳을 수록하고 있어
서사문학으로서의 '전'에 대한 추재의 이해가 어떠했는가를 알 수가 있다.
自傳에 해당하는 「經畹先生自傳」까지 포함하여 총 6편의 傳作品을 보면
일반 전의 기준에 부합하고 있는데, 「기이」의 小傳은 이에 準하는 요소를
지니고 있으면서도 일반적인 기준에서 벗어나 있기에 그는 「기이」 산문
부를 '小傳'이라 했던 것이다. 또한 71편의 취지를 총괄하는 서문이 앞에
붙어 있기 때문에 소전이 포괄하는 범위가 전체가 아닌 '부분'이기에 3)의
의미로 '小'자를 붙였다고 생각된다.

　「기이」의 취지를 총괄하는 序文과 71편 개개 텍스트의 小傳의 관계는
『詩經』에서 전체 主旨를 포괄하는 것을 '大序'라 하고 각 작품의 해설에
해당하는 것을 '小序'라 한 관계와 흡사하다. 추재 자신도 傳 작품 중 「李
亶佃傳」에 대해서 제목 뒤에 '幷小序'라는 말을 붙이고 있는데 이 또한
전체 서문과는 별도로 개별 텍스트에 붙인 것이므로 '小序'라는 말 사용한
것이라 할 수 있다. 따라서 전체 서문은 大序, 개별 텍스트의 小傳은 小序
의 성격을 지닌다.

---

17) 위의 글, 194~199쪽.

2.3. 「추재기이」 운문부의 성격

「기이」에는 71편마다 小傳 뒤에 7언 절구의 시가 배치되어 있다. 이 글에서는 이 '기이시'를 당대 인물들이 보인 특이한 행적, 기이한 사건에 대한 애정과 감탄이 깃들인 일종의 '讚的'인 성격을 띤 詩로 본다. 우리는 「기이」의 운문의 성격을 이해하기 위해 '명사적' 용법으로서의 찬과 '형용사적' 용법으로서의 찬을 구별해야 할 것으로 보인다. 명사로서의 讚은 頌·箴·銘·古詩·近體詩·哀祭·辭賦 등과 같은 운문[18]의 한 종류로서 대개 4언으로 되어 있고 隔句押韻을 취하는 시양식을 지칭하는 용법이다. 이와는 별도로 예를 들어『三國遺事』를 보면 기사 뒤에 '찬해 말한다("讚曰")'라 하고 7언 절구를 배치했는데, 이 경우 7언 절구는 형식상으로는 찬이 아니되 내용상으로 찬의 성격을 띠는 것으로 이해해야 한다. 이를 운문의 한 양식으로서의 讚, 즉 명사로서의 찬과 구별하여 '讚的인 시' 혹은 '讚의 성격을 띠는 시'라고 하는 형용사적 개념으로 규정할 수 있을 것이다. 「기이」의 시 71편도 운문의 양식으로 보면 근체시에 속하지만 내용상 讚的인 성격을 지니므로 이 글에서는 이를 '찬'과 구분하여 '讚詩'라 칭하고자 한다.[19]

---

18) 讚 중에는 산문으로 된 것도 있으나, 이 글의 관심은 산문과 운문의 혼합담론에 있으므로 운문찬만 대상으로 한다. 본래 찬은 頌에서 발전한 것으로, 송 가운데 이 천지신명에게 제사를 드리는 데 사용된 것이라면, 찬은 인물이나 그림, 鍾, 절, 글씨, 문장, 심지어는 동식물 등 사소한 물건에까지 그 대상이 확대된 것이라는 차이가 있다. 그리고 형식이나 언어면에서도 찬은 송보다 길이가 짧고 표현이 간결하며 함축적이라는 특징을 지닌다. 유협, 『문심조룡』(최동호 역편, 민음사, 1994·2005), 제9장 「頌讚」.

　찬에는 많은 경우 序가 붙는데 찬 자체는 짧으나 長文의 序가 붙어 길이가 장편화되는 경우가 허다하다. 『文體明辨』에서는 찬을, 雜讚·哀讚·史讚의 세 종류로 나누었는데 잡찬과 애찬이 주로 대상의 미덕을 褒하는 데 중점이 있는 반면, 사찬은 褒와 貶을 겸하는 경우가 많다. 『史記』나 『漢書』의 列傳 뒤에 기록된 비평적 견해 역시 찬이라 할 수 있는데 이들이 산문으로 된 것이라면, 같은 사찬이라도 『後漢書』列傳에 붙은 찬은 운문으로 되어 있다.

이렇게 보는 데는 당대 인물군상이나 그들의 행적을 바라보는 조수삼의 시각에 기인한다. 「추재기이」에 관한 그간의 연구들은 공통적으로 「기이」에 선택·반영된 인물유형의 특성에 대해서 언급해 왔는데 이글에서 기이시를 찬시로 보는 것은 이같은 연구내용에 힘입은 바 크다. '시정 주변의 인간 군상들의 여러 살아가는 모습들과 생각하는 방식들 속에서 아름다운 면모를 들추어 부각시켰다'는 지적[20]이나, '자신의 관점을 여항인의 그것과 연대시키는 데서 오는 긍정의 논리'[21] '사회에서 버림받고 가진 것도 없는 주변부의 인물 혹은 틀 밖의 인간들이 사회적 규범이나 현실적 제약에 개의치 않고 자긍심을 갖고 당당하게 살아가는 모습에서 조수삼은 그들의 美德을 발견하고 이를 드러내고자 했다'는 언급[22] 그리고 '조선사회 이 예교에서 일탈한 異人들을 사회의 표면으로 끌어올려 그들에게 존재가치를 부여하고자 했다'는 지적[23]은 바로, 조수삼이 규범으로부터 이탈해 있는 인물 군상을 긍정적 시각으로 바라보고 있음을 말한 것들이다. 이같은 시각에는 일반 讚에서 보는 것과 같은 찬미나 칭송까지는 아니라 하더라도 애정과 관심, 감탄의 마음이 담겨 있는 것만은 부인할 수 없다.

「기이」의 시편을, 찬의 성격을 지니는 시로 이해할 때 그것은 褒貶을

---

19) 西漢의 劉向이 지은 『列仙傳』은 산문과 운문을 잇는 연결어 없이 4언으로 된 찬이 붙어 있고, 동 저자가 지은 『列女傳』은 '頌曰'이라는 연결어 뒤에 4언의 讚이 붙어 있는데 여기서 '頌'은 찬의 의미로 사용된 것이다. 세종 대에 나온 『삼강행실도』를 보면 전기 뒤에 연결어 없이 7언 절구와 贊이 붙어 있는데 여기서 7언 절구는 이글에서 말하는 讚詩라 할 수 있다.

20) 이우성·임형택 역편, 앞의 책, 해설.

21) 윤재민, 「『秋齋紀異』의 인물형상과 형상화의 시각」, 《한문학논집》 제4집, 근역한문학회, 1986, 258쪽.

22) 안대회, 「『秋齋紀異』의 인간 발견과 인생 해석」, 《동아시아 문화연구》 제38집, 한양대학교 동아시아문화연구소, 2004.

23) 김영죽, 「秋齋 '紀異'의 서술방식과 서술시각」, 《한문학보》 제14집, 우리한문학회, 2006.

겸한 것이기보다는 褒에 편중된 것으로 볼 수 있다. 여기에 序의 성격을 지니는 小傳이 붙은 것이 바로 추재의 「기이」인 것이다. 앞서 언급한 것처럼 小傳이 전형적인 序의 형태에서 빗겨간 것이라면, 찬의 성격을 지니는 7언 절구 시 또한 전형적인 찬에서 한참 이탈해 있는 것으로 보인다.

> (5)　빛나는 위엄과 명성이여 오직 군세며 오직 밝도다
> 　　　바다의 도둑들도 두려워서 떨고 있으니 나라의 방패요 城이로다
> 　　　지방의 토호들이 물러나서 숨을 죽이니 백성의 법관이로다 …
> 　　　鴻山 높은 곳에 북을 울리며 진두에 나섰을 때
> 　　　그 풍채 찬 바람이 휙휙 일어나고 기운은 세상에 떨쳐 있노라
> 　　　그림으로 비슷하게 나타냈으니 모두들 우러러 쳐다 보리라
> 　　　　　　　　　　　　　　　　　(李穡, <判三司事崔公畫像贊 幷序>)[24]

> (6-1) 순임금의 거룩한 덕 높고도 높아
> 　　　부모 마음 불편함을 괴로워 했네
> 　　　자식 직분 다하여 봉양 힘쓰며
> 　　　하늘에 부르짖어 자기만을 꾸짖었네
> 　　　　　　　　　　　　(『三綱行實孝子圖』<舜帝大孝>詩·1)

> 　　　효성에 감동하여 부모 마음에 들게 되니
> 　　　기뻐하자 덕화가 깊어짐을 알겠네
> 　　　당시에만 큰 효자라 일컬었을 뿐 아니라
> 　　　청사에 지금까지 전해져 오네
> 　　　　　　　　　　　　(『三綱行實孝子圖』<舜帝大孝>詩·2)

> (6-2) 아비 어미 완악하고 아우는 오만하여 어질지 못한데
> 　　　밭에서 농사하며 하늘 보고 외쳐 우니
> 　　　새가 김을 매고 코끼리가 밭을 가네
> 　　　짐승도 감동할 줄 아는데 사람의 마음이랴?

---

24) 이색, 『국역 목은집』11(이상현 옮김, 민족문화추진회, 2002), 53~54쪽.

완악한 이 기뻐하고 오만한 이 착해지니
순임금의 효성은 만세토록 어려운 일.

(『三綱行實孝子圖』 <舜帝大孝>贊)25)

(7)　江城에 꽃이 지고 비는 흩뿌린다
　　　이 아름다운 시구가 단돈 일전 값
　　　해가 떠서 쟁반처럼 둥글어지면
　　　송생원 뒤에는 조무래기들이 따른다

(「추재기이」 <宋生員>, 325쪽)

(5)는 최영 장군의 畫像을 보고 이색이 지은 4언 贊의 일부이고, (6-1)과 (6-2)는 각각 『삼강행실도』 「孝子圖」 중 <舜帝大孝>항의 傳記 뒤에 붙은 7언 절구와 4언 贊의 예이며, (7)은 「추재기이」의 시편이다. 『삼강행실도』는 효자·충신·열녀에 대한 전기를 서술하고 그 뒤에 7언 절구와 찬을 붙인 형태26)를 취하고 있다. 이 시편들은 모두 시적 대상에 대한 기림을 그 主旨로 한다. (5)는 최영 장군의 능력과 인품을, (6)는 순임금의 효심을, (7)은 송생원의 詩才를 각각의 美德으로 포착하여 언어로 그려내고 있다.

내용상의 공통점 외에 위 시편들은 詩的 話者가 대상에 대해 3인칭 관찰자적인 입장에서 각각의 미덕을 讚하고 있다는 서술방식상의 공통점도 보인다. 위 시편들은 넓게 보아 서정시의 범주에 드는 것임에도 화자의 주관을 1인칭의 관점에서 독백적으로 서술하는 것이 아니라 객관적이고 대상에 대해 거리를 취하며 관찰하는 듯한 시각을 유지하고 있어 서정시의 본질에서는 빗겨가 있다. 이것은 作詩 동기가 일반 서정시처럼 '나'의

---

25) 이상 '삼강행실효자도' 인용은 세종대왕기념사업회, 초판본 『三綱行實圖』 1～3권 (1982).
26) 그러나 간혹 시는 있고 찬이 없기도 하며, 반대로 시는 없고 찬만 있는 경우도 있다.

'내면세계'를 표현하는 데 있는 것이 아니라, 제 3자인 '타인'의 '외면세계'를 그려내는 데 있기 때문이다. 이것은 (6)와 같은 열전형이건 (5)(7)과 같은 서부가형이건 찬시적 속성을 지니는 운문의 공통점이기도 하다.

그러나, 대상을 기린다는 점에서는 동질적이지만 그 구체적인 면모는 讚과 讚詩 사이에 다소 차이를 보인다. 우선 형식면에서 찬이 대개 4언구로 押韻이 그리 엄격한 것이 아님에 비해, 찬시의 경우는 7언 절구의 근체시이며 압운이 비교적 엄격하게 지켜진다는 차이를 지닌다. 또한 시적 대상이 지닌 미덕을 서술함에 있어, 찬의 경우는 그 내용이 찬시에 비해 훨씬 직접적·설명적·구체적·명시적이다. 유협은 찬의 서술원리에 대하여 '간략하게 거론하되 사물의 情을 남김없이 충분하게 다 드러내야 한다("約擧以盡情")'고 하였는데, 이는 4언구의 짧은 길이를 취하되 내용은 곡진하게 자세히 설명해야 한다는 의미이다. 한편 근체시 특히 절구의 표현은 곡진하기보다는 함축적이며 설명적이기보다는 암시적이고, 직접적이기보다는 간접적인 특징을 지닌다. 이같은 차이는 (6-1)과 (6-2)에서도 드러난다. 순임금의 효에 하늘이 감응한 것이 (6-1)에서는 단지 '효성에 감동하여'라는 간단한 어구로 표현되었는데 (6-2)에서는 '새가 김을 매고 코끼리가 밭을 가네'와 같이 구체적으로 명시되어 있는 것이다.

「추재기이」의 운문이 지니는 讚詩的 성격을 좀 더 명료히 하기 위해서는 같은 讚詩이면서도 열전형에 속하는 (6-1)과 비교해 보는 일이 필요하다. (6-1)의 경우 讚者—시인 혹은 화자—는 讚의 대상에 대하여 경건하고 엄숙한 자세로 숭앙의 마음을 표현하고 있어, 대상을 우러러보는 수직적 시선이 감지된다. 이같은 올려다 보는 시선은 대상에 대한 화자의 심리적 거리를 반영한다. 이와는 달리 (7)에서 화자는 대상을 올려다 보는 것이 아니라 수평적으로 '바라 볼' 뿐이다. 여타『三綱行實孝子圖』의 작품들을 보면, 입전 인물의 효에 감동한 것은 주변 사람들만이 아니라 神明, 神, 神人, 하늘(皇天), 귀신, 神靈 등 神的인 존재에까지 걸쳐 있는 것으로 드러나 있는데, 이는 찬의 대상이 하늘과 맞닿아 있는 존재로서 평범한 인물과는 천양지차의 거리를 지닌 인물임을 말해 주는 시적 근거라 할 수 있다. 이로 인해 (6-1)과 같은 류의 시편에서는 대상에 대한 숭앙과 존경, 칭송의 어조가 좀더 직접적으로 강렬하게 표현되는 경향을 띤다. 그러나 (7)에서는 대상에 대한 감탄의 정도가 '아름다운 시구' 등 일견하기에 전혀 찬미처럼 느껴지지 않을 만큼 미약하다. 대신 그들을 매우 친근하게 대하는 화자의 태도가 감지된다. 심리적 거리가 그만큼 가깝다는 것을 의미한다.

이같은 차이는 기림의 대상이 되는 인물이 어떤 유형의 사람인가의 차이에서 비롯된다. (6-1)의 경우는 제도권 안에서 당대의 지배 이데올로기를 강화하는 데 귀감이 될 수 있는 모범형 인물이다. 그러나 기이시의 경우는 일반적인 기준에서 볼 때 현실의 속된 인물들, 어떤 의미에서는 평균 이하의 인물들로서 기림의 대상이 될 수 없는 존재들이다. 바로 여기에 여타 찬시와 변별되는 「기이」 시편의 특성이 자리하고 있다. 대상을 바라보는 시선이 수평적이고 기림의 내용이 문면에 뚜렷하게 드러나지 않는 것은 화자가 찬미의 대상을 자신과 同類로 여기기 때문이다. 그들을 숭앙하고 높이는 것은 결국 자기 자신을 높이는 것과 같다고 생각한 것이다. '자신의 관점을 여항인의 그것과 연대시키는 데서 오는 긍정적 태도'라고 한 지적[27]도 이와 맥을 같이 한다.

3. 맺음말 : 「추재기이」의 문학사적 의의

「추재기이」 서문[28]이나 동시대 중인층 문학인인 趙熙龍이 쓴 「趙秀三

---

27) 윤재민, 앞의 글.
28) 「기이」 서문에는 '나도 그 분들 담소에 팔려서 한시도 곁에서 떠날 줄 몰랐다. 그 분들은 대개 70세 이상의 노인들로 매양 듣고 본 이야기를 하면서 술잔을 나누고

傳」[29) 그리고 조수삼의 젊은 시절의 저작인 『聯床小諧』 序文[30) 등을 보면 조수삼은 시와 이야기에 모두 능한 사람으로 이야기를 모으고 그것을 담론화하는 데 취미를 가진 사람으로 보인다. 이런 점을 감안하면, 조수삼은 자신의 장기인 시와 이야기를 결합하여 자신이 말하고자 하는 것을 담론화하려는 의욕을 가졌을 법하다. 조수삼의 젊은 시절 저작으로 알려진 『聯床小諧』 『추재집』 7권에 실려 있는 「外夷竹枝詞」 121수 등에서 이런 의욕을 엿볼 수 있다.

그러나, 이같은 독특한 글쓰기 방식의 생산을 단지 한 개인의 문학적 취향의 발현으로만 치부할 수 없다. 더 이상 하나의 핵심적 이데올로기만을 허용하는 시대가 아닌, 價置의 다원화와 탈중심 그리고 이질적 요소의 공존 현상으로 특징지어지는 조선 후기의 사회적 특성 및 문학적 경향이 상호작용하여 빚어낸 결과인 것이다. 이 글은 「추재기이」의 형식적 측면에 초점을 맞춘 탓에, 혼합담론 내에서 이 텍스트가 지닌 내용상의 변별성을 탐구하지 못한 한계를 지닌다.

시를 창화하는 등으로 소일하였던 것이다. 나는 이야기들을 일일이 기억에 남기고 낱낱이 간수해 두어서 꼬맹이의 주머니가 실로 넘칠 지경이었다.'라는 구절이 있다.

29) 趙熙龍, 『壺山外記』(『趙熙龍全集』·6, 實是學舍 古典文學硏究會 譯註, 한길아트, 1999). 여기에서는 조수삼이 가진 것 열 가지를 제시했는데 그 중 여덟 번째로 언급된 것이 바로 '談論'의 재능이다.

30) 조수삼은 『聯床小諧』 序에서 '나는 이야기를 좋아하는 사람이다'라고 밝히고 있다. 박철상의 「趙秀三의 신자료 『聯床小諧』에 대하여」(《한국학논집》 제38집, 한양대 한국학연구소, 2004, 50쪽)에서 재인용.

「外夷竹枝詞」의 문학적 특성

1. 조선 후기 竹枝詞의 일반적 특성

「외이죽지사」는 추재 조수삼의 문집 『秋齋集』[1] 7권에 실려 있는 121수[2]의 연작시로서 82개국[3]의 나라 이름을 제목으로 삼아 제목 뒤에 그 나라의 풍속과 물산, 문화, 생활습속 등을 산문으로 서술하고 그 뒤에 각 나라마다 적게는 1수, 많게는 5수[4]의 7언 절구를 배치해 놓은 작품이다. 서문을 보면 추재가 명나라 때의 程百二라는 사람이 찬술한 『方輿勝略』이라는 地理書를 보고 외국문물에 대한 호기심이 발동하여 지은 것으로 되어 있다. 말하자면 「외이죽지사」는 상상 속의 여행 체험을 문학적으로 형상화한 것이다.

---

1) 趙秀三, 『秋齋集』(『조선후기 여항문학총서』3, 여강출판사, 1986).
2) 韃靼(타타르)을 필두로 兀良哈·女眞·琉球 등 73국에 112수, 海中諸國의 9국에 각각 1수씩 9수를 합한 숫자이다. 여기에 <日本雜詠> 12수를 포함하면 133수가 된다. 본고는 「외이죽지사」 끝에 부록으로 붙어 있는 <日本雜詠> 12수는 비록 죽지사체로 쓰여지기는 했지만 일본이라는 나라는 앞에 이미 나타나 있어 별개의 나라로 계산할 수 없고 또 '제목+산문서술+시'라고 하는 구성이 아니라 시 군데군데 산문 주석이 들어가 있어 여타의 텍스트들과 성격이 다르므로 이를 제외하고 82개국 121수만을 대상으로 하고자 한다.
3) 조수삼은 서문에서 83개국의 풍물을 읊는다고 밝혔는데, 이는 일본과는 별도로 맨 말미에 실려 있는 <日本雜詠>까지를 포함하여 계산한 숫자이다. 그러므로 실질적으로 대상이 된 나라는 82개국이다.
4) 安南(베트남)이 5수로서 가장 많다.

일반적으로 '竹枝詞'는 어떤 지역의 풍속이나 남녀의 정을 7언 절구 連作詩로 읊은 시양식을 가리킨다. 원래 죽지사는 중국 巴蜀 지역에서 널리 불려지던 民歌에 그 기원을 두는데 그 지역을 여행하거나 체류했던 문인들에 의해 문자화되어 기록문학으로 편입된 것이다. 민가에서 문인의 시로 탈바꿈한 뒤 죽지사는 宋代에 이르러 크게 발전하게 되는데, 唐代의 죽지사가 주로 남녀간의 사랑을 주제로 한 것에 비해 이때의 죽지사는 역사적 사실 및 인물에 초점을 맞추는 경향이 짙어져 '詠史詩'로서의 성격을 띠기에 이른다. 宋元 이후에는 短篇 小詩에서 長篇의 組詩로 대형화되면서 그 내용도 어떤 지역의 풍물이나 민속, 산천, 생업현장, 풍토적 특성을 읊는 것으로 변화를 보인다. 그러므로 해당 지역의 邑誌나 地方誌같은 성격을 띠어 사료적 가치가 높아지게 되었다.

죽지사 작품의 제목은 어떤 지역의 이름을 따 'ㅇㅇ죽지사'라고 붙여지는 형태가 보편적인데, 이는 元代 楊維禎의 「西湖竹枝詞九首」가 계기가 된 것이다. 明淸代는 출판업의 성행으로 각종 죽지사 전집이 간행되어 창작의 전성기를 이루게 된다. 이 시기 문인 죽지사의 특징 중 하나는 시원문 외에 시의 이해를 돕기 위해 작자가 산문으로 된 설명을 곁들이는 양식이 보편화되었다는 사실이다. 또 하나의 특징은 尤侗의 「外國竹枝詞」(1681)를 계기로 대상 지역이 문인의 고향이나 寓居地·旅行地로부터 한 걸음 나아가 外國에까지 확대되었다는 점이다.[5] 죽지사는 크게 보아 樂府의 영역에 속하며 어떤 지역의 풍속을 기록한 것이라는 점에서 紀俗詩의 성격을 띤다.

우리나라에서 문헌상으로 죽지사가 처음 나타나는 것은 조선 초로서 金孟性(1374~1449)의 「伽川竹枝曲」 9수, 김종직(1431~1492)의 「凝川竹枝曲」 9수, 金時習(1435~1493)의 「竹枝詞」 3수 등이 있다. 이외에도 성현,

---

5) 이상 죽지사의 기원 및 사적 전개에 관한 것은 신하윤의 「<竹枝詞> 연구를 위한 탐색」(《중어중문학》 제36집, 한국중어중문학회, 2005)에 의거함.

유호인, 조위, 허난설헌 등이 죽지사를 남기고 있는데 죽지사가 집중적으로 나타나는 것은 조선 후기이다. 한국의 죽지사는 중국의 것과 큰 차이가 없으나, 제목에 있어 해당 지역 이름을 따는 명명법 외에도 'ㅇㅇ俚曲' 'ㅇㅇ農謠' 'ㅇㅇ農歌' 'ㅇㅇ村謠'와 같은 변이형이 존재하며, 시어에는 토속어와 고유어, 속담, 방언 등의 사용이 많다는 특징을 지닌다. 또한 중국의 죽지사와는 달리 음악과의 관련성이 없다는 것도 한국 죽지사의 특징 중 하나이다.[6]

조선 후기의 죽지사의 특징을 보면, 남녀간의 연정을 노래하는 것이 주조를 이루던 조선 전기에 비해 특정 지역의 풍속, 풍물 등을 읊은 풍속시로 전환을 보인다는 점을 들 수 있다. 또한 조선 후기에는 명청대 죽지사의 영향으로 장형화되는 경향이 두드러지며, 시와 더불어 산문 서술이 덧붙여진다는 특징을 지닌다. 산문 서술이 붙어 있지 않는 경우는 해당 지역과 관련된 체험을 별도의 산문기록으로 남기는 양상을 보인다.[7]

그러나 무엇보다도 이 시기에 나타난 죽지사 중 특기할 만한 것은, 外國을 대상으로 한 작품이 출현했다는 점이다. 申維翰(1681~?)이 사절단의 일원으로 일본에 파견되어 갔을 때의 체험을 그로부터 약 30년이 지난 뒤에 회고하여 지은 「日東竹枝詞」 34수를 필두로, 趙秀三(1762~1849)의 「外夷竹枝詞」 133수, 李尙迪(1804~1865)의 「日本竹枝詞」 20수, 李裕元(1814~1888)의 「異域竹枝詞」 30수, 金奭準(1831~1915)의 「和國竹枝詞」 22수 등이 이에 해당한다.

---

6) 이상 한국 죽지사 목록 및 일반적 특성에 관한 것은 이제희의 「한국 죽지사 연구」 (인하대학원 국어국문학과 석사논문, 2001, 17쪽, 78~83쪽) 및 홍인표의 「죽지사 연구」(《중국학보》, 한국중국학회, 1993, 144~152쪽) 참고. 12歌詞 중 하나인 <죽지사>는 歌唱되는 것인데, 그 노랫말은 7언 절구에 토를 붙인 것이어서 일반 죽지사체를 따르고 있다.

7) 예를 들어 「일동죽지사」와는 별도로 일본 기행체험을 여정에 따라 기록한 『海遊錄』이 있으며, 「금관죽지사」에 있어서의 「금관세시기」라는 별도의 산문 기록이 존재한다.

이 중 이 글의 대상이 되는 조수삼의 「외이죽지사」는 일본과 같이 가까운 나라가 아닌, 西域·유럽의 나라들까지 포함하고 있어 대상 공간의 확대라는 점에서 주목을 요하는 작품이다. 또한 「외이죽지사」는 明代에 나온 지리서인 『方輿勝略』을, 「이역죽지사」는 淸 고종 때 편찬된 『職貢圖』의 내용을 참고하여 지었다는 점에서, 여타 죽지사 작품과는 변별되는 매우 특이한 작품이다. 그러나 일반 죽지사가 시인이 태어나거나 우거·체류했던 곳, 혹은 유배를 갔거나 여행을 했던 곳에서 자신이 직접 보고 느낀 그 지역의 풍속, 풍물, 세시풍속 등 삶의 현장을 소재로 하기 때문에 현장성과 사실감, 묘사성이 두드러지는 것과는 달리, 이 작품들은 상상을 통한 간접 체험을 형상화한 것이므로 사실과 어긋나거나 현장감이 떨어지는 것을 면할 수 없다.

뿐만 아니라, 시의 내용을 보충하여 이해를 돕기 위한 산문 서술이 부가되어 있다는 점도 주목할 필요가 있다. 각 텍스트 제목 뒤에 배치된 산문서술은 일견 注釋처럼 보이나 면밀히 검토해 보면 序의 범주에 속할 만한 것이기에 「외이죽지사」는 '서부가형' 혼합담론으로 분류될 수 있다. 그리고, 7언 절구의 형태를 취하는 시는 『방여승략』과 『직공도』를 요약한 산문 서술의 내용을 다시 간추려 詩化한 것으로 自我의 내면의 표출이라 할 서정시의 본령에서 한참 벗어나 있어 장르적인 면에서도 독특한 점을 보인다. 이런 점들은 「외이죽지사」를 일반 죽지사 작품과 구분케 하는 것으로 「외이죽지사」의 독특한 문학적 특성을 배태시키는 요소가 된다.

이 글은 조선 후기 죽지사 중 조수삼의 「외이죽지사」에 초점을 맞추어 산은 혼합담론으로서의 면모, 장르적 특성, 다성담론적 요소 등의 텍스트적 특성을 규명하는 데 1차적 목표를 둔다. 그리고 조선 후기라는 특수한 시대적 상황과의 관련성을 타진하는 데 부차적 목표를 둔다. 그간 「외이죽지사」는 紀俗詩라든가 조선후기 죽지사를 다루면서 부분적으로 언급이 되었을 뿐 전적으로 이를 다룬 논문은 거의 없는 실정이다.[8]

이 글에서 자주 사용하게 될 '텍스트'란 각 나라 이름을 제목으로 하여 그 안에 하나의 산문과 최소한 한 수 이상의 시를 포함하는 글단위를 가리킨다.

2. '서부가형' 혼합담론으로서의 「외이죽지사」

2.1. 산문서술의 문학적 성격

「외이죽지사」의 중요한 텍스트적 특성 중의 하나는 산문과 시의 혼합으로 이루어졌다는 점이다. 각 나라마다 붙여진 산문서술은 그 나라의 특산, 산천, 풍속 등을 전반적으로 소개한 것인데, 이는 『방여승략』의 내용을 간추려 별 다른 표현의 변형없이 서술하고 있어, 이 산문부를 단지 詩의 이해를 위해 덧붙여진 보조기술로 볼 것인가 아니면 텍스트의 일부로 볼 것인가 하는 문제가 대두된다. 그리고 이 점은 산문서술을 문학으로 볼 것인가 비문학으로 볼 것인가 하는 문제와도 연결된다.

예를 들어 산문서술의 성격을 살펴보도록 하자.

(1)暹羅赤眉遺種也 (2)元至正間 進金字表 賜金縷衣 明洪武永樂成化嘉靖隆慶 俱入貢今二歲一貢 (3)其地自廣東乘船順風四十日可至 (4)有萬里石塘山 起自琉球 潮退則見 亦可登山東而至 (5)彼人來以四五月南風 去十一二月北風 (6)民皆樓居 (7)王死水銀灌腹 民有水葬鳥葬 (8)市銀有鐵印紋可通用 (9)家事決於婦 婦與海商多奸 乃爲榮 男陽嵌鋏鈴 (10)人死誦佛字橫書橫誦 (11)男貼女紅於額 新者爲新郎 (12)其語天爲普賴地爲佃曰日爲脤月爲晚 (13)物産羅斛木名酒.　　　　　　　　　　　(「외이죽지사」, 596쪽)[9]

---

8) 필자가 아는 한 신하윤의 「18세기 조선문인의 세계인식과 문학적 형상화 -秋齋 〈外夷竹枝詞〉를 중심으로-」(《중국어문학》 제17집, 한국중국학회, 2005, 431~432쪽)가 유일하다.

위는 〈暹羅〉즉 오늘날 '태국'에 관한 것으로 해당 조목 全文을 항목화하여 번호를 붙인 것이다.[10] (1)은 섬라의 유래를 말한 것이고, (2)는 중국과의 조공관계를, (3)(4)(5)는 지리적 여건, 중국과의 왕래방식 및 걸리는 시간 등을, (6)은 주거방식을, (7)은 장례풍속을 말한 것이다. 또 (8)은 화폐를, (9)는 집안일 결정에 있어 아내가 주도권을 쥐고 있는 것과 아내가 다른 남자와 사통하는 것을 오히려 영광으로 여기는 풍속을, (10)은 사람이 죽었을 때 불경을 외우는 것과 가로로 읽고 써나가는 문자체계를, (11)은 결혼풍속을, (12)는 그 나라 토속 어휘 몇 가지를, 그리고 (13)은 그 나라 물산에 대해서 서술하고 있다. 각 항목별로『방여승략』과 비교해 보면 어휘나 문장 및 기타 표현 등에 거의 변화가 없음을 발견하게 된다. 예를 들어 항목 (5)에 대하여『방여승략』에서는 "彼來必俟五六月南風此去必俟十一二月北風"[11]으로 되어 있어 '五六月'이 '四五月'로 바뀐 것 외에는 양자 사이에 차이가 없다. 토산물에 대하여 언급한 (13)은『방여승략』에 "其土産則羅斛木名酒"라 되어 있어 양자는 완전히 일치한다.

이렇듯 산문서술만 떼어 놓고 보면 단순한 사실의 기록이지 문학이라고 보기가 어렵다. 그러나 이것이『방여승략』의 내용에 의거하여 축약한 텍스트라는 관점에서 보면 항목을 선택하거나 요약할 때의 기준, 새로운 텍스트를 만들어내는 데 있어 표현의 변화 등에 어느 정도 작자의 주관이 반영된다 할 수 있겠고, 이 주관성은 작자의 개성을 말하는 지표인 동시에 곧 허구성과도 연결되는 요소라 할 수 있다. 예를 들어『방여승략』에는 상당한 분량으로 서술되어 있는 조공관계가「외이죽지사」에서는 대폭 생

---

9) 趙秀三,『秋齋集』(『조선후기 여항문학총서』3, 여강출판사, 1986). 괄호안 숫자는 인용된「외이죽지사」원문이 수록된 페이지를 가리킨다. 이하 同. 원문은 필요한 부분만 제시하도록 한다.

10) 표현의 비교를 위해 原文을 인용하였고 편의상 항목마다 번호를 붙였다.

11) 程百二 等撰,『方輿勝略』(『四庫禁毁書叢刊』2 史部 21~22, 北京: 北京出版社, 2000), 437쪽.

략되어 있는 대신, 서술의 대부분이 주거·풍속 등 생활현장에 집중되어 있음을 볼 수 있는데, 이로부터 『방여승략』의 항목들을 선택할 때 정치보다는 문화적 측면에 비중을 둔 작자의 기준이 드러난다. 이렇게 본다면 「외이죽지사」는 지리서의 내용을 문학이라는 형식으로 탈바꿈시킨 일종의 '패로디'라 할 수 있는 것이다.

이외에 항목간의 순서를 바꾸기도 하고 표현에 있어 문장의 어순이나 글자 등을 약간 바꾸는 변형을 가하기도 하고 항목과 항목을 합치기도 하는 등 세밀한 부분에서 변화를 보인다. 이같은 변형과정은 추재의 다음과 같은 서문 내용에서도 충분히 짐작할 수 있다.

이 백 여 년 전에 쓰여진 책이라 당시의 먼 옛날 사람들이 모두 지금까지 있는 것도 아니고 설명이 잘못되고 사실과 어긋난 것이 자못 많아서 마침내 그 설명을 모은 것에 본디 기억하고 들은 바를 덧붙였다. 부연된 것은 조절하고 생략된 부분은 상세히 하고 어긋난 부분은 바로잡아 합하여 죽지사 122장을 만들었다. 기록한 나라가 83개인데 만약 땅이 가깝고 풍속이 같거나 기록은 있되 근거가 없는 경우는 또한 아울러 빼버렸다.   (「외이죽지사」, 581쪽)

이처럼 「외이죽지사」의 산문서술은 『방여승략』의 내용을 단순히 옮겨 적은 것이 아니라 자신의 주관에 따라 생략·첨가·구체화·訂正 등의 변형을 거쳐 '재구성'한 것임을 알 수 있다. 재구성하는 과정에 개입된 작자의 주관이나 개성은 문학에 있어 '허구성'이나 '독창성'의 개념과 연결된다. '허구'라는 말을, 거짓·비현실 또는 실재하지 않는 것을 상상으로 꾸며낸 架空의 이야기라는 좁은 의미에서 벗어나 原義대로 '조작한다'는 의미에 토대를 두고 광의로 해석한다면, 허구란 작자가 의도한 문학적 효과를 위해 조작한 모든 표현·플롯 또는 사건의 배합과 선택을 총체적으로 포괄하는 개념이 될 것이다.

허구성이라는 말을 이렇게 확대 해석한다 해도 「외이죽지사」의 산문서술은 최소한의 허구성만을 지닌 담론임을 부인할 수 없으며, 현대적 개념의 문학과는 거리가 멀게 느껴진다. 우리는 여기서 '문학'이나 '작가'에 대한 근대 이전의 개념을 검토해 볼 필요가 있다. 롤랑 바르뜨의 작가 분류12)에 의거할 때 「외이죽지사」 산문서술의 작자는 '주석자'에, 시의 작자는 '저자'에 가깝다고 할 수 있다.

그러나 무엇보다도 산문부를 문학으로 볼 수 있는 근거는 저술에 임하는 작자의 태도이다. 동일한 사건을 다룬다 해도 『방여승략』의 찬자인 정백이는 사실의 기록이라는 실용적 목적에 치중하고, 조수삼의 경우는 외국에 직접 가서 보지 못하는 아쉬움을 글로 풀어 버리는 수단으로 글을 짓는다는 것을 밝혀 「외이죽지사」가 대리만족의 수단이 되고 있다는 것을 알 수 있다. 이 안에 허구성·상상작용이 포함되어 있는 것이다. 산문서술은 사실성에 치중하되 최소한의 허구성을 지닌, '사실에 입각한 허구'라는 특징을 지닌다

그렇다면 「외이죽지사」라는 담론을 대상으로 할 때 산문부분까지 합쳐 하나의 텍스트로 볼 것인가 아니면 121수의 시만을 텍스트로 볼 것인가에 관한 문제가 남는다. 7언 절구의 연작시에 산문을 덧붙이는 것은 명청대 죽지사의 특징으로서, 이는 죽지사의 다양한 양식 중의 하나라고 볼 때, 산문이 부가되어 있는 죽지사 유형은 이것까지를 포함하여 전체 담론으로 이해하는 것이 타당하다고 본다. 즉, 산문은 7언 절구 시와 더불어 '죽지사'라는 담론을 구성하는 한 요소로 보아야 하는 것이다.

---

12) 롤랑 바르뜨는 작가를, 아무 것도 덧붙이지 않고 베끼기만 하는 轉寫者, 그 자신의 것이 아닌 모든 것을 덧붙이는 編纂者, 원전을 남이 이해할 수 있도록 자기 생각을 덧붙이는 註釋者, 딴 사람이 생각한 것에 기대어서 자기 자신의 생각을 발표하는 著者로 분류하였다. 김현, 『한국문학의 위상』(문학과 지성사, 1991·2005, 41쪽)에서 재인용.

2.2. '小序'로서의 산문서술

문학에 대한 근대 이전의 인식에 비추어 볼 때 「외이죽지사」의 산문서
술 또한 문학적 성격을 지닌 것으로 보아야 한다는 것, 그리고 텍스트를
구성하는 필수요소가 된다는 것을 2.1에서 언급하였다. 산문이 행하는 기
능을 살피기 전에 시와 산문의 관계를 간략히 검토해 볼 필요가 있다. 이
는 시가 산문 서술을 돋보이게 하는 문학적 장치가 되는지, 아니면 시에
주안점을 두고 이의 이해에 필요한 내용을 보조적으로 산문으로 서술한
것인지에 관한 문제이다. 전자의 경우라면 散主韻從 즉 산문이 주가 되고
시가 副가 되는 양상이고, 후자라면 韻主散從 즉 시가 중심이 되고 산문
은 보조적인 것이 되는 양상이다.

추재는 서문에서 '부연된 것은 깎아내고 소략한 부분은 상세히 하고 어
긋난 부분은 바로잡아 합쳐서 죽지사 122장을 이루었다'고 했는데, 그가
말하는 죽지사 122장은 82개국에 대한 시 121수와 <일본잡영> 12수를 한
장으로 계산한 숫자이다. 이로 볼 때, 그가 의도하는 죽지사는 시에 무게
비중이 더 실린 것으로 볼 수 있다. 그리고, 「외이죽지사」가 『추재집』의
7권 '詩篇'에 실려 있다는 것도 시에 더 비중이 두어진 것으로 보는 단서가
된다. 또 글자 크기로 볼 때 시는 크게, 산문 부분은 작게 기재하고 있어
「외이죽지사」에 있어 산문이 부차적인 것임을 암시한다. 이로 볼 때 「외이
죽지사」라는 혼합담론은 운주산종의 성격을 띤 것으로 규정할 수 있다.[13]

그렇다면 이 산문부가 텍스트 내에서 행하는 기능은 무엇인가? 함축적
인 시의 내용을 보충하여 시의 이해를 돕는 보완작용을 한다는 점에서 일
견 '주석'과 비슷한 양상을 보이기 때문에, 산운 혼합담론형태로 된 죽지

---

13) 이로 볼 때 '「외이죽지사」의 시는 기록물로서의 산문에 종속'된다고 한 견해는 재
    고를 요한다고 본다. 장효현, 「조선 후기 죽지사 연구」, 《한국학보》, 일지사, 1984,
    150쪽.

사의 산문부를 '주석'으로 보기도 하나[14), 「외이죽지사」 산문의 경우는 여타 죽지사의 경우와는 여러모로 차이를 보인다. 여타 죽지사의 경우 그리고 「외이죽지사」 외의 조수삼의 산운 혼합담론에서의 주석의 활용 양상과 비교해 보면 이 차이가 분명해진다.

우동의 「외국죽지사」는 어떤 나라에 대한 전반적인 설명이 없이 每 시작품 뒤에 산문서술을 곁들이고 있어 개별 시작품에 대한 주석의 성격을 지닌다. <朝鮮>의 예를 들면, 조선이라는 나라에 대한 소개나 설명이 없이 5수의 시작품 뒤에 각각 5개의 산문을 덧붙인 형태를 취하고 있어 다섯 개의 산문을 합치면 나라에 대한 설명이 된다. 李裕元의 「異域竹枝詞」는 한 나라에 한 수의 시작품이 배치되어 있고 시 뒤에 산문서술이 위치하고 있어 결과적으로 한 편의 산문은 그 나라에 대한 설명인 동시에 시작품에 대한 해설이기도 하다. 이학규의 「金管竹枝詞」를 보면 시 중간중간에 난해한 어구나 지명, 풍속 등에 대해 짧은 해설을 곁들인 형태를 취한다. 이들의 공통점은 산문이 시의 뒤 혹은 시의 중간중간에 위치한다는 것과, 시의 字意를 해석한다든가 내용을 개괄하거나 해설하기도 한다든가 하여 산문이 시의 이해에 보조 역할을 한다는 것이다.

한편, 조수삼의 경우 「외이죽지사」 외의 또 다른 산운 혼합담론인 <北行百絶>을 보면 시 뒤에 시작품 전체에 대하여, 혹은 그 시에 나오는 지명이나 사항들의 보조설명에 해당하는 산문이 덧붙어 있고, <日本雜詠>의 경우도 시 중간중간에 어휘 풀이를 위해 짧은 산문이 삽입되어 있다. 이 산문들은 여타 죽지사에서 보는 산문들과 같은 형태이고 같은 기능을 행하는 것으로서 '주석'의 성격을 지니는 것으로 볼 수 있다.

劉勰은 『文心雕龍』에서 '論說'을 여덟 가지로 나누고 그 중 하나로 '注'

---

14) 신하윤은 앞의 글(2005b)에서 '죽지사 창작에서 시 뒤에 주석을 붙이는 경향은 명대 문인 죽지사에서부터 나타나는 현상'이라 하여 시 앞에 붙은 산문서술을 '주석'으로 보고 있다.

를 들고 있다. 그에 따르면 '注釋'이란 경전의 해석에 중점을 둔 것으로 논문을 해체하여 분산시킨 것이라 하였다. 주석의 글들은 비록 번잡하여 다양하지만, 그것들을 한 곳에 모아 놓으면 한 편의 논문과 같은 것이 된다는 것이다.[15] 이를 기준해서 볼 때, 위의 죽지사 담론들에서 산문은 어구풀이나 개별 작품의 해석에 주안점이 있어 전형적인 주석의 범주에 든다고 할 수 있다.

그런데, 「외이죽지사」에서 산문은 시의 이해를 돕는 구실을 한다는 점에서는 일반 주석과 비슷하나 각 텍스트마다, 즉 나라별 항목마다 그 나라에 대한 총괄적 소개와 설명을 곁들인 산문이 하나의 완성된 '글'의 성격을 띤다는 점에서, 시에 부수되어 시의 보조 역할을 하는 일반 주석과는 차이가 있다. 그리고, 일반적인 주석이 시의 뒤에 오거나 중간중간에 삽입되는 것과는 달리 「외이죽지사」의 경우는 시의 앞에 온다는 차이도 있다.

이상을 종합해 보면, 「외이죽지사」는 운주산종의 혼합담론으로서 산문은 일반 주석과는 다르다는 결론에 이르게 된다. 그렇다면, 산문은 텍스트에서 어떤 역할을 하는가에 대한 설명이 요구된다. 이 글에서는 이를 주석이 아닌, '序'로 보고자 한다.

'序'는 일반적으로 '사물의 전말이나 내력을 체계적으로 밝힌 글'[16]로서, 記와 더불어 사실의 기록을 위주로 하는 산문 갈래이다. '사물을 질서있게 풀어나간다'라는 字意처럼 서는 객관적으로 사물의 속성을 드러내는 데 치중하는 갈래이며 이를 통해 역사적 사실이나 삶의 참모습을 엿볼 수 있다. 유협은 論說의 여덟 가지 중 하나로 '序'를 제시했는데, '論'은 경서의 도리를 조리있게 설명하여 잘못이 없게 하고 성인이 의도한 원래의 뜻을 상실하지 않게 하려는 목적을 지닌 글로서, 그 중 작품에

---

15) 劉勰, 『文心彫龍』(최동호 역편, 민음사, 1994 · 2005), 233~240쪽.
16) 이종건 · 이복규 공저, 『韓國漢文學槪論』(寶晉齋, 1991), 16쪽, 215쪽.

대한 논문을 '序'라고 하면서 내용을 순서에 따라 자세히 설명하는 것이라 하였다.[17]

한문 산문의 한 갈래로서 '서'는 다양한 구실을 한다. 가장 대표적인 역할은, 사실에 입각하여 작품의 창작동기나 연대를 밝히는 구실이다. 그러나, 이같은 '사실화의 기능'은 서가 지니는 다양한 기능 중의 하나일 뿐이다. 이외에도 서는 가상의 인물이나 사건을 서술하여 흥미유발을 꾀하는 '허구화의 기능' 시적 대상에 접하여 일어나는 작자의 감정이나 주관, 내면세계를 표출하는 '서정적 기능' 시에서 서술될 주제나 내용을 미리 요약적으로 제시하는 기능 등을 행한다.[18]

「외이죽지사」의 82개 텍스트에 포함된 각 산문들은 일차적으로 『방여승람』으로부터 얻은, 해당 나라에 대한 객관적 사실과 정보에 입각하여 체계적으로 질서있게 설명해 나간다는 점에서 '序'의 기본요건에 부합한다고 할 수 있다. 그리고 시작품의 어느 부분에 대한 해설의 성격을 띠는 것이 아니라 제목 뒤에 배치되어 그 텍스트에 포함된 시작품들 전체를 통괄하며 제목과 시를 잇는 교량역할을 한다. 이로 볼 때 산문 부분은 주석보다는 서에 가까운 성격을 띤다 하겠고, 앞에서 제시한 다양한 서의 기능 중 시의 주제나 내용을 미리 요약적으로 제시하는 기능을 행한다고 할 수 있다.

그런데, <北行百絶>의 경우 시작품 뒤에 붙어 있는 주석 외에, '北行百絶幷序'라 하여 전체를 총괄하는 서문이 맨 앞에 있고, <일본잡영>의 경우도 시 중간중간의 주석 외에, '幷序'라는 말이 붙어 있지는 않지만 일본이라는 나라를 소개하면서 12수 전체를 총괄하는 비교적 긴 산문이 제목 뒤에 붙어 있다는 점에 주목할 필요가 있다. 「외이죽지사」의 산문 및

---

17) 劉勰, 앞의 책, 233~234쪽.
18) 이상 序가 지니는 다양한 기능에 대해서는 본서 제1부 「한부」 참고.

이들 산문은 시 앞에 위치한다는 점에서 공통적이다. 그리고 앞에서 본 주석은 시의 이해에 도움이 되기는 하지만 필수적인 요소라 할 수는 없는 것에 비해, 지금 이 경우 산문이 없으면 시의 이해가 거의 불가능해진다는 점에서도 같은 성격을 지닌다. 따라서, <북행백절>이나 <일본잡영>에서 주석아닌 산문은 「외이죽지사」의 그것처럼 '서'의 성격을 지닌다고 볼 수 있다.

이상을 종합해 볼 때 「외이죽지사」는 '서부가형'에 속하는 혼합담론으로 규정할 수 있다. '서부가형'은 제목에 '-幷序' 혹은 '-幷記'라는 말이 포함되었건 안 되었건 간에 실질적으로 序의 구실을 하는 산문이 붙은 텍스트를 가리킨다. 箴銘·讚·漢賦 등은 여기에 해당된다. 이 유형에서 산문서술은 항상 시 앞에 위치하며 서사·서정·교술 등 다양한 장르에 걸쳐 있다. 그리고 산문과 시의 내용이 부분적으로 혹은 전체적으로 중복되는 양상을 띤다. 다시 말해 시의 주제가 산문부에서 요약적으로 제시되는 양상을 띠는 경우가 많다.

여기서 한 가지 해명되어야 할 문제는, 「외이죽지사」 전체를 총괄하는 맨 앞의 '서문'과 82개 개별 텍스트에 포함되어 있는 서가 어떤 차이를 지니는가에 대한 것이다. 이는 '大序'혹은 '總序'와 '小序'라는 말로 구분할 수 있다. 「외이죽지사」는 <安南竹枝詞> <琉球竹枝詞> 등 82개의 小竹枝詞가 합쳐진 것으로 볼 수 있으며 각 小竹枝詞에 붙은 산문은 '小序'에, 맨 앞에 붙은 것은 이 전체를 총괄하는 '大序'에 해당하는 셈이다. 이는 『毛詩』에서 시경의 本意를 총괄하는 내용을 大序라 하고 개별 작품의 해설에 관계된 것을 小序라 한 예와 유사하다.

이 모든 점에서 「외이죽지사」의 산문은 추재의 또 다른 혼합담론인 「紀異」와 아주 흡사한 양상을 보인다. 「기이」도 『추재집』 7권에 수록된 散韻 혼합담론으로서 맨 앞에 大序가 있고 71편 텍스트의 小序에 해당하는 산문이 시에 앞서 서술되어 있어, 담겨진 내용만 다를 뿐이지 형식은 완전히 일치한다. 이상 논의한 내용에 의거할 때 「외이죽지사」는 「기이」와 더불어 운주산종의 성격을 띠는 '서부가형' 혼합담론으로 규정할 수 있다고 본다.

3. 「외이죽지사」의 多聲的 性格

앞서 언급한 것처럼 「외이죽지사」는 地理書인 『방여승략』을 보고 거기에 기록된 외국의 지리적 여건, 문물, 물산, 언어, 풍속 등을 '산문'과 '시'라는 상이한 문학양식으로 거듭 서술한 것이다. 그러므로 「외이죽지사」에는 사실과 허구, 산문과 운문, 지리서와 문학텍스트 등과 같은 상호 이질적인 요소가 혼재되어 있다는 특징을 지닌다. 이것이 「외이죽지사」를 다른 담론과 구분짓는 가장 큰 변별점이라 할 수 있다.

하나의 담론이 형성되는 데는 縱과 橫으로 다른 담론의 영향력 혹은 다른 담론과의 상호작용이 전제된다. 다른 담론으로부터 전혀 영향받지 않고 독립적으로 존재하는 담론은 존재할 수 없다. 하나의 담론 안에 시간적으로 그보다 앞서는 담론, 혹은 同時間的인 담론의 존재가 혼재하는 양상을 바흐찐은 對話主義(dialogism), 크리스테바는 텍스트 상호관련성(intertextuality)이라는 말로 포괄하여 이론을 전개했다. 그들에 의하면 모든 담론은 대화적이고 상호관련되어 있으나, 시보다는 산문이, 산문 중에서도 소설과 같은 서사적 양식이 더욱 더 대화적 양상이 두드러진다고 하였다. 그리하여 二重·三重·多重의 목소리가 하나의 담론 안에 혼재하면서 자신의 존재를 주장하는 양상이 어떤 담론을 특징짓는 '지배적'인 요소가 될 때 그 담론은 '多聲的'인 것으로 규정될 수 있다. 요컨대 '하나 이상의 다양한 의식이나 목소리들이 대화적인 관계를 맺으며 독립적인 실체로서 존재하는 텍스트'[19]를 '多聲的 談論'이라 할 수 있으며, 이같은 관점

---

19) 김욱동, 『대화적 상상력』(문학과 지성사, 1988·1994), 163쪽.

에서 볼 때 「외이죽지사」는 전형적인 다성적 담론에 속한다.

이렇게 볼 때 바흐찐이 말한 '대화의 원리'는 「외이죽지사」라는 담론이 형성되기까지의 과정을 설명하는 원리가 되는 동시에 텍스트 구성의 방식을 설명하는 원리가 되기도 한다. 대화원리는 시간적 거리를 두고 기존의 선행담론을 전제로 하는 수직적 혹은 通時的 대화 양상과 同時間帶에서 수평적으로 실현되는 共時的 대화 양상으로 나누어 생각해 볼 수 있다. 「외이죽지사」는 明代에 나온 『방여승략』을 담론 생산의 전제로 한다는 점에서 통시적 대화 양상을, 하나의 텍스트 안에 산문과 운문이라고 하는 異種의 서술방식이 혼재해 있다는 점에서 공시적 대화 양상을 구체화하고 있다.

3.1. 通時的 多聲性

「외이죽지사」라는 담론의 생산 과정에서 明代의 程百二가 편찬한『方輿勝略』「外夷」篇은 실질적인 모형이 된 것이다. 조수삼은 서문에서 이런 상황을,

> 내가 최근에 신안 정백이씨가 편찬한 『방여승략』을 얻었는데 海內를 일일이 열거하고 천하를 포괄한 것이 마치 눈앞에 있는 듯 역력하였다. 그 外夷列傳에 있어서는 머나먼 지방을 모아서 핵심적인 것을 열거함에 빠뜨린 것이 없었다. 그래서 기뻐하며 스스로 말하기를 "어떻게 하면 이 몸에 날개를 달아 그 곳까지 날아가 이 책과 같은 지 두루 살펴볼 수 있을 것인가?" 하였다. 또 스스로 생각하기를 '우리나라가 몇 리나 되는가. 그런데도 나는 다 보지 못했는데 어찌 광막한 세계를 상상하며 한갓 황당하게 상심을 한단 말인가. 차라리 글로 써서 위로하고 풀어버리는 것만 못하리라.'라고 하였다.　　　　(「외이죽지사」, 581쪽)

라고 명백히 밝히고 있다. 明 萬曆 38년(1610)년에 편찬된『方輿勝略』은 正編18권 外夷6권으로 구성된 地理書로서 「外夷」篇은 아시아·유럽·

서역 지방을 망라하여 73개국의 지리적 여건, 풍속, 특산물, 朝貢關係, 역사 등을 자세히 서술한 것이다.

그러나, 「외이죽지사」 저술에 직접 간접으로 영향을 끼친 것은 『방여승략』만이 아니다. 기존의 죽지사에 외국으로까지 소재의 범위를 넓힌 것은 尤侗(1618~1704)의 「外國竹枝詞」인데, 우동은 서문에서 '내가 『明史』 편수에 참여하여 「外夷傳」 열 권을 편찬하였는데 여가에 그것을 다시 순서와 계통에 따라 정리하여 죽지사 100수를 지었다.'라고 밝히고 있다.[20] 서문 끝에는 '康熙辛酉臘月朔日'이라는 年紀가 있어 서문이 1681년 음력 12월 1일에 쓰여진 것을 알 수 있다. 이로 볼 때 「외국죽지사」는 우동이 『明史』 편찬에 참여하면서 얻은 외국에 대한 지식을 토대로 지어진 것이 분명하다 하겠다. 이것은 『명사』 「外國傳」이 「외국죽지사」의 선행담론이 되었다는 것을 의미하며 「외국죽지사」 또한 '다성적 담론'의 범주에 속하는 것임을 말해 주는 대목이라 할 수 있다.

조선 문인에게 있어 우동의 인지도 및 영향력이 컸다는 것을 감안할 때[21] 『방여승략』과 더불어 『明史』 「外國傳」과 「외국죽지사」도 「외이죽지사」의 출현에 선행담론으로 작용하였다고 하겠다. 뿐만 아니라 明淸代 우후죽순처럼 쏟아져 나온 각종 죽지사 작품, 조수삼 이전의 한국 죽지사 작품들이 모두 직접·간접으로 「외이죽지사」에 하나의 자극 혹은 영향의 요소가 되었다고 할 수 있다.

「외국죽지사」는 朝鮮 條 4수를 비롯하여 총 66개국의 풍물을 읊은 7언절구 100수로 이루어져 있고, 각 시 작품 뒤에 어휘풀이, 간단한 해설에 해당하는 산문 주석이 붙어 있다. 이로 볼 때 조수삼은 외국 각 나라에 대한 지식은 『방여승략』으로부터, 외국의 풍물을 소재로 하여 이를 7언

---

20) 尤侗 撰, 「外國竹枝詞」(北京: 中華書局, 1991).
21) 이 점은 장효현의 앞의 글 주45)를 참고할 것.

절구 연작시와 산문 주석을 결합한 죽지사체로 서술하는 양식은 「외국죽
지사」로부터 직접적인 자양분을 제공받았다고 할 수 있다. 즉, 내용은 『방
여승략』이, 형식은 「외국죽지사」가 토대가 되었던 것이다.

이로 볼 때 조수삼은 「외이죽지사」의 작자이기 이전에 이들 선행담론
에 대한 수용자 즉 '독자'라 할 수 있고, 기존의 죽지사 담론을 수용하여
자신의 주관과 관심사에 따라 재구성한 일종의 '용접공'이라 할 수 있다.
선행담론들을 전제로 「외이죽지사」를 서술한 것을 '재구성'이라 표현한
것은 이를 '재창조'라고 보기엔 독창성이 부족하기 때문이다. 선행담론을
재현하는 방식을, 기존 담론에의 의존도에 따라 모방적 재현, 인용적 재
현, 논평적 재현으로 분류[22]해 본다면 「외이죽지사」는 선행담론에의 의
존도가 아주 높고 작자의 창작태도가 매우 소극적이어서 독창성이 결여
된 '모방적 재현'의 양상에 속한다.

3.2. 共時的 多聲性

기존의 담론들을 모방하여 재구성했다는 점 외에 「외이죽지사」의 두드
러진 특징 중의 하나는 산문과 운문이 결합하여 이루어진 '산운 혼합담론'
이라는 점이다.

「외이죽지사」 각 텍스트의 배열을 보면 나라이름을 딴 제목 뒤에 그
나라를 소개하는 내용이 산문으로 서술되고 이를 7언 절구 형태로 응축한
시작품이 나라마다 한 수 이상씩 배치되어 있다. 이같은 구성을 보면 작자
는 어떤 나라에 대한 『방여승략』의 정보를 바탕으로 시를 먼저 쓰고 산문
으로 거듭 그 나라에 대한 종합적인 소개를 했다기보다는, 해당 나라에
대한 소개 내용을 산문으로 먼저 쓰고 이를 다시 응축하여 詩化하는 과정
을 거친 것으로 보여진다. 통시적 다성성이 정백이와 우동을 비롯한 죽지

---

22) 신은경, 『사설시조의 시학적 연구』(개문사, 1992), 143~145쪽.

사 관련 선행담론의 작자들과 조수삼 간에 이루어지는 대화양상이라면, 공시적 다성성은 조수삼이라는 인물이 행하는, 산문 작자로서의 역할과 시인으로서의 역할 간에 이루어지는 대화양상이라 할 수 있다. 산문 작자로서의 조수삼은 『방여승략』의 내용을 되도록 변형시키지 않고 충실하게 재현하려는 의도를 가진다. 시인으로서의 조수삼은 사실에 입각하되 그 사실을 표현함에 있어 주관성을 개입시켜 사실의 굴절, 표현의 변화를 꾀하고자 한다. 양자 사이의 팽팽한 균형과 긴장감이 개개 텍스트를 단순한 사실의 기록이 아닌, 문학텍스트이게 하는 원동력이 된다.

산문의 내용을 바탕으로 하여 7언 절구의 시로 형상화하는 방법은, 달리 말하면 산문과 운문의 대화의 방법이자 양자가 상호 관련을 맺는 양상이라 할 수 있다.

> 家事家家聽婦人　집집마다 집안일은 아내의 말을 따르고
> 阿郎爭試額紅新　신랑은 다투어 이마에 연지를 찍어 보네
> 橫書佛字仍橫讀　가로로 쓰인 불경 가로로 읽고
> 永葬君王鳥葬民　임금은 길이 장사지내고 백성은 鳥葬을 한다네
> 　　　　　　　　　　　　　　　　　　（「외이죽지사」, 597쪽）

이는 「섬라」의 시 세 수 중 두 번째에 해당한다. 이를 앞서 제시한 산문과 비교해 볼 때 첫째 구는 항목 (9)를, 둘째 구는 (11)을 詩化한 것이고 셋째 구는 (10)을, 넷째 구는 (7)을 詩化한 것이다. 이로 볼 때 항목간 서술 순서를 바꾸는 것은 가장 보편적이고 일반화된 시화의 방법이라 할 수 있다. 이 중 첫째와 셋째 구는 산문의 표현과 별 차이가 없으나, 둘째 구의 경우 '남자는 이마에 연지를 찍는다'는 사실과 '새로 찍은 사람이 신랑'이라는 사실을 결합하여 이루었고 넷째 구는 '임금의 장례는 수은을 배에 흘려 넣는'것을 '永葬'으로 바꾸고 백성의 장례에 해당하는 水葬과 鳥葬 중 '鳥葬'만을 선택하여 한 구를 이루었다. 이처럼 산문을 시화함에 있어

항목의 순서를 바꾸고 서로 관계가 있는 두 항목을 결합하기도 하고 여러 개 중 하나를 선택하기도 하며 다른 표현으로 대치하는 등 다양한 변형을 꾀하고 있음을 본다. 여기에 人·新·民이 모두 '眞'韻에 속하는 글자로 7언 절구 형식에 맞게 압운을 한 것을 볼 수 있다. 이것은 가장 결정적인, 그리고 두드러진 詩化의 방법이라 하겠다.

아래는 '海中諸國' 12국 중 〈紅毛國〉에 해당하는 산문서술과 시이다.

紅毛國一名阿蘭陀 在東南海中 去日本最近 人農藷爲生 織五色鳥羽爲衣 善鑄劍可吹髮 撒尿高擧一脚 語猲如狗 (홍모국은 일명 아란타인데 동남해 중에 있다. 일본에서 가장 가깝다. 사람들은 고구마 농사를 지어 먹고 살며 오색의 새깃털을 짜서 옷을 만든다. 칼을 잘 주조하여 머리칼을 흩날리게 할 정도이며, 오줌을 눌 때는 한 다리를 높이 든다. 말은 으르렁거리는 것이 마치 개와 같다).

肩帕襤褸鳥羽裁	어깨를 감싼 길게 늘인 옷 새깃털로 짰고
腰間秋水佩鮫胎	허리의 시퍼런 칼 상어껍질로 묶었네
種藷慣用雙鋤挖	고구마를 캘 때는 늘상 쌍호미를 사용하고
撒尿常敎一脚擡	오줌을 눌 때는 항상 한 다리를 든다네

(「외이죽지사」, 605쪽)

첫 구를 보면 '어깨를 감싼 길게 늘인 옷'이라 표현했는데 이는 산문에서 단지 '衣'라 한 것을 상상력을 바탕으로 자세하게 부연한 것이며, 머리카락을 흩날리게 할 정도로 날이 시퍼렇게 선 칼날을 시에서는 '秋水'라는 시적인 표현으로 대치했고 여기에 '상어껍질'이라는 새로운 내용을 부가하였다. 그리고 산문에서는 단지 고구마를 심어 먹고 산다고 했는데 여기에 '쌍호미'라는 농기구를 덧붙였다. 새로운 내용의 첨가, 주어진 항목에 대한 부연과 구체화, 시적인 표현으로의 대치 등을 꾀하고 있음을 볼 수 있다. 그리고 이 경우도 '灰'韻을 써서 裁·胎·擡의 압운을 하고 있다. 이로 볼 때, 어휘 변형이나 대치, 첨가, 생략 등 다양한 시화 방법 중 결국 압운이 가장 지배적인 구속력을 지닌 것임을 알 수 있다.

이상의 몇 예에서 보듯, 산문과 시의 내용은 전체 혹은 부분적으로 중복되는데 이는 서부가형 혼합담론의 보편적 양상이다.

한편, 산문과 시 사이에 이루어지는 대화양상 외에 또 다른 형태의 공시적 대화양상으로서 하나의 제목 하에 두 수 이상의 시가 배치된 경우 시와 시 사이에 이루어지는 양상을 생각해 볼 수 있다. 82개 텍스트 중 시가 한 수 배열된 경우는 54개이며, 두 수인 경우는 20개이고, 세 수는 6개, 4수는 <占城> 1개, 5수는 <安南> 1개이다. 따라서 공시적 다성성의 두 번째 양상에 해당되는 텍스트는 총 28개이다. 그렇다면 「외이죽지사」라는 담론은 121수로 된 연작시인 동시에, 28개의 텍스트는 각각 별개의 연작시로 구성되어 있는 셈이다. 예를 들어 <琉球>의 경우 산문서술과 2개의 연작시로 구성되어 있는데 시작품간의 내용은 중복되지 않으며 이들이 琉球의 생활상, 풍속, 물산, 산천 등을 묘사하는 하나의 텍스트가 된다. 시 작품의 내용을 합하면 산문의 내용과 거의 중복된다.

細褶長裙織羽衣	가는 주름 긴 치마 새깃털로 짜서 입었네
山顚宮闕女君歸	산꼭대기 궁궐로 무당이 돌아가니
螺炊不用沉香火	고둥소리 그치고 향불도 잦아들고
鏤樹金荊許大圍	鬪鏤와 樹木, 금과 荊榴로 둘러싸였네
船上新泥蝶趐粘	배 위의 새 진흙 나비떼가 물어오고
滿江風浪雀飛占	강에 가득 풍랑이 일면 참새가 지켜 주네
黿鼉嶼外天妃降	원타섬 밖으로 天妃가 강림하니
米變如沙水變鹽	쌀이 변해 모래되고 물은 변해 소금된다

(「외이죽지사」, 584쪽)

위 시작품들은 <琉球>에 나오는 것이다. 산문의 내용[23]과 제목을 참고하지 않는다면 이 시는 거의 이해하기 어렵고, 이 두 시편이 하나의 제목

하에 기술되지 않았다면 같은 대상을 두고 읊은 것이라고는 전혀 짐작할 수 없을 것이다. 이 시 두 편은 '제목'을 중핵으로 하여 상호 조응하면서 '琉球'라는 대상을 언어예술체로 구현한다. 다른 텍스트들을 보면 하나의 제목 아래 한 편의 시작품만이 서술된 경우도 많으므로 '琉球'라는 나라를 형상화하는 데 굳이 두 작품이 있어야 하는 것은 아닌데도 두 작품이 배당된 것은 아마도 조수삼이 시 한 편만 가지고는 이 나라를 제대로 표현하기가 부족하다고 여겼기 때문일 것이다. 이것은 두 작품간 내용이 전혀 중복되지 않는 것과도 관련이 있는데 이 두 작품은 상호 보완작용을 하면서 '琉球'라는 나라에 관한 정보나 사실을 충실히 재현해 내게 되는 것이다. 이같은 양상은 두 수 이상 서술된 텍스트 모두에 해당한다. 시작품들이 서로 중복되지 않으면서 상호 보완하여 제목에 걸맞는 텍스트를 구현해 내는 것, 이것이 바로 시작품들간에 행해지는 대화의 양상인 것이다.

이로 볼 때 82개의 텍스트 및 여기에 포함된 121수의 시작품은 각각 어느 나라의 특성을 묘사하면서 이들이 합쳐져 '外夷'라고 하는 전체를 구성하는 양상을 띤다. 이를, 121개의 타일을 사용하여 꽃 한 송이의 도안으로 모자이크한 작품에 비유할 수 있다. 여기서 '外夷'는 전체 꽃 한송이에, 121개의 시작품은 121개의 타일에 비유할 수 있다. 또한, 예를 들어 <安南>이라는 텍스트는 타일 5개로 이루어진 꽃잎 하나에, 그리고 <안남>이라는 텍스트를 구성하는 5수의 개별 작품들은 꽃잎 하나 중에서도 색깔이 조금 진한 부분을 나타내거나 꽃잎의 상단부분을 나타내는 등 차이를 지니면서 5개가 모여 꽃잎 하나를 만들어내는 양상에 비유할 수 있다.

---

23) 산문 서술에 의하면 이 나라 풍속에 뱃사람들은 天妃神을 믿는데 참새와 나비를 그 신으로 여긴다고 한다. 항해를 하다 풍랑을 만났을 때 天妃를 부르면 참새가 날아와 바람을 멈추게 하고 나비가 진흙을 물어와 배에 뚫린 구멍을 메워준다고 믿는다. 또 전설에 의하면 中山의 왕이 亂을 만났을 때 천비신을 부르니 모래가 쌀로 변하고 물이 소금맛으로 변해 적을 쫓을 수 있었다고 한다.

4. 「외이죽지사」의 장르적 특성

「외이죽지사」를 구성하는 82개의 텍스트에 포함된 82개의 산문과 121수의 시는 문학의 양식은 달라도 사실의 전달에 충실하고 發話者의 내면 세계가 아닌 외부 세계에 관심이 향한다는 점에서 공통성을 지닌다. 그리고 이 점은 산문이건 시이건 「외이죽지사」가 전형적인 '서정' 양식에서 빗겨가 있음을 시사한다. 명청대 이후 그리고 우리나라 조선 후기의 죽지사는 대개가 어떤 지역의 풍속과 생활상을 읊는 紀俗詩의 성격을 띠는데, 죽지사라 해도 남녀간의 연정을 내용으로 하는 이른 시기의 것은 서정시라 할 수 있으나 기속시로서의 죽지사는 서정과는 거리가 멀다. 「외이죽지사」의 장르적 성격은 주어진 담론 그 자체만을 살피는 관점과 『방여승략』에 의거하여 재구성된 것이라는 것을 전제하는 관점에 따라 달라지므로 두 관점으로 나누어 살펴보도록 한다. 먼저 전자의 관점에서 「외이죽지사」의 장르적 특성을 검토해 보도록 한다.

> 吐魯番亦車師古地. 漢武帝滅車師 屬高昌 至明永樂中稱王者十三人. 其地峻堅窮崖 不生草木 築土種麻麥. 人皆綠睛朱髮. 氣暖冬無雨雪. 物産則苽茱羊馬(吐魯番은 또한 車師의 옛 땅인데, 한 무제가 車師를 멸망시키고 高昌을 복속시켰다. 명나라 永樂에 이르러 왕이라 칭하는 자가 13인이나 되었다. 그 땅은 가파른 골짜기와 궁벽진 벼랑으로 되어 있어 초목이 자라지 못하기 때문에 흙을 쌓아 삼과 보리를 심는다. 사람들은 모두 녹색 눈동자에 붉은 머리털을 하고 있다. 기후가 따뜻하여 겨울에는 비나 눈이 오지 않는다. 물산으로는 苽茱와 羊·馬가 있다).   (「외이죽지사」, 585쪽)

위는 吐魯番(투르판)에 관한 산문서술 全文인데, 기록이나 문헌을 통해 그것이 사실이라는 것을 검증할 수 있을 듯한 객관적인 세계를 묘사하고 있다. 그리고 어떤 인물이 중심이 되어 시간의 흐름에 따라 전개하는 행동이나 사건의 변화를 제시하는 것이 아니라, 정신적 비전의 세계를 환기한다. 이런 내용이 작자의 독백적·사적 목소리가 아닌, 권위적인 목소리에 의한 주석적 시점에 의해 전달된다. 또한, 같은 비전의 세계라 할지라도 텍스트의 언어는 '주관적 정조'의 '표현'에 초점이 맞춰진 것이 아니라, '객관적 사실'의 '전달'에 초점이 맞춰져 있다. 즉, 작자는 외부 세계에 촉발된 자신의 주관적 느낌이나 감상을 표현하고자 하는 것이 아니라, 외부 세계에 관한 사실을 실제에 가깝게 독자에게 전달하려는 의도를 지닌다.

李學逵가 상대를 알 수 없는 누군가에게 보낸 편지에서 '우동의 「외국죽지사」 같은 것에 이르러서는 오직 사실을 서술하는 것만을 취하고("取敍實") 음절에 부합하기만을 바라니("冀合音節") 이는 합당하지 않은 듯합니다.'[24]라고 했을 때 '사실을 서술하는 것'은 비단 「외국죽지사」뿐만 아니라 어떤 지역의 풍속을 서술하는 紀俗詩로서의 죽지사 담론, 특히 자신의 직접 체험에 토대를 두지 않고 다른 서적에서 얻은 지식에 의존하는 '外國' 素材 죽지사에서 두드러지는 양상이며, 이는 바로 '교술장르'[25]의 본질적인 특성이라 할 수 있다. 교술장르를 지탱하는 두 축을 '교훈'과 '서술'이라 할 때 여기서 말하는 외국 소재 죽지사의 교술성은 '서술'에 좀 더 무게 비중이 두어진 것을 가리킨다. 이 점은 산문서술뿐만 아니라 시에도 해당된다.

綠睛朱髮騎黃羊	녹색 눈동자 붉은 머리털로 누런 양을 타고 다닌다
峻壑窮崖平地强	가파른 골짜기, 궁벽진 벼랑이라 땅을 평평하게 하는

---

24) "至如尤展成外國竹枝詞 惟取敍實 冀合音節 則似不當." 李學逵, 『洛下生全集』·中 (아세아문화사, 1985), 12쪽.

25) 여기서 말하는 '교술장르'란 일반적인 장르이론에서 didactic mode 혹은 thematic mode에 해당하는데 본고에서는 조동일 교수의 장르론에 의거하여 교술이라는 용어를 사용하고자 한다. 주제적·교훈적 양식이라는 말대신 교술이라는 용어를 택한 것은 이 말이 우리나라 문학의 실정에 더 적합하기 때문이다.

데 힘쓴다

築土辛勤種麻麥　　흙을 쌓아 힘들여 삼과 보리를 심고

洞中分餉十三王　　나라에서 軍糧을 나눈 왕, 열 세 사람이라네

(「외이죽지사」, 585쪽)

위는 〈吐魯番〉의 시이다. 이 시에서 화자의 주관적 정서는 최소화되어 있어, 감지하는 주체보다 감지의 대상인 물리적 현상에 더 우위가 주어져 있음을 쉽게 확인할 수 있다. 이런 시를 보통 '對象詩'(object poem)라 하는데, 단어들이 만들어내는 언어패턴을 발전시키는 언어의 '求心的' 방향성과는 달리, 개별적 단어들로부터 그것이 의미 혹은 지시하는 외부 사물로 시선이 향해지고 언어 구조는 언어 밖의 사물을 지시하는 데 초점이 주어지며 그 사물들을 재현하는 정확성의 정도로서 가치지워지는 '遠心的' 방향성이 강조된 시를 가리킨다. 구심성이 강화된 언어가 '詩的'인 것이라 한다면, 원심성이 강화된 언어는 '指示的'인 것이라 할 수 있다. 극단적으로 시적이거나, 극단적으로 지시적인 것은 존재하지 않는다는 것을 전제로 할 때, 만일 언어예술체가 '거의 시적인 것'에서부터 '거의 지시적인 것'에 뻗어 있다고 가정한다면 대상시는 후자를 향해 이끌리는 시라 할 수 있다.

대상시는 언어외적 세계와의 원심적 조응, 내용에 대한 형식의 종속, 인접성 즉 환유적 관계의 우세 등으로 특징지어진다. 환원하면 대상시는 시로서의 위치를 상실하지 않는 범위 내에서 비허구적 산문이 가지는 성질을 최대치로 갖는다. 따라서 대상시는 傳言(message)보다는 독자에 초점을 맞추는 방향으로 접근하게 된다. 외부 세계의 전체적 측면보다는 개별적 측면, 보편성보다는 특수성, 추상적 측면보다는 구체적 측면을 부각시키고자 한다.[26] 대상시의 이같은 개별화의 원리는 바로 가사나 경기체

---

26) 이상 대상시에 관한 것은 Shimon Sandbank, "The Object Poem in Defence of

가와 같은 교술시가 갖는 공통 특성에 부합한다. 이 점에서 대상시와 교술시는 어느 정도 포개지는 부분이 있다고 할 수 있다.

위의 시에서 각 句와 句는 부분적으로나 전체적으로 겹쳐지는 내용이 전혀 없다. 이것은, 같은 主旨를 표현을 달리하여 되풀이하는 것을 가리키는 개념인 '등가성'에 기초해 있지 않다는 것, 다시 말해 이 시는 '은유의 원리'에 의해 구성되어 있지 않다는 것을 의미한다. 제1구의 綠睛 · 朱髮 · 羊, 제2구의 峻壑 · 窮崖, 제3구의 築土 · 種麻麥, 제4구의 十三王은 '吐魯番'이라고 하는 나라에 관계된 제 사실들을 사슬처럼 잇대어 서술하는 '인접성' 즉, '환유의 원리'에 기초해 있다. 그리고 그 나라에 대한 정보나 설명은 전체적 혹은 추상적인 국면이 아닌 구체적인 측면, 모든 나라가 지니는 보편적 요소가 아닌 특수한 요소를 포착한 것이다. 이로 볼 때, 「외이죽지사」의 각 텍스트는 교술문학인 동시에 일견 대상시의 영역에 속하는 것으로 보인다.

그러나, 이것이 『방여승략』을 전제로 하여 만들어진 담론이라는 점을 감안한다면 이같은 규정은 수정될 수밖에 없다. 대상시나 교술시의 공통특성인, 자아의 내면보다는 외부 세계에 대한 이끌림이 언어로 세밀히 그려질 때 사실성 · 구체성 · 객관성 · 경험성을 획득하게 되고 리얼리즘의 미학을 성취할 수 있게 된다. 그러나, 동일 작가의 작품이라도 「기이」는 삶의 새로운 국면을 소재로 하여 현장에 밀착되게 그려냄으로써 외부 세계에 대한 관심이 리얼리즘의 미학으로 구현되었음에 비해 「외이죽지사」는 리얼리즘과는 거리가 멀다. 그것은 전자는 실제로 자신이 보고 들은 이야기에 기초한 것이고, 후자는 상상 속의 간접체험에 의거하기 때문이다. 조수삼은 서문에서 '어떻게 하면 이 몸에 날개를 달아 그 곳까지 날아가 이 책의 내용과 같은지 살펴볼 수 있을까. 또 생각하기를 먼 곳을 그리워하는

Referentiality", *Poetics Today*, vol.6, no.3, Duke University Press, 1985. 참고.

헛수고를 할 것이 아니라 글로써 풀어버리자'라고 자신의 심회를 서술하고 있어, 사실여부를 중시하면서도 외국문물에 대한 호기심을 문학을 통해 대리만족을 꾀하고자 하는 상상적 욕구가 강했음을 확인할 수 있다. 그러기에 사실에 입각하면서도 리얼리즘의 미학으로 구현되지 못한 것이며, 논자에 따라서는 '일회적 실험'또는 실제적 체험과는 동떨어진 '관념적 읊조림'이라는 평을 받게 되는 것이다.[27]

그러나 「외이죽지사」가 리얼리즘과는 거리가 멀다는 것은, 단지 직접 체험에 기반하지 않는다는 점에 기인하는 것만은 아니다. 왜냐면 리얼리즘의 본질은 경험의 직접성 여부에 있는 것이 아니라, 얼마나 현실에 가깝게 언어로 그려내느냐 하는 '핍진성'의 문제와 관련을 지니기 때문이다. 이 담론이 리얼리즘과 무관하다는 것은 언어의 기능면에서 찾을 수 있다. 앞서 '대상시'란 언어의 지시적 기능이 부각된 시라고 했는데, 이 점에서 대상시와 리얼리즘적인 시는 상통한다. 그러나, 「외이죽지사」의 경우 언어는 언어 밖에 존재하는 실질적인 사물 자체를 가리키는 것이 아니라 『방여승략』에 약호화된 언어체계를 재현할 따름이다. 이것은 마치 '까투리는 암꿩이다'라 했을 때 '까투리'나 '암꿩'이 실제 언어 밖에 존재하는 새 자체를 가리키는 것이 아니라 언어체계 내에서의 약호를 가리키는 양상과 같다. 이 경우 언어는 지시적인 것이 아니라 관념적인 성격을 띠며 이때의 언어의 기능을 보통 '메타언어적 기능'이라 한다. 이런 양상은 비단 산문만이 아니라 시에도 해당되는 문제이다. 시는, 『방여승략』에 의거해 약호화된 산문을 다시 再약호화하는 셈이므로 언어의 지시성과는 더 멀어지게 된다. 이처럼 「외이」가 리얼리즘의 미학을 성취하지 못한 것은, 경험의 간접성에 기인하기도 하지만 그보다는 언어의 메타언어적 기능이 지배하기 때문이다.

---

27) 장효현, 앞의 글, 141쪽, 146쪽.

이상을 종합하면, 「외이죽지사」는 교술문학으로서 담론 자체만을 고려한다면 대상시인 동시에 리얼리즘 문학으로 이해할 수도 있지만, 담론 외적인 정보—기존의 담론을 모방적으로 재현했다고 하는—를 고려에 넣는다면 대상시로 규정할 수도 없고, 나아가 리얼리즘과는 더더욱 거리가 먼 담론이라고 할 수 있다.

장르 문제와 관련하여 한 가지 특기할 사실은, 「외이죽지사」의 시가 내용이나 서술상으로 '교술장르'의 특성을 여실히 보여주면서도 '7언 절구'라고 하는 전통적인 서정시 양식을 취한다는 점이다. 이는 앞서 이학규가 「외국죽지사」의 특성으로 제시한 '取敍實' '冀合音節'이 가리키는 내용과 부합한다. '取敍實'이 교술장르적 특성을 말한다면, '冀合音節'은 바로 7언 절구 형식에 맞추는 것을 의미하고 이는 서정장르의 기본 특징을 말하는 것이기 때문이다. 압운과 정해진 음절수, 이미지에 의한 고도로 응축된 시어, 표현의 등가성 등이 절구의 본질적 특성이라 할 때 이는 앞서 말한 언어의 '구심성'을 달리 말한 것으로 서정성을 극대화시키는 요소라 할 수 있다. 이처럼 서정적 형식과 교술적 내용의 상충이 바로 「외이죽지사」의 장르적 특성을 결정한다고 말할 수 있다.

5. 문학적 공간의 확대와 脫中心性

「외이죽지사」가 외부 세계에의 이끌림을 특징으로 한다든가 한 텍스트 안에 하나 이상의 다양한 의식이나 목소리들이 대화적인 관계를 맺으며 공존한다고 하는 점은, 사실 어떤 공통 특성을 달리 설명한 것이라 할 수 있다. 그것은 이 담론이 시인의 내면 세계 즉, 중심을 향해 초점화되어 있지 않다는 것, 다시 말해 세계인식의 궁극적인 방향이 인식의 주체인 작자의 내면을 향하지 않는다는 것과 연관되어 있다. 이를 한 마디로

'외부 세계를 향한 원심적 조응'이라는 말로 나타낼 수 있다. '원심성'은 어떤 구조물이 있을 때 그 구조물의 밖을 향하려는 힘을 말하는 동시에 그 구조체를 구성하는 다양한 요소들을 하나의 중심으로 수렴시키는 것을 방해하고 그 요소들을 흩뜨려 중심으로부터 벗어나게 하려는 힘을 가리킨다.

단일한 문화 체제 안에서 어느 한 언어가 다른 언어와 맺는 대화적 관계를 나타내는 '폴리글로시아'(polyglossia)—多語性—나 어느 한 언어 안에서 상이한 언어 층위들이 분화되어 있는 현상을 가리키는 '헤테로글로시아'(heteroglossia)—異語性—는, 언어의 단일성과 통일성, 종결성·확정성을 흩뜨림으로써 문학어를 단일한 규범, 하나의 중심 속에 종속시키고자 하는 중앙집권적 경향을 와해시키는 언어의 '원심성'혹은 '탈중심성'을 다양한 각도에서 설명하는 말이라 할 수 있다.

세계를 인식함에 있어 인식의 주체는 그 인식작용의 '중심'에 해당한다. 「외이죽지사」에 나타난 조수삼의 세계인식에 대하여 '외부 세계를 향해 확대된 인식이 시인 자신의 내부로 투사되어 내면의 인식의 심화로까지 나아가지 못한'한계가 있다고 한 지적[28])이나, '외국 문물을 적극 수용하고자 하는 개방적 태도를 보여주면서도 여전히 중국의 틀에서 벗어나지 못한 한계'[29])가 있음을 언급한 견해는 일면 타당한 지적이나 재고의 여지가 있는 해석이라고 생각한다. 왜냐 하면 조수삼은 『방여승략』을 보고 「외이죽지사」를 지었다 했으므로 여기에 나타난 외국관이나 세계인식은 조수삼의 것이 아닌, 정백이의 것이기 때문이다. '탈중심성'으로 압축되는 조수삼의 인식 태도는 한계로 이해하기보다는 자아인식 혹은 세계인식의 또 다른 측면으로 이해해야 하리라고 본다.

---

28) 이제희, 앞의 글, 75~76쪽.
29) 신하윤, 앞의 글(2005a), 445쪽.

「외이죽지사」 서문을 보면,

> 天文家들이 말하기를 별이 큰 것은 지구의 백 배, 십 배나 된다고 하지만 지금 우러러 바라보매 단지 밝게 빛나는 한 개의 점일 뿐이다. 만일 사람이 그 별이 있는 곳에서 땅을 내려다본다면 또한 응당 하나의 바둑돌이나 탄환 정도에 지나지 않을 것이다. 그러나 경전을 상고하고 도면과 책을 살펴보면 복희씨의 萬國과 우공의 九州가 빽빽하여 모두 사방 만리나 된다. 하물며 풀 한 포기 없는 북극과 띠풀 옷을 입는 남방이나 머나먼 황무지와 어두운 바다 밖에 물과 하늘이 아득히 맞닿아 섬들이 어지러이 섞여 있는 곳에 나라를 세우고 땅을 파서 먹고 사는 이들이야 또한 일일이 셀 수가 없을 것이다. 그러니 이른바 바둑 알과 탄환이라 하는 것도 그 크기가 진실로 무엇과도 비슷하게 형용할 수가 없는 것이다. (「외이죽지사」, 581쪽)

라는 내용이 있다. 앞의 3장 1절 '통시적 다성성'에서 인용한 서문 부분이 위 인용 뒤에 이어지는데 그것까지 합하여 살펴보면, 세계나 자아에 대한 조수삼의 인식은 '우주-지구-중국-외이-우리나라-나'로 점점 시선이 이동하고 있음을 알 수 있다. 이는 작자가 자기 자신을 세계로부터 단절된, 자족적인 존재로 인식하는 것이 아니라, 우주적 관점 혹은 세계적 관점에서 외부 사물들과의 관계성 속에서 인식하고 있음을 말해 준다. 이는 분명 종래의 서정시를 통해 드러나는 여타 시인들의 전통적인 세계관이나 자기중심적인 인식 태도와는 다른 것이다. 이는 세계 또는 타자와의 관계성 속에서 자신의 존재를 확인하는, '확대된 자아인식' 태도라 해야 할 것이다.

이같은 '자아인식의 확대'는 시적 공간의 확대와 맞물려 있다. 「외이죽지사」에 나타난 외국이라는 공간은, 인간의 육체적 행위가 행해지는 '실용적 공간'도 아니고, 한 개인으로서의 동일성을 얻는 데 필요한 '지각적 공간'이나 환경과 작용하여 인간을 사회적·문화적 전체로 귀속시키는 '실존적 공간'도 아니며, 순수한 논리적 관계에 의한 '추상적 공간'도 아니다. 82개의 나라는 조수삼에게 있어 사고의 대상이 되는 '인식적 공간'인 것이다.30) 그러므로 서역, 유럽, 아시아 전역에 걸쳐 시적 대상이 확대된다고 하는 것은 그의 인식의 세계가 그만큼 확대된 것을 의미한다.

「외이죽지사」에 나타난 '탈중심성'은 비단 작자의 인식 차원에서만 드러나는 것은 아니다. 중국을 세계의 중심으로 이해하는 중화사상에 있어 중국이라는 나라는 그 중심이 되며, 세계의 중심인 중국으로부터 주변의 外夷로의 관심의 이동 또한 탈중심성으로 이해할 수 있다. 나아가 중앙집권체제에 있어 군주가 있는 '서울'은 지방에 대한 중심이 된다고 할 때 죽지사의 일반적인 특성이라 할 어느 특정 지역을 소재로 하는 것은, 중앙이 아닌 지방으로의 관심의 이동이며 이 또한 탈중심화의 한 단면이라 할 수 있다.

다양한 측면에서 근대성의 기준을 제시한 기든에 의하면 공간·시간에 대한 재인식, 먼 곳에서 일어난 일이 개인에게 끼치는 영향이 점점 더 보편화되는 양상 등은 근대성을 가름하는 중요한 지표가 된다.31) 이는 조수삼의 경우, 특히 「외이죽지사」에게 완전하게 부합하는 요소라 할 수 있고, 우리는 이로부터 「외이죽지사」에 담겨 있는 근대성의 일면을 논할 수 있게 된다.32) 다른 나라, 다른 문화, 다른 장소, 다른 시대, 다른 민족 등 他者에 대한 관심의 증폭은 역설적이게도 자기 자신에 대한 인식의 확대를 말해주는 징표가 되며, 또한 이것이 근대성의 한 징표가 되는 것이다.

---

30) 슐츠는 공간을 이상과 같은 다섯 가지로 분류하였다. C. Norberg-Schulz, 『實存·空間·建築』(김광현 역, 태림문화사, 1991), 13~15쪽.

31) Anthony Giddens, *Modernity and Self-identity*(Cambridge, UK: Polity Press, 1991), Introduction.

32) 이 점에서 주변·변방·비주류에 대한 관심을 근저에 깔고 있는 문학양식으로 죽지사를 규정하고 이를 단편적이기는 하지만 근대적 징후를 띠는 세계관이 반영된 양상으로 이해한 견해는 매우 적절한 지적이라 할 수 있다. 이제희, 앞의 글, 75쪽.

6. 맺음말 : 「外夷竹枝詞」의 문학사적 의의

「외이죽지사」를 비롯한, 외국을 소재로 한 죽지사의 출현 배경으로서 조선 후기 지식인들의 지리적 관심의 확대와 중세 보편주의적 세계관의 변화가 제시[33]되기도 하고 明末淸初 서방 지리학의 충격을 받아 중국의 진보적 지식인들을 중심으로 퍼져 갔던 세계인식의 변화 및 박지원·박제가·홍대용 등 북학파의 영향이 제기되기도 한다.[34] 이와 더불어 문학 및 문학의 역할에 대한 시대적 요청의 변화를 지적하지 않을 수 없다.

조선 후기는 純一·同質的 요소(homogeneity)보다는 '異質的'인 요소들(heterogeneity)이 혼재하면서 당대의 사회·문화적 흐름을 주도한다고 하는 특성을 지닌다. 주자학이라고 하는 하나의 핵심적 이데올로기만을 허용하는 시대가 아닌, 서학·동학·실학 등 다양한 사상이 서로 공존하였고 자연만이 아닌 인간, 개념만이 아닌 물질, 정신만이 아닌 육체까지도 삶의 관심사의 범주에 편입해 들어오면서 가치의 다원화를 이루고 이같은 이질적 요소들이 공존하게 되는 시대인 것이다. 따라서 이 시대의 문학은 자연을 벗삼아 닫혀진 세계 안에서 자족을 구하는 전통적 서정의 방식으로는 더 이상 시대적 변화를 담을 수 없게 되었다. 급격한 변화에 부응하고 사회의 역동적 에너지를 표출하는 한 매개체가 되기 위해서 문학은 새로운 내용과 표현장치, 다양한 소재들을 담을 수 있는 그릇으로 거듭 태어나야만 했다. 외국을 소재로 한 죽지사의 출현은 이같은 맥락에서 이해할 수 있다. 어떤 의미에서 외국 소재 죽지사는 조선 후기의 사회적 특성과 문학에 대한 시대적 요청이 가장 잘 반영된 문학양식이라 할 수 있다.

명말청초 중국 지식인의 세계인식의 변화 및 북학파의 사상의 영향, 문학에 대한 시대적 요청과 더불어 「외이죽지사」와 같은 외국 소재 죽지사

---

33) 이제희, 앞의 글, 80쪽.
34) 신하윤, 앞의 글(2005a), 431~432쪽.

출현의 배경으로서 작자의 개인적 취향을 간과할 수 없다. 「외이죽지사」 서문 그리고 여타 자료들[35]을 통해서도 알 수 있듯, 조수삼은 지적 호기심이 왕성하고 진보된 세계관, 틀에 맞추어 생각하지 않는 융통성있고 개방적인 사고방식을 가진 인물이었다. 사절단의 일원으로 중국을 여섯 번이나 왕래했으며 전국 여기저기를 돌아다니는 여행 취미를 가졌고, 이야기와 시에 모두 능했다.[36] 그러기에 외국에 대한 정보를 수용하여 이를 담론화하는 데 적극적이었고, 산문과 시를 섞어 담론을 구성하는 것에 취미를 가졌으며 하나의 테마를 連作의 형태로 집중적으로 형상화하는 문학적 모색을 시도한 것이다. 동 시대 다른 시인들의 경우 새로운 방향 모색을 했다 해도 일회적인 것으로 그친 감이 없지 않으나, 조수삼의 경우는 다방면으로 자신의 개방적 세계관과 문학적 호기심을 표출했다는 점에서 주목을 요한다. 『추재집』 7권에 수록된 담론들은 이같은 작가의 개인적 성향이 집약된 것이라 할 수 있다.

---

35) 『추재집』 7권에 수록된 「紀異」 서문, 동시대 중인층 문학인인 趙熙龍이 쓴 「趙秀三傳」(『趙熙龍全集』 · 6, 實是學舍 古典文學硏究會 譯註, 한길아트, 1999), 조수삼의 젊은 시절의 저작인 『聯床小諧』 序文 등이 이에 해당.

36) 조희룡은 「趙秀三傳」에서 조수삼이 가진 것 열 가지를 제시했는데 그 중 여덟 번째로 언급된 것이 바로 '談論'의 재능이다.

제3부

열전형과 시화형

【소총론】

⋮

列傳型은 인물의 일대기에 贊을 붙인 유형으로 散主韻從의 성격을 띤다. 입전의 대상이 인물이냐 사물이냐에 따라 正格과 變格으로 나눌 수 있는데, 여기서 다룬『삼강행실도』는 대표적인 정격 열전형 산운 혼합담론이다. 한편 佛物을 입전 대상으로 한『삼국유사』「塔像篇」, 사찰을 입전 대상으로 한『당고승전』의 「나란타寺」 등은 변격 열전형에 해당한다. 여기서 다루지는 않았지만 고려시대 假傳 중 사물을 의인화하여 전기를 서술한 다음 찬미 성격의 운문을 붙인 고려 眞覺國師 慧諶의 「氷道者傳」과 「竹尊者傳」, 釋 息影庵의 「丁侍者傳」과 같은 작품들도 변격 열전형 혼합담론에 포함시킬 수 있다. 그리고 일본의 하이분(俳文) 중 우타마쿠라(歌枕)을 대상으로 한 것 역시 어떤 장소를 찬미의 대상으로 삼고 贊의 성격을 띠는 하이쿠를 산문 뒤에 붙이는 형식으로 되어 있어 변격 열전형으로 분류된다.[1]

詩話型은 산운 혼합담론의 제 유형들 중 해당 텍스트수가 가장 적은 유형이다. 이 유형의 텍스트는 한 편 이상의 시를 중심으로 하여 이 시에 관련된 일화를 산문으로 서술하는 형태이다. 그렇다고 처음에 시가 주어지고 그 다음에 산문 서술이 이어지는 형태가 아니고, 어떤 일화가 서술되는 과정에 시가 소개되는 양상을 띠므로 운문의 위치는 비고정적이다. 산문 서술이 단순히 평론의 성격을 띠는 것은 제외하고 심미성·허구성·상상력 등과 같은 문학적 요소가 가미된 경우만 대상으로 삼았다. 산문 부분은 대개 시가 성립된 배경을 일화 형식으로 서술한 것으로 문학의 종류로 볼 때 수필에 가깝다. 그리고 이 산문 부분이 비록 단편적이나마 서사체의

---

1) 이 점은 본서 제7부 복합형 중 「일본 하이분의 句文 융합」 참고.

성격을 띠는 것이 많으며, 비서사체 혹은 準서사체라 할 수 있는 것들도 비슷하게 분포되어 있다. 산문과 시의 내용은 중복되지 않는다. 동아시아 시화의 효시라 할 수 있는『本事詩』, 고려·조선시대의 다양한 시화집들, 일본의 우타모노가타리(歌物語) 등이 여기에 속한다.

傳文學의 시가 운용

1. 열전형 산운 혼합담론과 전문학

산문과 운문의 교직으로 서술이 이루어지는 양상은, 이 중 어느 것이 主가 되느냐에 따라 산주운종 형태와 운주산종 형태로 구분할 수 있는데, 이 글에서 의도하는 것은 글의 효과를 높이기 위해 운문을 활용하는 양상을 살피는 것이므로 이 둘 중 산주운종형에 중점이 놓인다. 산운 혼합담론에는 여러 유형들이 있는데 이 글에서는 전문학을 중심으로 '열전형'의 특성을 살피는 데 초점을 맞추고자 한다. 傳의 종류로는 史傳(列傳), 家傳, 托傳, 假傳, 일반 인물전(私傳) 등이 있는데, 일반적으로 '열전'이라 하는 것은 紀傳體 史書의 인물 행적을 기록한 담론을 가리킨다. 그러나 이 글에서 '열전형'이라는 말은 산운 혼합담론의 한 유형을 가리키는 말로 사용하고자 하며, 이와 혼동을 피하기 위해 본래적 의미의 열전은 '史傳'이라는 말로 나타내고자 한다.

이 글은 크게 두 가지 목표를 지닌다. 하나는 동아시아 담론에서 인물의 일생을 기술하면서 그 효과를 높이기 위해 운문을 활용하는 글쓰기 전략의 기원을 추적해 보는 것이고, 또 하나는 우리나라 열전형 혼합담론을 이같은 글쓰기 전통의 계보 속에서 파악하는 것이다. 전자는 3장에서, 후자는 4장에서 집중적으로 논의될 것이다. 이에 앞서 2장에서는 열전형 혼합담론의 일반적 특징에 대해서 개괄해 보고자 한다.

2. 열전형 혼합담론의 일반적 특징

보통 傳은 어떤 인물의 가계나 인적 사항 또는 입전 동기 등을 제시하는 '도입부', 해당인물의 성격이나 일생동안 이룩한 업적 및 구체적인 활동상에 대해 서술하는 '행적부', 그리고 논평의 성격을 띠는 산문서술을 붙여 그 인물의 행적이나 사건에 대한 자신의 주관적 견해를 제시하는 '종결부'로 구성되어 있다.[1] 죽은 사람의 생전 행적을 서술한 뒤 운문의 일종인 銘을 부가하는 체제로 되어 있는 碑銘이나 墓誌銘은 그 형식이 '인물 전기+찬미·애도 성격의 운문'으로 되어 있어 일견 열전형 혼합담론과 별 차이가 없어 보인다. 그러나 이들의 경우는 명을 짓기 위해 인물 전기를 쓴다는 점에서 銘이 담론의 중심을 이루고, 인물전기 부분은 '序'에 해당하므로 운주산종의 형태에 속한다. 구체적으로 산운 혼합담론의 여러 유형 중 '서부가형'으로 분류할 수 있다.

운문이 텍스트의 어디에 위치하느냐 하는 점이 산운 혼합담론의 유형 분류에서 한 기준이 된다고 볼 때, 열전형의 운문은 텍스트 말미에 위치한다는 점에서 다른 유형의 혼합담론과 변별된다. 그러므로 전문학의 종결부를 살피는 것은 열전형 혼합담론의 특징을 이해하는 데 큰 도움이 된다. 열전형 혼합담론에서 보이는 종결부 구성방식은 대략 다섯 가지 형태로 구분된다.

---

1) 도입부의 입전 동기는 생략되는 경우가 많다. 논자에 따라서는 논평적 서술이 있는 것은 전의 일부에 지나지 않는다고 하여 도입부와 행적부의 2단 구성이 전의 일반적 형태라고 보는 견해도 있다. 이종건·이복규 공저, 『韓國漢文學槪論』(寶晋齋, 1991), 232쪽. 그러나 본고에서는 끝에 운문을 붙이는 산운 혼합형 전을 대상으로 하고, 이 운문이 전기 부분에 대한 평결의 구실을 한다고 보므로 3단 구성으로 된 전이 논의 대상이 된다.

(a) 의론문없이 운문으로만 이루어진 경우
(b) 의론문없이 기존의 시구(대개는 『시경』의 구절)로 의론을 대신하고 그 뒤에 운문을 붙이는 경우
(c) 운문(대개는 『시경』 구절)이 포함된 의론문만 있고 별도의 운문은 붙이지 않는 경우
(d) 운문이 포함된 의론문(즉, c의 방식)이 있고 여기에 별도의 운문을 붙이는 경우
(e) 운문이 포함되지 않은 의론문이 있고 그 뒤에 별도의 운문을 붙이는 경우

이 중 (c)는 운문이 의론문의 일부로 포함될 뿐 별도의 운문이 붙지 않는 형태로서 나머지 것들에 비해 불완전한 양상을 보이기는 하지만, 어떤 인물의 삶을 평가·찬미하는 데 운문이 활용된다는 점에서 열전형 혼합담론에 포함시킬 수 있다. 한편 열전형 혼합담론에서 운문은 도입부나 행적부에 삽입되기도 하는데, 이 경우 운문은 입전 인물 혹은 그와 친분이 있는 사람이 지은 것이며 전기 작자가 지은 것은 아니므로, 이 부분에 운문이 있고 종결부에는 없다면 열전형 혼합담론으로 규정할 수 없다.

종결부의 특징에 이어 두 번째로 지적할 사항은 열전형 혼합담론의 장르적 특성인데, 전기 부분은 '교술적 서사', 운문은 교술성과 서정성이 복합된 장르적 성격을 띤다. 그러나, 작자가 자신의 감정을, 입전 인물의 행적이라고 하는 한정된 내용에 맞추어 표현하는 양상이므로 서정성보다는 교술성에 더 큰 비중이 놓인다고 본다. 따라서 열전형 혼합담론의 운문은 '서정적 교술시'로 규정하는 것이 타당하다고 본다.

셋째, 열전형 혼합담론의 운문은 頌, 贊, 절구·율시, 잡언시 등 다양한 형태가 활용되는데, 여타 유형에서의 운문과는 달리 이들은 찬미, 입전 인물에 대한 논평, 전기 내용의 요약, 종결 등의 기능을 행한다.

넷째, 산문과 운문은 의미상 등가 관계에 놓인다. 다양한 등가 원리 중에서도, 산문의 내용과 운문의 내용이 언어 밖의 동일한 사건을 지시한다

는 점에서 외연적 등가를 구현하고, 동일한 사건을 지시하면서도 산문 서술의 내용을 시형식으로 바꾸어 다시 되풀이한다는 점에서 내포적 등가를 구현한다.[2]

다섯 째, 열전형 혼합담론은 立傳 인물의 성격에 따라 儒家系·道家系·佛家系로 나눌 수도 있고, 입전 대상이 사람이냐 사물이냐에 따라 正格과 變格으로 나눌 수도 있다. 이상과 같은 여러 특징들 중 이 글에서는 특히 종결방식에 중점을 두고 살피고자 한다.

3. 열전형 혼합담론의 제 기원

인물의 행적을 서술한 뒤 논평을 붙여 서술자-撰者-의 견해를 덧붙이는 글쓰기 형태의 기원으로서 보통 司馬遷(B.C. 145~86)의 『史記』「열전」을 꼽는다. 그러나 여기에는 운문이 포함되지 않으므로 열전형 혼합담론의 논의 범주에서는 제외된다. 논자에 따라서는 산문과 운문이 혼합되어 있는 형태를 모두 '강창문학'이라는 말로 포괄하여 열전형 혼합담론까지도 불경에서 그 기원을 찾지만[3] 불경이 건너와 漢譯되기 이전부터 중국에는 다양한 형태로 이런 유형의 담론이 존재하고 있었다는 사실을 간과해서는 안된다. 『춘추좌씨전』, 劉向의 『열녀전』과 『열선전』 등이 이에 해당한다.

---

2) '외연적 등가'는 산문과 운문이 동일한 외적 맥락을 지시하는 것, 다시 말해 내용상 불변적 요소를 지니는 것을 가리키는데 달리 지시적 등가라고도 한다. '내포적 등가'는 외연적 의도를 드러내기 위하여 같은 뜻을 지닌 다른 동의어를 사용하는 것을 가리키는데 달리 문체상의 등가라고도 한다. Marianne Lederer, 『번역의 오늘』(전성기 옮김, 고려대학교 출판부, 2001), 40~83쪽 ; 김효중, 『번역학』(대우학술총서, 민음사, 1998), 211~232쪽.

3) 그 대표적인 예로 경일남, 「高麗朝 講唱文學 硏究」(충남대학교대학원 국어국문학과 박사논문, 1989); 「『삼국유사』 소재 찬의 수용양상과 기능」(『고전소설과 삽입문예 양식』, 역락, 2002)을 들 수 있다.

3장에서는 이 담론들과 더불어『後漢書』「列傳」, 唐代의『三藏法師傳』
『大唐西域求法高僧傳』등을 열전형 혼합담론의 기원들로 보고 그 개략
적 양상을 살피고자 한다.

3.1. 『春秋左氏傳』: 열전형 혼합담론의 雛形

『춘추좌씨전』[4]은 줄여서『좌전』이라고도 하는데 동아시아 모든 혼합
담론의 시원이 되는 동시에 서사체 시삽입형의 祖型, 열전형의 雛形[5]으
로 제시될 수 있다. 인물의 행적 및 활동상에 대해 서술을 하고 논평을
가하는 서술방식이 하나의 패턴으로 정착된 것, 즉 열전양식의 조형은 司
馬遷의『史記』「열전」이지만, 어떤 인물 및 그 인물을 둘러싼 사건에 대
한 객관적 서술을 한 뒤 종결부에서 서술자의 주관적 견해를 가미하는 방
식은 이미『좌전』에서 시도되었다.『춘추』는 편년체 역사기록이고『좌전』
또한 큰 틀에서는 그 패턴을 유지하고 있지만, 경우에 따라서는『사기』
「열전」에 못지 않은, 인물중심의 기록으로 발전되는 양상을 쉽게 발견할
수 있다. 어떤 사건에는 반드시 주동 인물과 副 인물이 존재하기 마련이
고 사건의 전말을 자세히 서술하다 보면 자연히 특정 인물의 행적이 부각
되어『사기』에서 보는 바와 같은 紀傳體的 성격을 띠기 쉽다.『좌전』에서
는 어떤 사건을 둘러싼 특정 인물의 행적에 대하여 객관적인 서술을 한
뒤 아래 예에서 보는 바와 같이 "君子曰"로 시작하는 종결부를 붙여 작자
—撰者—의 주관적 견해를 펼쳐 보이는 예를 어렵지 않게 발견할 수 있다.

---

4)『춘추좌씨전』에 대한 집중적 논의는 본서 제6부 및『서사적 글쓰기와 시가 운용』
  (보고사, 2015) 제2부 「중국의 독본류 서사체」참고.
5) 여기서 말하는 '시원' '기원' '추형' '조형' 등의 용어 사용에 관해서는 본서 총론
  참고.

군자는 말한다. "穎考叔은 이를 데 없는 효자이다. 제 모친을 사랑하고 莊公에게까지도 모친을 사랑하도록 했기 때문이다. 『시경』에 '효자는 효심이 끝이 없으니 하늘은 길이 너에게 좋음을 주리로다' 하였는데, 이것은 穎考叔을 두고 한 말일 것이로다!"(「隱公 元年」)[6]

영고숙은 은공 원년 기록에 나오는 인물로 莊公과 그의 모친인 姜氏의 오랜 불화를 화해로 이끈 인물이다. 그는 자신의 효심으로써 장공을 감동시켜 결국 장공으로 하여금 어머니에 대한 효심을 회복하도록 하였다. 영고숙의 효심에 관한 일화는, 장공과 강씨를 주 인물로 하는 전체 서사의 결말 부분에 등장하는데 그 부분만 독립시켜 보면 영고숙이라는 인물 略傳으로 보아도 무방하다. 그리고 뒤를 이어 작자의 분신인 '군자'가 『시경』의 시구를 끌어와 그에 대한 논평을 행하고 있는 것이다. 위의 예에서 논평은 褒의 성격을 띠지만 貶의 양상도 같이 보인다. 시는 「大雅 · 旣醉」의 제5장의 제3구와 4구이다. 모든 종결부가 『시경』의 구절을 수반하는 것은 아니지만 운문을 사용하여 인물의 행적을 논평하는 방식이 『좌전』에서 이미 하나의 서술패턴으로 자리잡았다는 점에 그 의의가 있다. 이로 볼 때 『좌전』은 열전 부분이 없다는 점 그리고 기본적으로 인물이 아닌 '사건' 위주의 서술이라는 점에서 열전형 혼합담론의 패턴에 완전히 일치하지는 않지만, 불완전하게나마 그 원초적 모습을 보여주고 있어 이 유형의 추형으로 보는 데는 무리가 없다. 『좌전』의 경우 종결부의 구성은 (c)의 방식에 해당한다.

---

6) "君子曰 穎考叔 純孝也 愛其母 施及莊公 詩曰 '孝子不匱 永錫爾類' 其是之謂乎." 『좌전』의 번역문은 정대현 역주, 『春秋左氏傳』(전통문화연구원, 2001)에 의거하였다. 단 『좌전』 속의 『시경』 시구의 해석은 성백효 역주, 『詩經集傳』(전통문화연구회, 1993)을 참고하였다.

3.2. 『列女傳』과 『列仙傳』의 경우

『열녀전』과 『열선전』은 모두 전한 때의 劉向(B.C. 77~B.C. 6)이 지은 것으로 전자는 여러 방면에서 역사적 족적을 남긴 106인의 여성들의 전기를 '母儀傳' '賢明傳' '仁智傳' '貞順傳' '節義傳' '辯通傳' '孼嬖傳'의 7항목으로 나누어 기록한 것이고, 후자는 실재했거나 전설로 전해지는 70인의 仙人들의 전기를 기록한 것이다. 『열녀전』은 『열선전』보다 시기적으로 앞서므로[7] 『열녀전』은 본격적인 열전형 혼합담론의 최초의 예이자 조형으로 자리매김될 수 있다. 또한, 열전형을 입전 인물의 성향에 따라 유가계, 도가계, 불가계로 세분해 본다면 『열녀전』은 유가계 열전형, 『열선전』은 도가계 열전형의 시원이 된다고 할 수 있다.

3.2.1. 『열녀전』

『열녀전』에 수록된 106개의 텍스트의 일반적인 구성을 보면, 먼저 해당 인물의 가계·출신·가족 관계 등 인적 사항이 소개되는 도입부가 있고, 그 뒤를 이어 구체적인 생전의 사건과 활동상이 서술되는 행적부가 오며, 끝에 "君子謂"로 시작되는 議論的 산문서술과 4언 8구의 頌 한 편으로 구성된 종결부가 오는 체제로 되어 있다.

'節義傳' 「梁節姑姊」는 『열녀전』의 전형적인 예인데, 양나라의 한 부인이 집에 불이 나자 집안에 있던 오빠의 아들과 자기 아들 중 엉겁결에 자기 아들만 구하게 되자 이를 부끄럽게 여겨 만류하는 남편을 뿌리치고 불속에 뛰어 들어 타죽었다는 내용이 略傳 형식으로 서술되고 그 다음에 아래와 같은 종결부가 이어진다.

---

7) 『열녀전』 『열선전』의 저작 시기, 작자 등에 관한 것은 김장환, 「『列仙傳』에 대하여」, 《도교학연구》 제14집, 한국도교학회, 1996; 이숙인, 「『열녀전』에 대하여」, 『열녀전』(유향 지음, 이숙인 옮김, 예문서원, 1996·1997) 참고.

군자는 말한다. 절의있는 고모는 결백하고 私心에 더렵혀지지 않았다. 『시경』
에 '저 사람이여 명에 처하여 변치 않도다'라고 한 것은 이를 두고 한 말이다.
頌하여 말한다.

"양나라의 절의있는 고모/ 굳건히 의리를 지켰네/ 자식과 조카가 함께 있는
집에/ 큰 불이 일어나니/ 조카 구하려다/ 당황하여 자기 자식만 데리고 나왔네/
거센 불 속으로 자기 몸 던져/ 사심이 없었음을 밝혔도다."[8]

이 예에서 종결부는 『시경』 구절을 포함하는 의론문 뒤에 별도의 독립
적 운문인 頌을 붙이는 형태로, 앞에서 제시한 다섯 가지 방식 중 (d)에
해당한다. 이것은 『열녀전』의 전형적인 종결부 구성방식이다. 이로 볼 때,
『열녀전』의 종결부는 『좌전』의 체제를 그대로 이어받아 끝에 頌을 덧붙
인 형태여서 『좌전』에서 한 단계 발전한 것으로 볼 수 있다. 이 종결부는
작자가 '군자'를 통해 자신의 입장을 직접 표명하는 구실을 하므로 텍스트
에 교술성을 부여하는 결과를 낳는다. 말미에 놓인 '頌'을 보면, 작자의
사적 독백이기보다는 산문으로 서술한 내용을 뒷받침하는 내용으로 되어
있어 교술성을 더욱 강화하는 구실을 한다. 그러나 입전 인물의 행적에
대한 찬탄의 어조를 포함하므로 '서정'의 요소가 가미된 교술시로 이해하
는 것이 적절하다. 이로써 『열녀전』의 개개 텍스트를 '교술적 서사'로, 頌
을 '서정적 교술시'로 규정할 수 있게 된다.

『열녀전』 종결부를 보면 (d)방식 외에, "君子謂"로 시작되는 의론문없
이 『시경』의 구절로 의론을 대신하고 여기에 운문을 붙이는 (b)방식 또한
발견되는데, 이런 형태는 주로 나라나 가문을 망친 여인들의 전기인 '孼嬖
傳'에서 보인다.

---

8) 텍스트의 인용은 이숙인 옮김, 앞의 책에 의거하였고, 번역은 이를 참고하되 필자
   의 견해에 따라 부분적 가감을 하였다. 원문은 생략함.

3.2.2. 『열선전』

『열선전』은 70인의 仙人의 전기이다. 그 내용은 텍스트마다 약간 차이가 있지만 대개 仙人의 이름, 시대, 출신지 혹은 거처, 신분 혹은 직위, 成仙 방법, 가능한 仙術 등 여섯 가지 항목으로 구성되어 있다.[9]

적송자는 신농 때의 雨師이다. 수정을 복용했으며 그 비법을 신농에게 가르쳤다. 불 속에 들어가 스스로를 태울 수 있었다. 종종 곤륜산 위에 이르러 늘 서왕모의 석실 안에서 머물렀으며, 바람과 비를 따라 오르락내리락 하였다. 염제의 막내딸이 그를 좇아 역시 신선이 되어 함께 떠나갔다. 고신 때에 이르러 다시 우사가 되었다. 오늘날의 우사는 여기에 근본한다.

"아스라한 적송자/ 하늘하늘 막내딸/ 손 맞잡고 훨훨 날아/ 훌쩍 함께 승천했네/ 긴 바람에 몸을 실어/ 금새 현포를 날았네/ 오묘하게 비바람에 통달하여/ 규범 세워 비를 다스렸네"[10]

이 예에서 보는 것처럼 『열선전』의 70개 텍스트는 그 길이가 40자에서 200자 정도의 편폭이 작은 것들이므로 여기에 담겨지는 내용 또한 복잡한 사건이나 인물간의 갈등 등을 포괄할 수 없다. 그래서 논자에 따라서는 서사성이 미비한 것으로 간주하기도 한다.[11]

인물 전기 뒤에 산문 종결부없이 4언 8구로 된 찬이 붙어 있어 종결부 구성방식 중 (a)에 해당한다. 그리고 "贊曰" "頌曰"과 같은 운문 제시어는 없고, 내용은 입전 인물에 대한 찬미를 위주로 하는 '雜贊'의 성격을 띤다.

---

9) 김장환은 앞의 글(1996)에서 70인의 선인들의 전기를 이 항목들을 중심으로 분석한 바 있다.

10) 텍스트의 인용과 번역은 劉向 지음, 『열선전』(김장환 옮김, 예문서원, 1996)에 의거하였다. 원문은 생략함.

11) 김장환, 앞의 글.

이로 볼 때, 유향은 『열녀전』을 통해 (d)와 (b)의 구성방식을, 『열선전』
을 통해 (a)의 방식을 보여 주고 있어 다양한 형태의 열전형 혼합담론의
예를 정착시켰다고 할 수 있다.

3.3. 『後漢書』「列傳」: 史傳類 열전형 혼합담론의 효시

사전류로서 『사기』 「열전」은 전기 뒤에 '太史公曰'로 시작되는 산문 종
결부만 있고, 『한서』 「열전」은 '贊曰'이라는 문구로 시작되는 종결부가 붙
지만 이때의 찬은 운문이 아닌 산문찬이다. 그러므로 이들은 산운 혼합담
론이 아니다.

한편 『후한서』는 남북조 시대 宋나라의 范曄(398~445)이 지은 後漢—
東漢—의 역사를 기록한 기전체 正史인데, 「열전」의 경우 인물 전기 뒤에
"論曰"이라는 始文句에 이어지는 의론적 진술과 더불어 4언으로 된 운문
찬을 붙이고 있어 사전류 열전형 혼합담론의 효시로 간주할 수 있다. 종결
부를 보면 아주 드물게 "論曰"로 시작되는 의론문이 생략되는 예도 있지
만, 찬은 매 조목 뒤에 반드시 한 편씩 붙는다. 그 양상을 보면 한 개인의
略傳 뒤에 찬을 붙이는 경우도 있고, '儒林' '烈女' '文苑' 등 동일한 범주
에 속하는 인물들을 여러 명 묶어 그들의 약전을 각각 간략히 서술한 뒤
맨 끝에 그들의 공통 특징을 하나로 묶어 한 편의 찬을 붙이는 경우도
있다. 그런가 하면 '東夷列傳'이나 '西域列傳'처럼 인물이 아닌 나라를 대
상으로 서술을 한 뒤 이를 묶어 한 편의 찬을 붙이는 경우도 있어 '변격열
전형'의 예를 보여주기도 한다. 『후한서』 「열전」의 찬은 모두 4언으로 되
어 있지만, 句數에 있어서는 4구, 6구, 8구, 10구 등 다양한 양상을 보인다.
또한 운문찬은 대부분 입전 대상에 대하여 '褒'의 어조로 일관하고 있으나
酷吏列傳이나 宦者列傳과 같이 부정적 행적을 남긴 인물의 전에 대해서
는 '貶'의 어조를 취하고 있어 『열녀전』의 예와 동일하다. 이로 볼 때 『후

한서』「열전」의 의론적 산문서술은『사기』「열전」의 체제를 따르고 있고,
운문찬은『열녀전』의 전례를 따르고 있다고 할 수 있다.
　『후한서』「열전」의 전형적인 패턴을 보여 주는 예로서『後漢書』卷40
「班彪列傳·子固」의 종결부를 보면 다음과 같다.

　　논하여 말한다("論曰"). 사마천과 班固 父子는 史官과 서책의 일을 말함에
　　있어 大義가 찬연하게 드러났다. 의론하는 사람들은 모두 두 사람이 良史의 자
　　질을 지녔다고 말한다. (中略) 찬하여 말한다("贊曰").
　　"반표·반고 부자는 문장을 품고/ 三墳五典을 재량하여 이루었네12)/ 그 훌
　　륭함은 司馬遷과 董仲舒에 견줄 수 있고/ 그 아름다움은 司馬相如와 楊子雲
　　을 겸하였네/ 아버지는 황명을 명석하게 판단했으나/ 아들은 세상의 분란에 미
　　혹되었네"

　반표와 반고 父子를 合傳하여 도입부·행적부를 서술한 뒤 4언 6구로
된 한 편의 찬으로 마무리를 하고 있다. 찬은 반표의 경우는 褒의 내용으
로 일관하고 있지만, 아들인 반고의 경우는 褒貶의 내용을 다 포함하고
있음을 본다. 이 종결부는 전형적인 (e)의 방식이라 할 수 있다.
　이상을 종합할 때『후한서』「열전」의 텍스트들을 사전류 열전형 혼합
담론의 효시로 자리매김할 수 있다고 본다. 그리고 史傳은 그 성격상 전
통적으로 유가적 입장에서 저술된다는 점을 감안할 때『후한서』「열전」
은『열녀전』에서 시작되는 유가계 열전형 혼합담론의 계보를 잇는다고
볼 수 있다.

---

12) 이에 해당하는 원문은 "裁成帝墳"인데 "帝墳"은 三皇五帝의 書인 三墳과 五典을
　　가리킨다.

3.4. 『三藏法師傳』과 『大唐西域求法高僧傳』

입전 인물의 성격에 따라 유가계·불가계·도가계로 분류할 때 불가계 열전형 혼합담론은 이 중 가장 늦게 출현했다. 그것은 유가나 도가가 중국 토착의 재래 사상인 것에 비해 불가는 인도에서 건너 온 외래 사상이기 때문이라는 점에서 그 원인을 찾을 수 있다. 불교 관련 인물의 전기를 기록한 것 중 이른 시기의 것으로 부처의 전기인 「佛所行讚」 「馬鳴菩薩傳」 「龍樹菩薩傳」 「比丘尼傳」 등이 있으나 「불소행찬」은 순 운문으로 이루어져 있고, 나머지 것들에는 전기 뒤에 운문이 부기되어 있지 않으므로 열전형 산운 혼합담론의 범주에 들지 않는다. 필자는 불가계 열전형 혼합담론의 시원으로서 唐代의 두 고승전『大唐大慈恩寺三藏法師傳』—이하 『삼장법사전』으로 약칭—과『大唐西域求法高僧傳』—이하『당고승전』으로 약칭—을 제시하고자 한다.13) 이 둘은 종결부의 방식에 있어 큰 차이를 보이고 있어 특별한 관심을 요한다.

玄奘法師(596~664)의 일대기를 서술한『大唐大慈恩寺三藏法師傳』14) 은 현장이 대자은사에 거주하면서 譯經三藏15)에 힘을 쏟았기 때문에『자

---

13) 두『고승전』以前에 僧傳의 성격을 지니면서 운문을 포함하는 것으로는 6세기 중엽 梁나라 慧皎(497~554)가 지은『梁高僧傳』이 있다.『양고승전』은 67년에서 519년 사이 약 450여 년간에 활동한 고승들의 사적을 다룬 책으로 약 457여 명의 스님들이 거론되고 있다. 여기에는 군데군데 "贊曰"이라는 문구와 더불어 4언으로 된 운문찬이 삽입되어 있어 일견 열전형 혼합담론처럼 보인다. 그러나 열전형으로 규정할 수 있는 결정적 근거는 그 운문을 지은 사람이 전기의 작자와 동일인물이라는 사실에 있는데,『양고승전』의 경우는 해당 스님과 교류나 친분이 있는 사람들이 그 스님을 위해 찬을 지은 것으로 되어 있다. 다시 말해 운문은 해당 입전 인물의 傳記 부분에 삽입된 것이므로 이 경우는 이 글에서 의도하는 열전형 혼합담론으로 볼 수 없는 것이다.

14) 慧立 本·彦悰 箋,『大唐大慈恩寺三藏法師傳』(『大正新修大藏經』第50卷 史傳部 第二, 김영률 옮김, 동국역경원, 1997).

15) '三藏'이란 불타의 설법을 결집한 '經藏', 僧俗의 계율과 위의를 결집한 '律藏', 교리의 論釋을 모은 '論藏'의 세 가지를 가리킨다.

은전』 또는 『삼장법사전』으로도 불린다. 이 책은 현장의 제자인 慧立(615
~676?)이 지은 5권을 원본으로 하여 혜립의 문도 중 한 사람인 彦悰이
보충하고 箋을 붙여 10권으로 완성한 장편의 전기이다. 언종이 10권으로
완성한 것은 688년의 일이다. 전기 부분에 현장과 교유한 사람들이 쓴
詩·頌·偈頌·銘 등 7편의 운문이 삽입되어 있고, 맨 끝에 혜립이 쓴 4언
4구의 贊 10편이 붙어 있다. 『삼장법사전』의 종결부는 다음과 같다.

> 석 혜립은 논하여 말한다("釋慧立論曰"). 저 밤하늘의 별과 달은 서쪽의 밝
> 은 햇빛을 받아서이고, 三江九河는 동해의 大를 돕고 있다. (中略) 그 분의 맑
> 고 높은 기개와 절개, 아름다운 명망, 그리고 앞에도 없었고 뒤로도 없을 그의
> 종적에 대해서는 별도로 여러 명필들에게 맡기고자 한다. 여기에 대해서는 자
> 세하게 말할 능력이 못되기 때문이다. 아무쪼록 현명한 군자들은 나의 뜻을 거
> 두어 주시고 웃지 말기를 바란다. 찬하여 말한다("贊曰").
> "생령이 감절하여/ 대성이 천신하시다/ 그를 능히 계승하여 이을 자는/ 오직
> 哲人일 따름이네"
> "馬鳴이 선창하고/ 提婆가 뒤에 기술함에/ 일광이 이에 숨은 듯하니/ 朗月
> 이 솟아오름과 같네"
> (이하 8수 생략)

위의 종결부를 보면 논평자의 존재를 제시한 始文句 다음 의론문이 이
어지고 그 다음에 찬이 오는 전형적인 (e)방식으로서 『후한서』, 「열전」의
체제와 동일하다. 그러므로 『삼장법사전』은 입전 대상이 佛僧이지만 서
술체제는 유가계 사전류의 전형적 패턴을 그대로 수용 내지 계승했다고
볼 수 있다. 이에 비해 『당고승전』은 여러 점에서 차이를 보인다.

『당고승전』은 당나라 때 승려인 義淨(635~713)이 671년 인도로 구법여
행을 떠나 10여 년간 자신이 보고 들은 바를 바탕으로 저술한 것이다. 이때
의 경험을 토대로 저술한 것으로 『당고승전』 외에 『南海寄歸內法傳』이
있다. 의정은 685년 귀국길에 올라 689년 지금의 수마트라섬 팔렘방에 寄

港하여 같은 해에 인편을 통해 측천무후에게 자신이 저술한 것을 전하게 하였고 자신은 그 곳에서 2년간 더 체재하였다. 그 商船은 692년 중국에 도착하였고 책은 측천무후에게 傳獻되었다. 그렇다면『당고승전』은 685년 또는 늦어도 689년 이전에 찬술되었다고 볼 수 있고『삼장법사전』과 거의 같은 시기에 지어진 것으로 추정할 수 있다. 이 두 저술은 서로 참조하거나 영향을 주고 받은 것으로 보이지는 않는다. 혜립이『삼장법사전』의 초고를 쓸 당시 의정은 인도에서 오랜 시간 거주하고 있었기 때문이다.

『당고승전』은 의정이 인도를 여행하면서 불교 유적을 참배하고 불경을 수집하는 가운데 직접 만났거나 전해 들은 渡竺僧 56인의 행적을 간단한 전기형태로 기록한 것이다. 여기에는 신라승 7人과 고구려승 1人이 포함되어 있다. 한 가지 특기할 점은 의정 자신의 전기도 포함시키고 있다는 사실이다.『당고승전』은 전기문학의 성격과 기행문학의 성격을 동시에 갖춘 독특한 텍스트로서, 혼합서술의 측면에서 보면 '열전형'과 '시삽입형'이 복합된 혼합담론이라 할 수 있다.16)

이 텍스트 뒤에 붙인 운문은 渡竺僧들의 죽음을 슬퍼하는 哀詞나 행적에 대한 찬의 성격을 띠는 것이 대부분이며 그들의 숭고한 행적을 기리는 의미에서 '傷曰' '重曰' '歎曰' 등으로 시작되는 시를 해당 승려 기록 맨 끝에 붙이고 있어 楚辭의 亂辭나 漢賦의 결어의 형식을 따르고 있음을 볼 수 있다. 찬의 성격을 띠는 운문은 모든 승려의 전기마다 붙이는 것은 아니고, 특별히 중요하거나 의정 자신이 존경하는 사람의 경우에 그 행장 뒤에 붙인다. '傷曰'로 시작되는 시가 4수, '重曰' '歎曰'로 시작되는 것이 각각 1수, 讚이 7수이다.17)

---

16) 이 중 기행문학적 성격에 대해서는 본서 제5부 「『往五天竺國傳』에 대한 비교문학적 연구」에서 규명한 바 있으므로 여기서는 전기문학의 성격에 대해서만 검토하고자 한다.

17) 현규율사의 경우 의정이 지은 운문 외에 현규율사가 지은 5언율시 한 편이 있어

『文體明辯』에서는 贊을 셋으로 분류하고 있는데 첫째는 雜贊으로 인물·문장·글씨·그림 등 대상을 오로지 찬미하는 것이고, 둘째는 哀贊으로 죽은 이를 애도하고 그 덕을 서술하여 찬미하는 것이며, 셋째는 史贊으로 포폄을 겸하여 역사적 사실을 찬술한 것이다.[18] 잡찬의 성격을 띠는 여타 열전형 혼합담론과는 달리『당고승전』의 경우는 哀贊의 성격이 강하다는 점에서 변별성을 지닌다.『당고승전』의 운문은 7편의 찬뿐만 아니라 '傷曰' '重曰' '歎曰'로 시작하는 시편들 및 도희법사를 애도하며 지은 7언절구까지 모두 승려의 죽음을 애도하면서 그 생전의 공덕을 기리고 있는 것이다.

「玄照法師」의 예를 들어 보면, 일반 열전형 혼합담론의 인물 전기 부분과 마찬가지로 출신·가계 등 인적 사항을 소개한 도입부에 이어, 승려로 입문하여 인도에 건너가 구도에 힘쓰다가 그 곳에서 생을 마감한 생애를 서술한 행적부가 온다. 그리고 그 뒤에 의론적 산문서술없이 '傷曰'로 시작되는 4언 16구의 '先'韻으로 압운을 한 贊이 이어진다. 종결부를 인용해 보면 다음과 같다.

> 그의 죽음을 슬퍼하며 읊는다("傷曰").
> "뛰어나도다! 웅대한 그 뜻/ 빼어난 그 뜻 三界에 태어나셨네/ 자주 나라 안 여기저기를 거쳐/ 몇 번이나 祁連山에 오르고/ 상하는 번뇌를 씻고/ 죽림정사(竹園)은 迷執을 가라앉힌다/ 마음을 생사의 이법에 걸고/ 생각을 至道의 깊은 뜻에 의탁했다네/ 오로지 교법을 배우기를 바라고/ 중생을 구원할 것에 뜻을 두었건만/ 아아, 슬프도다! 마치지 못하고/ 마음 아프도다! 이루지 못했도다/ 兩河에 뼈를 묻고/ 八水에 이름을 남겼도다/ 장하도다! 죽음으로써 지켰다네/ 구도자로서의 올바른 길."[19]

傳記의 성격을 띠는 서술에 포함된 운문은 총 14수이다.

18) 徐師曾,『文體明辯』(昈晟社, 1984), 341쪽.

19)『大唐西域求法高僧傳』(『大正新修大藏經』第51卷). 번역은 義淨 撰,『大唐西域求

위의 예처럼 종결부에 의론문없이 운문만 제시될 경우 운문은 의론과 논평의 구실을 겸하게 된다. 이런 방식은 종결부의 구성방식 중 (a)에 해당한다. 위 인용에서 본격적인 행적부의 내용은 생략했는데 인도에 가기까지 겪은 온갖 고난, 인도에서 구도활동을 하며 겪은 시련, 갖가지 우여곡절 등이 여러 개의 삽화를 통해 서술되어 있다. 그러므로 텍스트 길이가 『열녀전』『열선전』 등에 비해 훨씬 길다. 종결부 체제만을 놓고 볼 때 『삼장법사전』이 전통적인 유가계 사전류의 체제를 수용한 것이라면, 『당고승전』은 『열선전』과 같은 (a)방식을 수용하고 있다고 할 수 있다. 그러나, 이런 형식적 요소 외에 종결부의 다른 측면을 검토할 때 『당고승전』은 몇 가지 점에서 매우 특징적인 면을 보인다.

『당고승전』에서 운문은 산문의 내용을 요약하고 서술대상에 대한 찬미의 마음을 표현하며, 텍스트를 종결하는 기능을 갖는다는 점에서는 여타 열전형 혼합담론과 차이가 없다. 그러나 어느 하나의 시형식으로 통일되어 있는 이전 열전형의 운문과는 달리 찬·송·시 등 다양한 형태의 운문이 활용된다든가, 운문에서 교술성보다 오히려 서정성이 크게 부각되는 등 여러 면에서 차이를 보인다. 그러나 무엇보다도 『당고승전』의 운문의 두드러진 특징으로 부각되는 것은, 운문 제시어로서 보통 '贊曰' '頌曰' '詩云' 등이 사용되는 일반 열전형 혼합담론과는 달리 '傷曰' '歎曰' '重曰' 등이 사용된다는 사실이다.

찬미 성격을 띠는 운문의 기원으로 楚辭 및 漢賦에서 결어로 사용되는 '亂'을 지적할 수 있는데[20] 한부에서 결어는 '亂曰' 외에도 '重曰' '訊曰' '系曰' '歌曰' 등의 어구로 시작되고 4언이나 7언의 정형구로 이루어진다. 그렇다면, 『당고승전』에서 사용되는 '傷曰' '歎曰' '重曰'은 바로 이 '亂曰'

法高僧傳』(이용범 역, 현대불교신서26, 東國大學校附設 東國譯經院, 1980)과 『大唐西域求法高僧傳』(伊藤丈 譯, 東京: 大東出版社, 1993)을 참고하였다. 원문은 생략함.
20) 이 점에 대해서는 본서 제2부 「한부」와 제3부 「삼강행실도」 부분 참고.

'重日'의 변형이라 할 수 있고 한부의 '亂日'의 영향을 받은 것이 분명해진다. 원시경전 12부경 중 산문서술 뒤에 운문을 붙이는 祇夜를 '重頌'이라 번역하는 것도 이 '重日'에 근거를 둔 것이 아닌가 추정해 볼 수 있다. 이 점은, 산문서술 뒤에 찬을 붙이는 문체가 불경에서 기원했다는 기존 견해와는 반대되는 것으로, 불경의 漢譯 과정에 기존 담론의 영향이 개입했을 가능성을 시사하는 것이다.

이 외에 『당고승전』의 특징은 『삼장법사전』과의 비교에서도 드러난다. 즉 『삼장법사전』의 종결부가 전체 체제와 조화를 이루면서 짜임새있는 정연한 구성으로 되어 있는 반면, 『당고승전』은 기행문학과 승전의 성격이 복합되어 있는데다 체제상으로도 일관성과 통일성이 결여되어 있고 한 인물의 전기를 서술함에 있어서도 산만한 구성으로 되어 있는 것이다. 이런 차이는 『삼장법사전』은 기존의 틀에 맞추어 현장의 일대기를 서술했고, 『당고승전』은 기존의 체제에 의존하지 않고 새로운 틀을 모색한 결과라 할 수 있다.

이상 후대 열전형 혼합담론의 기원으로 추정할 수 있는 몇 가지 예들을 종결부를 중심으로 살펴보았는데, 우리는 의론적 산문서술과 운문의 상관성에 따라 의론문이 없는 (a), 의론문이 있는 (c)(d)(e), 그리고 의론문은 없지만 의론의 기능을 지닌 운문이 있는 변이형태 (b)로 나누어 고찰해 볼 필요가 있다.

'태사공왈' '군자왈' '군자위' '外史氏曰' 등과 같이 논평자의 존재를 시사하는 始文句는 역사를 기록하는 史官이 자신의 존재를 객관화하여 담론 속에 개입시키는 장치로 『춘추좌씨전』에서 기원하여 『사기』에서 하나의 정형화된 패턴으로 자리잡게 된다. 그러므로 이같은 문구로 시작하는 의론적 산문서술은 史傳類를 특징짓는 중요한 요소가 된다. 史傳은 그 성격상 전통적으로 유가적 입장에서 저술되기 때문에 이와 같은 형태의 종결부는 넓게는 유가계 열전형 혼합담론의 특징으로 이해할 수도 있다. (a)에는 『열선전』 『당고승전』 외에도 『효행록』 『삼강행실도』 그리고 뒤에서 살펴볼 『화랑세기』 등이 있고, 의론문이 있는 것으로는 『좌전』 『열녀전』 『후한서·열전』 『孝順事實』[21] 등이 있다. 변형태인 (b)는 『열녀전』 「얼폐전」에서만 보인다. 이로 볼 때, 의론문이 있는 것은 史傳類를 포함한 유가계 열전형에서 주로 발견된다는 것을 알 수 있다.

일견 (a)에 속하는 『효행록』 『삼강행실도』는 이같은 논지에서 벗어나 있는 것처럼 보인다. 그러나 『효행록』은 의론문 성격의 글을 주석으로 처리하여 군데군데 부기하고 있어 의론문의 후대적 변형 양상으로 볼 수 있다. 『삼강행실도』는 효자·열녀·충신 각각 110명씩 총 330인의 전기를 수록한 탓에 그 출신과 특징적인 행실만 간략히 적은 뒤 찬과 시를 붙이는 형식으로 되어 있다. 또한 天頭에는 그림이 들어가 있는데 여기에 330인이나 되는 사람들의 간단한 행적에 대해 의론문까지 붙인다면 너무 번거롭고 장황해질 것이고, 백성들을 교화할 목적으로 간행하는 것에 굳이 작자의 견해를 피력한 의론문을 덧붙일 이유가 없다고 판단해서 이를 생략했을 것으로 추정할 수 있다. 그렇다면 의론문을 두는 것이 史傳類 및 기타 유가계 열전형의 패턴이라고 하는 필자의 견해가 타당성을 얻게 되는 셈이다.

4. 우리나라 열전형 혼합담론의 몇 예

우리나라 열전문학은 그 양이 방대하고 그 중 산운 혼합서술로 된 것도 적지 않으나, 이 글에서는 이 중 김대문의 『화랑세기』와 『삼국유사』

---

21) 『孝順事實』은 명나라 成祖가 여러 史傳에 흩어져 있는 효생 사실을 찾아내어 그 가운데 효행이 두드러진 자 207인을 뽑아서 그 사실을 기록하고 각각의 효행 기록 뒤에 2편씩의 7언절구를 붙여 편찬한 책이다. 종결부를 보면 始文句가 생략된 의론적 산문서술이 있고 그 뒤에 7언절구가 소개되는 방식으로 되어 있다.

소재 열전형 혼합담론, 그리고 조선 후기 중인층의 열전을 중점적으로
살피고자 한다.

4.1. 『화랑세기』의 경우

1989년에 공개된 발췌본『화랑세기』와 1995년에 소개된 필사본『화랑
세기』는 그간 사학계에서 진위 여부를 두고 논쟁이 계속되어 오고 있고
아직 논쟁의 매듭이 지어졌다고 볼 수 없다. 그러나 필자는 필사본『화랑
세기』가 金大問의 원본을 필사한 것으로 보는 입장에 서서 이를 우리나
라 열전문학과 열전형 혼합담론의 효시로 보고 그 특징을 검토하고자 한
다. 이 자료에 대한 국문학계의 관심은 여기에 수록되어 있는 2편의 향가
작품에 집중되어 있고, 열전문학22) 또는 열전형 혼합담론이라는 측면에
서 접근한 예는 거의 없다.

주지하는 바와 같이 필사본『화랑세기』는 화랑의 우두머리인 풍월주들
의 전기로 신문왕 원년(681)에서 7년(687) 사이에 저술되었다. 김대문은
자신의 아버지이자 28세 풍월주인 吳起公이 鄕音으로 작성한 화랑들의
세보를 토대로 보충을 하여『화랑세기』를 완성했다고 한다.23) 여기에는
1세부터 32세 풍월주까지 총 32명의 전기가 소개되어 있는데 각 풍월주에
해당하는 기록을 텍스트 하나로 간주한다면 총 32개의 텍스트로 구성되
어 있는 셈이다. 각 텍스트는 '풍월주의 전기+4언의 찬+世系'가 기본 구조
를 이루는데, 26세 풍월주부터는 찬이나 세계는 생략되어 있고, 27세 풍월
주인 金欽突조부터는 본문까지도 형식을 제대로 갖추고 있지 않다. 이것
은 김흠돌의 난이 일어난 후 그와 관련된 풍월주들에 대한 전기를 남기는

---

22) 박진환은 「『화랑세기』의 전기문학적 특성연구」(부산대학교대학원 국어국문학과
   석사논문, 2008.2)에서 『화랑세기』를 열전문학의 차원에서 논의한 바 있다.
23) 김대문, 『화랑세기』(이종욱 역주해, 소나무, 1999).

데 문제가 있었기 때문일 가능성이 있다.[24]

종결부는 산문서술없이 순 운문으로만 되어 있는 (a)의 방식으로 구성되어 있다. 찬이 붙어 있는 25편의 텍스트를 살펴보면 글자수는 4언으로 일관되어 있으나 句數는 4구·6구·8구·10구 등 다양한 양상을 보인다. 그 중 6구로 된 것이 11편으로 가장 많고, 그 다음으로 4구가 7편, 8구가 6편, 10구가 1편의 순으로 나타난다. 押韻의 양상을 보면, 25편 중 압운을 한 것이 약 2/3 정도를 차지한다.

14세 풍월주 「虎林公」의 예를 들어 본다.

> (ㄱ)호림은 己亥生(579)이고 癸亥年(603)에 풍월주가 되었다. 14세 호림공은 福勝公의 아들이다. 어머니는 松花公主인데 곧 지소태후의 딸이다. 혹 말하기를 '공주의 私子이기 때문에 그 아버지는 잘 알 수 없다' 하고, 혹은 秘寶郎의 아들이라고 한다. (ㄴ)공은 용력이 많고 격검을 좋아하여 일찍 문노의 문하에 들어갔다. 검소하게 지냈으며 골품으로 뽐내지 않았다. 공은 마음가짐이 청렴하고 곧았으며 재물을 풀어 무리들에게 나누어 주었다. 그때 사람들이 脫衣地藏이라 불렀다. 공은 낭도 들에게 일러 말하기를 "仙佛은 하나의 道다. 화랑 또한 佛을 알지 않으면 안된다. 우리 彌勒仙花와 菩利沙門같은 분은 모두 우리들의 스승이다."라고 하였다. 공은 곧 보리공에게 나아가 계를 받았 다. 이로써 선불이 점차 서로 융화하였다. (下略) (ㄷ)찬하여 말한다("贊曰").
>
> "태후의 손자요/ 진골 정통의 무리라네/ 복되게 佛仙에 들어가니/ 功이 천추에 드리웠네."[25]

일반 열전형 혼합담론의 전기 부분과 마찬가지로 도입부에서 출생·가계 등 인적 사항을 소개하고(ㄱ) 행적부에서 풍월주로서의 품행과 활동상황을 서술한 뒤(ㄴ) 별도의 의론적 산문서술없이 바로 운문 제시어 '贊曰'

---

24) 같은 책, 318~319쪽.
25) 텍스트 인용과 번역은 이종욱 역주해, 앞의 책에 의거하였다.

다음에 '尤'韻으로 압운한 운문을 붙이고 있다(ㄷ). 찬은 풍월주에 대한 찬미로 일관하고 있어 雜贊의 성격을 띤다. 다른 열전형 혼합담론처럼 『화랑세기』의 전기는 '교술적 서사'의 성격을, 찬은 '서정적 교술시'의 성격을 지닌다. 위의 예에서 찬은 傳記의 내용을 요약하고 해당 인물을 찬미하는 구실을 하는데, 김대문의 집안이 화랑을 세습하는 가문으로서 여러 명의 풍월주를 배출했고 그의 아버지인 吳起公이 신라 향음으로 풍월주의 세보를 작성하기까지 했으며, 김대문이 화랑이거나 낭도였을 가능성이 크다고 본다면[26] 다른 열전형 혼합담론의 贊에 비해 입전 인물에 대한 찬미와 존경, 숭앙과 같은 주관적 정조가 더 크게 반영되어 있으리라 짐작할 수 있다.

『화랑세기』 종결부는 별도의 산문서술없이 贊만으로 종결부가 이루어지는 양상을 보인다. 즉, 종결부의 구성방식은 『열선전』과 같은 (a)의 형식에 해당한다. 『화랑세기』는 열전형 혼합담론의 제 기원들 중 『열선전』의 체제에 부합하는 것이다. 이것이 김대문이 의도한 결과인지 우연의 일치인지 단언하기는 어렵지만, 필자는 몇 가지 이유로 전자의 가능성, 즉 김대문이 의도한 결과라고 보는 것에 비중을 두고 있다.

첫째, 『화랑세기』에서는 화랑을 '仙'으로 나타내는 것이 일반화되어 있는데, 이것이 道家的 인물인 仙人을 염두에 둔 어법이라는 근거를 여기저기서 발견할 수 있다. 20세 풍월주 「禮元公」을 보면,

- 仙道는 寶宗을 따르고 武道는 庾信을 따랐다.
- 柳亨이 神仙의 도에 대하여 묻자 공은 寶宗이 그 도를 능히 얻었다고 답하였다.
- 찬하여 말한다. "仙花의 으뜸이요/ 문장이 뛰어났다/ 청빈한 德을/ 나라를

---

26) 이종욱, 「『화랑세기』 연구 서설」, 『화랑세기』(이종욱 역주해, 소나무, 1999) 부록 2, 376쪽.

위하여 다 바쳤네/ 신선을 물으려 하면/ 공이 아니고 누구이며/ 성현을 물으려 하면/ 공이 아니고 누구이겠는가."

와 같은 구절이 있다. 여기서 주목할 것은 寶宗이 신선의 도를 얻었다는 내용이다. 보종은 16세 풍월주로서 그의 행적에 대해 서술한 것을 보면,

- (공이) 늘 작은 靑驢에 걸터앉아 피리를 불며 시가를 지나가면 사람들이 공을 가리켜 '眞仙公子'라 하였다.
- (공은) 우주의 眞氣를 깊이 살펴서 魚鳥와 花木이 끊임없이 생기는 이치에 정통하지 않은 것이 없었다.
- 유신공이 병이 나자 공이 문득 몸소 치료하며 "우리 공은 국가의 보배이니 나의 의술을 숨길 수 없습니다." 하였다. 이로써 그가 扁鵲의 學을 갖추었음을 모두 알게 되었다.
- 찬하여 말한다. "魚鳥의 벗으로/ 天理를 달관하니/ 말없이도 교화하고/ 도모하지 않아도 아름답네/赤松의 아들은/ 오직 公뿐이라네"

유향과 예원공의 대화에서 언급된 '신선의 도'가 구체적으로 드러나 있는데, 그 내용은 도가에서 말하는 신선의 그것과 큰 차이가 없다. 그렇다면 20세 풍월주 「예원공」에서 '仙道는 寶宗을 따르고 武道는 庾信을 따랐다'고 말한 '仙道'는 다름아닌 신선의 도라는 것이 드러난다. 나아가 贊에서는 寶宗을 '赤松의 아들'이라 하여 직접적으로 그를 신선에 견주고 있는 것을 보게 된다.[27] 물론 신라때 '仙'이라는 말이 화랑과 관계된 의미로 독특하게 사용되었다는 점은 분명하다. 그러나, 왜 하필 도가적 근원을 지닌 '仙'이라는 말로써 화랑의 일을 나타냈는가 하는 점에 대해 생각해

---

27) 이 외에도 '仙'이라는 말이 도가적 어법과 관계가 있음을 보여 주는 예로 '列仙閣을 지었다'(이종욱 역주해, 앞의 책, 109쪽)라든가, 9세 「秘寶郞」의 내용 중 '大世는 이에 발분하고 힘써 공부하여 神仙의 참된 도를 터득하고자 하였다'(같은 책, 108쪽)와 같은 구절을 들 수 있다.

본다면, 신라인의 사고에 화랑을 仙人과 동일시하는 발상이 뿌리깊게 내재해 있었기 때문이라고 추정해 볼 수 있다. 따라서 열전형 혼합담론으로서의『화랑세기』의 체제가『열선전』의 그것과 부합하는 것이 우연의 일치가 아닌, 화랑에 대한 김대문의 관점과 의도가 반영된 결과임을 말해준다고 하겠다.

　두 번째 근거로 김대문이 또 다른 열전인『高僧傳』을 지었다는 점을 들 수 있다. 12세「菩利公」의 내용 중 '공의 만년의 일은『高僧傳』에 나온다'[28]는 내용으로 미루어『고승전』이『화랑세기』가 찬술된 681~687년 이전에 지어진 것을 알 수 있는데, 김대문이 기존의 고승전을 참고했다면 梁 혜교의『梁高僧傳』이었을 가능성이 크다. 그렇다면 김대문의『고승전』은『양고승전』처럼 운문을 포함하지 않는 체제였을 것으로 추정할 수 있다. 그리고『삼장법사전』이나『당고승전』의 찬술연대와『화랑세기』의 찬술연대가 거의 엇비슷하다는 점을 고려하면, 전기 뒤에 의론문 없이 곧바로 운문을 붙이는 방식은 기존의 고승전보다는『열선전』을 모델로 했을 가능성이 커지는 것이다. 또한『삼국사기』「열전」제4 金仁問(629~694)조 중 그가 유가는 물론 莊子·老子·浮屠의 說도 섭렵하였다는 내용까지 고려하면『화랑세기』를 저술한 681~687년 무렵에는 이미 노자·장자의 저술은 물론『열선전』도 유입되어 읽혔을 가능성이 크다고 할 수 있다.[29]

4.2.『삼국유사』소재 열전형 혼합담론의 경우

　『삼국유사』에는 다양한 형태의 운문이 삽입되어 있는데, 혼합담론 유형으로 보면 서사체 시삽입형과 열전형이 주를 이룬다. 열전형에 초점을

---

28) 이종욱 역주해, 앞의 책, 130쪽.

29) 그러나『후한서』「열전」의 '東夷列傳' '西域列傳' 또한 사람이 아닌 나라나 지역을 입전 대상으로 한다는 점을 감안하면, 변격 열전형 혼합담론의 시초는『후한서』「열전」이라 할 수 있다.

맞춰볼 때 한 가지 특징적인 것은, 입전의 대상이 승려를 비롯하여 불교에
관련된 인물에 국한되지 않고 불탑·사리·불상·사찰 등의 聖物·聖所에
까지 확대되어 있다는 점이다. 2장에서 이를 正格과 變格으로 구분한 바
있는데, 僧傳을 포함한 정격 열전형은 주로 '義解篇'과 '興法篇'에, 그리고
변격 열전형은 '塔像篇'에 집중적으로 수록되어 있다. 이처럼 인물이 아닌
佛物이 입전 대상이 되는 선례를『당고승전』「나란타寺」에서 찾아볼 수
있다. 일연이 참고한 書目 중에 의정의『당고승전』이 포함되어 있음은 물
론이다. 고려시대의 假傳 중 전기 다음에 찬미 성격의 운문을 붙인 고려
眞覺國師 慧諶의 「氷道者傳」과 「竹尊者傳」, 釋 息影庵의 「丁侍者傳」
과 같은 작품들[30]도 사물을 사람 —그 중에서도 불교적 인물—에 가탁했
다는 점에서 변격 열전형 혼합담론에 포함시킬 수 있는데, 이로 보면 변격
형은 유가계나 도가계보다는 불가계 혼합담론과 밀접한 관련이 있음을
알 수 있다.

　　『삼국유사』소재 열전형 혼합담론의 종결부는 의론문없이 운문으로만
이루어진 (a)방식이 수치상으로 다수를 점하지만, 의론문과 찬으로 구성
된 (e)방식에 속하는 예도 적지 않게 발견된다. 의론문의 始文句로는 '의
론하여 말한다("議曰")'나 '시험삼아 이를 의론한다("試論之")'가 주로 사용
되고 때로는 '해설자는 말한다("說者曰")'라는 표현이 사용되기도 하는데,
이는 사전류의 변형된 형태로 볼 수 있다. (e)방식에 속하는 예로『삼국유
사』제3권 '홍법편' 「阿道基羅」의 일부를 인용해 보기로 한다.

　　阿道는 고구려 사람이다. 어머니는 高道寧이니 正始 연간에 曹魏 사람인 我
掘摩가 사신으로 고구려에 왔다가 고도녕과 사통하고 돌아갔는데 이에 아이를
배게 되었다. (中略) 23대 법흥대왕이 蕭梁 天監 13년에 왕위에 올라 불교를

---

30) 경일남은 이들을 '擬人的 僧傳' 또는 '佛敎系 假傳'이라 칭하고 있다. 경일남, 앞의
　　글(1989), 61쪽; 앞의 책(2002).

일으키니 味鄒王에서부터 252년이나 된다. 고도녕이 말한 삼천여 달이 맞았다 할 것이다. 이렇게 보면 『本記』와 本碑의 두 가지 설이 서로 어긋나 이처럼 같지 않다. 시험삼아 이를 논한다("試論之").

이 뒤에 다시 元魏의 승 曇始의 전기가 서술되고 '議曰'이라는 시문구와 더불어 의론이 행해진 뒤 '찬하여 말한다("讚曰")'라는 운문 제시어 뒤에 "金橋에 쌓인 눈은 아직 녹지 않았고/ 鷄林의 봄빛 아직도 온전히 돌아오지 않았네/ 아름답도다, 봄의 신은 재주도 많아서/ 먼저 毛郞의 집 매화를 꽃피웠네"라는 7언절구로 종결이 이루어지고 있다. 아도와 담시 두 승려의 전기를 한 조항으로 묶고 각각에 대하여 의론을 한 뒤 찬은 한 편만 붙였다. (e)방식처럼 의론문이 있고 운문이 붙은 경우 운문은 제 기능 중 찬미의 기능이 강화된다.

『삼국유사』에 보이는 이런 논평적 글들은 史傳이나 여타 열전형 혼합담론에서 보는 의론문의 형태와 완전히 부합하지는 않지만, 정확성을 기하려는 태도나 고증을 중시하는 서술태도, 비판의식 등 여러 면에서 의론문과 별 차이가 없다. 그러므로 이는 史傳的 의론문의 후대적 변형 양상이면서, 불가계 열전형 혼합담론의 조형이라 할 『삼장법사전』과 『당고승전』 중 전자의 계보를 잇는 것으로 볼 수 있다. 다시 말해, 『삼국유사』는 불교관련 인물과 사물을 입전하고 있지만, 기술 방식에 있어서는 상당 부분 사전류의 전형적 패턴인 (e)방식을 수용하고 있는 것이다.

4.3. 조선 후기 중인 전기

입전 대상이 되는 인물은 대개 신분이 높거나 타인에게 교훈을 줄 수 있는 고귀한 행적을 남긴 사람들인데, 조선 후기에 들어 오면 중인 작가에 의한 중인들의 전기가 다량 출현하게 된다. 趙秀三, 劉在建, 趙熙龍의 傳은 그 대표적 예이다. 이들의 傳作品 중 산운 혼합서술로 되어 있는 것들의 몇 예를 살펴보도록 한다.

　　東里先生은 성은 鄭이고 이름은 潤이며 자는 德公이다. 아버지는 希僑다. 父子는 속리산 아래 동리에서 은거하며 늙어 죽을 때까지 산에서 나오지 않았기 때문에 고향 사람들이 동리선생이라 불렀다. 희교는 나이 17살에 윤을 낳았는데 부인은 일찍 죽었다. (中略) 經畹子는 말한다("經畹子曰"). 내가 속리산에 놀러 갔을 때 동리를 지나갔는데 마을 사람에게 선생의 옛집을 물어 보니 그를 본 적이 있는 어떤 사람이 무덤이 있는 곳을 가리키고는 옛일을 이야기하면서 이따금씩 탄식하며 눈물을 흘리는 것이었다. 나는 곧 황폐해진 들판을 배회하면서 그의 고매한 풍모에 예를 표하고 우러러보며 드디어 그를 위하여 찬을 지었다("爲之贊曰").

　　"높도다 남악이여!/ 그 아래 동리가 있는데/ 돌로 치면 溫潤한 美玉이요/ 나무로 치면 빼어난 재목이라네/ 초연하고 뛰어난 사람들/ 이 곳에서 태어났으니/ 아버지는 고상한 선비요/ 선생은 효자라네/ (下略)"[31]

　　위는 趙秀三의 6편의 傳 중 하나인 「東里先生傳」인데, 鄭希僑·鄭潤 父子 두 사람을 合傳한 양상을 띤다. 종결부의 구성을 보면 6편 모두 의론문이 있는데 '經畹子曰'로 이어지는 것이 4편, '故曰' '歎曰'이라는 변형된 시문구를 사용한 것이 2편이다. 이로 볼 때 조수삼의 전은 전체적으로 史傳類의 종결부 형식을 따르고 있음을 알 수 있다.

　　이 중 산운 혼합서술로 된 것은 「東里先生傳」과 自傳에 해당하는 「經畹先生自傳」 2편인데, 종결부는 의론문 다음에 운문을 붙이는 (e)의 방식으로 되어 있다. 이 경우 운문은 논평의 기능은 약화되고 요약·찬미의 기능은 강화된다. 「동리선생전」에서는 두 사람에 대한 찬미 일색의 내용으로 찬이 전개되고 있다. 그러나 自傳의 경우는 그 특성상 찬미 대신 자기자신에 대한 논평·비판의 내용이 서술된다. 우리는 전기를 지으면

---

31) 趙秀三, 『秋齋集』 卷八 「傳」(한국문집총간 271, 민족문화추진회 編, 2001).

서 자신의 전기까지 포함시키는 예를 의정의 『당고승전』에서 본 바 있다.

趙熙龍은 중인들의 전기인 『壺山外記』[32)]를 지었는데 총 39편 중 3편을 제외한 36편에 '壺山居士曰' 또는 '贊曰'로 시작되는 의론문을 붙이고 있다. 여기서 贊은 산문찬이다. 전체 텍스트 중 산운 혼합담론에 해당하는 것은 4편으로, 의론문 속에 시가 있고 그 뒤에 별도의 독립된 운문을 붙인 예 즉 (d)방식의 예는 1편 「田琦傳」이 있다. 그리고 별도의 운문없이 의론문에 운문이 포함된 불완전한 방식의 예 즉 (c)에 해당하는 것이 3편이다. 「田琦傳」은 의론문 속에 세 편의 시가 포함되어 있고 또 그 뒤에 輓詞 성격의 7언절구가 별도로 붙어 있어, 종결부 구성방식은 『열녀전』의 전형적 패턴인 (d)방식과 부합한다.

(c)방식에 해당하는 3편 중 두 예—「朴泰星·朴受天傳」 「吳昌烈傳」— 의 경우는 의론문 안에 포함된 운문이 『시경』 구절이라는 점에서 주목을 요한다.

찬하여 말한다("贊曰"). 『시경』에 이르기를, '효자는 효심이 끝이 없으니/ 하늘은 길이 너에게 좋음을 주리로다("孝子不匱 永錫爾類")'라고 했는데 하물며 아들에게 있어서랴! 아버지가 효도하고 자식도 효도함은 박씨 집안의 家法이겠지만 날마다 삼십 리를 왕복하며 定省한다는 것은 예로부터 듣지 못한 일이요, 사람의 힘으로 할 수 없는 일인데도 그것을 해냈으니 신이 도운 것인가 보다.

위는 「朴泰星·朴受天傳」의 종결부이다. 여기서 의론문에 인용된 시는 「大雅·生民之什」 <旣醉> 8장 중 제5장의 3·4구이다. 이처럼 의론문에 『시경』의 구절을 인용하여 논평자의 의견을 개진하는 것은 『좌전』의 전형적 의론 방식이며, 『열녀전』 의론문의 주된 방식이기도 하다. 의론문의 초기형태의 특징이라 할 이런 방식은 후대로 오면서 거의 사라지게 되는

---

32) 趙熙龍. 『壺山外記』(『趙熙龍全集』, 實是學舍 古典文學硏究會 譯註, 한길아트, 1999).

데, 『호산외기』에 부분적으로나마 이런 방식이 채택되었다는 것은 매우 흥미롭다. 한편 초기 의론문에 포함된 시구는 대개 『시경』 구절로 국한되는 것에 비해, 『호산외기』에서는 이 외에도 자신이 지은 시, 남이 지은 시 등으로 다양해졌다는 점에서 후대적 변모를 보인다고 할 수 있다.

劉在建의 『里鄕見聞錄』[33]은 여기저기에 이미 입전된 것을 수집하고 입전된 것이 없는 사람은 스스로 전을 지어 280명의 전을 모은 책이다. 여러 사람들이 지은 傳을 모아 놓은 것인 만큼 다양한 형태의 전 양식을 볼 수 있다. 『이향견문록』에 수록된 것 중 유재건이 쓴 傳[34] 작품들 중에는 해당 인물의 행적을 略傳 형식으로 기술한 뒤 끝에 그 인물이 생전에 지은 시를 붙이는 것으로 텍스트를 종결하는 예가 다수 발견된다. 「松磵 徐義錫」, 「彦機」, 「休靜」, 「處能」 등이 이에 해당한다. 체제만 놓고 보면 '산문 전기+운문'으로 되어 있어 열전형 혼합담론과 유사하나, 여기서 운문은 입전 인물의 생전 행적의 일부에 해당하므로 이 글에서 의미하는 열전형 혼합담론의 범주에 들지 않는다.

한편, 「錦谷 玄德潤」의 종결부,

금곡 현덕윤은 字가 道以다. 역관으로 품계가 嘉善에까지 올랐다. 효행이 있고 글씨로 이름을 날렸다. (中略) 전후 십 년간 공무를 수행하며 백성에게 은혜를 베풀어 자못 명성과 업적이 있었다. 변방의 백성들이 그를 추억하여 비석을 세우고 이렇게 썼다.
"사람을 대함은 정성으로써 하고/ 사물을 접함은 어짊으로써 하니/ 功은 關防에 크고/ 은혜는 고을 백성에게 젖어 들었네"[35]

와 같이 인물의 略傳을 기술하고 맨 끝에 작자가 아닌, 타인이 그 인물에

---

33) 劉在建, 『里鄕見聞錄』(實是學舍 古典文學硏究會 譯註, 민음사, 1997).
34) 그의 저작인 『겸산필기』에 실려 있는 것을 재수록한 것이다.
35) 劉在建, 앞의 책.

게 써서 증정한 시를 붙이는 방식으로 되어 있는 예도 발견된다. 이 경우
는 운문을 지은 사람이 전기를 지은 사람과 다르기는 하지만, 어떤 인물의
전기 뒤에 그 사람을 기리는 운문이 붙는다는 점에서는 일반 열전형 혼합
담론과 차이가 없다. 이런 양상은 열전형 혼합담론의 후대적 변이형태로
볼 수 있다.

5. 맺음말 : 열전형 혼합담론에서의 운문의 효과

지금까지 효과적인 글쓰기의 한 전략으로 운문이 활용되는 양상에서
고전시가의 보편적 가치를 찾을 수 있다는 전제하에 논의를 전개해 왔다.
그렇다면 인물의 일대기를 서술하는 데 운문이 활용됨으로써 얻어지는
효과는 무엇일까 생각해 볼 필요가 있다.

우선 의론적 산문서술에 운문을 인용함으로써 자신의 의견의 타당성과
전기 내용에 대한 신뢰성을 확보할 수 있다는 점을 들 수 있다. 또한 운문
은 전기 내용의 핵심적인 부분을 중심으로 지어지는 만큼 작자가 입전 인
물에 대해 강조하고 싶은 점, 그리고 그 인물에 대한 작자의 느낌이나 인
상을 뚜렷하게 부각시킬 수 있는 효과가 있다. 다시 말해 주제를 부각시키
는 데 효과적인 것이다.

그러나 무엇보다도 열전양식에 운문을 포함함으로써 얻어지는 효과는,
그 운문이 행하는 기능을 살필 때 확연하게 드러난다. 열전형 혼합담론에
서 운문은 전기 내용을 요약하고, 입전 인물을 찬미하며, 논평을 가하고
담론을 종결시키는 기능을 갖는다. 이런 점은 바로 열전이라는 형태의 글
을 쓰는 데 운문이 사용됨으로써 얻어지는 효과이기도 한 것이다. 또한
운문은 전기 부분의 장르적 속성이라 할 '교술적 서사'의 교술성을 뒷받침
하는 요소로 작용한다.

『三綱行實圖』와 시가 운용

1. 『삼강행실도』 개괄

이 글은 산운 혼합담론의 제 유형 중 '열전형'의 전형을 보여주는 『삼강행실도』를 대상으로 하여 열전형의 특성이 어떻게 나타나 있는가를 살피는 데 목표를 둔다. 『삼강행실도』는 경상도 진주에 사는 金禾라는 사람이 부친을 살해한 사건이 발생하자 백성의 교화를 목적으로 세종의 명에 의해 1434년에 처음 간행한 책이다. 『삼강행실도』는 『續三綱行實圖』(1515), 『二倫行實圖』(1518), 『東國新續三綱行實圖』(1615), 『五倫行實圖』(1797) 등 수많은 이본들이 존재한다. 이 이본들을 관통하는 두드러진 공통 특징은 온갖 이질적인 요소들이 하나로 복합되어 있다는 점인데, 이 글에서 관심을 가지는 산운 혼합서술 방식도 그 중 하나이다. 산문과 운문이라고 하는 이질적인 요소가 복합되어 하나의 텍스트—여기서 텍스트란 한 인물의 행적을 기술하고 그 뒤에 운문을 붙인 단위를 가리킨다—를 구성한다고 하는 것은 『삼강행실도』라는 담론을 지탱하는 기본 체제가 된다. 하나의 텍스트는 효자·충신·열녀의 행적을 서술한 산문부와 행적에 대한 찬미의 성격을 띠는 운문부로 구성되는데, '충신편'과 '열녀편'의 운문부는 7언절구 두 편으로 되어 있고 '효자편'의 경우는 여기에 4자로 된 이제현의 贊까지 붙어 있다.

이 글은 세종 때의 한문본 『삼강행실도』[1]를 대상으로 하고자 하는데,

그 이유는 언해본은 원문 중 산문만 언해가 되어 있고 시의 언해는 생략
되어 있어 혼합담론으로 볼 수 없기 때문이다. 한문본『삼강행실도』는 중
국과 우리나라의 효자·충신·열녀 각 110인씩을 선정하여 그들의 행적을
略傳 형식으로 간략하게 기술하고 뒤에 7언절구 두 편씩을 붙였다. '효자
편'의 경우는 익재 이제현(1287~1367)이 지은 贊까지 붙어 있어, 산운 혼
합담론의 양상을 살피기에 효과적이므로 주로 '효자편'을 중심으로 논의
를 전개하고자 한다.

　이 글의 대상이 되는『삼강행실도』를 비롯 유향의『열녀전』『열선전』,
남북조 시대 宋나라의 范曄(398~445)이 지은『後漢書』「列傳」, 고려 때
權溥·權準 父子가 편찬한『효행록』, 漢代 이후의 畵像石에서 나타나는
孝子圖를 바탕으로 趙孟堅이 편찬한『趙子固二十四孝書畵合壁』, 명나
라 成祖에 의해 편찬·간행된『孝順事實』등은 열전형 혼합담론에 속한
다. 열전형은 뛰어난 행적을 남긴 인물의 略傳을 제 3자의 입장에서 서술
하고 끝에 행적을 찬미하는 시나 頌, 贊을 붙이는 형태의 유형이다.『삼강
행실도』를 통해 규명하게 될 열전형의 특징을 미리 말한다면, 산문이 주
가 되는 散主韻從의 서술이며 운문의 위치는 텍스트 말미에 고정되어 있
고, 산문으로 서술한 내용을 운문의 형태로 재서술한다는 점에서 산문과
운문은 내용상 등가관계에 놓인다는 특징을 지닌다. 산문서술은 장르상으
로 서사에 속하지만 다른 유형에서 보이는 서사체와는 달리 텍스트 편폭
이 작고 교술성이 강하다는 차이를 지닌다. 열전형 혼합담론의 祖型으로
거론할 수 있는 것은 前漢의 劉向이 지은『列女傳』이다. 열전형의 특징
은 인물 전기를 서술한 산문부의 서사체적 성격과, 산문과 운문의 중복
서술 양상에서 찾을 수 있다. 이 글에서는 전형적인 열전형 혼합담론으로
서의『삼강행실도』의 특성을 이 두 가지를 중심으로 살피고자 한다.

1) 세종대왕기념사업회, 초판본『三綱行實圖』1~3권, 1982.

2. '열전형' 혼합담론으로서의 『삼강행실도』의 특성

열전형 혼합담론에서 대상이 되는 인물은 타인의 모범이 될 만한 인물 혹은 이상형의 인물이 대부분이다. 열전형 혼합담론은 인물의 행적을 시간의 흐름을 좇아 서술한다는 점에서 기본적으로 서사에 속하지만, 모범형 인물을 통해 교훈을 주려는 작자의 의도가 포함되어 있으므로 교술적 성격을 강하게 띤다. 이 점이 열전형 혼합담론을 다른 유형과 구분짓는 중요한 요소가 된다. 또한, 산문으로 서술된 내용이 운문으로 다시 한 번 되풀이되어 산문과 운문이 중복 서술의 양상을 띤다는 점도 다른 유형과 변별되는 특징이라 할 수 있다.『삼강행실도』는 이 점에서 열전형 혼합담론의 전형적인 예가 된다.

2.1. 『삼강행실도』의 장르적 성격

산주운종형의 혼합담론에서 운문과 산문의 장르적 성격이 다를 경우 그 텍스트의 장르 범주는 산문부에 의해 결정된다. 예를 들어 남녀 주인공의 연정을 담은 시가 군데군데 삽입되어 있는 고소설의 경우 그 시는 서정시의 성격을 지니지만 해당 소설 텍스트 전체의 장르적 성격은 산문부에 의거하여 '서사' 범주에 귀속될 수 있는 것이다. 열전형의 경우도 산주운종형에 속하므로 텍스트의 장르적 성격은 기본적으로 서사에 해당한다. 그러나『삼강행실도』를 비롯, 열전형의 산문서술은 여타 유형에서 보이는 서사체 산문서술과는 성격이 매우 다르다.

『삼강행실도』의 개개 텍스트는 뛰어난 행적을 남긴 인물의 전기를 간략히 서술하고 뒤에 행적을 찬미하는 시를 붙이는 양상을 취하는데 '효자편'의 경우는 익재 이제현이 지은 贊까지 붙어 있다. 열전형 혼합담론의 산문서술은 한 인물의 전 생애를 서술의 대상으로 하는 일반 인물전과는 달리, 그 사람의 생애에서 특별한 의미를 지니는 단편적 사건이나 행적을 부각시켜 다룬다는 차이를 지닌다.『삼강행실도』의 경우는 孝·忠·烈의 행적이 이에 해당한다. 따라서 텍스트마다 약간의 차이는 있지만『삼강행실도』의 개개 텍스트에서 서술되는 사건들은 비교적 소규모의 것이고, 사건이 일어나는 시간범위도 좁으며, 한 텍스트를 구성하는 삽화의 수도 적고, 텍스트 篇幅도 짧다는 특징을 지닌다. '효자도' 중 「楊香搤虎」의 예를 들어 본다.

(1) 양향은 남향현 양풍의 딸이다.
(2) 아버지를 따라 밭에서 곡식을 거두고 있었다.
(3) 양풍이 범에게 물렸다.
(4) 양향은 나이가 겨우 열 네 살이었다.
(5) 그리고 양향은 손에 작은 날붙이도 들고 있지 않았다.
(6) 그러나 이에 곧 달려들어 범의 목을 움켜 잡았다.
(7) 양풍이 이로 인해 화를 면할 수 있었다.
(8) 태수 맹조지가 생활할 곡식을 주고 정문을 세웠다.[2]

위는 텍스트 全文을 편의상 명제[3] 형식으로 정리하여 번호를 붙인 것이다. 위 텍스트는 '양풍이 범에게 물렸는데(a) 그의 어린 딸이 맨손으로 범의 목을 움켜 잡아(b) 양풍이 화를 면했다(c)'는 내용으로 축약되고 위에서 (2)와 (8)을 제외한 나머지 명제들이 이같은 줄거리를 구성하는 데 필

---

2) "楊香南鄉縣楊豊女也 隨父田間穫粟 豊爲虎所噬 香年甫十四 手無寸刃 乃搤虎頭 豊
因獲免 太守孟肇之 下資穀 旌其門閭焉." 텍스트 인용은 초판본『三綱行實圖』1~3
권(세종대왕기념사업회 간, 1982)에 의거하였고 번역은 이를 참고하되 필자의 견해
에 따라 부분적 가감을 하였다.
3) 명제(propositions)란 하나의 문장에 의해 표현될 수 있는 주제(topic)+설명어
(comment) 구조물을 가리킨다. 텍스트 언어학에서는 이를 주제(theme)-설명어
(rheme), 혹은 舊情報(known or given information)-新情報 (new information)
라는 말로 나타내기도 한다. 프랑스는 명제보다는 '사건'이라는 말을 즐겨 쓰고 있
으나, 서사이론에서 이 말이 너무 다양하고 광범하게 쓰이므로 필자는 '명제'라는
말을 사용하고자 한다.

요한 요소가 된다. 이처럼 명제 중 이야기의 전개에 관여하는 것을 '서사적 명제'라 하는데 명제(3)은 사건(a)를, 명제(1)(4)(5)(6)은 사건(b)를, 그리고 명제(7)은 사건(c)를 구성하는 서사적 명제가 된다. 사건(a)와 (b), (b)와 (c)간에는 시간성과 인과성의 관계가 형성되며, 사건(c)는 사건(a)를 역전 내지 수정한 것이기에 이 텍스트는 스토리로서의 최소한의 조건을 갖추고 있다. 그러나 위 텍스트의 스토리는 셋 이상의 명제와 둘 이상의 접속소로 이루어져 있다. 이같은 형태의 '中核 서사체'[4]는 한 개의 '최소 서사체'로 이루어져 있으나 후자가 세 개의 명제와 두 개의 접속소로 이루어진 것이라면 '중핵 서사체'는 셋 이상의 명제, 둘 이상의 접속소로 이루어진 것이다. 모든 '중핵 서사체'는 한 개의 '최소 서사체'로 구성되어 있으나, '최소 서사체'의 경우 세 개의 명제는 모두 '서사적 명제'인 반면, '중핵 서사체'의 경우는 세 개의 '서사적 명제'를 포함하되 '서사적 명제'가 아닌 것도 포함될 수 있다.

위 「楊香搤虎」의 경우는 한 가지 효행 사실을 바탕으로 한 '중핵 서사체'이지만, 『삼강행실도』 텍스트들 중에는 5~6가지 효행 사실을 담고 있는 「王祥剖氷」처럼 여러 개의 최소 서사체가 합쳐져 하나의 전체 텍스트를 구성하는 '복합 서사체'의 예도 적지 않다. 최소 서사체가 결합되는 방식으로는 연접(conjoining), 삽입(embedding), 교체(alternation) 등이 있는데 『삼강행실도』의 경우는 가장 기본적이고 단순한 '연접'의 방법이 주가 된다.[5]

『삼강행실도』 '효자편'의 텍스트들에서는 중핵 서사체가 가장 큰 비중을 차지하는데, 이것은 바로 인물의 전 생애를 다루지 않고 역사적으로 특별한 의미를 지니는 행적만을 선별하여 이를 중심으로 서술한다고 하

---

4) 프랑스의 용어로 하면 'kernel simple story'이지만 필자는 이를 '중핵 서사체'로 번역하고자 한다.

5) 이상 프랑스의 서사이론에 대한 자세한 설명은 본서 제2부 『고려사 악지』 부분 참고.

는, 열전 양식의 특징에서 비롯되는 것이다. 그리고 이 점은 열전 문학이
영웅의 일대기와 다른 점이기도 하다. 영웅담의 경우는 혈통, 출생 및 성
장과정, 고난과 이의 극복, 위업 달성, 그리고 죽음에 이르기까지 전 생애
가 서술의 대상이 되기 때문이다. 『삼강행실도』는 영웅의 전기가 아닌, 효
자·충신·열녀의 전기로 교화서의 성격을 띤 것이기 때문에 어떤 훌륭한
행적을 남기기까지의 고난이나 그것을 극복하는 과정보다는, 결과적으로
드러난 '충·효·열'의 행적 자체가 중시된다.

　어떤 텍스트를 서사장르에 귀속시키려면 길든 짧든 시간의 흐름에 따
른 사건의 전개 즉 스토리가 있어야 한다는 요건과 그 사건이 서술자와
인물이라고 하는 이중적 시점의 교체적 진술에 의해 이루어져야 한다는
요건이 갖추어져야 한다. 그러나, 『삼강행실도』 텍스트에서는 인물 간의
대화는 별로 없고 주로 서술자의 진술에 의해 사건이 전개되는 양상이 보
편적이다. 위에 예를 든 「楊香搤虎」도 이런 면모를 여실히 드러낸다. 그
리고 인물의 대사가 있다 해도 대개 간접화법으로 처리되어, 전체적으로
서술자가 일방적으로 사건을 보고하는 듯한 형식을 취하게 된다.[6] 즉, 산
문 부분 인물 약전의 진술은 미메시스(mimesis)보다는 디에제시스(diegesis)[7]
에 가깝게 되는 것이다. 그리고 사건을 전달하는 서술자는 인물이나 사건
의 외면적 모습만을 보고하고 서술하는 관찰자적 입장에 놓여 있다. 이는
傳 문학이 서사장르 범주에 속하면서도 본격적인 서사체로서 확고하게
뿌리를 내린 것은 아니라는 것을 말해 주는 동시에, 교술장르의 언저리에
근접해 있음을 말해 준다.

　작품외적 존재인 작자가 작품 내적 존재인 서술자로 모습을 바꾸어 권

---

6) 뒤에 인용하게 될 「伯兪泣杖」에서 이같은 양상을 볼 수 있다.
7) 미메시스와 디에제시스는 플라톤에 의해 제시된 이래, 서사학에서 미메시스는
발화의 모방을, 디에제시스는 단순한 서술을 가리키는 말로 사용되고 있다. G.
Genette, "Boundaries of Narrative", *New Literary History*, Autumn 1976.

위적 목소리로 '楊香'이라고 하는 효녀의 행적을 독자에게 전달하고 보고
하는 양상을 취한다. 이는 마치 어떤 사실이나 현상에 대하여 알기 쉽게
풀이해 주는 주석자의 모습과도 흡사하며, 이처럼 권위적·주석적 시점으
로 언술이 전개되는 것은 교술장르의 본질적 특징이라 할 수 있다. 그렇다
면,『삼강행실도』텍스트들에서 보이는 단순서술은 교술장르의 특성과 상
당 부분 겹쳐 있다고 해야 할 것이다. 여기에 텍스트 내용이 지니는 교화
성·교훈성까지 감안한다면『삼강행실도』텍스트의 장르 범주를 '교술적
서사'로 규정할 수 있는 토대가 마련된다고 할 수 있다.

　그렇다면 산문서술 뒤에 붙은 운문의 장르적 성격은 어떠한가 살펴보
기로 한다.『삼강행실도』각 텍스트에 붙은 시는 7언절구인데 1인당 시가
두 편씩 붙어 있다. '효자도'의 경우는 여기에 익재 이제현이 지은 4언의
찬까지 1편씩 붙어 있는데 사람에 따라서는 시는 없고 찬만 붙은 경우도
있고, 찬은 없고 시만 붙은 경우도 있다. '효자편'의 운문 중 7언절구 두
편은 해당 인물이『孝順事實』[8]에 포함되어 있는 경우 그것을 그대로 재
수록하였고, 贊은 해당 인물이『孝行錄』[9]에 포함되어 있는 경우 이제현
의 찬을 그대로 재수록하였다. '효자편'의 운문은 이처럼『효순사실』의 시
와『효행록』의 찬을 최대한 활용하고, 두 책에 수록되지 않은 나머지 인물
의 경우에는 여러 신하들이 나누어 지었다.[10]

---

8)『孝順事實』은 명나라 成祖가 여러 史傳에 흩어져 있는 효생 사실을 찾아내어 그
　가운데 효행이 두드러진 자 207인을 뽑아서 그 사실을 기록하고 각각의 효행 기록
　뒤에 2편씩의 7언절구를 붙여 편찬한 책이다.
9)『효행록』은 1346년 權溥에 의해 편찬된 책인데 孝行前贊과 孝行後贊으로 나뉘어
　전찬에는 24편, 그리고 후찬에는 38편 도합 62편의 효자 전기가 수록되어 있고 각
　편마다 인물 略傳 뒤에 이제현이 지은 贊을 붙여 놓았다.
10) 이같은 사정은 다음과 같은『삼강행실도』權採의 서문에 잘 나타나 있다. "중국으
　로부터 우리 동방에 이르기까지 고금의 글에 기록되어 있는 바를 모두 찾아 모아
　열람하고 효자·충신·열녀로서 특별히 기록할 만한 자 각각 110인을 찾아내어, 앞
　에는 형상을 그리고 뒤에는 사실을 기록하였으며, 아울러 시를 덧붙였습니다. 효자

[시] 갈대꽃 둔 옷으로 추위 막지 못하나
　　 한겨울에 차라리 내 한 몸만 추운 것이 낫겠네
　　 좋은 말로 아버지 마음을 돌리니
　　 아들이 화합하고 어머니도 편안했네

　　 효성스런 민손을 어질다고 일컬어
　　 유래한 덕행이 만고에 전하네
　　 계모가 하루 아침에 감동하고 깨달아
　　 이때부터 인자하여 편애하지 않았네

[찬] 계모가 인자하지 않아/ 제 아들만 후하게 하네/ 아우는 따뜻하되 형은
　　 추우니/ 솜이 아닌 갈대꽃을 둔 탓이라/ 아버지가 어머니를 쫓아내려
　　 하니/ 앞에 나아가 아뢰었도다/ 어머니가 계시면/ 한 아들이 춥지만/ 어
　　 머니가 떠나시면/ 세 아들이 춥습니다/ 아버지가 감동하여 멈추었으니/
　　 효성스럽도다 민손이여![11]

　　위 7언절구 2편과 4언 12구 찬은 「閔損單衣」에 붙어 있는 것인데 여기
에서 화자는 모두 '나'의 주관적 정서를 표현하는 것이 아니라 제 3자의
입장에서 민손의 효행에 대해 객관적으로 전달하는 입장을 취하고 있다.
물론 제 3자로서 그의 효행에 감동하고 찬탄하는 어조가 감지되지 않는
것은 아니지만, 화자의 그같은 주관적 정조는 효행사실에 대한 객관적 전
달의 의도에 비해 훨씬 미약하게 드러난다. 이 시들에는 시에 상상력과
함축성, 주관성을 부여하는 시적 이미지나 비유법, 상징의 사용이 극도로

　　는 명나라 황제가 하사한 『孝順事實』의 시를 삼가 기록하고 겸하여 臣의 高祖인
　　權溥가 편찬한 『효행록』 가운데 名儒 이제현의 찬을 실었으며 그 나머지는 輔臣들
　　로 하여금 나누어 편찬하게 하였으며 충신과 열녀의 시는 文臣으로 하여금 나누어
　　서 짓게 하였습니다."
11) "[詩]身衣蘆花不禦寒 隆冬寧使一身單 仍將好語回嚴父 子得團圞母得安 孝哉閔損
　　世稱賢 德行由來萬古傳 繼母一朝能感悟 從玆慈愛意無偏 [贊]後母不慈 獨厚己兒 弟
　　溫兄凍 蘆絮非棉 父將逐母 跪白于前 母今在此 一子獨寒 若令母去 三子俱單 父感而
　　止 孝乎閔子."

제한되어 있다. 押韻이 되어 있지 않다면 사실에 근거하여 기록한 산문과 특별히 다를 바가 없다. 우리는 이로써 시에서 민손의 효행에 대해 말하고 있는 3인칭 화자는 산문의 작자의 시선이 그대로 투영된 시적 장치라는 것을 확인하게 된다. 위의 7언절구 두 편은 『효순사실』에 수록된 것이고 찬은 이제현이 지은 것이다. 그러나 누가 지었든 간에 민손 및 그의 행적을 바라보는 관점은 산문 작자의 그것과 차이가 없다. 私感이나 私見은 극도로 제한하고 효행 사실을 객관적으로 '보고'하는 듯한 어조로 일관하고 있는 것이다. 우리는 여기서 『삼강행실도』 개개 텍스트에 붙은 시나 찬을 '교술시'로 규정하는 근거를 마련하게 된다.

열전형 혼합담론으로서 『삼강행실도』의 장르적 성격을 종합해 보면, 교술성을 띤 서사체로서의 산문 부분에 교술시로서의 운문이 붙어 개개 텍스트를 구성하고 이 330개의 텍스트들이 모여 『삼강행실도』를 구성한다고 할 수 있다. 열전형의 경우는 산주운종형에 속하므로 산문의 장르적 성격에 따라 전체 텍스트의 장르적 성격이 결정된다. 그러므로 궁극적으로 『삼강행실도』는 '교술적 서사'로 규정될 수 있다. 그리고 이는 비단 『삼강행실도』에만 국한되는 것이 아니라, 『열녀전』이나 『열선전』과 같은 열전형 혼합담론에 모두 해당되는 양상이라 하겠다.

2.2. 산문과 운문의 관계

『삼강행실도』 개개 텍스트들에서 산문과 운문은 어떤 인물의 孝·忠·烈行 사실을 두고 동일한 내용을 문학양식만 달리하여 중복적으로 서술한 것이다. 좀 더 정확히 말하면 산문의 내용을 운문으로 한 번 더 표현한 중복서술로, 양자는 동일한 기호내용—시니피에—을 유지하면서 기호표현—시니피앙—만 달라진 관계라 할 수 있다. 우리는 여기서 산문과 운문 사이에 이루어진 기호체계의 轉移 양상을, '등가'의 원리로 설명할 수 있는

근거를 발견하게 된다. 『삼강행실도』 텍스트들의 산문과 운문은 어떤 구
체적인 표현이나 세부적 사건·사실에 대하여 1:1 '대응'을 이루는 것이
아니라 거시적·심층적 차원에서 의미의 '등가'를 이루는 것으로 볼 수 있
으며, 개개 텍스트들에서 운문은 산문의 심층적 의미를 포착하여 이를 운
문의 언어와 형식으로 재해석한 결과라 할 수 있다.[12]

등가는 외연적 등가, 내포적 등가, 화용론적 등가, 형식상의 등가와 같
은 몇 가지 유형으로 나뉘는데, 혼합담론으로서 『삼강행실도』를 살핌에
있어 유용하게 차용할 수 있는 것은 외연적 등가와 내포적 등가이다. '외
연적 등가'는 산문과 운문[13]이 동일한 외적 맥락을 지시하는 것, 다시 말
해 내용상 불변적 요소를 지니는 것을 가리키는데 달리 지시적 등가라고
도 한다. '내포적 등가'는 외연적 의도를 드러내기 위하여 산문과 같은 뜻
을 지닌 다른 동의어를 사용하는 것을 가리키는데 달리 문체상의 등가라
고도 한다.[14]

'효자편' 중 「伯兪泣杖」의 예를 들어 본다.

---

12) '등가'와 '대응'은 원래 번역 이론에서 제기된 것인데, '등가'란 텍스트 차원에서 행
해지는 것이고 '대응'은 낱말이나 句, 용어와 같은 굳은 표현, 구문 사이에 성립되는
것이다. 즉, 등가는 어떤 텍스트 'A'를 'B'로 번역할 때 A의 전체적인 의미를 파악하
고 이해하는 것으로 脫언어화 과정을 포함한다. 다시 말해, 언어를 통해 저자가 말
하고자 하는 바를 감지하기 위해, 언어를 넘어서는 직관·정감적 요소를 활용하여
주어진 텍스트의 전체적 의미나 분위기를 파악하는 것을 말한다. 한 마디로 등가에
의한 번역은 주어진 텍스트를 '해석'하는 작업이다. Marianne Lederer, 앞의 책, 40
~83쪽; 김효중, 『번역학』(민음사, 1998), 211~232쪽.
13) 번역이론에서는 이를 원문과 번역문으로 나타낼 수 있다.
14) 이외에 '규범적 등가'는 조약문·상용문서·사용안내서·자연과학 텍스트처럼 통
사나 어휘 차원에서 특별한 언어규범을 따르도록 고정적으로 정해져 있는 경우에
해당되는 등가를 말하고, '화용론적 등가'는 특정의 독자를 위하여 번역하는 경우에
해당되는 등가를 말하며, '형식상의 등가'는 어휘·은유·각운·리듬 등과 같은 표현
형식이 중시되는 경우에 해당되는 등가를 말한다. 김효중, 앞의 책, 217~221쪽.

한백유가 어렸을 적에 잘못이 있어서 그 어머니가 매질을 하였는데 한백유가 울므로, 어머니가 묻기를 "다른 날에는 매질을 해도 운 적이 없었는데 지금은 울고 있으니 무슨 까닭이냐?" 하니, 대답하기를 "전에는 죄를 지어 매를 맞을 때 아팠는데 이제는 어머님의 힘이 아프게 때리지 못하시니 이 때문에 웁니다." 라고 하였다.

[시] 옛날에도 허물있어 자주 매를 맞았건만
　　이 날에 매를 맞곤 새삼 눈물 흘리네
　　어머니 노쇠하여 아프게 못 치시니
　　기쁘고 두렵던 마음 문득 슬퍼지누나

　　백유가 매를 맞고 울며 새삼 슬퍼하였으니
　　어려서도 날을 아껴 효도할 줄 이미 알았네
　　지극한 효심 본디부터 타고나
　　靑史에 좋은 이름 전하게 했네

[찬] 백유는 누구인가?/ 汝南의 한씨일세/ 엄한 어미 섬길 제/ 매맞으면 기뻐하더니/ 뒤에 다시 매맞을 땐/슬피 울길 마지 않네/ 어머니가 이유를 물으니/ 슬퍼하며 말하기를/ 전에는 매가 아파/ 강녕하심을 알겠더니/ 이제는 안 아프니/ 어찌 슬퍼하지 않으리까?[15]

『삼강행실도』에 있어 산문과 운문의 내용은 모두 언어 밖에 존재하는 동일한 사건, 즉 한백유라고 하는 사람이 어머니로부터 매를 맞고 운 사건을 지시한다는 점에서 '외연적 등가'를 구현한다. 그리고 운문은 이같은 외연적 의도를 드러내는 데 있어 내용의 동질성을 유지하되 산문에서 서술된 것과는 다른 표현을 사용하였다는 점에서 '내포적 등가'를 구현한다.

---

15) "韓伯兪 少有過 其母笞之泣 母問曰 他日笞子未嘗泣 今泣何也 對曰 昔兪得罪笞嘗痛 今母之力 不能使痛 是以泣也 [詩]昔時有過屢遭笞 此日臨笞却淚垂 只爲母衰難使痛 一心喜懼忽傷悲 伯兪泣杖易傷情 童稚能知愛日誠 至孝由來天所賦 遂令靑簡播芳名 [贊]伯兪者何 汝南韓氏 事母母嚴 杖己己喜 後復杖之 悲泣不已 母詰其故 哀哀致辭 今杖而痛 知母不衰 今而不痛 兒寧不悲."

이것은 어떻게 표현하느냐 하는 문체상의 문제에 관한 것이다. 동일 내용을 운문으로 다시 되풀이하는 과정에는 산문 서술의 일부를 생략하기도 하고 동의어 혹은 유사어로 대치하기도 하며 압운을 하기도 하고, 긴 서술을 축약하기도 하는 등의 변형과정이 개재되는데 이 중 가장 두드러진 문체적 변형 요소는 '압운'이다. 첫 번째 시에는 '支'韻에 속하는 '笞' '垂' '悲'가 쓰였고 두 번째 시에는 '庚'韻에 속하는 '情' '誠' '名'이 쓰였다. 贊의 경우 한 연구에 따르면 『효행록』에 보이는 압운법에는 네 종류[16]가 있는데 위 「伯兪泣杖」의 경우는 같은 운이 이어지다가 중간에서 換韻을 한 경우에 속한다. 즉, 12구 중 제2, 4, 6에서는 氏, 喜, 已 등 '紙'韻을 사용하다가, 제8, 10, 12구에서는 辭, 衰, 悲 등 '支'韻으로 환운을 한 양상이다.

위 텍스트에서는 압운 외에 내용 전달에 있어서도 문체적 등가의 양상을 발견할 수 있다. 매를 맞고 우는 이유가 산문에서는 어머니의 물음에 대한 답을 통해 드러나지만, 시에서는 화자의 일방적 보고 형식으로 드러난다. 즉 산문에서는 장면제시를 통해 서술된 내용이, 시에서는 보고의 방식으로 서술되어 문체상의 변화가 야기되는 것이다.

그러나 산문과 운문이 외연적·내포적 등가를 이룬다는 것이 그 구체적인 내용까지 일치한다는 것을 의미하지는 않는다. 산문의 내용을 운문으로 형상화할 때는 몇 가지 원칙이 작용한다. 내용면에서 볼 때 산문의 내용 중 가장 극적인 부분을 중심으로 시적 형상화를 이루든가, 행적에 관계된 전체 줄거리를 요약하든가 이 두 가지 중 한 방법으로써 시의 내용이 설정된다. 행적에 여러 가지 사건이 포함된 경우 가장 핵심이 되는 사실이 시로 형상화되고 부차적이거나 지엽적인 것은 생략되기도 한다. 행적에

---

16) 첫째는 짝수구에 같은 운이 사용되는 경우이고, 둘째는 같은 운이 이어지다가 중간에서 환운이 되는 경우이며, 셋째는 전편을 삼등분하여 운을 운용한 경우이고 넷째는 지그재그식으로 한 구 걸러 다른 운이 반복적으로 사용되는 경우다. 윤호진, 「『孝行錄』研究」, 『孝行錄』(경인문화사, 2004), 44~67쪽.

대한 후세 사람들의 평이라든가 포상 등에 관한 내용은 시에 거의 대부분
반영이 된다.

3. 열전형 운문의 기원

열전형 혼합담론의 특성을 논함에 있어 빼놓을 수 없는 것은, 찬미 성
격을 지니는 운문의 기원에 관한 것이다. 열전형 텍스트에 포함된 운문의
종류로는 讚과 頌이 가장 보편적이고, 5언절구나 7언절구와 같은 시도 적
지 않다. 찬이나 송은 그 자체로 찬미의 어조를 지닌 운문 양식이므로 더
말할 나위가 없지만, 자체적으로 찬미의 속성을 지니지 않은 경우라 할지
라도 열전형 산문서술에 붙는 운문은 모두 찬이나 송의 성격을 띠게 된다
는 사실에 주목할 필요가 있다. 그렇다면, 문제는 이처럼 산문서술 뒤에
붙어 산문의 내용을 되풀이하면서 서술 대상을 찬미하는 구실을 하는 운
문 양식의 기원은 어디서 찾을 수 있을까 하는 물음으로 좁혀진다.

이같은 양식의 근원으로 종래 불교 원시 경전의 12부경 중, 산문 서술
뒤에 붙어 그 내용을 운문으로 요약·되풀이함으로써 찬송하는 '祇夜'[17]
를 제시해 왔으나[18] 필자는 불경의 漢譯 사업이 漢賦의 성행보다 시기적
으로 뒤라는 사실에 근거하여 漢賦의 결어 부분에 쓰이는 '亂辭'를 그 기
원으로 제시하고자 한다. 한부는 보통 '서언―본사―결어'의 3단 구성을 취
하는데, 결어는 보통 亂曰·重曰·訊曰·系曰·歌曰 등의 어구로 시작되
고 4언이나 7언의 정형구로 이루어진다. 그런데 한부는 楚辭의 전통을 잇
고 있는 만큼, 이 결어 부분도 楚辭의 마지막 악장에 해당하는 亂辭에

---

17) 보통 應頌 또는 重頌으로 번역된다.
18) 이 견해의 대표적인 예로 임기중, 「鄕歌文學과 佛敎弘法」,(『韓國佛敎文學硏究』, 동
   국대학교 韓國文學硏究所 編, 1988)을 들 수 있다.

그 기원을 두고 있다.[19] 이는 앞에서 길게 서술해 온 것을 최후에 매듭짓는 말[20]로서, 작품의 끝에 위치하여 전편의 뜻과 내용을 총괄·반복하는, 비교적 短型의 歌詞이다.

'亂'은 원래 초나라 음악의 마지막 장에 사용되는 곡으로 음악상의 용어였으나, 초사나 부에 와서는 '결미에 붙어 전편의 뜻과 내용을 요약·총괄하고 매듭짓는 말'을 가리키는 문학상의 용어로 변모하였다. 초사의 亂辭 및 여기서 비롯되는 한부의 결어, 그리고 열전형 혼합담론의 贊은 텍스트 끝에 붙어 종결의 기능을 갖는다는 점, 앞에서 서술된 대상에 대해 찬미의 어조를 담는다는 점, 길이가 짧고 대체로 4언구의 정형을 취한다는 점, 앞에서 서술된 내용을 요약한다는 점 등과 같은 공분모를 지닌다.

또한 열전형 혼합담론에 보이는 운문의 종류는 絶句, 頌, 贊이 주류를 이루는데 드물게는 '傷曰' '重曰' '歎曰' 등도 사용되고 있어,[21] 초사의 난사 및 이를 이어받은 한부의 결어를, 열전형 혼합담론 중의 운문의 조형으로 보는 필자의 입장을 뒷받침한다.[22] 그러나 한부에서 찬미의 대상은 인물뿐만 아니라 도시·악기·그림 등 다양하지만 열전형의 경우 인물로 국한된다는 차이가 있다.[23]

---

19) 김영덕·허용구·김병수 편저, 『중국문학사』(청년사, 1990), 90쪽. '亂辭' 외에 '倡' '少歌' 또한 모두 초나라 지방 악곡의 구성부분이다.

20) 目加田誠 譯, 『詩經·楚辭』(東京: 平凡社, 1969·1971), 318쪽.

21) 당나라 때 義淨(635~713)이 지은 『大唐西域求法高僧傳』을 그 예로 들 수 있다. 이것은 高僧傳의 성격과 紀行文學의 성격을 동시에 갖춘 독특한 텍스트인데 의정이 인도 및 지금의 수마트라의 팔렘방 지방을 여행하면서 불교 유적을 참배하고 불경 수집을 하는 가운데 직접 만났거나 전해들은 渡竺僧 56인의 행적을 간단한 전기형태로 기록한 것이다.

22) 亂과 頌·讚의 관계에 대해서는 본서 제2부 「한부」에서 자세히 다루었다.

23) 한부나 초사의 '亂'에 관한 자세한 논의는 본서 제2부 「한부」 참고.

詩話, 우타모노가타리(歌物語), 本事詩

1. 비교의 근거

일반적으로 시화란 어떤 시와 그 시에 관한 주변 이야기를 서술한 것을 말한다. 한 권의 시화집에 수록되어 있는 개개 시화들은 각각 독립적인, 비교적 短篇의 텍스트가 주를 이룬다. 시화를 '시와 그 시에 관한 주변 이야기'라 했을 때 시화가 되는 기본 조건은 일단 하나 이상의 시가 있고, 그 시에 관한 이야기가 산문의 형태로 시와 유기적으로 결합되어 있어야 한다는 것이다.

시화를, '詩를 둘러싼 話'라 할 때 '話'로 총칭되는 산문 서술은 다음과 같은 몇 가지 유형으로 나뉜다. 첫째, 시에 대한 평·해설의 성격을 지닌 것 둘째, 그 시를 지은 사람에 관해 언급한 것 셋째, 시를 대상으로 하여 문학론을 전개한 것 넷째, 그 시와 관계된 일화나 시가 지어진 배경·유래를 서술한 것 등이다. 앞의 세 영역에서 산문 서술은 각각 시평, 시인론, 문학론 등의 성격을 띠는 것으로 오늘날의 '문학평론' 개념과 유사하며 이들은 문학텍스트라기보다는 평론서에 가깝다. 네 번째 영역의 경우 작시 배경이나 시의 유래는 故事의 형태를 지니므로 이에 대한 서술은 서사 범주에 속할 만한 것이 많다. 사실 대부분의 시화집은 이같은 유형이 섞여 있는 경우가 많지만, 이 글에서는 특히 네 번째 영역이 강조된 시화 텍스트들에 주목하고자 한다. 네 번째 영역에 주목하고자 하는 것은, 이 영역의 텍스트들이 서사성을 띠는 예가 많다는 이유 외에도 여기서 조선조의 시화와는 구분되는 고려시대 시화의 특성을 발견할 수 있기 때문이다.

넷째 영역에서 시는 산문 서술보다 그 비중에 있어 우위에 놓이며, 산문 서술은 시가 지어진 배경을 설명함으로써 시에 대한 이해를 돕는다. 이 과정에서 그 시를 짓거나 혹은 그 시와 관계된 '인물'이 필수적으로 등장하게 되고 그 인물의 행동을 중심으로 한 어떤 '사건'이나 '고사'가 서술되게 마련이다. 그리고 사건이 서술됨에 있어서는 시간과 공간적 요소가 수반된다. 따라서 넷째 영역에 속하는 것 중에는 산문 서술이 단편적이나마 서사적 성격을 띠는 것이 많다. 즉, 인물과 사건이 시화 구성의 필수요소가 되면서 산문 서술이 서사체로서의 최소 요건을 갖추게 되는 것이다. 그러나 한편으로는 산문 서술이 단순한 사실의 기록에 머무는 것도 적지 않아, 한 권의 시화집 안에는 敍事와 非敍事가 섞여 있음을 볼 수 있다.

한편, '우타모노가타리'(歌物語)란 와카(和歌)를 중심으로 한 短篇의 이야기群 혹은 우타(歌)의 유래를 간단한 小話로 엮은 것으로 정의된다.[1] 일본에는 산문과 와카가 혼합된 문학양식이 다수 존재하는데, 그 중 '우타가타리'(歌語り)는 궁정 사교장에서 주고받던 와카에 대한 이야기로서 문자로 정착되기 전의 것을 말하는 반면, '우타모노가타리'는 그것을 문자로 기록한 것을 가리킨다.[2] 이외에 『古事記』 『日本書紀』와 같이 산문기록 속에 시가 삽입되어 있는 것을 모노가타리우타(物語歌)라고 한다.

우타모노가타리에는 가장 먼저 성립된 「이세모노가타리」(伊勢物語) 외에도 「야마토모노가타리」(大和物語) 「헤이츄모노가타리」(平中物語) 등이 있는데 어떤 경우는 와카를 여러 수 포함하고 산문 부분도 상당히 길게 서술되어 있지만 대부분은 地文이 몇 줄 정도인 짧은 형태를 취한다.

---

1) 佐佐木孝二, 『歌語りの系譜』(東京: 櫻楓社, 1982), 18쪽.
2) 雨海博洋 外 2인 共編, 『歌語り・歌物語事典』(東京:勉誠社, 1998), 14쪽.

일견 동떨어진 듯 보이는 이 두 문학형태 사이에는 여러 공통점이 존재한다. 첫째, 산문인 '이야기'와 운문인 '노래' 혹은 '시'를 융합한 혼합서술 유형의 문학양식이라는 사실을 들 수 있다. '詩話'와 '歌物語'의 글자 조합에서 '詩'와 '歌'는 운문을, 그리고 '話'와 '物語'는 산문을 가리키는 말로서 이 용어 자체에 이미 산운 혼합서술 양식의 특성이 함축되어 있다. 둘째, 이 두 텍스트 유형에서 산문 부분은 운문과 관계된 고사를 서술하고 있다는 점에서 서사체로서의 가능성을 지닌다는 공통점이 있다. 즉, 서정과 서사가 융합된 문학양식이라는 점에서 공통적이다. 셋째, 운문을 중심으로 하여 산문부는 그 운문이 형성된 배경을 설명하는 구실을 하므로 이들 문학양식의 성립에 있어 운문이 산문에 우선하는 '韻主散從'의 양상을 띤다. 네 번째 공통점으로, 그 비중이나 우선도에 있어 운문이 산문부에 우선하지만, 전체 텍스트의 성격은 운문이 아닌 산문부의 성격에 따라 규정된다는 사실을 들 수 있다. 즉, 이들 텍스트는 서정시가 아닌 고사를 가진 문학양식 다시 말해 서사양식으로 규정되는 것이다. 다섯 째, 시화와 우타모노가타리가 성립되는 배경에는 공통의 영향 요인이 내재해 있다. 구체적으로 말하면 양자가 성립되는 과정에 唐代의 孟棨가 지은 『本事詩』의 영향이 감지된다는 점이다. 여섯 째, 이러한 형태의 텍스트가 생겨나게 된 근저에는 호사가들의 취미에 부응한다는 동기, 즉 호사가들에게 흥미와 오락거리를 제공한다는 동기가 개입되어 있다는 점이다.

이 글은 이같은 공통점을 바탕으로 李仁老의 『破閑集』과 「이세모노가타리」를 주 대상으로 하여 시화와 우타모노가타리의 장르적 특성을 살피고, 그 형성 과정에 있어서의 영향의 원천과 문학사적 궤적을 조명하는 데 목표를 둔다. 『파한집』과 「이세모노가타리」를 주 대상으로 하는 이유는 전자는 한국 최초의 시화집으로 간주되고 있고, 후자는 우타모노가타리를 대표하면서 가장 먼저 성립된 작품이기 때문이다.

2. '詩話'와 '우타모노가타리'의 장르적 특성

시화와 우타모노가타리의 가장 큰 문학적 특성은 한 텍스트에 산문과
운문이 융합되어 있다는 점이다. 산운 혼합서술로서 운문이 장르상 서정
시의 성격을 띠는 문학 양식은 광범위하게 발견되지만, 시화나 우타모노
가타리에서 산문 부분은 시에 관한 고사를 포함하고 있어 서사체로서의
면모를 드러낸다는 특징을 지닌다. 그러므로, 두 문학 양식에서 산문과 운
문의 결합은 서사와 서정의 결합이기도 하다. 여기서 '텍스트'라 함은 『파
한집』과 「이세모노가타리」를 구성하는 개개의 독립적인 일화를 가리킨
다. 『파한집』의 경우 83개의 텍스트들은 독립적일 뿐 그것들을 일관하는
전체 유기성을 결여하고 있지만, 「이세모노가타리」의 경우는 125개의 텍
스트들이 독립적이면서 전체가 어느 정도 일관된 이야기를 구성한다.[3]

　『파한집』에는 단순한 사실의 기록에서부터 꽤 복잡한 서사적 구성을
가진 텍스트에 이르기까지 다양한 형태의 서술이 수록되어 있는데, 이 글

---

3) 우타모노가타리를 대표하는 「伊勢物語」는 한 사람의 작자에 의해 어느 한 시점에
　서 성립된 것이 아니라, 몇 사람의 작가에 의해 몇 단계의 改作과 增補의 과정을
　거쳐 적층적으로 형성된 것이다. 이 작품은 총 125단으로 이루어져 있는데, 각 단은
　최소한 하나 이상의 와카를 포함하며 산문 서술은 '昔'이라는 불특정 과거의 시간과
　이름이 없이 그냥 '男'라고 하는 인물을 등장시켜 그 와카의 유래에 관한 이야기를
　전개하는 형식으로 되어 있다. 주로 '昔男'과 수많은 여성들 간의 사랑 이야기를 그
　내용으로 한다.
　이 125개의 短篇의 小話들은 낱낱의 독립된 이야기로 존재하는 것이 아니라 어느
　정도 일관성과 통일성을 유지하면서 平安時代에 실존했던 在原業平이라는 인물의
　일생에 걸친 연애사건들을 연령순에 따라 그리고 있다는 점에서 일대기적 구성을
　취하고 있다. 이야기 속에서는 '昔男'이라는 일반명사로 소개되어 있는 在原業平은
　귀족이면서 잘생긴 好色男이며 和歌를 짓고 감상할 수 있는 예술적 안목을 갖춘
　인물이다. 게다가 모노노아와레를 아는 고상한 인물로 자유로운 정신의 소유자이
　다. 「伊勢物語」에는 在原業平의 작으로 알려진 와카가 30수 포함되어 있다. 이상
　「이세모노가타리」에 대한 개괄적 설명은 上坂信男, 『伊勢物語評解』(東京: 有精堂,
　1978, 31쪽)에 의거함.

에서는 이 중 '서사적' 성격을 띠는 것의 문학적 성격과 형성 과정을 규명하는 것에 목표를 둔다.

기존 연구 중에는, 『大東野乘』과 같은 雜錄에 포함된 다양한 서사 작품들을 '逸話'로 총괄하여 살핀 것이 있는데, 그 연구에서는 시화를 일화의 한 갈래로 보고 『파한집』을 사대부일화의 초기 형태로 규정하였다.4) 이 연구는 說話를 포함하여 잡록에 포함된 다양한 서사 작품을 범주화했다는 점에서 높이 평가할 만하다. '서사'라는 장르 '類'에는 설화, 일화, 야담, 판소리, 소설, 서사시, 서사수필, 서사민요, 서사무가 등의 하위 갈래가 존재하는데 『파한집』에 수록된 텍스트들 중 서사적 성격을 띠는 것은 장르상으로 일화에 가깝다고 할 수 있다. 그러나, 이 연구에서는 서사체와 비서사체를 구분하는 기준이나 정의를 제시하고 있지 않아, 『파한집』의 텍스트들처럼 문학과 비문학, 서사와 단순한 기록이 뒤섞여 있는 경우, 어느 것을 서사 텍스트의 범주에 넣어야 할 지 난감하다.

한편, 판소리가 우리나라의 문학적 전통을 토대로 하여 나타난 한국 고유의 서사장르 '種'이듯, '모노가타리'나 '우타가타리' '우타모노가타리' 등은 일본의 문학적·문화적 전통에서 탄생한 일본 고유의 서사장르 種이라 할 수 있다.

『파한집』이나 「이세모노가타리」를 구성하는 개개의 텍스트들은 최소한 하나 이상의 시를 포함하고 있고, 산문 서술 부분은 단순한 사실의 기록에 불과한 것에서부터, 비록 단편적이기는 하지만 서사체로서의 최소한의 요건을 갖춘 것, 나아가서는 소설처럼 복합적인 구성을 갖춘 것까지 다양한 층위의 이야기들이 섞여 있다. 따라서 이들 텍스트의 장르적 특성을 규명하기 위해서는 서사체를 이루는 요건에 대한 일반적인 이해가 필요하리라 본다. 여기에는 프랑스의 서사학 이론5)이 큰 도움이 된다.

---

4) 이강옥, 『조선시대 일화 연구』(태학사, 1998).

프랭스의 서사 이론에 의거하여 '장르 類'의 관점에서 두 문학양식의
성격을 검토해 보면, 『파한집』이나 「이세모노가타리」의 텍스트들 중 최소
서사체, 즉 단 세 개의 사건과 두 개의 접속소로 이루어진 것은 하나도
없고, 중핵 서사체나 단순 서사체처럼 하나의 이야기로 이루어진 것이 복
합 서사체처럼 여러 개의 이야기로 구성된 것보다 더 많으며, 하나의 이야
기로 구성된 경우라 할지라도 중핵 서사체가 그에 변형이 가해진 단순 서
사체보다 숫자상으로 더 큰 비중을 차지한다. 복합 서사체라 할지라도 세
개 이상의 중핵(혹은 단순) 서사체로 이루어진 것은 찾아보기 힘들고 대개
는 두 개의 중핵 서사체로 되어 있어, 사실상 서사체가 되기 위한 최소한
의 조건만 갖춘 것들이 대부분이다.

이제 텍스트 예를 들어『파한집』과「이세모노가타리」[6]의 장르적 성격
을 구체적으로 살펴보기로 한다.

(가-1) 서하 기지가 벼슬에 싫증이 나서(1-1) 성산군에서 寓居할 때(1-2)
군수가 그 이름을 누차 들었던 터라(2-1) 한 기생을 보내 잠자리에서 수발을
들게 했다(2-2). 밤이 되자(3) 기생은 도망쳐 버리고(4) 기지는 원망스러워
(5-1), "누대에 올랐을 때는 퉁소를 부는 짝이 되지 못했고, 달로 도망가니 속절
없이 약을 훔친 선녀가 되었도다. 長官의 엄한 호령도 겁내지 않고, 부질없이
나쁜 인연이라 行客에게 성내도다."라는 시를 지었다(5-2). 그의 故事를 사용
하는 솜씨가 정교하여(6-1) 고인이 말한 '금실로써 수를 놓았다'고 할 만한 것
으로(6-2) 조금도 흔적이 없다(6-3)   (『파한집·下』 8단)

이 시화는 서하 임춘과 그의 잠자리 수발을 거절하고 도망친 한 기생
사이에 일어난 사건과, 그 사건을 배경으로 하여 지어진 시로 구성되어

5) 프랭스의 서사이론에 대한 자세한 논의는 본서 제2부「고려사 악지 속악조」참고.
6) 이 글에서 텍스트로 삼은 것은 이상보 역,『破閑集·補閑集·櫟翁稗說』(대양서적,
1972)과 片桐洋一 外 3人 校注·譯,『竹取物語·大和物語·伊勢物語·平中物語』(東
京: 小學館, 1972·1990)이다.

있다. 하나의 주제에 여러 개의 설명어가 연결된 것까지 다 포함한다면 모두 10개의 명제로 이루어져 있다. 그러나, 이 이야기를 요약할 때 줄거리 전개에 필수적인 것, 다시 말해 명제가 유관성[7]을 가지면서 서사체를 요약하는 데 꼭 필요한 것―이를 프랑스의 용어로 한다면 '서사적 명제'―은 2-2, 4, 5-1의 세 개뿐이고, 나머지는 부가적인 것이다.

위의 이야기는 최소 서사체를 구성하기 위한 요건들 중 제 4의 요건, 즉 세 번째 명제는 첫 번째 명제에 변화 혹은 수정이 가해진 것이어야 한다는 요건을 갖추고 있지 않다. 군수가 한 기생으로 하여금 서하 임춘의 잠자리 수발을 들게 한 것과, 임춘이 기생의 태도에 실망한 것은 직접적인 유관성을 지니고 있지 않으며, 행위 주체도 다르다. 뿐만 아니라 임춘의 태도는 군수의 행위를 변화시킨 것도, 그에 수정을 가한 것도 아니다. 결과적으로 이 텍스트는 단순한 사실의 기록일 뿐, 서사체라고 할 수 없다. 『파한집』에는 이와 같은 단순 기록의 성격을 지닌 것이 사실상 반수 정도를 차지한다.

한편, 「이세모노가타리」의 경우도,

> (가-2) 옛날에 어떤 남자가 부부가 되자는 약속을 저버린 여자에게 읊어 보낸 노래. "山城의 井手町[8]에 있는 맑은 물을 두 손으로 움켜 떠 마셨던 보람도 없는 두 사람의 관계였군요." 　　　　　　　　　　　(「이세모노가타리」 122단)[9]

---

7) 하나의 서사물로부터 이야기 줄거리(또는 플롯)를 끄집어 내어 그 서사물을 요약할 수 있게 해주는 것은 부분적으로, 그 서사물을 구성하고 있는 사건들이 제각기 정도 차이가 있는 유관성을 가지고 있다는 사실 때문이다. 즉, 유관하지 않은 사건들은 이야기 줄거리에서 제외되는 반면, 그 연속을 이루는 최초의 사건과 최후의 사건(및 수정의 원인이 되는 사건)은 제외될 수 없다. 제랄드 프랭스, 『서사학이란 무엇인가』(최상규 역, 예림기획, 1999), 106쪽.

8) 京都府 綴喜郡에 있는 마을.

9) "むかし、男、ちぎれることあやまれる人に、'山城の井手の玉水手にむすびたのみしか ひもなき世なりけり' といひやれと、いらへもせず."

와 같이 최소 서사체로서의 여건을 갖추지 못한 것이 더러 있으나, 『파한집』에 비해 그 수는 월등하게 적다.

(나-1) 평양에 있는 永明寺의 南軒은 주변 산천의 기세가 수려하기로 이름 났다(1). 學士 김황원이 평양을 거닐다가(2-1) 그 위에 올라가서(2-2) 아전을 시켜 고금의 여러 현인이 써 둔 詩板을 모두 모아 불사르게 한 후(2-3) 난간에 기대어 내키는 대로 읊조렸으나(2-4) 결국 시구를 완성하지 못하고(3-1) 통곡하며 내려왔다(3-2). 그 후 며칠이 지나서야(4) 한 편을 완성하였는데(5) 오늘날까지 (사람들은) 그 시편을 絶唱으로 여기고 있다(6).

(『파한집·中』 22단)[10]

(나-2) 옛날에 어떤 남자가 있었다(1). 자기가 살고 있는 서울이 싫어(2) 東國에 갔는데(3) 이세와 오하리 사이에 있는 바닷가에서 파도가 몹시 하얗게 이는 것을 보고(4) "(나는) 떠나온 서울이 점점 그리워지는데 부럽게도 저 파도는 그 쪽으로 돌아가고 있구나!" 하고 읊었다(5).

(「이세모노가타리」 7단 全文)[11]

위 텍스트들은 모두 중핵 서사체에 해당한다. 『파한집』의 경우 '남의 시편을 다 불태워 없앤 김황원의 오만한 태도(2-3)가 시구를 완성하지 못하게 된 것이 원인이 되어(3-1) 결국 처참하게 꺾이고 만다(3-2)'는 줄거리로 요약된다. 「이세모노가타리」 7단은 '어떤 남자가 자기가 살고 있는 곳을 싫어해서(2) 그 곳을 떠났는데(3) 고향 쪽으로 흘러가는 파도를 보고(4) 떠나온 곳을 그리워한다(5)'는 내용이다. 양자 모두 첫 번째 서사적 명제— 김황원이 남의 시편을 다 불태워 버린 것과 어떤 남자가 자기가 살고 있

---

10) 텍스트 전체를 인용하지 않고 줄거리만 요약하기로 한다. 길이가 짧아 全文을 인용하는 경우만 '全文' 표시를 하기로 한다.

11) "むかし, 男ありけり. 京にありわびてあづまにいきけるに, 伊勢尾張のあはひの海づらをゆくに, 浪のいと白くたつを見て, "いとどしく過ぎゆく方の戀しきにうらやましくもかへる浪 かな"となむよめりける."

는 곳을 싫어한 것—에 대해 세 번째 서사적 명제—김황원이 통곡한 것과
어떤 남자가 떠나온 곳을 그리워하게 된 것—에서 반전 내지 수정이 가해
지는 양상을 띠고 있다.

아래의 두 텍스트는 복합 서사체의 예이다.

(다-1) 박공습은 가난했기 때문에(1) 손님에게 술을 대접할 수 없었다(2). 영
통사의 스님에게 술을 청하니(3) 스님은 큰 술통에 샘물을 가득 담아 보냈다(4).
박공습은 그것이 술인 줄 알고(5-1) 몹시 기뻐했다(5-2). 그러나 열어 본 뒤
(6-1) 물인 것을 알고(6-2) 자신의 어리석음을 한스럽게 여겨(6-3) 스님에게
시를 지어 보냈다(6-4). 스님은 그 시를 보고(7-1) 다시 美酒로 갚았다(7-2).
(『파한집·下』 12단)

(다-2) 옛날에 어떤 남자가 한 여자의 집에 남몰래 다니곤 했다(1). 그 집
의 주인이 그 사실을 알고(2-1) 파수꾼을 두어 지키게 했다(2-2). 그 결과 그
남자는 더 이상 여자를 만날 수가 없었다(3). 그래서 남자는 '파수꾼이 밤에
잠을 자면 좋겠다'는 내용의 노래를 한 수 지었다(4). 그 여자는 그 노래의 내
용을 알고(5-1) 매우 한스럽게 여겼다(5-2). 집 주인은 그 여자를 가엾게 여
겨(6-1) 남자가 찾아 오는 것을 허락했다(6-2). 사실은 그 남자가 二條后[12]
를 찾아 다닌 것이 소문이 퍼졌기 때문에(7) 그 오빠가 파수꾼을 두어 못 만
나게 했던 것이다(8). (「이세모노가타리」 5단)

『파한집』의 경우 박공습이 스님이 보내 온 물을 술로 알고 좋아했다가
스님한테 속은 걸 깨닫고 한스럽게 여겼다는 이야기와, 스님이 자신한테
속아 한스럽게 여긴 박공습이 시를 보내 오자 그 시를 보고 美酒로써 갚
았다는 이야기가 '연접'의 방식으로 연결되어 있다. 앞의 이야기에서는 박
공습이, 뒤의 이야기에서는 스님이 사건의 중심 인물이 되고 있다. 앞의
이야기에서는 박공습의 태도가 '좋아함'에서 '한스러움'으로 변화하였고,

---

12) 二條后高子를 가리킴. 이야기 속의 상대방 여자를 가리킴.

뒤의 이야기에서는 스님의 행동이 '물을 보낸 것'으로부터 '美酒를 보낸 것'으로 반전을 보인다.

「이세모노가타리」에서는 어떤 남자가 어떤 여자의 집에 다니다가13) 그 집 주인이 방해하여 더 이상 다닐 수 없게 된 이야기와, 좋아하는 여자를 더 이상 만날 수 없게 된 남자가 와카를 지어 여자에게 보낸 것이 계기가 되어 결국 여자와 다시 만나게 되었다는 이야기가 연접의 방식으로 결합된 복합 서사체이다. 어떤 남자와 여자를 중심으로 '만남-못 만남-다시 만남'의 반전을 보인다. 첫째 이야기에서는 '어떤 남자'가, 뒤의 이야기에서는 '그 집 주인'이 사건의 중심 인물이 되고 있다. 그리고 끝에 서술된 (7)과 (8)은 첫째 이야기에 속하는 서술 단위로서 순서상으로 볼 때 (2-2) 앞에 와야 할 부분이다. 따라서 첫째 이야기는 원인을 결과 뒤에 서술함으로써 플롯의 개념이 부가된 단순 서사체라 할 수 있다.

이 두 예에서 보다시피 비록 복합 서사체라 할지라도 단지 두 개의 중핵(혹은 단순) 서사체만으로 이루어져 있는데, 이것은 『파한집』이나 「이세모노가타리」의 개개 텍스트들의 길이가 매우 짧은 短型임을 말해 준다. 또한 (다)와 같은 복합 서사체보다는 (나)와 같은 중핵 서사체나 단순 서사체가 많다는 것은 『파한집』이나 「이세모노가타리」가 복잡한 구성보다는 단편적이고 단순한 구성으로 되어 있음을 의미한다. 이 외에도 이야기를 한 개만 가진 경우라도, 플롯의 개념이 도입된 단순 서사체보다는 실제 일어난 사건의 순서와 서술상의 사건의 순서가 일치하는 중핵 서사체인 경우가 대부분인 점, 복합 서사체라 할지라도 이야기와 이야기의 결합이 '삽입'이나 '교체'보다는 이 방식들에 비해 서술이 간편하고 용이한 '연접'의 방식에 의거하는 예가 많다는 점 등은 양자 모두 단형이면서 단순하고 단편적인 성격을 띠는 서사체라는 것을 말해 주는 근거가 된다.

---

13) 일본의 모노가타리에서 남자가 여자의 집에 몰래 다닌다는 것은 둘이 통정하는 관계임을 나타낸다.

위의 몇 텍스트 예에서 보는 바와 같이 시화와 우타모노가타리는, 어떤 시 혹은 와카를 중심으로 그 시가 성립된 배경이나 유래를 이야기 형식으로 서술했다는 점에서 동질성을 지닌다. 따라서 시는 텍스트 전체에 있어 단순히 부가적이거나 지엽적인 요소가 아니라 텍스트 성립에 필수적이고 핵심적인 요소가 된다.

텍스트에서 시는, (나-2)처럼 독백적 성격을 띠면서 인물의 내면세계를 '표현'하는 역할을 하기도 하고, (다-1)(다-2)와 같이 상대방에 대하여 자기 생각이나 의견을 '전달'하는, 일종의 '대사·대화'의 기능을 행하기도 한다. 그런가 하면 (나-1)의 경우처럼 이야기 속 인물의 성격을 이해하는 데 도움을 주기도 한다. 이처럼 시는 서사체에서 다양한 기능을 행하면서 이야기의 '극적' 효과를 최대화하는 데 기여한다. 따라서, 시화나 우타모노가타리에서 시는 대부분 서사 전개에 있어 클라이막스에 위치하게 된다.

(나-1)의 경우 오늘날까지 널리 인구에 회자되고 각종 기록이나 문학 텍스트에 인용되고 있는 것은 완성된 시편이 아니라 미완성의 시구인 '長城一面溶溶水 大野東頭點點山'인데[14] 그 이유는 미완성의 시구가 김황원이 一聯만 지은 채 시편을 완성하지 못하자 통곡하며 내려왔다고 하는 클라이막스에 포함되어 있기 때문이다. 서술 속에서도 미완성의 시구만 인용이 되어 있지 완성된 시편 전체는 소개하지 않고, 다만 훗날까지 그 시편이 絶唱으로 여겨진다는 것만 지적하고 있는 것도 바로 이 때문이다. (나-2)의 경우도 인물이 자신이 살던 곳을 싫어하다가 그 곳을 떠나온 뒤에 다시 그 곳을 그리워하게 되었다는 부분은 이야기의 클라이막스에 해당하고, 시는 바로 그것을 독자에게 알려주는 서사적 장치가 된다.

그러나, 한편 시는 서사를 지연시키는 요소가 되기도 한다. 독자는 산문 서술 부분을 읽다가 시 부분에 이르면 그 시를 감상하는 시간을 갖게 되

---

14) 사설시조 "大野東頭點點山에 夕陽은 빗겻는듸 長城一面溶溶水에 一葉漁艇 홀니 저어"(심재완, 『역대시조전서』, 세종문화사, 1972, 1750번 작품)를 예로 들 수 있다.

고 그동안 이야기의 줄거리에서 잠시 이탈하는 독서 과정을 거친다. 시화나 우타모노가타리에 포함된 운문은 대부분 '서정시'이므로 서정시가 갖는 순간적인 감정 몰입, 외부세계로부터 단절된 독자적인 시세계의 형성, 독백성 등의 특성으로 인해 줄거리를 전개하는 데 장애 요소가 되는 것이다. 다시 말해 한 텍스트 내에서 서사적 요소와 서정적 요소가 충돌함으로써 서사 전개를 지연시키는 것이다.

서사체 내에서의 시의 기능 외에, 『파한집』과 「이세모노가타리」는 이야기 속 인물이 모두 그 시대·사회의 상층계급에 속한다는 점에서 매우 닮아 있다. 또한 인물이 가지는 다양한 성격 중 '문학적 소양'이 특별히 선별적으로 부각된다는 점도 동질적이다. 『파한집』의 개개 텍스트에 등장하는 인물들은 거의 예외없이 벼슬을 하고 있거나, 이야기 속에서는 入仕 전의 무명인사라 할지라도 훗날 유명해진 사람들이다. 그리고 「이세모노가타리」의 경우도 '아무리 인격적으로 훌륭하고 미남이며 귀공자라 해도 와카를 짓고 감상할 수 있는 예술적 안목이 없으면, 설화의 주인공은 될지언정 歌物語의 주인공은 될 수 없다.'[15]는 구절이 말해 주듯 이야기 속 인물은 문학적 소양이 뛰어나고 정취를 아는 귀족층이다. 「이세모노가타리」 속의 '昔男'의 실제 모델로 알려진 아리와라노 나리히라(在原業平)나 「헤이츄모노가타리」의 주인공인 다이라노 사다훈(平貞文)이 이에 해당한다.

이로 볼 때 시화나 우타모노가타리는 사대부나 귀족층과 밀접한 관련이 있는 문학양식이라 할 수 있다. 산문과 운문을 교직하여 서술하는 복잡한 방식은 지식층에게 적합했을 것이며, 서민층은 이야기면 이야기, 노래면 노래를 짓고 즐기는 단순한 방식이 적합했을 것이기 때문이다.

장르적 특성과 관련하여 '시에 대한 이야기'라고 하는 독특한 형태의 서사양식이 생겨나게 된 배경에는 즐거움과 오락거리를 제공한다는 동기

---

15) 上坂信男, 앞의 책, 31쪽.

가 개입되어 있다는 점을 지적하고자 한다. 『파한집』跋文에는 이인로가 '심심파적거리를 제공하여 무료함에서 오는 병통을 덜고자 하는' 취지에서 이 책을 저술했다는 내용이 있는데 시에 관한 고사를 이야기하는 것이 일종의 오락의 기능을 갖는다는 것을 말해 주는 대목이라 하겠다. 한편 일본의 경우 헤이안 시대는 귀족문화가 꽃핀 시기로서, 궁정 사교장에서 궁중여인이나 귀족들이 와카 및 와카에 얽힌 이야기를 주고받는 것은 이 시대의 오락이자 교양이고 유행이었다. 이런 이야기들이 구전되다가 문자로 기록된 것이 바로 우타모노가타리라는 문학양식인 것이다. 이처럼 한 텍스트에 노래와 말, 시와 산문, 서정과 서사를 섞어 전개한다고 하는 방식에는, 일종의 '오락성'이 내재하고 있다고 할 수 있다.

『파한집』과 「이세모노가타리」는 이처럼 장르적인 면에서 동질적이지만, 몇 가지 차이점도 지닌다. 『파한집』의 텍스트에는 1인칭으로 서술된 단순 사실의 기록과 3인칭 서술의 서사체가 반반 정도 섞여 있는데 1인칭 서술은 물론 3인칭 서술의 예에서도 서술자는 자신이 경험한 것 즉, 이야기의 실재성을 강조하는 양상을 보인다. 반면, 「이세모노가타리」는 在原業平이라는 인물의 일대기적 성격을 띠는 만큼 실제 인물의 실제 경험담에 기초하면서도 그 인물의 實名을 내세우지 않고 '옛날 어떤 남자'(昔男)로 익명화함으로써 허구성을 강조한다. 실명으로 했을 경우 在原業平과는 무관한 이야기를 전개하기가 곤란하고 향수자가 상상의 세계에서 이야기 속 인물에 동화하면서 현재의 답답한 현실을 벗어나 우타모노가타리의 세계에 빠져드는 즐거움에 제약을 가하는 요인이 되기 때문이다. '昔'이라고 하는 막연한 과거의 시간을 설정한 것도 같은 이유라고 생각한다. '昔'이라는 설정은 시간뿐만 아니라 공간적 불특정성까지 포함하며 이는 이야기의 허구성을 높이는 요소가 된다.

이같은 서술상의 차이는 서술의 순서에 있어 話素의 배치와도 밀접한 관련을 지닌다. 앞서 예를 든 텍스트들을 보면 『파한집』의 경우 대개 '인물

소개-사건-그 사건으로부터 유래한 시편-보충서술' 순으로 전개되고 있다. 여기서 보충서술은 주로 이야기 속의 시에 대한 언급 내지 詩評의 성격을 띤 것을 말하는데, 『파한집』에서는 단순 기록이건 서사체의 성격을 띠건 간에 대개 서술의 말미에 이와 같은 보충서술이 들어가 있는 반면, 「이세모노가타리」의 경우는 보충서술이 빠져 있는 것이 대부분이다. 보충서술은 보통 1인칭으로 서술되므로, 이것의 유무는 곧 서사체에 대한 '작자의 개입' 여부를 말해 주는 것이라 할 수 있다.

(나-1)을 보면 '오늘날까지 (사람들은) 그 시편을 절창으로 여기고 있다'고 말하는 서술자는 앞의 이야기를 기록해 온 서술자와 그 성격이 다르다. 전자는 '경험적 화자'이고 후자는 허구적 화자이다. 경험적 화자는, 시평의 형태로써 자신의 목소리로 서술에 개입하고 있는 작자의 문학적 분신인 것이다. 경험적 화자는 이야기 속 사건이 허구가 아니며 실제 일어난 것임을 강조하고 부각시키는 작용을 한다. 이에 비해 「이세모노가타리」는 처음부터 끝까지 3인칭 서술로 일관하며 작자가 서술에 개입하는 예는 거의 찾아보기 어렵다. 이같은 차이는 시화와 우타모노가타리가 동질적인 문학양식이면서도 그 형성과정에서 영향을 받아들임에 있어 어느 것을 선별적으로 수용했는가에 차이가 있음을 말해 주는 것이다. 이 점은 3장에서 상술하기로 한다.

이 외에 장르적 특성과 관련하여, 『파한집』의 텍스트들은 文壇秘話나 文人佚事 등 문학적 사건이 주를 이루는 반면, 「이세모노가타리」의 경우는 남녀 간의 연애사건이 주를 이룬다는 것도 큰 차이로서 지적해야 할 것이다.

3. 『파한집』과 「이세모노가타리」의 성립 배경

어느 한 새로운 문학형태가 출현하는 것은 완전히 새로운 요소가 문학
사의 표면으로 갑자기 돌출하는 것이 아니라, 기존의 문학적 전통이 자양
분이 되어 이를 토대로 발전·변화를 보인 결과라고 할 수 있다. 시화와
우타모노가타리라는 문학양식이 성립되기 이전에도 이들과 비슷한 기존
의 문학적 형태가 존재했다. 이 두 문학양식이 형성되는 과정에 작용한
각각의 다양한 영향 원천을 인정하면서, 이 글에서는 공통의 영향 요인으
로서 唐代 孟棨의 『本事詩』에 주목하고자 한다.

3.1. 『本事詩』에 대한 개괄적 이해

『本事詩』는 唐代의 孟棨[16)]가 지은 것으로 논자에 따라서 '詩話'로 분
류되기도 하고 '소설'로 분류되기도 하는, 문학적 경계가 모호한 저술이
다.[17)] 唐詩와 그 시의 성립배경에 관한 41편의 이야기를 情感·事感·高
逸·怨憤·徵異·徵咎·嘲戲 등 7개 항목으로 나누어 수록하고 있다. 41
편의 텍스트에는 각각 최소한 하나 이상의 시가 포함되어 있으며 이 시들
이 성립된 유래나 정황에 관한 이야기—이를 '本事'[18)]라 함—가 산문으로

---

16) 맹계는 생몰연대가 불분명하나 대체로 820년경부터 9세기말에 걸쳐 살았던 인물
로 추정되는데 이 시기는 中唐末에서 晩唐初에 해당한다.

17) 『本事詩』의 갈래적 성격에 대한 논의 및 종래의 분류에 대한 정리는 이현우의 「『本
事詩』의 장르적 성격과 영향」(《중국어문논총》 28집, 중국어문연구회, 2005)과 장준
영의 「孟棨 『本事詩』 연구」(《중국학연구》 24집, 중국학연구회, 2003)에서 집중적으
로 이루어졌다.

18) '本事'라는 말은 원래 불교의 원시경전을 12가지로 분류한 12分敎 중의 하나로
itibrttaka를 번역한 것이다. jataka(本生)가 부처의 전생담을 말하는 것에 대해, '本
事'는 신도나 불제자의 전생담을 가리킨다. 중국 문헌에서 '本事'라는 말이 가장 처
음 등장하는 것은 鳩摩羅什(344~413)이 번역한 『法華經』의 「方便品」(제1권) 「藥
王菩薩本事品」(제6권) 「妙莊嚴王本事品」(제7권)이다. 「方便品」에는 12분교를 열거

서술되어 있어 산운 혼합서술 양식으로 되어 있다. 그리고, 이 산문 서술
부분이 서사체로서의 가능성을 시사하고 있다. 시화나 우타모노가타리와
마찬가지로, '本事詩'라는 말 자체가 산문과 운문이 혼합된 양식임을 나타
내고 있어, 본사시는 書名인 동시에 시와 산문이 혼합된 양식을 가리키는
말로 이해할 수도 있다. 『본사시』의 영향을 받아 후대에 성립된 『本事詞』
『本事曲』 등도 모두 제목 자체에 '詩+文'의 혼합적 성격을 함축하고 있다.
또한 우리나라의 판소리를 '本事歌'라고 한 것[19]도 같은 맥락에서 이해할
수 있다.

중국문학사에 있어 산문과 운문이 혼합된 문학양식은 오래 전부터 있
어 왔지만 어떤 시를 중심으로, 그 시가 만들어진 배경 및 유래를 산문으
로 서술하고 있는 예는 『本事詩』가 최초이다. 『본사시』에 대한 종래의 분
류는 이를 '소설'로 보는 관점과 '시화'로 보는 관점이 공존해 왔는데, 이
글에서는 이를 '시화'의 효시로 보는 입장에 서 있다. 시에 대한 간단한
언급을 '詩話'라는 말로 나타난 예는 宋代 歐陽修의 『六一詩話』가 그 시
초이나 실질적인 시화 양식은 『본사시』에서 비롯된다고 할 수 있다.

맹계가 활동하던 唐代에는 시 자체보다는 시와 연관된 뒷이야기에 더
관심이 많아 본사가 없는 시는 별로 환영받지 못했는데, 문인들이 서로
시가의 본사에 대해 이야기하고 심지어 본사가 없는 名詩에는 호사가들
이 그 시의 본사를 지어내기도 하는 현상이 보편화되었다. 그 결과 항간에

하는 가운데 '본사'라는 말이 나오며, 나머지 두 부분에서는 약왕보살과 묘장엄왕의
전생담이 기록되어 있다. 이처럼 불제자의 '전생담'과 어떤 시작품이 생긴 '유래담'
은 '이야기'라는 점에서 공통점을 지니며 이로부터 고사나 서사적 이야기를 '本事'라
는 말로 나타내는 것이 일반화되지 않았나 추측할 수 있다. 『本事詩』가 저술된 唐代
는 道敎와 佛敎가 크게 성행한 시기인 만큼, 불교의 용어가 일반 저술의 이름에 영
향을 끼친 것으로 볼 수 있다.

19) 송만재의 「觀優戲」에서 판소리를 묘사한 대목을 보면 "側耳將聽本事歌"라 하여
판소리를 '본사가'로 나타내고 있음이 주목된다.

서 떠도는 이야기들은 경쟁적으로 시인들의 이야기의 소재가 되었으며[20]
시에 관한 이야기, 즉 시화가 하나의 문학양식으로 자리잡게 되는 계기가
되었다. 이같은 시대적 풍조는 『본사시』의 自序에도 잘 나타나 있다. 맹
계는 『본사시』의 自序를 통해 '오직 중요한 것을 수집하되 篇章이 온전치
않은 것은 小序를 붙여 호사가들에게 제공하고자 했다'[21]는 것을 밝히고
있는데, 여기서 말하는 '小序'란 시의 성립 배경을 가리킨다. 이로 볼 때,
맹계는 시의 성립 배경을 설명하고 그 시에 얽힌 이야기를 곁들임으로써
호사가들에게 흥미와 오락거리를 제공하고자 했던 것이다.

　이같은 시대적 풍조와 더불어 당시의 '行卷' 또는 '溫卷'의 유행도 『본
사시』와 같은, 시와 이야기의 결합이라는 문학형태를 탄생시킨 한 동기가
되었다. 당나라 때는 과거시험에 응시하기 전에 詩賦뿐만 아니라 傳奇를
지어 먼저 主試官에게 보여 문장력과 재능을 인정받고자 하는 풍조가 있
었는데 그것을 '行卷' 또는 '溫卷'이라 하였다.[22] 작품 속에 시를 많이 포
함하고 있는 전기가 詩才와 文才를 동시에 평가할 수 있는 행권의 중요한
자료가 되자 전기의 성행이 더욱 가속화하게 되었는데, 이 또한 맹계의
『본사시』가 출현하게 된 배경중 하나로 지적되고 있다.[23] 전기 중에는 남
녀 애정을 다룬 작품, 義俠을 주제로 한 작품, 史外의 逸聞이나 雜事를
기록한 작품들이 많다는 것이 특성으로 지적되고 있는데[24] 전기의 이러
한 특징은 『본사시』의 7개 항목 중 남녀간의 애정담을 토대로 하고 있는
'情感'에 잘 나타나 있으며, 이외에 '徵咎' '徵異' 등에도 전기적 특성이

---

20) 장준영, 앞의 글, 같은 쪽.
21) "亦有獨掇其要 不全篇者 咸爲小序以引之 貽諸好事." 孟棨, 『本事詩』 『中國詩話總
　　編』 第一卷 (臺灣: 商務印書館, 발행년 불명). 이하 『本事詩』 인용시 서지사항은 생
　　략한다.
22) 전인초, 『唐代小說硏究』(연세대학교 출판부, 2000), 55쪽.
23) 장준영, 앞의 글, 4~7쪽.
24) 김학주, 『中國文學槪論』(신아사, 1992), 420~422쪽.

반영되어 있다.

또한, 『본사시』와 같은 시화 형태가 출현하게 된 데에는 唐代의 筆記
나 筆記小說의 발달이 깊이 간여했음도 지적되고 있다. '필기'란 소설 발
전과정에서 초기의 형식으로 수필식 기록의 아주 짧은 문장을 모아 책으
로 만든 것을 칭하며, '필기소설'이란 고사를 덧붙여 주로 인물을 형상화
하여 허구적인 특색을 갖춘 것을 가리킨다.[25] 필기가 사실에 입각한 기록
인 것과는 달리, 필기소설은 여기에 허구성과 고사성이 가미되어 인물·
사건 등을 부각시킨다는 특징을 지닌다.

보통 필기의 특성으로서 斷片의 조목으로 구성되어 있다는 점, 심각하
게 고심하여 저술한 것이 아니고 소소하고 잡다한 것을 기록하는 閑書의
성격을 띤다는 점, 한 권의 필기에 일관된 주제가 없다는 점, 필기를 짓는
목적이 교화에 있는 것이 아니라 喜·樂·娛·戲 등 즐거움을 얻는 것에
있다는 점 등이 거론된다.[26] 필기의 성격을 띤 책은 이미 唐代에 출현하
였지만 필기를 서명으로 하는 책은 宋代에 와서야 나왔으며 필기는 남송
때부터 '隨筆' '筆談' '叢談' 등으로 불리기 시작하였다.[27] 『본사시』의 구
성체제나 찬술 동기 등을 검토해 보면 이같은 필기의 특성을 그대로 수용
하고 있다는 것을 알 수 있다.

中唐에는 전기가 크게 성행하다가 晚唐·五代에 이르면 전기는 점차 쇠
퇴하면서 篇幅이 작은 필기소설이 성행하게 되고 다양한 소재 중 志文,
즉 '文事를 기록한 것'의 수량도 증가하게 된다.[28] 필기소설은 필기에서 발
전한 것인 만큼, 필기적 속성을 많이 포함하고 있는데 작자의 경험적 사실,

25) 전인초, 앞의 책, 45~46쪽.
26) 安芮璿, 「宋代 筆記의 문체적 의미」, 《중국학논총》 18집, 고려대학교 중국학연구
소, 2005, 45~52쪽.
27) 李玫淑, 「筆記小說論」, 《중국학연구》 13집, 중국학연구회, 1997, 312쪽.
28) 羅立剛, 「論唐五代小說與詩話的關係」, 《詩話學》 5卷, 동방시화학회, 2004, 305쪽.

사건과 인물의 실재성이 강조되고 오락적 목적을 지닌다는 점 등이 이에 해당한다. 그러나 필기소설이 비록 실제 사건을 기록하였다 하더라도 그 주요기능은 이미 史料의 보충에서 벗어나 독자를 즐겁게 하는 데 있다는 점에서 '사실의 기록'이라는 특성 이외에 '문학'이라는 성격을 가지게 되는 것이다.29) 한 마디로 말해 필기소설의 다양한 소재와 내용 중 文事—文壇 故事나 文人佚事 등—에 관한 것이 분리되어 나온 것이 '시화'라 할 수 있다.30) 『본사시』는 바로 이와 같은 배경에서 출현한 최초의 시화인 것이다.

필기소설의 정의에 따른다면 전기도 엄격히 말해 넓은 의미의 필기소설이라 할 수 있다. 전기나 필기소설은 모두 文言體의 단편소설의 범주에 들지만, 전기는 필기소설보다 사건구성이나 인물의 성격묘사가 두드러진다는 차이를 지닌다.31) 또한, 전자는 문인 작가들이 의도적으로 창작한 소설이므로 인물이나 사건에 대한 '허구화'의 정도가 큰 반면, 후자는 街談巷語를 수집하여 엮어낸 것이므로 사건이나 인물의 '실재성'을 강조하므로 상대적으로 허구화의 정도는 작고 상상력의 제한을 받는다고 할 수 있다. 또한 필기소설은 문단비화나 문인일사 등 文事에 관한 것이 주요 소재가 된다는 점, 경험적 사실을 다루므로 상상력의 제한을 받아 인물의 내면을 직접적으로 제시하지 못하고 겉으로 드러난 인물의 언행이나 외면만을 제시한다는 점에서, 남녀 애정 문제가 주된 소재가 되고 인물의 내·외면을 모두 보여주는 전기와 차이점을 지닌다.32)

이상 필기·필기소설·전기의 특성에 비추어 볼 때, 『본사시』는 이들 요소를 고루 갖추고 있는 복합적 성격의 텍스트라는 것을 알 수 있다. 『본사시』의 내용을 보면, '情感' '徵咎' '徵異'는 전기적 색채가 강하게 배어

---

29) 이민숙, 앞의 글, 317쪽.
30) 같은 글, 308쪽.
31) 같은 곳.
32) 이민숙, 앞의 글, 320쪽.

있으며, 나머지에는 필기소설적 요소가 두드러진다. 내용상으로만 본다면, 전체 41조목 중 전자에 해당하는 것이 20편, 후자에 해당하는 것이 21편으로 각각 반반을 차지한다. 그러나, 후자에 해당하는 텍스트는 말할 것도 없고 내용상 전기적 색채가 강한 텍스트라 할지라도 인물의 외면만을 묘사하는 데 그치고 있다는 점은『본사시』에 수용된 필기소설적 요소를 말해주는 부분이라 할 수 있다. 한편,『본사시』가 기본적으로 시와 이야기의 조합으로 이루어졌다는 점은 전기의 영향을 받았음을 말해 주는 단적인 징표라 하겠다.

이처럼,『본사시』는 唐代에 성행한 필기나 필기소설, 전기의 영향을 두루 받아 성립된 독특한 문학양식으로서 후대의 문학양식에도 큰 영향을 미쳤다. 특히, 시를 제시하고 그 시가 성립된 배경을 해설하는 형식을 취하는 문학양식에 결정적인 영향을 미쳤는데 晩唐 때의 范攄가 지은『雲溪友議』및 송대에 나타난『續本事詩』『續廣本事詩』『本事詞』『本事曲』등은 모두『본사시』의 체제를 모방한 것이다. 뿐만 아니라『본사시』는 구양수의『六一詩話』를 비롯하여 宋代에 다량으로 출현한 시 평론서 성격의 저술에도 영향을 끼쳤다.

3.2.『本事詩』의 장르적 성격

앞 절에서 언급한 것처럼,『본사시』에는 단순한 사실의 기록에서부터 서사체적[33] 구성을 갖춘 것까지 다양한 텍스트들이 수록되어 있다. 그 예를 하나씩 들어 보기로 한다.

---

33) 이 글에서『본사시』를 소설이라는 말 대신 서사체라 한 것은, 전자는 후자의 다양한 형태 중 하나이며『본사시』를 본격적인 소설로 볼 수 있느냐 하는 문제는 또 다른 논의를 필요로 하기 때문이다. 또한『본사시』에 수록된 41편의 텍스트가 전부 '서사체'인 것은 아니므로 이 모두를 포괄하는 말로 '서사체적 양식'이라는 표현이 적당하다고 생각된다.

(라-1) 현종이 李嶠의 시를 듣고(1-1) 처연해져 눈물을 흘리면서(1-2) 이교는 진짜 재주있는 사람이라고 칭찬했다(1-3). 다음 해에 현종이 또 그 시를 노래하는 것을 듣고(2-1) 다시 한 번 감탄하며 재주꾼이라고 칭찬했다(2-2). 옆에 있던 高力士도 시를 듣고 눈물을 흘렸다(3).

『본사시』 제13조에 해당하는 위 이야기는 프랑스의 서사이론에 비추어 볼 때 최소 서사체의 요건도 갖추고 있지 않은 단순 기록이다. 최초 사건에 대한 변화나 역전·수정 등이 없기 때문이다.

(라-2) 宋之問이 北門學士가 되고 싶었지만(1) 측천무후는 허락하지 않았다(2). 측천무후는 송지문이 지은 시를 보고(3-1) 그의 재주를 알고 있었지만(3-2) 그의 口臭 때문에 허락하지 않았던 것이다(3-3).   (『본사시』 제22조)

(라-3) 徐德言과 그의 아내는 전란 때문에 헤어지게 되자(2) 서덕언은 거울을 쪼개 반을 아내에게 주면서(3-1) 정월 보름에 만날 것을 기약하였다(3-2). 진나라가 망하고(4) 서덕언의 아내는 楊素의 첩이 되었다(5). 정월 보름에 반쪽 거울을 비싼 값에 파는 사람이 있었는데(6) 그 거울은 서덕언의 반쪽 거울과 꼭 들어맞았다(7). 이에 서덕언이 시를 짓자(8) 그 시를 본 그의 처는 울면서 밥을 먹지 않았다(9). 양소가 그 내막을 알고 그 아내를 서덕언에게 돌려 보냈다(10). 이에 부부는 다시 만나 偕老하였다(11).   (『본사시』 제1조)

(라-2)는 결과에 해당하는 (2)를, 원인을 나타내는 (3-3)보다 먼저 서술하여 원인-결과의 순서를 바꾸는 변형이 가해진 '단순 서사체'이다. (라-3)은 길이는 (라-2)보다 훨씬 길고 사건도 복잡하지만 최소 이야기에 별다른 변형이 가해지지 않은 '핵 서사체'에 해당한다. (라-2)는 文事에 관한 것이고 (라-3)은 남녀간의 애정에 관한 것이라는 점에서, 전자에는 필기소설적 색채가 후자에는 전기적 색채가 강하게 스며 있다고 말해도 좋을 것이다.

이로 볼 때, 『본사시』는 장르 種 관점에서 보면 '시화'라 할 수 있고,

장르 類 개념에 의거하면 '敍事體'로 규정될 수 있는 텍스트를 다수 포함
하는 저술이라 할 수 있다. 둘을 종합하여『본사시』의 장르적 성격을 규명
해 본다면, 단순 사실의 기록을 제외한 나머지는 '서사적 시화'로 규정할
수 있다.

3.3.『파한집』「이세모노가타리」『본사시』

『파한집』이전에도 한 텍스트에 산문과 운문이 혼합되어 있는 양상은
이미 존재했었다. 그러나 어떤 시를 중심으로, 그 시가 지어진 유래나 배
경을 이야기 형식으로 서술한 양식 즉 '시화' 형식은『파한집』이 최초라
할 수 있다. 어떤 새로운 양식이 출현하게 된 배경에는 기존의 문학적 풍
토나 전통이 존재하기 마련이다.『파한집』의 성립을 둘러싸고 송대 歐陽
修의『六一詩話』의 영향이 지적되곤 하는데, 그것은『파한집』발문과『육
일시화』서문에 공통적으로 보이는 '閑'의 용례에 기인한다.[34] 고려시대
는 송나라 문학의 영향을 받았고 또 고려 문인에 대한 구양수의 영향은
지대했기 때문에, 어느 정도『파한집』이『육일시화』의 영향을 받은 것은
인정할 수 있다. 또한 이같은 문학사적 정황 외에도,『파한집』이 우리나라
최초의 시화집으로 간주되고 있고『육일시화』는 書名에 '시화'라는 말이
들어간 첫 용례라는 사실도 양자 간의 영향관계를 추정케 하는 근거가 될
수 있다.

한편,『파한집』의 성립에『본사시』가 어떤 영향과 작용을 가했다는 직

---

34)『六一詩話』서문에 "居士退居汝陰 而集以資閑談也"라는 구절이 있고,『파한집』에
　　는 서자 世黃이 쓴 발문이 붙어 있는데 여기에는 '이 책은 은둔자에게는 온전한 閑
　　을 깨뜨리는 구실을 할 것이고, 공명을 좇는 속세인에게는 閑의 무료함에서 오는
　　병통을 치료하는 구실을 할 것'이라는 내용이 있어 이인로가『파한집』을 집필한 의
　　도가 잘 나타나 있다. 兩者에서 '閑'의 내포는 약간 다르지만 모두 '심심파적거리를
　　제공'한다고 하는 공통의 취지를 담고 있다.

접적인 근거는 없다. 그러나 영향관계를 규명하고자 할 때 텍스트 외적 근거 못지 않게 중요한 것은 텍스트 내적 근거이다. 체제와 내용, 서술방식을 비교해 보면 『파한집』과 『육일시화』 사이에는 커다란 간극이 있는 반면, 『파한집』과 『본사시』 간에는 큰 유사성이 발견되고 있어, 『파한집』이 『육일시화』보다는 『본사시』의 영향을 더 크게 받았다는 것을 확인할 수 있다.

『육일시화』의 각 조목들은 어떤 시에 대하여 간단한 촌평을 곁들인 정도이고 산문 서술 부분이 서사체적 성격을 띠고 있지 않다. 그러나 『파한집』이나 『본사시』에 보이는 시의 고사는 서사체적 성격을 띠는 것이 많으며 이는 독자에게 이야깃거리와 즐거움을 제공한다. 이에 비해 『육일시화』의 산문 서술은 시에 대한 해설 및 촌평에 치우쳐, 즐거움을 주기보다는 시에 대한 '이해'를 돕는 구실을 한다. 이로 볼 때 우리나라에서 書名에 '시화'가 붙은 최초의 예인 『東人詩話』를 비롯하여 조선조에 출현한 수많은 시화집들은 『본사시』나 『파한집』보다는, 『육일시화』적 전통을 이어받은 것으로 볼 수 있다.

그리고 『육일시화』를 비롯, 송대에 저술된 수많은 시화집들이 『본사시』의 영향을 받았다는 사실까지 고려한다면, 『본사시』의 직접 영향을 받았건 『육일시화』에 수용된 『본사시』적 요소를 간접적으로 수용하였건 간에, 『파한집』의 성립에 『본사시』가 영향을 끼쳤음은 부인할 수 없다고 하겠다.

앞서 『본사시』에는 단순 사실의 기록과 서사체적 성격을 띤 텍스트가 혼재하고, 서사체인 경우 문단비화·문인일사 등 文事에 관한 것과 남녀 애정에 관한 것이 섞여 있음을 언급했는데, 이런 양상은 『파한집』과 「이세모노가타리」에서도 동일하게 나타난다. 단 서사체의 경우 『파한집』에서는 남녀 애정담의 수는 미미하고 대개는 文事에 관한 것이 주를 이루는 반면, 「이세모노가타리」에서는 남녀 애정담이 대부분을 차지하고 여성이 등장하지 않는 텍스트는 극히 소수에 불과하다는 점에서 양자는 대조를

이룬다. 이런 점으로 미루어 볼 때『파한집』은『본사시』에 수용되어 있는
필기소설적 요소의 영향을, 그리고 「이세모노가타리」는 전기적 요소의 영
향을 더 크게 받은 것으로 볼 수 있다.

　여기서 한 가지 짚고 넘어가야 할 점은,『파한집』이나 「이세모노가타리」
에 나타나 있는 唐代 소설양식의 특성들이『본사시』를 통한 간접적 수용
일 수도 있지만, 직접적 수용일 수도 있다는 사실이다. 대표적인 필기소설
로 간주되는『世說新語』[35]가 고려시대에 유입되어 문인들 사이에 유포
되었다는 것이나[36] 일본 문학에서 남녀간의 애정을 소재로 한 작품에 대
표적인 전기인 「遊仙窟」의 영향이 지대하게 작용하고 있다는 점 등이 오
래 전부터 학자들 사이에 지적되어 왔다.[37] 특히 「이세모노가타리」에 보
이는, 와카를 통한 인물의 내면묘사는『본사시』가 아닌 전기로부터의 직
접적인 영향이 아닌가 생각된다.[38]

　『파한집』이『본사시』의 영향을 받았다는 텍스트 外的 혹은 직접적 근
거가 없는 반면, 「이세모노가타리」의 경우는 그 형성에『본사시』가 어느
정도 영향을 끼쳤으리라는 것이 연구자들 사이에 지적되어 왔다. 「이세모

---

35)『世說新語』는 六朝 宋의 劉義慶이 지은 것으로 사람들에 관한 이야기이므로 志人
　　小說이라고도 하나 이는 넓게 필기소설의 범주에 포함된다. 鄭譽曔, 「筆記小說 槪念
　　에 대한 小考」,《중국어문학지》, 중국어문학회, 2003, 185~187쪽.
36) 劉義慶 撰,『世說新語』·上(김장환 역주, 살림출판사, 1996), 32쪽; 민관동, 「中國
　　古典小說의 國內 流入 時期와 過程 및 版本에 대한 考察」,《중국소설논총》제3집,
　　한국중국소설학회, 1994, 278~279쪽.
37) 「유선굴」은 중국에서는 없어지고 일본에서만 전해지던 작품으로서,『萬葉集』을
　　비롯 일본의 고대문학에 지대한 영향을 끼쳤다. 특히 남녀 애정에 관한 작품에 끼친
　　「유선굴」의 영향은 거의 절대적이라 해도 과언이 아니다. 또한 '신라와 일본의 사신
　　들이 이를 중히 여겨 使臣으로 入朝할 때마다 비싼 값을 주고 그 책을 구매했다'는
　　『舊唐書』『新唐書』의 기록은, 일본뿐만 아니라 우리나라도 오래 전부터 이 작품에
　　대한 관심이 컸음을 말해 준다고 하겠다.
38) 雨海博洋 外 2인 共編, 앞의 책(24쪽)에서도 「이세모노가타리」에 대한 전기의 영
　　향을 언급하고 있다.

노가타리」는 당대의 유명한 歌人이자 귀족인 在原業平의 일대기를 기반
으로 한 만큼 「이세모노가타리」에는 그의 와카 30수가 포함되어 있기는
하지만, 그와 무관한 작품도 다수 존재한다. 특히 제4단은『본사시』의 일
화를 옮겨다 놓은 것으로 평가되고 있어[39]『본사시』로부터 받은 영향의
직접적 근거가 되고 있다.

이상의 내용을 종합해 보면『파한집』의 서사체는『본사시』를 통한 간
접 영향이든, 아니면 직접 영향이든간에 筆記小說과 더 친연성을 지니며,
「이세모노가타리」는 傳記와 더 친연성을 지닌다고 할 수 있다.

4. 시화와 우타모노가타리의 文學史的 궤적

이 글에서 관심의 대상이 된 시화 텍스트는, '詩'가 있고 이 시를 둘러싼
'話' 부분 즉 산문 서술 부분이 서사체적 성격을 띠는 것이었다. 여기서
시는 시화 성립의 필수요소이자 중심요소로서 산문과는 韻主散從의 관계
에 놓인다. 이처럼 '시화' 성립의 핵이 되는 詩나 歌는 서사체의 관점에서
보았을 때 서사의 극적 효과를 높이면서도 서사를 지연시킨다는 양면성
을 지닌다. 바로 이런 점 때문에 시화나 우타모노가타리는 본격적인 서사
양식으로 발전하지 못하고 다른 성격으로 변질되면서 문학사의 전개에
그 흔적을 남기게 되는 것이다. 또한 한 텍스트에 서사와 서정, 산문과
시가 혼합되어 있다는 것은 처음부터 불안정성을 내포하는 양식이 될 수

---

39) 片桐洋一 外 3人 校注·譯, 앞의 책, 128~129쪽. 「이세모노가타리」 4단과『본사시』
　　12조는 '마음에 두었던 여자를 그 다음해 찾아가 보니 이미 그 여자는 거기에 없었
　　다'는 이야기를 바탕으로 하는데,『본사시』에서는 그 여자가 죽은 것으로 되어 있으
　　나 「이세모노가타리」에서는 단지 그 여자가 떠나고 없다는 내용으로 바뀌어 있다.
　　또한 그 여자와의 추억을 상기시키는 매개물로 전자에서는 '桃花'가 동원되었으나
　　후자에서는 '梅花'로 바뀌었다는 차이가 있을 뿐이다.

밖에 없다. 따라서 시를 하나 이상 포함하면서 그 시가 형성된 뒷이야기를
서술해 가는 방식이, 하나의 독립된 텍스트 양식으로 자리잡을 수가 없는
것이다.

그리하여 『파한집』으로 대표되는 고려조 시화는, 조선조에 들어와 서
사성이 약화되어 텍스트 안에 하나 이상의 시 작품을 제시하고 그 시에
대한 간단한 촌평 및 해설을 붙이는 형식으로 발전·정착하거나, 산문 부
분이 본격적인 서사문학으로 흡수되는 길을 걷게 된다. 전자는 '詩'와 '話'
중 '話'의 비중이 약화되는 방향이고, 후자는 '話'의 비중이 강화되는 방향
이다. 『東人詩話』『小華詩評』『清江詩話』『惺叟詩話』는 전자의 예이며,
『慵齋叢話』나 『稗官雜記』 등 『대동야승』에 수록된 逸話的 성격의 텍스
트들은 후자의 예이다.

한편, 우타모노가타리의 경우도 고유의 양식으로 문학사에서 계속 후
대에 그 명맥을 유지하지 못하는데, 그것은 고려조의 시화의 경우와 비슷
한 이유에서이다. 또한, 역사적으로 실재하는 인물과 그 인물이 지은 와카
를 토대로 만들어진 우타모노가타리는 실재성에 의존한다는 특성 때문에,
'츠쿠리 모노가타리'(つくり物語) 즉, 사실에 의거하지 않고 허구적으로 꾸
며낸 가공의 이야기와는 달리 본래부터 장르적 한계를 지닌다. 따라서 우
타모노가타리는 애초부터 독자적인 문학양식으로 자리잡지 못하고 변모
될 수밖에 없는 운명을 지니게 되는 것이다. 우타모노가타리가 취하는 변
화의 방향은 短篇의 츠쿠리 모노가타리로 발전하거나, 인물간에 주고 받
는 증답가가 이어져 장편화되고 여기에 인물의 심리 변화가 곁들여진 일
기문학에 근접하게 되는 것이다. 平安時代 후기에 나타난 「堤中納言物
語」가 전자의 예라면, 대표적인 일기문학인 「蜻蛉日記」는 후자의 예라
할 수 있다.[40]

---

40) 이상 우타모노가타리의 문학사적 변모양상은 片桐洋一 外 3人 校注·譯, 앞의 책,
    17~22쪽 참고.

이와 같이 시화나 우타모노가타리는 시대에 따라 변화된 모습을 보이지만, 여기서는 더 이상 시가 중심이 되는 운주산종의 형태가 아닌, 산주운종의 성격을 띠는 것임을 간과해서는 안될 것이다.

이상 살핀 것처럼 고려조의 시화와 우타모노가타리는 시와 산문이 결합한 독특한 형태로서, 서사문학에 서정문학인 시가 삽입되는 양식의 초석이 된다는 점에서 문학사적 의의를 지닌다고 할 수 있다. 이 글은 『파한집』과 「이세모노가타리」의 출현 및 성립에 영향을 끼친 제 요소들 중 『본사시』에만 주목했다는 한계를 지닌다.

詩話型 산운 혼합담론의 스펙트럼

1. '시화'와 '시화형 혼합담론'

시와 산문이 섞여 서술이 이루어지는 대표적인 예로 '시화'를 들 수 있다. 일반적으로 '詩話'란 시나 시인 혹은 詩作을 중심으로 하여 그 주변 이야기를 서술한 담론을 말하는데, 보통 시평론집과 같은 성격을 띠는 저술 속에 실려 있다.

시화들 중에는 시 인용이 없이 시나 시인, 혹은 詩作을 둘러싼 일화만 소개되어 있는 것도 있지만 대다수가 그 안에 한 편 이상의 시작품의 全文 혹은 일부를 포함하고 있다. 시화 속 운문의 형태는 '漢詩'이다. 본서의 주제는 시(운문)와 산문이 융합하여 텍스트를 구성하는 글쓰기 방식에 관한 것이므로 시화의 이 두 형태 중 시가 일부분이라도 인용되어 있는 것만을 대상으로 한다. 이런 관점에서 본다면, '시화'라는 말은 '시나 시인을 중심으로 그 주변 이야기를 서술한 것'이라는 의미 외에도 '詩'와 '話'로 된 텍스트 즉 '운문과 산문이 섞여 있는 텍스트'라는 의미를 지니게 된다. 앞으로 이 글에서는 별다른 언급이 없는 한 '시화'는 이같은 산운 혼합서술로 된 것을 가리킨다.

시화들은 주로 시화집에 수록되어 있는데 우리나라에서 시화집에 '시화'라는 말이 최초로 사용된 것은 徐居正의 『東人詩話』지만, 시화집의 성격을 띠는 저술은 고려시대 이인로의 『파한집』, 최자의 『보한집』, 이규보의

『백운소설』 등으로 거슬러 올라간다. 조선시대에 들어와서도 『용재총화』 『소화시평』 『시화총림』 등 수많은 시화집 성격의 저술이 나오게 된다.

한편 일반적으로 '시화'로 분류되지도 않고 '시화집'에 수록되어 있는 것도 아니지만 여타 저술에서도 시화와 유사한 성격의 담론을 발견할 수 있다. '시화형 산운 혼합담론'이란 이처럼 꼭 일반적 의미의 시화가 아니더라도 시화가 지닌 산운 혼합서술의 특성을 보여주는 담론을 포괄적으로 지칭하는 말이다. 이 글은 시화형 산운 혼합담론의 전반적 특성을 조명하고, 이 유형과 다른 유형 특히 '서사체 시삽입형'을 비교해 봄으로써 시화형의 특성을 부각시키고자 한다. 나아가 전통적 개념의 시화는 아니지만 시화형 혼합담론의 특성을 여실히 보여주는 예로서 『삼국유사』 「월명사 도솔가」조를 검토하는 데 중점을 둔다. 그러기 위해서는 먼저 이 유형의 기반이 되는 '시화'의 산운 혼합서술 면모를 구체적으로 조명해 보아야 할 것이다.

시화의 보편적 특성을 추출하기 위해 텍스트의 예는 고려시대의 것과 조선시대의 것, 순수 시화집의 성격을 띠는 것과 野談·野史의 성격이 강화된 것 등에서 두루두루 선별하였다. 고려시대의 『파한집』 『보한집』 『백운소설』, 조선시대의 『용재총화』 『동인시화』 『소화시평』 등에서 예를 취하였다.

2. '시화'의 특성

시화는 텍스트가 서사성을 띠느냐의 여부에 따라 다음과 같이 크게 두 부류로 나뉜다.

(1-1) 顯宗이 잠저에 계실 때 중흥사에서 계곡물을 보고 다음 시를 지으셨다. (시는 생략) <u>이 시에 나타난 뜻이 원대하다.</u> 이 시를 본 사람이 <u>王者의 기상</u>

이 있다고 말했는데 그 뒤 과연 그대로 되었다. (밑줄은 필자. 이하 同)

(『소화시평』 56쪽)[1]

(1-2) 학사 정지상은 바로 拗句의 오묘한 멋을 깊이 터득한 시인이다. 그의 <邊山蘇來寺> 시는 다음과 같다. (시는 생략) 이 시는 맑고 굳세어서 읊을 만 하다. (『소화시평』 83쪽)

(1-3) 서하 임춘의 시에 다음과 같은 것이 있다. (시는 생략) 공의 문장으로도 끝내 과거에 급제하지 못했으니 감개와 비탄의 심정이 시에 나타날 만도 하다.

(『소화시평』 84쪽)

(2-1) 내가 살펴보니 당나라 劉希夷가 <白頭翁詩>를 지었는데 그 시의 한 구는 다음과 같다. "올해 꽃이 지자 얼굴빛 바뀌었으니/ 명년에 꽃이 피면 그 누가 살아 있으려나."[2] 장인인 宋之問이 그 싯구를 아껴 자기에게 달라고 했으나 주지 않았다. 송지문은 화가 나서 흙푸대로 눌러 죽였다. 슬픈 일이다. 인간이 재주 가진 자를 시기하고 명예를 좋아함이 이와 같구나! 시를 짓는 사람은 이 사실을 몰라서는 안된다. (『소화시평』 79쪽)

(2-2) 옛 사람은 시를 지음에 고치기를 꺼리지 않았다. 당나라 任翻이 台州 寺 벽에 다음과 같은 시를 읊어 붙여 두었다. "앞산 봉우리 달은 온 강물을 비추고/ 스님은 산중턱에 대 절방을 만들었네."[3] 이 시를 짓고 떠나가자 어떤 사람이 "一"자를 "牛"자로 고쳐 놓았다. 임번이 수십 리를 갔다가 그제서야 '牛'자를 생각해 내고 빨리 돌아가 글자를 바꾸려 했다. 그때 고쳐놓은 글자를 보고 감탄하며 '태주에 사람이 있구나!'라고 말했다. (『소화시평』 161쪽)

---

1) 텍스트는 홍만종, 『小華詩評』(안대회 역주, 국학자료원, 1993)에서 인용하였고 괄호 안의 숫자는 이 책의 페이지를 나타낸다. 원문은 생략하며 필요한 경우 시만 원문을 제시하기로 한다.
2) "今年花落顔色改 明年花開復誰在."
3) "前峯月照一江水 僧在翠微開竹房."

시화텍스트들에서 산문 부분은 (1)群의 예처럼 시에 대한 간단한 언급이나 평으로 이루어진 것에서부터 (2)群처럼 한 편의 短篇 서사체로서의 요건4)을 갖춘 것에 이르기까지 넓은 범위에 걸쳐 있다. (1)군과 같은 부류의 것은 다시 시에 대한 평·해설과 같은 '시평', 시를 지은 사람에 관해 언급하여 '시인론'의 성격을 띤 것, 시를 대상으로 하여 '문학론'을 전개한 것으로 세분화할 수 있으며 이들의 경우 텍스트는 敍事性을 띠지 않는다. (1)군류 시화는 『東人詩話』『小華詩評』에서 많은 예를 찾아볼 수 있다. 한편 (2)군처럼 산문 부분이 서사체의 성격을 띠는 것들은 위의 예들과 같이 비교적 짧은 것들이 대부분이지만 상당한 길이를 지닌 것도 적지 않다. (2)와 같은 범주에 속하는 텍스트들은 대다수 그 안에 시평, 시인에 관한 언급, 문학론 등을 포함하고 있다. (1)군과 (2)군류는 시화의 兩大 유형으로 보아도 큰 무리가 없다.5)

그러나 (1)군 (2)군 관계없이 텍스트 성립에 중추적 역할을 하는 것은 '시'라는 것을 알 수 있다. 다시 말해 시화는 기본적으로 韻主散從의 성격을 띠는 담론인 것이다. 이것은 운문―시화의 경우는 '한시'―의 양이 산문보다 많다든가 운문이 산문보다 더 중요하다든가 하는 것을 말하는 것이 아니라 텍스트 성립에 있어 우선성을 말하는 것이다. 시화를 '시'나 '시인' '詩作'을 주소재로 한 담론으로 규정할 때, 산운 혼합담론으로서 시화는 이미 그 정의 안에 '운주산종'의 특성을 내포하고 있는 것이다. 이것이 시화의 첫 번째 특징이라 할 수 있다.

시화는 시나 시인 또는 시작에 초점이 맞춰져 서술되는 만큼 거론되는 시를 지은 사람은 이름이 알려진 경우가 대부분이며 實名이 언급된다. 시

---

4) 이에 관한 프랑스의 이론은 본서 제2부 「고려사 악지」 부분 참고.
5) 宋代 구양수가 지은 『六一詩話』를 (1)군류 시화의 원조로, 唐代 맹계가 지은 『本事詩』는 (2)군류 시화의 원조로 볼 수 있다. 자세한 것은 본서 제3부 「시화, 우타모노가타리, 본사시」 참고.

화들을 보면 작자—撰者—가 다른 문헌을 통해 알게 되거나 타인으로부터
전해들은 이야기들도 있고, 작자와 동시대의 친지, 師友, 일가 친척 등 주
변인물들의 예를 든 것도 있는데 간접적이든 직접적이든 수집한 시 또는
일화들에 대하여 자기 자신의 생각이나 느낌, 평가를 곁들인다는 공통점
을 보인다. 밑줄 부분이 이에 해당한다. 따라서 시화들은 궁극적으로 '1인
칭 서술'의 성격을 지니게 되며 이를 시화의 두 번째 특징으로 제시할 수
있다.

위의 예들을 보면 '나'라는 주체가 직접 문면에 나타나 있든 숨어 있든
1인칭 시점으로 서술이 행해진다는 공통점을 지닌다. 1인칭 서술자는 어
떤 시나 시인 또는 詩作 및 그와 관련된 일화를 소개한 뒤 자신의 의견을
덧붙이기도 하고 (2-2)처럼 어떤 주제에 대한 자신의 견해를 첫머리에서
언급한 뒤 시와 일화를 소개하기도 하는데 여기서 시작품에 대해 언급하
는 '나'는 작자가 창조해 낸 존재가 아니라 바로 작자 자신이라고 보아도
무방하다. 이런 서술방식은 시화에서 가장 쉽게 볼 수 있는 방식이다.

이로부터 시화의 세 번째 특성 즉, 시화가 지닌 '수필적 성격'을 지적할
수 있다.[6] 수필에 대해서는 그동안 산문으로 쓰여진 비교적 짧은 형식의
글(백철), 자기의 사상·기분·정서를 표현하는 글(문덕수), 자기를 말하는
글(박목월) 등으로 정의되어 왔고 그 특성으로서 형식의 자유성, 개성의
노출, 유모어와 위트, 문체와 품위, 제재의 다양성(최승범)[7]이 거론되어 왔
다. 이 견해들에서 보이는 '자기를 말한다'든가 '개성을 드러낸다'든가 '자
기의 내면을 표현'한다든가 하는 점은 시화의 두 번째 특성 '1인칭 서술'과

6) 시화를 수필로 보는 대표적 관점으로 설중환, 「『파한집』의 수필문학적 성격」,(《어
  문논집》 21집, 민족어문학회, 1980); 최승범, 「詩話隨筆考」,(《시화학》 3·4집, 동방
  시화학회, 2001)를 들 수 있다. 특히 설중환은 수필의 여러 특성을 소개하고 『파한
  집』을 수필로 보는 근거 중 하나로 '1인칭 서술'을 들었다.
7) 이상 수필의 정의·특성에 관한 기존의 언급은 설중환, 위의 글(38~39쪽)에서 재
  인용.

직결되는 것이라 할 수 있다.

네 번째 시화의 특성으로서 '시의 위치'가 고정적이지 않다는 점을 들 수 있다. 산문 중간에 오는 것이 대부분이며 끝에 위치하는 경우도 가끔 보인다. 여러 산운 혼합담론 유형들을 운문의 위치면에서 볼 때 '서부가형'과 '열전형'은 산문 뒤, '시화형'과 '시삽입형'은 비고정적이지만 대체로 산문 중간중간에 오게 되며, '주석형'의 경우는 다양한 양상을 보인다. 이 점에서 시화형과 시삽입형, 그 중에서도 산문 부분이 서사성을 띠는 서사체 시삽입형은 구분이 모호한 경우도 있다. 이 점은 다음 장에서 자세히 설명하기로 한다.

다섯 째, 다른 유형의 산운 혼합담론에서는 시와 산문 작자가 동일인인 경우가 많은데 비해 시화형의 경우 시의 작자는 산문 작자와 별개의 인물이라는 점이 특징적이다. 시화의 작자가 다른 사람 시를 소개하면서 자신의 시를 대상으로 글을 쓰거나, 다른 사람 시는 소개하지 않고 자신의 시에 대해서만 언급하는 예는 찾아보기 쉽지 않다.[8] 또한 시의 작자와 관련하여 살펴보면, 실명을 제시하는 예가 태반이며 대상이 되는 시는 시인이 훌륭한 경우도 있고 시 자체가 인구에 회자되는 것도 있지만, 시나 시인은 별로라도 시론을 전개하기에 좋은 예가 되기 때문에 거론하는 경우도 있다.

---

8) 『백운소설』에서는 이규보가 자신의 시를 소개하고 이에 대해서만 언급한 예가 간혹 발견된다. 예를 들어 자신이 '꿈'을 꾸고 지은 시를 소개한 20단을 보면, '간밤에 꿈을 꾸었는데, 어떤 사람이 작고 푸른 옥 연적을 나에게 주었다. 두드리니 소리가 나고, 아래는 둥글고 위는 뾰족하며 두 구멍은 무척 좁게 나 있었다. 그러나 다시 보니 구멍이 없어졌다. 꿈에서 깨어나 하도 이상해서 시를 지었다. (시는 생략)'라고 되어 있다. 꿈속에서 미인을 만나 시를 주고 받은 일화를 소개한 18단도 같은 경우이다.

3. 시화형 혼합담론과 타 유형의 비교

앞에서 언급한 것과 같은 특성을 지닌 산운 혼합담론을 '시화형'으로
총괄할 수 있지만, 사실상 시화를 제외하고는 이 유형에 속하는 텍스트들
은 그리 많지 않다. 시화형 혼합담론 중에는 2장에서 예를 든 (2)群 텍스
트들처럼 서사성을 띤 것이 상당수를 차지하는데 그것은 시화의 발생 배
경이 당대에 성행한 傳奇, 당·송대에 걸쳐 성행한 筆記小說과 깊은 연관
을 지니고 있기 때문이다.9)

이와 같이 서사체로서의 최소한의 요건을 갖춘 시화의 경우 '서사체 시
삽입형'10)과 흡사하다는 것을 발견하게 된다. 더구나 이 두 유형은 시의
위치가 비고정적이며 대체로 산문 서술 중간중간에 삽입되어 있다는 점
에서도 공통적이어서 구분이 애매한 경우가 있다. 예를 들어 보도록 한다.

(3-1) 『名臣言行錄』에는 다음과 같은 이야기가 있다. 王榮老가 임명되어
觀州로 가는데, 강을 건넌지 7일째가 되자 바람이 일어나 강을 건널 수 없었다.
그러자 어떤 사람이 말하기를 '강의 신은 신령한 존재인데 배 안에는 반드시
異物이 있을 것이니, 그것을 바치면 건너갈 수 있을 것이다'라고 하였다. 영로는
단지 누런 고라니 꼬리만을 소유하고 있었던지라 그것을 바쳤으나 바람이 여전
했다. 또 端溪石으로 된 벼루를 바치니 바람이 오히려 더 일어났다. 또 선포
호장을 바쳐도 모두 효험이 없었다. 밤에 누워 있는데 黃魯直의 초서 부채가
생각났다. 거기에는 다음과 같은 韋應物의 시가 적혀 있었다. "그윽한 풀 산골
물 가에 생겨나는 것 홀로 가여워 하노니/ 위에서는 꾀꼬리 무성한 나무에서
우네/ 봄 밀물 비를 동반하고 저녁에 급히 몰려오는데/ 들판에는 건너는 사람

---

9) 앞 2장에서 예를 든 (1)群의 텍스트가 수필적 성격을 띠는 것에 대하여 이런 부류
   시화 발생이 필기 및 필기소설과 관련이 있음을 언급한 바 있다. 필기·필기소설·
   전기의 차이 및 (1)群과 필기·필기소설과의 관련성, (2)群과 전기·필기소설과의
   관련성은 본서 제3부 「시화, 우타모노가타리, 본사시」 참고.
10) 산운 혼합담론 유형 중 '시삽입형'은 고소설처럼 산문부가 서사성을 띠는 '서사체
   시삽입형'과 기행문처럼 서사성을 띠지 않는 '비서사체 시삽입형'으로 나눌 수 있다.

없고 배만 가로놓여 있도다."[11] 이것을 취하여 바치니 향불이 미처 꺼지기도 전에 남쪽에서 순풍이 불어와 문득 돛이 바람을 가득 안고 눈깜짝할 사이에 건넜다. 스님 洪覺範이 말하기를, '이는 틀림없이 元祐 년간에 귀양살이간 나그네의 귀신일 것이다. 그렇지 않다면 어찌 이처럼 심히 시를 좋아하겠는가?'라고 하였다. <u>그렇다면 시는 귀신을 감동시킬 수 있으며 옛사람들도 그러한 사실에 관해 이미 이야기했거늘 어찌 나 혼자서만 金之岱의 시에 관해 의아해 할 것인가.</u> (밑줄은 필자)   (『동인시화』 140쪽)[12]

(3-2) 김유신은 계림 사람인데 그가 이루어 놓은 혁혁한 업적이 國史에 기록되어 있다. 어렸을 적에 날마다 어머니가 엄하게 가르쳐 함부로 친구를 사귀어 놀지 못하게 했는데 어느날 우연히 기생집에서 자게 되었다. (중략) 공은 이를 깨닫고 탔던 말의 목을 베고 안장을 팽개친 채 돌아가니 이에 기생이 원한에 사무친 노래 한 곡을 지어 전해지고 있다. 경주에 天官寺가 있는데 바로 그녀의 집이다. 상국 李公升이 경주에 官記로 부임하였을 적에 "절이름을 천관사라 부르는 것은 옛날 사연이 있으니/ 이제 문득 그 사연 들으니 애처롭고 슬프구나/ 다정한 공자는 꽃아래서 노는데/ 원한에 사무친 佳人은 말앞에서 울고 있네/ 붉은 말은 정이 있어 오히려 옛길을 아는데/ 말 주인은 무슨 죄가 있다고 채찍질 하는지/ 다만 묘한 학곡의 노래만이 남아 있어/ 달 속의 토끼와 함께 잠들어 만고에 전할까 하노라"[13]라는 시를 지었는데 <u>天官이란 그 기생의 호를 이른 것이다.</u> (밑줄은 필자)   (『파한집』)[14]

앞 장에서 예를 든 (2-1) (2-2)와 위의 두 예를 보면 텍스트가 한 편의 짧은 서사체를 포함하고 있고 시가 산문 서술 사이에 삽입되어 있어 서사

---

11) "獨憐幽草澗邊生 上有黃鸝深樹鳴 春潮帶雨晚來急 野渡無舟自橫."

12) 텍스트는 『東人詩話』(서거정 원저, 이월영 역주, 월인, 2000)에서 인용하였고 괄호 안의 숫자는 이 책의 페이지를 나타낸다.

13) "寺號天官昔有緣 忽聞經始一悽然 多情公子遊花下 含怨佳人泣馬前 紅鬃有情還識路 蒼頭何事謾加鞭 唯餘一曲歌詞妙 蟾兎同居萬古傳."

14) 李仁老, 『破閑集』(『韓國古典文學大全集』v.9, 전규태 역, 手藝社, 1983), 44쪽.

체 시삽입형 혼합담론과 흡사해 보인다. 두 유형을 구분하는 기준이 여러
가지지만, 가장 명백한 것은 이 텍스트들에서 보이는 1인칭 서술이다. 밑
줄로 표시한 부분은 찬술자가 직접 자신의 의견을 개진한 부분인데 이처
럼 3인칭으로 사건이 서술되다가 1인칭의 형태로 작가가 끼어드는 예는
서사체 시삽입형에서는 찾아보기 힘들다.[15] 서사체 시삽입형에서는 스토
리 자체에 초점이 맞춰져 있으므로 작자에 의해 창조된 제3의 인물이 서
술자가 되어 스토리를 전개해 간다. 서사체에서 스토리가 1인칭 서술로
전개되는 것은 일종의 신 기법으로서 근대 이후에 출현한 것이다.

 그런데 이 텍스트들이 서사체 시삽입형과 구분되는 것은 비단 작자의
직접 개입이라는 요소만은 아니다. 텍스트에서의 시의 기능, 시를 지은 존
재, 시와 사건의 관계를 비교해 봐도 양 유형의 차이가 드러난다. 시서사
체 시삽입형의 경우, 예를 들어 이 유형의 대표적인 장르인 소설의 경우
시는 등장인물 특히 主人物에 의해 읊어지며 대화나 독백과 같은 '대사'
의 구실을 한다.

 유랑이 매우 즐거워하며 소매에서 작은 봉투를 꺼내 양생에게 주거늘 떼어
보니 <楊柳詞> 한 수였다. 그 시는 다음과 같았다. "누각 앞에 버들 심어/ 낭군
의 말을 매어 머물레 하려 하였더니/ 어찌하여 꺾어 채를 만들어/ 재촉하여 章
臺 길로 내려가십니까?" 양생이 보고 나서, 그 글의 청신하고 완곡함에 감복하
여 기려 말하였다. (중략) 즉시 화전을 꺼내 한 수를 지어 유랑에게 주었다. 그
시는 다음과 같았다. "버들 천만 실/ 실마다 곡진한 마음이 맺혔구나/ 원컨대

---

15) 중국의 說話藝術인 '話本小說'의 경우 '서사체 시삽입형'에 속하지만 중간중간에
 삽입된 시 외에도 본격적인 이야기를 시작하기 전(開場詩)과 이야기가 끝난 뒤(散
 場詩)에 설화자 자신이 지은 시나 혹은 다른 사람의 싯구를 인용하여 1인칭으로 개
 입하는 양상을 보인다. 개장시는 說話者가 청중들이 모일 때까지 본격적인 스토리
 전개를 유보하고 미리 이야기 주제를 암시하는 구실을 하며, 산장시는 이야기가 끝
 났음을 알리는 동시에 내용을 간단히 요약하는 구실을 하는 것으로 연행에 있어서
 의 일종의 '테크닉'이라 할 수 있다.

달 아래 노끈을 만들어/ 봄소식을 정할까 합니다."(노존본 「구운몽」, 42쪽)16)

여기서 '유랑'과 '양생'이 주고 받은 시는 바로 상대방에게 자신의 속생각을 표현하는 대사로 봐도 무방하다. 따라서 이를 산문으로 풀어 일반 대화처럼 처리해도 아무런 지장을 초래하지 않는다. 서사체 시삽입형에서 시는 이처럼 인물의 내면심리를 표현하는 수단이 되는 동시에, '詩才가 출중한 선비'라든가 '才色을 겸비한 규수'와 같은, 인물에 관한 정보를 제공하기도 한다. 서사내에서 시를 지은 사람은 등장인물이지만 그 시를 실제 지은 사람은 이야기를 만들어낸 작자이며 작자가 자신이 창조한 인물로 하여금 그 시를 읊게 하는 것이다. 서사체 시삽입형에서는 시와 산문의 작자가 동일하다고 할 수 있다.

이에 비해 시화형에서는 텍스트의 중추 역할을 하는 시작품을 지은 사람과 작자―撰者―는 동일 인물이 아니며 시나 시인 또는 詩作 자체에 중점이 두어지므로 시를 지은 사람의 이름이 거의 실명으로 명시된다. 서사체 시삽입형은 스토리나 사건이 우선시되므로 중간중간에 삽입된 시가 생략되거나 산문으로 대치된다 해도 전체 서사에 큰 변화가 일어나지 않는 반면, 시화형에서 시는 텍스트 성립의 1차적 요소가 되는 만큼 생략되거나 산문으로 대치되면 전체 텍스트의 본질적 속성이 변하게 된다.

한 가지 특기할 것은 시화형에서 시는 사건에 등장하는 인물이 지은 경우가 우세하기는 하지만, 사건과 전혀 무관한 제3자의 시가 소개되기도 한다는 사실이다. 시화형에서 시와 사건, 시를 지은 사람의 관계는 다음과 같은 몇 가지 패턴을 보인다.

(가) 사건속 인물이 사건에 관계된 시를 지은 경우
(나) 사건속 인물이 사건과 무관한 시를 지은 경우

---

16) 김만중, 「구운몽」(정규복·진경환 역주, 고려대학교 민족문화연구소, 1996).

(다) 사건과 무관한 제3의 인물이 해당 사건에 관계된 시를 지은 경우
(라) 사건과 무관한 제3의 인물이 해당 사건과 무관한 시를 지은 경우
(마) 사건속 인물인 작자—撰者—가 그 사건에 관계된 시를 지은 경우

(가)의 예로는 앞장에서의 (2-1)(2-2)를, (다)의 예로는 (3-2)를, (라)의 예로는 위의 (3-1)을, (마)의 예로는 각주 (8)에 인용한 이규보의 시를 들 수 있다. (나)의 예로는 아래의 텍스트를 들 수 있다.

(3-3) 고려 정승 韓宗愈는 어렸을 때에 방탕불기하여 수십 명과 무리를 지어 언제나 무당들이 노래하고 춤추는 데에 가서 음식을 빼앗아 취하도록 포식하고는 손뼉을 치며 楊花 노래를 부르니, 당시 사람들이 楊花徒라고 불렀다. 일찍이 공은 양손에 칠을 하고 밤에 남의 집 빈소로 들어갔다. 그 집 부인이 빈전에 와서 곡을 하는데 "임이여, 임이여, 어디로 가셨습니까." 하자 공이 장막 사이로 검은 손을 내밀며 가는 소리로, "내 여기 있소." 하니 부인은 놀랍고 무서워 달아나고 공은 제사상에 차려놓은 것을 모두 가지고 돌아오는 이런 미친 행동이 많았다. (중략) 일찍이 시를 짓기를, "십리 잔잔한 호수에 보슬비 지나고/ 一聲 긴 피리소리는 갈대꽃 멀리서 들린다/ 금솥에 국끓이던 손으로 한가로이 낚싯대 잡고/ 해저문 모래밭을 내려가네"[17]라 하였다.

(『용재총화』 3권)[18]

앞부분에 한종유를 주인공으로 하는 일련의 사건이 서술되어 있고 뒤를 이어 사건 속 당사자가 지은 시를 소개하고 있다. 그런데 시 내용은 앞서 서술된 일화와는 전혀 무관하다. 사건과 시는 '한종유'라고 하는 공분모를 중심으로 '나열'되어 있을 뿐이지 유기적 관계를 지니면서 서술의 일관성을 형성하고 있지 못하다. 이런 형태의 서술은 시화에서는 흔히 볼 수 있는 양상이다.

---

17) "十里平湖細雨過 一聲長笛隔蘆花 却將金鼎調羹手 閑把漁竿下晚沙."
18) 徐居正, 『慵齋叢話』卷3(국역 『大東野乘』 卷一, 민족문화추진회, 1971), 67쪽.

시화형에서는 이 다섯 가지 형태가 두루 나타나는 반면, 서사체 시삽입 형에서는 (가)가 주를 이루고 (라)의 경우는 등장 인물이 두보나 이백 등 유명 시인의 시를 인용하는 형태로 가끔 보일 뿐이며 나머지는 발견하기 어렵다. 이처럼 (나) (다) 형태가 시화형에서는 흔하지만 서사체 시삽입 형에서는 거의 보이지 않는 것은, 전자 유형은 사건 자체보다 인용하는 '시'나 '시인' '詩作'에 더 초점이 맞춰진 반면, 후자 유형은 시보다는 사건 이나 스토리 자체에 초점이 맞춰져 있기 때문이다. 스토리와 무관한 시를 소개하는 것은 서사의 중심을 흩뜨리고 긴장을 이완시키며 나아가 서사 전개를 정체시켜 결국 스토리의 일관성을 해치는 결과를 야기하게 되는 것이다.

텍스트 성립에 있어 시가 우선인가 산문이 우선인가의 문제, 작자의 직접 개입 여부, 텍스트에서의 시의 기능, 시와 사건과 시인간의 관계 등은 이 두 유형의 산운 혼합담론을 변별하는 중요한 기준이 되지만, 개개 텍스트들이 수록되어 있는 문헌의 성격이라든지 그 문헌에 수록된 다른 텍스트들과의 상호관련성을 살피는 것 또한 결정적 기준이 될 수 있다. 일반적으로 '시화집'으로 분류되는 문헌들의 서문을 보면 찬술자가 어떤 의도를 가지고 책을 내게 되었는지 알 수 있다. 최자의 『補閑集』의 예를 들면,

> 고금의 많은 뛰어난 선비 중에 문집을 엮어 놓은 사람은 다만 수십 명밖에 이르지 못했으니 그밖에 좋은 문장이나 뛰어난 시는 모두 없어져 버려 전해지지 않고 있다. 학사 李仁老가 그러한 시문을 대강 수집하여 책을 엮어 내니 그 이름을 '破閑集'이라고 하였다 그러나 晋陽公은 그 책에 수록된 범위가 너무 간략하다고 하여 나에게 그 책을 續作 보충하라고 명령을 내렸다. 그래서 나는 없어져 버리거나 잊혀진 나머지를 가까스로 찾아서 신체시로 약간의 연을 얻었다. 혹 부도나 아녀자들의 작품에 있어서는 한 두 가지 담소의 자료가 될 만한 것은 그 시가 비록 훌륭하지 않아도 실었다.[19]

여기서 비단 최자 자신만이 아닌 이인로의 찬술 의도까지 읽을 수 있는데 그들이 모은 것은 '훌륭하지만 잊혀진 시문들'이거나 '시가 훌륭하지는 않아도 담소의 자료' 즉 '이야깃거리'가 될 수 있는 것이라고 하였다. 그러므로 시화집으로 분류되는 저술 속에 수록된 텍스트라면, 일반 奇談·滑稽談·野談을 모아놓은 저술에 수록된 것과는 분명 차이가 있음을 말해주는 것이다.

그러나 시화집으로 분류되는 저술에 실려 있는 것 중에는 시화형인지 서사체 시삽입형인지 구분이 모호한 것들도 있고, 또 시화로 보기 어려운 것들도 적지 않다.

(4-1) 장악원은 음률을 아는 사람을 관원으로 삼았는데, 박연·정심은 모두 낭료로부터 마침내 제조에 이르렀다. 당시에 박씨 성을 가진 벼슬아치가 있었는데 나이가 많아 실직하였으므로 律呂新書를 대강 배워 상소를 올려 악관이 되기를 구하였다. 조정에서는 잘 모르고 이를 기용하여 드디어 주부를 겸하게 하였다가 다시 참정으로 높여 쓰니, 매양 사람들을 대하면 5음 12율의 껍데기만 논하였다. 사람들은 모두 풍류를 아는 줄만 알았으나 실상은 한 가지도 제대로 아는 것이 없었다. 그러므로 이 사람을 아는 어떤 사람이 시를 지어 기롱하기를, "도토리로 원숭이를 속이고 스스로 현명한 척하니/ 만약 마음속을 논한다면 울지 못하는 매미와 같도다/ 세상의 귀가 모두 막혔다고 말하지 말라/ 사람에게 부끄럽지 않고 하늘에 부끄럽지 않은가."[20]라고 하였다. (『용재총화』 2권)[21]

(4-2) 충선왕이 오랫동안 원나라에 머물러 정든 사람이 있었는데, 귀국하게 되자 情人이 쫓아오므로 임금이 연꽃 한 송이를 꺾어주고 이별의 정표로 하였다. 밤낮으로 임금이 그리움을 견디지 못하여 益齋를 시켜 다시 가서 보게 하였다. 익재가 가보니 여자는 다락 속에 있었는데, 며칠 동안 먹지를 않아 말도 잘

19) 崔滋, 『補閑集』(『韓國古典文學大全集』 v.9, 전규태 역, 手藝社, 1983). 원문은 생략함.
20) "芋栗欺狙謾自賢 若論心體嘿寒蟬 莫言俗耳皆聾衰 不愧于人不愧天."
21) 국역 『大東野乘』 卷一, 54~55쪽.

하지 못하였으나 가까스로 붓을 들어, "보내주신 연꽃 한 송이/ 처음엔 선명하게 붉더니/ 가지 떠난지 이제 며칠/ 사람과 함께 시들었네."[22]라는 한 絶을 썼다. 익재가 돌아와 '여자는 술집으로 들어가 젊은 사람들과 술을 마신다는데 찾아도 없습니다.'고 아뢰니, 임금이 크게 뉘우치며 땅에 침을 뱉었다. 다음해 慶壽節에 익재가 술잔을 올리고는 뜰아래로 물러나와 엎드리며, '죽을 죄를 지었습니다.' 하니 임금이 그 연유를 물으므로 익재는 (그 여자가 쓴) 시를 올리고 그때 일을 말했다. 임금은 눈물을 흘리며 '만약 그날 이 시를 보았더라면 죽을 힘을 다 해서라도 돌아갔을 것인데 경이 나를 사랑하여 일부러 딴말을 하였으니 참으로 충성스러운 일이다.'라고 하였다. (『용재총화』 3권)[23]

위의 텍스트들을 보면 시가 인용되어 있고 그 시에 관련된 일화가 소개되어 있으며 시화집으로 분류되는 『용재총화』에 수록되어 있어 일견 일반 시화와 다른 점이 없어 보인다. 그러나 산운 혼합담론이라는 큰 범주 안에서 검토해 보면 여타 시화형 텍스트들과는 거리가 멀고 오히려 서사체 시삽입형에 근접해 있음을 알게 된다.

우선 어떤 텍스트를 시화형으로 분류하게 하는 1차적 요인이 '시'에 우선성이 있다는 것인데, 위 예들을 보면 시를 지은 사람의 실명이 명시되지도 않고 시에 대한 작자의 언급도 찾아볼 수 없다. 오히려 (4-1)은 음률에 대해 잘 알지 못하는 어떤 사람이 장악원 관리 노릇을 하다가 비웃음사는 이야기, (4-2)는 충선왕이 원나라에 머물렀을 때의 일화에 더 비중이 두어져 있음을 알 수 있다.

여기에 인용된 시들은, 사건과 관계있는 인물들이 그 사건과 관련하여 자기의 속 생각을 드러낸 것이므로 일반 서사체에서의 '대사'와 같은 구실을 한다. (4-1)에서 시는 장악원 관리를 향해 그를 아는 어떤 사람이 자기 생각을 전하는 대사로서의 기능을, (4-2)에서 시는 충선왕의 정인이 충선

---

22) "贈送蓮花片 初來的的紅 辭枝今幾日 憔悴與人同."
23) 국역 『大東野乘』 卷一, 71쪽.

왕에게 자기 심정을 전하는 대사로서의 기능을 한다. 따라서 이 시들은
산문으로 풀어 대화 처리를 해도 전체 텍스트에 아무런 변질이나 훼손이
가해지지 않는다. 시는 이야기의 극적 효과를 높이기 위해 활용된 여러
문학적 장치 중의 하나로 작용하고 있을 뿐이다. 이런 점들을 감안할 때,
위의 예들은 시화형보다는 서사체 시삽입형으로 분류하는 것이 적절하다
고 본다.

이런 성격의 텍스트들은 특히 『역옹패설』이나 『용재총화』처럼 시화집
과 逸話集의 성격이 복합된 문헌에서 쉽게 찾아볼 수 있다. 특히 『용재총
화』는 편자·연대 미상의 野史·野談集인 『大東野乘』에 수록되어 있는
데, 『대동야승』이라는 제목이 말해주듯 여기에 수록된 자료들은 시화집이
라기보다는 야담적 성격이 강한 것들이다. 『용재총화』에는 심지어 시도
포함되지 않고 일화가 시나 시인, 詩作과는 전혀 무관한 이야기들도 적지
않게 실려 있다.

4. 시화형 혼합담론으로서의 「月明師 兜率歌」조

앞에서 언급한 것과 같은 특성을 지닌 산운 혼합담론을 '시화형'으로
총괄할 수 있지만, 사실상 시화를 제외하고는 이 유형에 속하는 텍스트들
은 그리 많지 않다. 국문시가에 붙어 있는 서문이나 발문을 시화로 보는
견해도 있으나[24] 산운 혼합담론이라는 틀에서 보면 그 텍스트들은 '서부
가형' 혹은 '주석형'에 속하는 것들이다.

시화집 이외의 저술에 수록된 것들 중 시화형으로 볼 수 있는 예로서
『삼국유사』 「월명사 도솔가」조를 들어 살펴보도록 한다. 『삼국유사』에는

---

24) 예를 들어 김선기, 「한국의 詩歌詩話」,(《詩話學》 7집, 동방시화학회, 2005); 「初期
時調詩話 考察」,(《詩話學》 8·9집, 동방시화학회, 2007)을 들 수 있다.

향가를 비롯, 민요·한시 등 다양한 형태의 운문이 포함되어 있는데 특히 향가를 포함하는 텍스트들은 열전형, 서사체 시삽입형, 서부가형 등 여러 유형의 산운 혼합담론의 양상을 고루고루 보여 준다. 그러므로 「월명사 도솔가」조를 검토하는 것은 앞서 언급한 시화형의 특징을 일반화할 뿐만 아니라 다른 유형들의 특성을 이해하는 데 있어서도 큰 도움이 된다. 「월명사 도솔가」조의 전문은 다음과 같다.

(a) 景德王 19년 庚子 4월 초하루에 해 둘이 나란히 나타나 열흘 동안이나 없어지지 않았다. 日官이 아뢰기를 인연있는 스님을 청하여 散花功德을 행하면 재앙을 물리치리라 하였다. 이에 朝元殿에 깨끗한 단을 설치하고 靑陽樓에 행차하여 인연있는 스님을 기다렸다. 그때 月明師가 밭두둑 남쪽길을 가므로 왕이 使者를 보내 불러 단을 열고 기도문을 지으라 하였다. 월명이 아뢰기를 '저는 國仙徒에 속하여 단지 鄕歌를 알 뿐이요 梵聲에는 익숙치 못합니다'라고 하였다. 왕이 이르되 '이미 緣僧으로 뽑혔으니 향가라도 좋다'고 하였다. 이에 월명은 兜率歌를 지어 바쳤다. 그 가사에 "오늘 이에 散花歌를 불러 뿌린 꽃아/ 너는 곧은 마음의 命에 부리어져 彌勒座主를 모셔라" 하였다. 그 시를 풀이하면 이렇다(解詩는 생략). 지금 세속에서 이것을 散花歌라고 하나 잘못이고 마땅히 兜率歌라고 해야 할 것이다. 散花歌는 따로 있으나 글이 번다하여 싣지 않는다.

조금 있다가 해의 괴변이 사라졌다. 왕이 가상히 여겨 품질좋은 차 한 봉과 수정 염주 108개를 하사하였다. 홀연히 외양이 깨끗한 한 童子가 공손히 차와 염주를 받들고 궁전 서쪽 小門에서 나타났다. 월명은 이를 內宮의 심부름꾼이라 여겼고, 왕은 월명사의 從者라 여겼으나 유심히 살펴보니 모두 잘못된 추측이었다. 왕이 매우 이상히 여겨 사람을 시켜 뒤를 쫓게 하니 동자는 內院塔 속으로 숨고, 차와 염주는 남쪽 壁畵 미륵상 앞에 있었다. 월명의 지극한 덕과 지극한 정성이 밝게 감동시킴이 이와 같은 것을 알고 조정이나 민간에서 모르는 자가 없었다. 왕이 더욱 공경하여, 다시 비단 100필을 주어 큰 정성을 표하였다.

(b) 월명이 또 일찍이 죽은 누이를 위하여 齋를 올리고 향가를 지어 제사할

새, 홀연히 광풍이 일어 종이돈이 서쪽을 향해 날아갔다. 그 향가는 다음과 같다. (향가 생략)

(c) 월명은 항상 四天王寺에 거주하였는데 피리를 잘 불었다. 일찍이 달밝은 밤에 저를 불며 문앞 큰길을 지나니 달이 가기를 멈추었다. 이로 인하여 그 길을 月明里라 하였다. 법사도 또한 이로써 이름이 알려졌다. 師는 곧 能俊大師의 문인이다. 신라 사람이 향가를 숭상한 자 많았으니 대개 詩頌과 같은 類다. 그러므로 왕왕 능히 천지귀신을 감동시킨 것이 한두 가지가 아니었다.

(d) 讚하여 말한다. "바람은 종이돈을 날려 저승 가는 누이의 노자를 삼게 하고/ 피리를 불어 밝은 달을 움직여 姮娥를 머무르게 하도다/ 兜率天이 하늘처럼 멀다고 말하지 말라/ 萬德花 한 곡조로 맞이하였으니."[25] (밑줄은 필자)

「월명사 도솔가」조는 크게 네 부분 (a)(b)(c)(d)로 나눌 수 있는데, (a)는 향가 <도솔가>를 중심으로 이와 관련된 사건을 서술하고 있고, (b)와 (c)는 월명사를 중심으로 한 일화를, 그리고 (d)는 찬자인 일연이 이 세 사건에 대한 자신의 생각을 7언절구로 표현한 것이다. (a)는 다시 <도솔가>를 짓게 된 배경을 말하는 부분과 그 노래의 효험—월명사의 정성과

---

25) "景德王十九年庚子四月朔 二日並現 挾旬不滅. 日官奏請緣僧 作散花功德則可禳. 於是 潔壇於朝元殿 駕幸靑陽樓 望緣僧. 時有月明師 行于阡陌時之南路 王使召之 命開壇作啓. 明奏云, 臣僧但屬於國仙之徒 只解鄕歌 不閑聲梵. 王曰 旣卜緣僧 雖用鄕歌可也. 明乃作兜率歌賦之 其詞曰 (中略). 解曰 龍樓此日散花歌 挑送靑雲一片花 殷重直心之所使, 遠邀兜率大儛家. 今俗謂此爲散花歌, 誤矣, 宜云兜率歌. 別有散花歌, 文多不載. 旣而日怪卽滅. 王嘉之 賜品茶一襲 水精念珠百八箇. 忽有一童子 儀形鮮潔 跪奉茶珠 從殿西小門而出. 明謂是內宮之使 王謂師之從者 及玄徵而俱非. 王甚異之 使人追之 童入內院塔中而隱 茶珠在南壁畫慈氏像前. 知明之至德至誠 能昭假于至聖也如此 朝野莫不聞知. 王益敬之 更贐絹一百疋 以表鴻誠. 明又嘗爲亡妹營齋 作鄕歌祭之 忽有驚颷吹紙錢 飛擧向西而沒. 歌曰 (中略). 明常居四天王寺 善吹笛. 嘗月夜吹過門前大路 月馭爲之停輪. 因名其路曰月明里 師亦以是著名. 師卽能俊大師之門人也. 羅人尙鄕歌者尙矣 盖詩頌之類歟. 故往往能感動天地鬼神者非一. 讚曰 風送飛錢資逝妹 笛搖明月住姮娥 莫言兜率連天遠 萬德花迎一曲歌." 원문과 번역은 한국학데이터베이스(KRpia)에 의거하였고, 번역은 군데군데 수정을 가함. 이하 『삼국유사』 인용 자료는 이와 동일.

노래에 감응하여 미륵불이 동자로 顯現한 것—을 말하는 부분으로 나눌 수 있다.

이 텍스트는 短篇 서사체로서의 요건을 충분히 갖추었으며 산문 중간 중간에 운문이 삽입되어 있어 일견 서사체 시삽입형 혼합담론의 특성에 부합하는 것처럼 보인다. 그러나 공통적으로 '월명사'에 관해 말하고 있는 (a)(b)(c)는 하나의 서사 텍스트로 보기에는 문제점을 내포하고 있다. 서술의 초점이 갑자기 바뀐 탓에 (a)와 (b)(c)간에 유기성과 일관성이 결여되고 있는 것이다. 일단 (d)를 유보하고 이 텍스트를 읽어보면 (a)는 二日並現의 변괴 및 해결 그리고 '도솔가'의 효험에 초점이 맞춰져 있는 텍스트 즉, '사건' 중심의 텍스트라 할 수 있고, (b)(c)는 월명사의 행적에 서술의 초점이 놓여 있어 傳記的 성격을 띠고 있다. 그러므로 (a)와 (b)(c)는 서술의 지향점이 다르다. 이와 같이 하나의 공통된 내용을 중심으로 시와 그 시를 지은 사람 사이를 넘나들며, 다시 말해 서술의 초점이 바뀌면서 텍스트가 전개되는 양상은 시화에서 흔히 볼 수 있는 양상이다.

이 텍스트가 '서사체 시삽입형' 혼합담론과 거리가 있다는 것은 '서술 시점' 면에서도 확인할 수 있다. 전체적으로 이 텍스트가 서술되는 양상을 시점의 측면에서 보면 (a)(b)(c)는 3인칭 서술, (d)는 1인칭 서술에 해당한다. 일연은 일련의 사건들을 3인칭으로 서술을 한 뒤 (d)를 추가하여 마치 詩話集의 찬술자가 시에 대해 평을 하듯 자신의 의견을 곁들이고 있다. 시화집의 찬술자가 서술된 내용에 대하여 비교적 중립적·객관적 자세를 취하는 것과는 달리 일연의 경우는 '찬탄' '경건'의 태도를 취하고 있어, 결국 서술된 내용과 서술자간의 심리적 거리가 전자에 비해 현저하게 짧다는 점이 다를 뿐이다. 또한 (a)를 독립시켜 본다 해도 밑줄 부분은 찬자 일연이 1인칭으로 서술로써 개입하는 양상을 보여 준다. 여기서의 찬자의 개입은 시화집에서의 그것과 매우 흡사하다. 따라서 서술의 초점과 시점이라는 점에서 볼 때 네 부분으로 구성된 전체 텍스트는 물론, 일견 短篇 서사체에 시가 삽입된 것처럼 보이는 (a)를 독립시켜 보아도 서사체 시삽입형으로 보기 어렵다는 결론을 내릴 수 있다.

또한 시와 시인, 사건간의 관계에서 볼 때도 위 텍스트는 서사체 시삽입형과는 거리가 멀다. 이 텍스트에는 한 편의 解詩, 두 편의 향가, 한 편의 讚詩가 포함되어 있다. 앞서 시화의 특성을 언급함에 있어 시와 시인, 사건간의 관계에 따른 몇 가지 패턴을 제시했는데, (a)부분의 <도솔가>는 (가)사건속 인물이 사건에 관계된 시를 지은 경우에 해당하고, (b)의 <제망매가>는 (나)사건속 인물이 사건과 무관한 시를 지은 경우에, 그리고 (a)부분의 <도솔가>에 대한 일연의 解詩와 讚詩 (d)는 (다)사건과 무관한 제3의 인물이 해당 사건에 관계된 시를 지은 경우에 해당한다. (가)는 시화형, 서사체 시삽입형에서 모두 쉽게 발견되는 형태지만, (나)(다)는 시화에서는 흔하되 서사체 시삽입형에서는 거의 찾아볼 수 없다[26]는 점에서도 이 텍스트가 서사체 시삽입형과는 거리가 멀다는 것을 반증한다.

이런 점들 외에도 「월명사 도솔가」조를 시화형 산운 혼합담론으로 볼 수 있는 근거로 '제목'을 들 수 있다. 동시대의 다른 유사 문헌들에 비해 『삼국유사』는 수록자료들에 대한 분류의식이 매우 투철해 보인다. 전체를 다섯 개의 卷으로 나누고 각 권에서 주제나 서술대상이 다를 경우는 다시 몇 개의 篇으로 나누었다. 일연의 분류의식은, 서술하는 세부 조목에 대하여 제목을 붙이고 있는 데서 더욱 뚜렷하게 드러난다. 향가가 포함되어 있는 조목의 제목을 보면 다음과 같다.

<慕竹旨郎歌>　　　　　：제2권 「孝昭王代 竹旨郎」
<獻花歌>　　　　　　　：제2권 「水路夫人」
<安民歌> <讚耆婆郎歌> ：제2권 「景德王 忠談師 表訓大德」

---

26) 등장인물이 스토리나 사건과 무관한 유명 시인의 시구를 읊조리는 경우는 더러 발견된다.

<處容歌>	: 제2권 「處容郎 望海寺」
<薯童謠>	: 제2권 「武王」
<禱千手觀音歌>	: 제3권 「芬皇寺千手大悲 盲兒得眼」
<風謠>	: 제4권 제5 '義解' 「良志使錫」
<願往生歌>	: 제5권 제7 '感通' 「廣德 嚴莊」
<兜率歌> <祭亡妹歌>	: 제5권 제7 '感通' 「月明師 兜率歌」
<彗星歌>	: 제5권 제7 '感通' 「融天師 彗星歌 眞平王代」
<怨歌>	: 제5권 제8 '避隱' 「信忠掛冠」
<遇賊歌>	: 제5권 제8 '避隱' 「永才遇賊」

여기서 눈에 띠는 것은 <혜성가>와 <도솔가>의 경우만 조목의 제목에 노래 이름이 들어간다는 점이다. 다른 제목들을 보면 대부분 사람이름이거나 어떤 사건을 압축하여 나타낸 어구로 되어 있다. 「무왕」, 「광덕 엄장」, 「효소왕대 죽지랑」과 같은 것은 전자에 해당하고, 「신충괘관」('신충이 관을 걸다'), 「양지사석」('양지가 錫杖을 부리다')와 같은 것은 후자에 해당한다.

어떤 글에 있어 '제목'이란 예나 지금이나 그 글의 핵심적 생각을 압축하여 나타낸 것으로, 그 글에 대한 작자의 '의도'를 반영한다. 지금 논의의 대상이 되는 두 조목의 제목에는 노래 이름 외에도 그 노래를 지은 '월명사'와 '융천사'라는 이름이 포함되어 있다. 그렇다면 일연은 왜 이 두 조목을 승려의 행적을 중심으로 한 제4권 제5의 '義解'편에 「월명사」, 「융천사」라는 제목으로 수록하지 않고 기이한 사건을 중심으로 한 '감통'편에 수록한 것일까.

'의해'편에 수록된 승려의 행적은 주로 '佛法' 혹은 '弘法'에 관계된 것이다. 그러나 월명사나 융천사는 천지귀신을 감동시키는 신이한 힘으로써 이름이 난 사람이기 때문에 '감통'편에 수록한 것으로 보인다. 그리고 그들은 공통적으로 '노래'를 통해 천지귀신과 감응하였다. 다시 말해 천지신명을 감동시킨 것은 궁극적으로는 두 승려가 지은 노래인 것이다. 이로 볼 때, 일연이 노래 이름을 조목의 제목으로 삼은 것은 자기가 서술할 내용의 핵심이 바로 노래에 있다는 것을 알리는 신호라고 할 수 있다. 노래―혹은 운문, 시―가 담론의 핵심이 되고 담론 성립에 있어 우선성을 지닌다는 것은 그 글이 '韻主散從'의 성격을 띤다는 것을 말하며 이것은 시화형의 기본 특성이 되는 것이다.

조목의 제목에 노래 이름이 포함되어 있고 운문에 언술의 초점이 놓여 있으며 텍스트가 단편 서사체의 요건을 갖추었다는 점에서 「융천사 혜성가」조는 공통점을 지니지만 면밀히 살펴보면 적지 않은 차이를 보인다.

제5 居烈郎, 제6 實處郎, 제7 寶同郎 등 세 화랑의 무리가 풍악에 놀러 가려고 하였을 때, 혜성이 心大星을 범하였다. 낭도들이 의아하여 여행을 중지하려고 하였다. 이때에 融天師가 향가를 지어 부르자 怪星이 곧 사라지고 日本兵이 물러가서 도리어 경사가 되었다. 대왕이 기뻐하여 낭도들을 풍악에 놀러 보냈다. 그 향가는 다음과 같다. (향가 생략)[27]

여기서 산문부분은 단편 서사체로서의 요건을 갖추고 있고, 시도 포함되어 있어 시화형이나 서사체 시삽입형과 유사해 보인다. 그러나 위의 예를 보면 시가 산문 서술 '뒤'에 위치해 있고, 서사성을 띤 산문 부분이 향가가 지어진 배경을 말하는 데 초점이 놓여 있다는 것을 알게 된다. 따라서 산문 부분은 作詩 동기나 배경, 노래의 유래를 설명하여 다음에 올 운문의 이해에 가이드라인의 역할을 한다고 볼 수 있다. 산운 혼합담론에서 산문이 이런 구실을 하는 대표적인 예로 '序'가 있으며, 위의 산문 부분 또한 서로서의 구실을 충분히 행한다고 할 수 있다. 이런 점은 산운 혼합담론 유형들 중 '서부가형'의 특징을 보여주는 것으로, 결국 「융천사 혜성

27) "第五居烈郎·第六實處郎(一作突處郎)·第七寶同郎等三花之徒 欲遊楓岳 有彗星犯心大星. 郎徒疑之 欲罷其行. 時天師作歌歌之 星怪卽滅 日本兵還國 反成福慶. 大王歡喜 遣郎遊岳焉. 歌曰 (鄕歌 省略)."

가」조는 서부가형에 속하는 것으로 규정할 수 있다.

시화형 혼합담론으로서 「월명사 도솔가」조의 특성은, 향가가 포함된 다른 텍스트들과의 비교에서도 확연히 드러난다. '서동'과 '처용'을 주인공으로 하는 일련의 일관된 사건들 속에 이 인물들이 지은 노래가 삽입되어 있는 「무왕」조와 「처용랑 망해사」조의 경우는 '서사체 시삽입형', 竹旨郞의 신이한 탄생과 훌륭한 행적 등 일대기를 서술한 뒤 讚을 붙인 「효소왕대 죽지랑」은 '열전형'으로 분류될 수 있다.

한편 향가가 포함된『삼국유사』의 텍스트들 중 「월명사 도솔가」조 외에 시화형으로 분류될 수 있는 것으로 「분황사 천수대비 맹아득안」 「신충패관」 「양지사석」 등을 들 수 있다.[28] 이들은 공통적으로 어떤 사건을 서술하고 사건 속 인물이 지은 노래를 소개한 뒤 일연이 지은 '讚'을 붙인 형태로 되어 있다. 여기서의 '찬'은 사건 혹은 사건 속 인물에 대한 撰者 일연의 총평에 해당한다. 이처럼 3인칭 서술 뒤에 작자—찬자—가 1인칭으로 자기 목소리를 개입시키는 것은 앞서 살핀 대로 시화형 혼합담론의 특성 중 하나인 것이다.

---

28) 이 중 「월명사 도솔가」조와 가장 닮은 구조를 보이는 것은 「신충패관」이다. 어떤 사건—잣나무가 누렇게 변한 사건—과 그 해결과정—노래를 지어 잣나무에 붙인 것—이 서술된 뒤, 갑자기 서술의 초점이 노래를 지은 사람으로 전환되어 만년의 신충의 이야기가 언급된다. 그런 뒤 사건과 인물에 대한 총평으로서 일연의 찬이 붙는 구조이다. 더구나 이 조목에는 향가에 대하여 '후구는 없어졌다'("後句亡")라고 덧붙인 구절, 신충의 후일담을 서술하면서 '別記'의 내용을 소개하는 부분("又別記云")까지 포함되어 있는데, 이는 찬자 일연이 직접 서술에 개입하는 양상을 띠며 시화집에서 찬자가 시나 시인에 대해 의견을 개진하는 것과 동일한 양상을 보인다.

5. 맺음말

이 글은 시화형 산운 혼합담론의 일반적 특성을 부각시키는 데 초점을
두었다. 우선 이 유형의 토대가 되는 시화의 특성으로서 운주산종의 성격,
작자의 개입에 따른 1인칭 서술, 수필적 성격, 시의 위치가 비고정적이라
는 점, 시의 작자가 산문 작자와 별개의 인물이라는 점을 들었다. 그리고
시화텍스트는 크게 서사성을 띠는 것과 그렇지 않은 것으로 양대별할 수
있는데 서사성을 띠는 경우 '서사체 시삽입형'과 유사성이 많아 시화형과
서사체 시삽입형을 구분하는 몇 가지 기준을 제시했다.

일반 시화집이 아닌 저술에 포함되어 있으면서 전통적으로 시화로 분
류되는 것들과 공통의 특징을 지니는 텍스트들을 '시화형 산운 혼합담론'
으로 총칭할 때『삼국유사』중 향가를 포함하는 조목에서 시화형에 속하
는 몇 예를 찾아볼 수 있다. 그 대표적인 예로 「월명사 도솔가」조를 자세
히 살펴봄으로써 시화형 혼합담론의 특성을 보편화하였다.

제4부

주석형

【소총론】

∶

주석형으로 분류될 수 있는 담론들은 본 담론에 부수되는 성분을 포함한다는 점에서 서부가형과 동일하다. 부수성분으로는 제목, 서, 발, 題後, 주석, 일본 시가에서 흔히 볼 수 있는 고토바가키(詞書) 및 左注 등이 있다. 이런 부속성분들은 텍스트에 그냥 붙어 있는 불필요한 잉여요소가 아니라 어떤 의도를 가지고 텍스트성에 기여하는 부분으로 인식되어야 한다. 하나의 텍스트란 본문만이 아닌, 이런 부속성분까지를 다 포괄한 개념인 것이다. 텍스트의 구성 요소로서의 이런 부속성분에는 주석도 포함이 되는데, 본문의 글자풀이나 어구 해석 및 본문에 대한 보충설명에 머무는 것이 많지만 그 중에는 서사적 스토리를 담거나 운문을 삽입하거나 하여 문학성이 풍부해진 것들도 적지 않다. 이런 것은 단지 主가 되는 어떤 텍스트에 딸려 있는 잉여성분이라고 하기보다는 그 자체가 하나의 독립된 텍스트라 해도 무방할 만큼 독자성을 확보하고 있다. 여기서 주석형으로 분류하고자 하는 것은 이처럼 그 자체로 독자성을 확보하고 있는 주석을 포함한 담론들이다.

주석형은 이론적으로 본문이 산문이고 주석이 운문인 경우와 본문이 운문이고 주석이 산문인 경우로 나눌 수 있다. 전자는 『신증동국여지승람』과 같은 인문지리서에서 찾아볼 수 있지만 그 예가 드물고, 대개는 후자가 주를 이룬다. 큰 틀로 보았을 때 이렇게 본문과 주석 사이에 산운 결합을 생각할 수 있지만, 경우에 따라서는 주석문 내에서 산운 결합이 존재하기도 한다. 본문과 주석 사이에 산운 결합이 있는 것을 '정격 주석형', 주석문 내에 산운 결합이 있는 것을 '변격 주석형'이라 할 때 주석형은 다음과 같이 네 하위형태로 나뉜다.

(가) 본문(운문) + 주석문(산문)
(나) 본문(산문) + 주석문(운문)
(다) 본문(운문) + 주석문(산운 결합)
(라) 본문(산문) + 주석문(산운 결합)

(가)의 예로『한시외전』『법구비유경』『석가여래행적송』, 시가 뒤에
跋文이나 左注[1])가 붙은 텍스트를, (나)의 예로『신증동국여지승람』의
일부 텍스트들을, (다)의 예로『월인석보』를, (라)의 예로『춘추좌씨전』
『동국여지승람』등을 들 수 있다. 그러나 경우에 따라서는 이 중 두 가지
의 성격을 동시에 지니고 있어 이 네 유형으로 포괄할 수 없는 텍스트들
도 있다.

『용비어천가』는 125장으로 된 운문과 서사성이 풍부한 산문 주석이
결합된 양상으로 큰 틀로 보아 (가)의 전형적 예라 할 수 있지만, 총 125
개의 장 중 6개 장의 주석문에 7개의 운문이 포함되어 있어 (다)의 성격
도 지닌다. 그리고『월인석보』의 경우는 전체가 아닌 일부에서 (다)의 양
상을 논할 수 있다는 점도 지적되어야 한다. 또한 운문 뒤에 '跋文'이 붙
은 텍스트는 (가)의 형태라고 할 수 있지만, 그 중에는 발문에 본문의 운
문과는 다른 별개의 운문을 포함하는 경우도 있어 (다)의 양상을 보여주
기도 한다.[2])

「시가의 서발과 산운 혼합담론」은 서부가형과 주석형 양쪽에 해당하는
글이지만 편의상 주석형으로 분류하여 다루었다.

---

1) '左注'는 일본 시가 뒤에 위치하여 歌에 대한 보충적 설명을 하는 산문 서술을 가리
키는데 '後注'라 하지 않고 '左注'라 한 것은, 세로 글쓰기에서는 노래의 '뒤'가 지면
상으로 왼쪽이 되기 때문이다. 左注는 '跋'과 성격이 거의 같다고 할 수 있다.
2) 뒤에 살필『고산유고』의 <몽천요>는 이런 예에 해당한다.

『韓詩外傳』과『法句比喩經』의 비교 연구

1. 비교의 근거

『韓詩外傳』은 西漢時代(B.C. 206~A.D. 25) 燕나라 사람인 韓嬰[1]이 지은 일종의『詩經』해설서이다. 한영은 이 외에도『시경』에 관한 연구서로『內傳』『韓詩故』『韓詩說』등을 찬술하였는데 이를 통틀어 '韓詩'[2]라고 한다. 한시는 齊詩·魯詩와 더불어 三家詩로 불리는데 삼가시 중 가장 오

---

1) 한영은 生沒年代가 분명치 않다. 孝文帝(재위 B.C. 179~157) 때 박사가 되었다는 사실로 미루어 그의 출생시기는 기원전 200년 이전으로 추정할 수 있고, 武帝(재위 B.C. 140~87) 때는 董仲舒(B.C. 179~104)와 경학에 대한 논변을 벌이기도 했다는 사실로 미루어 사망시기는 B.C. 140년 이후로 추정할 수 있다.

2) '韓詩'란『시경』에 대하여 韓嬰이 연구하고 해설한 것을 뜻하는데, '外傳'이라 한 것은『시경』에 대한 정통의 해석이 아니라 거기서 벗어난 별도의 것이라는 의미를 함축한다. 원래 韓詩는 內傳과 外傳이 있었으나 내전은 송나라 때 이미 없어졌다. 『한시외전』은『漢書』「藝文志」에 '韓內傳四卷 韓外傳六卷'이라 되어 있으나『隋書』「經籍志」와『唐書』『藝文志』에는 모두 10卷으로 기록되어 있어 학자에 따라서는 현재 전하는『한시외전』10권이 내전과 외전이 합쳐진 것으로 보기도 한다. '傳'은 원래 驛舍에서 명령을 전달하는 使者를 뜻하며 '명령을 전달하는 수단'의 의미를 지니고 있었다. 그러다가『左傳』에 이르면 경서 이해와 해석의 보조수단이라는 의미로 전이된다.『左傳』은『春秋』가 지나치게 소략하여 이해하기 어려웠기 때문에 그 기록의 내용을 부연한 것이다. 따라서『시경』에 대한『한시외전』의 관계는『春秋經』에 대한『春秋左氏傳』의 관계와 같다. 유협도 '春秋'에서 의도했던 뜻을 물려받아서 후세 사람들에게 전한다는 의미이므로 傳은 聖人 著作의 보조물이 되고 記錄과 史籍의 으뜸이 된다'고 하였다. 劉勰,『文心彫龍』(최동호 역편, 민음사, 1994·2005), 202~203쪽.

래까지 존재하면서 오늘날 시경 해석서의 토대가 되는『毛詩』에도 지대
한 영향을 미쳤다. 이는 趙나라 毛萇이 지은『毛詩正義』가 출현하기 이
전의 초기의 시경 해설서라는 점에서 중요한 위치를 차지한다. '외전'은
'내전'에 대응되는 말로, 故事나 제자백가의 잡설 등을 인용하여 시경의
시구를 해석한 것이기에 본격적인 정통의 주석서가 아니라는 의미로 '외
전'이라는 말을 사용했다.

『法句比喩經』은『法句經』[3] 게송들을 대본으로 하여 이루어진 경전으
로서 법구경 본문과 이에 대한 주석을 이야기 형식으로 곁들인 것이다.
불교 원시 경전은 설법서인 대승 경전과는 달리 어록 내지 언행록의 성격
을 띠는 것으로, 그 내용과 형식에 따라 12가지로 나누어 12部經 또는 12
分敎 등으로 부르고 있다. 이 중 '比喩'는 범어 아파타나(avadana)를 번역
한 것인데 비유나 寓言으로써 이야기를 들어 교리를 설명하고 해설한 것
이다. 불교 경전 중 本然部에 속하는 것은 줄거리가 있는 이야기체로 되
어 있어 문학성이 가장 뛰어난 것인데『법구비유경』또한 이에 속한 경전
으로서 12분교 중 '비유'에 속한다. 따라서 이 경전은 불교의 비유문학을
대표하는 동시에, 인도문학을 한문으로 옮긴 번역문학의 성격을 지닌다.

중국문학인『한시외전』과 인도문학인『법구비유경』은 일견 전혀 동떨
어진 것처럼 보이지만 여러 면에서 공통점을 지니고 있다. 우선 저술의
동기 혹은 의도 면에서 공통점을 지닌다.『시경』이나『법구경』은 모두 운
문만으로 되어 있어 이해하기 어려웠기 때문에 이들 경전을 쉽게 풀이하
여 심오한 뜻을 전달하기 위해 지어진 것이 바로『한시외전』과『법구비유
경』인 것이다. 따라서 경전이해와 해석의 보조수단이 된다는 점에서『시
경』에 대한『한시외전』의 관계와『법구경』에 대한『법구비유경』의 관계

---

3) 엮어진 시기는 대략 기원전 3~4세기 경인데, 게송 가운데는 이보다 더 오래된
   것도 있다. 게송의 수는 423개이며, 3세기 초 維祇難에 의해 한역되었다. 이『법구경』
   은 부처님 在世時의 말씀에 비교적 가까운, 순수성을 지닌 경전으로 평가되고 있다.

는 동일하다. 이 점이 두 담론의 가장 두드러진 공통점이라 할 수 있다. 텍스트가 시와 산문의 혼합으로 이루어져 있다는 점, 그리고 그 산문부분이 고사나 이야기로 이루어져 있다는 점 또한 뚜렷하게 드러나는 공통점이라 할 수 있다. 이처럼 텍스트에 이야기를 도입했다든가 산문과 운문을 섞어 서술했다든가 하는 문학적 장치는 유학이나 불교의 심오한 진리 및 교훈을 효과적으로 전달하여 경전의 가르침을 체득케 하고자 한 공통의 동기에서 비롯된 것이라는 점에서 이 두 담론의 출현 배경이 같다고 할 수 있다.

이 글은 상호 영향관계가 없는 두 담론이 고대 유가와 불교의 경전을 이해하고 해석하는 데 있어 이야기를 비유로 들어 풀이한다고 하는 동일한 방법을 사용한 점과, 한 텍스트가 산문과 운문을 섞어 구성되었다는 점에 착안하여 이들의 장르적 성격(3장), 다성구조적 특성(4장), 산운 혼합 담론으로서의 성격(5장)을 조명하는 데 목표를 둔다.『한시외전』에 관해서는 송희준의 연구와 임동석의 해제[4] 그리고 중국문학사 관계 연구서에서 산발적인 언급이 있을 뿐이고,『법구비유경』의 경우 이 경전에 대한 간단한 몇몇 설명 외에 본격적인 연구는 전무한 실정이다. 양자를 비교한 연구는 물론 전무하다.

2. 구성과 체제

현전하는『한시외전』은 10권 310장으로 되어 있는데, 고사나 일화를 서술하고 그 뒤에 이에 상응하는 주제를 지닌『시경』의 시구를 배치하는 체제로 되어 있다. 산문서술 앞에 '傳曰'이라는 말이 붙는 경우도 있고,

---

4) 宋熹準,「『韓詩外傳』에 관한 고찰(1)」,《中國語文學》제40집, 영남중국어문학회, 2002.12.; 임동석 역주,『韓詩外傳』(예문서원, 2000).

시를 인용한 뒤에 간단한 평을 덧붙이는 경우도 있다.

산문과 시의 연결은 "詩曰"('시에서는 다음과 같이 노래하였다')이라고 서술한 뒤 시구를 인용하는 것으로 끝맺는 형태가 기본이 되고, '詩曰 +詩句 + 此之謂也'와 같이 시를 인용한 뒤 그 내용을 받아 '이는 -을 두고 한 말이다'라는 말을 덧붙여 끝맺거나 텍스트 전체 내용에 대한 간단한 평을 붙이는 등의 변형태도 다수를 차지한다.

『한시외전』의 산문서술은 반 정도가 서사성을 띤 것이고, 나머지 반은 단순히 교훈적 내용을 서술한 것이다. 『한시외전』의 담론적 성격을 살핌에 있어 문제시되는 것은, 고사의 상당수가 後人의 僞作 내지 添入으로 이루어졌다는 사실이다. 한영이 활약한 서한시대는 타인의 저술을 서로 베끼고 인용하는 것이 일종의 풍조 내지 유행이 되었던 터라, 한영도 예외는 아니어서 제자백가를 비롯하여 수많은 선행담론을 베끼거나 인용하고 있다. 『한시외전』에 인용된 원전은 30여 종에 이르는데 이 중 한영 이전시대의 것은 『荀子』『國語』『春秋左氏傳』 등 10여 종에 불과하며 나머지 2/3 정도가 한영 死後에 나온 것이다.[5]

그렇다면 『한시외전』을 연구대상으로 할 때 2/3 정도에 해당하는 후인의 위작 및 첨입부분을 제외해야 할 것인가 하는 문제가 제기된다. 필자는 이들까지 모두 포함해야 한다는 입장이다. 왜냐하면 후인이 첨입을 할 때 작자로서 개성을 살려 자신의 고유한 입장과 목소리를 표명하는 것이 아니라, 한영에 의해 이미 갖춰진 텍스트의 模型 혹은 틀에 맞춰 유사한 방식으로 각종 자료들을 '代入'한 것으로 생각되기 때문이다. 따라서 한영 이전의 것이든 사후의 것이든 310개의 텍스트는 단지 한영이라는 한 사람에 의해 편찬된 것이 아니라 수많은 사람들이 작자 혹은 편집자로서 개입하여 이루어진 일종의 '거대담론'을 구성한다. 그들은 각각 다른 존재들이

---

5) 임동석이 부록으로 붙여 놓은 자료 및 송희준의 앞의 글(311~312쪽) 참고.

지만 한영이 표방하는 방향과 의도한 목표대로 같은 목소리를 내는 것이
다. 그러므로 『한시외전』을 연구함에 있어 이들을 모두 수용하는 것이 타
당하다고 본다.

『법구비유경』은 『법구경』의 게송에 대한 비유적 이야기를 40品[6]으로
분류하여 과거·현재·미래에 일어났거나 일어날 수 있는 인연담을 서술
하고 있다. 40가지 주제를 73가지의 이야기에 담아 부처님의 가르침을 전
달하고 있는데, 각 품마다 한 가지 이상의 비유담과 게송이 포함되어 있
다. 가장 많은 비유담을 포함하는 것은 「무상품」으로 총 6가지의 이야기
가 실려 있다. 6가지 비유담 중 제1話에 두 개, 제2화에 한 개, 제3화에
세 개, 제4화에 한 개, 제5화에 네 개, 그리고 제6화에 세 개의 게송이 딸
려 있어 「무상품」에는 총 14수의 게송이 포함되어 있다. 법구경의 게송
423개 가운데 2/3는 그대로 『법구비유경』에 수록되어 있으며 여기에 그
게송이 설해지게 된 인연담만을 추가하고 있는 것이다. 『법구경』은 2권
39품으로 3세기 초에 維祇難 등이 한역한 것이고, 『법구비유경』은 4권
40품으로 290~306년간에 東晉의 僧 法炬와 法立이 한역한 것인데 양
경전은 품의 배열 순서를 비롯해서 거의 모든 것이 일치하고 있다.

『법구비유경』의 텍스트들은 설법이 이루어지는 시간과 공간 제시하는
'序分', 濟度의 대상 즉 이야기의 주인공이 등장하여 그를 중심으로 이야
기가 전개되는 '正宗分', 부처님의 설법에 감화되어 제도가 이루어진 결과
를 말하는 '流通分'으로 구성되어 있다. 이는 각각 서론-본론-결론의 성
격을 띤다. 게송은 정종분에 포함되어 있고, 이야기와 게송을 연결하는 말
로 보통 '(부처님은) 다음과 같이 게송을 읊으셨다'라는 말이 온다. 이를 간
략히 요약하면 『법구비유경』의 텍스트들은 '서분-정종분(이야기+연결어+
게송)-유통분'의 삼분법적 구성으로 되어 있다. 설법이 행해지는 시간은

---

6) '品'이란 '주제' 혹은 '章'을 의미한다. 예를 들어 '無常品'이라 하면 '無常'을 주제로
하는 게송과 비유담을 모아놓은 章이라는 것을 의미한다.

모두 '옛날'이라고 하는 과거의 불특정 시간으로 설정되어 있는 반면, 장
소는 구체적인 지명까지 제시되고 있다.

운문을 한 수 이상 포함하는 산문서술 한 편을 하나의 텍스트로 간주할
때『한시외전』은 310개의 텍스트,『법구비유경』은 73개의 텍스트로 구성
되어 있다고 할 수 있다.

3. 장르적 특성

사상이든 종교든 어떤 사회나 집단에 의해 중요한 가르침으로 신봉되
면서 행동과 신념의 지침이 되는 개념체계를 '이념'이라 규정할 때,『시경』
과『법구경』은 유학과 불교라고 하는 이념체계에서 경전으로 존숭되어
왔다고 하는 공통점을 지닌다.

이 경전들은 암시적이고 함축적인 표현으로 된 운문인 까닭에 그 내용
을 쉽게 이해하도록 산문으로 된 해설과 설명을 부가한 것이 바로『한시
외전』과『법구비유경』이다. 말하자면『한시외전』과『법구비유경』은 각각
『시경』과『법구경』에 대한 일종의 해설서인 것이다. 그럼에도 이 담론들
을 문학으로 규정할 수 있는 것은 이들이 일반적인 해설서와는 달리 산문
으로 된 해설 부분이 고사나 일화, 우화, 구전 설화 등을 토대로 한 것이어
서 서사체적 성격을 띠기 때문이다. 예를 각각 하나씩 들어보도록 한다.

　　(가) 楚 昭王 때 石奢라는 선비가 있었다. 그는 공정하고 정직한 법관이었다.
어느날 살인사건을 처결하려 하는데 자신의 아버지가 범인이었다. 그는 법대로
집행할 수도 없고 법을 집행하지 않을 수도 없어 아버지를 풀어주고 법을 어긴
죄인으로서 형벌을 받고자 하였다. 왕이 죄인을 쫓아갔으나 잡지 못했다고 하
면 아버지도 살리고 그도 죄를 면할 수 있을 것이라고 방법을 알려 주었다. 그
러나 그는 그렇게 하면 孝도 될 수 없고 忠도 될 수 없다고 하면서 결국 자살을

하고 말았다.

시에서는 "저 사람이여, 나라의 바른 道를 주관하도다!"[7]라 하였으니, 바로 석사같은 이를 두고 한 말이다.[8]

(나) 옛날 다미사라는 왕이 있었다. 그 왕은 수많은 外道를 섬겼다. 어느날 크게 보시를 행하려는 마음이 일어 보물을 쌓아놓고 원하는 사람이 있으면 한 웅큼씩 가져가게 하였다. 부처님은 그를 제도하고자 梵志[9]로 화하여 왕에게 갔다. 범지가 집을 지으려 한다고 말을 하자 왕은 보물을 한 웅큼 가져가게 했다. 범지는 그 보물을 집어 가지고 가다가 도로 돌려주면서 그것으로 집은 지을 수 있으나 장가갈 비용으로는 부족하다고 하였다. 왕은 필요한 만큼 더 가져가라 했고 범지는 세 웅큼을 가져 갔다. 그러나 가다가 다시 돌아와 돌려주었다. 이렇게 점점 더 필요한 것이 많아짐에 따라 요구하는 보물의 양도 많아지고 결국 왕은 모든 보물을 가져가라 했으나 범지는 역시 모든 보물을 가지고 가다가 다시 제 자리에 돌려놓았다. 왕이 이유를 묻자, '많은 보물이 필요한 것은 삶을 위해서인데 삶이란 무상하고 근심과 괴로움으로 가득찬 것이니 보물이 많은들

---

7) 시는 『詩經』 「鄭風 · 羔裘」의 제 2장으로서 2장 全文을 인용하면 다음과 같다. "羔裘豹飾 孔武有力 彼其之子 邦之司直"(염소 갖옷에 표범 가죽으로 선을 둘렀으니/심히 굳세고 힘이 있도다/저 사람이여!/나라의 바른 道를 주관하도다.)

8) 원문은 생략하고 번역문의 내용도 축약하였다. 줄거리 요약의 기준은 프랭스가 말하는 '有關性'에 의거했다. 유관성이란 이야기를 요약할 때 줄거리 전개에 필수적인 것, 다시 말해 명제가 상호 관련을 가지면서 서사체를 요약하는 데 꼭 필요한 것—이를 프랭스의 용어로 한다면 '서사적 명제'—을 말한다. 하나의 서사물로부터 이야기 줄거리(또는 플롯)를 끄집어 내어 그 서사물을 요약할 수 있게 해주는 것은 부분적으로, 그 서사물을 구성하고 있는 사건들이 제각기 정도 차이가 있는 유관성을 가지고 있다는 사실 때문이다. 즉, 유관하지 않은 사건들은 이야기 줄거리에서 제외되는 반면, 그 연속을 이루는 최초의 사건과 최후의 사건(및 수정의 원인이 되는 사건)은 제외될 수 없다. 제랄드 프랭스, 『서사학이란 무엇인가』(최상규 역, 예림기획, 1999), 106쪽.

9) '범지'란 바라문의 한역어에 해당하며 梵士라고도 번역한다. 바라문은 우주의 최고 원리인 '범'(brahman)을 志求하는 사람이므로 범지라 번역한다. 범지는 일반적으로 불교도가 아닌 수행자를 가리킬 때 사용된다. 『불교용어사전』 · 上(경인문화사, 1998), 500쪽.

무슨 소용이 있겠는가, 차라리 마음을 편히 하여 도를 구하는 것만 못할 것이다'
라고 생각하여 돌려주노라고 대답했다. 왕은 그 말뜻을 이해했다. 이에 범지는
부처님의 모습으로 화하여 다음과 같은 게송을 읊었다.

　　"비록 온갖 보물 많이 쌓아/ 그 높이 하늘에 닿게 하고/ 온 세상 가득 채우더
라도/ 도의 자취를 보는 것만 못하네."

　　이때 왕은 이 게송을 듣고 큰 깨달음을 얻었다.10)

　(가)는 『한시외전』 2권, (나)는 『법구비유경』 「세속품」에 포함되어 있
는 텍스트들이다. 하나의 텍스트는 산문과 운문의 결합으로 이루어지지
만, 이들을 따로따로 나누어 장르적 성격을 살펴보면 (가)(나) 모두 산문
서술은 서사에 속하고 운문은 서정에 속한다. 산문서술 부분은 시간의 흐
름에 따라 인물들이 사건을 전개해 가고 그 사건은 이중적 시점─인물의
시점과 서술자의 시점─으로 재현이 된다는 점에서 서사체의 요건을 갖추
었고, 운문서술은 세계에 대한 화자의 주관적 비전을 사적 혹은 독백적
시점으로 표현한다는 점에서 서정시의 요건을 갖추었다.11)

　그러나 산문과 운문을 합하여 텍스트 전체적인 관점에서 살펴보면 단
순히 서사나 서정의 성격만을 지닌 것이 아님을 알 수 있다. (가)는 자신
의 아버지를 심판하게 된 어느 법관이 忠과 孝를 실현하고자 자결을 할
수밖에 없었던 상황을 서술한 것으로 그 사람의 정직함과 청렴함을 기려
후세 사람에게 교훈을 주려는 데 이야기의 초점이 맞춰져 있다. (나) 또한

---

10) 이 글에서 『韓詩外傳』의 번역은 『韓詩外傳』(임동석 역주, 예문서원, 2000)에, 『法
　　句比喩經』은 『法句經·法句比喩經 外』(譯經委員會 譯, 東國譯經院, 1993)에 의거하
　　였고 필자의 견해에 따라 부분적 가감을 하였다.

11) (가)에 인용된 시구를 보면 '나라의 바른 도를 주관하는 저 사람'을 '표범 가죽으로
　　선을 두른 염소 갖옷'에 비유하여 그 성품의 강직함을 표현하고 있으며, (나)의 경우
　　'물질적 부'와 '도'를 비교하여 후자가 훨씬 가치있는 것임을 드러내고자 하였다. 이
　　같은 표현에서 대상을 보는 시적 화자의 주관적 시선이 감지되는데 이는 서정장르
　　의 본질적 요소라 볼 수 있다.

삶이란 유한한 것이니 탐욕을 부리지 말고 도를 구하는 데 힘쓰라는 교훈
을 담고 있다. 그리고 이러한 내용들이 끝부분에서 '이는 석사같은 이를
두고 한 말이다' '이때 왕은 이 게송을 듣고 큰 깨달음을 얻었다'와 같은
주석적 혹은 권위적 시점[12]으로 마무리가 되고 있음을 본다. 교훈적 내용
과 권위적 시점에 의한 서술을 '교술장르'[13]를 규정하는 양대 축으로 볼
때 두 이야기는 서사적 요소뿐만 아니라 교술장르의 속성 또한 지니고 있
음을 알 수 있다. 운문을 산문부와 관련지어 보면 산문의 이야기를 통해
전달된 주제를 함축적으로 제시한 것으로 볼 수 있다. 다시 말해 동일한
주제를 산문과 운문으로 두 번 반복하여 서술하고 있는 것이다. 여기에는
말하고자 하는 것, 즉 교훈적 내용을 강조하려는 의도가 뒷받침되어 있다.
이렇게 본다면 산문부는 순수 서사라기보다는 교술적 서사로 보는 것이
타당하며, 운문부 또한 순수 서정시이기보다는 교술적 서정으로 보는 것
이 적절하다고 생각한다. 이것은 우화라든가 가전체 등에서 흔히 보이는
장르적 특성으로 교훈성을 강조하고자 할 때 드러나는 양상이라 할 수 있
다. 요컨대 (가)와 (나)는 장르적인 면에서 '서정+서사+교술'이 복합되어
있다고 하는 공통성을 지닌다.

　여기서 한 가지 짚고 넘어갈 점은,『법구비유경』의 경우는 73개의 모든
텍스트가 (나)와 동일한 장르적 성격을 지니지만『한시외전』의 경우는
310개 텍스트 중 반절 정도가 서사성이 결여된 순수 교술의 성격을 띤다
는 사실이다.『한시외전』의 텍스트들은 대개 유가의 경세치민이나 인의도

---

12) 이를 혹은 편집자적 시점이라고도 한다.
13) 여기서 말하는 '교술장르'란 일반적인 장르이론에서 didactic mode 혹은 thematic
　　mode에 해당하는데 이 글에서는 조동일 교수의 장르론에 의거하여 교술이라는 용
　　어를 사용하고자 한다. 주제적·교훈적 양식이라는 말대신 교술이라는 용어를 택한
　　것은 이 말이 우리나라 문학의 실정에 더 적합하기 때문이다. 본장에서 언급한 장르
　　이론은 Paul Hernadi, *Beyond Genre*(New York: Cornell University Press, 1972),
　　pp.156~170.

덕 등을 내용으로 하고 있고 인용된 시구도 교훈성을 많이 담고 있는 「大雅」의 시가 가장 많은데[14] 이것은 『한시외전』이 교술적 성향이 강한 담론이라는 사실을 반증한다. 짧은 텍스트 하나를 예를 들어 全文을 인용해 보기로 한다.[15]

　(다) 마른 물고기가 새끼줄을 물고 있으니 어찌 썩지 않겠는가? 양친의 연세는 마치 좁은 틈을 지나가는 것처럼 빠르다. 나무는 무성하고자 하나 서리와 이슬이 그냥 두지 않고, 어진 선비는 명성을 이루고자 하나 어버이는 기다려 주지 않는다. 집은 가난하고 어버이가 연로한 자는 관직을 가리지 않고 벼슬을 하는 법이다.
　『시』에서는 이렇게 노래하였으니, 이를 두고 이른 것이다. "비록 세상이 불꽃같이 험악해도/부모님 계시니 어쩔 수 없네."

이 텍스트에서 산문부는 서사체로서의 요건을 갖추지 못한 것으로, '孝'를 중심으로 하는 교훈적 내용을 인과적 계기없이 단순하게 서술한 것이다. 문학의 하위 갈래로 치면 '교술수필'에 해당하는 것으로 볼 수 있다.
이같은 장르적 특성은 이 텍스트들을 '알레고리'로 읽게 하는 기반이 된다. 넓은 의미에서 알레고리는 말하고자 하는 근본 취지 즉 원관념(tenor)과 이를 전달하는 수단 즉 보조관념(vehicle)으로 되어 있다는 점에서 은유·상징과 더불어 비유에 속한다. 은유는 원관념과 보조관념의 유사성을 바탕으로 하며 두 항의 '비교'를 통해 의미의 확장을 이루는 것이다. 이 점에서 은유는 원관념은 감추어져 있고 겉으로 보조관념만 드러나 있는 알레고리 및 상징과 차이를 지닌다. 그러나, 상징은 보조관념을 통

---

14) 송희준, 앞의 글, 302쪽. 이 글에 따르면 『시경』에 실려 있는 305편 시 중 「대아」에 속한 것은 31편으로 전체의 1/10에 해당하는 적은 분량인데 『한시외전』에 「대아」의 시가 인용된 예는 92회로 가장 많다. 이 점은 『한시외전』에서 교훈성이 강한 「대아」의 시를 즐겨 인용했다는 사실을 말해 준다.
15) 짧은 텍스트라 번역 전문을 인용하였다. 『한시외전』 1권.

해 전달되는 원관념이 여러 개인 반면 알레고리는 한 개라는 점에서 차이
가 있다. 즉, 상징은 보조관념과 원관념의 관계가 1:多인 반면 알레고리의
경우는 1:1이라는 차이가 있는 것이다. 이뿐만 아니라 알레고리에 있어
보조관념은 동물·식물이거나 사물, 혹은 관념적인 이야기로 구성되는 경
우가 많아 기본적으로 의인화의 수법을 포함한다는 점도 여타 비유와 알
레고리를 구분짓는 요소 중의 하나이다.16) 이 보조관념들이 궁극적으로
드러내고자 하는 원관념은 인간의 삶에 관계되며 말하고자 하는 속뜻이
인간에게 '교훈'과 '경계'를 주고 풍자와 비판의 기능을 한다는 점도 알레
고리의 특징이라 할 수 있다.17) 그러므로, 알레고리적 표현은 그것을 창
출하고 향유하는 집단구성원에게 공통적인 어떤 정신적·도덕적 가치를
제공한다. 바로 이 점이 교술장르와 알레고리가 하나로 만나는 접점인 것
이다.

위에서 예를 든 (가)(나)(다)의 이야기들을 대할 때 독자나 청자는 표면
적인 내용 외에 뭔가 다른 것을 말하고 있다는 것을 감지하게 된다.18) 이
이야기들이 『시경』이나 『법구경』의 이해를 위해 제시된 것임을 알고 있
기 때문에 이 경전들과 연관지어 위 이야기들을 파악하려는 수용과정을
거치게 되는 것이다. 그리하여 위 이야기들에서 감추어진 다른 뜻, 즉 발
화의 궁극적인 지향점으로서 각각 '관리의 공정함' '貪心을 버림' '효도'라

---

16) 알레고리의 유형을 우화, 비유담, 예화 등으로 나누어 볼 수 있는데 동·식물을
   의인화하는 것은 알레고리 중에서도 우화에 속한다.

17) 이상 알레고리·은유·상징에 관한 설명은 Alex Preminger, *Encyclopedia of
   Poetry and Poetics*(New Jersey: Princeton Umiversity Press, 1974); Robin
   Skelton, *Poetic Pattern*(Guildford & London: Routledge & Kegan Paul Ltd.,
   1957, pp.90~105); 이명섭 편, 『세계문학비평용어사전』(을유문화사, 1985·1993)
   을 참고함.

18) allegory는 그리스어로 '다른'이라는 의미를 지닌 allos와 '말한다'는 의미의 agoreuein
   의 합성어이다. 합하면 '다른 것을 말한다'는 뜻으로 해석된다. Alex Preminger, 위의
   책, p.12.

는 원관념을 읽어내게 된다. 그리고 이 이야기들이 문면에 서술된 그 자체
가 아닌 어떤 깊은 속뜻을 가지고 있음을 암시하는 또 다른 징표는 산문
과 운문의 '연결어'[19]이다. 운문을 통해 원관념이 한 번 더 되풀이되는 구
조를 취하고 있는 것이다. 그렇다면 『한시외전』과 『법구비유경』의 텍스
트들은 산문이 원관념과 보조관념을 지닌 알레고리이면서, 산문으로 된
전체 이야기를 보조관념으로 그리고 운문의 내용을 원관념으로 하는 은
유이기도 하다는 결론에 이르게 된다. 즉 이중의 비유체계로 되어 있는
것이다(이 점은 뒤에서 자세히 언급될 것이다).

4. 多聲構造的 특성

장르적인 공통점 외에도 『한시외전』과 『법구비유경』은 한 작가의 단일
하고 동질적인 목소리에 의해 언술이 전개되는 單聲的(monophonic) 담론
이 아니라, 수많은 존재의 이질적인 목소리가 공존하면서 각자의 입장을
표명하는 多聲的(polyphonic) 담론이라는 점에서도 공통성을 지닌다.

『한시외전』은 앞서 언급한 것처럼 30여 종에 이르는 원전에서 제자백
가의 설, 고사 등을 다양하게 인용하여 이루어진 담론이다. 한 편의 텍스
트는 앞에 역사 고사, 민간 잡설, 제자백가의 서적에 실린 고사 등을 폭넓
게 인용하여 제시하고 말미에 산문내용에 상응하는 『시경』의 몇 구절을
배치하는 체제로 되어 있다. 당시의 많은 저술, 편찬, 찬집의 큰 흐름은
이른바 '抄寫撰集' 즉 서로가 타인의 저술 내용을 베끼는 것이었다.[20] 『한

---

19) 3장의 예 중 (가)에서는 '시에서는 -라 하였으니, 바로 석사같은 이를 두고 한 말이
다', (나)에서는 '이에 범지는 부처님의 모습으로 화하여 다음과 같은 게송을 읊었
다', (다)에서는 '『시』에서는 이렇게 노래하였으니, 이를 두고 이른 것이다'가 각각
이에 해당한다.

20) 임동석, 앞의 책, 해제.

시외전』의 산문부에도 이같은 흐름이 반영되어『시경』의 구절과 주제상
유사한 것을『순자』『좌전』『사기』『회남자』등 수많은 저술 여기저기에
서 따와 인용 내지 초사하고 있다. 따라서 여기에는 제자백가의 목소리와
이들을 모으고 편집하여 인용한 한영의 목소리, 후대에 자료를 첨입한 제
2의 편찬자의 존재들, 그리고『시경』에 채록된 노래를 애초에 지어 부르
고 전승한 사람들의 목소리들이 혼재하고 있으며 나아가 채록한 노래들
에 손을 가하여 刪詩한 공자의 목소리까지 뒤섞여 있다. 이들은 각자 자
신의 주장과 목소리를 표명하면서『한시외전』이라는 담론의 형성에 개입
한다. 이런 점에서 볼 때『한시외전』은 선행담론을 모방 내지 인용하여
이루어진 대표적인 多聲的 談論이라 할 수 있다.21) 앞에 예를 든 (가)의
경우 초나라의 곧은 선비 石奢에 관한 이야기는『呂氏春秋』「高義」와
『史記』「循吏列傳」,『新序』「節士」그리고『法苑珠林』등 여러 책에 실
려 있어 다성적 텍스트성을 뒷받침하고 있다.

　이같은 양상은『법구비유경』도 마찬가지이다. 다만『한시외전』의 경우
이미 존재하는 제 담론들을 여기저기서 가져다 인용한 것이 대부분임에
비해,『법구비유경』의 경우는『법구경』게송의 주제에 맞게 내용을 허구
적으로 지어낸 것도 많다는 특징을 지닌다. 일반적으로 게가 포함된 경전
이 만들어지고 엮어지는 경로를 보면, 먼저 석존 在世時에 있었던 어떤
역사적 사실이나 사건이 師弟相承하여 구전 설화로 전승되다가 석존 入

---

21) 예를 들어 앞에 인용한 텍스트 (가)의 경우 석사의 이야기는『呂氏春秋』『史記』
　　『新序』『法苑珠林』등에 나오는데 이 중 한영 이전에 나온 것은『呂氏春秋』뿐이다.
　　그리고 시는『詩經』「鄭風·羔裘」이다. 그렇다면 이 텍스트에는『여씨춘추』의 撰者
　　인 呂不韋, 한영,『사기』를 지은 사마천,『新序』의 찬자인 劉向 등의 목소리가 섞여
　　있으며, 여기에『시경』의 노래를 지어 부른 계층 그리고 이를 수집하여 刪詩한 공자
　　의 목소리도 섞여 있는 다성성을 보인다. (나)의 경우 인용된 게송은『법구경』『세속
　　품』에 수록된 14수의 게송 가운데 13번째 것에 해당한다.『법구경』의 게송에 담긴
　　불타의 목소리와 이를 바탕으로 범지의 이야기를 만들어 합친『법구비유경』편집
　　자의 목소리가 함께 어우러지는 다성성을 보인다.

滅 후 기억하기 쉽도록 이 이야기들을 자료로 하여 시형태—偈—로 기록
하고 후에 게의 내용에 의거하여 다시 산문의 형태로 환원한 뒤 게와 나
란히 배열, 서술함으로써 하나의 경전이 성립된다.[22] 따라서 成文化된 것
은 게가 먼저고 산문이 나중이지만[23], 산문의 내용이 되는 설화는 게가
출현하기 이전부터 존재했었던 것으로 볼 수 있다.

『법구비유경』 속에 들어 있는 많은 이야기들 또한 게송 이전부터 존재
해 왔던 것이지만, 상당수의 이야기들은 게송의 내용에 따라 허구적으로
창작된 것도 적지 않다는 점을 간과해서는 안될 것이다. 고대 인도의 2대
서사시인 '마하바라타'와 '라마야나'는 이 설화들의 창작에 원천을 제공하
였는데, 이 서사시들에 소개된 민속·신화·전설·민담 등이 경전을 結
集[24]할 때 많이 도입되었다고 한다.[25] 즉, 『법구비유경』의 많은 이야기들
은 고대 인도사회에서 전래된 민담이나 전설에 불교적 색채를 가미한 것
이라 할 수 있다.

『법구경』을 대본으로 하여, 기존의 것이든 창작된 것이든 이야기를 도
입한 해설을 시도한다는 점에서 일단 『법구비유경』은 다성적 담론으로
규정지을 수 있다. 그런데 『법구경』 또한 어느 일정한 시기에 어느 특정인
한 사람에 의해 엮어진 것이 아니라, 원시불교 교단 안에서 여러 가지 형
태로 널리 유포되고 있던 시구들 가운데서도 가장 교훈적이고 아름다운
시구만을 골라 엮은 詩選集이므로 게송의 최초 발화인 부처 외에도 시

---

22) 赤沼智善, 『佛敎經典史論』(東京: 法藏館, 1981), 135쪽.

23) 그러나 이같은 偈前散後의 양상이 모든 경에 다 해당되는 것은 아니다. 동시에
만들어진 것도 있고 게가 나중에 삽입된 것도 있다. 위의 책, 121~123쪽.

24) 부처님의 말씀은 생존시에 문자로 기록된 적이 없었으므로 불타 입멸후 그대로
방치하면 그 가르침이 모두 인멸될 것을 우려하여 제자들이 한 곳에 모여 기억하고
있는 것을 정리하여 편찬하는 작업을 시작하였는데 이 작업을 '結集'이라 한다. 애초
결집에서는 교법을 같이 합창하는 방식으로 이루어졌으므로 함께 합창한다는 의미
의 '合誦'으로 번역되기도 한다. 이를 바탕으로 불타의 교법은 성문화되기에 이른다.

25) 송성수 편역, 『설화와 비유』(東國譯經事業振興會, 1993), 해제.

를 가려 뽑는 작업에 참여한 사람들의 목소리가 개입되어 있다.

이렇게 볼 때『법구경』의 게송을 지어 읊은 부처님의 목소리와 게송의 내용에 맞게 傳來의, 혹은 창작된 비유담을 추가한 주체, 결집에 참여한 승려들의 목소리, 전래되어 온 인도의 고대 설화들을 짓고 전승한 집단 구성원들, 그리고 마하바라타와 라마야나의 작자[26)의 목소리 등이 혼재하면서 직접·간접으로 각자의 입장을 표명하고 있는 복합담론이 바로『법구비유경』인 것이다. 뿐만 아니라『법구비유경』은 290~306년 사이에 법거와 법립에 의해 한역되었는데 그렇다고 한다면 이들 한역자의 목소리도 얼마쯤은 개입해 있다고 볼 수 있다.

이처럼『한시외전』과『법구비유경』의 텍스트들은 다양한 계층의 생각과 감정, 각각의 입장과 관점, 상이한 세계관, 다양한 개념적 지평들이 혼재하고 있는 하나의 거대담론이며, 이질적 요소들이 뒤섞여 이루어진 複合 구조체(heteroglossia)이다. 이런 담론은 한 작자의 단일한 입장을 일관된 목소리로 표명하는 純一 구조체(homoglossia)보다 더 많은 계층을 포용할 수 있기에 독자에게 훨씬 더 큰 침투성을 지닌다. 각각의 입장과 입장은 대화관계에 놓이며 이렇게 해서 이루어진 담론은 한 發話者의 사유재산이 아니라 이 담론의 생성에 직·간접으로 참여한 모든 계층, 모든 개인의 공용재산과도 같다.

따라서 이 담론들은 열려진 체계의 성격을 띠며 여러 계층의 입장을 포용하는 정도와 수용자들에게 이 담론들이 수용되는 정도는 비례관계에 놓이게 된다. 그러므로 상이한 계층, 여러 입장으로부터 동시에 공감력을 얻게 되고 이에 따라 문학적 효용성도 증대하게 되는 것이다. 비유하자면

---

26) '마하바라타'는 바라타族의 전쟁에 관한 이야기로 작자미상이며, '라마야나'는 라마의 모험담을 그린 것으로 왈미끼(Valmiki)의 작품으로 전해지지만 그는 다만 口碑에 의해 흩어져 전해오는 여러 가지 자료를 하나로 모아 그것들을 정리하고 짜맞추는 역할을 하였을 뿐이므로 엄밀히 말해 작자라기보다는 편집자라 하는 편이 적절할 것이다. Louis Renou, 『인도문학사』(이은구 역, 세창미디어, 2004), 24~31쪽.

여러 개의 얼굴을 가지고 있어 수용자의 요구에 따라 그에 맞는 얼굴을 내밀어 상대하는 다중인격의 소유자와도 같다. 그러기에 한영이나 『법구비유경』의 성립에 참여한 모든 사람들은 '작자'라기보다는, 이 다양한 목소리들을 정리하여 체계화한 '편집자'라 하는 편이 타당할 것이다.

5. 산운 혼합담론으로서의 특성

5.1. 두 담론에서의 산문의 성격

여기서 말하는 혼합담론이란, 산문과 운문이 혼합된 서술방식으로 구성된 담론을 말한다. 이것은 동아시아 문학에서 흔히 볼 수 있는 방식으로서 인도문학의 특징이 불경을 통해 전해진 것으로 이해할 수 있다. 이 점은 부인할 수 없는 사실이나, 인도문학 혹은 불경의 영향과는 별도로 중국문학 본래적인 혼합담론도 다수 존재한다. 중국 서사문학의 祖宗으로 간주되는 『춘추좌씨전』이나 이 글에서 논하는 『한시외전』이 이에 해당한다. 이외에 漢나라 때의 賦27) 또한 동아시아 혼합담론의 한 祖型으로 간주될 수 있는 텍스트이다.28)

혼합담론은 여러 가지 유형으로 분류될 수 있는데, 운문이 주가 되는가 산문이 주가 되는가 하는 점 외에도 텍스트에서 운문의 위치가 고정적인가 비고정적인가의 여부, 산문서술 부분이 장르상으로 서사체인가 비서사체인가 하는 점, 그리고 산문과 운문의 내용상 중복성 여부 등은 혼합담론의 유형을 결정하는 중요한 기준이 된다.

혼합담론으로서의 『한시외전』과 『법구비유경』의 특징을 규명하기 위

---

27) 이를 古賦라 한다.
28) 이에 대해서는 본서 제2부 「漢賦」, 제6부 「春秋左氏傳」 참고.

해서는 먼저 이 담론들의 산문의 성격을 검토해 볼 필요가 있다.『한시외전』의 경우 산문과 운문의 관계를 두고 시를 인용하여 일을 증명한 것인지('引詩以證事') 아니면 일을 인용하여 시의 내용을 밝힌 것인지('引事以明詩')에 관한 의견이 분분하다.29) 그러나 어떤 사실을 증명하고자 할 때 보통 어렵고 모호한 내용을 쉽고 구체적인 내용으로, 오래된 말을 새로운 말로, 덜 알려진 것 혹은 알려지지 않은 것을 잘 알려진 것으로, 그리고 더 중요한 것을 덜 중요한 것을 이용해서 풀이하는 것이 일반적이다.『한시외전』의 경우 인용된『시경』의 시구가 산문인 故事보다 어렵고 모호하며, 더 오래되고 더 가치있는 것, 다시 말해 증명해야 되는 것임은 자명하다. 이를 이해하기 쉬운 이야기를 통해 그 심오한 뜻을 드러내고자 한 것이 바로『한시외전』인 것이다. 따라서『한시외전』은 그 서술의 비중이 운문에 놓이는 '운주산종'형 혼합담론으로서, '引事以明詩'의 양상을 띤다고 할 수 있다.

이것은『법구비유경』의 경우도 마찬가지이다. 앞서 언급한 대로『법구비유경』은『법구경』을 대본으로 해서 이루어진 경으로서 부처님의 가르침 즉 法句가 어떠한 본말의 인연에 의해 말해졌는가를, 비유담을 통해 설하고 있는 경전이다. 그렇기 때문에 부처님의 직접 말씀에 해당하는 법구가 더 가치있고 더 먼저 이루어졌으며 더 어렵고 심오한 것이고 일반 대중에게 진리로서 증명되어야 할 것이다. 이 가르침을 증명하고자 쉽고 새로우며 구체적인 이야기를 이용하고 있기에 이 또한 '引事以明詩'에 해당한다고 할 수 있다.

劉勰은『文心彫龍』에서 '論說'을 여덟 가지로 나누고 그 중 하나로 '注'를 들고 있다. 그에 따르면 '注釋'이란 경전의 해석에 중점을 둔 것으로 논문을 해체하여 분산시킨 것이라 하였다. 주석의 글들은 비록 번잡하여

---

29) 兩 입장에 대해서는 송희준, 앞의 글 참고.

다양하지만, 그것들을 한 곳에 모아 놓으면 한 편의 논문과 같은 것이 된
다는 것이다.[30]

이같은 유협의 견해까지를 고려하면, 두 담론에서의 산문은 '주석'의 성
격을 띠는 것임이 분명해진다고 하겠다.

5.2. 산문과 운문의 관계 : 포개짐 구조

그 다음 두 담론이 혼합담론의 제 유형 중 어떤 유형에 속하는지를 규
명하기 위해서는 산문과 운문간의 의미의 중복성 여부를 살펴보아야 한
다. 요점을 미리 말한다면 한 텍스트에서 산문으로 길게 부연한 이야기
내용을 운문의 형태로 압축하여 한 번 더 되풀이하는 양상을 띤다고 할
수 있다. 다시 말해 산문과 운문은 내용상 등가적이며, 전달하고 싶은 취
지는 운문에 담겨 있고 산문은 이를 쉽게 전달하기 위해 사용된 보조장
치이다.

(라) 민자건이 처음 공자를 찾아왔을 때는 굶주린 듯 얼굴빛이 좋지 않았다.
그러나 시간이 흐르자 영양이 충분한 것처럼 혈색이 좋게 변했다. 자공이 그
이유를 묻자 민자건은 '처음에는 도를 추구하는 마음과 外物의 화려함을 선망
하는 마음 사이에 갈등이 있어 얼굴빛이 굶주린 기색이었으나 그 후 선생님─공
자─의 가르침에 깊이 젖어 오직 도를 즐기는 마음만 강성한지라 이렇듯 얼굴빛
이 좋아진 것입니다'라고 대답했다(a).
『시』[31]에서는 이렇게 노래하였다(c). "자르듯이 다듬듯이/ 쪼듯이 갈듯이!"(b)

---

30) 劉勰, 『文心彫龍』(최동호 역편, 민음사, 1994·2005), 233~240쪽.
31) 시는 「衛風·淇奧」로서 그 원문과 번역은 다음과 같다.
　　"瞻彼淇奧 綠竹猗猗 有斐君子 如切如磋 如琢如磨"(저 淇水 벼랑을 보니/ 푸른 대
　　나무 야들야들하구나/ 문채나는 군자여/ 잘라놓은 듯 다듬은 듯/ 쪼아놓은 듯 갈아
　　놓은 듯.)

(마) 옛날 부처님께서 숲에서 제자들을 위해 설법하실 때 어떤 梵志에게 아름답고 총명한 딸이 있었다. 그 딸이 갑자기 병이 들어 죽고 말았다. 범지는 슬픔 때문에 미친 사람처럼 되었으나 '부처님이 법을 설하여 사람들의 근심을 잊게 해준다'는 말을 듣고 부처님께 나아가 자신의 비통한 사정을 얘기했다. 부처님은 범지에게 '세상에 오래가지 못하는 네 가지 일'에 대해 말씀하셨다(a). 그리고 다음과 같이 게송을 읊으셨다(c).

"영원한 것 모두 다 사라지고/ 높은 것은 반드시 낮아지며/ 모인 것은 뿔뿔이 흩어지고/ 한 번 태어난 것은 기필코 죽느니라."(b)

범지는 이 게송을 듣고 부처님의 제자가 되어 덧없음에 대해 깊이 생각하여 아라한의 도를 얻었다(d).

설명을 위해 편의상 산문서술을 a, 운문을 b, 양자의 연결어를 c로 나타내기로 한다. 그리고 d는『법구비유경』의 경우는 유통분을, 그리고『한시외전』의 경우는 시 뒤에 붙어 있는 評說 부분을 나타낸다.

(라)에서는 도의 즐거움에 흠뻑 젖어 혈색이 좋아진 민자건에 대해 산문으로 서술한 뒤 문채나는 군자의 모습을 시로 표현하고 있는데, 이는 시의 요지를 쉽게 전달하기 위해 민자건의 일화를 먼저 제시한 것으로 볼 수 있다. 이처럼 이야기와 시는 표면적인 내용은 다르지만 심층적인 의미 즉 말하려는 主旨에 있어 등가를 이룬다. 즉 '혈색이 좋은 것'과 '문채나는 군자의 모습' 사이에는 의미의 겹쳐짐이 있는 것이다.[32] 그러나 양자 사이에 의미의 등가성이 형성된다 해서 발화의 초점이나 의도면에서 양자가 대등한 것은 아니다. 위 텍스트에서 발화의 초점은 운문에 주어져 있고, 민자건의 이야기는 이를 설명하기 위한 수단 내지 자료로서 사용되고 있는 것이다.

---

32) 여기서 말하는 의미의 '포개짐' 혹은 '겹쳐짐'은 계열식 결합의 다른 표현이다. 계열식에는 표면적 내용이 되풀이 되는 '중복'과 이 예들에서처럼 심층적 차원에서 주지의 동일성을 보이는 '등가' 두 양상으로 구분된다. 자세한 것은 총론 참고.

앞서 2장에서 산문서술의 이야기가 내포하는 알레고리적 성격을 언급했는데, 우리는 여기서 의미의 등가성을 바탕으로 산문부와 운문부 사이에 성립되는 비유체계에 대해 논의할 수 있는 단서를 얻게 된다. 위 텍스트는 증명해야 할 것 즉 운문의 내용을 원관념으로 하고, 원관념을 효과적으로 전달하기 위해 설정한 산문의 이야기를 보조관념으로 하는 일종의 '은유체계'[33]를 구현한 것이라 할 수 있다. 알레고리가 원관념은 감추어진 채 보조관념만 드러나는 양상임에 비해, 은유는 두 항이 모두 주어지고 그 둘의 비교를 통해 유사성을 발견하여 의미의 확장을 이루거나 새 의미를 창조하는 것이다. 따라서 위 텍스트는 'b는 마치 a인 것과 같다' 혹은 'a하듯이 b한다'와 같은 은유표현으로 요약될 수 있다. 연결어 c는 산문에서 운문으로, 쉽고 비근한 현상에서 심오하고 난해한 현상으로 의미의 초점을 전이시키는 구실을 한다.

이 점은 (마)도 마찬가지다. 앞에서 언급한 것처럼 『법구비유경』의 텍스트들은 '서분-정종분(이야기+연결어+게송)-유통분'의 삼분법적 구성[34]으로 되어 있다. 이 중 이야기와 시를 통한 비유는 정종분에서 행해진다. '범지의 아름다운 딸이 죽은 것'과 '세상 모든 것은 無常'하다는 내용은 의미상 포개진다. 그러나 이야기의 취지와 게송의 주제는 의미상 등가적이지만, 『법구비유경』 또한 『법구경』의 게송에 대한 해설서의 성격을 지니므로 발화의 초점은 게송에 주어져 있다. 즉, 연결어를 축으로 하여 발화의 의미의 무게중심은 산문에서 운문으로 옮겨진다. (마)에서 서분과 유통분은 액자처럼 하나의 틀을 형성하면서 틀안의 내용이 꾸며낸 이야기가 아니라 사실이며 진실이라는 인상을 부여한다. 그리하여, 비유의 효

---

33) 좁은 의미에서 은유는 직유에 대응되지만, 넓은 의미의 은유는 직유를 포함한다.
34) (마)에서 '옛날 부처님께서 숲에서 제자들을 위해 설법하실 때'는 서분에, '어떤 범지에게-네 가지 일에 대해 말씀하셨다'까지는 정종분 중 이야기에, c로 표시한 부분은 연결어에, b는 게송에 해당된다. 그리고 d는 유통분에 해당한다.

과를 극대화하고 허구적 이야기에 진실성을 부여하는 기능을 한다.

또한 이 텍스트들에서는 원관념과 보조관념이 결합하여 의미의 확대를 이룬다. (라)의 경우는 '도를 추구하는 데서 오는 아름다운 결과' (마)의 경우는 '세상에 변하지 않는 것은 없으니 그 무엇도 슬퍼할 것은 없다'는 것으로 각각 의미의 확대가 이루어진다. 이 점에서 (라)와 (마) 나아가 『한시외전』과 『법구비유경』의 여타 텍스트들은 은유 중에서도 치환은유(epiphor)의 성격을 띤다고 할 수 있다.[35]

광의의 은유는 단어 차원에서 이루어지는 수사법을 넘어, 두 상황을 제시하여 어느 하나로부터 다른 하나로 의미의 전이가 이루어지면서 사물이나 현상, 실재에 대한 인식을 심화하는 틀을 제공한다. 이런 의미에서 은유는 일종의 사고체계라 할 수 있다. (라)나 (마)에서 비교되는 것은 두 개의 단어 혹은 두 개의 사물이 아니라 두 '상황'이다. 단어 차원을 넘어 두 상황 혹은 두 패턴 사이에 의미의 등가성, 나아가 은유가 형성되는 것이다. 이처럼 은유의 중요기능은 비교되는 두 상황을 통해 인식을 심화하고 의미의 확대를 이루며 새로운 개념을 이해하게끔 하는 것이다. 알레고리나 은유와 같은 비유법은 이처럼 어떤 어려운 심오한 진리나 교훈을 용이하게 전달할 수 있기 때문에, 유학과 불교라는 이념체계를 구현하는 경전인 『한시외전』과 『법구비유경』이 비유를 중요한 문학적 장치로 채택한 것은 당연한 일이라 할 수 있다.

5.3. 주석형 혼합담론의 특성

앞에서 살펴본 바와 같이 산문과 운문 중 운문이 主가 되며 산문부분

---

35) 치환은유는 비교에 의해 의미의 확장을 이루는 것이고, 병치은유(diaphor)는 병치에 의해 새 의미를 창조하는 것이다. P. Wheelwright, *Metaphor and Reality*(Bloomington: Indiana University Press, 1962), pp.70~78.

은 운문에 대한 주석의 성격을 띠고, 산문과 운문의 내용 사이에 의미의 겹쳐짐이 있는 것이 주석형 혼합담론의 일반적 특성이다. 우리나라의 경우『龍飛御天歌』가 대표적인 주석형 혼합담론에 속한다. 앞부분에 한글로 된 시가를 배열한 뒤 그와 관련된 중국의 史蹟을 산문으로 부연해 놓았는데 그 내용이 이야기 형식을 취하고 있어 서사성을 지닌 것으로 보기에 충분하며, 시가의 내용을 쉽게 이해할 수 있도록 이야기를 부연한 것이어서 산문은 운문에 대한 주석의 성격을 띤다. 따라서 겉으로 드러난 내용과 표현은 산문과 운문이 전혀 다르지만, 그 심층적 의미 즉 주제는 부분적으로 혹은 전면적으로 겹쳐짐이 있게 된다. 시화형은 일견 주석형과 비슷해 보이지만, 이야기는 시가 지어진 경위를 설명하는 양상을 띠어 산문과 운문은 등가적이 아닌, 인접적 관계에 놓인다.

또한 주석형의 경우 운문의 위치는 텍스트 서두건 말미건 간에 고정적이라는 점도 시화형과의 차이점으로 제시될 수 있다.[36]『한시외전』의 경우 시는 산문 뒤에 놓이며『법구비유경』의 경우는 서분-정종분-유통분의 구성 중 본론에 해당하는 정종분에 위치한다. 韻主散從의 형태이며 시의 위치가 고정적이라는 점에서 '서부가형'은 주석형과 같지만 서부가형의 경우 산문이 '序'의 성격을 띤다는 점에서 차이가 있다. 그리고 '열전형'도 시는 산문 뒤 텍스트 맨 끝에 고정적으로 위치한다는 점에서 주석형과 동일하지만, 열전형은 인물의 일대기를 서술한 산문이 주가 되고 운문은 그 인물에 대한 찬양의 의미를 강조하기 위해 보조적으로 붙은 散主韻從 형태라는 점에서 양자는 차이가 있다.

이 외에도 주석형 혼합담론은 산문 부분이 장르상 서사체의 성격을 띠기도 하고 교술과 같은 비서사체의 성격을 띠기도 하여 융통성을 지닌다는 점에서도 특징적이다. 이 또한 산문부분이 모두 서사체에 속하는 열전

---

36) 주석형은 크게 본문과 주석문 사이에 산운 결합이 있는 경우와 주석문 내에서 산운 결합이 있는 경우로 나뉘는데 지금 여기서 말하는 것은 전자의 경우에 한정한 것이다.

형, 시삽입형과 다른 점이다.

6. 맺음말 : 경전 이해의 보편적 방식

앞에서 보아온 것처럼 두 담론은 상이한 문화권에서 형성되어 상호 영
향을 주고받은 적이 없음에도 저술의도나 성립배경, 산문과 운문을 섞어
주제를 전달하는 점, 심오한 내용을 이야기를 들어 설명한다는 점 등 여러
면에서 놀랄 만큼 유사성을 보인다. 이 점은 우리에게 인간의 사유의 보편
성에 관한 중요한 사실을 시사한다. 즉, 진리나 교훈, 어떤 사회·집단에서
가치있다고 여겨지는 것을 효과적으로 전파하고자 할 때, 이해하기 쉽고
재미있는 이야기를 비유로 드는 방식을 택한다는 사실이다. 비유는 강한
이미지를 형성하기 때문에 심오한 내용이나 교훈을 쉽게 전달하는 데 효
과적인 문학 장치가 되는 것이다. 이것은 비단『한시외전』이나『법구비유
경』만이 아니다. 기독교의 聖經도 같은 양상을 보여주고 있는 것이다.

일반 대중의 인식능력은 다양해서 어떤 사람들에게는 빈틈없이 짜여진
논리가 필요할 것이고 또 어떤 사람들에게는 비논리적이더라도 쉽고 재
미있는 이야기가 보다 강한 설득력을 지니고 전달될 수도 있다. 따라서
한 사회에서 가치있는 것으로 신봉되는 이념이나 종교적 가르침을 설명
하는 데는 합리적 논리에 의거한 경전과 비합리적이고 흥미를 유발하는
경전이 모두 필요하다.『毛詩』나 주희의『詩集傳』과 같은 정통의 시경
주석서가 전자의 입장에 의거한 해설서라면,『한시외전』은 '외전'이라는
말이 함축하듯 후자적 입장에 의거한 해설서라 할 수 있다.『법구비유경』
을 필두로 本緣部에 딸린 경전들은 대개 후자에 속하는 것들이다.

이같은 경전 해석 방식은 시대나 공간을 초월하여 종교성을 띤 담론에
서 교리를 일반 대중에게 쉽게 이해시키는 일반적 방식으로 채택되었던

것이다. 비유는 주로 논리성이 부족한 일반 민중들을 위한 경전 설명의
방식으로 활용되는 경향이 있다. 그러나, 비유가 지식인을 대상으로 할 경
우 수용자의 지적 수준에 따라 보조관념의 성격은 달라질 수 있다. 『법구
비유경』의 경우는 일반 대중에게 친근하고 잘 알려진 이야기를 보조관념
으로 차용하는 반면, 『한시외전』은 지식인·위정자와 같은 상층집단을 주
대상으로 하기에 좀더 현학적이고 유식한 제자백가의 설을 활용할 필요
성이 있었다고 보여진다.

주석형 혼합담론의 몇 양상

1. 『釋迦如來行蹟頌』

『석가여래행적송』―이하 『행적송』으로 약칭―은 고려시대 雲默[1]이 1328년에 撰集한 것으로 각각 4句로 이루어진 頌 210편이 실려 있다. 각 頌은 無韻 5언시의 형태를 취하고 있다. 운묵의 自序에 의하면 776구라 하였으나 현존하는 판본은 210송 840구로 되어 있어 16송이 후에 증보된 것임을 알 수 있다. 전체가 上·下로 되어 있는데 상권은 제1~137송까지로 부처의 일대기를 다루었으며, 하권은 제138~210송으로 불교가 중국으로 전해진 경위와 신앙의 자세를 다루고 있다. 특이한 것은 송 한 편에 대해서 혹은 몇 개의 頌을 묶어 그에 대한 방대한 양의 주석을 부기하고 있다는 점이다. 주석은 각종 경론, 전기들을 망라하여 본문과 관계된 내용을 발췌·인용하면서 운묵 자신의 사상과 견해를 펼치고 있어 한 권의 저술을 방불케 한다.

『행적송』은 한국 불교사에 있어 중요한 의미를 지닌 만큼 종교학 분야에서 주로 다루어져 왔는데 문학 연구 분야에서도 한국 장편 서사시의 계보를 논하는 주제에서 그 중요성이 인정되고 있다. 부처의 일대기를 읊은 상권의 송들은 長篇의 敍事詩 형태를 취하고 있어 <동명왕편>과 유사하나 불교의 내용을 다룬다는 점에서 <동명왕편>과는 차이가 있다. 그리고

---

1) 法名이 雲默이고 字는 無寄이다.

본문의 성격을 띠는 운문 각 편에 대하여 방대한 주석을 붙이고 있다는 점에서 『용비어천가』와 흡사하지만, 137편의 송이 동일한 주제—부처의 일대기—를 일관되게 서술한다는 점에서, 각 章이 별도의 내용으로 되어 일종의 連作詩 성격을 띠는 『용비어천가』와 차이가 있다. 운문만을 놓고 보면 조선 초기 불교 장편서사시라 할 <월인천강지곡>과 거의 동일하다. 한편 『월인석보』와도 유사한 면이 있다.

『행적송』과 앞 장에서 다룬 『법구비유경』은 본문인 운문에 대하여 산문 주석이 부기되어 있는 주석형 산운 혼합담론의 형태라는 점에서 공통적이지만 운문과 산문의 위치가 다르다. 『법구비유경』은 주석에 해당하는 산문부가 먼저 서술되고 그에 상응하는 운문이 뒤에 배치되지만, 『행적송』의 경우는 운문이 앞에, 산문이 뒤에 온다는 차이가 있다.

『행적송』의 주석 전부가 그런 것은 아니지만, 상당수가 그 안에 比喩談이나 本事談, 本生談[2]을 포함하고 있어 『법구비유경』과 유사성을 보이기도 한다. 비유담은 부처님의 심오한 가르침을 쉽게 전하기 위해 가상의 이야기를 들어 빗대어 말하는 형태이다. 비유담 외에도 일반적인 짧은 이야기를 포함하기도 한다.

<게송 80>
모든 부처님들이 하신 것같이
우선 방편법을 베푸시어
노사나의 진귀한 옷을 벗으시고
丈六身의 때묻은 옷을 입으셨다[3]

---

2) 불제자나 불보살의 전생담을 '본사'라 하고, 부처의 전생담을 '본생'이라 한다. 본사와 본생은 원시경전 十二部經(혹은 十二分敎) 중 하나이다.
3) "如諸佛所行 且設方便事 脫舍那珍服 著丈六身衣."『우리말 석가여래행적송』(金月雲 譯, 동문선, 2004). 운문만 원문을 제시하기로 한다.

(a)진귀한 옷과 때묻은 옷은 법화경에 나오는 비유인데 이제 그 개요를 소개하겠다. (b)어떤 長者가 외아들을 잃은 지 오랜 어느날, 그 아들이 떠돌아다니다가 아버지의 집에 오게 되었다. 그러나 그는 너무나도 위엄스러운 아버지의 모습을 보자 겁을 내어 달아났다. 아버지가 멀리서 보고 이내 아들인 줄 알고는 使者를 보내 데려오게 하였으나 窮子는 놀라서 땅에 쓰러져 까무라쳤다. 장자는 방편으로 진귀한 옷을 벗고 때묻은 옷으로 갈아입은 뒤에 그 아들을 만났다고 한다. (c)이는 여래가 노사나의 몸을 나투사 화엄의 법을 갑자기 설하셨을 때 二乘이 귀머거리같아서 끝내 아무런 이익도 얻지 못하자 여래가 방편을 베풀어 丈六身을 나투어 생멸법을 설하사 모두를 도에 들게 하신 일과 같다.

<게송 80>에 대한 주석을 편의상 (a)(b)(c)로 나누어 보았는데 (a)부분은 (b)(c) 부분이 게송에 대한 주석임을 알리는 징표가 된다. (b)는 (c)를 말하기 위해 설한 방편으로서 이른바 '法華七喩' 중 하나인 「窮子喩」이다. '궁자의 비유'는『법화경』2권 「信解品」에 나오는데 (b)는 그 내용을 축약한 것이다. 여기서 주목할 점은 게송과 (c)가 비유의 원관념 혹은 主旨에 해당하고 (b)는 그 주지를 쉽게 풀어 말하기 위한 보조관념에 해당한다는 사실이다. 주석 부분을 하나의 비유로 본다면 끝부분에 '―하신 일과 같다'라고 하여 원관념과 보조관념을 연결하는 매개항이 문면에 표출되어 있으므로 '직유'에 해당한다. 비유의 속성상 원관념과 보조관념은 의미의 '등가'를 이루게 된다. 또한 게송과 (c)는 운문과 산문이라는 양식의 차이는 있지만 그 심층 의미에 있어서는 '등가'를 이루므로 결국 (a)=(b)=(c)의 관계가 성립한다. 그러나 엄밀히 말하면 (a)와 (c)는 표면적 진술이 동일한 내용을 되풀이하므로 산문과 운문의 결합 양상에 있어 계열관계 중 '중복'에 해당한다.[4]

---

4) 산문과 운문의 결합양상은 크게 산문과 운문 내용이 겹치는 '계열식', 겹치지 않는 '계기식', 부분적으로 겹치는 '준계기식'으로 나눌 수 있고, 계열식은 다시 표면의 진술이 같은 내용을 되풀이하는 '중복'과 심층 의미 혹은 주제에 있어 동일함을 지향하는 '등가'로 나눌 수 있다.

아래는 주석이 비유담이 아닌, 일반 단편 서사체의 성격을 띠는 예이다.

<게송 46>
일곱 살에 지혜가 남보다 뛰어나셔서
통달치 못한 기예가 없으시고
열 살엔 힘을 당할 이가 없어서
코끼리를 던지고 활쏘기도 잘하셨다[5]

(a)『出曜經』에서는 다음과 같이 말한다. (b)"태자가 일곱 살 때, 왕이 選友
라는 총명한 바라문을 태자의 스승으로 삼았는데, 태자가 그 스승에게 '어떤 책
으로 가르쳐 주시겠소?' 하자 '梵書와 거류서입니다.'라고 대답하였다. 태자가
다시 '그외 다른 서적이 64종이나 되거늘 지금 스승께서는 어찌하여 두 종류만
있다고 하시는가?'라고 물었다. 스승이 '어떤 종류들입니까?' 하니, 태자가 '범서
와 거류서와 龍鬼書와 阿脩輪書등이요.' 하시고는 그 根本과 枝末을 따져 밝
혀 주었다. 스승은 통달치 못한 것을 매우 부끄러워하면서 왕에게 사뢰되 '태자
는 하늘과 인간의 스승인데 제가 어찌 감히 가르치겠습니까. 모든 기예와 산술
과 활쏘기와 천문지리를 저절로 아십니다.' 하였다."

(a)는 (b)가 게송에 대한 주석임을 알리는 징표이다. (b)는 서사체 중에
서도 서사의 최소 요건만 갖춘 '최소 이야기'에 해당한다. (b)는 게송 중
제1·2구에 대해『출요경』의 이야기를 끌어와 쉽게 풀이를 하고 있으며
이 뒤를 이어 게송 제3·4구에 대해서는『因果經』의 이야기를 인용하였
다. 그러므로 게송과 주석 (b)는 부분적으로 내용이 겹치는 '준계기식' 방
식으로 결합해 있다고 할 수 있다.

---

5) "七世智過人 衆藝無不通 十歲力無適 擲象又能射."『우리말 석가여래행적송』(金月
　雲 譯, 동문선, 2004), 62~63쪽.

2. 『龍飛御天歌』

『용비어천가』는 세종 27년(1445)년 鄭麟趾·安止·權踶 등이 세종의
명을 받아 지은 악장으로 成三問·朴彭年·李塏 등이 주석을 붙이고 정
인지가 서문을, 崔恒이 발문을 썼다. 이 작품은 한글 창제 후 처음 한글로
시도된 문헌이라는 점에서 국어사에 큰 의미를 지니는 것은 물론, 독특한
구성과 서사성이 풍부한 내용으로 인해 국문학사에서도 주목을 받아 왔
다. 총 125장으로 이루어져 있는데 제1·2장이 序歌로서 開國頌의 성격
을 띠고 있고, 제3장~제109는 本歌로서 事蹟讚의 성격을, 제110장~제
125장은 結歌로서 왕들에게 훈계를 주는 戒王訓의 성격을 띤다.

125장 모두 두 구절씩으로 되어 있는데 서가와 결가를 제외하고 본가
는 前句에서는 중국의 역대 제왕의 사적을 소재로 하였고 後句에서는 중
국의 사적에 부합되는 조선 六祖의 사적을 노래하여 兩句가 대응을 이루
는 형태를 취하고 있다.[6]

『용비어천가』의 한 章은 본문격에 해당하는 國文歌詞, 4언 8구로 된
漢譯歌詞, 관련 제왕의 관계 사적을 서술한 本註와 자구 풀이에 관한 夾
註로 구성되어 있어 매우 복잡한 양상을 보이고 있다. 이런 점 때문에 그
간 『용비어천가』에 대한 연구는 운문 부분만을 독립시켜 악장 혹은 장편
서사시로 다루는 관점이 주를 이루었고 주석문에 대한, 혹은 주석문까지
를 포함한 통합적 연구는 도외시된 감이 없지 않다. 『용비어천가』의 주석
문 중 本註는 단순히 字句나 語句 풀이에 머무는 것이 아니라 역대 중국
제왕들과 조선 六祖의 사적들을 서술하고 있어 이들이 서사체로 발전한
것들이 많다. 事蹟이라 하는 것은 어떤 인물이 시간의 흐름을 두고 어떤
사건을 겪으며 무엇을 성취했는가를 말하는 것이므로 자연스럽게 서사의

---

6) 서문에서도 "先敍古昔帝王之迹 次述我朝祖宗之事"라 하여 두 구의 관계를 밝히고
   있다.

요건을 갖추게 되는 것이다. 그리하여 주석만으로도 방대한 저술같은 성격을 띠게 된다. 더구나 몇몇 주석문들에는 동요·시경 등의 운문이 포함되어 있어 한층더 복잡한 양상을 보인다. 이같은 복잡한 성격을 지닌『용비어천가』를 '산운 혼합담론'이라는 관점에서 수용함으로써 주석문을 단지 본문에 붙어 있는 보조성분 정도로 격하하지 않고 운문과 대등한 텍스트 구성성분으로 포괄할 수 있게 되는 것이다. 그러므로『용비어천가』에서 하나의 텍스트라 하는 것은 '국문가사+한역가사+주석문'으로 구성된 단위를 말하며 이러한 텍스트 125개가 모여 이루어진 산운 혼합담론이 바로『용비어천가』인 것이다.

주석형 산운 혼합담론으로서『용비어천가』는 전체적으로 본문과 주석문 사이의 산운 결합뿐만 아니라 주석문내에서의 산운 결합의 예도 포함하고 있어 이중적 양상을 보여준다.『용비어천가』를 장편의 서사시로 보기도 하는데 이는 재고의 여지가 있는 부분이다.『석가여래행적송』은 全篇[7]이 일관성과 유기성을 가지고 부처의 일대기라고 하는 통일된 주제를 구현해 가기 때문에 장편 서사시라 할 수 있지만『용비어천가』의 서사성은 주로 주석문에서 확인되는 것이지 125개의 운문이 상호 연관성을 가지고 일관된 주제를 서술해 가는 것이 아니기 때문이다.『용비어천가』의 125개 운문은 각 편이 독립성을 띠는 일종의 連作詩로 이해하는 것이 타당하다.

주석문에 운문이 포함된 예로 제9장을 살펴보도록 한다.

(a) 奉天討罪실씨 四方諸侯ㅣ 몰더니 聖化ㅣ 오라샤 西夷 쏘 모드니
　　 唱義班師ㅣ 실씨 千里人民 몰더니 聖化ㅣ 기프샤 北狄이 쏘 모드니
(b) 奉天討罪 諸侯四合 聖化旣久 西夷亦集 唱義班師 遠人競會 聖化旣深
(c) 周 武王이 하늘의 명을 받들어서 상나라 紂王을 토죄하여 난세를 구

---

7) 정확히는 上卷 전편을 말한다.

제한 事蹟

(d) 禑王 때 이태조가 위화도에서 회군하여 난세를 구제한 事蹟

…이에 군대를 돌려 압록강을 건넜다. 태조는 흰 말을 타고 붉게 칠한 활과 흰 깃의 화살을 차고 언덕에 서서 모든 군사들이 다 건널 때까지 기다렸다. 군중들이 바라보며 서로 말하기를 "예나 지금이나 앞으로의 세상에 어찌 이와 같은 사람이 있으리오"라고 했다. 이때 장맛비가 며칠 동안 내렸으나 물은 불어나지 않았다. 군사를 돌이켜 겨우 물가를 건너자 큰물이 몰려들어 모든 섬이 물에 빠져 잠겼다. 사람들이 모두 신기하다고 여겼다. 이에 앞서 아이들이 부르는 노래가 있었는데 노래는 다음과 같다. "서경성 밖은 불빛이요/ 안주성 밖은 연기빛이라/ 이원수가 왕래하니/ 백성들을 구제하시기 원하네."(①) 얼마 되지 않아 回軍의 변이 일어났다. 이때 백성들 사이에서는 또 "木子가 나라를 얻는다"(②)는 노래가 있었는데 회군을 행할 때 軍中 모두가 이 노래를 불렀다.[8]

『용비어천가』 125개 텍스트들은 크게 운문으로 된 본문과 산문으로 된 주석문 사이에 산운 결합이 이루어지는 구조로 되어 있다. 그리고 위 제9장을 비롯하여 몇 개의 텍스트들은 이에 더하여 주석문 내에서 산운 결합이 이루어진다.

국문가사 (a), 한역가사 (b), 중국의 사적을 서술한 주석문[9]의 (c), 이에 부합하는 조선 六祖의 사적을 서술한 (d)를 검토해 보면, 여러 겹의 대응과 비유관계가 성립해 있음을 알 수 있다. 우선 (b)는 (a)의 내용을 한시 형태로 번역한 것이어서 문자매체만 다를 뿐 내용은 완전히 동일하다. 국

---

8) "於是回軍渡鴨綠江. 太祖乘白馬御彤弓白羽箭 立於岸 邏諸軍畢渡. 軍中望見相謂曰 古今來世安有如此之人乎 時霖潦數日 水不漲 及旋師纔渡岸 大水驟至 全島墊沒 人皆神之. 先是有童謠曰 西京城外火色 安州城外烟光 往來其間 李元帥 願言救濟黔蒼. 未幾有是變. 時民間有又木子得國之歌. 是行也 軍中皆歌之." 윤석민·유승섭·권면주, 『쉽게 읽는 龍飛御天歌 I』(박이정, 2006), 167~168쪽.

9) 주석문은 분량이 너무 많아 사적 내용만 간략히 요약·정리했다. 그리고 동요를 포함하는 부분은 그대로 발췌하여 인용했다.

문으로 표현한 것을 한문으로 한 번 더 서술했다는 점에서 내용의 '중복'
을 보이는데 이같은 내용의 중복을 '='라는 부호로 써서 'a=b'로 나타낼
수 있다. 또한 (a)의 前句와 (c), (a)의 後句와 (d)는 표면의 진술이 완전
히 동일하지는 않지만 (c)(d)는 운문으로 압축 표현된 (a)를 이야기로써
구체화하고 부연한 것이므로 심층적인 면에서 주제의 '등가'를 이룬다고
할 수 있다. 이를 '≒'라는 부호를 사용하여 'a의 전구≒c' 'a의 후구≒d'로
나타낼 수 있다.

한편 국문가사 (a)의 전구와 후구, 주석문 (c)와 (d)도 등가를 이룬다.
대구법으로 표현된 (a)의 전구와 후구는 일견 주 무왕과 이태조의 행적을
대등한 관계로 파악하는 듯하지만 텍스트 전체 맥락에서 보면 전구는 후
구의 의미를 부각시키기 위한 장치로 활용되고 있다는 것을 알 수 있다.
즉 대응을 이루는 전구와 후구 중 의미의 초점은 후구에 놓여 있는 것이
다. 주석문 (c)와 (d) 역시 武將의 이미지를 지닌 주 무왕과 이태조가 난
세를 평정하고 운명 혹은 하늘의 뜻에 따라 제위에 오르게 되었다는 주지
를 공분모로 하고 있다. 그리고 두 항목 중 강조점은 (d)에 놓여 있다고
할 수 있다. 즉, 이태조의 위업을 돋보이게 하기 위해 이에 비견될 만한
무왕의 사적을 활용했다고 보는 것이다. 끝으로 전체적으로 운문부 (a+b)
와 산문부 (c+d) 역시 심층 주제에 있어 등가관계를 이룬다고 할 수 있다.

이상 의미의 중복을 이루는 (a)와 (b)를 제외한 나머지 등가관계, 'a의
전구≒c' 'a의 후구≒d' 'a의 전구≒후구' 'c≒d' '(a+b)≒(c+d)'를 면밀히
살필 때 양항 사이에는 등가를 넘어 비유의 관계가 성립함을 확인하게 된
다. 일반적으로 비유법이란 어떤 主旨를 드러내고자 할 때 구체적인 이미
지나 이야기를 활용하는 것을 말하고 이 주지에 해당하는 것을 보통 원관
념(tenor) 혹은 피비유항이라 하고, 그것을 구체화하기 위해 활용되는 수
단을 보조관념(vehicle) 혹은 비유항이라 한다. 그리고 양항의 관계가 문면
에 명시되는 것을 '직유'라 하고 이면에 숨은 것을 '은유'라 한다. 이렇게

볼 때 위 대응쌍들은 일종의 은유관계를 구현하고 있다고 말할 수 있다.

양항이 운문과 산문의 대응일 때는 '운문'에, 중국 사적과 六祖 사적의 대응일 때는 '六祖의 사적'에 비유의 초점이 놓인다. 운문과 조선의 사적에 비유의 초점이 놓인다는 것은 곧 이들이 원관념 혹은 피비유항의 성격을 갖는다는 것을 의미한다. 그렇다면 결국 이러한 대응쌍, 등가관계, 비유관계에서 최종적인 의미의 집약이 이루어지는 것은 '조선의 사적을 운문으로 표현한 (a)의 後句'라는 것이 드러난다. 텍스트를 구성하는 모든 요소들이 본문의 운문, 특히 (a)의 後句를 강조 또는 부각시키기 위한 장치로 활용되고 있는 것이다.

본가는 모두 이같은 구조로 되어 있으며 이 점은 곧 『용비어천가』의 찬술 동기가 무엇인지를 말해 주는 직접적 단서가 된다. 국문으로 된 운문과 한문으로 된 산문 중 운문에 중점이 놓인다는 것은 훈민정음을 시가의 형태로써 시험해 보고자 하는 동기를 반영하며, 중국 사적과 六祖의 사적 중 후자에 중점이 놓인다는 것은 중국의 사적을 빌어 조선 건국의 정당성을 확보하고 왕권의 정통성을 강화하려는 의도를 반영하는 것이다.

본문과 주석문 사이의 운문과 산문이 중복·등가와 같은 계열식 결합을 보이는 반면, 주석문 내에 운문을 포함하는 (d)의 경우 동요와 민요는 산문에 대하여 계기적 관계에 놓인다. 여기서 동요와 민요는 詩讖의 성격을 띠는 것으로 이태조가 하늘의 명을 받은 것을 시사하는 서사적 징표가 된다. 따라서 동요와 민요가 없으면 서사 구조에 훼손이 가해지게 되는 것이다.

3. 『月印釋譜』

1446년 소헌왕후 심씨가 승하하자 1447년 수양대군은 소헌왕후의 명복

을 빌기 위해 중국 승우의 『석가보』와 도선의 『석가씨보』 등을 참고, 발
췌 編譯하여 『釋譜詳節』을 짓게 된다. 세종은 이 『석보상절』을 보고 그
내용에 맞추어 장편 서사시 형태로 부처의 공덕을 칭송한 시가 580여 장
을 지었는데 이것이 <月印千江之曲>이다. 그리고 수양대군이 세조가 된
후 <월인천강지곡> 본문에 자신이 지은 『석보상절』로 해설을 삼아 합편
한 것이 『月印釋譜』(1459년)다. 『월인석보』는 총 25권으로 추정되는데 다
남아 있는 것은 아니며 현재까지 발견된 것으로는 처음 간행된 권 1, 2,
7, 8, 9, 10, 11, 12, 13, 14, 15, 17, 18, 19, 23, 25와 재간행된 권 4, 21,
22 등 총 19권이 있다.

　　이 세 문헌이 완성된 것은 석보상절-월인천강지곡-월인석보 순이지만
『월인석보』의 체제를 보면 <월인천강지곡>이 본문의 구실을 하고 『석보
상절』은 상절부로 편입되어 운문에 대한 설명과 해설을 행하는 주석의 구
실을 한다. 그러므로 『월인석보』는 韻主散從의 주석형 산운 혼합담론으
로 규정할 수 있다. 상절부는 석가의 일대기 성격을 띠므로 단편 서사체로
볼 만한 작품들이 다수 존재한다. 사재동 교수는 그 중 「安樂國太子傳」
「善友太子傳」「忍辱太子傳」「目連傳」「阿育王傳」 등 15편을 소설 수준
의 작품으로 분류하고 「안락국태자전」을 최초의 국문소설로 규정한 바
있다.10) 『월인석보』의 일부로 편입되어 있는 이 작품들에는 아무런 제목
도 붙여져 있지 않으나 후대 연구자들에 의해 이같은 제목으로 불리고 있
다. 여기서는 이 중 '안락국'의 이야기를 대상으로 주석형 혼합담론의 면
모를 살펴보고자 한다. 이 글에서는 주석 부분만 독립시켜 서사문학적 속
성을 밝히려는 것이 아니라 『월인석보』의 주석문이라는 점에 주목하므로
「안락국태자전」으로 지칭하는 것은 적절하지 않다.

　　'안락국 이야기'는 '彌陀三尊'—아미타불·관음보살·대세지보살—의 본

10) 사재동, 「안락국태자전 연구」, 《어문연구》 제5집, 어문연구학회, 1967.

생담에 해당하는 데 이를 주인공으로 하는 이야기는 『석보상절』이나 『월인석보』 외에도 여러 문헌에 실려 다양한 형태로 流轉되어 왔다. '안락국 이야기'는 『월인석보』 제8 월인부 220~250까지 31곡에 대한 주석에 해당한다. 한 가지 특기할 점은 '안락국 이야기' 부분은 월인부만 있고 상절부는 없으며 상절부 대신 夾註部로 대치되어 있다는 사실이다. 또한 이 이야기에는 5편의 운문이 포함되어 있어 이 부분만 독립시킨다면 서사체 시삽입형 혼합담론으로 분류할 수도 있다. 전체적으로 본문과 주석문 사이에 산운 결합이 있고, 주석문 내에서도 산운 결합이 보인다는 점에서 앞서 살핀 『용비어천가』 제9장과 동일한 형식이다. 또한 본문에 해당하는 월인부의 운문의 구조도 대구 한 쌍으로 되어 있다는 점에서 『용비어천가』와 동일한 양상을 보인다.

> 梵摩羅國에 光有聖人이 林淨寺애 敎化터시니
> 西天國에 沙羅樹王이 四百國을 거느롓더시니
> (『월인석보』 제8, '월인부' 其二百二十)

> 勝熱 婆羅門을 王宮에 브리샤 錫杖을 후느더시니
> 鴛鴦夫人이 王 말로 나샤 齋米를 받줍더시니
> ('월인부' 其二百二十一)[11]

> 齋米를 마다커시눌 王이 親히 나샤 婆羅門을 마자 드리시니
> 維那를 삼슨보리라 王을 請하숩노이다 님금이 ᄀ장 깃그시니
> ('월인부' 其二百二十五)[12]

'안락국 이야기'의 본문에 해당하는 것 중 처음 몇 편을 예로 들었는데 내용뿐만 아니라 문장구조면에서도 완벽한 대응을 이루고 있다. 221곡의

---

11) 『역주 월인석보』 제7·8(세종대왕기념사업회, 1993), 92쪽.
12) 같은 곳.

경우 前句의 주어는 '광유성인'인데 바로 앞에 나왔으므로 생략하였을 뿐 전체적으로 두 구가 병렬을 이루고 있음을 보게 된다. 225곡은 두 구가 각각 '종속절+주절'로 이루어져 있는데 前句·後句의 주절은 모두 '王'을 주어로 하고 왕의 행동이나 마음상태를 서술어로 한다는 점에서 문장구조상으로도 병렬을 이룬다. 이처럼 전·후구가 구문상으로 대응을 이룬다는 점에서는 『용비어천가』와 동일하지만, 내용상의 대응을 보면 『용비어천가』의 경우는 전구가 중국의 사적을, 후구가 조선 六祖의 사적을 읊고 있다는 점에서 차이를 보인다.

『월인석보』는 이처럼 전체적으로 본문—월인부의 운문—과 주석문—상절부의 산문—사이에 산운 결합이 이루어지는 것 외에도 서사체의 성격을 띠는 주석문 내에서도 산운 결합을 보인다. 그 예로 '안락국 이야기'를 살펴보도록 한다. 그 줄거리는 대강 다음과 같다.

서천국 사라수왕과 왕비 원왕부인은 범마라국 광유성인의 권능에 감동하여 출가하려고 광유성인을 찾아가는 도중 부인은 만삭의 몸이라 더 이상 걸을 수 없게 되고 왕비는 뱃속의 아이와 함께 죽림국 자현장자의 종으로 자신을 팔라달라고 한다. 왕은 아이가 아들이면 '안락국'이라 부르게 하라고 하고, 부인은 왕에게 왕생게를 일러주고 둘은 헤어진다. 부인은 아들 안락국을 낳게 되며, 안락국이 7살이 되었을 때 어머니에게 친아버지의 소재를 묻고 아버지를 찾아 몰래 도망치다 잡히게 되어 장자로부터 수난을 당한다. 그러다 다시 도망을 하여 왕생게의 힘으로 광유성인과 아버지가 있는 범마라국에 이르게 되고 결국 아버지 사라수왕을 만나 '안락국'이라는 이름과 왕생게를 통하여 부자간임을 확인한다. 그사이 장자는 안락국을 도망가게 한 죄를 물어 원앙부인을 베어 버리고 만다. 안락국이 이 사실을 알고 어머니의 주검앞에 가서 게를 지어부르니 그 앞에 극락세계의 보살이 나타나 안락국의 부모가 이미 극락세계에 가서 부처가 되었음을 알린다. 이 말을 듣고 안락국도 기뻐하며 사자좌에 올라 극락세계에

가게 된다. '안락국 이야기'는 광유성인은 지금의 석가모니불이고 사라수
대왕은 지금의 아미타불이며 원앙부인은 지금의 관세음보살이고 안락국
은 지금의 대세지보살이라는 언급과 함께 끝을 맺는다.

여기에는 다섯 편의 운문이 삽입되어 있는데 운문이 삽입된 전후 맥락
과 산문에서 운문으로 이어지는 문구는 다음과 같다.

> 제1수: 원앙부인이 사라수왕과 이별하면서 가르쳐 준 왕생게 (원앙부인이
> "往生偈롤 술ᄫᅩ디")
> 제2수: 사라수왕이 자신을 찾아온 안락국에게 혼자 남아 울고 있을 원앙부인
> 에게 돌아가라고 하며 헤어짐을 슬퍼하여 지은 노래 ("왕이 노래를
> 부르시되")
> 제3수: 소 먹이는 아이가 안락국에게 원앙부인이 죽었음을 알려 주려고 부른
> 노래 ("쇼 칠 아히 놀애롤 블로디")
> 제4수: 원앙부인이 죽을 당시 부르던 노래. 소먹이는 아이가 안락국에게 원앙부
> 인의 죽음을 전하면서 이 노래를 함께 전해줌 ("鴛鴦이 놀애ᄅ 블로디")
> 제5수: 안락국이 자신이 죽은 뒤 극락세계에 태어나기를 원하면서 부른 게.
> (안락국이 "偈롤 지서 블로디")

운문을 지은 사람은 원앙부인(2편), 사라수왕(1편), 안락국(1편), 소먹이
는 아이(1편)이며 운문중 제1·5수는 '게'로, 제2·3·4는 '노래'로 지칭되어
있다. 이 중 제1·3·5수는 서사 전개에서 없어서는 안되는 필수 요소가
된다는 점에서 공통적이다. 제1수 원앙부인의 '왕생게'는 안락국이 아버지
있는 곳을 찾아가는 단서가 됨과 동시에 사라수왕과 안락국이 부자간임
을 확인해주는 증표가 되므로 줄거리 전개에 없어서는 안되는 핵심적 요
소로 작용한다.

마찬가지로 제3수는 안락국이 어머니의 죽음을 알게 되는 서사단위로
작용하고 제5수는 안락국이 극락세계로 가게 된 결정적 계기가 된다는 점
에서 서사 전개에 필수적인 요소라고 할 수 있다. 다시 말해 이 세 편의

운문과 산문서술은 '계기식 결합'을 이룬다고 할 수 있다. 한편 제4수는 이들과 다른 의미에서 산문과 계기적 결합을 이룬다. 제4수는 장자가 원앙부인을 잡아 '네 아들이 어디 갔느냐' 하고 환도로 치려고 하자 그에 대한 답으로 부른 노래이다. 따라서 운문은 인물의 대사에 해당한다. 즉 운문은 '以詩代話'의 기능을 행하는 것이다. 그러므로 이 또한 계기식 결합의 한 양상으로 볼 수 있다.

그러나 제2수는 사라수왕이 자신의 슬픔을 표현한 것으로 '王과 太子가 슬픈 뜻을 이기지 못하시어 오래 계시다가 여의실 적에 왕이 노래를 부르시되'라는 산문 서술 뒤에 이 노래가 나온다. 산문 서술안에 이미 왕의 슬픔에 대한 언급이 있고 이를 노래로써 곡진하게 표현한다는 점에서 부분적 중복이 있고 사실상 이 노래가 빠진다 해도 줄거리나 서사 전개상으로 큰 지장이 없지만, 한편으로는 운문을 통해 슬픔에 대한 구체화가 이루어진다는 점에서 약간의 서사적 진전이 있다고 볼 수도 있다. 그러므로 이 경우 산문과 운문은 '준계기식' 결합 양상을 보인다고 할 수 있다.

다섯 편의 운문 중 제1수 '왕생게'와 극락세계에 태어날 것을 염원하며 안락국이 지어 부른 제5수의 '게'는 게를 염송하는 신심과 공덕으로 서방정토에 갈 수 있다는 불교적 주제를 직접적으로 구현하고 있다는 점에서 가장 중요한 의미를 지닌다.

한편 삽입 운문의 형태를 보면 '偈'로 지칭된 제1수와 제5수는 한문으로 표기한 뒤 한글로 풀이를 하고 있고, '노래'로 지칭된 나머지 세 편은 한글로 표시하고 있다는 점이 흥미롭다.

> 願往生 願往生 願在 彌陀會中坐 手執香花 常供養 (下略) 願ᄒ노니 가 나 가지이다 (願ᄒ노니 가 나가지이다 願ᄒ노니 彌陀會中坐애 이셔 소내 香花 자 바 상녜 供ᄒᆞᆸ바지이다.)　　　　　　　　　　　　　　　(제1수 일부)

> 願我臨欲命終時 盡除一切諸障碍 面見彼佛阿彌陀 卽得往生安樂剎 (願ᄒ

돈 내 ᄒᆞ마 命終홇 時節에 一 切 ᄀᆞ린 거슬 다 더러 ᄇᆞ리고 뎌 阿彌陀佛을
보ᅀᆞᄫᅡ 즉자히 安樂刹애 가 나가지이다.)　　　　　　　　（제5수 전문）

　아라녀리 그츤 이런 이본 길헤 눌 보리라 ᄒᆞ야 우러곰 온다 아가 大慈悲
우니ᄂᆞᆫ 鴛鴦鳥와 功德 修行ᄒᆞᄂᆞᆫ 이 내몸과 成等正覺 나래ᅀᅡ 반ᄃᆞ기 마조보
리여다
　　　　　　　　　　　　　　　　　　　　　　　　（제2수 전문）

　安樂國이ᄂᆞᆫ 아비를 보라가니 어미도 몯보아 시르미 더욱 깁거다
　　　　　　　　　　　　　　　　　　　　　　　　（제3수 전문）

　고ᄫᆞ니 몯 보아 슬읏 우니다니 님하 오ᄂᆞᆯ 나래 넉시라 마로리어다
　　　　　　　　　　　　　　　　　　　　　　　　（제4수 전문）[13]

　앞서 언급했듯 '안락국 이야기'는 누군가의 독창적 작품이 아니라 수양대
군이 기존의 석가 일대기인 『석가보』나 『석가씨보』의 일부를 발췌하여 편
역한 번역작품이다. 그런데 다른 노래들은 한글로 표기하면서 이렇게 게
부분은 원문 표기를 그대로 살리고 있다는 것은 이 이야기가 불교의식에서
구연된 것이 아닐까 하는 추측을 하게 한다. 강한 종교적 염원을 담은 이
게들은 그 불교의식에서 呪文과 같은 역할을 했을 것으로 보는 것이다. 불
교의식에서 주문은 언어 자체가 주술력을 지닌 것으로 믿어지기 때문에
보통 번역을 하지 않고 원문으로 부른다. 이 점을 감안하면, 단지 서사적
기능을 행할 뿐인 다른 '노래'들은 한글로 표기하고 서사적 기능에 극락왕
생의 염원을 담은 종교적 기능까지 더한 '게'는 원문 그대로 표기한 것이
어쩌면 당연한 것인지도 모른다는 생각을 하게 된다. 이 점에 대해서는 더
깊은 고찰이 필요하지만 여기서는 단지 추측하는 선에서 머물기로 한다.

---

13) 『역주 월인석보』 제7·8(세종대왕기념사업회, 1993).

詩歌의 '序跋'과 산운 혼합담론

－『孤山遺稿』와『海東歌謠』의 몇 예를 중심으로

1. 문제제기

산문과 운문을 섞어 글을 쓰는 다양한 방식 중 하나로, 운문[1]이 있고 그 운문의 앞이나 뒤에 序나 跋을 붙이는 형태를 들 수 있다. 지금까지 시가 연구에 있어 서나 발은 그 글을 쓴 사람의 문학관·문학사상을 살피거나 운문 작자와 서발문 작자의 관계를 살피는 데 있어 중요한 자료로 활용되어 왔다. 서나 발을 독립시켜 산문의 한 문체로 보고 연구하기도 하지만, 대개는 운문에 부속된 보조자료로 취급하고 운문에 비해 덜 중시해온 경향이 있었다. 그리고, 많은 경우 운문 앞 뒤의 서나 발을 떼어내고 운문 자체만을 연구대상으로 해 온 것도 사실이다. 서나 발은 이처럼 운문 연구에 있어서의 보조자료 혹은 불필요한 군더더기에 불과한 것인가? 운문과 거기에 붙은 서발은 따로따로 분리시켜 연구해야 할 것인가? 이 글은 이런 소박한 물음들에서 출발한다.

글을 쓴다고 하는 행위는 단순히 작자가 자신의 감정이나 생각을 글로 표현하는 것에 그치지 않고, 독자와의 소통을 염두에 둔 행위이다. 옛날

---

1) 이 글에서는 한시와 시조에 서발문이 붙은 텍스트가 대상이 되는데, 이 모두를 가리킬 때는 '운문', 한시만을 가리킬 때는 '시', 시조만을 가리킬 때는 '시조' 혹은 '노래'라는 말을 사용할 것이다.

노래는 대부분 제목이 없고 한시의 경우도 제목이 붙지 않는 경우가 더러 있으나 대개의 글은 '제목+본문'으로 되어 있다. 글에서 제목은 본문에 대한 작자 자신의 생각을 압축한 것이라 할 수 있는데, 작자가 여기에 산문 형태의 글까지 덧붙인다고 하는 것은 어떤 큰 의미와 의도를 반영하는 징표로 보아도 무방할 것이다. 그렇다면 작자가 서나 발을 붙이는 의도가 무엇인지, 혹 운문 작자와 산문—서발—의 작자가 동일하지 않을 경우 그 둘을 하나의 제목 하에 나란히 묶어놓은 사람은 텍스트성 형성에 어떤 역할을 하는지, 그리고 운문에 서나 발이 붙음으로써 어떤 텍스트적 효과가 나타나는지 등에 대한 의문이 제기된다. 나아가 서와 발은 보통 본문의 앞에 붙느냐 뒤에 붙느냐의 차이를 가지고 구분[2]하는데 이 둘은 과연 위치 외에 텍스트 내에서 행하는 기능과 작용에 차이가 없을 것인가 하는 문제도 이 글의 논의의 중요 포인트가 된다.

이 글은 지금까지 본문에 붙은 보조자료로 취급되어 온 서와 발을 새로운 시각으로 조명하여 산운 혼합담론의 한 형태로 간주하고 이를 면밀히 검토하는 데 목적을 둔다. 운문 작자와 서발문의 작자가 동일한 예로 尹善道의『孤山遺稿』, 동일하지 않은 예로 金壽長의『海東歌謠』에서 몇 예를 골라 대상으로 하고자 한다. 문인들의 수많은 시문집들 중『고산유고』를 대상으로 하는 이유는 우선 漢詩와 국문시가라는 상이한 운문 장르가 수록되어 있고 서와 발이 붙은 텍스트들이 많이 포함되어 있어 산운 혼합담론의 양상을 살피기에 좋은 예가 되기 때문이다.『해동가요』의 경우는 〈고산구곡가〉와 〈어부가 52장〉을 중점적으로 살피고자 하는데, 그 이유

---

2) '서'는 그림, 서책, 문장 등을 소개하거나 저작·저술 동기를 밝히는 글로서 처음에는 뒷부분에 놓였으나 후에는 보통 앞부분에 놓이게 되었다. 발은 전적의 뒤에 붙이는 後語로서 글을 통하여 대상으로 삼은 전적의 근본을 보여주는 글이다. 처음 서와 발은 집필의 목적에서 차이가 있었지만 시간이 지남에 따라 내용상 거의 구별이 어려워지게 되었다. 조규익,『조선조 시문집 序·跋의 연구』(숭실대학교 출판부, 1988), 11~16쪽.

는 이 예들이 산운 혼합담론의 작자로서의 김수장의 모습을 잘 보여주고
있기 때문이다.

2. '서발 포함 텍스트'에 대한 개괄적 이해

2.1. 산운 혼합담론으로서의 '서발 포함 텍스트'

여기서 '서발 포함 텍스트'라 하는 것은, 운문 한 편에 서나 발이 붙어
있는 것을 가리킨다. 운문이 여러 편이더라도 동일한 제목 하에 묶이게
되는 連作詩의 경우는 텍스트들이 각각 개별성을 지니면서도 여러 편이
유기적으로 결합하여 한 편의 텍스트를 이루게 되므로 운문 한 편으로 다
루어질 수 있다. 그러나 한 작자의 여러 작품들을 소개한 뒤 그 작자의
작품세계에 대한 총괄적 성격을 띠는 서나 발이 붙는 경우는 개개의 운문
들이 서로 이질적인 성격을 띨 뿐 이들을 통괄하는 요소가 결여되어 있으
므로 이 글에서 의도하는 산운 혼합담론의 범주에 포함되지 않는다. 앞으
로 '서발 포함 텍스트' 혹은 줄여서 '텍스트'라 함은 이같은 내용을 전제로
하여 사용하게 될 것이다.

지금까지 운문에 서나 발이 붙은 글형태를 다루는 관점은 크게 네 가지
로 구분된다. 첫째는 운문에 붙은 서발문을 빼고 운문만을 대상으로 하여
연구하는 관점이고, 둘째는 운문으로부터 序나 跋을 독립시켜 산문 문체
의 한 갈래로 다루는 관점이며, 셋째는 서나 발을 쓴 사람의 문학관이나
문학사상을 반영하는 부속자료 혹은 운문 작자와 서발문 작자의 관계를
엿볼 수 있는 보조자료로 활용하는 관점이다. 서발문을 둘러싼 종래의 이
세 관점은 입장의 차이는 있지만, 운문과 서발문을 분리하여 별도로 연구
한다는 공통점을 지닌다. 네 번째 관점은 이들과는 달리 운문과 서발문을
묶어서 하나의 통합된 텍스트로 보는 입장이다. 즉, 서발문을 운문에 딸린

부속성분이 아닌, 텍스트 구성의 일부로서 운문과 대등한 가치를 지닌 것으로 보는 관점이다. '운문+서발문'을 詩話의 한 형태로 보고 詩歌詩話, 時調詩話 등의 갈래를 설정한 견해를 그 한 예로 들 수 있다.3) 이런 글형태를 산문과 운문을 섞어 텍스트를 구성해가는 독특한 글쓰기 방식으로 보는 필자의 입장 또한 네 번째 범주에 속한다. 필자는 이런 형태를 '산운 혼합담론'의 다양한 유형 중 하나로 보고 있는 것이다.

문학텍스트란 작자가 자기의 생각과 느낌, 사물에 대한 어떤 관점을 미적인 언어형태로 형상화한 것이다. 그러므로 이른바 '본문'은 물론이고 본문의 내용과 주제를 함축적으로 표현한 제목, 본분에 부가되어 있는 언어요소들은 상호텍스트적 관계에 놓이면서 독특한 텍스트성을 창출해 내는데 기여한다. 그러므로 서나 발 또한 본문과는 별도로 존재하면서 본문에 '대해' 말을 하는 텍스트 외적인 요소가 아니라, 그 자체가 텍스트의 일부로 인식되어야 하는 것이다. 산운 혼합담론의 한 종류로서 운문에 서나 발이 붙은 형태의 글은 '韻主散從'의 성격을 띤다. 운주산종이라 한 것은 텍스트의 구성요소로서 운문보다 산문이 덜 중요하다는 의미가 아니라, 산문은 어떤 운문을 '전제'로 하여 쓰여진 것이기 때문에 운문이 텍스트 성립의 우선성을 지닌다는 의미이다.

텍스트의 한 구성요소로서 서나 발문은 간단히 운문의 창작 배경을 설명하거나 작품에 대해 한 두 마디로 짧게 평을 한 것에서부터 한 편의 단편 서사체나 수필로 볼 수 있을 만큼 문학성이 풍부한 것에 이르기까지 그 양상이 매우 다양하다. 이 글에서 산운 혼합담론의 한 유형으로서 서발 포함 텍스트는 이처럼 산문 부분—서나 발—이 그 자체로 문학성을 확보한 것을 그 대상으로 한다.

어떤 운문에 산문으로 된 부분을 부가한다는 점에서는 서나 발의 경우

3) 김선기, 「한국의 시가시화」, 《시화학》 7집, 동방시화학회, 2005; 「초기 시조시화 고찰」, 《시화학》 8·9집, 동방시화학회, 2007.

가 같지만, 서나 발이 운문과 상호조응하면서 텍스트내에서 행하는 기능은 차이가 있다. 이런 차이에 의거하여 운문 앞에 '서'가 놓이는 경우는 '서부가형'으로, 운문 뒤에 '발'이 놓이는 경우는 '주석형'으로 분류하고자 한다. 이 글에서는 『고산유고』 『해동가요』의 몇 예들을 대상으로 하여 '발'을 포함한 주석형 산운 혼합담론의 특성을 살피게 될 것이다.[4]

2.2. '序跋 포함 텍스트'에 있어서 작자와 독자 문제

서와 발의 작자는 크게 운문 작자와 동일한 경우와 동일하지 않은 경우로 나눌 수 있다. 다른 사람이 쓴 운문에 대하여 서문이나 발문을 쓰는 경우는 대개 그 운문 작자와의 친분 혹은 교분이 있어 청탁을 받고 그에 응하는 것이 상례이다. 서발 포함 텍스트의 경우 운문과 산문을 각각 떼어 살필 때 작자가 누구인지 분명하므로 문제가 되지 않지만, 운문과 서발을 합쳐 하나의 통합된 텍스트로 볼 때 그 텍스트의 작자를 누구로 보느냐 하는 점은 중요한 논점이 된다.

오늘날처럼 독창성과 상상력을 글쓰기의 최대 자산으로 평가하는 것과는 달리 과거에는 여기저기서 남의 글을 따다 짜깁기하거나 성현의 말씀에 대해 부연설명한 것까지도 글쓰기의 한 방식으로 간주되었다. 서양의 경우이기는 하지만 바르뜨의 견해는 현대와는 다른 작자의 개념을 이해하는 데 도움을 준다. 롤랑 바르뜨는 중세기 작가를, 아무 것도 덧붙이지 않고 베끼기만 하는 轉寫者(scriptor), 자신의 것이 아닌 모든 것을 덧붙일 수 있는 編纂者(compilator), 원전을 남이 이해할 수 있도록 자기 생각을 덧붙이는 註釋者(commentator), 딴 사람이 생각한 것에 기대어서 자기 자신의 생각을 감히 발표하는 著者(author) 이 넷으로 분류한 바 있다.[5] 이

---

4) '서'의 경우는 별도로 다루었으므로 여기서는 '발'을 집중적으로 살피고자 한다.
5) 김현, 『한국문학의 위상/문학사회학』(『김현 문학전집』1, 문학과 지성사, 1991·

에 의거할 때, 운문과 서발문을 쓴 사람이 동일인이 아닐 경우 '둘을 합쳐 하나의 텍스트로 묶은 존재' 즉 문집이나 가집의 편찬자 또한 작자의 범주에 들 수 있는 것이다. 문집이나 가집의 編者가 서발문을 청탁할 때 여러 사람의 후보 가운데 그 중 특별히 누구에게 부탁했거나, 하나의 운문에 대한 서발문이 여러 개인데 그 중 어떤 것이 효과적일까를 고려해 하나를 택해 문집 혹은 가집에 실었다면 이미 거기에는 희미하나마 작자의식, 산문 작품에 대한 선별의식이 작용하고 있다고 말할 수 있는 것이다.

여기서 한 가지 주목해야 할 점은, 서발문의 작자는 1차적으로 운문에 대한 '독자'라는 사실을 인지하는 것이다. 이것은 서발문의 작자가 운문 작자와 동일하지 않거나 동일하거나 마찬가지이다. 동일하지 않은 경우 서발문을 쓰는 사람은 먼저 운문을 자세히 읽고 거기에 담긴 사상과 속뜻, 운문 작자의 의도와 성향 등을 잘 파악하여 그에 걸맞는 글을 쓰려고 했을 것이기 때문에 단순 독자 정도가 아닌 주도면밀한 독자라 할 수 있다. 또한 운문 작자 못지않은 문필력과 비평안을 지닌 수준높은 독자로 보아도 좋을 것이다. 그리고 운문 작자가 자기 글에 대해 서발을 붙이는 경우라 할지라도 우선적으로 운문을 지은 뒤 그 내용과 관련된 서나 발문을 썼을 것이므로 자기가 지은 운문에 대한 독자임에는 틀림없는 것이다. 서발문 먼저 쓰고 운문을 지었을 가능성은 거의 희박하다고 할 수 있다.

요컨대 서발문을 짓는 사람이 운문 작자와 동일인이든 아니든, 서발문은 운문에 대한 수용—독서—의 결과물 혹은 운문에 대한 이해의 산물로 볼 수 있는 것이다. 어떤 운문에 대해 서발문이 지어지고 이 둘이 합쳐져 하나의 텍스트로 완성되어 독자에게 수용되는 양상을 다음과 같이 나타낼 수 있다.

2005, 41쪽)에서 재인용.

운문 작자—독자1(=서발문 작자)—독자2(=문집 · 가집의 편찬자)—독자3('운문+서발문' 텍스트의 독자)

이처럼 서발문 작자를 운문에 대한 1차 독자로 보는 관점은 서발문의 내용과 제작 동기를 살피는 데 있어 중요한 디딤돌을 마련해 준다. 먼저 운문 작자와 서발문 작자가 동일할 경우 작자는 자신이 지은 운문들에 대하여 어떤 것은 서발문을 붙이고 어떤 것은 붙이지 않는 것일까? 운문 작자가 자신의 작품에 서발문을 붙이는 이면에는 여러 동기가 작용했겠지만 그 중 하나로 운문에 대한 독자의식의 발동을 꼽을 수 있다. 자기 시에 대한 1차 독자로서의 작자는 시만 읽어서는 잘 이해되지 않는 부분, 확실하지 않은 부분을 산문으로 보충하여 시를 통해 말하고자 하는 것을 분명하게 전달하고자 했을 것이다. 그리고 자신이 어떤 특별한 상황에서 그 시를 짓게 되었을 때 그 제작 상황이나 동기를 독자에게 알려서 자신의 시에 대한 이해를 좀더 깊게 하고자 하는 동기도 작용했을 것이다. 이런 동기들이 서발문의 내용의 향방을 결정하는 요인이 되었다고 본다.

그렇다면 그들이 서발문을 지을 때 어떤 독자를 염두에 두었을까? 자신과 교류하는 문인들, 벗, 친지, 후손 등이 그 대상이었을 것으로 본다. 운문의 작자는 이들 독자를 염두에 두고 자기 시를 이해하는 데 도움을 주고, 자신의 창작 의도를 분명히 하여 그들과의 소통을 원활히 하려는 의도가 작용한 것으로 볼 수 있는 것이다. 운문이 자기 표현 욕구의 산물로 표현동기가 우세하게 작용했다면, 서발문은 전달동기가 우세하게 작용했다고 할 수 있다.

한편 운문과 산문 작자가 동일하지 않은 경우 운문에 대한 1차 독자로서의 서발문 작자는 대개 운문 작자와 친분이 두터운 사람으로서 운문 작자로부터 직접 부탁을 받았든 후손이나 문집 편찬자들의 청탁을 받았든 간에 상당한 문학적 소양을 갖추고 운문 작자와 비슷한 취향을 가진 사람이었을 것이 틀림없다. 그러므로 대상이 되는 운문을 누구보다 면밀하게 읽고 감상했을 것이며 작품과 작자에 대한 존경·찬양의 마음, 작자의 작품세계에 대한 공감과 동료의식을 가지고 서발문 창작에 임했을 것이다. 운문 작자가 아닌 타인이 지은 서발문이 대개 찬양의 어조를 띠는 것도 이런 배경으로 보아 당연한 것이라 할 수 있다.

2.3. 텍스트내에서의 序와 跋의 기능

산운 혼합담론으로서의 서발 포함 텍스트들은 텍스트 '구성'의 측면에서 보면 서문이나 발문 모두 운문과 상호 조응을 이루어 하나의 텍스트를 이루어낸다는 점에서는 차이가 없다. 그러나 텍스트 '수용'이라는 관점에서 보면 서문과 발문은 큰 차이를 지닌다. 서문이 붙은 경우 텍스트의 구성은 '제목+서+운문', 발문이 붙은 경우는 '제목+운문+발' 순으로 배치가 되는데 이것은 대략 독서의 순서이기도 하다. 양자 모두 운문에 관계된 정보를 제공하여 운문의 감상과 이해에 도움을 준다는 점에서 공통적이지만, 운문을 읽기 전에 읽느냐 운문을 읽고 난 뒤에 읽느냐에 따라 산문 부분이 행하는 기능은 달라지게 된다. 물론 개인의 독서 취향에 따라 '제목-운문-서' 혹은 '제목-발-운문' 순으로 읽는 사람도 있을 것이나 배치된 순서대로 읽는 것을 일반적·보편적인 패턴으로 보고 서와 발의 텍스트적 기능을 살펴보고자 한다.

먼저 '서'는 운문 앞에 놓여 운문에 대한 가이드라인의 구실을 한다. 서는 운문을 짓게 된 동기나 배경 등의 내용이 주를 이루는데 이처럼 운문을 둘러싼 특수 상황에 대한 정보를 제공함으로써 독자가 어느 정도 운문에 대해 예상과 先理解를 할 수 있도록 길잡이 역할을 하는 것이다. 이같은 사전 설명은 분명 운문의 이해를 돕는 구실을 하는 것은 사실이지만, 이것은 바꿔 말하면 서의 작자가 독서의 틀과 방향을 미리 제시함으로써 독자의 운문 감상의 폭을 제한하는 결과를 낳을 수도 있다.

또한 운문 내용과 관계된 사항을 미리 언급함으로써 독자의 상상력을 제약하고 운문 해석의 함의를 축소할 수도 있게 되는 것이다. 어떤 사실이나 현상·사물에 대한 선행 지식, 타인에 의해 미리 제공된 설명은 물론 수용자의 감상에 도움을 주는 건 사실이나, 그런 지식을 갖지 않고 사물을 마주했을 때 감상자가 경험할 수 있는 순수한 감동과 상상력에 제동을 걸수가 있는 것이다.

한편 '발'은 운문의 뒤에 놓여 감상시 독자가 빠뜨린 부분, 잘 이해하지 못했거나 확실하지 않은 부분을 보충하여 독서의 '빈틈'을 메워주는 구실을 한다. 즉, 텍스트가 포함하고 있는 불확정적인 부분에 대한 참고사항이나 부연설명을 제공하는 것이다. 그럼으로써 독자가 작자가 의도한 것과는 다른 길로 들어섰을 때 뒤에서 원래의 방향대로 조정해 주는 구실을 하는 것이다. 그리하여 독서 과정에서 생길 수 있는 오독을 최소화하고 작자가 의도한 목표에 도달하도록 도와준다.

또한 발문은 보통 운문과 관계가 있는 일화나 사건을 소개하거나 운문을 토대로 발문작자의 문학론을 전개하거나 운문에서 언급된 장소에 대한 記의 성격을 띠는 예가 적지 않은데, 이는 독자로 하여금 구체적인 한 운문 작품으로부터 문학에 대한 일반적 이해로 시야를 확대하는 계기가 될 수 있다. 또 이미 간행된 책이나 완성된 작품에 대한 소감을 적는 경우도 다수 포함되어 있어 발이 독후감 내지 감상문 성격을 띠기도 한다.[6] 보통 발이 서보다 길이가 긴 것도 이런 이유에서일 것이다. 종합하면 발은 운문에 대한 '注釋'의 기능을 행하는 것으로 이해할 수 있으며 이를 토대로 발문을 포함한 텍스트를 '주석형' 산운 혼합담론으로 범주화할 수 있는 발판을 마련하게 된다.

---

6) 이종건·이복규, 『한국한문학개론』(보진재, 1991), 221쪽.

서와 발이 텍스트에서 행하는 기능의 차이를 패키지 여행에 비유해 볼 수 있다. 여정의 목적지에 도착하면 일단 가이드가 그 곳 혹은 관광 대상물에 관계된 여러 정보들을 관광객에게 설명한 뒤 관광객들은 이같은 선행 지식과 정보를 가지고 관광 대상물을 둘러보게 된다. 관광객은 군데군데 놓여 있는 설명문들을 읽으며 그 장소 혹은 관광 대상에 대한 이해를 심화한다. 이때 이 설명문은 가이드의 사전 설명에서 누락된 부분을 보충하여 관광객의 이해를 돕는 구실을 한다.

비유 대상을 바꾸어 전시회를 예로 들면, 어떤 전시실 출입구 정면 상단에는 그 곳에 전시된 내용물이 무엇에 관한 것인지를 알려주는 문구가 있고 그 문을 들어섰을 때 바로 입구에는 관람자들이 개개 전시물을 둘러보기 전에 해당 전시실의 내용물에 대한 총괄적인 정보를 제공하는 설명문이 붙어 있다. 관람자들은 이 총괄적인 정보를 염두에 두면서 개별 전시물을 감상하고 그 밑에 붙어 있는 설명문을 읽으며 개개 전시물에 대한 이해를 심화한다. 이들 비유에서 여행사에서 내 건 패키지 상품의 이름과 전시실 출입구 정면 상단에 붙어 있는 문구는 서발 포함 텍스트에서 '제목'에, 가이드의 설명과 전시실 입구에 붙어 있는 총괄적 설명문은 '서'에, 관광 대상물과 개별 전시물에 붙어 있는 설명문은 '발'에 해당한다.

지금까지 서발 포함 텍스트에서의 작자·독자 문제, 텍스트에서의 기능 등에 대해서 개괄해 보았는데 이것은 일반적인 것을 언급한 것이며,『고산유고』와『해동가요』를 통해 그 구체적인 양상을 확인해 보도록 한다.

3.『孤山遺稿』의 경우

『고산유고』는 총 6권으로 되어 있는데 漢詩를 비롯하여 疏·書·祭文·祝文·碑銘 등 다양한 형태의 한문학과 더불어 국문시가가 수록되어 있다. 이 중 한시는 1권과 6권 별집(上)에, 시조는 '歌辭'라는 이름으로 6권 별집(下)에 실려 있다. 『고산유고』를 보면 한시나 시조에 서·발이 붙어 있는 예가 다수 보이며, 긴 제목으로써 序를 대신하는 양상 또한 두드러진다.[7] 서나 발, 일반적인 기준에서 벗어난 장형의 제목을 빈번히 활용하고 있다는 것은 윤선도가 운문을 통해 자기 표현을 하는 것 외에 뭔가 다른 것을 의도하고 있다는 것을 시사한다.

『고산유고』 수록 한문 운문 중 서가 붙은 것은 8편, 발이 붙은 것은 2편이며, 서와 발이 모두 붙어 있는 것이 1편이다. 그러나 서를 대신하는 긴 제목이 많다는 점이 눈에 띈다. 한편 국문시가의 경우는 서가 붙은 것이 1편, 발이 붙은 것이 4편이다. 여기서 한 가지 주목할 점은, 5언 고시 <古琴咏> 앞에 '幷序'로 붙어 있는 것과 동일한 산문서술이 국문시가 <古琴詠>[8]에서는 시조 다음에 발의 형태로 붙어 있다는 사실이다. 시조 뒤에 붙은 산문서술에 대해서는 '발'이라는 말이 사용되어 있지는 않으나 이것을 발로 보는 데는 무리가 없을 것이다. 여기서 <고금영>은 운문의 제목일 뿐만 아니라 서발 포함 텍스트의 제목이기도 하다.

먼저 같은 제목에 같은 내용의 산문 서술이 한시와 시조에 모두 붙어 있는 <고금영>의 예를 들어 본다.[9]

> 브렷던 가얏고룰 줄 연저 노라 보니
> 청아흔 녯 소리 반가이 나는고야
> 이 곡됴 알 리 업스니 집 겨 노하 두어라

---

7) 이 점에 대해서는 본서 제2부 「한시의 장형 표제」 참고.

8) 한시의 제목은 <古琴咏>으로, 시조는 <古琴詠>으로 되어 있다.

9) 이하 『고산유고』에서 인용한 작품의 원문과 번역은 KRpia(한국학 데이터 베이스) 『국역 고산유고』(윤선도 저, 이형대·이상원·이성호·박종우 역주, 소명출판, 2004)에 의거하되 번역이 필자의 의견과 다른 부분은 수정하였음을 밝힌다. 그리고 원문은 『孤山遺稿』(尹孤山文化事業會, 1996)와 대조하여 차이가 있는 부분은 후자를 따랐다.

우연히 오래된 가야금을 烟燻屋漏의 여가 속에서 얻게 되어 먼지를 닦아내고 한번 퉁겨보았다. 12줄의 맑은 소리에 완연히 崔仙[10]의 心跡이 드러나기에 '아!' 하며 탄식하고 스스로 한 闋[11]을 이루었다. 또 생각하건대 이 물건이 알아주는 이가 없어 버려진다면 한 조각 먼지같은 고목이 되겠지만, 알아주는 이가 있어 쓴다면 五音과 六律을 이룰 수 있다. 그러나 세간에는 음률을 아는 자가 드무니 이미 오음과 육률을 이루었다 해도 또한 어찌 알아주지 않는 불운을 만나지 않을 수 있겠는가? 그러므로 이에 대한 아쉬움은 비단 한 가지만이 아닌 것이다. 다시 고풍 한 편을 지어 이 가야금의 답답함을 묘사해 보았다.[12]

有琴無其人	거문고 있건만 알아주는 이 없어
塵埋知幾年	먼지에 묻힌 채 몇 년이고 흘러갔네.
金鴈半零落	기러기발은 반쯤 떨어졌어도
枯桐猶自全	오동나무 판은 아직도 온전하구나!
高張試一鼓	높이 벌려놓고 한번 타 보았더니
冰鐵動林泉	차가운 쇳소리 임천을 진동시키네.
可鳴西城上	서쪽 성 위에서 울릴 만하고
可御南薫前	南薫[13] 앞에서도 올릴 만하네.
滔滔箏笛耳	쟁과 피리 소리 귀에 도도하건만
此意向誰傳	이 뜻이야 뉘에게 전하리?
乃知陶淵明	이에 알겠으니 도연명이
終不具徽絃	끝내 줄을 갖추지 않은 이유를.

---

10) 崔致遠을 가리킴.
11) 여기서 '闋'이라 하는 것은 노래로 부를 수 있는 운문의 편수에 대한 단위로서 여기서는 '시조'를 가리킨다.
12) "偶得伽倻古琴於烟燻屋漏之餘, 拂拭一彈, 泠泠十二絃, 宛見崔仙心跡, 咨嗟咏歎, 自成一闋. 且念此物無其人而舍之則爲一片塵垢枯木, 有其人而用之則能成五音六律, 而世間知音者鮮, 則旣成五音六律之後, 亦豈無遇不遇也. 然則有感於斯者非一端矣. 更賦古風一篇, 以寫此琴之壹鬱."
13) 唐나라의 궁전 이름(역자 주).

위는 『고산유고』 제6권(下)의 '歌辭' 부분에 실린 <고금영>의 전문인데, '제목+시조+산문서술'이 있고 그 뒤에 다시 '古風'에 해당하는 한시까지 붙어 있어 매우 복잡한 구성을 보인다. 이 산문서술에 '跋'이라는 말은 사용되지 않았지만 발의 성격을 띤다는 것은 이론의 여지가 없다. 이 텍스트의 운문과 산문의 작자는 모두 윤선도이며, 이 둘을 <고금영>이라는 제목 하에 결합한 주체 즉 산운 혼합담론의 작자 또한 윤선도이다. 발문의 한 '闋'을 이루었다 함은 시조를 지은 것을 가리키며, '古風'은 12구로 된 5언 고시를 가리킨다. 이 내용을 보면 5언고시보다 시조를 먼저 지은 것으로 확인되며, 발문은 이 두 운문을 모두 지은 다음 쓴 것으로 볼 수 있다.

이 산운 혼합담론이 국문시가를 모아놓은 별집 '가사' 부분에 수록되어 있다는 것은, 이 텍스트를 구성하는 다양하고 이질적인 요소들 가운데 시조가 主가 된다는 것을 말해 준다. 이 중 '발'에 해당하는 산문서술은 1권 '詩' 부분의 <古琴咏 幷序>에 '서'로 중복 수록되어 있다.

『고산유고』 5권에 '서' 항목이 있음에도 그 곳에는 이 산문서술이 수록되지 않고 이처럼 '가사'나 '詩' 항목에 수록되어 있다는 것은 이 산운 혼합담론이 '운주산종'의 성격을 띤다는 것을 반증한다.

산문 서술은 우연히 오래된 가야금을 얻은 것을 계기로 시조와 한시 작품을 짓게 된 경위를 설명하고 음률에 대한 간단한 소회를 곁들인 것이다. 작품을 짓게 된 경위에 치중하면 '서'의 성격에 좀더 가까울 것이고, 가야금과 음률에 관한 간단한 소회가 음악 일반론으로 확대되면 '발'의 성격에 좀더 가까울 것이다. 그러나 이 산문서술의 경우는 특수 상황의 서술이나 일반론 어느 한쪽으로 특별히 치우치지 않아 '서'나 '발' 어디든지 두루 쓰일 수 있는 내용이다. 그런데 한시의 경우는 '서', 시조의 경우는 '발'로 활용되고 있다는 것은, 내용 이전에 어떤 문학적 관습이 작용한 것이 아닌가 생각한다. 이 점에 대해서는 뒤에서 다시 언급하기로 한다.

여기서 짚고 넘어갈 점은, 산운 혼합담론으로서의 <고금영>에 포함된 한시를 어떻게 이해할 것인가 하는 문제, 자신의 운문에 대한 1차 독자인 윤선도가 산문 서술을 붙이게 된 동기, 그리고 동일한 산문 서술이 운문의 앞에 놓일 때와 뒤에 놓일 때 어떤 텍스트적 차이를 보이는가 하는 문제다.

먼저 첫 번째 문제를 생각해 보기 위해 시조와 한시를 비교해 볼 때 가장 눈에 띠는 것은 시조의 내용이 한시로 부연되어 있다는 사실이다. 한시의 제1~4구는 가야금이 오랫동안 방치되어 있어 먼지가 쌓이고 부분이 훼손된 '외양'을 서술하고 있는데 이 내용은 시조 초장의 "ᄇ렸던 가얏고" 안에 모두 함축되어 있다. 한시 제5~8구는 훼손된 외양에도 불구하고 그 내면의 아름다움—소리—은 여전히 변함없음을 서술하고 있고, 이는 시조 중장의 "청아ᄒ 녯 소리"로 함축되어 있음을 본다. 그리고 한시 제9~12구는 '가야금에 담긴 뜻을 알아줄 사람이 없어 도연명도 끝내 연주하지 않았다'는 내용이며 이는 시조의 종장에 고스란히 담겨 서술되어 있다.

이렇게 비교해 볼 때, 한시 12구는 세 의미단위로 나뉘어 시조의 각 장과 대응을 이룬다는 것이 드러난다. 시조가 먼저 지어졌으므로, 이것을 좀 더 정확히 말하자면 시조의 각 장에 담긴 함축적 내용이 한시를 통해 4구씩으로 부연되면서 대응을 이루고 있다고 해야 할 것이다. 그렇다면 한시는 발문과 함께 시조의 압축된 표현으로 인한 모호성을 해소하고 의미상의 불확실성을 거둬내며 막연한 것을 구체화하는 구실, 그리고 나아가 주가 되는 운문에서 다 하지 못한 내용을 보충하는 구실까지 행한다고 할 수 있다. 다시 말해 시조 <고금영> 뒤에 붙어 있는 한시는 발문과 함께 시조에 대한 '주석'의 기능을 행하는 것이다. 산문 서술과 한시 <고금영>이 행하는 이런 기능은 바로 두 번째 물음, 즉 자신이 지은 운문의 1차 독자로서 윤선도가 발문을 짓게 된 동기가 무엇인가에 대한 답이 되기도 한다. 고산은 시조와 한시로 표현한 것이 독자에게 확실히 이해·전달되도록 산문으로 다시 구체적으로 서술했던 것이다. 그러므로 시조와 한시, 산문서술은 동일한 주제, 동일한 내용을 각기 다른 글양식으로 세부적 표현만 달리하여 세 번 되풀이한 것으로 볼 수 있다.

다음 세 번째 제기한 문제, 동일한 산문 서술이 운문 앞에 있을 때—즉, 서—와 뒤에 있을 때—즉, 발— 어떤 차이가 유발되는가 하는 점을 검토해 보자. 이것은『고산유고』를 접하는 독자가 한시 <고금영 병서>를 먼저 읽었는지 아니면 시조 <고금영> 부분을 먼저 읽었는지에 따라 다를 수 있다.

한시 <고금영 병서>를 먼저 읽었다고 가정해 보자. 독자는 서를 읽으면서 같은 소재로 지은 국문가사가 별도로 있음을 인지한 상태에서 한시를 읽게 될 것이고, 서의 내용으로 미루어 앞으로 읽게 될 시가 어떻게 전개될지 그리고 작자가 어떤 심정으로 시를 지었는지 예상을 하고 작품에 임할 것이다. 그러므로 산문 서술 즉 '병서'는 독자가 한시 작품을 금방 자기 것으로 소화하는 데 직접적인 도움을 준다. 그러나, 이미 예상된 내용이 전개되므로 신선한 충격이나 새로운 감흥이 적을 것이고 독자만의 상상력을 발휘하는 데 장애요인이 될 수도 있을 것이다.

다음으로 시조 <고금영>을 먼저 읽었을 경우에 대해 생각해 보자. 독자가 처음 접하는 것은 당시로서는 친숙하지 않은 새로운 시형식이고, 이 시에 대해 독자에게 주어진 정보는 단지 '제목'일 뿐이다. 독자는 자기가 읽을 국문가사가 '古琴'을 소재로 한 것이라는 것은 짐작하지만 그 악기가 가야금인지 거문고인지는 아직 모르는 상태이다. 운문을 읽고 그것이 가야금인 것을 알게 되고 오래된 가야금에서 청아한 소리가 나는 것을 흐뭇해 하는 작자의 심정에 공감할 수 있을 것이다.

그런데 초·중장의 내용이 직접적으로 전달되는 것과는 달리 종장 "이 곡됴 알 리 업스니 집 겨 노하 두어라"는 다소 함축적이고 불확실한 내용을 담고 있어 이를 위한 보충 설명과 새로운 정보가 필요해진다. 뒤에 이어지는 산문 서술 그리고 당시 독자들에게 친숙한 古風의 한시는 바로 이같은 필요에 부응하는 요소가 된다. 그리하여 독자가 시조를 읽고 수용하는 것이 용이하도록 도움을 준다. 이와 같은 보충 설명, 참고될 만한 내용에 앞서 운문을 읽을 경우, 독서에 있어 약간의 불확실성은 있겠지만 그 점이 바로 독자의 상상력을 발휘하게 하고 시를 신선한 느낌으로 받아들일 수 있게 하는 요소가 될 수도 있는 것이다. 바로 이 점이 독서에 있어 서와 발이 행하는 구실의 차이이기도 하다.

<고금영>에 이어 살펴볼 것은 하나의 운문 작품에 서와 발이 모두 붙어 있는 <淨深菴>의 예이다.

　　三江이라는 郡은 백두산의 남쪽, 압록강 상류에 치우쳐 있어 사찰이 없는 지 오래이다. 들건대 法號를 '淨涵'이라고 하는 한 스님이 있어, 멀리 들어가 높은 곳에 암자를 지었다고 한다. 내가 구름을 좇아서 멀리 말을 타고 앉아서 오니, 번뇌가 씻겨졌다. 이에 느낌이 있어, 절구 한 수를 짓는다.[14]

蓮華峯下淨深菴	연화봉 아래 정심암에는
金碧熒煌照佛龕	고운 단청 불당을 환히 비추네.
辛苦上人耽道意	고생스럽게 스님이 도를 즐기는 뜻
吾儒見此可懷慙	우리 儒者들 이를 보면 부끄러워하리라.

　　산과 사찰이 처음에는 이름이 없어 스님이 명명해주기를 청하였다. 나는 사양하였으나 어쩔 수가 없었다. 산의 이름은 「愛蓮說」 중의 '진흙에서 나왔지만 더럽지 아니하다'는 뜻을 취하여, 미개한 지역에 있으면서도 하늘의 덕을 스스로 한 것을 기렸다. 사찰의 이름은 당나라 사람 시의 '맑고 깨끗함이 깊은 곳을 짝하였네'라는 뜻을 취하여, 평지를 피해 그윽하고 고요한 것을 싫어하지 않음을 찬양하였다. 신축년 늦봄에 못가의 병든 노인 쓰다.[15]

---

14) "三江一郡, 僻在白頭之南鴨綠上流, 無寺刹久矣. 聞有一僧法號淨涵, 入遠危構. 余緣雲, 迂騎坐來, 煩襟滌矣. 仍有感賦一絶."

15) "山與寺, 初無名, 僧請命之, 余辭不獲已. 山之名, 取愛蓮說出淤泥不汚之義, 讚其居夷而天德自如也. 寺之名, 取唐人詩, 淸淨當深處之義, 讚其避地而幽靜不厭也. 辛丑暮春, 澤畔病叟."

서는 암자가 생긴 유래와 시를 짓는 동기에 대해서, 발은 사찰의 命名 과정에 대해서 서술하고 있다. 서와 발은 사찰을 둘러싼 내용이므로 둘을 합쳐 서나 발 하나로 처리해도 될 듯한데 왜 윤선도는 굳이 이것을 두 부분으로 나누어 운문의 앞과 뒤에 배치했을까 하는 의문이 든다. 자세히 읽어 보면 서는 사찰 자체에 초점이 맞춰져 있기보다는 작시 동기를 서술하는 데 필요한 요소로서 사찰에 관한 언급을 하고 있다는 것을 알게 된다. 즉, 사찰에서 느낀 감회가 작시의 동기가 되었으므로 시의 주소재가 된 특정 사찰에 대한 소개를 간략히 하여 운문으로의 연결을 매끄럽게 해 주고 있는 것이다.

반면 발에서는 서와 시를 통해 이미 어느 정도 정보가 제공된 '사찰'에 대하여 부연 설명이 이루어지고 있다. 발화의 초점은 시에서 사찰로 이동해 있고 시와는 무관하게 사찰이 이름을 갖게 된 배경이 서술되고 있다. 이 과정에서 도연명의 「애련설」이나 당나라 때 시인의 시구가 등장한다. 요컨대 서나 발, 시 모두 '사찰'에 대해 말한다는 공통점을 지니면서도 '서'는 수많은 사찰들 중 어떤 특정 사찰로 관심을 유도하는 역할을, '발'은 이미 알려진 내용을 토대로 새로운 정보를 제공함으로써 그 사찰에 대한 독자의 관심을 확대하는 역할을 한다고 할 수 있다.

이들 외에도 『고산유고』에 수록된 '서발 포함 텍스트'들에서 한시에 붙은 '서'의 내용을 보면 간단한 안부인사(<寄李明遠 集古>)나 답신의 성격을 띤 것(<答張秀才書>)도 있고, 막내아들의 죽음을 애도하면서(<悼尾兒>) 혹은 같은 처지의 유배객들이 매질을 당했다는 소식을 듣고 한스러워 (<庚子七月二十四日卽事>) 시를 지었다고 하는 작시 동기가 서술된 것도 있다. 또 제목에 포함된 특정 장소나 사물, 인물에 대한 소개 성격의 내용도 있다. <消冰花 幷序>는 '소빙화'에 대하여, <甲辰中秋初五日 登洗劍亭>은 '세검정'이라고 하는 장소에 대하여, 그리고 <題洪獻義妓趙生帖後 龍洲> 는 조씨 성을 가진 기생에 대하여 각각 상세한 설명을 곁들임으로써 이

장소나 인물이 생소한 독자들이 자기 시를 잘 이해할 수 있도록 선행 정
보를 제공하고 있다. 시조의 경우는 <雨後謠> 한 수에만 서가 붙어 있는
데 여기서도 시조를 짓게 된 동기가 서술되어 있다.

한편 한시에 붙어 있는 '발'은 <復用前韻 贈洪獻禮勝二娘>과 <殷山客
舘 敬次祖父理遣堂韻 二首> 두 편인데 앞의 작품에서는 제목에 들어 있
는 두 인물 '禮順' '勝禮'와 고산간의 깊은 인연에 대해 서술하고 있고, 뒤
의 작품에서는 고산이 은산의 객관에서 조부의 필적을 발견하고 그에 감
동을 받아 시를 쓴 만큼 그 곳에서의 조부의 행적을 소상하게 기록하고
있다. 이 두 편의 발문을 읽어 보면 제목에 포함된 인물들에 관한 내용이
므로 '서'로 배치해도 무리가 없을텐데 굳이 시 뒤에 배치한 이유가 무엇
인가 하는 의문이 든다. 그 답은 이 두 발문이 『고산유고』에 수록되어 있
는 한시와 시조의 서발문을 통틀어 길이가 가장 길다는 사실에서 찾을 수
있다. 독자의 시에 대한 이해를 도모하는 것도 좋지만 너무 길이가 긴 문
장이 운문 앞에 있으면 자칫 시에 대한 호기심과 관심이 사그라들 수 있
을 것이므로 이를 운문 뒤에 배치한 것이라 생각된다.

'시조+발문'으로 된 산운 혼합담론은 앞서의 <고금영>을 포함하여 <贈
伴琴> <漁父四時詞> <夢天謠> 4편이다. <증반금>의 발에는 고산이 伴
琴 權海의 거문고 연주를 듣고 감동한 내용이 담겨 있고, <몽천요>에는
『시경』「魏風」과 「邶風」의 시구, 두보의 시구가 소개되어 있고 이와 더불
어 이 시구에서 연상된 작자의 심회가 서술되어 있다. <몽천요>의 경우
특기할 사항은 발문 다음에 <飜夢天謠>라 하여 시조 세 편을 한시 형태
로 번역해 놓은 것을 덧붙이고 있다는 점이다. 산운 혼합담론으로서의
<몽천요>는 시조와 발문뿐만 아니라 이 한역시까지를 포함한다. 앞서 시
조 <고금영>에서 발문 뒤에 붙여 놓은 5언고시와 마찬가지로 <몽천요>에
서의 한역시 또한 발과 함께 운문에 대한 부연 설명, 보충 정보에 해당하
고 결국 '주석'으로서 기능한다고 볼 수 있다.

<어부사시사> 발에는 자신의 작품에 대한 구체적 설명이 있고 이에 앞서 옛날부터 전해지는 동방의 어부사 및 이현보의 어부사에 대한 언급, 그리고 이황이 이 작품들에 歎賞해마지 않았다는 내용16)이 서술되어 있다. 이것은 자신의 작품을 '어부사'의 전통안에 위치시키고자 하는 고산의 자부심을 짐작케 한다. 서문에서는 보이지 않는 발문의 특이한 점은 예를 들어 <몽천요> 발 '임진년 오월 초열흘, 芙蓉釣叟가 병으로 孤山에 머물면서 쓴다'17)에서 보는 바와 같이 문장 끝에 그 글을 쓰는 시간과 장소, 그리고 자기 자신을 형용하는 표현이 부기된다는 점이다.

한편 서나 발은 아니면서 운문과 결합된 산문의 성격을 띠는 것으로 고산의 시에서 흔히 보이는 '긴 제목'이 있다. 가장 긴 것은 <余於壬辰歲暮 自京還金鎖洞. 癸巳仲春 自金鎖入芙蓉洞. 甲午八月 家有祀事 力疾作出陸計 到獐島逢逆風止宿. 翌日還宿黃步 又明日更向東浦 到遏斤風不止 止宿. 又明日日暮 艱到白浦. 余得芙蓉 于今十八年 往來者不可數計 而入舡阻風 未嘗有如許時. 有感而發深省 口占一絶>18)인데, 이것은 제목이라기보다는 거의 '서'에 가깝다.19) 이런 긴 제목 역시 서나 발처럼 자신이 운문을 짓게 된 동기나 당시 상황, 운문을 통해 전달하고자 하는 뜻을 기록함으로써 독자의 이해를 돕고자 하는 고산의 의도를 반영한다.

---

16) 이황의 농암 어부가 발문을 두고 한 말인 듯하다.

17) "壬辰五月初十日, 芙蓉釣叟, 病滯孤山識."

18) '나는 임진년(1652) 세모에 서울로부터 금쇄동으로 돌아왔다. 계사년(1653) 중춘에는 금쇄동으로부터 부용동으로 들어갔다. 갑오년(1654) 팔월에 집안에 제사가 있어 병을 참고 육지로 나갈 계획을 세웠으나 獐島에 이르러 역풍을 만나 유숙하게 되었다. 다음날 黃步로 돌아와 자고 또 다음날 다시 동포東浦를 향해 가다 遏斤에 이르렀는데 바람이 멎지 않아 유숙했다. 또 다음날 해질 녘에 간신히 백포白浦에 이르렀다. 내가 부용동을 얻은 지 지금 열여덟 해가 되었는데 왕래한 것을 헤아릴 수 없으나 항해에 험한 바람을 만난 것이 일찍이 이와 같은 때가 없었다. 이에 느낌이 있어 깊이 반성하며 절구 한 수를 읊조린다.'

19) 긴 제목이 지니는 서의 기능에 대해서는 본서 제2부 「한시의 장형 표제」 참고.

이상『고산유고』에 포함되어 있는 산운 혼합담론들의 몇 예를 검토해
보았는데 윤선도가 서나 발을 운문에 덧붙이는 글쓰기 방식을 활용함에
있어 몇 가지 원칙을 가지고 서와 발을 구분했음을 짐작할 수 있다. 첫째
내용면에 있어 운문의 이해에 필요하다고 생각되는 내용은 서에, 운문에
대해 보충 설명하는 내용은 발에 서술한다는 점이다. 그러므로 서에는 대
체로 시를 이해하는 데 요구되는 '특수 사항'이, 발에는 시의 내용을 토대
로 발전한 '일반적 사항'이 담기게 되는 것이다. 다시 말해 서에는 주로
운문과 직접적 관계가 있는 내용을, 발에는 운문내용에 토대를 둔 일반론
을 전개하는 경향이 있다는 점이다.

둘째 운문의 종류에 따라 한시에는 '서'를, 국문가사에는 '발'을 붙이는
관습도 한 원칙으로 작용한 것처럼 보인다. 이 점은 여타 한시나 뒤에서
살필『해동가요』및 시조 개별 작품에 붙은 산문 서술[20]에서도 어느 정도
확인할 수 있다. '序'는 한문 산문의 한 갈래로서 독립적인 자리를 차지하
는 반면, '跋'은 그 위상이 미약하다는 것[21]도 한시와 서의 친연성을 짐작
케 한다. 셋째, 한시의 경우라도 산문 서술이 지나치게 길어질 경우 시
뒤에 위치시키는 양상을 발견할 수 있다. 서문이 너무 길면 시가 이에 묻
히게 될 우려가 있기 때문이다. 넷째, 한시의 제목을 길게 하여 서를 대신
하도록 한다는 점이다.

이상『고산유고』에 보이는 서발 포함 텍스트의 양상을 종합해 볼 때,
윤선도는 자신의 글 특히 운문을 독자에게 충분히 정확하게 전달하고자

---

20)『역대시조전서』(심재완 편, 세종문화사, 1972)에 부록에 수록된 개별 작품의 서발
　　일람을 보면 서가 붙은 것이 7편, 발이 붙은 것이 34편으로 발이 압도적인 우위를
　　차지한다.

21) 예를 들어『東文選』에 수록된 서와 발의 편수를 비교해 보면 83권~95권에 수록
　　된 서는 237편이고, 102~103권에 수록된 발은 66편이다. 이로 볼 때 서발의 기능은
　　비슷하지만 산문 문체로서의 위상은 발이 서에 비해 훨씬 낮다고 할 수 있다. 또한
　　『고산유고』에서도 서는 별도의 조목으로 배정된 반면 발은 별도의 항목이 없다.

하는 의도가 매우 강한 시인이라는 점이 드러난다.

4. 『海東歌謠』의 경우

『고산유고』의 서발 포함 텍스트의 경우 운문과 산문 작자가 동일하고
이 둘을 하나의 제목 하에 묶은 주체, 즉 산운 혼합담론의 작자 또한 윤선
도 자신이다. 이에 비해『해동가요』[22)에 수록된 산운 혼합담론들의 경우
운문(시조)과 산문(서발)의 작자는 각기 다르다. 그렇다면『해동가요』에 수
록된 산운 혼합담론의 작자는 누구인가 하는 문제가 대두된다. 필자는 이
런 경우 산문과 운문을 결합하여 하나의 텍스트로 완성한 사람을 작자로
보아야 한다는 입장이다. 물론 이때의 작자는 제2작자 개념이다.

『해동가요』의 산운 혼합담론을 개괄해 보면 몇 가지 특징이 발견된다.
우선 '서'는 한 편도 없고 모두 발뿐이라는 점을 들 수 있다. 이 점은 앞서
『고산유고』항에서 언급했듯, 주로 한시에는 '서'를, 국문가사에는 '발'을
붙이는 문학적 관습이 반영된 것으로 보이는 부분이다. 발문이 붙은 것은
총 14편인데 대부분이 한 작자의 시조를 모두 소개한 다음 그 뒤에 붙인
것이어서 개별 작품에 대한 발이 아니라 한 작가의 작품세계에 대해 총
괄·총평하는 글, 다시 말해 '작가론'의 성격을 띤다. 그러므로 이런 경우
는 산문과 운문이 결합하여 하나의 텍스트를 구성하는 것을 살피는 이글
의 논점과는 거리가 멀다.

또 다른 특징은 개별 작품에 대한 발일 경우도 하나의 작품에 발이 붙
은 예는 없고 連時調에만 붙어 있다는 점이다. 연시조와 제목, 발문의 상

---

22)『해동가요』는 朴氏本·一石本·周氏本이 있고 金三不이 일석본과 주씨본을 校
合·校注하여 간행한 김삼불 교주본이 있다. 여기서는 김삼불 교주본을 대상으로
한다. 金壽長 撰, 『海東歌謠』(金三不 校注, 正音社, 1950).

호관계를 보면 모든 연시조에는 다 '제목'이 붙어 있으나 연시조에 모두 '발문'이 붙는 것은 아니다. 그러므로 연시조에 제목이 붙는 것은 특별한 사항이 아니나, 발문이 붙어 있다는 것은 특기할 만한 사항이라는 점을 인지할 필요가 있다. 한 작자의 여러 작품이 배열된 경우 발문 포함 여부, 제목의 관계를 보면 다음과 같은 몇 가지 패턴으로 나뉜다.

    (가) 한 작자의 여러 작품(연시조 아닌 것) : 제목(×)·발문(×)
          (예: 김삼현의 시조 no.282~286)[23]
    (나)   〃   〃   : 제목(×)·발문(○)
          (예: 김유기의 시조 no.288~295, 김성기의 시조 no.296~300)
    (다) 한 작자의 여러 작품(연시조인 것)   : 제목(○)·발문(○)
          (예: <고산구곡가> <어부가 52장>)
    (라)   〃   〃   : 제목(○)·발문(×)
          (예: <맹호사시사> <율리유곡> 등)

  발문이 없는 (가)와 (라)는 산운 혼합담론이 아니고, 한 작가의 여러 작품을 모아 놓은 (나)는 이들을 통합하는 요소가 결여되어 일관성있는 하나의 텍스트로 보기 어려우므로 여기서 논의 대상이 되는 것은 (다)뿐이다. 연시조는 대개 그 작품들을 통괄하는 제목이 붙어 있고 또 주제나 내용면에서 일관성을 지니기 때문에 여기에 발문이 붙은 경우 한 편의 산운 혼합담론으로 간주해도 무리가 없다.

  『해동가요』에서 연시조 형태에 제목과 발문을 갖춘 것으로는 <高山九曲歌> <漁父歌五十二章> <陶山十二曲> <漁父歌 五章> 4예가 있다. 그런데 이 네 개의 예 중 이황의 <陶山十二曲>과 이현보의 <漁父歌>[24]는 일련의 시조 작품들을 통칭하는 제목이지만 『해동가요』에서는 작품 앞에

---

23) 여기서 숫자는 김삼불 교주본 『해동가요』에 수록된 작품번호를 가리킨다. 이하 同.
24) 『해동가요』에는 작자가 이현보가 아닌, '어부'로 표기되어 있다.

제목으로 명시된 것이 아니라 발문 첫 구절에 '右陶山十二曲' '右漁父歌 兩五章'으로 지칭되어 있을 뿐이다. 이에 비해 <高山九曲歌>와 <漁父歌 五十二章>의 경우는 '일련의 시조작품들+발문'으로 이루어진 산운 혼합 담론 앞에 제목으로 명시되어 있다. 또한 <도산십이곡>과 <농암어부가> 가 『靑丘永言』에 수록되어 있는 것과는 달리, 이 두 작품은 가집 중 처음 으로 『海東歌謠』에 그 모습을 보인다는 점에서도 특별한 의미를 지닌다.

그러나 <고산구곡가>와 <어부가 52장>은 산운 혼합담론라는 점은 같지 만, 구성의 내용을 보면 약간 다른 점이 드러난다. <고산구곡가>의 경우는 기존 율곡의 연시조 10편 뒤에 발문에 해당하는 <고산구곡담기>를 붙인 형태인 반면, <어부가 52장>의 경우는 <어부사시사> <몽천요> <견회요> 등 몇 개의 연시조와 다른 시조 작품들을 결합하고 그 뒤에 김수장 자신의 발문을 붙여 새로이 재편성한 형태인 것이다. 그러므로 <고산구곡가>가 기존에 통용되던 것을 그대로 수용한 제목인 것과는 달리, <어부가 52장> 은 재편성된 텍스트에 대해 김수장이 새롭게 붙인 제목이라는 차이가 있 다. 본 장에서는 이 두 예를 중심으로 산운 혼합담론의 생산자로서 김수장 의 작자의식을 드러내는 데 초점을 맞추어 살피고자 한다.

<고산구곡가>는 李珥가 1578년 그의 나이 43세 때 海州 石潭에서 精 舍를 짓고 은거할 때 朱子의 <武夷九曲歌>를 본받아 지은 작품으로 序 詩를 포함 총 10편으로 된 연시조인데, 그가 지었을 당시의 원본은 전하 지 않고 조선 후기의 가집에 실려 전하고 있다. 『해동가요』 소재 <고산구 곡가>는 본 시조 10편이 있고 각 편 뒤에 漢譯詩와 <高山九曲詩>가 각 각 한 수씩 있으며 맨 뒤에 「高山九曲潭記」가 붙은 형태로 되어 있다. 시조 <고산구곡가>를 핵으로 하는 파생 텍스트들이 쓰여지게 된 경위를 간단히 살펴보면, 율곡 사후에 율곡의 아들의 부탁을 받아 최립이 「고산 구곡담기」를 썼고 <고산구곡가>가 지어진지 1세기 정도 후에 송시열이 이를 5언시 형태로 번역을 했으며 그 후에 朱熹의 <武夷櫂歌>[25)]에 차운

하여 자신을 비롯한 9인이 합작하여 율곡의 구곡가를 본받아 <고산구곡
시>를 짓게 된다.[26] 송시열이 번역을 할 때 보았던 자료는 <고산구곡가>
아래에 최립의 글이 있었던 것인데 그 글은 정황으로 보아 「고산구곡담
기」가 확실하며[27] 이로 볼 때 이 텍스트는 처음부터 같이 붙어 전해진
것으로 볼 수 있다.

여기서 이이의 <고산구곡가>와 최립의 「고산구곡담기」, 송시열의 한역
시, 송시열을 비롯한 10인의 합작 <고산구곡시>를 하나의 텍스트로 묶은
주체는 누구일까 생각해 볼 필요가 있다. 한 연구에 따르면 1688년경 송시
열의 제안으로 시작되어 약 20년 뒤 1709년 무렵 완성된 '高山九曲帖'은
「高山九曲圖」 <高山九曲歌> <高山九曲歌飜文> 그리고 <高山九曲詩>
를 결합한 것이다.[28] 여기에 「고산구곡담기」는 들어가 있지 않다. 그렇다
면 '고산구곡첩'에서 그림이 빠지고 「고산구곡담기」가 첨가되어 '제목+10
편의 시조+한역시+고산구곡시+고산구곡담기'형태로 처음 나타난 것은 언
제일까 궁금해진다. 『청구영언』에는 율곡의 작품이 수록되어 있지 않고

---

25) <武夷櫂歌>는 <武夷九曲歌>라고도 불린다.

26) 김병국, 「高山九曲歌 硏究: 精言妙選과 관련하여」, 성균관대학교대학원 박사논문,
   1991. 6. 39쪽. 송시열의 한역시는 『栗谷全書』 '詩下'와 『宋子大全』 '雜著'에, <고산
   구곡시>는 『栗谷全書』 38권에 실려 있다.

27) 송시열이 金壽恒에게 보낸 편지 중 '집에 고산구곡가가 있는데 이는 主人 老先生
   이 지은 것이며 그 아래에 崔東皐의 數件의 문자가 있으니 이는 모두 金南窓의 筆이
   다("家有高山九曲歌 寔主人老先生所作 而下有崔東皐數件文字 皆金南窓筆也.")'라
   는 내용이 있는데 이로 미루어 김남창(金玄成)이 율곡의 <고산구곡가>와 최립의
   「고산구곡담기」를 비롯한 몇 개의 글을 기록한 것을 우암이 가지고 있었다는 것을
   알 수 있다. 송시열, 「答金久之 丙辰六月二日」, 『宋子大全』 56권(한국문집총간
   v.110, 민족문화추진회, 2005). 최립의 「고산구곡담기」는 그의 문집에 별도로 전한
   다. 崔岦, 「高山九曲潭記」, 『簡易堂集』 卷9 '記'(한국문집총간 v.49, 민족문화추진회,
   2005).

28) 이상원, 「조선 후기 <고산구곡가> 수용 양상과 그 의미」, 《고전문학연구》 24집,
   한국고전문학회, 2003, 4쪽 주5), 13쪽.

박씨본『해동가요』가 1755년에 완성된 것을 감안할 때, '고산구곡첩'이 완성된 1709년과 박씨본『해동가요』가 찬집된 1755년 사이에 이루어진 어떤 자료가 나타나지 않는 한 이런 형태로 처음 모습을 선보인 것은『해동가요』일 것으로 추정할 수 있다.[29] 그리고 이런 형태로 재구성 내지 재배열한 사람은 물론 이 가집의『해동가요』의 찬자 김수장인 것이다.

김수장이 다양한 성격을 지닌 작품들을 하나로 묶어『해동가요』에 수록하였다고 하는 점은『해동가요』소재 산운 혼합담론의 생산에 있어 김수장의 역할에 대해 다시 한 번 생각하게 하는 계기가 된다. 이 일련의 작품들 앞에는 <고산구곡가>라는 제목이 붙어 있는데 이것은 10편의 시조에만 한정되는 제목이 아니라, '10편의 시조+한역시+고산구곡시+고산구곡담기' 전체를 포괄하는 복합적 텍스트의 제목이라는 점에 주목해야 한다. 김수장은 이처럼 다양한 성격을 지닌 이질적 작품군을 하나로 묶어『해동가요』에 수록하였고 <고산구곡가>라는 제목을 붙였다. 이렇게 함으로써, 한 편의 산운 혼합담론으로 재탄생한 <고산구곡가>는 운문과 산문이 별개로 존재할 때와는 다른 독특한 텍스트성을 지니게 되는 것이다. 그러므로 김수장은 단지『해동가요』의 편찬자라는 역할을 넘어 새로운 텍스트의 생산자, 바꿔 말해 한 편의 산운 혼합담론의 '작자'의 구실을 하는 것으로 볼 수 있다.

산운 혼합담론으로서 <고산구곡가>를 검토함에 있어 '시조+한역시+고산구곡시' 對 '기'처럼 운문과 산문으로 나누어 볼 수도 있지만, 텍스트성 형성에 있어 한역시와 <고산구곡시>의 역할을 생각할 때 '시조' 對 '한역시+고산구곡시+기'로 二分하여 살피는 것이 효과적이다. 이 산운 혼합담론에서 주가 되는 것은 10편의 시조이며 나머지는 이 시조를 '전제'로 하여 만들어졌기 때문이다.

---

29) 1803년에 이루어진 '高山九曲詩畵屛'에는 최립의 記까지 포함되어 있으나 이는『해동가요』가 성립된지 약 50년 뒤에 완성된 것이다.

(a)　高山九曲潭을 살롬이 몰으든이
　　誅茅卜居ᄒ니 벗님너 다 오신다
　　어즙어 武夷를 想象ᄒ고 學朱子를 ᄒ리라. (no.78)

(b)　高山九曲潭 世人曾未知 誅茅來卜居 朋友皆會之 武夷仍想象 所學
　　願朱子

(c)　五百天鍾地炳靈　　오백년의 영기를 하늘이 모으고 땅이 밝혀
　　栗翁資稟秀而淸　　율곡옹의 자질과 품성 빼어나고 청아하도다
　　高山九曲幽深處　　고산의 아홉 굽이 그윽한 곳
　　汩瀯寒流點瑟聲　　시원스레 흐르는 물은 증점의 비파 소리인 듯하네.

(d)　나는 栗谷 선생과는 약관 때부터의 벗이다. 공은 이미 세상의 大儒가
　　되어 조정에 중용되었지만 불행하게도 뜻을 다 펴지 못하고 세상을 떠난
　　지 이제 25년째다. 돌아보건대 나는 한 쓸모없는 사람일 뿐, 늙어서도 죽
　　지 않다가 마침 공의 아들 景臨을 서경에서 만나 세상일을 이야기하자니
　　말로는 부족하여 눈물만 쏟아졌다. 이에 生—경림—이 공이 옛날에 거처하
　　던 해주 고산의 구곡담에 기문을 지어달라고 청하였다. 나는 처음 공이
　　터를 잡았을 무렵 이웃 縣에 지방관으로 있으면서 왕래하여 실로 익숙하
　　였으니 이른바 구곡담이란 곳은 꿈에 그리지 않은 적이 없었다. 다시 生
　　이 열거한 것에 따라 차례대로 서술한다. (下略)[30]

　위는 '제목+10편의 시조+한역시+고산구곡시+고산구곡담기'로 이루어
진 산운 혼합담론에서 <고산구곡가> 序曲(a)과 그에 따른 한역시(b), <고
산구곡시> 序詩(c), 그리고 「고산구곡담기」의 일부(d)를 발췌한 것이다.
산문 부분은 일반적 발문 대신 '記'가 붙어 있다는 특징을 지니는데, 이

---

30) "栗谷先生於余弱冠師友也. 公旣爲世大儒 尊用於朝 不幸未久卒今二十五年矣. 顧
　　余一無用物耳 老而不死 適與公子景臨生遇於西京 俯仰世故 談不足而涕有餘. 生乃
　　請祭記公故居海之高山九曲潭者 余自公卜居之初佩銅隣縣 還往實際熟 所謂九曲潭
　　者 未嘗不在夢想之職中 復据生揭列其次而逑之立."

'記'는 발의 변형으로 볼 수 있다.

송시열에 의해 번역된 (b)를 보면 압운은 하지 않고 원 시조의 뜻만 살려 5언의 한시로 옮겨 놓고 있다. 나머지도 마찬가지다. 이 한역시는 한시에는 익숙하나 시조에는 친숙하지 않은 독자들에게 매개의 역할을 하면서 시조의 뜻을 쉽게 이해될 수 있도록 도움을 준다. 〈고산구곡시〉 10편은 모두 7언절구의 형태로 되어 있는데 이 중 序詩 (c)는 송시열이 지은 것이다. (c)를 (a)와 비교해 보면 첫구의 '오백 년'이라는 수치는 주자와 율곡 사이의 시간적 거리를 말하는 것으로 (a)에 포함된 "武夷"와 "學朱子"의 내용을 부연하여 간접적으로 율곡이 주자의 학통을 이어받고 있음을 표현한 것이다. 그리고 (c)의 제3·4구에서 '고산의 아홉 구비에 흐르는 물'을 '증점의 비파소리'에 비유함으로써 세속을 벗어나 자연 속에 은거하는 율곡의 풍모를 증점의 舞雩歸詠[31]의 풍모에 견주고 있다. 결국 (c)는 (a)의 내용을 구체화하고 함의를 확장시키는 구실을 한다는 것이 드러나며, 이는 (a)에 대하여 한역시 (b)가 행하는 구실과 크게 다르지 않다는 것을 알게 된다.

跋을 대신하는 記(d)는 최립이 이 글을 쓰게 된 동기가 첫머리에 서술되고 이어 九曲에 대한 설명이 하나하나 상세히 이루어진다. 독자는 이 기문을 통해 〈고산구곡가〉에 간략히 묘사된 각 장소에 대해 깊이 이해할 수 있고 그럼으로써 장소 개관을 넘어선 심오한 속뜻을 이해하게 된다. 一曲의 예를 들어 본다.

> 一曲은 어드미고 冠巖에 히빗췬다
> 平蕪에 너 거든이 遠近이 글림이로다

---

31) 『論語』 「先進篇」에 나오는 구절로 공자가 제자들에게 각자 하고자 하는 바를 묻자 증점이 '沂水에서 목욕하고 舞雩에서 시원한 바람을 쏘이다가 노래를 부르며 돌아오겠다'고 대답한 것을 가리킨다.

松間에 綠樽을 녹코 벗온양 보노라. (no.79)

第一曲은 冠巖이니 해주성 서쪽 골짜기로부터 45리 떨어져 있고, 海門과는 20리 거리이다. 산머리에 우뚝 서 있는 바위가 있는데 그 모습이 마치 관을 쓰고 있는 듯하여 그렇게 이름붙여진 것이니, 그 뜻 또한 '冠이 모든 예의 시작'이라고 한 뜻을 취한 것이리라.[32]

기문에서는 시조 초장에 소개된 '관암'이라는 곳에 대하여 지리적 위치과 명칭의 유래에 대하여 자세히 설명하고 있다. 독자에게 시조의 내용을 좀더 용이하게 이해할 수 있게끔 보충 정보를 제공하고 있는 것이다. 여기서 나아가 '산 정상에 관을 쓰고 있는 듯한 바위'라고 하는 외면적 특징이 『예기』의 가르침[33]과 연결됨으로써 유가의 전통이 율곡에게 이어지고 있음이 시사된다.

이상에서 보는 것처럼 한역시나 고산구곡시, 그리고 記文은 모두 시조 내용을 보충·부연하고 해석에 필요한 정보를 제공하며 독자로 하여금 그 깊은 뜻을 용이하게 파악하게 하는 구실을 한다. 이런 구실을 하는 글을 우리는 보통 '주석'이라 부르며 결국 이들은 시조에 대하여 주석으로 작용한다고 할 수 있다. 그러므로 산운 혼합담론으로서의 <고산구곡가>는 '주석형'으로 분류될 수 있다.

다음으로 <漁父歌五十二章>에 대해 살펴보기로 한다. 이것은 윤선도의 시조 작품들 중 <어부사시사>에서 38수, 「산중신곡」에서 7수, 기타 <견회요> 3수, <파연곡> 1수, <몽천요> 3수 합하여 총 52수를 골라 나열한 뒤 김수장 자신의 발을 붙여 놓고 <어부가 52장>이라는 제목으로 통괄한 것이다. 여러 가집들 중 『해동가요』는 고산의 시조들을 처음으로 소개

---

32) "第一曲爲冠巖 離州城西洞四十五里 其居海門二十里. 山頭有立石 若冠焉者而卓然 故以名 意亦取夫冠始之意乎."

33) 記文 중 "冠始"(관이 모든 예의 시작)는 『禮記』에 나오는 말이다.

했다는 점에서 시가사적 중요성을 지닌다. 『청구영언』에 <하우요>와 <어
부사시사·춘4>가 실려 있기는 하지만 무명씨작으로 처리되어 있고 단 두
편뿐이다. 이에 비해 『해동가요』에는 고산의 이름이 명시되어 있고 52편
이 수록되어 있어 명실상부하게 고산 시조를 망라했다고 해도 과언이 아
니다.

　52수가 『해동가요』에 실려 있는 순서와 작품을 나타내 보면 다음과 같다.

　　no.167~178 : <어부사시사> 12수
　　no.179~184 : 「산중신곡」 6수 (<만흥> 1·2·5, <하우요> <기세탄> <오
　　　　　　　　우가> 5)
　　no.185~187 : <몽천요> 3수
　　no.188~190 : <견회요> 3수
　　no.191 　　 : <파연곡> 1수
　　no.192~217 : <어부사시사> 26수
　　no.218 　　 : 「산중신곡」 <만흥>6(=<漁父詞餘音>)

　위에서 보는 바와 같이 형태상으로 운문 부분은 성격이 다른 몇 개의
연시조가 합쳐져 있는 양상을 띤다. 같은 연시조라도 「산중신곡」의 경우
는 그 안에 몇 개의 연시조를 또 포함하고 있는 형태이다. 52수의 작품들
을 개괄해 보면 <어부사시사> 38수를 빼고는 「산중신곡」처럼 '산'을 주된
공간적 배경으로 하는 작품들도 포함되어 있어 '어부가'라는 제목으로 총
괄하기에 적절하지 않은 듯 보인다. 그리고 배열 순서도 일견 일관성이
없어 보인다. 여기서 이 '52수+발문'을 과연 하나의 텍스트로 간주할 수
있을 것인가 하는 의문이 제기된다. 이 의문은 『고산유고』의 <어부사시
사>와 여러 면에서 변개를 가하여 시조로 다듬어진 『해동가요』 <어부가
52장> 속의 <어부사시사>를 같은 작품으로 볼 수 있을 것인가 하는 문제
와도 직결된다.

'제목'은 이 의문에 대한 답의 첫 번째 실마리를 제공한다. 한 작가의 여러 작품을 수록할 경우 그것이 연시조인 경우에는 대부분 제목이 붙지만, 연시조가 아닌 경우는 제목이 붙지 않고 사실상 제목을 붙일 수도 없다. 그런데 이질적인 성격을 띠는 몇 개의 作品群을 묶어 굳이 거기에 〈어부가 52장〉이라는 제목을 붙였다고 하는 것은, 김수장이 이들에게 나름대로의 일관성·통일성을 부여하고 있다는 것을 말해 주는 근거가 된다.

둘째, '52편의 시조+발문'을 하나의 텍스트로 볼 수 있는가라는 물음에 대하여 아래의 발문 또한 답을 제공한다.

> 右 어부가 52장은 산림에 은둔하고 강호에 자취를 숨겨 공명은 낡은 신발에 돌려보내고 부귀는 뜬구름 사이에 버린 뜻을 담은 것이니, 대개 '고기를 잡는다'(漁)는 것은 심성의 지극히 선한 바를 낚는 것이오, '노래를 부른다'(歌)는 것은 物外의 즐거운 뜻을 노래하는 것이다. 그러나 옹의 가법은 속세의 때를 벗어 청아하고 고상하여 이를 보건대 그 만길의 봉우리를 오르기는 어려우나 내 성품이 평소 가곡을 좋아하는지라 감히 數行을 끌어 얽어서 그 자취를 좇고자 한다. 계미년 행화절 74세의 노인 노가재 김수장 씀.[34]

김수장이 쓴 이 발문은 〈어부사시사〉만이 아닌 52편 전체를 총괄하여 언급한 것으로 '작품론'의 성격을 띤다. 일반적으로 '어부가' '어부사'라 하는 것은 그것이 假漁翁의 노래이건 실제 어부의 노래이건 강이나 바다를 공간적 배경으로 하여 유유자적한 삶을 담아내는 것이 상례이다. 그런데 위 발문을 보면 이같은 일반적 의미의 '어부 노래'—어부가—와는 다른 관점으로 '어부'와 '노래'(歌)를 풀이하고 있다는 점에 주목해야 한다. 김수장은 '고기잡는 행위'("漁")를 실제 물고기를 잡는다는 의미를 넘어 '선한 심

---

34) "右漁父歌五十二章者 隱遯山林 藏踪江湖 功名歸於弊履 富貴棄於浮雲 蓋漁者漁其心性之至善 歌者歌其物外之樂志. 然此翁之歌法 脫垢淸高 吾觀此則難登萬丈之峰 吾平生性好歌曲故敢搆數行而蹤焉. 歲癸未杏花節七四翁 老歌齋金壽長書."

성을 도야'하는 행위에 비유하여 풀이하였다. 그리고 '노래를 부르는 행위'
는 선한 심성을 낚는 데서 오는 심적 경지를 표현하는 것으로 풀이하였다.
즉, 김수장에게 있어 '漁'는 '선한 심성을 낚는 행위'를, '漁父'는 '자연 속
에서 선한 심성을 도야하는 사람'을, '漁父歌'는 '이런 경지를 노래한 작품'
을 의미하는 것이다.

이런 관점에서 본다면 노래의 공간적 배경이 강 혹은 바다든 산이든,
그리고 노래의 소재가 가야금이든 꽃이든 소나무든간에 선한 심성을 도
야하는 마음을 표현한 것은 다 '어부가'가 될 수 있는 것이다. 김수장은
이런 생각을 가지고 '바다'나 '강'이 아닌 '산'을 배경으로 하는 것도 다 포
괄하여 <어부가 52장>이라는 제목을 붙인 것으로 볼 수 있다. 이로 볼 때
김수장은 윤선도의 시조 전체를 '漁'와 '歌'라는 말로 통괄하여 '선한 심성
을 낚는 어부 노래'로 규정하고 있다는 것을 알 수 있다.

그렇다면, 위 발문은 <어부가 52장>에 대한 '작품론'인 동시에 윤선도
라고 하는 인물에 대한 '작가론'으로 보아도 무방할 것이다. 요컨대 일견
일관성이 결여되어 보이는 <어부가 52장>은 한 편의 '산운 혼합담론'으로서
의 조건을 갖추었다고 할 수 있다. 여기서 간과해서는 안되는 점은, 같은
내용의 작품이라 할지라도 <어부사시사> 속의 그것과 <어부가 52장>의
그것은 성격이 다르다고 하는 것을 인지하는 일이다.

한 편의 산운 혼합담론으로서의 <어부가 52장>에서 발문은 52편의 운
문에 통일성과 질서를 부여하고 독자로 하여금 이들이 공통의 주제를 가
진 것으로 읽을 수 있도록 보충 설명을 행하는 구실을 한다. 이는 산운
혼합담론의 여러 유형 중 '주석형'의 전형적 특징에 해당한다.

이 경우 시조의 작자는 윤선도지만, 자기가 쓴 발문까지를 포함하여
<어부가 52장>이라고 하는 한 편의 산운 혼합담론을 완성시킨 주체는 김
수장이다. 문학을 소통의 과정으로 볼 때, 발문 작자로서 김수장은 1차적
으로 윤선도 시조의 '수용자'—독자—지만, 운문과 산문을 결합하여 새로

운 텍스트를 생산해낸 주체로서의 김수장은 또 다른 수용자를 염두에 둔 '발신자'—작자—의 성격을 띠는 것이다. '어부가'의 의미를 새롭게 해석함으로써 바다와 산이라고 하는 이질적 배경을 하나로 묶어 내는 양상에서 우리는 김수장이 독자로서 윤선도의 작품을 어떻게 수용했는가의 면모를 엿볼 수 있는 동시에 그가 지닌 능동적 작가의식의 일면을 탐지할 수 있는 것이다.

<어부가 52장>의 생산자로서 그의 작자의식은 이 운문들을 배열하는 양상을 통해서도 확인할 수 있다. 『고산유고』 6권에는 '歌辭'라는 이름으로 75편[35]의 시조가 실려 있는데, 수록된 순서는 「산중신곡」-「산중속신곡」-<고금영>-<증반금>-<초연곡>2수-<파연곡>2수-<어부사시사>40수-<어부사여음>(=<만홍6>)-<견회요>5수-<우후요>이다.

이것을 앞서 제시한 『해동가요』의 순서와 비교해 볼 때 가장 두드러지는 점은, <어부사시사>를 앞과 뒤에 나누어 배열하고 그 사이에 일반 시조를 배치하고 있다는 사실이다. 이에 대하여 '어부가의 맛을 강화하고 일반 시조의 성격을 약화시키기 위해서'라는 의견[36]이 있으나 다소 설득력이 부족하다. 이에 대한 답 또한 위에 인용한 김수장의 발문에서 단서를 찾을 수 있다.

김수장은 자신이 모으고 변개를 가한 윤선도의 작품들에 <어부가 52장>이라는 제목을 붙였다. 그런데 만약 제목 다음에 곧바로 일반 시조가 나온다면 '어부가'에 대한 기본 상식을 가진 독자들은 왜 이런 작품들에 '어부가'라는 제목이 붙었을까 하고 의아해 할 것이 틀림없다. 그렇다고 38수나 되는 <어부사시사>를 앞에 배치한다면 독자들은 이 작품들을 읽는 동안 '어부가'에 대한 일반 상식선에서 그것을 수용할 뿐 김수장이 의

---

35) <만홍·6>과 <어부사여음>은 같은 작품이 중복 수록되어 있어 총 75편이 된다.
36) 김선기, 「金壽長의 孤山 尹善道 詩歌 受容과 그 意義」, 《어문연구》 58집, 어문연구학회, 2008.12, 214쪽.

도하고 있는 포괄적 개념을 이해하지 못하게 될 우려가 있다. 물론 독자들
이 나중에 발문을 읽으면 그 의도를 알게 되겠지만 김수장은 <어부사시
사>를 12편과 26편으로 나누어 각각 앞뒤에 배열하고 그 사이에 일반 시
조를 끼워넣는 방식을 택함으로써 독서 과정에서 야기되는 혼란을 최소
화하고 자신이 말하는 '어부가'가 단지 강이나 바다를 배경으로 한 어부의
노래가 아니라는 것을 드러내 보이려고 했던 것으로 보인다.

　독자들이 이 순서를 따라감으로써 김수장이 의도하는 新 어부가 개념
을 이해하게 되는 과정을 수용미학적 관점에서 설명하면 다음과 같다.
<어부가 52장>이라는 제목 하에 처음 <어부사시사> 몇 작품이 주어지고
그 다음 「산중신곡」과 같은 낯설고 이질적인 요소가 소개됨으로써 친숙
한 것과 낯선 것 사이에 충돌이 일어나 '어부가'에 대한 독자의 기대지평
에 혼란이 가해지게 된다. 그러나 다시 <어부사시사>가 배치되어 '어부가'
에 대한 새로운 인식이 열리기 시작하고 발문을 통해 新 어부가 개념에
대한 정보가 제공되면서 독자는 확실한 이해에 도달하게 된다. 그리하여
'어부가'에 대한 기대지평의 재조정이 이루어지게 된다.[37] '어부가'에 대한
기대지평의 재조정이 이루어지는 과정에서 발문은 독서장애를 일으키는
요소를 제거하는 구실을 한다. 이것은 보통 '주석'이 행하는 기능과 같은

---

37) '기대지평'이란 말은 수용미학에서 매우 유효하게 사용된다. 이 말은 어떤 작품·문
　학 양식·장르 등에 대해 수용자가 지니고 있는 기존의 정보·선입견·지식·이해
　등을 총칭하는 말로, 야우스는 새로운 작품이나 장르가 문학사에 편입되는 양상을 수
　용자의 기대지평—기대지평의 변환(altering)—기대지평의 재조정(reconstructing)
　이라는 일련의 과정을 통해 설명했다. 수용자에게 새로운 작품이나 장르가 소개되
　면 처음에는 친숙한 것과 낯선 것 사이에 충돌이 일어나 수용자의 기대지평에 혼란
　이 가해지지만, 낯선 것에 대한 정보와 지식이 증가하면서 점점 그에 익숙해지고
　결국 어떤 작품이나 장르에 대한 그들의 기대지평에 재조정이 가해지게 된다는 것
　이다. 이상 수용미학에 관한 것은, Hans Robert Jauss, *Toward an aesthetic of
　reception*, translated by Timothy Bahti(Minneapolis: University of Minnesota
　Press, 1982), p.23; 차봉희, 『수용미학』(문학과 지성사, 1985·1987), 11~47쪽.

것이라 할 수 있으므로, 결국 이 발문은 <어부가 52장>의 운문 부분에 대해 주석의 구실을 한다고 말할 수 있다.

자기 글에 대한 오해의 소지를 불식하고자 하는 김수장의 작자의식은 김천택 시조 뒤에 붙인 발문에서도 나타난다.

> …말이 진실되고 순후하며 청렴하고 충효로운 것은 취하고, 가볍고 소홀하여 진중하지 못하거나 맥락이 끊겨 사이가 뜨는 것은 버렸으니, 훗날 全篇을 상고하는 사람들은 처음부터 끝까지 섭렵하여 행여 놀라거나 의혹되지 않기를 바란다.[38]

위 인용은 발문의 맨 끝부분에 해당하는데 김천택 작품의 취사선택에 대한 기준을 제시하여 자기 글을 읽을 독자가 오해하지 않도록 당부의 말로 끝맺음을 하고 있는 것이다. 이로 볼 때 <어부사시사> 12수—일반 시조 14수—<어부사시사> 26수順으로 배치한 것은 독자에게 자신이 의도한 '어부가'의 참뜻을 명확히 이해시키고자 한 의도에서 나온 것으로 추정할 수 있다.

이 외에도 산운 혼합담론 <어부가 52장>의 생산자로서 김수장의 작자의식은 52수 맨 끝에 아래 작품을 배치하여 마무리하는 양상에서도 엿보인다.

> 江山이 죷타흔돌 내 分으로 누윗는야
> 님금의 恩惠를 이제 더욱 알앗노라
> 암으리 갑고져 흔들 히올 일이 업쎄라

이것은 고산의 <어부사시사> 뒤에 붙어 있는 <어부사여음>인데 「산중신곡」 중 <만흥6>과 동일한 작품이다. 같은 작품에 별도의 제목을 붙여

---

38) "語之眞實淳厚淸廉孝忠者採之 輕忽不重脈絡絶間者去之 後之全篇考之者 獵略首末 幸勿訝惑焉." 『해동가요』(김삼불 교주본), 104쪽.

중복 수록하였다는 것은 고산이 이 작품에 특별한 의미를 부여했다는 것을 말해 준다. 이 작품은 자연 속에서 유유자적할 수 있는 것을 임금의 덕으로 돌린, 이른바 '忠心'을 표현한 노래로 儒學者로서의 본분이 고스란히 담겨 있다. 그런데 김수장이 새로 재편성한 <어부가 52장>에는 <어부사시사> 외의 것도 다수 실려 있기 때문에 군이 이 작품을 마무리로 배치할 필요는 없다. 그럼에도 김수장이 이 작품을 끝에 배치했다는 것은 결국, 윤선도가 40편의 <어부사시사> 뒤에 이 작품으로써 전체를 총괄하는 마무리로 삼았듯이 김수장도 52편이 낱낱이 흩어진 작품들이 아니라 일관된 주제를 지닌 작품군이라는 것을 알리기 위해 이 작품으로써 마무리를 삼아 전체를 총괄했다고 생각한다.

산운 혼합담론 <어부가 52장>의 생산자로서의 김수장의 작자의식은 <어부사시사> 형태를 시조의 형식으로 변개시킨 점에서도 확인할 수 있다. 물론 원래의 어부 장가 형식을 이렇게 시조 형태로 변개시킨 최초의 인물이 김수장은 아니다. 『청구영언』에 무명씨작으로 실려 있는 고산의 <어부사시사 · 春4>도 여음과 후렴을 빼고 시조 형식으로 변개가 가해져 있기 때문이다.[39) 김수장이 최초로 시조의 형식으로 가다듬은 사람이 아닌 것만은 확실하지만, 『청구영언』의 1편을 제외한 <어부사시사> 전부[40)를 시조의 형식으로 가다듬은 공은 김수장에게 있다고 해야 할 것이다. 그가 <어부사시사>를 시조의 형식으로 변개시킴에 있어 『청구영언』의

---

39) 김천택이 편찬한 것으로 믿어져 온 『청구영언』도 홍만종의 것을 모방 내지 표절한 것이라는 견해(김영호, 「玄默子 洪萬宗의 『靑丘永言』 편찬에 관하여: 신발견 홍만 종 저술 『覆瓿藁』의 '梨園新譜序'를 중심으로」, 《대동문화연구》 61권, 성균관대학교 대동문화연구원, 2008)가 대두되어 고산의 <어부사시사>를 최초로 시조 형태로 다듬은 것이 누구인가 하는 의문은 좀더 구체적인 논증이 필요한 문제로 남게 되었다. 그러나 분명한 것은 그 사람이 김수장은 아니라는 사실이다.

40) 『해동가요』(김삼불 교주본)의 174번 작품은 '춘3'과 '하1'을 합성한 것이어서 이 가집에 수록된 <어부사시사>는 총 38편이 된다.

'춘4'를 참고로 했으리라는 것은 충분히 짐작이 가는 바지만, 그 구체적인 양상을 살펴보면 김수장이 특별한 의지를 가지고 주도면밀하게 시조 형식으로 가다듬은 것을 확인할 수 있다.

우선 '지국총 지국총 어사와' '이어라 이어라' '비 비여라 비 미여라'와 같은 어부 장가체의 여음을 모두 삭제하고 종장 첫구를 3글자로 바꾼 점이 눈에 띤다. 주지하는 바와 같이 시조의 형식에서 <어부사시사>를 볼 때 종장 첫구가 4자로 되어 있는 것이 적지 않고 종장 제2구도 정형을 벗어난 것이 많다. 종장 첫구를 3자로 함에 있어 김수장이 즐겨 사용한 방법은 '어즙어' '두어라' '아희야' '엇덧타' '암아도'와 같은 감탄구를 삽입하는 것이다. 김수장은 이외에도 종장에서 다양한 변개를 행하고 있다.

> 玉兎의 띤는 藥을 豪客을 먹이고쟈　　　(<어부사시사·秋7>)
> 玉兎야 너쩟는 藥으란 豪客이나 먹이고쟈　(『해동가요』 no.176)
>
> 欸乃聲中에 萬古心을 긔 뉘 알고　　　(<어부사시사·夏6>)
> 뉘라셔 欸乃聲中에 萬古心을 알리오　　(『해동가요』 no.178)

윤선도의 <어부사시사>에서는 종장 둘째 구도 4글자를 취하여 정격에서 벗어난 예가 많은데 '추7'이 이에 해당한다. 김수장은 이를 다섯 글자이상으로 만들기 위해 "너쩟는"이라는 구절을 삽입하였고 이에 호응시키기 위해 "옥토"를 호격으로 처리하였다. '하6'은 종장 첫구가 5자로 되어 있어 "뉘라셔"를 삽입하여 3자로 만든 예이다. 이처럼 형식상의 변개는 주로 종장에서 이루어지는데 아래의 예는 내용상의 큰 변개를 보여준다.

> (a) 믉ㄱ의 외로온 솔 혼자 어이 싁싁ᄒ고
> 　　머흔 구룸 恨티 마라 世上을 ᄀ리온다
> 　　波浪聲을 厭티 마라 塵喧을 막ᄂ도다　　(<어부사시사·冬8>)

(b) 머흔굴름 恨치 말아 世上을 フ리온다

浪波聲 厭치 말아 塵喧을 막는고야

두어라 막히고 フ린줄을 나는 죠화ᄒ노라 (『해동가요』 no.175)

(a)는 <어부사시사·冬8>이고 (b)는 『해동가요』 <어부가 52장>에 포함되어 있는 것이다. (a)의초장이 완전히 누락되고 (b)의 종장에 새로운 내용이 첨가된 양상을 보인다. 또한 (a)의 종장 첫구가 4자이고, 둘째 구가 4자이기 때문에 종장 첫구에 '두어라'를 삽입하고 둘째 구를 5자 이상으로 변개하였다. 그런데 변개를 가한 양상을 면밀히 살펴보면 김수장이 시조의 본질적 특성을 이미 암묵적으로 파악하고 있음을 짐작할 수 있다. 즉, 초장과 중장이 구문상·의미상으로 병렬을 이루고 종장에서 진전이 이루어지는 것이 시조의 보편적인 구조라 할 때, (a)는 중장과 종장에서 구문상·의미상 병렬이 이루어지고 있고 초장은 이들과 유기적 상관성이 결여되어 불균형을 초래하기 때문에 김수장은 이에 변개를 가하여 시조의 본질적 구조에 맞게 하고 있는 것이다.

이상 김수장이 <어부사시사>에 변개를 가한 양상을 종합해 보면 음악적 측면만이 아닌 노랫말의 유기적 연결까지도 고려한 흔적을 엿볼 수 있다. 그리고 이 점은 그를 단순히 『해동가요』라는 가집의 찬자로서만이 아니라 산운 혼합담론 <어부가 52장>의 작자로 볼 수 있는 근거를 마련해 준다.

끝으로 김수장의 작자의식과 관련하여 그가 왜 고산의 <어부사시사> 발문을 <어부가 52장> 뒤에 싣지 않았나 하는 점에 대해 생각해 볼 필요가 있다. 이것은 자신의 <어부가 52장>이 고산의 <어부사시사>와는 다르다는 것을 보여주는 작가의식의 발로가 아닐까 생각한다. 고산 발문의 내용은, 전해져 오던 어부사가 우리말에 맞지 않으므로 국문 어부사를 지었다는 것, 즉 어부사의 전통을 이어받는다는 것을 명시했기 때문에 자신이

시조형으로 변개를 가한 작품들은 고산의 어부사와는 다르다는 인식이
있었던 것으로 보인다.

<어부가 52장>의 검토에 있어 한 가지 의문으로 남는 것은 <어부사시
사> 38수를 배열할 때 왜 그 순서가 들쭉날쭉하여 일관성이 없는가 하는
점이다. 배열이 春夏秋冬 순도 아니고 같은 계절 안에서도 1·2·3·4 순
도 아니다. 이를 규명하기 위해서는 김수장이 <어부사시사>를 문헌을 통
해서 입수했는지 가창현장에서 입수한 것인지를 비롯하여 여러 고증이
필요할 것으로 본다. 이 논점은 이 글의 논의 범주를 벗어나므로 의문을
제기하는 선에서 머물기로 한다.

地理博物談論의 생성 원리와 서술 특성

1. 『新增東國輿地勝覽』과 『擇里志』 개괄

이 글은 『신증동국여지승람』—이하 『승람』으로 약칭—을 제1대상, 『택리지』를 제2대상으로 하여 지리서와 문학서의 경계 영역에 있는 담론의 특성을 검토하는 데 목적을 둔다. 구체적으로 지리 공간이 담론화되는 과정을 살피고 산문과 운문이 혼재하는 서술 특성을 새로운 각도에서 조명해 보고자 하는 것이다. 그리고 나아가 담론 형태가 출현하게 된 배경 혹은 영향의 원천을 살피는 것에도 관심을 둔다.

세종 때 전국 지리지인 『八道地理志』가 편찬된 후 세조는 집현전 학사 梁誠之에게 여기에 지도를 넣어 새로운 지리지를 다시 편찬하도록 하였는데 이것이 『八道地志』다. 그러나 이것은 세조때 완성을 보지 못하고 결국 성종10년(1477)에야 완성되어 진상되었다. 비슷한 시기에 서거정·양성지 등이 왕명을 받들어 시문선집인 『東文選』을 펴내게 되었다. 성종은 『팔도지지』를 바탕으로 시문을 대량 첨재하도록 하여 새로운 지리지의 편찬사업에 착수하도록 하였는데 이렇게 하여 성종12년에 『동국여지승람』의 초고가 완성되었다. 1차 완성본은 활자화되지 않은 채 여기에 수정이 가해지게 되어 2차 완성본이 인쇄되어 나왔는데 이것이 『동국여지승람』이다. 이 과정에서 宋의 祝穆이 1239년에 간행한 『方輿勝覽』, 明나라 李賢 등이 1463년에 편찬한 『明一統志』의 체제가 본보기가 되었다.

그 후 연산군, 중종 때도 수정 작업이 계속 이루어져 李荇·洪彦弼 등이
주축이 되어 중종25년(1530)에 증보판을 내게 되었으니 이것이『승람』이
다. 1차 완성본은 총 50권, 2차 수정본과 증보판은 총55권으로 구성되었
다. 이 편찬과정을 통해 알 수 있듯,『승람』은『팔도지지』와『동문선』의
결합으로 이루어진 인문지리서라 할 수 있다.

　『택리지』는 李重煥(1690~1752)의 저술로, 그가 사화에 연루되어 유배를
갔다가 해배된 후에도 다시 벼슬길에 나아가지 못하게 되자 여기저기 전국
을 떠돌면서 可居地에 대한 관심을 갖고 이때의 경험을 글로 남긴 것이다.
이 책은 달리『八域地』『八域可居地』『東國山水錄』『八域紀聞』『士大
夫可居處』등으로도 불리는데, 사농공상을 언급한「四民總論」, 전국 8도
에 대해 기술한「八道總論」, 사람이 살기에 적합한 곳을 제시한「卜居總
論」, 그리고 종합편인「總論」으로 구성되어 있다. 서명들이 말해 주듯 이
책은 단순한 지리서가 아니라 지리 즉 자연과 인간의 상호관계를 자신의
실제 경험에 입각하여 기술한 인문지리서의 성격을 지닌다.

　『승람』과『택리지』는 지리서이면서 다량의 문학 작품을 수록하고 있다
는 공통점을 지닌다.『승람』에는 詩·辭·賦·記·說話 등 3500여 편 이
상의 문학작품이 인용되어 있고 '제영' 항목에만도 총 1353편의 시가 수록
되어 있다.[1] 그리고『택리지』에는 이중환 자신이 지은 한시 4수를 포함하
여 총 17수의 한시가 삽입되어 있는데「팔도총론」에 4수,「복거총론」에
13수이다. 한시 외에 설화적 성격을 지니는 이야기, 일화 등도 수록되어
있다. 이로써 알 수 있듯, 두 저술은 지리학과 문학 양 영역에 걸쳐 있는
담론이라는 공통점을 지닌다.

---

1) 李演載,「東國輿地勝覽의 文學的 性格」,《건국어문학》19집, 건국대학교 국어국문
　　학연구회, 1995. 정의성은 '제영'의 시편을 1355수라 하여 통계수치간에 다소 차이를
　　보인다. 정의성,「『新增 東國輿地勝覽』의 項目體裁와 '題詠'에 대한 고찰」,《한국문
　　헌정보학회지》제31권 4호, 한국문헌정보학회, 1997.

우리의 고전 텍스트들 중에는 이처럼 경계 영역에 위치한 담론들이 적지 않다. 『삼국유사』 『삼국사기』 「열전」 『악학궤범』 등은 그 대표적인 것들로 이에 대해서는 상당한 연구가 이루어져 왔다. 그러나 『승람』과 『택리지』에 대해서는 지금까지 주로 지리학의 입장에서 연구가 이루어졌고 그 문학적 측면을 다룬 연구는 얼마 되지 않는다.[2] 이와 같이 경계 영역에 위치한 담론들은 근대 이전의 문학 텍스트들이 어떤 양상으로 존재했는가를 말해 준다는 점에서 매우 중요한 자료가 된다.

경계 영역의 담론이라는 점 외에도, 『승람』과 『택리지』는 어느 지점에 실재하는 지리공간을 문자로써 담론화했다는 공통점을 지닌다. 어느 특정 지리공간을 중심으로 그 곳의 산수자연, 사회, 문화 등의 지리적 현상을 서술함과 동시에 그 곳에 관계된 시문이나 고사, 전설이나 지명유래 등을 아울러 서술함으로써 그 곳에 대한 실재성과 구체성을 확보하는 텍스트적 특성을 지니는 것이다.

이 두 저술에 대한 구체적인 조명에 앞서, 한 가지 선행되어야 하는 작업은 지리서와 문학의 성격을 동시에 지니는 이런 형태의 담론을 어떻게 부를 것인가 하는 용어사용의 문제이다. 『승람』이나 『택리지』에 대해서는 지리학·역사학·철학 등 여러 측면에서 접근이 가능하나, 담론의 형태 및 그 명칭에 대한 문제는 이들을 문학의 영역으로 편입시켜 다루고자 할 때 표면으로 부각된다. 지리학이나 역사학의 입장에서는 언술의 내용을 대상으로 하는 것이므로, 그 언술이 어떤 형태의 담론에 속하는가는 관심 밖의 문제가 되기 때문이다.

이들을 포괄하는 용어로 중국문학 연구자들은 '地理博物體'라는 명칭

---

2) 이연재, 정의성, 위의 글 및 신명주, 「<관동별곡>과 『신증 동국여지승람』 集錄 한 시문과의 관련 양상」, 경성대학교교육대학원 국어교육전공 석사논문. 2007; 유풍연, 「동국여지승람 소재 한시 연구」, 《鄕土文化硏究》 제6집, 한국교육학술정보원, 1989; 이경우, 「문학의 주제로서의 지리공간:『택리지』를 중심으로」, 《숭례어문학》 제1집, 숭례어문학회, 1984 등 수 편이 있을 뿐이다.

을 사용하여, 위진남북조 시대에 성행한 '志怪'의 한 갈래로 분류하고 있
다.[3] 그리고 이 시기에 이런 유형의 담론이 성행하게 된 배경으로 지리서
의 성행과 박학다식을 숭상하고 박물적 지식을 중시하는 학문 풍토를 들
고 있다.[4] 지리박물체라는 명칭이 말해주듯 이런 유형의 담론은 地志의
성격과 博物志의 성격이 복합된 것으로 고대의 지리학과 박물학이 결합
되어 생성된 것이다.[5]

이 글에서는 이 용어를 수용하여 『승람』과 『택리지』를 '지리박물담론'
으로 범주화하고 『승람』을 주 대상으로 하여 지리공간이 담론화되는 과
정을 규명하고 산운 혼합서술의 면모를 검토하는 데 1차적 목표를 둔다.
그리고 이들 텍스트의 성립에 있어 北魏의 酈道元이 지은 『水經注』가
직·간접으로 영향을 끼치고 있다고 보아 그 배경을 검토하는 것에 2차적
목표를 둔다. 구체적으로 2장에서는 『승람』을 대상으로 하여 어떤 과정을
거쳐, 그리고 어떤 원리를 토대로 담론이 형성되는가를 살필 것이다. 여기
서 논의되는 결과는 『승람』뿐만 아니라 지리박물담론 일반에도 적용될
수 있다. 3장에서는 『승람』의 서술적 특성에 주목하여 주석형 혼합담론으

---

3) 과문의 소치인지는 모르겠으나 우리나라의 경우 문학적 측면에서 이들 저술을 연
구한 예는 그리 많지 않은데, 그 연구들도 대개는 이 저술들이 지니는 문학적 성격,
즉 『승람』의 '題詠' 항목이나 '樓亭'을 소재로 한 시편들에 초점을 맞춰 논지를 전개
하고 있고, 이처럼 경계영역에 위치한 텍스트들을 문학의 영역으로 편입시켜 문학적
담론의 어떤 범주, 어떤 유형에 소속시킬 수 있는지를 포괄적으로 언급한 예는 발견
하지 못했다. 그러나 중국의 경우 옛날부터 '문학'의 개념에 대해 융통성있는 정의가
이루어진 까닭에 『산해경』이나 『신이경』 『십주기』같은 경계영역의 담론들을 문학
사에 편입시켜 '志怪'라고 하는 서사체의 형성과 발전이라는 흐름 속에서 논의해
왔다. 이 글의 초점은 이들 텍스트들의 명칭 문제에 있는 것이 아니므로, 중국문학
연구자들 사이에서 통용되는 '지리박물체'라는 용어를 그대로 수용하고자 한다.
4) 김지선, 「魏晉南北朝 志怪의 敍事性 硏究」, 고려대학교대학원 중어중문학과 박사
논문, 2001; 정민경, 「중국 地理博物體 서사의 형성과 전개」, 《민족문학사연구》 제
30집, 민족문학사연구소, 2006.
5) 정민경, 위의 글, 103~104쪽.

로서의 면모를 살필 것이다. 4장에서는 이 논의들을 토대로『승람』과『택리지』의 비교가 행해질 것이고, 5장에서는 그 성립배경으로서『수경주』에 대한 검토가 이루어지게 될 것이다.

2. 『승람』의 생성 원리

지리공간이 담론화되는 과정을 살피기에 앞서 담론화되는 구체적인 공간단위가 무엇인지를 알아보아야 할 것이다. 슐츠는 인간을 '세계내 존재'로 인식하고 사회·문화적 전체로 귀속시키는 공간 형태를 실존공간이라 하고 이 실존공간은 여러 단계를 거쳐 나타난다고 하였다.[6] 그 중 가장 포괄적이고 광범한 단계는 지리적 단계이고, 경관적 단계, 마을로 대표되는 도시적 단계, '집'으로 대표되는 주거의 단계, 인체의 크기에 따라 결정되는 가구의 단계 순으로 범위가 좁혀진다고 하였다. 그리고 최하위 단계로서 인체의 손의 작용을 연장한 기능과 관계가 있는 기물의 단계를 제시했다.[7]『승람』에서 궁극적인 담론화의 대상은 '전국 팔도의 疆域' 즉 지리적 단계의 공간이다.

그러나 실질적·구체적으로 담론화가 이루어지는 공간단위는 전주부·익산군·김제군·고부군·정읍현·부안현 등과 같은 도시적 단계의 공간이다. 이 글에서는 이를 '핵심어'라는 말로 나타내기로 한다. 전라도를 예로 들면 全州府를 위시하여 총 57개의 군현, 즉 57개의 핵심어를 중심으로 담론화가 이루어지는 셈이다. 군현마다 다소 차이가 있지만 각 핵심어는 대개 건치연혁·형승·누정·제영 등 20여 개의 항목을 포함하고 있고

---

6) C. Norberg-Schulz, 『實存·空間·建築』(김광현 역, 泰林文化社, 1991), 13~15쪽, 22~29쪽.

7) 위의 책, 55~56쪽.

각 항목마다 그에 속하는 대상이 열거된다. 전라도 전주부의 '누정' 항목을 예로 들면 鎭南樓·濟南亭·拱北亭·快心亭·淸讌堂 등이 이에 해당하는데 이를 '표제어'라는 말로 나타내기로 한다. 표제어는 앞에 예를 든 것처럼 대개 명사형으로 표현되는데[8] 지리박물담론의 구체적 서술은 바로 이 표제어를 중심으로 이루어진다. 그리고 서술대상인 표제어에 대하여 설명이 부가됨으로써 실질적인 담론화가 이루어진다. 하나의 표제어에 대하여 설명과 서술이 이루어진 단위를 '텍스트'라는 말로 나타내기로 한다. 이 과정을 아래와 같이 요약해 볼 수 있다.

팔도 강역> 道 단위로 구획> 郡縣 단위로 구획> 공간에 가치를 부여하는
　(1)　　　　　　(2)　　　　　　(3)　　　　　　　　(4)

기준 설정> 각 항목에 속하는 대상 제시> 개별 대상에 대한 구체적 서술
　　　　　　　　　(5)　　　　　　　　　　　(6)

여기서 핵심어는 (3)단계, 표제어는 (5)단계, 텍스트는 (6)단계에 해당되는 대상인 셈이다. 그리고 건치연혁·누정·산천·제영 등의 항목은 (4)단계의 대상이 된다.

단계가 진행됨에 따라, 하나의 핵심어는 구체적인 장소로서 그 실체를 드러내게 되고 서술의 양은 증가하며 서술의 내용은 구체화된다. 지리공간의 담론화가 이루어지는 것은 (2)단계부터이지만 실질적인 담론화가 이루어지는 것은 (4)단계부터이다. 단계별로 어떤 원리 하에 텍스트 생성이 이루어지는지 살펴보기로 한다.

---

8) 그러나 경우에 따라서는 '俗尙儉利'나 '民不椎朴'과 같이 語節이나 문장형으로 표현되기도 하고, '제영' 항목의 경우에는 전체 시구절 중 그 지역을 직접적으로 표현한 구절이 표제어로 제시되기도 한다.

2.1. 공간의 구획과 가치부여의 기준설정

공간(space)과 장소(place)의 관계에 대하여 '공간은 장소에 대한 연속적 지각의 총합'[9] 으로 설명되기도 하고, '장소는 구조화된 공간'[10]으로 정의되기도 한다. 이런 정의에서 드러나듯 막연하고 추상적이며 인간이 지각할 수 있는 형태를 갖지 않은 채 그냥 '거기에 놓여있을 뿐인' 어떤 공간에 특별한 가치와 의미가 부여되었을 때, 다시 말해 뚜렷하지 않은 이미지로 존재하는 어떤 공간에 기하학적 정체성이 부여될 때 그 공간은 하나의 '장소'가 된다.[11] 즉, 장소는 추상적이고 '무형태'(the formless)의 속성을 지닌 공간에 의미와 가치가 부여되어 구체적이고 구조화된 '형태'(the formed)로 존재하는 곳이다.[12] 이렇게 볼 때 '장소'는 생물학적 욕구가 충족되고 경제와 관계된 활동이 펼쳐지는 곳[13]이며 정신적 욕구가 충족되는 곳, 인간의 삶과 생활이 영위되는 곳이다.

『승람』이나 『택리지』 및 기타 지리박물담론의 궁극적 대상이 되는 것은 팔도 강역이다. 그러나 '나라'나 '국토'라고 하는 것은 설령 그것이 가시적인 지도의 형태로 제시된다 해도 그 실체는 인간의 감각이나 지각의 한계를 벗어나 있는 막연하고 광대한 범위를 지닌 공간일 따름이다. 그러므로 언어를 통해 담론화하는 과정에서 가장 선행되는 단계는 추상적인 공간을 덜 추상적인 혹은 작은 범위의 단위로 '구획'하는 일이다. 『승람』이나 『택리지』에서 국토 강역의 1차적 구획은 도 단위에서 이루어진다. 그러나 평안도·경기도·전라도 등의 '道' 또한 인간의 지각 범위를 벗어나 있는 지

9) C. Norberg-Schulz, 앞의 책, 21쪽.

10) Yi-Fu Tuan, "Space, Time, Place: A Humanistic Frame," *Timing Space and Spacing Time* Vol.1(New York: John Wiley & Sons, Inc., 1978), p.7.

11) Yi-Fu Tuan, *Space and Place* (University of Minesota Press, 1977), p.17.

12) Yi-Fu Tuan, *op. cit.*(1978), p.7.

13) Yi-Fu Tuan, *op. cit.*(1977), p.4.

리적 단계의 공간이기는 마찬가지다. '도'는 다시 더 작은 행정단위인 府나 縣으로 세분화되고 각각의 행정단위는 그 곳에 존재하는 고적이나 건물, 누정, 학교, 산천 등을 통해 구체적인 실체로 드러나게 된다. 이 부나 군·현이 지리공간을 담론화함에 있어 직접적인 대상이 된다고 할 수 있다.

『승람』의 경우 국토 강역 전체를 8도 단위로 나누고 각 도 앞부분에 해당 도의 全圖를 붙여 놓았는데 이 지도는 추상적이고 막연한 지리적 단계의 공간에 구체성을 부여하는 구실을 한다. 지도는 그림의 표현방식에 따라 '圖面式' 지도와 '繪畵式' 지도로 나눌 수 있는데, 전자는 대상으로 삼은 지역의 전체적인 형태, 산맥과 수맥, 도시와 촌락, 도로와 거리 등을 평면적으로 도면화시켜 표현한 것이고, 후자는 특정 지역의 자연경관이나 생김새 등을 산수화를 곁들여서 입체적으로 나타낸 것이다.[14] 『승람』에 그려진 각 도의 지도는 회화식 지도에 해당하며 추상적이고 광대한 국토와 담론화의 직접적 대상인 부나 군현의 중간 단계라 할 수 있는 '도'의 모습을 그림으로 보여줌으로써 지리공간의 담론화를 용이하게 하는 매개 구실을 한다.

『승람』의 경우 각 군현에 따라 다소 차이는 있지만 대개 20여 개의 항목을 설정하고 있는데 예를 들면 건치연혁, 관원, 군명, 성씨, 토산, 풍속, 산천, 형승, 누정, 譯院, 佛宇, 寺廟, 고적, 인물, 題詠 등이다. 이 항목은 막연하고 추상적인 공간에 가치를 부여하여 인간의 삶에 의미있는 구체적 장소로 만드는 기준이 되는 셈이다. '연혁은 한 고을의 흥하고 폐한 것을 알려주는 것이고, 풍속은 한 고을을 유지하는 것이며, 형승은 그 고을의 四境을 분명히 해주는 것이고, 廟祠는 祖宗을 높이는 의도이며 학교는 인재를 교육하는 곳이므로 중요하고 사찰은 역대로 그 곳에서 복을 빌었기 때문이며 토산은 貢賦가 나오는 원천이고 院宇는 행려를 쉬게 하고

---

14) 안휘준, 「옛지도와 회화」, 『우리 옛지도와 그 아름다움』(한영우·안휘준·배우성 공저, 효형출판사, 1999), 185쪽.

도적을 막는 구실을 하며, 누대는 때에 따라 놀며 사신을 접대하는 곳'[15]
이기에 『승람』의 항목으로 설정했다고 하는, 徐居正의 『동국여지승람』
서문은 바로 공간을 장소화하는 가치 기준을 제시한 것이라고 할 수 있는
것이다.

　이처럼 추상적인 지리공간이 담론화되는 과정에서 가장 먼저 이루어지
는 것은 공간을 의미와 가치가 부여된 단위로 구획하는 일이라고 할 수
있다. 즉, 공간의 장소화가 이루어지는 과정이다.

2.2. 인접과 확장의 원리

　『승람』 중 전라도 '전주부'를 예로 들면 23개의 항목이 설정되어 있는
데, 가치부여의 기준을 설정하는 단계에 이어 각 항목에 대한 구체화가
이루어지는 단계가 뒤따른다. 앞의 요약 중 (5)단계가 이에 해당하는데
이 과정에서 작용하는 것은 인접성에 기초한 확장의 원리이다. 전주부 '山
川' 항목의 예를 들면, 이 항목 하에 '乾止山' '完山' '高德山' '母岳山' '麒
麟峰' '萬景臺' '新倉津' '德眞池' 등 24개의 대상―즉, 표제어―이 제시되
어 있는데 '산천'과 이들 표제어들은 전체와 부분의 관계에 놓인다. 즉 인
접성을 바탕으로 한 환유의 관계가 성립되는 것이다. 한편 24개의 표제어
들은 전주부의 산천을 나타낸다는 점에서 상호 등가관계에 놓인다. 이렇
게 하여 '산천' 항목은 24개의 표제어로 환유적 확장을 이루게 된다.[16] 대

---

15) "先之以沿革者 以一邑興廢 不可不先知也 繼之以風俗形勝者 風俗所以維持一縣
　　形勝所以控帶四境也 以名山大川 爲之經緯 以高城大岊 爲之襟抱 先書廟社 所以尊
　　祖宗 敬神祇也 次書宮室 所以嚴上下 示威重也 定五部而辨坊里 設諸司而治庶務 陵
　　寢乃祖宗永安之地 祠壇又國家不刊之典 興學以育一國之才 旌門以表三綱之本 寺刹
　　歷代以之祝釐 祠墓前賢以之追崇 土産者貢賦之所自出 倉庫者貢賦之所以貯 樓臺所
　　以時遊觀而待使臣也. (下略)"
16) 여기서 '확장'은 리파테르의 용어에 의거한 것이다. 리파테르는 텍스트 생산의
　　두 방법으로서 전환(conversion)과 확장(expansion)의 방법을 제시하였다. 확장은

상이 되는 행정단위가 클수록, 군현의 영역이 넓을수록, 행정적·문화적·
정치적 비중이 클수록 표제어의 수는 많아진다.

2.3. 대화의 원리

공간을 가치가 부여된 장소로 구체화하는 데 필요한 기준을 설정하는
단계, 각 항목에 세부사항—즉, 표제어들—을 연결시킴으로써 확장을 이루
는 단계에 이어, 각 세부사항에 대한 설명이 이루어지는 (6)의 단계가 뒤
따르는데, 실질적인 담론화는 바로 이 단계에서 이루어진다. 이 과정에서
'표제어+설명'으로 구성된 하나의 텍스트가 생산된다. 이를 텍스트언어학
적 관점에서 말한다면 표제어는 '주제'(theme)로, 이에 대한 서술은 '설명
어'(rheme)로 바꿔 표현할 수 있을 것이다.[17] 그런데 표제어를 설명하고
구체화함에 있어 이전의 지리서나 시문, 고사나 전설 등 수많은 선행담론
이 개입하게 된다. 이 과정에서 주된 원리로 작용하는 것이 '대화의 원리'
이다.

『승람』과 『택리지』를 지리박물담론으로 규정한다는 것은, 이들이 지리
서의 특성을 가진 동시에 박물지의 성격을 가진 것을 말하는 것이고 박물

하나의 핵심어를 중심으로 그것과 환유적 관계에 놓인 사물 및 항목이 열거됨으
로써 텍스트를 구성하는 방식이고, 전환은 반대로 여러 사물들이 열거된 후 그것
을 총괄할 수 있는 핵심어로 전환시킴으로써 텍스트를 구성하는 방식이다. M.
Riffaterre, *Semiotic of Poetry*(Bloominton: Indiana University Press, 1978), pp.47
~80.

17) 이들은 달리 '구정보'와 '신정보'라는 말로 대치될 수 있다. 주제나 구정보는 발
화의 기반이 되는 것, 발화자가 그 문장을 통해 말하고자 하는 '그 무엇'을 의미하
며, 설명어 또는 신정보는 주제에 대하여 설명하고 풀이하는 내용을 의미한다. 주
제에 대하여 새로운 정보 및 설명이 추가됨으로써 텍스트가 형성된다. Frantisek
Daneš, "Functional Sentence Perspective and the Organization of the Text", F.
Daneš(ed,), *Papers on Functional Sentence Perspective*(The Hague·Paris:
Mouton, 1974).

이란 박학다식의 산물로 이전의 수많은 텍스트들을 섭렵하여 거기서 섭취한 지식과 정보를 현행 텍스트 생산의 토대로 삼았음을 의미한다. 이러한 특성은 달리 말해 이 담론들의 생산 과정에 바흐찐식의 '대화원리'[18]가 작용하고 있음을 반영한다. 지리박물담론은 어떤 형태의 담론보다도 그 성립에 있어 이 대화의 원리에의 의존도가 큰 담론 유형인 것이다.

예를 들어 扶安縣 '山川' 항목의 표제어 중 하나인 '邊山'에 대하여,

保安縣[19]에 있다. 현과의 거리는 서쪽으로 23리인데 능가산으로도 불리고 영주산으로도 불린다. (中略) 봉우리들이 백 여 리를 빙 둘러 높고 큰 산이 첩첩이 싸이고, 바위와 골짜기가 깊숙하며, 궁실과 배의 재목은 고려 때부터 모두 여기서 얻어 갔다.[20]

는 지리적 설명을 붙였는데 이는 '일명 瀛洲山이라고도 한다. 扶安에 있다. 여러 겹으로 높고 크며, 바위로 된 골짜기가 깊고 으슥하며, 戰艦의 재목이 많이 이곳에서 난다'[21]고 한『세종실록지리지』전라도편의 내용을 인용한 것이다. 위의 지리적 서술 뒤에는 '李奎報記' '金宗直詩'라는 문구가 있고 이어 이규보의 記文과 김종직의 시구절을 인용하고 있다. 이 예에서 드러나듯 '변산'이라고 하는 텍스트는 기존의 지리지, 그리고 기존의 기문과 시구를 토대로 생산된 것이며 이를 대화의 원리로 설명할 수 있는 것이다.

이처럼 다양한 형태의 선행담론들이 종과 횡으로 얽혀 표제어에 대한

---

18) 바흐찐은 어떤 담론이 형성됨에 있어 다른 담론과 관계를 맺는 양상을 '대화'라는 용어로 포괄하여 이론을 전개했다. 크리스테바는 이를 텍스트 상호관련성(intertext uality)이라는 용어로 확대하여 논의를 전개했다. T. Todorov, *Mikhail Bakhtin: The Dialogical Principle*(최현무 역, 까치글방, 1987).

19) 保安은 고려때 불리던 扶安의 이름이다.

20)『신증 동국여지승람』 제34권 「扶安縣」『국역 新增 東國輿地勝覽』Ⅳ(慶尙道·全羅道 篇, 민족문화추진회, 1976·1989). 원문은 운문의 경우만 제시하기로 한다.

21) "一云瀛洲山. 在扶安. 重疊高大 岩谷深邃 戰艦之材 多出於此."

설명부로 작용하면서 하나의 텍스트를 형성하고, 여러 개의 텍스트들이
합쳐져 어떤 항목을 구성한다. 다시 여러 개의 텍스트들을 포함한 항목들
20여 개가 모여 부·군·현과 같은 도시적 단계의 공간에 대한 담론화가
이루어진다. 이같은 담론화의 과정에서 대화의 원리는 막연하고 추상적이
며 인간의 지각 범위를 넘어선 광대한 공간을 가치와 의미가 부여된 하나
의 장소로 구체화하는 실질적인 토대가 된다. 이처럼 수 천 여 편의 문학
작품과 기존의 지리서가 다양한 양상으로 관계를 맺으면서『승람』이라고
하는 거대담론을 생산해 내는 것이다.

3. 주석형 혼합담론으로서의 『승람』

3.1. 『승람』 텍스트의 구조적 특성

'표제어'와 이에 대한 '설명'으로 이루어진 서술단위를 '텍스트'라 할 때
이 설명 부분은 크게 '지리적 서술'과 '문학적 서술'로 나뉜다. 핵심어 즉
府·郡·縣의 행정단위에 포함되어 있는 20여 개 항목 중 건치연혁, 관원,
성씨, 성곽, 토산 등 행정에 관한 것은 지리적 서술만으로 이루어지고, '제
영' 항목은 시로만 이루어져 있으며, 나머지는 지리적 서술과 문학적 서술
이 함께 나타나 있다.『승람』과 같은 인문지리서를 '지리박물담론'으로 규
정하는 것은 이런 류 담론이 지리지와 박물지로서의 성격을 모두 갖추고
있기 때문이다. 그러나 박물지로서의 성격은『승람』의 부차적 측면을 가
리키는 것이고, 어디까지나『승람』의 본질적 성격은 지리지라는 측면에서
찾을 수 있다. 설명 부분의 서술 형태에 따라『승람』의 텍스트들을 몇 가
지 형태로 나누어 보면 다음과 같다.

(1) (a)작은 산이다. 부의 남쪽 3리에 있다. 부의 이름은 이 산 이름에서 딴 것이다. 일명 南福山이라고도 하는데 읍을 설치한 후부터 나무하는 것을 금지했다.   (「完山」)22)

(2) (a)고달산에 있다. 이 절의 飛來堂에는 普德大師의 화상이 있다. (b)이 규보의 기에 '보덕의 자는 智法인데 고구려 반룡산 연복사에 거하였다. 하루는 갑자기 제자에게 말하기를 "고구려는 도교만을 숭상하고 불법을 존숭하지 않으니 이 나라는 반드시 오래가지 못할 것이다. 몸을 편히 피란할 곳이 어디 있을까." 하니 제자 明德이 말하기를, "전주 高達山이 안주하여 움직이지 아니할 곳입니다." 하였다. 보장왕 26년 정묘 3월 3일에 제자가 문을 열고 나가보니 집은 이미 고달산에 옮겨져 있었으니 반룡산으로부터 1천여 리나 떨어진 곳이다. 명덕의 말이 "이 산이 비록 뛰어나긴 했으나 샘물이 말라 있다. 내 만약 스승께서 옮겨오실 것을 알았다면 틀림없이 반룡산의 샘도 옮겨왔을 것이다."라고 하였다.   (「景福寺」)23)

(3-1) (a)고덕산 북쪽 산기슭에 있다. 돌 봉우리가 우뚝 솟아 마치 층운을 이룬듯이 보이는데, 그 위에 수십 명이 앉을 만하다. 사면으로 수목이 울창하며 석벽은 그림같이 아름답다. 서쪽으로 群山島를 바라보며 북쪽으로는 箕準城과 통한다. 동남쪽으로는 태산을 지고 있는데 기상이 천태만상이다. (b)鄭夢周의 시에 '천 길 산등성이에 비낀 돌길/ 그 곳에 올라보니 품은 감회 이길 길이 없구나/ 청산이 멀리 희미하게 보이니 부여국이요/ 황엽이 휘날리니 백제성이라/ 9월 높은 바람은 나그네를 슬프게 하고/ 백년 호기는 서생을 그르치누나/ 하늘가로 해가 져서 푸른 구름 모이니/고개 들어 하염없이 玉京을 바라보네'24)하였다.   (「萬景臺」)25)

---

22) 『신증 동국여지승람』 제33권 「全州府」 '山川', 『국역 新增 東國輿地勝覽』Ⅳ(慶尙道·全羅道 篇), 민족문화추진회, 1976·1989.

23) 같은 책, 「전주부」 '佛宇'.

24) "千仞岡頭石逕橫 登臨使我不勝情 靑山隱約扶餘國 黃葉繽 紛百濟城 九月高風愁客子 百年豪氣誤書生 天涯日沒浮雲合 矯首無由望玉京."

25) 『신증동국여지승람』 제33권 「전주부」 '山川'.

(3-2) (a)부의 북쪽 10리에 있다. 부의 지세는 서북방이 空缺하여 전주의 기맥이 이쪽으로 새어 버린다. 그러므로 서쪽으로는 가련산으로부터 동으로 건지산까지 큰 둑을 쌓아 기운을 멈추게 하고 이름을 덕진이라 하였으니, 둘레가 9천 73자이다. (b)風月亭[26]의 시에 '깊은 못을 一望하니 푸른 하늘이 비쳐 있네/ 고래로 이 못을 파는 데 몇 사람의 공이 들었을까/ 마을 연기 멀리 끼어 가을달이 몽롱하고/ 어부의 피리소리는 저녁 바람에 비꼈도다'[27] 하였다.

(「德眞池」)[28]

(4-1) (a)성의 남쪽 시냇가에 있다. (b)洪汝方의 기문에, '계축년 봄에 이 곳의 부윤으로 와서 하루는 과업을 권장하러 남문을 나섰는데 東川 가에 누가 있고 한 쪽에 고인의 詩板이 있으며, 또한 牧隱 선생이 남겨 놓은 시가 있는 것을 보고서 나는 이것을 다시 세울 생각을 가졌다. 놀고 있는 사람을 모집하고 재목을 모으고 있는 중, 갑인년 가을에 나는 병으로 면직이 되고, 같은 해에 趙從生 공이 대신 와서 나의 뜻을 이어서 경영을 하며, 제도를 넓히고 단청을 선명하게 하여 그 오른 편에 松柏을 심어 놓으니, 실로 帝鄕의 뛰어난 경관이다'라 하였다. (b′)盧思愼의 시에, '다리의 남쪽 북쪽으로 많은 사람을 보내고 맞이하니/ 날마다 수레와 말발굽이 여기를 향하고 여기를 지나가네/ 높은 정자가 강가에 있으니/ 올라가 바라보는 이 아니 취하고 어이하리'[29] 하였다.

(「濟南亭」)[30]

(4-2) (a)龍華山에 있다. 세상에 전하기를, '무강왕이 인심을 얻어 마한국을 세우고 하루는 선화부인과 더불어 獅子寺에 행차하고자 산 아래 큰 못가에 이르렀는데 세 미륵불이 못 속에서 나왔다. 부인이 임금께 아뢰어 이 곳에 절을 짓기를 원하였다. 임금이 허락하고 知命法師에게 가서 못을 메울 방술을 물었더니 법사가 신력으로 하룻밤 사이에 산으로 못을 메워 이에 불전을 창건하고

---

26) 月山大君을 가리킨다.
27) "一望深淵暎翠空 古來開鑿幾人功 村烟數里籠秋月 漁笛一聲橫晚風."
28) 『신증동국여지승람』 제33권 「전주부」 '山川'.
29) "橋南橋北送迎多 日日輪蹄向此過 可是高亭江上在 幾人登眺醉無何."
30) 같은 책, 「전주부」 '樓亭'.

또 세 미륵상을 만들었다. 신라 진평왕이 百工을 보내어 조원하였는데 석탑이 몹시 커서 높이가 여러 길이나 되어 동방의 석탑 중에 가장 큰 것이다.'라고 하였다. (b)權近의 시에, '창밖 천산을 깎아 만든 듯/ 근심이 있을 때 눈을 들어 바라보니 더욱 선명하구나/ 가을 바람이 날로 두건과 지팡이에 불어 오니/ 높은 산에 올라 서울을 바라볼까 하노라.'[31] 하였다.   (「彌勒寺」)[32]

(1)은 지리적 서술만 있는 것이고 (2)는 지리적 서술 뒤에 이규보의 記文이 인용되어 있는 형태다. (3)은 지리적 서술 뒤에 정몽주와 풍월정의 시가 인용되어 있는 형태이고 (4)는 지리적 서술 뒤에 산문과 시가 인용되어 있는 형태다. 지리적 서술 부분을 (a), 표제어와 관련된 혹은 표제어를 주 소재로 하는 기존의 문학작품을 소개한 서술 부분을 (b)라 할 때 이 둘은 O표시로 구분되어 있고 '아무개의 記(혹은 詩)에 이러이러한 것이 있다'라고 하여 '인용'하는 방식으로 연결되어 있다. 이렇게 별도로 O표시를 했다는 것은 (b)나 (b′)가 지리적 서술과는 다른 성격을 지닌 언술이라는 것을 알리기 위한 징표라 볼 수 있다.

위의 예들에서 (a)와 (b)를 비교해 보면 여러 면에서 극명한 차이가 드러난다. 우선 (a)는 서술자―혹은 찬자―의 목소리로 행해진 서술인 반면 (b)는 타인의 목소리에 의한 서술로서 '인용'의 형태로 텍스트에 수용이 되어 있다. (4-2)처럼 (b)의 原 발화자가 분명치 않은 전설과 같은 것일 경우 '인용'의 형태를 취하기가 어려워지고 따라서 전해지는 이야기를 서술자의 말로 바꾸어 언술화하는 양상을 보인다. 그리하여 O표시 없이 지리적 서술 부분 뒤에 연결시키고 있는 것이다.

두 번째로 (a)가 표제어―제목―에 대해 사실에 입각한 설명으로 이루어진 객관적 서술임에 비해 (b)는 발화자의 주관이 개입된 서술이라는 차

---

31) "窓外靑山似削成 愁時擧目轉分明 秋風日日吹巾杖 欲上高岑望玉京."
32) 같은 책, 「익산군」, '佛宇'.

이가 있다. (a)는 지리지로서의 기본 서술패턴 즉, '-은 -에 있다'와 같은 문장형태를 유지하여 '사실'에 입각한 서술을 행하는 반면, (b)는 표제어에 대한 원 발화자의 주관적 관점을 표현하는 것에 주안점이 있는 것이다. 예를 들어 (3-1)을 보면 '만경대'라고 하는 같은 대상을 두고 지리적 서술에서는 '돌 봉우리가 우뚝 솟아 있다'고 표현한 반면, 시에서는 '천 길 산등성이'라고 하여 산봉우리의 '높이'가 천 길이나 된다는 식으로 주관화가 이루어진다. (3-2)의 경우도 (a)에서는 못의 둘레를 '9천 73자'라고 하는 수치로 나타낸 것에 비해 (b)에서는 못의 깊이를 단지 '깊은 연못'이라 하여 주관적 표현을 사용하고 있다. 즉, (a)는 사실지향의 의도의 산물이요 (b)는 상상력의 산물인 것이다. 결과적으로 (a)는 표제어 자체에 초점이 맞춰져 표제어의 속성을 드러내려는 데 서술의 중점이 두어져 있는 반면 (b)는 표제어를 소재삼아 발화자의 느낌이나 의견·생각·경험 혹은 그 표제어와 관련된 일화 등을 서술하는 데 초점이 맞춰지게 되는 것이다. 즉, 서술의 중점이 표제어—객체—에 놓이느냐 발화자에 놓이느냐의 차이가 생겨나게 된다. 이것은 결과적으로 (a)는 3인칭 서술, (b)는 1인칭 서술이라는 차이로 이어진다.

이처럼 위치와 방향에 입각한 지리적 서술과 상상력에 기초한 문학적 서술이 상호 작용하여 이들을 단순한 지리서가 아닌, 지리서와 시문선의 성격이 복합된 인문지리서 혹은 문예물로서 특징짓는 것이다.

이렇게 극명한 차이를 지니는 (a)와 (b) 두 서술형태는 O표시를 사이에 두고 하나의 텍스트 안에 나란히 병치되어 있다. 그렇다면 한 텍스트를 구성하는 이질적인 이 두 서술단위를 어떤 말로 구분해야 할 것인가 하는 문제가 대두된다. 『승람』은 지리지와 박물지의 성격을 동시에 갖는 담론이지만 기본적으로는 지리서이고 여기에 박물지적 성격이 부가된 것으로 보는 것이 타당하다. 표제어를 설명함에 있어 지리적 서술이 '지리지'의 성격을 반영한다면, 문학적 서술은 다양한 지식과 정보를 제공하는 '박물

지'의 성격을 반영한다. 바꾸어 말하면 지리적 서술은 텍스트에서 주된 구
실을 행하고 문학적 서술은 이를 보조하는 부차적 구실을 행한다고 할 수
있다. 그렇다면 기본이 되는 지리적 서술에 기존의 시문을 부가하여 표제
어에 대한 새로운 정보와 지식을 제공하려는 것이 『승람』의 기본 목적이
라 볼 수 있으며 이처럼 주된 것과 부차적인 것을 구분하려는 의도로 O표
시를 한 것으로 보인다.

　'표제어+설명'으로 된 서술단위를 하나의 '텍스트'로 규정한다고 했는데
필자는 兩者의 관계, (a)와 (b)가 텍스트 내에서 행하는 기능 등을 고려하
여 (a)를 표제어에 대한 '本文部'로, (b)는 본문 뒤에 붙어 본문을 보조하
고 표제어에 대한 설명을 구체화하고 보충하는 '注釋部'로 이해하고자 한
다. 그렇다면 큰 활자로 되어 있는 표제어는 텍스트의 '제목'에 해당하는
셈이다. 이때 '주석'이라 함은 전통적·일반적 주석을 가리키는 것이 아니
라, 주석의 성격을 띠는 글 다시 말해 주석의 '변이형태'로 이해해야 하는
것은 말할 나위가 없다.

　이상의 점들을 전제로 하여 위의 예들을 검토하면 지리적 서술만 있는
(1)이나 본문과 주석이 모두 산문으로 된 (2)는 산운 혼합담론의 범주에
속하지 않는다. (3)과 (4)는 하나의 텍스트가 산문과 운문의 교직으로 이
루어진 산운 혼합담론에 속하며 여러 유형 중 '주석형 혼합담론'으로 분류
할 수 있다. 『승람』의 경우 20여 개 항목 중 건치연혁, 관원, 성씨, 성곽,
토산 등 행정에 관한 것은 지리적 서술만으로 이루어지고, '제영' 항목은
시로만 이루어져 있으며, 나머지는 지리적 서술과 문학적 서술이 함께 나
타나 있다. 이 중 (3)은 소총론에서 제시한 주석형의 네 가지 하위형태
중 본문이 산문, 주석이 운문으로 된 (나)형에, (4)는 주석문 내에 산운
결합이 나타나는 (라)형에 해당한다. (3)이 다른 주석형 혼합담론과 비교
하여 특이한 것은, 일반적인 주석의 경우 어려운 본문을 쉬운 내용으로
풀이하는 형태이며 대개 본문은 '운문', 주석은 '산문'인 것에 비하여 이

경우는 반대가 되어 있다는 점이다.

3.2. 『승람』 텍스트에서 주석부의 성격

본문에 대한 주석의 기능을 하는 문학적 서술 부분 (b)를 보면 詩와 記가 주를 이루고 있고 이 외에 표제어와 관련된 고사, 전설, 일화들도 적지 않게 포함되어 있음을 보게 된다. 시는 '절구'나 '율시'가 주를 이루는데 일반 항목에 인용된 것과 제영 항목에 수록된 것 사이에는 내용이나 소재에 있어 약간의 차이가 있다.[33]

이 중 '기'는 산문의 문체 분류 중 하나로 사실과 기록성, 객관성에 입각한 글의 양식이다. 『승람』에서 기는 누각이나 사찰 등 서술대상의 건립계기나 배경을 설명하고, 지명의 유래나 그 곳과 관련된 역사적 사건을 서술하는 등 '사실'에 관계된 내용이 가장 일반적인 것이다. 그러나 때때로 서술대상의 입지 조건이나 지형적 특징 등을 설명할 때는 묘사의 형식을 취하는 경우가 많다. 이럴 경우 기문은 山水遊記의 성격을 띠기도 한다. 또한 기문은 위의 예문들 중 (2)에서 보는 바와 같이 서술대상에 얽힌 작자의 일화를 소개하는 경우도 적지 않다.[34]

---

33) 일반 항목에 인용된 시는 특정의 누각이나 특정 장소에 대해 읊은 것으로 시의 일부가 인용되는 경우가 많은데 비해, '제영' 항목의 시는 핵심어 즉 府나 郡縣에 속한 특정 대상이나 장소가 아닌 그 지방 전체의 포괄적 특징을 읊는다는 차이가 있다. '제영' 항의 시는 시 내용 중 그 지역을 직접적으로 지시한 구절을 표제어로 삼고 주석의 형태로 시 全文을 수록하는 서술방식을 취한다. 또한 '제영'의 시는 그 지방 출신의 문인이거나, 지방관으로 근무했던 사람, 이 곳을 여행했던 사람이 지은 것을 취해 수록한 것이 대부분이다. 제영 항목에 수록된 시편의 수는 핵심어 즉, 담론화의 궁극적 대상이 되는 그 장소의 유명세를 말해주는 지표가 된다.

34) 또 다른 예를 들면, 「전주부」 '寺廟' 항목의 '社稷壇'에 대한 李奎報의 「夢驗記」에는 이규보가 전주에서 司祿 兼 掌書記로 근무할 때 이 사당에 가서 法王과 만나 이야기를 주고 받는 꿈을 꾸었는데 꿈을 깨고 그 대화 내용이 실제 현실에서 일어났다는 신기한 내용이 소개되어 있다.

'기'는 사실과 기록을 중시하는 산문 갈래라는 점에서 지리적 서술 (a)
와 공통점을 지니지만 서술자가 어떤 존재인가에 따라 큰 차이를 지닌다.
앞의 (4-1)을 예로 들면 지리적 서술의 경우 그것을 기술하는 사람은 객
관적으로 검증된 사실을 서술하면서 철저히 '나'의 존재를 감추는 반면,
기의 서술자는 '나'라고 하는 1인칭 서술자가 개입하여 자신의 경험과 관
련된 사실을 기술함으로써 주관성을 드러내게 된다. 즉, 전자는 철저하게
3인칭적 서술인데 비해 후자는 1인칭적 서술이라는 극명한 차이가 존재
하며, 이 점은 양자를 문학과 비문학의 영역으로 갈라 놓는 중요한 인자
가 된다.

주석부의 또 다른 중요 요소인 '시'는 기와는 다른 방식으로 대상—표제
어—에 대한 정보를 제공한다. 위의 예 중 (4-1) 「제남정」을 예로 들면
홍여방이 제남정을 중수하게 된 계기와 그 과정에 대해 기술하고 있는 기
와는 달리, 시는 그 정자에 임하여 일어나는 노사신 개인의 흥취와 정감을
표현하고 있다. 기문이 정자에 대한 '이해'를 중심으로 한다면, 시는 '느낌'
을 중심으로 하는 것이다. 전자에 정자에 대한 객관적 시각이 담겨 있다
면, 후자에는 상상력에 기반한 주관적 시각이 담겨 있다고 할 수 있다.
이처럼 기문과 시는 상보적인 관계에 놓이며 특정 대상, 즉 표제어에 대해
주석의 기능을 하면서 이해한 것과 느낀 것을 서술하여 표제어에 대한 정
보를 구체화하고 공간을 장소화하는 데 기여한다.

기호가 갖는 제 기능 중 '지시적 기능'과 '정서적 기능'은 두 기본적 양
상이라 할 수 있는데 지시적 기능이 인간의 '이해' 능력에 관계된다면 정
서적 기능은 '표현' 능력에 관계가 된다. 이해력은 객관적·인식적 기능으
로서 대상에 작용하는 것이고, 감성은 주체에 작용하는 것이다.[35] '기'가
인간의 이해력에 작용하여 서술 대상인 표제어—제목—에 대한 객관적 사

---

35) 박종철 편역, 『문학과 기호학』(예림기획, 1998), 19~20쪽.

실이나 정보를 제공하는 구실을 한다면, '시'는 감성에 호소하여 표제어와
관계된 느낌이나 정서를 환기하는 구실을 한다.

이로 볼 때 언어표현이 갖는 지시성·사실성의 정도는 지리적 서술>기
문>시의 순이라 하겠고 정감성·허구성의 정도는 이 역순이라 할 수 있다.
이처럼 『승람』의 지리적 서술과 인용된 문학적 서술, 바꿔 말해 본문부와
주석부는 상호 작용을 하면서 지리박물담론으로서의 독특한 성격을 빚어
내는 것이다. 그리고 주석부 내에서도 詩와 記는 상이한 방식으로 대상—
표제어—에 대한 설명과 정보를 제공함으로써 본문부의 내용을 보충한다.
기존의 지식체계에 의존하여 성립된 지리적 서술에 개개인의 담론 즉 시
문이 부가됨으로써 인문지리서로서의 생명을 갖게 되는 것이다.

주석부에는 시와 기 외에도 전설, 傳의 성격을 지닌 것들이 다수 발견된
다. 특히 '인물'이나 '효자' '열녀' 항목 중에 傳의 성격을 띠는 서술이 많고,
'불우'나 '고적' 항목에서는 그 곳과 관계된 전설들이 쉽게 눈에 띈다. 예를
들어 (4-2)에서 보듯 익산현 '불우' 항목의 표제어 중 하나인 '미륵사'에는
『삼국유사』 武王 조에 수록된 내용과 거의 일치하는 설화가 포함되어 있고,
금구현 '불우' 항의 '금산사' 조에는 견훤과 그 아들에 얽힌 이야기가 수록되
어 있다. 또한 정읍현 '고적' 항목 중의 하나인 '망부석'조에는 백제 가요인
'井邑'의 노랫말 일부, 배경설화 등이 서술되어 있음을 본다. 이들은 구비문
학적 성격을 띠는 것으로 이런 표제어에 대해서는 지리적 서술 뒤에 '세상
에 전해져 오기를("世傳")' '세속에 전해져 오기를("俗傳")' '일설에 의하면
("一云")'과 같은 傳聞句를 제시한 뒤 설화를 소개하는 서술방식을 택하고
있음이 주목된다. 이같은 전문형 서술은 '사실'을 중시하는 지리지의 속성
상 사실이라는 확신이 결여될 때, 혹은 사실로 받아들이기 어려운 내용에
대하여 그 안에 내포된 허구성을 인정함으로써 사실이 아닐 수도 있는 내용
을 기록하는 것에 대한 책임을 회피하고 융통성을 부여하는 구실을 한다.

이상 텍스트를 구성하는 '제목(표제어)' '본문부(지리적 서술)' '주석부(문

학적 서술)' 세 요소는 '표제어'를 핵심으로 하여 본문부와 주석부를 통해
상이한 방식으로 대상—표제어로써 지시된—의 속성을 되풀이 서술함으로
써 지리박물담론으로서의 면모를 갖추어 나가는 셈이 된다.

4. 『신증동국여지승람』과 『택리지』의 비교

4.1. 『승람』과 『택리지』의 同異點

앞 장에서는 『승람』을 중심으로 전국 강토의 공간이 담론화되는 과정
을 몇 단계로 나누어 살펴보았다. 『택리지』는 개인의 저술이므로 방대한
官撰地理書인 『승람』과는 전체 체제나 분량, 서술방식 등 여러 면에서
적지 않은 차이를 보이지만, 국토 강역이라는 광대한 공간을 담론화한 것
이라는 점 그리고 지리서이면서 시문이나 고사, 설화 등을 많이 수용하고
있다는 점에서 『승람』과 공통의 분모를 가진다. 담론화의 기본적인 원리
또한 『승람』과 대동소이하다.

『택리지』는 백성들의 부류를 넷으로 나누어 그들의 삶의 형태를 논한
사민총론을 포함한다는 점, 궁극적으로 지리와 인간의 상호관계를 논하는
데 초점을 맞추고 있다는 점, 서술의 행간에서 삶의 방식과 살아가는 이치
등을 언급하고 있다는 점 등에서 지리공간만을 담론화의 주 대상으로 한
『승람』과 서술방향에 있어 시각차를 보인다. 이 점은 『택리지』나 『승람』
이나 모두 지리박물담론의 형태이면서도 『택리지』가 좀더 인문지리서적
인 성격이 강한 텍스트로 인식되는 요인이 된다. 서술면에서도 『승람』은
본문과 주석의 이원화를 꾀하고 있는 반면 『택리지』는 인용한 내용까지
모두 본문에 포함시키고 있다는 차이를 보인다.

담론 형성의 원리를 살핌에 있어 주목할 부분은 「팔도총론」과 「복거총
론」이다. 「팔도총론」에 주목해 보면, 『승람』의 경우 실질적인 서술단위는

‘군현’인데 비해 「팔도총론」은 ‘도’ 단위에서 서술이 행해진다. 『택리지』는 『승람』처럼 서술단위에 대하여 몇 개의 항목으로 나누지는 않았지만 해당 도의 건치연혁, 유래, 역사, 인물, 산천, 풍속, 토산, 물자, 주요 도시, 촌락, 주요한 성곽, 명승지, 사찰 등을 두루두루 개괄하고 있다. 이중환 자신도 발문에서,

> 내가 黃山江 가에 머무르던 무렵, 무료한 여름날에 八卦亭에 올라 더위를 식히면서 우연히 논술한 바가 있다. 이것은 우리나라의 산천, 인물, 풍속, 정치 교화의 연혁, 치란득실의 잘하고 못한 것들을 차례로 엮어 기록한 것이다.[36)]

라고 밝히고 있는 것처럼 비록 『승람』에 비해 소략하기는 하지만 『승람』의 주요 항목의 내용을 대개 포괄해서 서술하고 있다. 이것은 이중환 또한 지리공간을 담론화함에 있어 공간에 가치를 부여하여 장소화하는 기준의 설정을 염두에 두고 있었다는 것을 말해주는 단서이다.

이에 비해 「복거총론」의 경우는 ‘살 만한 곳’(可居地)으로서 지리·생리·인심·산수라고 하는 네 가지 기준을 직접 명시하고 있는데, ‘지리’는 물이나 땅의 형세 등 지형적 조건을 말한 것이고, ‘생리’는 생업과 관련된 경제적 측면을, ‘인심’은 사람들의 성품과 그 곳의 풍속을 말한 것이며, ‘산수’는 주변경관을 말한 것이다. 앞의 세 가지 조건이 다 갖추어져 있다 해도 주변경관이 볼 것이 없으면 살 만한 곳이라 할 수 없다는 의미에서 ‘산수’의 조건을 넣은 것이다. 이는 작자 이중환이 全 국토 강역이라고 하는 공간을 대상으로 하여 ‘살기 좋은 곳’의 기준을 직접 명시하고 있다는 점에서 공간의 장소화와 관련하여 주목해 봐야 할 부분이다. 그가 말하는 ‘가거지’란 ‘살 만한 의미와 가치가 있는 곳’이라는 뜻으로, 막연한 이미지로 머리 속에 존재하는 공간에 대하여 어떤 의미와 가치가 부여된 장소로

---

36) 이중환, 『擇里志』(이익성 역, 을유문화사, 1971), 275쪽.

서 구체화한 표현이기 때문이다.

『택리지』는 개인의 저술이기 때문에『승람』처럼 항목별로 여러 개의 표제어를 두고 있지는 않으나 서술단위, 즉 핵심어에 대하여 인접적 확장을 이루어 나간다는 점에서는 동일하다. '전라도'를 예로 들 때『택리지』의 경우 이를 핵심어라 할 수 있으며, 이 핵심어와 전라도에 관한 각종 정보 및 지식—건치연혁, 유래, 역사, 풍속 등등—간에는 전체와 부분이라는 인접의 관계가 성립되는 것이다. 서술의 단위와 규모만 다를 뿐이지 구체적 정보를 모아 하나의 텍스트로 확장해 가는 원리는『승람』과 같다.

뿐만 아니라 전대의 각종 선행담론을 서술의 근거 혹은 전제로 하면서 이를 군데군데에 얽어 짜서 하나의 텍스트를 구성해 가는 '대화의 원리' 또한『택리지』라는 담론 형성의 주요 원리가 된다. 다만 주석의 형태로 각종 선행담론을 인용하는『승람』과는 달리,『택리지』는 서술의 군데군데에 삽입하는 방식을 택한다는 점에서 차이가 있다.

4.2. 지리박물담론의 두 양상

『승람』은 방대한 내용에 다양한 항목들을 수록해야 하므로 서술방식은 기본적으로 나열과 부연설명에 의존하고 있다. 다시 말해 '백과사전적 서술'이라는 특징을 지닌다. 이는『승람』이 어느 한 사람에 의해 단기간 내에 이루어진 것이 아니라 오랜 세월에 걸쳐 보완과 수정, 증보를 거듭하며 수많은 사람들에 의해 이루어진 방대한 분량의 관찬지리지라는 데서 오는 당연한 결과이다. 또한『승람』은 여타 지리지처럼 서술자 혹은 집필자들이 전 국토를 발로 답사하며 이루어진 것이 아니라, 기존의 지식체계에 의존하여 성립된, 일종의 랑그 차원의 기술물이므로 '나'라고 하는 사적인 자아가 존재하지 않는 객관적 서술로 일관된다.

이에 비해『택리지』는 작자 이중환이 전국을 돌아다니며 직접 견문한 바에 의거해 집필한 것이므로 서술 주체인 '나'의 생생한 경험과 느낌이

담겨 있는 주관적 기술물의 면모를 보인다. 따라서 지식의 나열로 백과사
전적 성격을 띠는『승람』과는 달리,『택리지』는 전 국토를 답사하며 경험
한 것을 바탕으로 자신의 견해와 느낌을 총체적으로 서술하였기에 '수필'
의 요소와 '기행문' 그 중에서도 '산수유람 기행문'의 요소를 갖춘 독특한
담론으로 자리매김될 수 있는 것이다.[37] 이런 특징은 특히「복거총론」의
'산수' 항목에서 부각되는데 이 부분은 전국의 경승지에 대해 언급하고
있으므로 산수유기로서의 성격이 뚜렷하다. 이 점은 이 책이 달리『東國
山水錄』으로도 불린다는 사실로써도 뒷받침된다. 예를 들면 금강산에 대
하여,

　　내가 본 것과 들은 바를 참고하면 금강산 일만 이천 봉은 순전히 돌봉우리,
돌구렁, 돌내, 돌폭포이다. 산봉우리·골짜기·샘·못·폭포가 모두 흰 돌이 뭉
쳐서 이루어진 것이다. 금강산을 개골산이라고도 하는데, 이는 한 웅큼의 흙도
없기 때문에 붙여진 이름이다. 만 길 산꼭대기와 백 길 못까지 모두 돌로 이루
어져 있는데 이런 풍경은 천하에 둘도 없는 것이다. 산 가운데 正陽寺가 있고,
그 안에 歇惺樓가 있는데 가장 중요한 곳에 위치하여 그 위에 앉으면 온 산의
참 모습과 참 정기를 느낄 수 있다. 마치 아름다운 구슬 굴 속에 있는 것 같고,
맑은 기운이 상쾌하여 사람의 腸胃 속 먼지를 어느 틈에 씻어내는지 깨닫지
못할 정도이다.[38]

라고 서술하고 있는데 이 글을 통해 독자는 이중환의 목소리를 직접 들으
며 금강산의 주변 경관에 감탄하는 그의 모습을 직접 대하게 된다. 1인칭
문학으로서 기행수필이 지니는 특징이 여실히 드러나는 것이다. 비유법의
잦은 활용도『택리지』의 서술을 주관적으로 만드는 요소로 작용한다.
　　이처럼 지리공간을 담론화한 언술이라는 점에서 공통의 분모를 지니는

---

37) 기행문의 종류 및 산수유람기와 산수유기의 차이에 대해서는 본서 제5부,「紀行文
　의 挿入詩 硏究」참고.
38) 번역은 이익성(역), 앞의 책을 참고하였다.

두 저술이 집필의 주체, 경험의 직접성 여부, 서술의 시각차 등에 따라
『승람』은 '백과사전형 지리박물담론'으로, 『택리지』는 '기행문형 지리박
물담론'으로 자리잡게 되는 것이다.

앞에서 『승람』의 기문과 시는 상호 보완적으로 주석의 형태를 이루어
본문의 내용을 부연하므로 일종의 '散韻 혼합담론'으로 볼 수 있다고 언급
한 바 있다. 산문서술과 시가 혼합되어 텍스트를 구성한다는 점에서는 『택
리지』도 '산운 혼합담론'의 범주에 속한다. 그러나 『승람』의 경우 기문과
시 중 어느 하나가 주가 되고 다른 것이 종이 되는 형태가 아니라 두 요소가
상호 대등하게 보완을 하면서 주석의 내용을 구성하는 것에 비해, 『택리지』
의 경우는 산문이 주가 되고 시가 종이 되는 散主韻從의 성격을 띤다.

> 절—浮石寺— 뒤편에 있는 聚遠樓는 크고 넓어, 아득한 것이 하늘과 땅의 한
> 복판에 솟은 듯하고 기세가 웅장하여 경상도를 위압할 듯하다. 벽 위엔 퇴계의
> 시를 새긴 현판이 있다. 내가 계묘년[39] 가을에 승지 李仁復과 함께 태백산에
> 놀러 갔다가 이 절에 들어 드디어 퇴계의 시에 차운하였다. "아득히 높은 다락
> 집 열 두 난간에/ 동남쪽 천 리 지역이 눈앞에 보인다/ 인간 세상은 아득하디
> 아득한 신라국인데/ 하늘 아래에 깊고 깊은 태백산이다/ 가을 구렁에 어두운
> 연기는 나는 새 너머로 피어오르고/ 해협에 남은 놀은 어지로운 그름 끝에 비
> 친다/ 가도 가도 위쪽 절에는 닿지 못하니/ 예부터 행로의 어려움을 어찌 알소
> 냐."[40] 또 시 한 수를 지었다. (시는 생략)

위 구절은 「복거총론」 중 '산수' 항의 일부를 인용한 것인데 이중환이
퇴계의 시에 차운하여 지은 시가 산문 속에 삽입되는 양상을 이루고 있다.
이런 형태는 '시삽입형 혼합담론'으로 규정될 수 있다.

---

39) 여기서 말하는 계묘년은 1723년이다.

40) "縹緲鐘樓十二欄 東南千里眼前看 人間渺渺新羅國 天下深深太白山 秋壑暝煙飛鳥
外 海門殘照斷雲端 登臨不到上方寺 豈識千秋行路難."

『택리지』에는 이중환 자신이 지은 한시 4수를 포함하여 총 17수의 한시가 삽입되어 있는데 「복거총론」의 산수 항에는 12수의 한시가 집중적으로 삽입되어 있어 산수 항의 글을 한 편의 산수유람 기행문 혹은 장편의 산수유기로 볼 수 있는 근거를 제공한다. 글 속에 시를 삽입하는 것은 기행문이나 산수유기의 보편적 특징 중의 하나이기 때문이다.

5. 『신증동국여지승람』과 『택리지』의 성립과 『水經注』

『동국여지승람』 및 『신증동국여지승람』의 서문이나 발문들을 보면 이 책이 송의 『방여승람』과 명의 『일통지』의 체제를 본받아 집성된 것임을 명백히 밝히고 있다. 앞장에서 『승람』의 개개 텍스트가 하나의 표제어에 대하여 '지리적 서술'과 '문학적 서술'이 결합하여 주석 형태로 설명이 이루어지는 서술방식을 취하고 있음을 언급했는데 이 또한 『방여승람』과 『명일통지』의 방식을 그대로 따른 것이다. 이 중 특히 『명일통지』의 영향은, 『大明一統志詩詠集類』라는 책이 중종38년(1543)에 간행[41]된 것만 보아도 명백히 드러난다.

『방여승람』과 『명일통지』의 서술방식을 보면, 국토 강역을 구체적인 행정단위로 구획한 다음 서술의 항목을 설정하고, 각 항목에 해당하는 대상들을 선정하여 그것을 표제어로 삼은 후 지리적 서술과 기존의 시문들을 인용하여 주석의 형태로 표제어에 대한 설명을 행하는 방식을 취하고 있다. 이로 볼 때 『승람』과 중국의 두 지리서는 그 체제나 서술방식면에서 정확히 일치한다. 단 항목의 설정에 있어 그 구체적 내용이나 항목의 수에 각각 차이가 있을 뿐이다.[42]

---

41) 김학주, 『조선시대 간행 중국문학 관계서 연구』(서울대학교 출판부, 2000·2002), 9쪽.
42) 이 지리서들 간의 항목체제 비교는 정의성의 앞의 글에서 자세히 이루어졌다.

한편『방여승람』이나『명일통지』보다 먼저 나온 지리서로서 北宋 때의 樂史가 저술한『太平寰宇記』가 있는데 이 또한 지리서에 시문을 인용하고 있다는 점에서 위의 여러 저술들과 동일한 양상을 보인다. 그러나 이 지리서는 몇 개의 항목을 설정하여 서술하고는 있지만 본문과 주석의 이원화를 꾀하지 않고 본문으로만 일원화하면서 시문을 인용하는 방식을 취하고 있다.

이런 점들을 감안할 때『승람』의 성립의 직접적 모델이 된 것은『방여승람』과『명일통지』라는 것이 분명하지만, 지리박물담론으로서『승람』과 『택리지』의 기원은『山海經』으로까지 거슬러 올라간다. 앞에서 언급한 것처럼 지리박물담론이란 '-이 -에 있다'와 같이 위치와 방위에 입각한 문장을 기본 서술패턴으로 하여 온갖 잡다한 지식과 광범한 정보를 수록한 담론 형태로 규정될 수 있는데,『산해경』은 보통 그 효시로 인식되고 있으며 이는『神異經』『十州記』『博物志』등으로 이어져 중국 고유의 서사적 전통을 형성하는 데 중요한 몫을 한다고 설명된다.[43]

『산해경』은「산경」과「해경」으로 이루어져 있는데 무작위로 문장을 추출해 보면,

다시 동쪽으로 380리를 가면 원익산이라는 곳인데 산 속에는 괴상한 짐승이 많이 살고 물에는 괴상한 고기와 백옥이 많으며 살모사와 괴상한 뱀, 괴상한 나무들이 많아서 올라갈 수가 없다.

다시 동쪽으로 370여 리를 가면 유양산이라는 곳인데 그 남쪽에서는 붉은 금이, 북쪽에서는 백금이 많이 난다.[44]

와 같이 위치와 방위에 입각하여 특정 장소를 제시하고 그 곳의 특성을

---

43) 김지선, 정민경, 앞의 글.
44) 정재서 역주,『산해경』(민음사, 1985 · 2007), 53쪽.

서술하는 패턴으로 이루어져 있다. 위와 같은 서술은 분명『승람』에 보이
는 지리적 서술의 원형이 된다고 볼 수 있다. 그러나 같은 조상이라도 조
부 · 증조부 · 고조부와 10대조, 그리고 20대조가 후손에게 갖는 의미와 영
향은 각각 큰 차이가 있는 것과 마찬가지로,『산해경』이나『신이경』『십
주기』『박물지』등 초기의 지리박물담론이『승람』성립에 어떤 형태로든
흔적을 남겼을 것은 분명하지만, 직접적인 영향력을 행사했다고는 볼 수
없다. 지리박물담론 중『승람』과『택리지』가 갖는 의미는 시문이 수용되
어 있다는 점인데 이들 초기 지리박물담론에는 시문이 인용되어 있지 않
다.[45] 따라서 이 초기 텍스트들이『승람』과『택리지』의 연원을 거슬러 올
라갈 때 먼 조상으로 인식될 수는 있겠지만 시문이 있는 지리박물담론 형
성의 직접적 원천으로 간주될 수는 없다고 본다.

　지리박물담론에 근원과 출처를 알 수 없는 이야기가 아닌, 한 개인의
입장과 목소리가 담긴 문학텍스트로서의 시문이 인용되기 시작하는 것은,
北魏 酈道元(465?~527)[46]이 저술한『水經注』에서부터이다. 이 또한『산
해경』의 영향으로 성립된 지리박물담론인데,『산해경』및 지리박물담론
의 기본적인 서술패턴을 유지하면서 역대의 고사, 전설, 신화, 부, 시, 기,
가요 등 다양한 형태의 문학적 담론을 수용하고 있다는 점에서 특기할 만
한 저술이다.『수경주』는 前漢의 經學者인 桑欽[47]이 지은『수경』에 역도

---

45) 여기서 말하는 시문이란 작자와 출처가 분명한 문학텍스트 다시 말해 개인적 창작
　　물을 말하는 것으로, 입에서 입으로 전해 오는, 설화적 성격을 띠는 이야기는 포함
　　하지 않는다. 단 西晉의 張華(232~300)가 저술한『박물지』「雜說」편에는 구비문학
　　적 성격을 띠는 설화나 간단한 이야기가 몇 편 포함되어 있으나 개인적 글쓰기의
　　소산으로서 문학성을 띠는 시문은 인용되어 있지 않다.
46) 역도원의 사망연도는 史書에 분명히 527년으로 기록되어 있으나, 출생연도에 대해
　　서는 485년설, 465년설, 472년설, 469년설 등 매우 다양하다. 森鹿三 · 日比野丈夫 譯,
　　『水經注』(抄)(東京: 平凡社, 1974 · 1987), 해설.『수경주』는 515년에서 524년까지 거
　　의 10년에 걸쳐 이루어졌다.
47)『수경』의 작자에 대해서는 異說이 분분하나 이 글에서는『唐六典』의 기록에 의거

원이 주석을 가한 것이다. 그런데 여느 주석서와는 달리, 585자 57조에 불과한 양에 137개 물줄기의 흐름에 대해 간략하게 서술한『수경』원문에 무려 1252개의 지류를 소개하고 480여 종의 도서를 참고 및 인용하여 20배에 달하는 분량의 주를 붙이고 있다.[48]

분량뿐만 아니라, 기존의 주석문이 취한 '述而不作'의 태도 즉 원문에 입각하여 충실하게 설명을 하되 새로운 내용을 창작하지 않는다는 입장을 과감하게 탈피하여 창의적인 견해를 펼치고 있다는 점도 특기할 사항 중 하나이다. 문체 또한『수경』이 물줄기의 흐름을 건조한 문체로 서술한 것에 비해『수경주』는 시문, 부, 가요, 신화, 전설, 고사 등 다양한 문학적 담론을 곁들여 주석을 가한 것이어서 단순한 주석서가 아닌 그 자체로서 독립적인 동시에 문학성이 강한 지리박물담론의 성격을 띤다.

「河水篇」卷一[49]의 한 예를 들어 보면, '하수는 다시 바다 밖으로 흘러나가 남쪽으로 향하여 적석산에 이르는데 산의 아래에 石門이 있다'[50]는 본문에 대하여 다음과 같은 주석문을 붙이고 있다.

(1)『山海經』에 '하수는 발해로 들어가서 다시 바다 밖으로 흘러나가 서북쪽을 향하여 禹임금이 물길을 통하게 한 적석산으로 흘러 들어간다.'고 하였다. 적석산은 隴西郡 河關縣의 서남 羌中에 있다. (2)내가 상고하건대 여러 책에는 모두 河水는 崑崙에서 나와 重源으로부터 땅속으로 빠져나가 蒲昌海로 들어간다. 그러므로『洛書』에 '河水는 곤륜에서 나와 重野로 나간다'고 한 것은 이것을 말하는 것이다. 적석산을 지나서 中國의 河가 된다. (3)그러므로 成子安의 <大河賦>에서는 "百川의 굉장한 모습을 보아도/ 黃河보다 아름답지 않도다

하여 상흠을 작자로 보는 설을 따른다.
48) 전주현,「酈道元『水經注』試論: 신화자료를 중심으로」, 이화여자대학교대학원 중어중문학과 석사논문, 2007, 5~6쪽. 16쪽.
49) 河水는 黃河를 가리킨다.
50) "又出海外 南至積石山 下有石門."

/ 험준한 곤륜산 아래로 빠져나가/ 우뚝한 적석산으로 흘러가네"[51]라고 읊고 있다. (4)『釋氏西域記』에서는 '하수는 포창해로부터 지하로 빠져나가 남쪽의 적석산으로 흘러간다'고 하였다. (5)따라서『水經』의 본문에 여기서 적석산을 기재한 것은 맞지 않으며 포창해의 조목[52] 아래에 있는 것이 마땅할 것이다.

주석문을 검토해 보면 (1)은 본문의 내용에 입각하여 그 보충 설명을 한 지리적 서술이고, (2)이하의 내용은 본문과는 다른 자신의 견해를 피력하는 부분이다. 그 중에 成子安(231~273)[53]의 賦 일부가 인용되어 있다.

주석문에 기존의 문학적 담론을 수용하는 양상에 대하여『승람』과『수경주』를 비교해 보면, 표제어 형식의 본문이 있고 이에 대하여, 위치와 방위에 입각한 지리적 서술 그리고 시와 기문 등 문학적 서술이 합하여 주석문을 이룬다는 점에서 양자는 거의 일치한다는 것을 알 수 있다. 이를 다시『택리지』의 경우와 비교해 보면,『승람』과『수경주』는 본문과 주석문으로 이원화되어 있는 것에 비해,『택리지』는 주석과 본문의 구분없이 일원화하여 서술해 나간다는 차이가 있고, 앞의 두 저술에 비해 기존의 선행담론을 인용하는 빈도수가 적다는 특징을 지닌다. 이것은『택리지』 저술에 있어 선행담론에의 의존도가 낮다는 것을 말하고, 환언하면 자신의 입장과 견해, 목소리를 너 뚜렷하게 드러내고 있음을 의미한다.

그런데 위 인용문에서 주목할 부분은 (2)의 '내가 상고해 보건대'("余考")라는 구절이다. 이는 작자가 '余'라는 1인칭 서술자로 문면에 개입하고 있는 증표가 된다. 이로 볼 때『수경주』가 지닌 '선행담론의 잦은 인용에 의한 철저한 고증'과 '자기 주장의 피력'이라고 하는 상반된 서술태도 중『승람』에서는 전자의 관점이, 그리고『택리지』에서는 후자의 관점이

---

51) "覽百川之宏壯兮 莫尙美于黃河 潛昆侖之峻極兮 出積石之嵯峨."
52) 蒲昌海는「河水篇」卷二 두 번째 본문에 나온다. '又出海外 南至積石山 下有石門' 이라는 본문은 이 뒤에 오는 것이 타당하다고 보는 것이 역도원의 견해이다.
53) '成公綏'를 가리킨다.

더 뚜렷하게 부각되어 있음을 알 수 있다. 이러한 차이는『승람』은 여러 사람에 의해 찬술된 관찬 지리서이고『택리지』는 개인의 저술이라는 차이에서 비롯된다.

『동국여지승람』 및 그 증보판의 서문이나 발문, 箋 그 어디에서도『수경주』의 체제를 참고했다는 언급은 찾아볼 수 없지만, 이상 본 바와 같이『승람』『택리지』와『수경주』는 텍스트 자체적으로 큰 구조적 유사성을 지닌다는 것을 놓쳐서는 안 될 것이다. 비유적으로 말해 지리박물담론으로서『승람』과『택리지』에 있어『산해경』은 시조,『방여승람』과『명일통지』는 가장 가까운 조상인 조부나 증조부 격에 해당한다면,『수경주』는 그 中始祖 격에 해당한다고 할 수 있다. 그리고『승람』이 이들 선조들의 직계 후손이라면,『택리지』는 방계 후손으로 비유할 수 있다.

사실『수경주』는 우리나라에서 그렇게 널리 읽힌 책은 아니다. 이 책은『尙書』「禹公」,『周禮』「職方解」,『漢書』「地理志」 등 그 이전의 지리서의 단점을 보완하여, 자신이 사랑하는 조국의 물길을 명백히 밝히려는 의도에서 저술된 것으로 통치자의 시각을 대변한다. 그렇기 때문에 비록 개개인의 문인들에게 이 책이 애독되었으리라고는 볼 수는 없지만, 우리나라의 경우 丁若鏞(1762~1836)이 1789년 실시된 내각 親試에 제출한 「地理策」이라는 글에서 기존의 지리서가 지닌 문제점을 제기하고 '박학한 선비를 선발하여 상흠의『수경』과 역도원의『수경주』를 본떠『東國水經』한 책을 편찬'하라는 건의를 한 것, 그리고 결국 수십 년 뒤 제자의 注가 덧붙여진『大東水經』이 편찬된 것[54]으로 미루어『수경주』가 지닌 문화적 파장이 그리 작지 않았음을 충분히 짐작할 수 있다. 그러나『수경주』와는 달리『대동수경』에서는 시문의 인용을 대폭 생략하였는데, 이는 위 「지리

---

54) 양보경, 「조선후기 하천 중심의 국토인식:『대동수경』『산수심원기』『산행일기』를 중심으로」,『우리 국토에 새겨진 문화와 역사』(한국문화역사지리학회 지음, 논형, 2003).

책」에서『동국수경』의 체례와 관련하여 '효자·열녀 등 인물은 아주 뛰어나 세상에 다 알려진 사람이 아니면 생략하고, 題詠에 있어서는 백에 하나 정도만 남김으로써 규례를 엄격히 하여 편찬해야 한다'고 한 언급과 일맥상통한다.

우리는 여기서 지리박물담론의 祖型으로서『산해경』을, 지리박물담론 중에서도 개인의 시문이 있는 것의 조형으로『수경주』를 상정하고[55] 개인의 시문이 있는 것을 다시『승람』과 같은 '백과사전형'과『택리지』와 같은 '산수유람기형'으로 구분할 수 있는 근거를 마련하게 된다. 정약용의『대동수경』은 책의 편찬 의도와 書名은『수경주』를 따랐지만, 역대 시문의 수용이라는 관점에서 살펴보면『수경주』의 체제에서 크게 벗어나는 양상을 보인다.

『수경주』는 적지 않은 부분이 산수자연의 아름다움에 대한 묘사로 이루어져 있어 보통 중국 유기문학의 원조로 간주된다.[56] 본문에 나와 있는 물줄기들에 대해 구체적으로 설명하자면 부득이 실지답사가 필요해진다.『수경주』대부분의 내용이 기존의 문헌을 참고하여 상상력을 보태 이루어진 것이지만 상당 부분은 실지답사에 의해 관찰된 결과를 토대로 하고 있어[57] 유기문학으로서의 면모를 여실히 보여 준다. 范文瀾의『水經注寫景文鈔』에는 산수유기로 볼 만한 텍스트 286조목이 수록[58]되어 있는데 그 중 가장 유명한 것으로 보통 '江水'조의「三峽」이 꼽힌다. 그 일부를 인용해 보면 아래와 같다.

---

55) 개개인의 시문은 아니지만, 고대의 신화나 전설, 기타 입으로 전해지는 이야기로 문학적 담론의 범주에 포함시킬 경우『박물지』가 그 始祖가 된다.

56) 森鹿三·日比野丈夫 譯, 앞의 책, 해설; 임종욱 엮음,『동양문학비평용어사전』(범우사, 1997), 678쪽; 陳必祥,『한문문체론』(심경호 옮김, 이회, 1995·2001), 125쪽.

57) 森鹿三·日比野丈夫 譯, 앞의 책, 해설.

58) 전주현, 앞의 글(22쪽)에서 재인용.

그 사이 처음부터 끝까지의 160여 리를 일러 巫峽이라 하는데, 산을 따라 이름을 지은 것이다. 三峽 700리 안 양쪽 기슭에는 산이 이어져 있는데 조금도 끊어진 곳이 없다. 겹겹의 바위 절벽과 층층의 가파른 산들이, 하늘을 가리고 해를 가로 막아 정오나 한밤중이 아니면 해와 달을 보지 못한다. (中略) 봄과 겨울철에는 새하얀 급류와 짙푸른 연못에 맑은 물결이 맴돌고 산의 그림자가 물속에 거꾸로 비치며, 높고 험준한 산봉우리에는 괴이한 잣나무들이 많이 자라고 높은 절벽 위에 걸린 폭포수가 그 사이로 날아 떨어져 부딪힌다. 청초한 꽃과 자란 나무는 정말 멋이 있다. 맑은 날 서리 내린 아침이면 숲은 차갑고 계곡물은 적막이 감돈다. 늘 높은 곳에 사는 잔나비들이 길게 울부짖는 소리가 들리는데 매우 처량하게 계속 이어지며 텅 빈 계곡에 메아리쳐 구슬프게 맴돌다가 한참 지나서야 사라진다. 그래서 어부의 노래에 이르기를 "巴東의 三峽에서 巫峽이 가장 기니, 잔나비 세 번 울음 소리에 눈물이 옷을 적시네"[59]라고 했다.

위 구절을 앞의 3장에서 예를 든 『택리지』의 구절과 비교해 보면 지명의 유래로부터 시작하여 산수 묘사의 정밀함이나 생생함을 보여주는 것이 매우 흡사하다는 것을 발견하게 된다.

이렇게 본다면 『수경주』는 지리박물담론의 중시조 혹은 시문이 인용된 지리박물담론의 시조로 볼 수 있는 동시에, 산수유기문학의 원조로 자리 매김될 수 있을 것이다.[60] 그렇다면 『승람』과는 달리 산수유기의 성격이 강한 『택리지』의 서술 특히 「복거총론」, '산수'항의 서술은 『수경주』를 그 조형으로 한다고 해도 무리가 없을 것이다.

---

59) "巴東三峽巫峽長 猿鳴三聲淚沾裳."

60) 『산해경』은 산수유기의 濫觴으로 볼 수는 있지만 본격적인 유기문학이라 할 수는 없다. 陳必祥, 앞의 책, 105쪽.

6. 『신증동국여지승람』과 『택리지』의 문화사적 의의

『신증동국여지승람』과 『택리지』는 지리공간을 담론화했다는 점과 다양한 형태의 문학담론을 다수 포함하고 있다는 점, 그리고 지리서와 문학의 경계영역에 위치한다고 하는 공통점을 지닌다. 이 글에서는 이런 언술형태를 '지리박물담론'이라는 말로 포괄하여, 지리공간이 담론화되는 과정을 조명하였다. 이제 이같은 논의를 바탕으로 두 저술이 문화사적으로 어떤 의의를 지니는지 검토하여 맺음말을 대신하고자 한다.

'제왕이 흥할 때에는 모두 版籍의 편찬이 있었습니다'라고 『승람』의 箋文에서 盧思愼이 밝히고 있는 것처럼, 왕권이 안정되고 문물이 흥성할 때 여러 집성적인 저술이 편찬된다. 세종–성종 연간은 조선 전기에 왕권의 안정과 문물의 융성을 보인 시기이다. 특히 성종 때는 『승람』을 비롯, 역대 시문을 모은 『동문선』, 삼국과 고려의 역사를 편년체로 정리한 『東國通鑑』, 그림을 곁들여 음악을 정리한 『악학궤범』 등 수많은 저술이 집대성되었다.

한 나라의 지지 편찬이 제왕이 흥했을 때 이루어졌다는 점을 근거로 『승람』의 편찬동기를 王化를 계승·전수하고, 전성기 조선의 실태와 전모를 파악하며, 위정자가 정사를 도모하고 백성을 교화하는 수단을 마련하며 읽을거리를 제공하는 것으로 파악한 견해[61]는, 『승람』이 지닌 역사적 의의를 함축적으로 잘 설명해 준다고 하겠다. 요컨대 『승람』은 통치의 수단 혹은 행정의 지침서로 기능함과 동시에 '효자' '열녀'와 같은 항목을 설정함으로써 백성 교화를 꾀하고자 했던, 조선왕조 지배의 상징이었던 것이다. 『승람』에 제영 항목을 둔 것에 대해 '물상을 읊조리며 王化를 노래하여 칭송하는 것은 실로 시와 문 외에는 없기 때문'이라고 한 徐居正의 서문은 이같은 편찬의도를 직접 밝힌 것이라 할 수 있다.

---

61) 李演載, 앞의 글.

우리가 여기서 확인할 수 있는 것은, 『승람』의 기획자, 편찬자, 궁극적인 독자는 王을 포함하여 모두 지배층 인물들, 다시 말해 정치권력 혹은 통치행위의 핵심에 놓인 인물들이라는 점이다. 문화적 측면에서 조선 후기를 전기와 가름하는 중요한 요소 중 하나로 보통 문학을 비롯한 문화·예술 담당층[62]이 확대된다는 점이 거론된다. 이런 점에서 볼 때 『승람』은 조선 전기의 상층 중심의 문화활동이 집대성된 결과물로 규정할 수 있다. 즉, 조선 전기 문화예술의 전형적인 표본이 되는 것이다.

한편, 『택리지』는 이중환이라는 조선 후기의 한 불우한 지식인에 의해 저술되었다는 점에서 『승람』과 대조를 이룬다. 저자인 이중환은 명문가에서 태어나 1713년 젊은 나이에 과거급제를 한 촉망받는 인재였으나, 사화에 연루되어 1725년 유배길에 오른 이래 1727년 해배된 후 생을 마칠 때까지 30년 가까이 다시는 벼슬길에 나아가지 못했다. 그는 해배된 후 수십 년 동안 변변한 거처 하나 없이 전국을 떠돌며 지내다 생을 마쳤다. 그는 벌족한 명문가 출신 양반이요 지식인이었지만 결코 통치행위를 주도하는 권력층에는 속할 수 없었던, 다시 말하면 정치권력에서 소외된 인물이었던 것이다.

그가 『택리지』를 통해 밝히고 있는 '可居地' 즉 사람이 살 만한 곳은 四民—士·農·工·商—전체를 대상으로 한 것이 아니라 사대부, 특히 자의든 임금에 의해 내침을 당했든 간에 벼슬에서 물러난 선비들이 거처할 만한 곳에 대해 언급한 것이다. 이 점에 대해서는 정약용도 발문에서 '택리지한 권은 故 正字 이중환이 지은 것으로서, 나라 안 사대부들의 장원 중 아름다운 곳과 나쁜 곳을 논한 것'[63]이라고 명시하고 있다. 睦會敬 또한 발문에서 사대부의 거처에 대해 '벼슬을 할 때는 사람들의 왕래가 빈번한 서울의

---

62) 여기서 '문화담당층'이란 새로운 문화의 창조자·수용자·소비자·향수자·패트런 등을 총칭하는 개념이다.

63) 이익성(역), 앞의 책, 282쪽.

대궐 문밖이 적당하고 초야에 물러나 살 때는 유명한 도회나 큰 읍에 아름다운 산과 물이 서로 모인 곳에 사는 것이 적당하다'고 말하였다.

이들을 종합해 보면 『택리지』는 벼슬길에 다시 나아가지 못하고 여기저기를 떠돌던 이중환이 개인적으로는 자신을 위로하고, 나아가서는 어떤 이유에서든 권력의 밖에 존재하던 사대부 지식인에게 이상적인 거처로서 가거지의 기준을 제시했다고 할 수 있다. 그러나 '이상향'은 현실세계에서는 실존하지 않는 곳이기에 이상향으로 불릴 수 있다는 아이러니를 지닌다. 이중환 또한 『택리지』에서 가거지의 기준을 제시하면서도 곳곳에서 팔도 강역에는 마땅히 살 만한 곳이 없다고 피력하고 있다.

이로 볼 때, 조선 전기 권력의 핵심에 있던 사대부들이 통치수단의 일환으로, 다시 말해 통치행위를 강화하고 권력을 공고히 하기 위한 기반으로 지리서인 『승람』을 편찬한 것이라면, 이중환이 『택리지』를 저술한 것은 조선 후기 권력에서 소외되어 있던 불우한 지식인이 자위의 방편으로 혹은 대리만족의 수단으로 이상적인 거처의 기준을 제시한 것이라는 점에서 두 저술은 큰 대조를 이룬다. 그러기에 공간에 가치를 부여하는 기준으로서 『승람』에서는 건치연혁·학교·토산·형승 등과 같이 지배층의 통치행위와 직결된 것이 설정되어 있고,[64] 『택리지』에서는 지리·생리·인심·산수와 같이 한 개인이 뿌리를 내리고 살아가는 데 실질적 기반이 되는 요소가 가치 기준으로 제시되고 있는 것이다.

『승람』과 『택리지』는 편찬 주체의 입장에 따라 차이를 빚어내기도 하지만, 두 저술이 생산된 조선 전기와 후기라고 하는 시대적 상황 또한 차

---

64) 이런 항목을 선정한 이유에 대해 徐居正은 『동국여지승람』 서문에서 '연혁은 한 고을의 흥하고 폐한 것을 알려주는 것이고, 풍속은 한 고을을 유지하는 것이며, 형승은 그 고을의 四境을 분명히 해주는 것이고, 廟祠는 祖宗을 높이는 의도이며 학교는 인재를 교육하는 곳이므로 중요하고 사찰은 역대로 그 곳에서 복을 빌었기 때문이며 토산은 貢賦가 나오는 원천이고 院宇는 행려를 쉬게 하고 도적을 막는 구실을 하며, 누대는 때에 따라 놀며 사신을 접대하는 곳'이기 때문이라고 말했다.

이를 야기한다. 주지하는 바와 같이 조선 전기는 성리학이라고 하는 단일
한 통치이념이 그 시대와 문화를 지배하는 시대였고, 조선 후기는 전통적
인 성리학을 비롯, 실학, 동학, 서학, 고증학 등 다양한 사상이 공존하던
시대였다. 조선 후기는 정신적 가치만이 아니라 물질적 가치 또한 중시되
던 시기였다. 이중환이 말하는 '生利'란 생업과 관련된 경제적 측면을 가
리키는 것으로 이 역시 조선 후기적 가치관, 특히 실학적 입장의 가치관을
여실하게 보여주는 측면이 아닐 수 없다.

제5부

시삽입형

【소총론】

:

　'시삽입형'은 산문과 운문 중 산문이 主가 되는 散主韻從의 형태로서 산문부가 서사적 성격을 띠는 것 즉 '서사체 시삽입형'과 그렇지 않은 것 즉 '비서사체 시삽입형'으로 나뉜다. 이 중 서사체 시삽입형은 전체 산운 혼합담론 예들 중 압도적으로 큰 비중을 차지한다. 비서사체 시삽입형은 운문이 삽입된 기행문학과 일기문학에서 그 정수를 찾아볼 수 있다. 기행문학의 경우 중국·한국·일본에서 두루 보이지만, 시가 삽입된 일기문학은 일본문학 특히 헤이안 시대의 문학에서 유난히 많이 발견된다. 여기서 다루지는 못했지만 헤이안 시대의 「土佐日記」「蜻蛉日記」「紫式部日記」「更級日記」 등은 비서사체 시삽입형에 속하는 대표적 일기문학으로 거론될 수 있다. 본서에서는 시삽입형 혼합담론 중 비서사체 시삽입형에 대해서만 논의하고자 한다.[1]

---

1) 서사체 시삽입형에 대해서는 별도의 지면(『서사적 글쓰기와 시가 운용』, 보고사, 2015)에서 심도있게 다루었으므로 여기서는 생략한다.

순례 기행문으로서의 『往五天竺國傳』

1. 머리말

『왕오천축국전』[1]은 신라승 慧超(704~780)[2]의 인도여행기이다. 혜초는 신라에서 태어나 16세에 당에 건너가 인도에서 온 密敎僧 金剛智를 사사하여 723년부터 727년까지 4년간 인도여행을 하고 이 기록을 남겼다. 혜초가 唐으로 건너간 것은 유학승으로서 불법을 공부하기 위해서였을 것으로 추정된다.

『왕오천축국전』은 완전한 텍스트가 아니고 앞뒤가 떨어져 나간 殘本이므로 연구에 여러 가지 난점이 있는 것이 사실이다. 1908년 프랑스 학자 펠리오에 의해 돈황 석굴에서 처음 이 책이 발견된 이래, 저자가 신라인이라는 것을 밝힌 일본 학자 다카쿠스 준지로(高楠順次郎)의 연구를 필두로 혜초의 여행 루트, 이 책의 체제·내용·서술방식, 역사적·문학적·문화사적 의의 등을 규명하는 수많은 연구들이 일본·중국·한국·유럽의 학자들에 의해 행해졌다.[3]

---

1) 『왕오천축국전』은 여러 번역본이 있으나 이 글에서는 정수일의 번역과 주석(『혜초의 왕오천축국전』, 학고재, 2004)을 주로 참고했고 그 외에 이석호의 번역(을유문고46, 을유문화사, 1970·1978)과 김찬순의 번역(연문사, 2000, 1990)도 참고했다.

2) 혜초의 출생연도에 대해서는 700년설과 704년설이 있는데 이 글에서는 704년설을 따르기로 한다.

3) 그간의 연구에 대한 총괄적 개관과 세밀한 주석은 정수일의 앞의 책에 망라되어

『왕오천축국전』에 대한 그간의 연구는 상당한 성과를 이루고 있음이
분명하나 연구의 한계가 있는 것도 사실이다. 왜냐하면 혜초의 행적이나
생애 및 『왕오천축국전』에 관한 자료가 극히 한정되어 있고 남겨진 것
또한 완전한 것이 아닌 殘本인 데다가, 그의 생각을 알 수 있는 序文이나
跋文도 붙어 있지 않고 서술 또한 주관을 최대한 배제한 극히 객관적 방
식을 취하고 있기 때문이다. 비슷한 유형의 텍스트들을 비교 검토하는 방
법은 이같은 한계를 극복하고 『왕오천축국전』에 대한 연구의 시야를 넓
히는 한 해결책이 될 수 있다. 어떤 것의 특성을 밝힘에 있어 그와 유사하
면서도 차이가 있는 대상과 비교를 함으로써 변별성이 더욱 선명하게 드
러날 수 있다. 따라서 앞으로의 과제는 축적된 성과를 바탕으로 이와 유사
한 성격을 지닌 텍스트, 다시 말해 승려들에 의한 渡竺·渡唐 求法旅行記
들과 연계지어 비교하는 작업이 필요하다. 그러나 『왕오천축국전』을 둘러
싼 그동안의 비교 연구를 보면 玄奘의 『大唐西域記』와의 비교를 시도한
것4) 외에는 본격적으로 시도된 바가 없는 듯하다.

이같은 배경 하에 이 글은 승려들에 의한 일련의 여행기들을 '기행문학'
이라는 큰 범주로 포괄하여 비교문학적 관점에서 『왕오천축국전』의 특성
을 규명하는 것에 목표를 둔다. 구체적으로 5세기 텍스트인 東晉의 僧 法
顯(337~422)의 『佛國記』,5) 6세기 北魏 惠生·宋雲의 『宋雲行歷記事』
(약칭 『宋雲行記』), 7세기 텍스트로서 唐 玄奘(596~664)의 『大唐西域記』
및 義淨(635~713)에 의한 『南海寄歸內法傳』과 『大唐西域求法高僧傳』,
9세기 日本僧 엔닌(圓仁, 794~864)의 『入唐求法巡禮行記』가 비교의 대

있으므로 여기서는 생략하기로 한다.
4) 임기중, 「『大唐西域記』와 『往五天竺國傳』의 문학적 의미」, 《불교학보》, 동국대
불교문화연구원, 1994.
5) 원래 제목은 「東晉沙門釋法顯自記遊天竺事」(동진의 사문 법현이 천축에 유람한
일을 스스로 기록한 것임)인데 보통 『高僧法顯傳』 또는 『佛國記』라는 명칭으로 불
리고 있다.

상이 된다. 이들 求法旅行記들은 한국·중국·일본 텍스트가 모두 포함되어 있어 본 연구를 통해 10세기 이전 동아시아 기행문학[6]의 발전단계의 면모를 검토해 보는 부수적 효과를 기대할 수 있다.

이같은 목적 하에 2장에서는 기행문학의 일반적 특성을 통해 드러나는 『왕오천축국전』의 위상을 검토하고, 3장에서는 다른 승려들의 경우와는 변별되는, 혜초의 천축 여행의 특성 즉 통과의례적 성격을 지닌다는 점을 규명하며 4장에서는 혜초 여행기의 또 다른 특성이라 할 산운 혼합 담론으로서의 면모를 중심으로 살펴보고자 한다. 즉, 2장과 3장은 『왕오천축국전』의 기행문학적 특성을 중심으로, 그리고 4장은 서술방식상의 특성을 중심으로 논의가 전개되며 이러한 논의는 비교문학적 관점에 토대를 둔다.

2. 紀行文學으로서의 『왕오천축국전』

2.1. 기행문학의 일반적 특성

『왕오천축국전』은 혜초가 인도를 여행하면서 견문한 바를 기록한 기행문학이다. 따라서 『왕오천축국전』을 잘 이해하기 위해서는 기행문학 전체 테두리 안에서 이 작품이 지니는 위상을 점검해 볼 필요가 있다.

기행문학이란 여행하면서 보고 들은 내용을 소재로 한 문학을 말한다. 그러므로 여행자—기록자 혹은 텍스트의 서술자—, 시간의 흐름, 장소의 이동, 견문 즉 경험내용이 기행문학을 이루는 기본 요소가 된다. 여행은 그 계기에 있어 公的인 것과 私的인 것으로 나눌 수도 있고, 그 목적에 있어 산수유람,

---

6) 여기서 10세기 이전이라 한 것은 엔닌의 『入唐求法巡禮行記』가 9세기의 것이므로 이것까지를 논의에 포함시킨다는 의미에서이다.

외교활동, 각종 정보나 자료의 수집, 종교적 순례여행 등으로 구분할 수도 있으며, 문학양식에 따라 기행산문과 기행운문으로 나눌 수도 있다.

기행문학은 다음과 같은 몇 가지 공통된 특징을 지닌다. 첫째, 시간의 흐름에 따른 장소의 이동을 전제로 한다. 여기서 '시간의 흐름'이라 하는 것은 몇 시간 정도의 짧은 단위를 말하는 것이 아니라 日·月·年 등 비교적 긴 시간 단위를 말한다. 따라서 주체가 자신이 살고 있는 곳 주변의 勝景을 찾아 한나절 혹은 몇 시간 정도 놀다가 집으로 돌아온 경험을 내용으로 한다면 遊記라 할 수는 있을지언정 기행문학으로 보기는 어려울 것이다. 또한 '장소의 이동'은 '길'과 '통로'를 중심으로 이루어진다. 따라서 기행문학은 단순히 어떤 낯선 장소에 도착한 뒤의 체험만이 아닌 그 과정까지를 중시하는 '길'의 문학이라 할 수 있다.

둘째, 주체가 일상의 시간과 공간, 즉 자신의 거주지를 떠나 비일상적인 시공으로 진입하여 낯선 환경에서 異文化를 체험함으로써 세계에 대한 인식의 폭을 확대하고 심화하는 것이 여행의 본질이라 할 수 있다. 나아가 자기 자신의 내면의 발견, 자기정체성의 확인 등이 이루어지는 계기가 되기도 한다. 따라서 추재 조수삼의 「外夷竹枝詞」처럼 明代의 지리서인 『方輿勝略』의 내용을 참고하여 상상 속의 외국여행을 하고 그 느낌을 서술한 것, 또는 타인의 산수유람 기록을 읽거나 그림 속의 승경지를 보고 간접 경험을 기록한 '臥遊錄'과 같은 것은 주체의 공간이동에 따른 직접 체험을 바탕으로 하지 않으므로 기행문학이라 하기 어렵다.

셋째, 여행은 기본적으로 장소가 중시되는 '공간의 문학'이지만, 어느 특정 장소가 아닌 여러 곳의 이동을 토대로 하는 경우 장소 이동이 이루어진 날짜와 시간을 충실히 기록하게 되면 기행문학은 '日記的' 성격을 띠게 된다. 이 글에서 『왕오천축국전』 이해의 보조 자료로 활용하고자 하는 일본승 엔닌(圓仁)의 『入唐求法巡禮行記』나 박지원의 『熱河日記』 등은 바로 '여행일기'의 성격을 띠는 기행문학이라 할 수 있다.

넷째, 여행은 낯선 곳으로의 '떠남'과 원래 자리로의 '돌아옴'이라는 이원화된 행위, '출발점'과 '도착점'이라는 이원화된 장소를 전제로 하는데 기행문학에서는 주로 '떠남'의 행위나 行路에만 초점이 집중되고 '돌아옴' 혹은 歸路에 대해서는 거의 언급이 없다는 점을 주목할 필요가 있다. 이로 보아 여행이라는 경험 및 기행문학은 여행자에게 낯익은 '현재' 그리고 '이곳'으로부터 일탈하는 경험을 본질로 한다는 것을 알 수 있다. 그리고 이같은 일탈의 경험이 여행자의 내면세계에 영향을 끼치고 자아성숙의 한 계기가 될 수 있다.

다섯 째, 여행자는 1인칭 서술자가 되어 견문한 바를 기록하므로 기행문학은 기본적으로 1인칭 문학이며 문학의 하위 갈래로는 '수필'에 속한다. 그리고 상위 갈래로는 특별한 경우 외에는 대개 '교술문학'에 속한다.

여섯 째, 기행문학은 시와 산문의 결합으로 이루어지는 경우가 많다.

일곱 째, 기행문은 한문 산문의 전통적 분류 중 사물에 대한 객관적인 사실이나 관찰 내용을 기술하는 글인 '記'에 속한다. 또한 실제 여행 경험을 토대로 한 것이므로 사실성은 최대치가 되고 허구성은 최소치가 된다.

여덟 째, 기행문학은 문학양식에 따라 기행운문과 기행산문으로 나눌 수 있고, 여행은 그 목적에 따라 '산수유람' '성지순례', 피난·유배·관할 하의 행정구역 순찰 및 使行·使行官의 隨行, 약초의 채집[7]이나 서책의 구매, 그림이나 지도의 작성 등 다양한 '용무'로 나눌 수 있다. 이에 따라 기행문학은 순례 기행문학, 산수유람 기행문학, 용무 기행문학으로 범주화할 수 있다[8] 이 분류에 따르면 『왕오천축국전』은 순례 기행산문

---

7) 일본 근세의 기행문학은 감상을 배제하고 실용성을 중시하여 入湯案內記 등과 같은 실용적 기행문이 많이 나타났다. 板坂輝子, 「近世紀行文のなかで」, 《國文學》-解釋と敎材の硏究-, 1989年 五月號.

8) 그러나 실제로 여행의 목적 중 순례와 용무, 산수유람과 용무는 복합되는 경우가 많으며 작품 속에서도 복합되어 나타나는 경우가 많다.

으로 규정된다.

2.2. 『왕오천축국전』이전의 순례 기행문

당 이전의 승려들의 渡竺의 역사를 간단히 짚어 보면, 260년경 삼국시대 魏의 朱士行을 필두로, 399년에 東晋의 승 法顯(337~422), 518년경 北魏의 승 惠生과 宋雲 등을 들 수 있다. 이 중 법현이 남긴 『佛國記』[9]는 渡竺僧의 기행문 중 가장 오래된 것이다. 혜생과 송운의 여행에 대해서는 『北魏僧惠生使西域記』와 547년 楊衒之가 엮은 『洛陽伽藍記』 제5권에 그 요약된 내용이 전한다.

唐代에는 구법 열기가 뜨거워 인도로 구법여행을 떠나는 승려들이 많았다. 玄奘(596~664)이 國法을 어기고 629년 중국을 떠나 645년 귀국하여, 법현의 『불국기』와 더불어 二大 旅行記로 불리는 『大唐西域記』[10]라는 저술을 남긴 것이나, 義淨(635~713)이 671년 구법 인도여행을 떠나 『南海寄歸內法傳』[11]과 『大唐西域求法高僧傳』[12]을 저술하여 692년 인

---

9) 『불국기』는 '사실에 의거하여 聞見을 함께 하고 싶어서 竹帛에 기록'한다고 序文에서 밝히고 있는 것처럼 되도록 주관을 개입시키지 않고 객관성을 유지하고자 하는 태도로 서술에 임하고 있으나 군데군데 감정 표출이 있고 견문한 사건이나 어떤 사실에 대하여 자신의 견해를 밝히기도 한다. 방문지 순서대로 서술하는 체제로 되어 있다.

10) 玄奘의 『대당서역기』는 총 12권에 138개국의 소개를 하고 있는데 이 중 110개국은 현장이 직접 방문한 곳이고 나머지는 간접적으로 전해 듣거나 읽은 내용을 토대로 하고 있다. 이 책은 현장의 渡竺 여행 경험을 바탕으로 그가 귀국한 뒤 3년 후에 제자 辯機에 의해 기술된 것이므로 현장감이 떨어지고 단순한 지리서같은 성격을 띤다. 그러나 여기에는 수많은 신화, 전설, 민담 등이 수록되어 불교설화나 인도문학을 이해하는 데 중요한 자료가 된다.

11) 『南海寄歸內法傳』은 그가 인도를 여행하면서 당시의 佛敎儀式과 수도승의 생활·행동지침 등을 40개의 조목으로 나누어 설명한 책이다. 이 중 「讚詠之禮」항은 불교의식에서 讚頌이 어떻게 행해졌나를 구체적으로 알려주고 있어 불교문학 연구의 중요한 자료가 된다.

편에 두 책을 측천무후에게 傳獻한 것도 모두 이같은 구법 여행의 열기 속에서 이루어진 업적들이다. 혜초의 천축 여행이 이들의 구법 행렬에 고무되어 행해진 것임은 말할 나위가 없다. 혜초는 16세 되던 해에 고향 신라를 떠나 唐에 들어간 이래 신라로 돌아가지 않고 줄곧 중국에서 지내다 생을 마쳤다. 이 사실로 미루어 본다면, 혜초가 생사를 건 인도 여행을 앞두고 선배 승려들이 남긴 인도여행기를 읽고 여행에 필요한 여러 정보나 지식을 얻었을 것은 자명한 일이고 또한 『왕오천축국전』의 서술에도 이 여행기들의 영향을 받았을 것이 분명하다.

　이들 중 혜초의 여행기 저술에 가장 큰 영향을 끼친 것은 『불국기』이다. 『왕오천축국전』은 여러 면에서 『불국기』의 서술방식 및 체제를 따르고 있는데 예를 들면 철저하게 주관을 배제하고 객관성을 고수하려는 서술태도, 방문지 순서대로 서술이 행해진 점, '-에서 -방향으로 -동안 가면 -에 이른다'라고 하는 始文句, 인도와 중국에 대한 호칭, 서술의 초점이 高僧이나 佛敎儀式이 아니라 佛跡地 즉 불타의 흔적에 맞춰져 있다는 점 등이다. 그러나, 여행시 다른 승려들과는 달리 海路를 택했다는 점, 산문에 시를 혼합하여 서술을 행하고 있다는 점은 의정으로부터 받은 영향의 뚜렷한 근거라 할 수 있다. 의정의 텍스트들은 시를 삽입한 동아시아 최초의 기행문13)이라는 점에서 여타 도축승들의 여행기와는 변별되는데

---

12) 의정의 『大唐西域求法高僧傳』은 高僧傳의 성격과 紀行文學의 성격을 동시에 갖춘 독특한 텍스트이다. 의정이 인도 및 지금의 수마트라의 팔렘방 지방을 여행하면서 불교 유적을 참배하고 불경 수집을 하는 가운데 직접 만났거나 전해 들은 渡竺僧 56인의 행적을 간단한 전기형태로 기록한 것인데 이 중 신라승 7人과 고구려승 1人 명이 포함되어 있다. 한 가지 특이한 것은 고승들의 傳記를 서술하면서 자신의 행적도 포함시키고 있다는 점이다. 의정은 서문에서 '그 분들의 거룩한 행적을 후세에 남겨 전하고자 대략 傳聞과 實見한 바에 의거하여 기록하고자 한다. 그 行狀을 기재하는 차례는 그가 인도로 떠난 때의 연대, 거리, 생존과 사망 등을 고려하여 앞뒤를 삼았다.'고 하여 기술의 체제를 밝히고 있다.

13) 前漢의 經學者 桑欽이 지은 지리서인 『水經』에 北魏의 酈道元이 515년부터 524년

혜초의 여행기 또한 시가 삽입되어 있다는 것은 의정으로부터 받은 영향
이 분명하다고 하겠다.

혜초의 인도여행 및 『왕오천축국전』이 다른 승려의 천축 여행 및 여행
기와 변별되는 점은 승려로서 아직 성숙하지 않고 경륜이 日淺한 나이에
감행한 여행이라는 점, 따라서 그의 천축 여행이 종교적 사명보다는 한
개인으로서 한 사람의 승려로서 거듭나기 위한 통과의례적 성격을 띤다
는 점과 산문과 시를 섞어 여행기를 기술했다는 점이다. 이 두 가지 특성
은 앞서 제시한 기행문학의 제 특성 중 두 번째와 여섯 번째의 내용에
해당한다. 그래서 『왕오천축국전』의 기행문학적 성격을 이 두 면을 중심
으로 규명하고자 한다.

3. 通過儀禮로서의 천축 여행

의정이 『대당서역구법고승전』 서문에서 '佛法의 진리를 찾아 인도까지
간 사람은 열 손가락을 꼽아도 모자랄 만큼 많으나 성공하여 살아 돌아온
사람은 그 중 한 사람이 될까말까 하다'고 밝히고 있는 것처럼 인도여행은
험난하고 사생을 알 수 없는, 그야말로 목숨을 건 대장정이고 모험이었다.
왜 혜초가 이처럼 생사를 기약할 수 없는 인도여행을 감행했는지 그
동기에 대해서는 정확히 알 수가 없다. 다만 여행길에 올랐을 때의 그의
나이가 어렸다는 점, 그리고 법현이나 현장처럼 取經의 목적도 아니고,
혜생과 송운처럼 임금의 칙명을 받드는 입장도 아니며, 의정처럼 인도에
서 행해지던 불교의식 등 佛法의 유통상태를 살피러 간 것도 아니라는

까지 거의 10년에 걸쳐 주석을 붙여 완성한 책인 『水經注』는 대부분의 내용이 기존
의 문헌을 참고하여 상상력을 보태 이루어진 것이지만 상당 부분은 실지답사에 의
해 관찰된 결과를 토대로 하고 있어 기행문학적 속성이 인정되기는 하지만 이를
'기행문학'으로 규정할 수는 없다.

점을 감안하면 혜초의 여행이 한 사람의 경륜있는 승려로서 입지를 다진 상황에서 행한 여행이 아님을 알 수 있다. 오히려 한 사람 몫의 승려로 거듭나기 위한 수행의 과정이자 몸과 마음의 고통을 통한 재생의 계기를 마련하기 위한 여행이었다고 해야 할 것이다. 그리고 여기에 스승의 권유와 선배 渡竺僧들의 고무적 행적이 자극제가 되었을 것으로 추정해 볼 수 있다.

3.1. 神聖空間으로서의 '天竺'

4년간의 인도 여행이 혜초에게 어떤 의미가 있는 것이었는가를 이해하기 위해서는 먼저 인도라는 나라를 혜초가 어떻게 인식하고 있는가를 살피는 일이 필요하다.

法顯, 惠生·宋雲, 義淨, 玄奘 등 혜초 이전에 인도로 구법 여행을 다녀온 뒤 여행기록을 남긴 승려들의 예를 보면 인도에 대한 호칭이 매우 다양하다는 것을 발견하게 된다. 법현의 경우 '天竺'으로 일관하며 '印度'라는 말은 사용하지 않고 있고, 渡竺 여행기는 아니지만 6세기 저술인 『水經注』에는 '天竺'이라는 말이 사용되었다. 그리고, 혜생·송운의 경우는 西域·天竺이라는 말을 사용하고 있으며, 비슷한 시기 즉 7세기에 인도 여행을 한 현장과 의정[14]은 천축과 인도라는 호칭을 병용하고 있다. 이로 볼 때 7세기 중엽 이후에는 이미 인도라는 말이 보편적으로 사용되고 있었음을 알 수 있다. 그런데도 한 세기 뒤의 혜초는 '인도'라는 용어는 단 1회도 사용하지 않고 굳이 '천축'이라는 말을 일관되게 고집한 이유가 무엇일까 의문이 든다. 혜초가 인도라는 나라 및 인도 여행을 어떻게 생각하고 있었는지 알 수 있는 직접적 언급이 없으므로 인도와 천축이라는 말을 어떤 의도하에 구분지어 사용한 義淨의 경우를 단서로 하여 미루어 짐작

---

14) 현장은 629년에서 645년까지, 의정은 671년부터 695년까지 인도 여행을 하였다.

하는 수밖에 없다.

의정은 두 저술에서 모두 인도와 천축이라는 말을 혼용하되『남해기귀
내법전』의 경우는 주로 '천축'이라는 말을 쓰고 인도라는 말의 사용횟수
는 수회에 불과하며『대당서역구법고승전』의 경우는 이와 반대로 천축이
라는 말의 횟수는 몇 번 되지 않고 대부분 '인도'라는 호칭을 사용한다.
두 저술의 성격을 검토해 보면,『남해기귀내법전』은 당시 인도에서 행해
지고 있던 佛敎儀式 및 승려들의 생활에 관련된 제반 법식 등을 조목별로
기록한 것이고『대당서역구법고승전』은 의정이 인도 여행을 하면서 만난
승려라든가 전해 들은 渡竺僧들의 행적을 기록한 것이다. 전자의 경우 인
도라는 나라는 성스러운 佛法이 일어난 곳, 불타가 가르침을 편 곳으로서
의 의미를 지니고, 후자의 경우 인도는 도축승들이 활동을 한 장소로 초점
은 거룩한 도축승들의 행적에 맞춰져 있다.

이로 볼 때 의정은 지정학적 관점에서 한 나라 이름을 가리킬 때는 '인
도'라는 말을, 그리고 佛陀의 교화가 행해졌거나 그 교화를 직접 입은 장
소, 佛跡이 남아 있는 장소 즉 신성한 장소로서 그 곳을 가리킬 때는 '천
축'이라는 말을 사용한 것으로 보인다. 혜초 또한 이같은 인식이 있었고
이에 인도를 '神聖空間'으로 이해하여 '천축'이라는 말을 일관되게 사용하
지 않았나 추측해 볼 수 있다.

그런데 혜초의 글에서는 천축이라는 신성공간과 구분되는 개념으로
'胡'이라는 공간이 제시되어 있어 주목을 요한다. 중국에서 '胡'는 중화사
상에 근거하여 춘추전국시대부터 異民族에 대한 卑稱으로 사용하던 말
로, 六朝 이전에는 인도를 포함한 서역 전체를 '胡'로 보았는데, 隨 나라
沙門인 彦宗이「辯正論」을 발표해 이같은 입장을 통박하여 隨代 이후에
는 '호'에서 인도가 배제되었다.[15]

---

15) 정수일, 앞의 책, 260~261쪽.

　현장은 『大唐西域記』 卷二에서 '인도는 東·西·南·北·中의 五印度
와 주변 70여 나라로 되어 있다'고 했는데 여기서 70여 나라는 현장의 용
어로 하면 '서역'이고 혜초의 말로 하면 '胡'이다. 『왕오천축국전』에 소개
된 나라는 '오천축'으로 통칭되는 인도뿐만 아니라 주변 중앙아시아 각 나
라 '胡國'까지를 포함하는데 혜초는 천축과 호를 어떤 관점에서 구분하고
있을까 하는 점이 의문으로 제기된다. 『왕오천축국전』을 면밀히 읽어 보
면 호국의 야만적인 풍속에 대한 언급[16]이 없는 것은 아니지만, '호'에 대
한 전래의 중화주의적 시각은 찾아볼 수 없다. 혜초의 관심은 어떤 민족
혹은 나라가 문명국이냐 야만국이냐에 있는 것이 아니라 佛法을 아는지
현재 불법이 시행되는지의 여부에 있었던 것이다. 혜초가 '호'로 인식하는
여러 나라들에서도 불타의 가르침이 전해지고 있기 때문에 그의 관점에
서 보면 야만국이 아닌 것이다.

　우리는 여기서 불법이 일어난 곳, 불타의 교화를 직접 입은 곳, 불타의
자취가 남아 있는 곳에 대해서는 신성공간으로 인식하여 '천축'이라는 말
을 사용하고, 직접 교화를 입은 곳은 아니지만 현재 불법이 행해지는 여러
나라에 대해서는 '호'라는 말로 지칭한다는 것을 발견할 수 있다. 말하자
면 혜초에게 있어 『왕오천축국전』에 기술된 여러 호국들은 準神聖空間
에 해당하는 셈이다. 혜초의 이같은 공간인식은 글쓰기에도 반영이 되어
있다.

3.2. 神聖空間과 無時間性

　기행문은 여행지에서 견문한 것을 기록한 것이므로 경험한 바를 오래
기억하기 위해 날짜나 시간을 표기하는 경우가 많고, 실제 일본승 엔닌(圓

---

16) 혜초는 어머니나 자매를 아내로 삼기까지 하는, 胡國의 난잡한 결혼풍속을 '極惡風
　俗'이라 묘사하고 있다. 정수일, 앞의 책, 373쪽.

仁, 794~864)의 『入唐求法巡禮行記』[17]를 보면 날짜를 꼬박꼬박 명기하고 있어 '여행일기'의 성격을 띤다. 그런데, 『왕오천축국전』에는 날짜가 나타난 곳이 「安西」에 대해 기술하는 첫머리에 "開元十五年十一月上旬至安西"라 하여 한 군데뿐이다. 날짜뿐만 아니라 시간을 나타내는 징표 예컨대 '어제' '내일' '오늘' '조금 전' '나중에' 등과 같은 부사 또한 거의 사용되지 않는다는 점은, 원래 한문이 시제표현이 뚜렷하지 않은 언어라는 사실을 감안한다 해도 그저 우연으로 돌릴 수 없는 문제라고 생각한다. 겉으로 드러난 언어적 징표뿐만 아니라 앞뒤 문맥상으로 보아도 과거나 현재 어느 하나로 확정할 수 없는 문장들로 구성되어 있는 것이다.

『왕오천축국전』의 산문서술은 각 나라마다 크게 세 부분으로 나뉘는데, 한 장소에서 다른 곳으로의 이동에 대해 서술하는 부분(a), 지세·풍속·왕의 재산·언어·음식·의복·기후·정치상황·물산 등 그 나라에 대한 각종 정보를 서술한 부분(b), 그리고 佛跡地의 현재 상태 및 佛法의 시행 여부를 언급하는 부분(c)이다. 그 전형적인 예를 들어 보기로 한다.

(a) 又從南天北行兩月 至西天國王住城 (다시 남천축국에서 북쪽으로 두 달을 가면 서천축국 왕의 거성에 이른다.)

(b) 此西天王亦六百頭象 (이 서천축국 왕도 오륙백 마리의 코끼리를 가지고 있다.)

(C) 足寺足僧 大小乘俱行 (절도 많고 승려도 많으며 대승과 소승이 함께 행해지고 있다.)[18]

(a)는 일반적인 사실을 말하는 것으로 보느냐 아니면 특정 주체의 행위를 나타내는 것으로 보느냐에 따라 '至'를 위처럼 '~에 이른다'로 번역할 수도 있고 '다시 남천축국에서 북쪽으로 두 달을 가서 서천축국 왕의 거성

---

17) 圓仁, 『入唐求法巡禮行記』(김문경 역주, 중심, 2001).
18) 정수일, 앞의 책, 209~210쪽.

에 이르렀다'로 번역할 수도 있다. (b)와 (c)도 '가지고 있다'와 '가지고 있었다' '행해지고 있다'와 '행해지고 있었다' 두 가지의 번역이 가능하다. 그러나 (b)를 위시하여 그 뒤에 이어지는 서술들이 모두 그 나라에 대한 객관적 사실의 보고 및 설명의 성격을 지닌다는 점으로 미루어 이 문장들은 과거나 현재로 구획할 수 없는 무시간적 서술로 보아야 한다. 이 점은 비단 「西天竺國」에만 해당되는 것이 아니라 『왕오천축국전』 전체 서술에서 일관되게 발견할 수 있는 내용이다.

이 두 가지 번역의 차이는 단지 현재시제냐 과거시제냐 하는 문법적인 것에 국한되지 않는다. 현재형 번역은 시제상으로는 현재지만 꼭 현재의 사실을 말하는 것이 아니라 과거로부터 지속되어온 내용, 그리고 어느 정도는 가까운 미래까지도 지속될 내용까지도 포함한다. 반면 과거형 번역은 여행 경험을 기술하는 時點을 기준으로 그 내용이 달라질 수도 있는 가능성을 시사한다. 즉, 혜초가 여행기를 쓸 무렵에는 길이 새로 났다거나 막혀서 혹은 여행자의 행보나 여정에 따라 남천축에서 서천축까지 두 달이 덜 걸릴 수도 더 걸릴 수도 있는 변화가 생겼을 가능성까지 포함하는 것이다. 즉, 현재형 문장은 어떤 사실에 대한 '일반적 서술'의 성격을 띠고 과거형이나 미래형 문장은 어느 한 時點의 행위에 대한 '특정적 서술'의 성격을 띠는 경향이 있다. (a)(b)(c)뿐만 아니라 『왕오천축국전』의 문장은 거의 대부분이 위와 같은 형태이다. 번역상으로는 과거나 현재 모두 가능하지만, 글의 성격 및 앞뒤 문맥 등을 감안할 때 어느 특정 순간의 상황을 말하는 것이 아닌, 일반적 사실을 말하는 지속적 현재로 보는 것이 타당하다.

여타 渡竺僧들의 기록도 이와 대동소이하기는 하지만, 서술방식에 있어 『왕오천축국전』에 가장 근접한 법현의 『불국기』조차 군데군데 서술자의 현재의 감회를 나타내거나 과거 기억의 반추와 같은 분명한 과거의 사실을 서술한 부분이 눈에 띠는 것에 비하면 『왕오천축국전』은 철저하다고 할 만큼 무시간적 서술로 일관해 있다.

이같은 不定時制는 과거·현재·미래의 어느 시간에도 명확하게 귀속시킬 수 없는 성질을 띠므로 이를 '무시간적 표현'이라 할 수 있다.[19] 이같은 무시간적 표현은 영속하는 순간 또는 지속적 현재라고 할 수 있으며 시간의 영원성에 기여하는 표현이라 할 수 있다. 시간의 표지를 없게 함으로써 한정된 시간보다 더 긴 시간의 효과를 지니게 되는 것이다.[20] 즉, 서술내용에 대한 계속성·지속성·영속성을 확보하는 한 방법이 된다.

『왕오천축국전』에서 보이는 시간적 징표의 부재는 서술된 내용을 과거·현재·미래로 한정하지 않음으로써 어느 정지된 순간을 영속화하는 구실을 한다. 또한 시간의 흐름 속에 존재하는 서술 대상에 대한 주체의 개입을 최소화하여 서술 내용이 주관의 투사가 아닌 객관적 사실로 보이게 하는 효과를 갖는다. 신성공간인 천축에 영속성과 불변성, 영원성을 부여하는 효과를 갖는, 말하자면 천축이라는 신성공간에 상응하는 서술이 되는 셈이다.

3.3. 자아정체성 확립을 위한 내면여행

이같은 신성공간으로의 여행은 불타의 가르침을 좇는 승려들에게 특별한 의미를 지니지 않을 수 없다. 육체적 고통과 정신의 시련, 그리고 그것의 극복을 통해 내면세계를 심화하게 되는 것이다. 이같은 '死-再生'의 체험은 求道僧 특히 혜초와 같이 아직 한 사람의 승려로서 입지를 굳히기 전의 승려들에게 자아정체성 확립의 한 계기가 된다.

법현이 62세, 현장 33세, 의정이 37세에 인도 여행길에 오른 것과 비교해 볼 때, 弱冠 20세의 나이에 구도의 길에 올라 다른 도축승에 비해 훨씬

---

19) 김대행, 『시조유형론』(이화여자대학교 출판부, 1986·1988), 131~132쪽.
20) 김대행, 위의 책, 135쪽.

짧은 4년 동안 인도를 여행한 혜초가 이들과는 다른 동기, 다른 입장에 있었을 것은 말할 나위가 없다. 경전을 구하거나 인도의 당시 불법 유통 상황을 살펴 왕에게 보고한다고 하는 것은 어느 정도 경륜이 있는 승려에게나 주어질 수 있는 사명이다. 혜초에게 죽음과도 같은 인도 여행은 佛跡地를 순례하고 신성공간에 직접 참예함으로써 한 사람의 승려로 자리매김하기 위한 일종의 통과의례의 의미를 지닌다. 이런 점에서 혜초의 인도 여행은 지리적으로 멀리 떨어진 곳으로의 외면적인 여행인 동시에 자기 내면으로의 여행이라 해도 될 것이다.

순례여행이 산수유람이나 용무상의 여행과 다른 점은, 일반적인 여행이 여행 주체의 삶의 중심인 '집'을 떠나 변두리인 '異域'에 갔다 오는 것임에 비해, 순례여행은 정신적 세계의 중심 즉 聖地를 향해 육체적 삶의 중심인 '집'을 떠난다는 것이다. 다시 말해 일반적 여행의 경우 여행지인 '그 곳'은 삶의 중심인 '이 곳'을 기준으로 하여 '변두리' 혹은 '異域'의 성격을 지니지만, 순례 여행의 경우 '그 곳'은 육체적 삶의 변두리이지만 정신적 삶의 중심이고, '이 곳'은 육체적 삶의 중심이지만 정신적 삶의 변두리인 것이다. 육체적 삶의 중심인 '이 곳' 즉 중국[21]을 변두리로 인식하는 태도는 법현의 다음 문구에서도 확인할 수 있다.

법현과 도정은 처음으로 기원정사에 이르러 옛날 세존께서 이 곳에 25년간 머무르셨던 것을 생각하고 자신은 邊地에서 태어나 여러 동지들과 함께 여러 나라를 遊歷하는 동안 혹은 되돌아간 사람도 있고 혹은 세상을 떠난 사람이 있음을 가슴아파 했다.[22]

---

21) 혜초의 경우 16세에 신라를 떠나 평생 중국에서 살다 세상을 떠났으며 다시 신라로 돌아오지 않았다. 그러므로 승려로서의 그에게 현실적 삶의 터전은 신라가 아니라 중국이라 할 수 있다.

22) "法顯道整初到祇園精舍 念昔世尊住此二十五年 自生在邊地 共諸同志遊歷諸國 而或有還者 或有無常者."(『大正新修大藏經』 第51卷, 860쪽); 『高僧傳‧高僧法顯傳‧

(도정은) 중국 변지에서는 승려들의 계율이 훼손되어 있음을 탄식하여 서원해 말하였다. "지금부터는 부처가 될 때까지 변지에 태어나지 않기를 원하나이다."[23]

두 번째 예에서 '중국 변지'는 '중국의 변두리 지역'이라는 뜻이 아니라 '중국=변지' 즉 '중국이라는 변두리 지역'의 의미이다. 법현은 중국을 보통 '漢'—漢地, 漢僧, 漢使, 漢國—이라고 지칭하였지만 군데군데 '변지'로 나타내기도 하여, 東夏·東川·神州로 호칭한 의정과 대조를 보인다. 혜초는 법현의 용법을 따라 중국을 '漢'으로 지칭하고 있다. 『왕오천축국전』에 중국을 '邊地'로 나타낸 예는 발견되지 않지만 혜초가 『왕오천축국전』의 기술에 있어 전체적으로 법현의 서술방식을 따른 점을 감안한다면, 중국을 변지로 인식하는 법현의 관점이 혜초에게도 이어졌을 가능성이 크다. 그들에게 천축은 육체적 삶의 근거지를 기준으로 할 때 지리적으로는 異域이요 변두리이지만, 신앙과 정신세계에 있어서는 '중심'이었던 것이다. 이런 곳으로의 목숨을 건 여행은 자신의 정신적 세계의 중심을 찾는 일, 자기 내면의 중심축을 세우는 일이요, 나아가서는 자기 정체성을 확립하는 수행의 과정이었던 것이다.

신앙인에게 聖地는 세계의 중심으로 인식된다. 이 중심에 도달하는 일은 매우 어려운 일이며 그것은 험난한 행로를 거친 후에야 겨우 얻을 수 있는 이상적인 목표로 간주된다. 그래서 중심에 도달하는 것은 통과의례를 성취하는 의미를 지니는 것이다.[24] 그러기에 혜초도 불타의 成道地인 마하보리寺를 친견한 감격을 다음과 같이 표현했던 것이다.

南海寄歸內法傳』(한글대장경 248, 東國大學校附設 東國譯經院, 1998), 513쪽.

23) "(道整)歎秦土邊地衆僧戒律殘缺 誓言自今已去至得佛願不生邊地."(『大正新修大藏經』第51卷, 864쪽); 『한글대장경』 248, 535쪽.

24) M.엘리아데, 『종교형태론』(이은봉 역, 한길사, 1996), 489쪽.; C. Norberg-Schulz, 『實存·空間·建築』(김광현 역, 泰林文化社, 1991).

不慮菩提遠	보리수가 멀다고 걱정하지 않는데
焉將鹿苑遙	어찌 녹야원이 멀다 하리오
只愁懸路險	가파른 길 험난한 것만 근심할 뿐
非意業風飄	業緣의 바람 몰아쳐도 개의치 않네
八塔誠難見	여덟 탑을 친견하기는 실로 어려운데
參差經劫燒	오랜 세월을 겪어 어지러이 타버렸으니
何其人願滿	어찌 뵈려는 소원 이루어지겠는가
目睹在今朝	바로 오늘 아침 내 눈으로 보았노라

불교신자에게 절은 성스러운 공간인데, 그것도 불타가 성도한 곳에 세워진 것이라면 그 절은 聖地 중에서도 성지이자 세계의 중심으로 인식되었을 것은 말할 나위가 없다. 그 중심에 참예했을 때의 혜초의 감격은 이루 말로 형용하기 어려운 것이었음에 틀림없다. 성스러운 공간은 항상 하나 또는 그 이상의 성스러운 장소, 즉 공통적인 우주적 이미지가 表象되는 '焦點群'에 집중되는데[25] 위 시에 언급된 '八塔'[26]이 바로 이에 해당한다. 따라서 이 성스러운 중심에 도달하는 것을 가리키는 '순례'라는 행위는, 인간 실존에 관한 위대한 상징 중의 하나로 간주되는 것이다.[27]

이 성스러운 공간은 속세와 분리되고 보통 양자 사이에는 바다나 강, 거대한 산 등이 가로놓여 양자 사이의 경계 또는 속세에서 신성공간으로 연결되는 통로로 작용한다. 그 통로를 통과하기 위해서는 심신의 큰 고통과 난관을 극복해야 한다. 혜초를 비롯한 도축승들이 겪었던 고난은 마치 죽음과도 같은 것으로 신성공간에 이르기 위한 필수 전제였던 것이다. 신

---

25) C. Norberg-Schulz, 위의 책, 76쪽.
26) 여기서 八塔은 보통 불교의 4대 성지―탄생지, 성도지, 초전법륜처, 열반처―에 세워진 네 개의 靈塔과 카필라바스투의 佛降生塔, 바이샬리의 現不思議處塔, 데바바타라성의 從天降下 三道寶階塔, 슈라바스티 給孤獨園의 塔 등 네 개를 합친 것을 가리킨다. 정수일, 앞의 책, 157쪽.
27) C. Norberg-Schulz, 앞의 책, 76쪽.

성공간에 도달하여 신성성의 일부를 몸에 받아들이는 것은 구태를 벗고 새로운 삶으로 다시 태어나는 것을 의미한다. 도축승들이 겪었던 '고난-죽음-재생'의 경험은 그 자체로 이미 통과의례적 성격을 지닌다. 여기에 상대적으로 어린 나이에 이런 체험을 한 혜초의 경우는 그 통과의례의 의미가 승려로서의 '자기 정체성'(self identity) 형성과 직결되는 것이라는 점에 주목해야 한다.

중국으로 돌아온 후의 혜초의 행적을 보면 인도 여행이 그를 한 사람의 영향력있는 승려로서의 정체성을 확립하는 데 통과의례의 구실을 했음이 확연하게 드러난다. 密敎僧 不空으로부터 6대 제자 중 하나로 인정을 받았고, 스승인 불공이 입적한 후 그가 세웠던 사원을 존속시켜줄 것을 황제에게 청원하는 表文을 썼으며, 代宗 때 가뭄이 심하게 들었을 때 비를 기원하는 「賀玉女潭祈雨表」를 지어 올리기도 했다. 외국의 승려로서 한 집단을 대표하는 글을 임금에게 올릴 수 있다는 것은 그가 승려로서 영향력있는 위치에 있었음을 말해 준다. 그런가 하면, 스승 금강지와 밀교 경전인 『대교왕경』을 연구하기도 했고 밀교경전 漢譯에서도 일가를 이루었다.[28] 이로 볼 때 혜초는 이국땅인 중국에서 밀교의 유력한 승려로 입지를 확고히 하였음을 충분히 짐작할 수 있다.

4. 『왕오천축국전』의 서술방식

4.1. '시삽입형' 혼합담론으로서의 『왕오천축국전』

동아시아 고전 텍스트들 가운데는 시와 산문이 혼합되어 이루어진 '산운 혼합담론'의 예를 쉽게 발견할 수 있는데 기행문도 그 대표적인 예 중

---

28) 정수일, 앞의 책, 해설.

하나이다. 이 혼합담론은 서부가형, 열전형, 시삽입형, 시화형, 주석형, 복합형 등 여섯 유형으로 나눌 수 있는데 산운 혼합서술로 된 기행문의 경우는 '시삽입형'에 속한다. '시삽입형'은 산문과 운문 중 산문이 主가 되며 산문이 전체 텍스트의 성격을 결정하는 이른바 산주운종의 형태이다. 기행문은 산문부가 서사체가 아니므로 비서사체 시삽입형으로 분류할 수 있다. 이 유형에서 시의 위치는 고정적이지 않고 중간중간에 삽입되어 있으며, 산문과 운문은 내용상 부분적으로 겹쳐지는 경우도 있으나 대개는 중복되지 않는다. 이 점에서 『왕오천축국전』은 후대 朝天錄·燕行錄과 같은 使行錄 성격의 기행문에서 보이는 혼합서술 형태의 祖型이 된다고 할 수 있다.

서사체에 속하는 '시삽입형' 혼합담론에서 시와 산문은 유기적 관계를 맺으며 서사를 전개해 가는데, 기행문에서 兩者는 오히려 따로따로 별도의 구실을 하면서 二元化되는 양상을 보인다.[29] 즉, 산문은 철저하게 객관적 서술로 일관하고 있고, 시는 주체의 주관적 정서를 유감없이 표출하고 있다. 사실에 의거하여 기록하고 서술의 객관성을 유지하고자 하는 것은 혜초 이전의 모든 순례 기행문에서도 공통적으로 발견되는 특성인데, 시가 있음으로 해서 『왕오천축국전』은 보고서나 지리서의 성격을 넘어 문학성을 띠게 된다. 여기서 한 가지 지적할 점은 앞에서 언급했듯 『왕오천축국전』 산문서술의 경우 그 이전의 순례 기행문 중에서도 법현의 『불국기』를 본보기로 하였고, 산문에 시를 삽입하는 서술방식은 의정의 텍스트를 거울삼았다는 점이다.

---

29) 이진오는 이에 대하여 산문과 시는 '객관:주관' '사실:정서'의 대립구조를 지니며 서로간에 대립과 긴장을 유발한다고 하면서, 객관적인 관찰과 주관적인 정서가 합쳐져 여행기로서의 성격을 온전하게 드러낸다고 하였다. 이진오, 「往五天竺國傳의 글쓰기 방식과 저술 의도」, 『한국 불교문학의 연구』(민족사, 1997).

4.2. 산문서술의 성격

『왕오천축국전』의 산문서술을 특징짓는 가장 뚜렷한 요소는 철저하게 주관을 배제한 객관적 서술이라는 점이다.『왕오천축국전』의 산문서술이 객관성을 확보하는 데는 다음 몇 가지 방법이 활용된다. 첫째,『불국기』『송운행기』『남해기귀내법전』『대당서역구법고승전』과 같은 여타 순례 기행문에서는 공통적으로 작자—서술 주체 혹은 여행자—를 '나'라는 1인칭으로 나타내지 않고 자신의 이름을 제시하여 3인칭 서술로 기록하는데 이는 서술내용을 객관화하는 효과적인 방법이 된다. 그런데『왕오천축국전』에서는 자신의 이름조차 제시하지 않은 채 서술 주체 혹은 여행자의 흔적을 전혀 텍스트 문면에 드러내지 않고 있는 것이다. 이처럼 서술자의 존재를 깨끗하게 지워버림으로써 독자 앞에는 단지 보고나 설명같은 사실만이 제시되는 것이다.

둘째, 서술 주체가 捨象되어 있다는 것은 그 주체에 서술의 초점이 놓여 있지 않다는 것을 의미하고 이는 곧 서술 주체의 행위에 관한 서술이 부재함을 말한다. 구체적으로『왕오천축국전』의 산문서술에는 서술 주체의 행위나 동작을 나타내는 동사가 거의 사용되어 있지 않은 것을 발견할 수 있다. 산문서술 중 주체의 행위에 관계된 동사로 볼 수 있는 (a)의 '至' 경우도 특정 주체의 동작을 나타내기보다는 일반적인 사실을 서술한 것으로 보아야 한다.『송운행기』에서 장소 이동을 나타내는 문구에 '入·登·乘' 등과 같이 서술 주체의 동작에 초점을 맞춘 동사가 많이 쓰이는 것과는 대조를 이룬다. 傳聞한 내용을 기술할 때도 주체에 초점을 맞춰 '聞'이라는 동사를 쓰기보다는 "大德說"[30]이라 하여 제 3자에 초점을 맞춰 서술하는 양상을 보인다. 의정의 경우 "又見" "初至" "義淨問曰" "歎曰" "曾聞" "親睹" 등 서술 주체의 동작을 나타내는 동사를 많이 사용하

---

30)『왕오천축국전』「신두고라국」 부분. 정수일, 앞의 책, 230~231쪽.

는 것과 비교해 볼 때, 혜초의 동사 사용의 제한은 일반 기행문은 물론 여타 순례 기행문과도 차별화되는 부분이라 할 수 있다.

서술 주체의 부재는 3.2에서 언급한 무시간적 표현과 밀접한 관련을 지닌다. 무시간적 표현과 정반대가 되는 것은 '일기'인데, 여행일기의 성격을 띠는 엔닌의 『入唐求法巡禮行記』開成四年[31] 四月十九日條를 예로 들어 보기로 한다.

> 19일 날이 밝자 하늘이 맑고 북풍이 불었다. 닻을 올려 남쪽으로 나아갔으나 未時가 되자 바람이 그치기에 노를 저어 서남쪽으로 나아갔다. 申時소촌포에 이르러 닻을 내려 배를 묶고 머물렀다. 陶村의 서남쪽에 해당한다. 海灣으로 들어가려 했으나 역조가 세차게 흘러 나아갈 수가 없었다.[32]

위의 인용문을 보면 연월일의 날짜뿐만 아니라 새벽-未時-申時-밤으로 진행되는 시간의 흐름까지 분명히 드러나 있고, 따라서 '노를 저어 서남쪽으로 나아감-소촌포에 이름-닻을 내림-배를 묶음-그 곳에서 정박함'과 같은, 시간의 변화에 따른 여행자의 움직임도 서술되지 않을 수가 없게 된다. 그래서 결국 변화에 초점을 맞춘 동적 세계가 그려지게 되는 것이다. 그러므로 자연히 텍스트내 서술자의 존재가 부각되고 그에 따라 주관성 가미되기에 이르는 것이다. 말하자면 일기는 시간성을 강조함으로써 주체의 움직임이 묘사되고 결과적으로 주관성이 가미되는 대표적 사례라 할 수 있다.

그러므로 이와 반대의 성격을 띠는 무시간적 표현은 서술 주체를 부각시키지 않는 것 그리고 서술을 객관화하는 것과 밀접한 관계를 지닌다. 이같은 서술방식은 신성한 佛法 및 佛跡에 관계된 것에 자신의 주관을

---

31) '開成'은 836~840 사이의 唐의 연호이다. 그러므로 개성 4년은 839년을 가리킨다.
32) "十九日平明 天晴北風吹 擧矴南出 未時風止 搖櫓指西南行 申時到邵村浦 下矴繫住 當於陶村之西南 擬入於澳 逆潮遄流不能進行." 圓仁, 『入唐求法巡禮行記』(김문경 역주, 중심, 2001), 159쪽.

개입시켜 신성성을 왜곡·굴절시키지 않으려는 의도, 그리고 객관적 사실만을 기록함으로써 신성공간이 지닌 영속성을 최대화하려는 의도가 반영된 결과라 생각한다.

4.3. 삽입시의 성격

앞서 혜초 기행문은 전체적으로 법현의 『불국기』의 체제나 서술방식을 따르고 있지만, 시와 산문을 섞어 텍스트를 구성하는 방식은 義淨의 기행문들로부터 영향을 받은 것임을 지적하였다. 이제 시삽입형 혼합담론으로서 『왕오천축국전』을 규명함에 있어, 의정의 기행문 특히 『대당서역구법고승전』과의 비교를 통해 그 성격이 더욱 선명히 부각될 것으로 생각된다.

『대당서역구법고승전』은 기행문학의 성격과 고승전[33]의 성격을 동시에 지닌 텍스트인데 기행문학적 성격과 관련된 시, 다시 말해 의정이 인도 여행을 하면서 자신의 감회나 客愁를 표현한 시는 총 5수이다. 한 편은 7언절구, 두 편은 5언절구, 그리고 두 편이 雜言詩이다.

『왕오천축국전』의 시들과 긴밀한 관계를 갖는 것은 바로 이 5수의 시들인데, 이 시들의 주제와 내용을 검토해 보면 혜초 시와 매우 비슷한 양상을 띤다는 것을 발견할 수 있다. 논의의 편의를 위해 혜초의 시 5수와 의정의 시 5수를 각각 A와 B로 나타내 그 대강의 내용을 비교해 보기로 한다.

---

33) 渡쓰僧들의 전기와 관련된 시는 그들의 죽음을 슬퍼하는 哀詞나 행적에 대한 讚의 성격을 띠는 것이 대부분이며 이 또한 그들의 숭고한 행적을 기리는 의미에서 '傷曰' '重曰' '歎曰' 등으로 시작되는 시를 해당 승려 기록 맨 끝에 붙인다. 이 또한 모든 승려의 전기마다 붙이는 것은 아니고, 특별히 중요하거나 의정 자신이 존경하는 사람의 경우에 그 행장 뒤에 붙인다. '傷曰'로 시작되는 시가 4수, '重曰' '歎曰'로 시작되는 것이 각각 1수, 讚이 7수이며 현규율사 조목의 경우 현규율사가 지은 시 5언율시 한 편이 있어 傳記文學의 성격을 띠는 서술에 삽입된 시는 총 14수이다.

(A) 慧超의 시

제1수: 불타의 成道地인 마하보리寺를 친견한 뒤의 벅찬 감동과 신심을 표현

제2수: 인도 여행의 최남단인 남천축길에서 향수를 표현

제3수: 북천축에서 어느 중국 승려의 입적 소식을 전해 듣고 상심을 표현

제4수: 서역으로 들어오는 중국 사신을 만나, 중국으로 돌아가는 자신의 험
　　　 난한 여정을 생각하고 하염없는 슬픔을 표현

제5수: 파미르 고원을 넘기 전 마지막 힘든 여정을 앞두고 불안한 심정을 표현

(B) 義淨의 시

제1수: 도희법사의 죽음에 접하여 그의 불행을 슬퍼하며 지음

제2수: 인도 여행을 앞두고 미지의 세계에 대한 불안과 시름을 표현[34]

제3수: 그 시름을 풀고 다시 앞으로 갈 길에 대한 굳센 의지를 다지는 내용

제4수: 귀국을 앞두고 영취산에 올라 자신이 둘러본 佛跡들을 회상하며 무한
　　　 한 신심을 표현

제5수: 귀국을 앞두고 어느새 늙어 버린 자신을 발견하고 인도에서 보낸 세
　　　 월을 회상하며 客愁를 노래한 것

　이 중 의정의 시 제2수와 제3수에 대해서는 약간의 부연설명이 필요하
다. 의정은 '중국에서의 옛 벗은 모두 뿔뿔이 흩어지고 인도에서 새롭게
알게 될 벗은 아직 만나지 못한 이 때 발길이 머뭇거려 근심이 앞선다.
실없이 四愁에 비겨 절구 두 수를 짓는다. 五言이다'[35]라는 말 뒤에 시
두 수를 기록하고 있는데 문제는 여기서 '四愁'가 무엇을 가리키는가 하는

---

34) 그는 672년 중국 광동에서 배를 타고 항해하여 1개월 뒤 지금의 자바(혹은 수마트
　　라 지방의 팔렘방으로 보는 경우도 있다)로 비정되는 슈리비자(室利佛逝)에 도착하
　　여 말라유국(수마트라 북부 말라카 해협일대)을 거쳐 갈다국(말라카 서해안 지역)
　　으로 들어가 몇 개월 체류한 뒤 다시 裸人國으로 항해한 뒤 인도 갠지스 강 하구의
　　항구인 탐마립저港에 이르른 것은 다음 해인 673년이었다. 의정은 여기서 약 1년간
　　머물면서 범어를 익힌 뒤 본격적인 불적지 순례를 했다. 그러므로 이 시는 중국으로
　　부터 인도로 가는 중간 지점에서 쓰여진 것으로 보인다.

35) "神州故友索爾分飛　印度新知冥焉未會　此時踟躕難以爲懷　戲擬四愁聊題兩絶而已
　　五言."

점이다. 譯者에 따라 이를 인생의 네 가지 근심—여행에서의 시름, 헤어지는 슬픔, 일찍 죽는 시름, 흰 머리가 되는 시름—으로 보기도 하고36) 또는 四行詩로 번역하기도 하나37) 필자는 漢代 張衡(78~139)의 '四愁詩'를 가리키는 것으로 본다.

'四愁詩'는 『문선』 29권 '雜詩' 항목에 실려 있는데 그 序를 보면 '당시 천하가 점차 질서가 무너지고 뜻을 얻지 못해 우울해져서 네 가지 근심의 시를 짓는다'고 하였다. '사수시'는 굴원의 離騷를 본받아 군주를 미인에, 仁義를 보물에 의탁하여 보물을 군주에게 드리고 싶으나 받아들이지 않는 데서 오는 근심을 노래한 것인데 동일한 내용을 東·西·南·北의 네 방향을 설정하여 표현하고 있다. 이로 볼 때 장형이 말하는 '四愁詩'는 '근심을 노래한 네 수의 시'라는 뜻으로 여기서 '四'는 '근심의 종류'를 말하는 것이 아니라 '詩篇의 수'를 말하는 것으로 보아야 한다. 장형의 '사수시'가 후대 시인들에게 '근심을 읊은 시'의 한 모델이 되었다는 점을 감안할 때, 의정이 '사수시'를 모방하여 시를 지었다고 한 것은 근심의 구체적인 내용보다는 '근심'이라는 일반적인 정서를 수용하여 험난한 여정을 앞둔 자신의 마음을 읊은 것으로 보아야 할 것이다.

이렇게 본다면 혜초의 작품 (A-4)(A-5)와 의정의 작품 (B-2)간에는 작시 동기나 주된 정서, 내용 등 여러 면에서 유사성이 감지된다. 이뿐만 아니라 (A-1)과 (B-4), (A-2)와 (B-5), (A-3)과 (B-1)간에도 유사성을 발견할 수 있다.

> (A-3) 故里燈無主   고향의 등불은 주인을 잃고
> 他方寶樹摧   타향에서 보물나무 꺾이었구나

---

36) 義淨 撰, 『大唐西域求法高僧傳』(현대불교신서26, 이용범 역, 東國大學校附設 東國譯經院, 1980), 91쪽.
37) 義淨 撰, 『大唐西域求法高僧傳』(伊藤丈 譯, 東京: 大東出版社, 1993), 54쪽.

神靈去何處　　혼령은 어디로 갔는가
玉貌已成灰　　옥같은 모습은 이미 재가 되었네
憶想哀情切　　생각하니 애통하구나
悲君願不隨　　그대 소원 못 이룬 것 애달프도다
孰知鄕國路　　누가 고향가는 길 알리오
空見白雲歸　　부질없이 흰 구름만 떠돌아가네

(B-1) 百苦亡勞獨進影　　온갖 고생 수고롭다 여기지 않고 홀로 머나먼 길
　　　　　　　　　　떠났도다
四恩存念契流通　　四恩을 마음 깊이 간직하고 널리 펼 것을 다짐하
　　　　　　　　　　였건만
如何未盡傳燈志　　어찌 傳燈의 뜻 못 이루고
溘然於此遇途窮　　갑자기 길이 막혀 버렸나

위 두 시는 인도 여행길에서 접한 중국 승려의 입적 소식에 애통한 마음을 금할 길 없어 읊은 것이다. 내용면에서는 대동소이하지만, 혜초의 경우 의정과는 달리 입적한 승려의 처지에 감정이입을 하고 있음이 눈에 띤다. 특히 7·8구를 보면 죽은 승려의 고향을 빌어 먼 타향에 와서 고국을 그리는 혜초 자신의 鄕愁를 표현한 것으로 생각된다.

(A-4) 君恨西藩遠　　그대는 서쪽 異域이 멀다고 한하지만
余嗟東路長　　나는 동쪽 길이 먼 것을 탄식하노라
道荒宏雪嶺　　길은 험하고 엄청난 눈은 산마루를 덮었는데
險澗賊途倡　　험준한 골짜기엔 도적떼도 많구나
鳥飛驚峭嶷　　새도 날다가 가파른 산에 놀라고
人去難偏梁　　사람은 기우뚱한 다리 건너기가 어렵네
平生不揾淚　　평생 눈물 흘린 적이 없지만
今日灑千行　　오늘은 하염없이 눈물 뿌린다

(A-5) 冷雪牽氷合　　차디찬 눈이 얼음을 끌어 모으고

寒風擘地裂　　찬바람은 땅을 가를 듯 매섭게 부네
巨海凍壔壇　　드넓은 바다는 얼어붙어 壇을 깔아놓은 듯
江河凌崖囓　　강물은 제멋대로 벼랑을 물어뜯네
龍門絶瀑布　　용문은 폭포수마저 얼어 끊기고
井口盤蛇結　　天井 나들목은 도사린 뱀처럼 얼었구나
伴火上陔歌　　불을 벗삼아 층층대 오르며 노래한다마는
焉能度播密　　어떻게 저 파미르 고원을 넘을 것인가

(B-2) 我行之數萬　　내가 가야할 길 수 만 리
　　　愁緒百重思　　수심의 실타래 겹겹이 쌓이고
　　　那敎六尺影　　여섯 자 이 몸으로
　　　獨步五天陲　　어찌 홀로 인도의 길을 갈 것인가

　(A-4)는 엄청나게 쌓인 눈더미, 험준한 산, 들끓는 도적떼 등 험난한
귀로의 여정을 생각하고 평생 흘린 적 없는 눈물을 하염없이 흘린다는 내
용은, 과장이 아니라 그 상황에서 절실한 심정을 토로한 것이라 생각된다.
이같은 심정은 (A-5)의 제8구에서 확연하게 드러난다. (B-2)는 여정은
다르지만 대장정의 험난한 길을 앞두고 근심과 불안에 휩싸인 마음을 표
현한 점에서 (A-4)와 다를 바가 없다. 의정은 마음 속 '愁心'을 표현한
대표적인 시인 '四愁詩'를 본보기로 삼아 이러한 심정을 노래했던 것이다.
이 시구들에서는 수도의 길을 가는 승려의 모습보다는 머나먼 객지에서
예측할 수 없는 여행길을 앞에 두고 불안과 긴장감을 느끼는 평범한 인간
의 모습을 볼 수 있다.
　이들 시들을 검토해 보면 겉으로 드러난 내용은 다르고 또 정도의 차이
는 있지만 그 근저에는 '客愁'의 정서가 자리하고 있음을 발견할 수 있다.
이같은 客愁의 주제는 (A-2)와 (B-5)에서 가장 선명하게 드러나 있다.

　(A-2) 月夜瞻鄕路　　달밝은 밤 고향길을 바라보니

浮雲颯颯歸　뜬 구름은 너울너울 돌아가네
緘書忝去便　그 편에 감히 편지 한 장 부쳐보지만
風急不聽廻　바람이 거세어 화답이 안 들리는구나
我國天岸北　내 나라는 하늘가 북쪽에 있고
他邦地角西　남의 나라는 땅끝 서쪽에 있네
日南無有雁　더운 지방이라 기러기도 없으니
誰爲向林飛　누가 소식 전하려 鷄林으로 날아가리

(B-5) 遊　　　　　　遊行
　　　 愁　　　　　　시름
　　　 赤縣遠　　　　赤縣[38]은 멀고
　　　 丹思抽　　　　간절한 마음 솟아나네
　　　 鷲嶺寒風駛　　영취산에는 찬바람 빠르게 불고
　　　 龍河激水流　　龍河[39]는 격렬하게 흐른다
　　　 旣喜朝聞日復日　하루하루 기꺼운 마음으로 도를 듣는 동안
　　　 不覺頹年秋更秋　어느새 한 해 한 해 이 몸은 늙어 버렸네
　　　 已畢耆山本願誠難遇　耆山[40]에 오르려는 어려운 소망 이미 이뤘으니
　　　 終望持經振錫往神州　이제 경전을 가지고 지팡이 휘두르며 神州[41]
　　　　　　　　　　　　　　로 돌아가려네
(인도 왕사성에서 옛날을 회고하여 지은 것. 1·3·5·7·9字로 지었다)[42]

　(A-2)는 『왕오천축국전』의 저자가 신라인이라는 것을 증명하는 근거
가 되는 시이다. 여기서 '林'은 신라의 이칭인 '鷄林'을 가리킨다. 여행에
서 오는 외로움과 근심은 기행문에 삽입된 시의 기본 주제인데 보통 客愁

---

38) 중국을 가리킴.
39) 갠지스강을 가리킴.
40) 耆闍崛山을 줄인 말로, '영취산'을 가리킴.
41) 중국을 가리킴.
42) "在西國王舍城 懷舊之作. 一三五七九言."

는 鄕愁의 정서와 결합되어 나타난다. 혜초의 시는 그 전형적인 예를 보여 준다. 자유로이 떠다니는 '구름'과 추운 곳으로 날아가는 '기러기'는 이 주제들을 전달하는 대표적인 소재이다. 구름은 가고 싶은 곳으로 마음대로 갈 수 있고 기러기는 인도보다 북쪽에 있는 고향으로 날아가기에 고향 그리는 마음을 전해줄 수 있는 사물이지만, 시원스레 부는 '바람'과 뜨거운 '태양'은 각각 '구름'과 '기러기'가 고향으로 날아가 소식을 전하는 것을 방해하는 것으로 그려져 있다. (B-5)에서는 인도의 '영취산'과 '갠지스강'을 '적현'과 '신주'에 견주어 고향에 대한 그리움을 표현하였다. 이 또한 객수와 향수가 융합된 양상을 보여 준다.

이처럼 기행문에 삽입되어 있는 시들은 겉으로 드러난 내용은 다르고 또 정도의 차이는 있지만 그 근저에는 '객수'와 '향수'의 정서가 공통적으로 자리하고 있음을 발견할 수 있다. 이 주제와 관련하여 혜초의 시 (A-5)를 주목해 볼 필요가 있다. 위에 인용한 시에서 5구의 '龍門'과 6구의 '天井'은 중국의 지명으로, 이 두 구절은 현재 직접 목도한 광경이 아닌, 중국의 용문과 천정의 겨울날 정경을 머리 속으로 떠올리며 읊은 것이다. 따라서 3·4구(頷聯)는 현재 눈앞에 보이는 파미르 고원 부근의 정경을, 이와 대를 이루는 5·6구(頸聯)은 상상 속의 중국의 정경을 그린 것으로 볼 수 있다. 우리는 여기서 3·4구에 그려진 他鄕에 대가 되는 공간으로 鷄林이 아닌 중국을 상정하고 있음에 주목해야 할 것이다. 혜초는 16세에 고향을 떠나 唐에 들어가 평생을 중국에서 지냈고 다시 고향으로 돌아가지 않았다. 이로 볼 때 이 시는 二重의 客愁를 표현한 것으로 볼 수 있다. (A-2)가 마음의 고향인 계림을 노래했다면, (A-5)는 현실적 삶의 터전인 중국을 노래한 것이다.

혜초의 의정의 시에서 객수의 주제가 거의 드러나지 않은 것은 (A-1)과 (B-4)[43]로, 이 시들은 가슴에서 솟아오르는 벅찬 감동과 信心을 노래한 것이다. (A-1)은 불타의 成道地에 세워진 마하보리寺를 친견했을 때의 벅찬 감동을, (B-4)는 불교의 상징인 靈鷲山에 올라 불적지를 배례한 뒤 읊은 것인데 전반부에서는 세상에 늦게 태어나 불타를 직접 뵙지 못한 데서 오는 회한을 토로했고 중반부에서는 불타의 가르침과 공덕을 서술 했으며 후반부에서는 흩어진 마음을 다잡고 불도에 정진하려는 각오를 새로이 하겠다는 내용을 담고 있다.

이처럼 혜초는 산문과 운문을 섞어 서술을 한다는 점, 대부분 五言詩의 형식을 취한다는 점, 심층적으로 旅愁의 주제를 담고 있다는 점 등에서 의정의 텍스트로부터 큰 영향을 받았음을 알 수 있다.

4.4. 산문과 시의 관계

시삽입형 혼합담론의 대표적인 양식인 서사체에서의 삽입시는 인물간 의 대화의 구실을 하고 남녀 결연의 계기가 되며, 인물의 내면세계 혹은 詩才를 드러내는 수단이 되기도 하는 등 서사의 극적 효과를 높이면서 산문과 유기적인 관련을 맺는다. 그러나, 이 유형의 또 다른 대표적 예인 기행문에서 산문은 단지 시를 짓게 된 동기를 설명해 주는 역할을 행할 뿐 양자는 그 이상의 유기적 관계를 지니지 않는다. 특히 순례 기행문에서 이같은 양상이 더욱 뚜렷하게 나타나는데 그 이유가 무엇일까 생각해 보 지 않을 수 없다.

그것은 산문 부분은 성스러운 佛跡·佛法에 관한 것이기에 최대한 자 신의 주관을 개입시키지 않고 있는 그대로 기록함으로써 서술 대상이 지 닌 신성성을 최대한 확보·유지하려는 의도의 작용으로 보인다. 대신, 만 리 타향을 여행하는 입장에서 자연히 일어나는 사적인 감회 등은 시로 표 현했다고 본다. 즉, 산문에서는 견문한 내용 다시 말해 서술의 '대상'에, 그리고 시에서는 서술의 '주체'에 초점을 맞춤으로써 서로의 영역에 침투

---

43) (A-1)은 3.3에서 인용했고, (B-4)는 너무 길어 생략하도록 한다.

하지 않으면서 객관성과 주관성을 유지할 수 있는 것이다.

5. 맺음말

이 글에서 논한 내용을 요약하면 다음과 같다.

1. 혜초 기행문의 문학적 의의를, 이와 유사한 10세기 이전의 여타 渡竺 여행기와 비교하는 방법을 통해 혜초 관련 자료의 부족함이 주는 연구의 한계를 극복하고자 했다.

2. 기행문학의 특성을 밝히고 기행문학을 순례 기행문학, 산수유람 기행문학, 용무 기행문학으로 분류하였다. 『왕오천축국전』은 순례 기행산문으로 규정된다. 기행문학을 기행운문과 기행산문으로 나눌 때 법현의 『불국기』는 동아시아 최초의 기행산문으로서 자리매김될 수 있다.

3. 혜초의 천축 여행의 특징은 다른 승려에 비해 어린 나이에 인도 여행을 하였다는 점에서 통과의례적 성격을 지닌다는 것이고, 기행문의 특징은 산문과 운문의 혼합으로 구성되었다는 점이다. 특히 6가지 산운 혼합 담론의 유형 중 '시삽입형'에 속한다.

4. 혜초가 활약하던 8세기 무렵에는 '천축' 대신 '인도'라는 이름이 보편화되어 있었음에도 불구하고 혜초가 굳이 천축이라는 말을 고집한 것은, 그가 佛法이 일어난 신성한 공간을 가리킬 때는 '천축'으로, 지정학적 특정 공간을 의미할 때는 '인도'로 구분하여 사용한 義淨의 용법을 따른 것으로 본다.

5. 『왕오천축국전』의 산문은 과거·현재·미래 등 특정 時點으로 구획할 수 없는 무시간적 서술로 이루어져 있는데 이같은 무시간성은 지속적 현재를 나타냄으로써 신성공간이 갖는 영속성·불변성을 증폭시키는 구실을 한다.

6. 죽음과도 같은 고통과 危難을 통한 신성공간으로의 여행은 자기의 중심과 실체를 찾아가는 '통과의례'에 상응한다.

7. 순례 기행문학의 공통특징은 사실에 의거하여 객관적으로 서술이 행해진다는 점인데 이같은 양상은 특히『왕오천축국전』에서 두드러진다.『왕오천축국전』산문서술의 객관성은 서술 주체의 捨象, 서술 주체의 행위를 나타내는 동사 사용의 제한, 시간적 징표의 배제를 통해 확보된다.

8. 5편의 삽입시는 의정의『대당서역구법고승전』에 삽입된 기행문학 관련 시 5편과 형식·주제 면에서 큰 유사성을 보인다.

9.『왕오천축국전』은 이전의 순례 기행문학들 중 전반적으로 법현의『불국기』의 영향을 가장 크게 받았고, 시를 삽입하는 것은 의정으로부터 받은 영향이라 할 수 있다.

紀行文의 揷入詩 硏究

1. 기행문학의 일반적 특성

기행문학1)은 생활의 공간을 떠나 타지를 여행하면서 보고 들은 바를 기록한 것이다. 경험의 내용을 이루는 것은 여행지의 수려한 산천경관일 수도 있고 역사적 유적이나 그 지방의 풍물일 수도 있으며 타인과의 새로운 만남, 여행지와 관련된 설화나 시 등 다양하다. 기행문은 여행의 주체가 1인칭 서술자가 되어 자신이 보고 들은 것을 충실히 소개하고 전달하는 데 초점이 맞춰져 있으므로 事實性(reality)은 최대치가 되는 반면 虛構性(fictionality)은 최소치가 되는 문학양식이다. 그러므로 기행문학은 본질적으로 寫實美와 구체성, 객관성이 부각된다는 특징을 지닌다. 또한 기행문학은 여행자—기행문학의 작자, 서술자—가 새로운 것과 접하여 지적 호기심을 일으킨다든가 신선한 충격을 받는다든가 깊은 감흥이 일어난다든가 혹은 가치관의 변화를 경험하는 등 내면세계의 변화를 수반하게 된다. 그러므로 기행문학은 기본적으로 1인칭 문학이라 할 수 있다.

그러나 무엇보다도 기행문의 가장 큰 특성은 대다수의 경우 그 안에 시를 포함하고 있어 詩·文 혼합담론의 대표적인 예로 지목될 수 있다는 점이다. 시와 문이 혼합된 담론의 여러 유형 중 기행문은 '시삽입형'에 속

---

1) '기행문학'은 기행시와 기행문 모두를 포괄하지만 이 글에서는 기행문을 대상으로 하므로 앞으로 이 말은 기행산문을 가리키는 것으로 제한하고자 한다.

한다. 시삽입형의 두드러진 특성은 시와 산문 중 산문에 비중이 두어지는 散主韻從型에 속하며, 시의 위치가 텍스트 앞이나 뒤 등 어느 한 곳에 고정되지 않는다는 것이다. 시삽입형 혼합담론은 산문부의 성격에 따라 서사체와 비서사체로 나눌 수 있는데 기행문과 일기는 후자에 속한다.

기행문은 산문의 문체분류상 사물에 대한 객관적인 사실이나 관찰 내용을 기술하는 글인 '記'에 속한다. 그런데 기행문에 삽입된 시들, 정확히 말하면 기행문에 삽입되기 전의 독립된 텍스트로서의 시들은 거의 대부분 외부 세계를 시인의 주관에 의해 굴절하여 표현하는 것을 본질로 하는 서정시에 속한다. 이 글은 기행문의 다양한 특성 중 이처럼 사실성·기록성·객관성에 근간을 둔 '文'과 주관성·감정표현에 중점을 두는 '서정시'라고 하는, 상충된 두 요소가 하나의 텍스트에 공존하는 특성에 초점을 맞추어, 기행문의 맥락 속에서 행하는 삽입시의 기능 및 그로부터 빚어지는 문학적·미적 효과를 규명하는 것에 관심을 가진다.

기행문은 다양한 방식으로 분류할 수 있다. 텍스트 편폭에 따라 단편·중편·장편으로 나눌 수도 있고, 여행일정에 따라 날짜를 기록하는 일기체와 날짜 표기 없이 견문내용만을 기록한 비일기체로 나눌 수도 있다. 또한, 기록문자에 따라 한글텍스트와 한문텍스트로 구분할 수도 있다. 대개 여행일정에 비례하여 견문내용도 많아지고 이에 따라 텍스트 편폭이 커지며, 그로 인해 일기체 형식을 취하게 될 가능성이 높다.

그러나 기행문에서의 삽입시의 특성을 규명하고자 하는 이 글의 목적을 위해 가장 효과적인 분류법은 여행의 동기나 목적에 따라 순례기·산수유람기·용무여행기로 분류하는 것이다. 산수유람기는 전통적으로 山水遊記로 불리우는 것이며, 순례기는 종교적 성지를 찾아 그 자취를 더듬어 보는 것이며, 용무 여행기는 공적 혹은 사적인 용무로 여행을 떠나 여러 가지 경험을 한 뒤 그것을 기록한 것이다. 朝天錄·燕行錄 등과 같은 使行錄은 공적 용무에 따른 기행문의 대표적인 예이다. 그러나, 여행기에

따라 이같은 구분은 확연하지 않을 수도 있으며 사실상 여행목적에 있어
순례와 용무여행, 용무여행과 산수유람을 겸하는 경우도 많다. 그리고 순
례 또한 여러 용무 중 하나라 할 수 있지만 종교적 용무라고 하는 특별한
성격을 띠는 것이기에 비종교적 용무와 구분하여 순례여행기를 따로 설
정하는 것이 좋다고 본다.

기행문에서의 삽입시의 기능 및 미적 효과 등을 규명하기 위해 구체적
으로 2장에서는 야콥슨의 의사전달 모델을 이론적 토대로 하여 삽입시의
여러 기능을 검토하며, 3장에서는 기행문 유형별로 산문서술과 삽입시가
어떻게 상호 조응하면서 각 기행문 유형의 특성을 구현하는지를 살피고
자 한다. 산수유람기로서는 朴齊家(1750~1805)의 「妙香山小記」, 李黿
(?~1504)의 「遊金剛錄」, 柳雲龍(1539~1601)의 遊金剛山錄」을, 용무여행
기로서는 洪大容(1731~1783)의 『乙丙燕行錄』을, 그리고 순례기로서는
혜초의 『往五天竺國傳』2)과 고려 眞靜國師(1206~?)의 「遊四佛山記」를
대상으로 할 것이다.

2. 의사전달에 관한 야콥슨의 모델과 삽입시의 기능

모든 문학은 기록과 전달의 의도를 담고 있으나, 기행문은 특히 여행자
가 견문한 바를 경험한 그대로 사실에 가깝게 기록하려는 의도가 깊게 내
재된 문학양식이다. 기행문에 시를 삽입하는 것도 여행자 자신이 견문한
바를 좀더 효과적으로 '전달'하려는 의도에서 나온 문학적 장치로 볼 수
있다.

기행문에 삽입된 시는 거의 대부분이 서정시인데 서정시가 기행문이라는
맥락에 끼어듦으로써 그 본질에 변화가 가해진다. 삽입시가 산문 맥락에서

---

2) 『왕오천축국전』은 본서 제5부에서 별도로 자세히 다루었다.

행하는 기능을 살피는 데는 야콥슨의 의사전달 모델이 효과적인 이론적 틀
을 제공해 준다고 보아 우선 1절에서는 야콥슨의 의사전달의 모델 및 그에
따른 여섯 가지 언어기능에 대한 이론을 개략적으로 설명하고자 한다.

2.1. 의사전달에 관한 야콥슨의 모델

야콥슨은 의사전달에 필요한 요소로서, 발신자(addresser), 수신자(add
ressee), 전언(message), 약호(code), 관련상황(context), 접촉(contact)의 여
섯 가지를 제시하고 이 중 어느 한 요소가 강조될 때 각각 언어의 특별한
기능이 부각된다고 하였다. 야콥슨에 따르면 의사전달과정에는 이 모든
요소가 다 개입되지만 이 중 어느 한 요소가 특별히 지배적으로 작용할
때 그에 따라 강조되는 언어의 기능이 달라진다.

'발신자'에 초점이 맞춰질 때는 말하고자 하는 내용에 대한 발화자의
태도 및 그 직접적 표현이 강조되므로 언어의 정서적 혹은 표현적 기능이
부각된다. 감탄사는 정서적 기능을 가장 순수하고 뚜렷하게 반영하는 언
어장치이다. 정보 전달이라는 측면에서 보면 감탄사가 제공하는 정보량은
제로에 가깝지만, 정보라고 하는 것이 꼭 인지적 측면에 국한된 것이 아니
므로 감탄사 또한 특별한 방식으로 발화 내용에 대한 정보를 제공한다고
볼 수 있다. '수신자'에게 초점이 맞춰질 때는 언어의 욕구적 혹은 능동적
기능이 지배적인 것이 된다. 문장형태로 보면 명령문이나 청유문에서 이
기능이 뚜렷이 부각되는데, 청자 즉 전언의 수신자에게 어떤 행동을 하도
록 유도 내지 촉구하는 양상을 띤다. 의사전달이 '관련상황' 중심으로 이
루어질 때 언어의 지시적 기능이 부각된다. 이 지시적 기능은 모든 의사전
달의 기초가 되는 것으로, 전언과 그것이 지시하는 대상과의 관계를 규정
하는 것이다. 지시대상은 언어체계 밖에 존재하는 실체로서 객관적으로
관찰할 수 있는 것이며, 따라서 지시적 기능은 검증이 가능한 정보를 전달

한다는 특징을 지닌다. 이 세 기능은 언어체계에서 각각 1인칭, 2인칭, 3 인칭의 형태로 구현된다.

한편 의사전달과정이 '접촉'의 요소를 지향할 때 언어의 親交的 기능이 지배적인 기능으로 부각된다. 이 기능은 의사전달상황을 확인하고 지속시 키거나 중단시키는 작용을 한다. 의사소통에 있어 정보전달 이외의 삽입 적 요소 예를 들어 전화할 때 '여보세요, 제 목소리 잘 들립니까?' 하면서 소통의 회로가 정상적으로 기능을 발휘하고 있는가 확인을 한다거나 상 대방의 주의를 계속시키거나 주의가 계속되는지 확인하기 위해 '당신 제 말 듣고 계세요?'라고 묻는다거나, '네, 네' 하면서 상대방 말을 듣고 있음 을 주지시키는 것들이 모두 이 기능에 속한다. 말하자면 의사전달에 있어 삽입전달에 해당하는 것이다. 여기서 중요한 것은 전달되는 정보의 내용 이라기보다는 소통의 과정에 존재하여 참여하고 있다는 사실이며, 거기에 참여한 사람들과의 유대감을 돈독히 한다는 점이다.

이외에 '약호'에 초점이 모아질 때 초언어적 기능이 강조된다. 이것은 어 떤 대상에 대해 말을 하는 일반적 언어기능과는 달리, '까투리는 암꿩이다' 와 같이 언어 자체에 대해 말을 하는 기능을 가리킨다. 그리고 '전언' 자체에 의사전달의 초점이 놓일 때 언어의 시적 혹은 미적 기능이 부각된다.[3]

삽입된 맥락을 떠난, 독립된 텍스트로서의 시는 시인의 주관적 정서를 언어로 형상화한 서정시가 대부분이다. 서정시는 본질적으로 언어의 정서 적 기능이 부각된 전형적인 문학양식, 즉 발신자에 초점이 맞춰진 문학양 식이다. 그러나 이러한 서정시들이 기행문이라는 맥락에 끼어듦으로써 그 텍스트 내에서의 언어의 기능은 물론 미적 특성에까지 변화가 야기된다.

---

3) 이상 야콥슨의 의사전달에 관한 모델은 Roman Jakobson, "Linguistics and Poetics", *Roman Jakobson: Selected Writings III*, ed. Stephen Rudy(The Hague · Paris · New York: Mouton Publisher,1981)와 박종철 엮음, 『문학과 기호학』(예림기획, 1998)을 참고함.

2.2. 삽입시의 제 기능

기행문에 시를 삽입하는 것은 7세기 말 唐僧 義淨(635~713)의 渡竺旅行記인 『大唐西域求法高僧傳』『南海寄歸內法傳』까지 거슬러 올라가고4) 우리나라의 경우 최초의 기행문으로 혜초의 『왕오천축국전』을 거론할 수 있다.5)

기행문에 삽입된 시들은 크게 여행주체가 직접 지은 시와 다른 사람이 지은 시로 대별할 수 있고, 다른 사람이 지은 시도 여행주체와 동시대인이 지은 것과 과거의 인물이 지은 것으로 나눌 수 있다. 동시대인이 지은 것은 주로 여행 주체가 여행에 동행한 사람이나 여행지에서 새로 만난 상대와 次韻하거나 수작한 시가 이에 해당하며, 과거의 인물이 지은 것은 여행지의 유적이나 특정 장소를 두고 과거에 읊은 것을 해당 기행문에 인용한 것이다. 이 중 여행주체 자신이 지은 시는 정서적 기능과 관련이 있고, 여행주체와 타인이 주고받은 시는 친교적 기능과, 그리고 과거의 인물이 지은 것은 지시적 기능과 관련이 있다. 그 구체적인 양상을 예를 들어 살펴보기로 한다.

(1-1) 다시 토화라국에서 동쪽으로 7일을 가면 호밀 왕의 거성에 이른다. 마침 토화라에서 호밀국으로 올 때 異域에 들어가는 중국 사신을 만났다. 이에 간략하게 四韻6)으로 시를 지었다. 5언이다. "그대는 서쪽 異域이 멀다고 한하지만/ 나는 동쪽 길이 먼 것을 탄식하노라/ 길은 험하고 엄청난 눈은 산마루를 덮었는데/ 험준한 골짜기엔 도적떼도 많구나/ 새도 날다가 가파른 산에 놀라고/

---

4) 義淨은 671년 구법 인도여행을 떠나 『南海寄歸內法傳』과 『大唐西域求法高僧傳』을 저술하여 692년 인편에 두 책을 측천무후에게 傳獻하였다.

5) 혜초는 723년에서 727년의 4년간 인도 여행을 하고 이 기록을 남겼다. 정확히 『왕오천축국전』이 언제 집필되었는지는 알 수 없다.

6) '四韻'은 8구의 시, 곧 律詩를 가리킨다.

사람은 기우뚱한 다리 건너기가 어렵네/ 평생 눈물 흘린 적이 없지만/ 오늘은 하염없이 눈물뿌린다."　　　　　　　　　　　　　　(慧超, 『往五天竺國傳』)[7]

(1-2) 수십년 평성지원이 일됴의 꿈ㅈᆽ치 일워 흔낫 셔싱으로 융복의 믈을 둘녀 이 짜히 니르니 상쾌혼 의ᄉᆞ와 강개혼 기운이 믈 우흿셔 풀이 쒭내이믈 ᄭᅵ듯디 못ᄒᆞ니 드디여 마샹의셔 ᄒᆞᆫ 곡죠 미친 노래롤 지어 읇허 ᄀᆞᆯ오디, "하ᄂᆞᆯ 이 사롬을 내매 쓸 곳이 다 잇도다/ 날ᄀᆞ튼 궁싱은 무슴 일을 일웟던고/ 등하의 글을 닑어 쟝문부롤 못 나오고/ 믈 우희 활을 늭여 오랑캐롤 못 쏘도다/ 반싱을 녹녹ᄒᆞ야 젼샤의 줌겨시니/(下略)"　　　　　　(洪大容, 『乙丙燕行錄』)[8]

(1-3) 병인일, 새벽에 큰 눈이 내려 깊이가 두 촌쯤 쌓였다. 나그네 마음이 무료하여 절구 하나를 읊었다. "앞 시내는 어느 곳이뇨/ 다만 졸졸 흐르는 소리 만 들리네"　　　　　　　　　　　　　　　(柳雲龍, 『遊金剛山錄』)[9]

(1-4) 골짜기의 서남쪽에 고갯마루 하나가 허공중에 비스듬히 누워 있었는 데 높이가 만 길이나 될 것 같았다. 이름을 개고개(犬峴)라고 하였다. (中略) 승려 한 사람이 말하기를, "옛날 세조께서 관동지방을 순수하시면서 유점사에 불공을 올리실 때 輦을 내려서 말로 갈아타신 곳입니다." 하였다. 내가 그 말을 듣고 놀라운 가운데 비감한 마음이 들어 절구 한 편을 지었다. "태평시대 임금 님 백성들 풍속 보러 오시니/ 빛나는 의장은 동해를 비추네/ 수레 앞의 문무백 관들은 모두가 어진 신하/ 모를레라, 뉘라서 가슴속의 충성을 끊으리!"

　　　　　　　　　　　　　　　　　　　　(李黿, 「遊金剛錄」)[10]

---

7) 앞으로 이 글의 각종 예문은 특별한 경우를 제외하고는 원문은 생략하고 번역문만 인용하기로 한다. 慧超의 『왕오천축국전』 번역문은 정수일 역주, 『왕오천축국전』 (학고재, 2004)에 의거하였다.

8) 洪大容, 『주해 을병연행록』(소재영 外 3인 주해, 태학사, 1997), 36쪽.

9) 이혜순·정하영 외 2인 공저, 『조선 중기의 유산기 문학』(집문당, 1997), 190쪽.

10) 李黿, 「遊金剛錄」, 『조선시대 선비들의 금강산 답사기』(남효온 等著, 김용곤 等譯, 혜안, 1998), 83~84쪽.

(1-1)은 혜초가 4년간 인도여행을 한 뒤 귀로에서 중국 사신을 만난 감회를 표현한 것이다. 삽입된 시는 5언율시로서 이역 만리에서 동질감을 느낄 수 있는 중국인을 만난 반가움과 눈이 쌓이고 도적떼가 창궐하는 파미르 고원을 넘어갈 걱정이 범벅이 되어 급기야는 눈물이 솟구치고 만 순간을 적실하게 표현하고 있다. (1-2)는 홍대용이 1765년 季父인 洪檍의 燕京 使行에 자제군관으로 끼어 가는 길에 처음 나서는 원행길을 앞두고 설레는 마음과 다부진 각오를 歌辭 형식을 빌어 표현한 것이다. (1-3)은 조선 명종 때의 문인 柳雲龍이 금강산에 유람한 내용을 담은 기행문의 일부인데 삽입시는 여행길 새벽녘에 큰 눈이 쌓인 것을 보고 客愁를 표현한 5언절구 중 두 구절이다. 이처럼 (1)로 묶여진 텍스트들에 삽입된 시는 모두 기행문 작자가 지은 것들로 여행 중 경험한 내용에 대해 '발신자'[11]가 어떻게 느끼고 어떻게 받아들이고 있는가 하는 태도에 초점이 맞춰져 있다. 즉, 기행문 텍스트 안에서 언어의 '정서적 기능'이 강조되고 있는 것이다. 정서적 기능은 산문으로는 표현할 수 없는 여행자의 감회나 여수 등을 표현하는 데 중점이 놓일 때 부각되는 기능이다.

　그러나 이 인용문의 시들은 모두 발신자에 발화의 초점이 맞춰져 있기는 하나, (1-2)와 (1-1)(1-3), 그리고 (1-4) 사이에는 다소 차이가 있다. (1-2)는 순전히 연행길을 앞둔 발신자의 정서 표현에 발화의 초점이 있는 반면, (1-1)(1-3)의 시구는 부분적으로 관련상황―각각 파미르 고원과 숙소앞 시내―을 지시하고 있다. 또 (1-4)는 李龕이 금강산을 유람한 기록의 일부인데 삽입된 시는 '개고개'에 얽힌 사연을 듣고 작자가 비감한 마음이 들어 그 마음을 시로 표현한 것이다. 여기서 시를 짓는 계기가 된

---

11) (1)의 예들에서 기행문의 작자는 곧 시를 지은 시인이기도 한데 이 경우 '발신자'는 같은 사람을 가리키지만, 기행문 작자와 시의 작자가 일치하지 않을 경우 원래의 시의 작자는 '제1발신자'로, 시를 기행문에 삽입한 기행문 작자는 '제2발신자'로 구분할 수 있다. 기행문 작자와 시인이 일치할 경우 '발신자'는 '시적 화자'라는 말로 대치될 수 있다.

것은 '개고개'의 사연이고 이 곳은 여행지의 한 부분이다. 즉, 시에 서술된
내용은 언어 밖에 실재하는 구체적인 장소와 직접적인 관련을 가진다.
(1-2)의 경우는 여행 중 일어나는 막연한 감회를 표현하고 있고, (1-1)
(1-3)은 시의 내용이 부분적으로 특정 장소에 대한 정보를 제공하는 것에
비해, (1-4)에서 시의 중점은 '개고개'로부터 환기되는 느낌과 정서를 표
현하는 데 놓여져 있으면서도 '개고개'에 얽힌 구체적 사연이 바로 시의
주된 내용을 이루고 있는 것이다. 즉, (1-4)의 시에서 언급된 내용은 언어
밖에 실재하는 '개고개'를 가리킨다. (1-4)의 화자는 전체적으로, (1-1)과
(1-3)은 부분적으로 실재하는 대상에 '대해서' 말을 하고 있고, (1-2)는
경험내용에 대한 '느낌'을 표현하고 있는 것이다. 요컨대 기본적으로 이
인용문들에서 詩의 초점은 화자의 주관적 감정에 맞춰져 있으면서도 그
내용은 언어 밖 실재, 즉 관련상황에 의존하고 있는 것이다. 그 의존도는
(1-4)의 경우 가장 크고 (1-2)의 경우 가장 작다고 할 수 있다.

이처럼 전체적으로 정서적 기능이 주가 되면서 부분적으로 지시적 기
능을 행하는 패턴은, 아래 (2)군의 예들처럼 지시적 기능이 주가 되는 것
과 비교 검토해 봄으로써 그 특징이 더욱 뚜렷하게 드러난다.

(2-1) 碧瀾津은 나라 안에서 아주 험한 곳이다. 북쪽 錢灘에서 나와 남으로
바다에 들어가는데, 물길이 넓고 굽이진데다 개펄은 잘 빠지고 악석이 톱날같아
돌다리를 거쳐야 배를 탈 수 있다. 槎川 李秉淵의 시에, "해질 무렵 고려국에
말을 세워 있노라니/흐르는 물소리에 오백 년이 스며 있네."했던 곳이 바로 여
기이다.   (李德懋, 「西海旅言」)12)

(2-2) 동구에서 보현사까지 십 리 길이다. 보현사는 고려의 승려 탐밀과 굉
확에 의해 창건되었다. 金良鏡의 시에 이런 것이 있다. "절이 헐어 중수하기

---

12) 李德懋, 「西海旅言」, 『국역 청장관전서』 X (민족문화추진회, 1977·1983), 192쪽.

한 번이 아니로다/ 봄 새들도 회고에 젖나 재잘재잘 우짖는다/ 봉우리는 사면으로 몇 천 겹을 둘렀는가/ 불당은 새로 지어 3백 간은 될 듯하다/ 절터 잡은 큰 규모는 탐밀 스님 국량이요/ 속세 떠난 풍경은 묘향산의 품이로다/ 알지어다 부처의 힘 오랑캐도 항복하여/ 풀 푸른 들판에는 戰馬들이 한가롭다"

(朴齊家, 「妙香山小記」[13])

(2-3) 노군둔·왕아두점을 지나 수 리를 가다가 왼전 소로로 들어 1리쯤 가니 貞女廟에 닿았다. 돌 가운데 자그만 언덕이 별안간 솟아 있고 그 위에 사당이 있는데, 보니 돌을 깎아 내고 집을 세웠다. 전하기를 (中略) 사당 문에 '聖之貞'이란 세 자를 새겼고, 좌우의 기둥에는 "진황은 지금 어디 있는가?/ 헛되이 만리에 원망을 쌓았네/ 강녀는 죽은 것이 아니도다/ 오히려 돌조각 남아 꽃다움 전하네."라 하고 그 옆에 '宋 승상 문천상이 썼노라'라고 하였다.

(金昌業, 『燕行日記』)[14]

(2)群의 예들에서 기행문 작자와 시의 작자는 동일인이 아니다. 따라서 시 자체만 떼어 보면 시의 최초의 발신자 즉 이병연·김양경·문천상의 개인적 정서를 표출하는 데 초점이 두어져 있다고 하겠지만, 기행문의 일부로 삽입된 시는 기행문 작자이자 시의 제2의 발신자인 이덕무·박제가·김창업의 주관적 정서를 표현하는 장치가 아닌, 기행문 작자가 대면하고 있는 경험내용을 효과적으로 전달하기 위한 방편으로 활용되고 있다. 시의 제1발신자와 제2발신자는 상이한 인물이지만 같은 대상을 두고 서술한 것이다. 즉, (2-1)은 碧瀾津, (2-2)는 普賢寺, (2-3)은 貞女廟가 각각 이에 해당한다. 단 (2-1)(2-2)는 작자의 기억 속에 있는 기존의 시를 삽입한 것이고 (2-3)은 특정 장소의 현판이나 기둥 등에 새겨진 것이라는 차이가 있다. 이들 시에서 서술된 내용은 바로 언어 밖에 존재하는 구체적

---

13) 안대회 편역, 『궁핍한 날의 벗』(태학사, 2000), 179쪽.
14) 金昌業, 『燕行日記』, 『국역 연행록선집』Ⅳ, 민족문화추진회, 1976·1985), 138~139쪽.

인 대상을 가리킨다. 이 (2)群의 시들에서는 언어의 '지시적 기능'이 지배적인 것이 된다. 지시적 기능을 지닌 시의 제1발신자가 과거의 인물인 경우, 기행문에 그들의 시를 삽입함으로써 과거의 현재화가 이루어진다. 지시적 기능이 강조된 시는 산수유람기에서 가장 많이 보인다.

앞의 (1-4) 및 (1-1)(1-3)의 시에서는 발신자의 정서가 서술의 主가 되고 언어 밖 관련상황에 대한 언급은 副가 되는데, (2)군의 예에서 시는 전적으로 관련상황을 지시하는 것에 발화의 초점이 맞춰져 있다. 물론, 시의 제2발신자인 기행문 작자는 다른 인물의 시를 빌어 경험내용에 대한 자신의 감회를 간접적으로 표현한다고 할 수 있다. 야콥슨도 지적한 것처럼 어느 한 요소가 지배적인 것이 된다 해서 나머지 요소들이 의사전달과정에 전혀 개입하지 않는다는 의미는 아닌 것이다.

아래 (3)으로 묶여진 예들에서 시는 의사전달 요소 중 '접촉'의 요소가 지배적인 것이 되는 경우이다.

(3-1) 식후의 상시 간정동의 사룸을 브렷더니 두 사룸이 죵을 ᄯ라 보내고 각각 편디와 보낸 거시 이시니, 엄싱은 부체 두 병과 붓 두 ᄌᆞᄅᆞ와 도셔롤 세흘 보내고 편디에 ᄀᆞᆯ오ᄃᆡ, (中略) 그 시에 ᄀᆞᆯ오ᄃᆡ, "마음이 십일의 힝졍이 도라가믈 놀나니/ 녈ᄉᆞ의 나믄 허흘 이제 잠간 디나ᄯᅩ다/ 관가 길희ᄂᆞᆫ 쩜졍 새 버들이 ᄆᆞᄅᆞ믈 보고/ 손의 회포ᄂᆞᆫ 흔가지로 고산의 ᄑᆞᄅᆞ믈 싱각ᄒᆞᄂᆞᆫ도다 (下略)"

(홍대용, 『을병연행록』 권7, 507쪽)

(3-2) 식젼의 샹시 간졍동의 사름을 보닐ᄉᆡ, 반싱의 부탁흔 셔쳡을 부쳐 보닌니, 계뷔 샹부ᄉᆞ로 더브러 ᄎᆞ례로 동국 시률을 쓰시고 평듕은 글 ᄒᆞ나흘 지어 쎠시니 ᄀᆞᆯ오ᄃᆡ, (中略) 나ᄂᆞᆫ 그 ᄯᅳᆺᄒᆡ쎠 ᄀᆞᆯ오ᄃᆡ, "즐겁기ᄂᆞᆫ 새로 셔ᄅᆞ 아니에셔 즐거우미 업고/ 슬프기ᄂᆞᆫ 사라 니별ᄒᆞ니 의셔 슬프미 업도다/ 언덕의 버들이 잇고 뫼헤 ᄭᅩ치 이시니/ 쳔츄만셰의 기리 셔ᄅᆞ 싱각ᄒᆞ리로다. (下略)"

(홍대용, 『을병연행록』 권8, 584쪽)

(3-3) 내 무ᄅᆞᆮ디, "그ᄃᆡ기 본 집이 졀강성 어늬 고을의 잇ᄂᆞ뇨?" 엄셩이 ᄀᆞᆯ오
ᄃᆡ, "혼가지로 항쥐 젼당현의 머무노라." 내 인ᄒᆞ야 글 한 ᄧᆞᆨ을 외와 ᄀᆞᆯ오ᄃᆡ,
"다락은 창히예 날을 보거ᄂᆞᆯ" 엄셩이 니어 외와 ᄀᆞᆯ오ᄃᆡ, "문은 졀강 죠슈롤 ᄃᆡ
ᄒᆞ얏도다" 이 두 귀 글은 당젹 송지문이 젼당 녕은ᄉᆞ의 졔영혼 글이라.

(홍대용, 『을병연행록』 권6, 458쪽)

(3-4) 을축일, 구름이 하늘을 가리고 가랑비가 흩날렸다. 앉아서 날이 개기를
기다리노라니 해가 이미 높아졌다. 벽에 있는 시에 차운하여 시를 지었다. "천
지에 가득한 가랑비에 앞내는 어둑하고/ 새벽 안개 산에 가득하니 하늘이 나직
하네/ 아름다운 경치를 찾아 나서며 어찌 산길 어둔 것 혐의하리/ 지팡이에 의
지하고 다만 해가 질까 걱정할 뿐." 정숙이 오언으로 차운하여 시를 지었으니,
"산색은 맑은 계곡에 비치고/ 다락은 구름가에 우뚝 솟았네/ 오가며 아름다운
경치를 가슴에 품으니/ 해가 서쪽 하늘에 있음도 깨닫지 못하네."

(유운룡, 「유금강산록」, 188~189쪽)

홍대용은 중국에 머무는 동안 杭州 출신의 선비 嚴誠·潘庭筠·陸飛
등과 깊게 사귀어 7차례 만나 필담을 나누고 서신과 시를 교환했다.[15]
홍대용은 연행의 경험을 한글로 된 『을병연행록』과 한문으로 된 『담헌
연기』에 기록으로 남겼는데 『을병연행록』의 상당 부분[16]은 이 중국 선
비들과 사귄 내용으로 메워져 있다. (3-1)의 시는 嚴誠이 담헌에게 편지
와 더불어 보낸 것이며, (3-2)의 시는 홍대용이 엄성과 반정균에게 보낸
辭 작품의 일부이다. 홍대용은 자신이 시를 잘 짓지 못한다고 생각하여
중국 선비들과 주고받은 시 대부분은 숙부이자 연행사신의 上副使인 洪
檍과 平仲 金在行이 지은 것들을 인용하고 있다. 자신이 지은 것은

---

15) 이들이 주고 받은 서신과 시의 목록은 조규익, 『국문 사행록의 미학』(역락, 2004,
143~144쪽 주57)에 자세히 기록되어 있다.
16) 권6 '초삼일 간정동 가다'부터 권9 '이십구일 관의 머므다'까지 이들과의 만남의
내용이 기록되어 있다.

(1-2)의 歌辭, 위 (3-2)의 辭, 그리고 <高遠亭賦>라는 제목의 賦 세 편이 있을 뿐이다.

(3-1)과 (3-2)에서 시는 중국에서 새로 알게 된 사람들과 친교 관계를 형성해 가는 데 있어 디딤돌의 구실을 한다. 시의 내용도 내용이지만, 시나 서신을 '주고받는' 것 자체에 더 큰 의미가 부여되는 것이다. 시를 통해 상대방에게 자신이 받아들여지고, 상대방을 내 영역 안으로 맞아들이는 과정을 되풀이함으로써 양방 사이에 관계가 형성되고 시를 통한 접촉의 양상이 빈번해짐에 따라 그 관계는 더욱 돈독해지는 것이다. 그리고 양방은 그것을 확인해 간다. 이처럼 시는 처음 관계를 형성하고 관계를 돈독히 다져가는 것을 확인하는 계기가 된다. 이런 구실을 하는 시는 꼭 친교관계를 맺은 당사자들이 지은 것으로만 국한되지는 않는다.

(3-3)은 엄성과 홍대용이 宋之問의 시를 한 구씩 암송하는 내용이다. 이 시구는 송지문이 錢塘縣의 靈隱寺에서 題詠한 것으로 엄성이 전당현 출신이므로 이 시구를 선택한 것이다. 같은 송지문의 시라도 이렇게 두 사람이 한 구씩 암송하는 형식이 아닌, 홍대용이 영은사를 여행하고 그 경험을 기록한 기행문에 인용하는 형식이라면 그 경우의 송지문의 시는 지시적 기능이 지배적인 것이 된다. 송지문이 시의 제1발신자라면, 송지문의 시를 한 구씩 번갈아 암송하는 엄성과 홍대용은 제2발신자라 할 수 있으며, 둘이 송지문의 시구를 주고받은 내용을 『을병연행록』이라는 기록으로 남긴 서술자로서의 홍대용은 제3발신자가 되는 셈이다.

만일 송지문이 전당현 영은사를 여행한 경험을 기행문으로 남기고 자신이 거기서 지은 시를 삽입해 놓았다면 기행문에서 삽입시는 영은사에 대한 발신자의 태도에 초점이 맞춰지는 것이고 따라서 언어의 '정서적 기능'이 부각되었을 것이다. 그리고 또 만일 홍대용이 영은사를 방문하여 그곳을 배경으로 지은 송지문의 시를 기억하고 자신의 기행문에 삽입했다면 관련상황에 초점이 맞춰지고 '지시적 기능'이 강조되었을 것이다. 그러나 이처럼 시의 작자가 아닌 두 사람이 타인의 시를 두고 한 구씩 주고 받는 경우는 그 시를 매개로 하여 친분을 쌓아가는 것, 즉 '친교적 기능'이 우세해지게 되는 것이다.

(3-4)에 삽입된 시는 유운룡이 금강산을 여행하면서 동행인 황정숙과 차운하며 지은 것이다. 이 경우 시는 친교적 기능과 정서적 기능이 복합된 양상을 보여 준다. 산문서술을 보면 날이 개기를 기다리는 동안 해가 높아 졌다고 했다. 그러나 시 속에서 황정숙은 '해가 서쪽 하늘에 있음을 깨닫 지 못했다'고 읊고 있다. 즉, 실제 상황에서는 오후로 접어드는 늦은 아침 의 시간이지만, 시에서는 어느새 해가 진 것으로 굴절되어 있다. 이것은 이 시가 관련상황 자체를 충실히 지시하는 데 초점이 있는 것이 아니라, 그 상황 자체가 하나의 詩作 계기가 되어 정서를 촉발하고 시인의 주관에 의해 관련상황이 왜곡 내지 굴절되는 양상을 보여주는 것이다. 즉 이 삽입 시구의 경우 타인의 시를 인용한다 해도 지시적 기능과는 거리가 멀다고 할 수 있다.

이처럼 實名이 제시된 동시대의 실존인물—동행인이든 여행지에서 만 난 사람이든—과 주로 받은 시를 삽입함으로써 현장을 독자의 눈앞에 옮 겨 놓은 것같은 생동감을 조성한다. 이처럼 주고 받는 酬酢詩는 기행문 의 사실성과 구체성을 높이는 구실을 하는 것이다.

(4-1) 내가 철옹에 나그네 된 지 석 달째 유혜보가 편지를 보냈다.…(중략)… 이무관도 이런 시를 보냈다. "단풍이 한창일 때 묘향산을 구경하고/어서 빨리 돌아와 그리움을 달래 주게!"   (박제가, 「묘향산소기」, 174쪽)

(4-2) 별쟝 시문이 약간 이시더 다 긔록디 못ᄒ고 가친 주오신 글 칠슈롤 긔록ᄒ노라. "(기뉵) 너롤 경계ᄒᄂ니 방탕치 마라/ 내 몸을 스스로 검칙ᄒ리로 다/ ᄆᄋᆷ을 프러ᄇ리면 딕희 거슬 혹일홀 거시오/ 놀기롤 탐ᄒ다가 험ᄒ 디롤 디나기 쉬우리라/ 엇디 홀노 네 아븨 근심이리오/ 유식ᄒ 사롬의 폄논ᄒ미 될가

저허하노라(下略)" "(기칠) 너롤 싱각ᄒᆞ니 본더 병이 만흔디라/이거시 내 근심
이 펴이디 못ᄒᆞ노라/ 길히 이시미 반찬을 더이고/ 관의 머물민 긔거롤 조심ᄒᆞ라
(下略)"   (홍대용, 『을병연행록』 권1, 22쪽)

(4-1)은 홍대용과 친분이 두터운 유득공이 편지를 보낸 사실을 말하고
이어 이덕무가 보내온 시구를 삽입한 것이다. 이 시는 수신자 즉 홍대용이
단풍이 한창일 때 묘향산 구경을 놓치지 말라고 권유 내지 당부하는 내용
으로 수신자의 행동을 촉구하는 데 초점이 놓인다. (4-2)는 홍대용의 아
버지가 먼 길을 떠나는 아들에게 준 7수의 시 중 제6·제7수의 일부를 인
용한 것이다. 제6수는 항상 행동을 조심하고 몸가짐을 경계하라는 당부를,
제7수는 평소 병이 많은 아들을 염려하여 음식 조심을 하라는 당부를 담
고 있다. 일곱 수의 시 모두가 먼 길 떠나는 아들을 염려하여 이것저것
당부하는 내용으로 이루어져 있는데 이 또한 시의 수신자에게 어떤 행동
을 유도하고 촉구하려는 욕구에서 나온 것이라 할 수 있다. 즉, 이 시들은
능동적·욕구적 기능이 강조된 것들이다. 이런 기능의 시는 주로 기행문
서두 부분에 배치되는 경향이 있는데 본격적인 기행문이 전개되기 전 실
마리를 푸는 도입부 구실을 하는 동시에 여행동기를 암시하는 구실도 한
다. 이런 기능의 시는 기행문에서 그리 많지 않다.

이 네 가지 외에 초언어적 기능은 언어의 대상이 언어가 되는 경우에
부각되는 것이고, 시적 기능은 전언 자체가 강조되는 것인데 이 두 기능이
강조된 시는 기행문에서 찾기 어렵다. 왜냐면 초언어적 기능을 갖는 시는
일종의 언어유희에 해당하기에 기행문에 적합하지 않고, 시 자체로는 언
어 구조 자체의 아름다움이 강조되는 문학양식이지만 이것이 기행문에
삽입되면 그 본질에 변화가 가해져 시 자체의 미적 구조를 부각시키는 기
능은 희석되어 버리기 때문이다.

여기서 한 가지 간과해서는 안 될 점은, 어떤 맥락에 삽입된 시가 둘
이상의 기능을 복합적으로 행하는 경우가 많다는 사실이다. 특히 지시적

기능과 정서적 기능은 모든 의사전달의 기본이며 상호보완적인 동시에 상호경합적이다.[17] 기행문에 삽입된 시는 꼭 지시적 기능이 강조된 시가 아니더라도 기본적으로 정도의 차이는 있지만 근저에 지시적 기능의 성격을 내포하고 있음은 앞의 (1)군의 인용문에서 살펴 본 바 있다. 그리고 친교적 기능이나 욕구적 기능이 강조된 것이라 해도 그 근저에는 발신자의 주관의 표현이 내재되어 있다. 예컨대 (3-3)의 경우 송지문의 시구를 번갈아 암송함으로써 상호 접촉의 계기를 마련하고 있지만, 송지문의 시를 통해 정녀묘에 대한 홍대용 자신의 느낌을 우회적으로 담고 있음을 놓쳐서는 안될 것이다. 또한 (4)군처럼 기행문 작자가 수신자가 되어 어떤 행동을 시행할 것을 촉구하는 타인의 시를 삽입하는 상황에서조차도 그들의 시를 빌어 자신의 여행의 동기를 개진하는 계기로 삼고 있음을 간과할 수 없다. 따라서 삽입시가 어떤 기능을 갖는다고 할 때 복합적인 기능 중 가장 우세한 기능을 가리켜 언급할 뿐이라는 사실을 잊어서는 안 될 것이다.

특히 언어의 지시적 기능은 전언과 그것이 지시하는 대상과의 관계를 규정하는 것으로 그 지시대상은 객관적으로 관찰할 수 있는 것이다. 따라서 지시적 기능이 강조된 텍스트는 사실주의적 색채를 강하게 띨 수밖에 없다. 이 점을 고려한다면, 여행자가 어떤 특정 장소를 여행하고 그 장소에 얽힌 기존의 시를 떠올리거나 누각·현판·기둥 등에 새겨진 시들을 자신의 여행기록에 삽입한다고 하는 방식은 기본적으로 여행지라고 하는 '관련상황'을 염두에 둔 것이라 할 수 있다. 따라서 어떤 의미에서는 모든 기행문은 사실주의적 성향을 띤다는 결론에 도달하게 되는 것이다.

이처럼 시가 삽입된 기행문은 성질이 다른 두 문학양식이 한 텍스트 안에 공존함으로써 긴장감이 조성되고 '寫實美'가 창출되는 미적 효과를

---

17) 박종철 엮음, 앞의 책, 16쪽.

지니게 된다. 동시에 허구성은 최소치가 되고 사실성은 최대치가 된다고
하는, 기행문의 본질적 특성이 조성되는 것이다.

3. 기행문 유형별 산문서술과 삽입시의 상호 조응 양상

앞에서 삽입시가 한 텍스트에서 행하는 제 기능을 검토하였다. 이제 지
금까지 논의한 내용을 바탕으로 삽입시가 산문과 어떻게 상호 조응하는
가를 기행문 유형별로 살펴보도록 한다. 산수유람기는 박제가의 「妙香山
小記」를, 용무여행기는 홍대용의 『乙丙燕行錄』을, 그리고 순례기는 진정
국사의 「遊四佛山記」를 주 대상으로 한다.

3.1. 산수유람기의 경우

이 글에서 기행문의 한 종류로 분류한 산수유람기는 전통적인 산문 분
류상 山水遊記와 동일시되기도 한다. 그러나 산수유기 중에는 직접 자신
이 서술의 대상이 되는 장소에 가지 않고 그 장소에 대한 기존의 시문이
나 그림을 접하고 그 감흥을 遊記 형태로 쓴 것도 포함되기 때문에 산수
유기가 다 기행문학인 것은 아니다. 반면 산수유람기는 작자가 직접 여행
자가 되어 그 곳에 가서 산천풍광을 접하고 그 경험을 쓴 것이기 때문에
모든 산수유람기는 기행문에 속한다. 따라서 산수유기와 산수유람기는 산
천을 遊歷하면서 느끼고 견문한 산수자연의 아름다움을 서술한다는 공통
점을 지니지만, 그림이나 기존의 시문을 통한 상상 속의 대리체험까지 포
함하는 산수유기가 더 포괄적인 개념이라 할 수 있다. 산수유기 중 직접
여행한 기록에 한해 산수유람기라는 용어를 사용할 수 있을 것이다.

기행문의 한 유형으로서 산수유람기는 여행주체가 경승지를 유람하면
서 산수자연의 아름다움을 완상하는 것이 주된 내용을 이룬다. 산수유람

기에서 여행주체가 견문하고 경험한 것은 산천경물과 사찰·누각·정자 등과 같은 인공물이다. 순수하게 산천유람만을 목적으로 하는 경우 여행 기간은 대개 보름 미만이며 이것은 여행지의 반경이 그리 넓지 않다는 것을 의미한다. 옛날에는 교통수단이 발달하지 않았기 때문에 당시의 산수 유람여행은 용무여행을 겸하지 않고 단지 산수유람만을 위해 이 곳 저 곳 전혀 별개의 권역을 이동하는 것이 어려웠을 것이므로 어느 특정 지역 예를 들어 금강산이나 두류산, 묘향산 등의 범주 내에서 名所 여기저기를 구경하는 양상을 띤다. 즉, 견문하는 내용이 주로 비슷비슷한 산천경관에 국한되어 있다는 점이다.

산수유람기에서 삽입시는 '정서적 기능'과 '지시적 기능'을 행하는 것이 보편적인데 기행문 작자의 시를 삽입한 경우는 전자, 그리고 타인의 작을 삽입한 경우는 후자의 기능이 우세해진다. 그리고, 시대의 흐름에 따라 산수유람기의 삽입시는 전자에서 후자로, 다시 말해 여행자 자신의 시를 삽입하기보다는 그 장소와 관계된 타인의 시를 기행문에 삽입해 넣는 양상으로 이행하는 경향을 보인다. 우리나라 산수유람기 중 가장 오랜 것이라할 고려시대 林椿의 「東行記」와 산수유람기의 백미라 해도 과언이 아닌 조선 후기 朴齊家의 「妙香山小記」를 비교해 보면 이같은 차이가 선명하게 드러난다.

「동행기」는 비교적 短篇의 기행문으로 여기에는 총 4수의 시가 삽입되어 있는데 모두 임춘 자신이 지은 것이다. 시가 삽입된 앞 뒤 맥락을 보면 첫 번째 시는 唐津이라는 곳의 수려한 경치에 흠뻑 취해 시간가는 줄 몰랐다는 내용과 더불어 자신이 시를 한 수 짓고 그 곳을 떠났다는 전후 상황이 소개되어 있고, 둘째 시는 洞山이라는 곳을 유람하면서 그 웅장함에 감탄하여 마침내 시를 썼다고 하였고 셋째와 넷째 시는 洛山에서 신라의 원효와 의상법사를 생각하고 그리워하면서 시를 짓는다고 하였다. 이런 맥락을 검토해 보면 모두 특정 장소에 대한 여행자의 깊은 감동의 표

현으로서 시를 지었다는 것과 삽입시가 발신자에 초점이 맞춰지는 데서
야기되는 '정서적 기능'을 행하고 있음을 알 수 있다.

한편 「묘향산소기」는 7일간의 묘향산 유람의 경험을 담은 中篇의 산수
유람기로서 총 8수의 시가 삽입되어 있다. 이 중 박제가 자신이 지은 것은
2수이고, 이덕무·김양경·김현중·서산대사·이여송·혜환거사 이용휴의
시가 각각 1수씩이다. 박제가 자신이 지은 시 중 첫 번째 것은 장엄한 무
릉폭포를 보고 그 감흥을 읊은 것이고, 두 번째 것은 보현사에 와 있으면
서도 보현사인 줄 몰랐던 당시 상황으로부터 '이목구비처럼 늘 보는 것도
관점에 따라 새삼스러울 수 있다'는 진리를 깨닫고 그 느낌을 시로 표현한
것이다.[18] 다시 말해 보현사에 관한 정보나 사연, 얽힌 일화 등 보현사에
'대해서' 읊은 것이 아니라, 발신자의 내면세계에서 일어나는 감흥을 읊은
것이다. 두 편 모두 시는 기행문 맥락에서 '정서적 기능'을 수행한다.

그러나 앞서 인용한 김양경의 시 (2-2)나, 묘향산에서 의병을 일으킨
서산대사가 향로봉에 올라 쓴 시, 혜환거사 李用休가 묘향산 유람을 떠나
는 사람을 전송하며 지은 시 등 박제가 이외 타인이 쓴 시들은 그 자체로
는 '정서적 기능'이 부각된 서정시지만 이것이 묘향산을 유람하고 지은 기
행문에 삽입되면서 묘향산에 관련된 배경 및 정보 등을 제공하는 것으로
그 기능이 변질된다. 즉 他人作의 삽입시는 '지시적 기능'을 행하면서 표
현의 구체화, 사실감의 배가, 정보전달의 강화 효과를 낳게 되는 것이다.
이처럼 산수유람기에서 삽입시가 지시적 기능을 행하는 양상은 고려시대
에는 뚜렷한 특징이라 말하기 어려우나,[19] 조선조에 들어오면서부터 하

---

18) 「묘향산소기」, 198쪽.

19) 이 글에서는 고려시대 산수유람기 중 임춘의 「동행기」만을 대상으로 했지만, 동시
대 李奎報의 「南行月日記」(『국역 동문선』Ⅵ, 제66권, 민족문화추진회, 1989)나 釋無
畏의 「庵居月日記」(『국역 동문선』Ⅵ, 제68권, 민족문화추진회, 1989)에 삽입된 시
도 모두 정서적 기능을 행하는 것이다.

나의 패턴을 형성하게 되며, 조선 후기에 이르면 이러한 경향이 강화되어 기행문의 서술 관습으로 정착하게 된다.

이외에 「묘향산소기」의 두드러진 특징 중 하나는 '비유법'을 통해 대상에 대한 묘사가 한층 정밀해지고 구체화되었다는 점인데, 이런 특징은 조선시대 산수유람기에서 보편적으로 발견되는 양상이다.

(5-1) 보현사 안에는 패엽으로 만든 둥근 부채가 있다. 붙인 종이는 이미 다 벗겨졌다. 그 줄기는 마른 원추리 등뼈같고 그 자루는 땋은 머리같다.

(박제가, 「묘향산소기」, 179쪽)

(5-2) 비로봉 절정은 한 폭의 수묵화처럼 하늘을 찌르고 서 있다. (中略) 길가에 널린 돌들은 기러기떼가 앉은 듯, 바둑돌을 흩어놓은 듯하다.

(박제가, 「묘향산소기」, 178쪽)

위 인용문에서 '부채'와 '묘향산 洞口'에 대한 묘사에서 보듯, 직유법[20]은 사물을 마치 눈앞에 생동하듯 선명하게 부각시키는 효과를 가져 온다.[21] 비유는 사물을 새로운 눈으로 보려는 의도의 산물이라 할 수 있는데, 비유 중에서도 직유는 '-인 듯' '-처럼'과 같이 원관념과 보조관념의

---

20) (5-1)과 (5-2)의 원문은 다음과 같다. "貝葉爲圓扇 摺紙已脫 其莖如乾萱之脊 其柄如編髮"(5-1) "毘盧絶頂 水墨揷天 萬木輝鬱 (中略) 沿迤之石 如聚落雁 如散枯棋"(5-2).

21) 이 외에도 '만폭동에 앉으니 저녁볕이 사람을 비쳐준다. 웅대한 바위가 마치 고개인 듯한데("巨石如嶺") 긴 폭포가 이를 넘어 흐른다. 물줄기가 무릇 세 번 꺾이고야 비로소 밑으로 떨어져 바위뿌리를 짓씹는다. 떨어지는 물줄기가 못 속으로 움푹하게 자리를 내며 들어갔다가 다시 솟구쳐 일어날 때는 고사리 움이 떨기로 주먹을 쥐고 나오는 것과도 방불하며("如蕨芽叢拳") 혹은 용의 수염같이도 되고("如龍鬚") 혹은 범의 발톱같이도 되어("如虎爪") 무엇을 움킬 듯하다가 스러지곤 한다("如攫而止"). 뿜는 소리와 함께 내려 흘러 서서히 넘치다가는 주춤하고서야 다시 또 헤쳐 나가니 마치 숨을 헐떡거리는 것 같다("如喘息").'(박제가, 「묘향산소기」, 186쪽)와 같은 구절, '돌을 싸고 엉킨 이끼는 곱가는 미역과 같다("凝苔裏石 燁如海帶").'(박제가, 「묘향산소기」, 186쪽)와 같은 구절에서도 비유법이 극대화된 표현을 볼 수 있다.

관계가 직접 명시되므로 은유에 비해 응축성은 떨어지지만 마치 산문이 행하는 것처럼 사물의 외관을 실제에 가깝게 묘사하거나 어떤 장면·행동·대상을 구체적으로 부연하고 묘사하는 데는 은유보다 효과적이다.[22]

이같은 직유적 발상은 바로 초기 박제가의 詩論 및 繪畵觀과 상통한다. 박제가의 초기시는 '자연과 사물을 세심하게 관찰하여 그것을 시적 예술로 승화시키는 단계'[23]로 설명되기도 하고 '예리한 통찰력과 생기발랄한 감수성, 참신하고 기발한 발상'[24]으로 특징지워진다고 언급되기도 한다. 이같은 특성은 '눈은 본디 희면서도 하늘을 검게 변하게 하고/기러기는 흰 새가 아니면서도 날면 하얗게 변한다'[25]거나, '붉을 '紅'이라는 글자 하나로/모든 꽃을 통틀어 말하지 말라/꽃술도 많고 적은 차이가 있으니/세심하게 하나하나 보아야 한다'[26]고 한 그의 시구, 그리고 '이목구비처럼 늘 보는 것도 관점에 따라 새삼스러울 수 있다'는 「묘향산소기」의 구절[27]에서도 확인할 수 있다. 한편, 박제가는 시뿐만 아니라 그림으로써도 이름이 높았는데 그림에 대한 그의 관점은 '사실주의적 조형관'[28]으로 압축된다.

이처럼 박제가의 시론과 회화관은 '대상의 외형을 그대로 핍진하게 재현하는 形似的 표현 기법에 충실'[29]하다는 점에서 매우 흡사하다 하겠고,

---

22) Alex Preminger, *Encyclopedia of Poetry & Poetics* (New Jersey: Princeton Univ. Press, 1974), p.767.

23) 안대회, 「朴齊家 詩의 사물·인간·사회」, 《한국학논집》 제32집, 계명대학교 한국학연구소, 1998.

24) 박종훈, 「楚亭 朴齊家 詩 硏究」, 한양대학교대학원 국어국문학과 박사논문, 2008. 8, 45~53쪽.

25) <盧洲雪雁圖歌>, 『楚亭全書』上(이우성 編, 아세아문화사, 1990).

26) <月瀨雜絶>, 위의 책.

27) 「묘향산소기」, 198쪽.

28) 김순애, 「楚亭 朴齊家의 繪畵觀」, 전남대학교대학원 미술학과 석사논문, 1997.8.

29) 정일남, 「박제가의 詩畵一致 성향」, 《한국고시가연구》 제15집, 한국고시가문학회,

「묘향산소기」는 이런 예술관을 산문으로 풀어놓은 작품으로서 '韻이 없는 시' '말로 그려진 그림'이라 할 수 있다. 이와 같은 특성을 지니는 산문 서술은 지시적 기능이 강조된 삽입시와 조화를 이루어 산수유람기의 寫實美를 효과적으로 창출해 낸다고 할 수 있다.

3.2. 용무여행기의 경우

용무여행은 私的인 것과 公的인 것으로 나눌 수 있는데, 「西海旅言」처럼 사적인 용무로 유람 겸 용무여행을 떠난 경우[30]도 있지만 대개는 공적인 용무에 따른 기행문이 대다수를 차지하며 특히 조선 중·후기에 이르면 명나라와 청나라에 사신단의 파견이 빈번해지면서 이들이 남긴 使行錄이 대거 출현하게 된다. 그리하여 오늘날 남아 있는 용무여행기의 2/3 이상을 朝天錄과 燕行錄[31]이 점하고 있다.

기존의 한 연구도 밝히고 있다시피 18세기를 분기점으로 하여 그 전의 사행록은 산수유람기를 겸하는 양상을 띠었으나 그 이후에는 관심사가 변하여 여행지의 문물, 역사 유적지, 관광명소 등 인간사에 관한 내용이 사행록의 상당 부분을 차지하게 된다.[32] 『을병연행록』은 이같은 변화를 단적으로 보여주는 용무여행기이다. 이 기행문에는 중국에서 만난 선비들과 주고 받는 수작시가 많이 실려 있는데 이는 용무여행기에 '친교적 기능'이 강조된 시의 삽입이 많다는 것을 의미한다. 이 점이 용무여행기를

2005, 281쪽.

30) 이덕무는 숙모의 부탁으로 시아버지 喪을 당한 종누이를 데리러 助泥鎭으로 약 3주간 용무여행을 하게 되는데 이때의 일을 기록한 것이 바로 「서해여언」이다.

31) 중국으로의 사행이라 할지라도 명나라에 가는 것은 천자에게 조회하러 간다는 의미의 '朝天'으로 칭하고, 조선이 정통으로 인정하지 않은 청나라에 가는 것은 단지 연경에 간다는 의미의 '燕行'으로 칭했다.

32) 김현미, 「18세기 연행록의 전개와 특성 연구」, 이화여자대학교대학원 국어국문학과 박사논문, 2003.12.

다른 유형의 기행문과 구분짓는 가장 큰 특징이 되기도 한다.

용무여행의 특성 중 하나는 사람과 사람의 만남이 중요한 의미를 지닌다는 것이다. 연행록을 보면 언어와 문화가 다른 중국인들과 필담을 통해 교유하는 내용이 많이 나오는데, 그들과 주고받은 시 또한 의사소통의 수단이라는 점에서 필담과 비슷한 성격을 지닌다. 그러나 시의 경우 의사소통 수단의 기능에 더하여, 단지 '친교'의 수단이 되기도 한다. 삽입된 시들을 보면, 후자의 목적으로 주고받는 예가 압도적으로 많다. 앞에 인용한 (3-1)(3-2)(3-3)의 예에서 우리는 서로 호감을 가지고 상대방과 교유하고 싶다는 마음을 표현하는 수단으로 시를 주고받는 양상을 살펴 본 바 있다. 즉, 이 의사소통 회로에서는 주고받는 시의 '내용'은 별로 중요한 것이 아니고, 친교 의사의 '확인'이 중요한 의미를 지니는 것이다.

'친교적 기능'을 지니는 삽입시는 당대 실존하는 인물의 實名을 거론한다는 점에서 인물간의 대화를 기록한 산문서술이나 주고 받은 편지 등과 동일한 성격을 갖는다. 이들 삽입시와 대화적 산문서술은 상호 호응을 하면서 기행문의 사실성과 현장감, 생동감을 최대한으로 확보하는 구실을 한다. 그럼으로써 기행문의 지배적 美感이라 할 '寫實美'를 조성하게 되는 것이다. 이는 비단 『을병연행록』에서만 보이는 특징은 아니며, 대부분의 용무기행문 특히 사행록과 같은 公務 기행문에서 널리 볼 수 있는 일반적 특성이라 할 수 있다.

3.3. 순례기의 경우

순례여행기는 용무여행 중 특별히 종교적 용무에 따른 여행기록을 가리키는데 근대 이전의 역사상 '종교'로 일컬어질 만한 것은 사실 佛敎밖에 없으므로 우리나라의 순례여행은 불교의 聖迹을 遊歷한 경험에 국한된다. 승려의 기행문이 모두 순례기는 아니지만, 순례기의 작자는 승려로 국한된다. 따라서 그 양은 다른 유형의 기행문에 비해 현저하게 적다.[33] 8세기 중엽 혜초(704~780)의 『왕오천축국전』[34]은 최초의, 그리고 대표적인 순례기라 할 수 있고, 이 글에서 살펴 볼 13세기 중엽 고려 진정국사(1206~?)의 「遊四佛山記」(1244)는 그 적은 수의 순례기 중 하나라 할 수 있다.

『왕오천축국전』은 渡竺求法 여행기로서 명백한 순례기라 할 수 있지만, 「遊四佛山記」의 순례기적 성격에 대해서는 약간의 부연설명이 필요하다. 진정국사는 38세 되던 1243년 尙州의 東白蓮社에 住持하라는 왕명을 받고 이듬해 가을에 동백련사에 이르러 四佛山을 답사하고 「遊四佛山記」를 지었다.[35] 사불산의 유래와 의상과 원효대사의 숨결이 담긴 성스러운 자취를 돌아보고 당시 몽고군의 침입으로 교법의 강론이 중단된 것에 대한 아쉬움을 산문으로 적은 뒤 '옛일을 생각하고 오늘을 근심한다'("感古傷今")는 주제로 120자의 시를 지었다. 또한 백련사 虛白樓에 올라 樓

---

33) 오늘날 전해지는 1500여 편의 산수유기 중 1/3 정도가 수록되어 있는 『韓國山水遊記聚編』10册(정민 편, 민창문화사, 1996)을 보면 10인의 승려의 작 16편의 산수유기가 포함되어 있는데, 이 텍스트들은 한두 편을 제외하고는 대개가 단순한 산수유기가 아니라 산수유람기로 분류될 수 있는 것들이다. 이 기행문들은 여타 산수유람기처럼 勝景地를 遊賞하는 내용을 담고 있다는 공통점을 지니지만, 면밀히 읽어 보면 일반 산수유람기와는 몇 가지 면에서 차이를 지닌다. 우선 일반 산수유람기에서 사찰이나 누대, 정자 등이 소재가 되는 경우, 사찰 자체에 초점이 맞춰지기보다는 어떤 '山'에 딸린, 혹은 그에 속한 부분 구성물로서 의의를 지닌다. 이에 비해 승려들의 산수유람기에서는 어떤 특정의 山이 서술된다 해도 산 자체보다는, 종교적 의의를 지닌 특정의 '사찰'이 위치한 곳으로서 그 산이 의미를 지닌다. 따라서 그 산은 단지 遊賞의 대상으로서의 아름다운 산수자연이 아닌, 聖迹·聖物·聖人과 관련된 대상으로서 서술된다. 勝景 자체보다는 그것에 내포된 혹은 그것을 둘러싼 '불교적 의미'를 발견하는 것에 승려들의 산수유람기의 초점이 놓여 있는 것이다. 따라서 그들이 명산을 탐방하는 것은 단순한 산수유람이 아닌, 성지순례의 성격을 띠게 되는 것이다. 이런 의도에서 나온 기행문은 일반 산수유람기와는 별도로 취급되어야 하며 이 글에서는 이를 '순례기행문'으로 범주화하고자 하는 것이다.

34) 혜초는 723년에서 727년의 4년간 인도 여행을 하고 이 기록을 남겼다. 정확히 『왕오천축국전』이 언제 집필되었는지는 알 수 없다.

35) 허흥식, 『眞靜國師와 湖山錄』(민족사, 1995), 39쪽 연보 참고.

上 十詠에 화답하여 聖迹 10군데를 소재로 10수의 시를 지어 감동을 표
현하였다. 「유사불산기」에서도 여타 산수유람기처럼 산이나 사찰에 대한
서술이 상당 부분을 차지하지만 산수유람기에서는 산천이 자연의 일부로
서 감상의 대상이 되는 것에 비해, 「유사불산기」의 경우는 聖人의 자취가
남아 있는 '靈迹' 또는 '聖迹'으로 묘사되면서 숭앙과 拜禮의 대상이 된다
는 점에서 순례기로서의 특징이 드러난다. 이로 볼 때, 「유사불산기」는 용
무여행기를 겸한 순례기로 규정할 수 있다.

「유사불산기」에 삽입되어 있는 시는 11수인데 모두 진정국사가 지은
것이다. '感古傷今'의 주제를 지닌 120자 시의 일부와 樓上十詠에 화답한
시 10수 중 四佛岩詩에 차운한 것을 들어 본다.

(6-1) 하늘은 世尊의 교화를 돕고/ 땅에는 영험한 스님들 더욱 높았네/ 옛
四佛像이/ 산꼭대기에 자리하니/ 스님은 부지런히 향불을 피우고/ 아침 저녁으
로 부지런히 먼지를 쓸고 닦았네/ (中略) / 내 비록 늦게 태어났지만/ 기쁘게
이 산을 찾으니/ 맑은 바람은 옛과 다름없어/ 조금도 변하지 않았네.

(「遊四佛山記」, 264쪽)36)

(6-2) 毘盧는 태허 가운데 가득한데/ 四佛은 어찌 한 곳에 나타나셨는고/
모름지기 法身의 대소를 알아야/ 불상의 참모습을 볼 수 있다네.

(「遊四佛山記」, 266쪽)

이 시구들은 사불산의 聖迹을 친견하고 일어나는 깊은 감동을 기저에
담고 있으면서도, 四佛像이라든가 四佛岩, 兩聖堂 등의 聖迹에 얽힌 사
연을 시로 형상화함으로써 이 장소에 대한 '정보'를 제공하는 구실을 행하
고 있다. 즉, 「유사불산기」에 삽입된 시들은 정서적 기능을 주로 행하면서
도 지시적 기능이 부분적으로 복합된 양상을 보인다고 할 수 있다. 이것이

---

36) 眞靜國師, 「遊四佛山記」, 위의 책.

聖迹에 대한 산문서술과 조화를 이루어 이 글을 순례기로 특징짓는 요소
가 되는 것이다.

이를 앞서 인용한『왕오천축국전』과 비교해 볼 때, 作詩에 있어 관련
상황에의 의존도가『왕오천축국전』의 경우보다 훨씬 높아졌다는 것을 지
적할 수 있다. 다시 말해 삽입시의 지시적 기능의 비중이 커졌다는 특징
을 보인다. 이것은『왕오천축국전』과「유사불산기」의 기본적인 서술태도
의 차이에서 비롯된다. 전자의 경우 혜초는 산문서술에서 사적인 주관을
철저히 배제하고 있어 聖迹을 친견한 감흥이라든가 머나먼 이역에서 일
어나는 客愁의 감정을 '시'로 표출할 수 밖에 없는 여건이고, 후자의 경우
진정국사는 산문에서 이미 자신의 주관과 개인적 감흥을 서술하고 있으
므로 정서 표출에 있어 '시'에 대한 의존도가 상대적으로 낮아지게 되었
던 것이다.

4. 맺음말

이 글에서는 기행문의 여러 특성 중 산문과 시가 혼합되어 하나의 텍스
트를 구성한다는 서술상의 특성에 주목하여 야콥슨의 의사전달모델 및
언어의 여섯 가지 기능을 중심으로 기행문에 삽입된 시의 제 기능을 검토
하고 기행문 유형별로 삽입시가 산문과 어떻게 조화를 이루어 기행문의
서술적·미적 특성을 조성하는지 살펴보았다.

이 글에서는 기행문에 삽입된 시를 중심으로 그것의 기능을 살피고 기
행문 유형별로 산문과 시가 어떻게 조화를 이루는가를 살폈는데, 시대적
변모에 따른 변화상을 검토하지 못한 한계가 있다.

丁若鏞의 『汕行日記』

1. 『산행일기』에 대한 개괄적 이해

『산행일기』[1]는 茶山 丁若鏞(1762~1836)이 汕水, 즉 북한강의 근원인 춘천 지방을 여행한 후 기록한 여행일기이다. 중국의 경우 최초의 여행일 기라 할 東漢 光武 때 馬第伯의 『封禪儀記』[2]를 비롯하여 송대 歐陽修 의 「于役志」와 陸游의 『入蜀記』가 유명하고, 우리나라의 경우 고려 때 이규보의 「南行月日記」 및 釋無畏의 「巖居月日記」를 필두로 조선 후기 朝天錄・燕行錄에 이르기까지 수많은 작품들이 존재한다. 일본의 경우 기노 츠라유키(紀貫之)의 「도사일기」(土佐日記), 마츠오 바쇼의 「오쿠의 작은 길」(奧の細道) 등이 손꼽히는 여행일기로 간주된다. 이 중 宋 陸游의 『입촉기』는 시를 포함하는 장편 여행일기의 시조라는 점에서 특별히 중 요하다. 여행일기가 일반 기행문학과 다른 점은 여행일정과 경험을 날짜 를 좇아 기록한다는 점이다. 따라서 여행일기는 기행문학과 일기문학이 복합된 문학 양식이라 할 수 있다.

일반적으로 기행문학은 생활의 공간을 떠나 타지를 여행하면서 보고 들은 바를 기록한 것을 말한다. 여행일기는 여타 기행문학과 마찬가지로

---

1) 이 글에서 논의대상으로 하는 『산행일기』는 정약용, 『국역 다산시문집』 제9책(민 족문화추진회 편, 1996)에 수록된 것을 인용하기로 한다. 앞으로 『산행일기』에 관한 서지사항은 생략하기로 한다.
2) 建武 32년(56년) 泰山에서 행해진 封禪儀式을 기술한 것이다.

여행의 주체가 1인칭 서술자가 되어 자신이 보고 들은 것을 충실히 소개하고 전달하는 데 초점이 맞춰져 있으므로 사실성은 최대치가 되는 반면 허구성은 최소치가 되는 문학양식이다. 일반적인 여행일기의 서술방식은 여행의 일정에 따라 경험한 바를 기록하므로 여행의 시간과 서술의 시간은 일치한다. 즉, 서술의 순서는 여행일정에 따른 경험의 순서를 그대로 반영하는 것이다.

그런데 정약용의『산행일기』는 경험한 내용들 다시 말해 서술의 대상이 되는 내용의 부분적 요소들을 어떤 규칙이나 의도에 따라 '재배열' 및 '재구성'하는 양상을 보인다는 점에서 다른 여행일기들과는 변별된다. 서술을 함에 있어 경험한 순서대로 하지 않고 어떤 의도에 따라 재배열한다고 하는 것은, 다시 말하면 사실성의 요소는 약화되는 한편 허구적 요소는 증가하는 것을 의미한다. 이런 점에서 볼 때『산행일기』는 사실성과 기록성을 최대치로 하는 기행문학이면서도 서술에 있어 어떤 미적 원리가 작용하고 있음을 알 수 있다. 이 글에서는 '對位法的 構成'이 바로 이 미적 원리의 토대를 이룬다고 보고 그 구체적 양상을 검토함으로써 기행문학 내에서의『산행일기』의 위상을 정립하는 데 목표를 둔다.

2.『산행일기』의 성립배경

조선 후기 실학사상을 집대성한 학자인 정약용은 경학·정치·경제·문화·과학·교육·문학 등에 걸쳐 방대한 저술을 남겼는데, 그의 저술활동에서 주목할 만한 것은 地理에 관계된 것들이 적지 않다는 사실이다. 그가 지리학을 중시했다는 것은, 젊은 시절 정조에게 제출한「地理策」이라는 글에서 '지리학은 儒者가 반드시 힘써야 할 바요 군왕이 반드시 구해야 할 바'[3]라고 한 것이라든가, 같은 글에서『삼국사기』및『고려사』의

「지리지」,『동국여지승람』『문헌비고』등의 지리서가 가진 문제점을 지적하고『明一統志』의 체제를 모방하여 지리서를 편찬하도록 건의한 것 등에서 명백히 드러난다. 이것은 실행이 되지 않았지만, 지리에 관한 이같은 관심은『我邦疆域考』『大東水經』『汕水尋源記』를 비롯, 「風水論」「高句麗論」「地毯圖說」「百濟論」「問東西南北」 등과 저술을 통해 표출이 되었다. 이들 저술 중『산행일기』와 관련하여 특별히 주목할 것은『대동수경』과『산수심원기』이다.

다산은 남한강과 북한강이 만나는 한강변의 고을에서 나고 자라, 한강의 또 다른 이름인 '洌水'를 자신의 호로 사용할 정도로 그에 대한 특별한 관심을 가지고 있었다. 그리하여 위에서 언급한 「지리책」에서도 '박학한 선비들을 뽑아 桑欽의『水經』과 酈道元의『水經注』를 본떠『東國水經』한 책을 편찬할 것'을 건의하기도 했던 것이다. 이 건의는 당시에는 실현되지 못했지만 수십 년 후 제자 李晴의 도움으로『대동수경』4권4)이 이루어지게 된다. 이는 상흠이 지은『수경』에 역도원이 주석을 가하여 이루어진『수경주』의 전례와 비슷하다고 할 수 있다.

『대동수경』은 淥水(압록강)·滿水(두만강)·薩水(청천강)·浿水(대동강) 등 조선 전체의 하천의 경로를 서술한 것인데, 특이하게도 한강에 관한 서술은 누락되어 있다. 이 점에 대해서는 다산도『산수심원기』끝부분에서 '열수는『수경』에 실려 있지 않다'고 확실히 지적하고 있다.5) 이 한강

3) "臣伏惟地理之學 儒者之所必務 王者之所必需." 정약용,『與猶堂全書』제7冊(경인문화사, 1982).
4) 경인문화사 간행 영인본의 체제를 기준으로 함. 정약용,『大東水經』,『與猶堂全書』제6冊(경인문화사, 1982).
5) '살펴보건대, 열수는『수경』에 실려 있지 않고 제씨가 기술한 것은 황당무계하고 오류와 착오가 많다("案洌水不載水經 齊氏所述 荒謬顚錯").' 여기서『수경』은『대동수경』을 가리키고 제씨가 기술한 것은 淸代 齊召南이 지은『水道提綱』을 가리킨다.

의 근원과 물의 경로에 대한 것은 별도의 기록으로 전하는데 그것이 바로『산수심원기』인 것이다. 다산은 북강과 남강을 한강의 두 지류로 보고 북한강은 산골짜기에서 나오므로 '汕水', 남한강은 습지에서 나오므로 '濕水'라 하였다.[6] 따라서『산수심원기』는 북한강의 근원과 경로를 탐사한 기록이라 할 수 있다.

다산은 경진년(1820)에 이어 계미년(1823)에 두 번째로 춘천 여행을 하였는데 그 목적은 산수의 근원을 조사하기 위한 것이었다. 이 때의 경험을 기록으로 남긴 것이『산수심원기』와『산행일기』이다.『산행일기』는 춘천 지방을 여행한 경험을 날짜를 좇아 기록한 일기체 기행문이지만, 단순한 산수유람기의 성격을 넘어 춘천에 이르기까지 경유하는 지방의 역사와 당시 백성들의 삶의 모습까지도 담아놓은 인문지리서의 성격을 지닌다. 또한 여행의 경유지가 산수의 흐름에 의거하고 있다는 점에서『산행일기』는『산수심원기』와 불가분의 관계에 있다고 할 수 있다. 따라서 두 저술 중 前者는 문학의 형식을 빌고, 後者는 지리서의 형식을 빌어 '산수'의 근원과 특성, 주변 경관을 서술한 일종의 자매서라 할 수 있는 것이다.

3. 『산행일기』의 구성방식

3.1. 『산행일기』의 텍스트적 특성

『산행일기』의 텍스트적 특성 중 하나는 이질적 담론형태가 복합되어 있다는 점이다.『산행일기』는 날짜와 날씨, 일정, 견문내용 등 기행문의 보편적 서술을 기반으로 하면서도 論·辯·注, '記'로 분류될 수 있는 짧은 산문서술들,[7] 그리고 몇 개의 단편의 記가 합쳐져 이루어진 긴 산문서

---

6) 정약용, 「산수심원기」 서문, 『국역 다산시문집』제9책(민족문화추진회 편, 1996).

술[8] 등이 뒤섞여 있다. 이같은 산문서술들은 사실 『산행일기』의 맥락을 떠나서도 한 편의 독립적 텍스트로 존재할 수 있는 성격의 것들이다.

이 외에도 『산행일기』에는 71수의 시가 포함되어 있고, 작자 면에서 볼 때 다산의 시가 있는가 하면 다른 사람이 지은 시도 있다. 그리고 다산이 지은 것이라도 경진년(1820) 첫 춘천 여행 때 지은 시가 있는가 하면 2차 여행 때인 계미년(1823)에 지은 시도 있으며, 杜甫의 「成都紀行」 12수를 염두에 두고 그에 차운한 和杜詩도 포함되어 있는 등 다양한 성격을 지닌 시와 글 모음집이 바로 『산행일기』인 것이다.

그러나 이같은 다양성은 나름대로 어떤 일관된 기준하에 유기적으로 배열되어 '산행일기'라는 담론을 구성하고 있는데, 이는 부분적인 요소를 미적 효과를 위해 결합하고 재배치하는 작자의 의식 및 의도가 반영된 것이다.

3.2. 『산행일기』의 대응구조

『산행일기』에서는 다양한 요소들을 조합하는 데 어떤 기준 내지 규칙이 작용하고 있는 것을 발견할 수 있다. 그것은 같은 의도하에 생산된 독립적인 두 텍스트를 서로 대응시켜 조화를 이루어 가면서 큰 주제를 구현해 가는 방식이다. 예를 들면 경진년의 시와 계미년의 시, 다산의 시와 동행인 約菴 李載毅의 시, 谷雲 金壽增(1624~1701)의 <곡운구곡시>와 다산의 <곡운구곡시>, 산문과 시, 공간상으로 春川과 成都, 그리고 春川

---

7) 예를 들면 4월 21일자 일기에는 '畫牛嶺'과 '蒜嶺'에 대해 묘사한 산문서술이 있는데 이를 短篇의 산수유기로 보아 가칭 '화우령기' '산령기'라고 이름할 수 있을 것이다. 이 외에도 김수증의 「題籠水亭」, 그의 조카인 농암 김창협의 「不知菴記」 「三一亭記」도 독립적인 한 편의 '記'작품으로 규정될 수 있다.

8) 예를 들어 다산이 곡운구곡을 새로 정한 뒤 각각에 대해 간단한 설명을 덧붙여 이루어진 산문서술들을 합하여 가칭 「谷雲九曲記」라 이름할 수 있을 것이다.

과 汕水, 시간상으로 과거와 현재,『산수심원기』와『산행일기』등과 같이
밀접한 관계를 지닌 두 개의 요소를 대응시키면서 그 쌍들이 이루는 조화
를 통해 공통의 총괄적인 주제를 드러내는 방식이다. 이는 마치 음악의
對位法과도 흡사한 구성방식이라 할 수 있다.

음악에서의 대위법이란 각각 독립하여 진행하는 두 개 이상의 선율을
동시에 결합시켜 하나의 조화된 곡을 이루는 기법을 말하며, 영화에서는
한 화면에 다른 화면이 더해져서 통일된 한 영상을 나타내는 기법을 말하
기도 한다. 대위법에서는 각 성부가 명료하게 식별될 수 있는 선율적 독립
성을 지니며 또한 여러 성부가 일정한 규칙에 따라 결합되고, 전체적인
조화를 이루어야 한다. 대위법으로 작곡한 작품에서는 하나의 주제 선율
(subject)이 시간 차이를 두고 소프라노·알토·테너·베이스 등 여러 聲部
에서 등장하는데, 주제가 이처럼 다른 성부에서 재현—이를 '응답'(answer)
이라 한다—될 때 그대로 반복되기도 하지만 몇 음 위나 아래에서 모방되
기도 하고, 동일한 음정에 대하여 音價가 확대 또는 축소된 형태로 나오
기도 하는 등 다양한 변형을 보인다. 어떻게 변형되느냐에 따라 곡은 점차
복잡하고 정교한 짜임새를 지니게 된다.[9] 중요한 것은 대응되는 둘 이상
의 요소가 독립적이면서도 조화를 이룬다는 점이다.

『산행일기』에서 두 요소간에 이루어지는 대응의 양상은 다음과 같이
다양하게 구현된다. 첫째 밀접한 관련을 지닌 두 요소가 한 쌍을 이루어
서로 대화를 주고받는 방식, 둘째 어느 한 쪽이 다른 한 쪽을 본뜨는 방
식, 셋째 두 요소가 나란히 병치되는 방식이다. 이를 각각 '대화' '모방'
'병치'로 부를 수 있을 것이다. 이 중 '병치'에 의한 대응은 두 요소가 텍스
트 문면에 모두 나타나지만, '대화'와 '모방'에 의한 대응은 한쪽만 구체적
으로 텍스트에 명시되고 다른 한 요소는 텍스트 이면에 전제되어 있는 양

---

9) Don Michael Randel, *The Harvard Concise Dictionary of Music & Musicians*
(Belknap Press of Harvard University Press, 1999)

상을 띤다. '대화'와 '병치'는 밀접한 연관을 지닌 두 요소가 쌍을 이루어 대응된다는 점은 같지만, '대화'는 두 요소 중 하나만 『산행일기』의 문면에 나타나는 반면 '병치'는 두 요소 모두 나타난다는 차이가 있다. 『산행일기』와 『산수심원기』, 그리고 공간상의 춘천과 成都의 대응은 '대화'의 양상에, 주자의 <무이도가>에 대한 다산의 <곡운구곡시>, 경진년의 和杜詩와 두보의 <成道紀行> 12수, 경진년의 7언시 8수와 錢起의 <江行百絶句> 등의 경우는 '모방'의 양상에, 산문과 운문, 경진년의 시와 계미년의 시, 다산의 시와 동행인 約菴 李載毅의 시, 다산의 <곡운구곡시>와 김수증 및 그의 자질이 지은 <곡운구곡시>간에 보이는 대응은 '병치'의 양상에 해당한다. 이같은 다양한 대응의 양상은 상호 긴밀하게 연관을 맺으며 '汕水에 관한 주제'를 드러내고 있는 것이다. 이때 대응되는 두 요소는 그 내용에 있어 동질적인 대응을 이루기도 하고 대립적인 대응을 이루기도 한다. 그 구체적인 양상을 몇 개의 항으로 나누어 살펴보기로 한다.

3.2.1. 『산행일기』와 『산수심원기』의 대응

『산수심원기』와 『산행일기』는 계미년의 2차 춘천 여행 때 지어진 것인데, 동일한 일정과 여정에 따라 경험한 것을 바탕으로 하되 『산수심원기』는 지리서의 양식으로, 『산행일기』는 문학의 양식으로 기술의 성격만 달리한 것이다. 마치 대위법으로 작곡된 작품에서 주제 선율이 다른 성부에서 재현될 때 음정은 같으면서도 음가를 확대하거나 축소하는 등 표현의 방식을 다르게 하는 것과 흡사하다. 양 텍스트를 검토해 보면 서술체제만 달랐지 내용상으로 중복되는 부분이 적지 않다. 특히 『산행일기』에 나오는 地名이나 물줄기의 이름, 여행의 경유지 등은 거의 『산수심원기』에도 등장한다.

『산행일기』는 춘천을 목적지로 하는 여행의 기록이고, 『산수심원기』는 汕水의 근원을 탐색하고 그 물줄기의 흐름을 서술한 것이기에 여행의 경로와 汕水의 경로는 반대방향을 취하게 된다. 여행의 목적지는 汕水의 흐름의 출발점—정확히 말하면 출발점에 가까운 곳—이 되는 것이다. 따라서 『산행일기』에서 여행자가 시간의 흐름을 따라 거쳐가는 장소나 물줄기를 역순으로 나열하면 산수의 경로가 드러나게 된다. 다산이『산행일기』의 서술체제에 대하여 '금년에는 특별히 물길을 기록하는 터라, 갈 때의 길은 대략 기록하고 귀로의 기록은 상세히 하였다'[10)]고 한 것은 바로 汕水의 흐름을 살피는 목적에 부응하기 위한 것이었다.

우리는 여기서 '여행가'로서의 다산과 '탐험가'로서의 다산을 만나게 된다.『산행일기』곳곳에서 여행 중 지나가는 마을의 연혁이라든가 集姓村으로서의 면모, 삶의 모습, 관아의 횡포 등 자신이 보고 들은 것에 대해 관심을 가지고 기록하는, 여행가로서의 다산의 모습을 만나게 된다. 뛰어난 자연경관에 감탄하기도 하고, 눈속임으로 곡식을 방출하는 관아의 위악적 처사에 분노하기도 하며, 춘천은 貊國이 아니라고 강변하는가 하면 유숙한 집의 주인 할머니가 밤새 끙끙 앓는 소리에 잠을 못 이루고 뒤척였다는 에피소드를 전하기도 하는 등 여행을 하는 한 개인으로서의 다산의 목소리를 듣게 되는 것이다.

한편『산수심원기』에서 다산은 탐사하고 징험하며 연구하는 학자 혹은 탐험가의 모습으로 다가온다.『산수심원기』의 서문을 보면,

> 『史記』「朝鮮傳」注에 張晏이 이르기를 '조선에 濕水·洌水·汕水의 세 물줄기가 있는데 이것이 합쳐 洌水가 되었다' 하였고, 班固의 地志에도 呑列과 列口를 분명 지금의 江華 交豊 땅에 소속시켜 놓았으니, 열수는 지금의 이른바 漢水인 것이다. 이를 보면 산수와 습수는 분명 남북으로 두 강이 됨을 알 수 있으나, 옛 사람이 나누어 지적해 놓지 않아 증거할 만한 문적이 없다. 그러나 北江의 물은 모두 뭇 산골짜기에서 나오니 이것이 汕水요, 南江의 물은 모두

---

10) "今年別記水次 略於往時詳於回路."『산행일기』4월 15일자의 내용.

원습지에서 나오니 이것이 濕水로서, 글자의 의미로 보아 아주 명확하여 혼동할 수 없는 사실이며, 몸소 답사하고 목격한 결과 전연 의심할 수 없는 사실이다. 그러므로 나는 春川 · 狼川[11])의 물이 汕水가 된다는 것을 단정지었다. 근년에 재차 춘천에 들어가 옛날의 들은 말로서 새로이 살핀 것을 징험하여 드디어 다음과 같이 尋源記를 쓴다.[12])

는 내용이 있는데 객관적 시각을 가지고 서술에 임하려는 탐험가 또는 학자로서의 면모가 여실히 드러나는 것이다.

이 서문에는 春川과 汕水의 관계가 명백히 드러나 있다. 다산은 춘천과 낭천의 물이 산수가 된다고 함으로써 여행의 목적지와 탐색하고자 하는 산수의 근원지가 같은 지점임을 명시하고 있다. 다산이 춘천 여행을 시도한 것은 손자 大林이 춘천으로 납채하러 가는 데 동행한다고 하는 사적인 동기도 있었지만, 바로 그 곳이 자신이 조사하고자 하는 산수의 시발점 혹은 근원에 가까운 곳이었기 때문이다. 앞서도 언급한 것처럼『대동수경』에 洌水의 경로가 누락되어 있어, 그 한 지류가 되는 汕水의 흐름을 보충하려는 의도가 작용했던 것이다.

이로 볼 때『산행일기』는 단순한 여행일기가 아니라, 산수를 핵으로 하여 구축된 '汕水談論'으로 보아야 할 것이다. 그리고『산수심원기』와『산행일기』는 별개의 저술이 아니라, 두 개가 합쳐져 '산수담론'이라고 하는 거대한 주제를 구현하는 일란성 쌍생아로 비유될 수 있는 것이다.『산수심원기』가 철저히 사실과 고증에 입각한 객관적 기록이라면,『산행일기』는 미적 의도 하에 구축된 주관적 조성물인 것이다. 동일한 경험내용을 체제 혹은 표현방식을 달리하여 저술한 셈이다.

---

11) 지금의 강원도 華川을 가리킨다.

12) 정약용, 「산수심원기」 서문. 원문은 꼭 필요한 경우 외에는 생략하고 번역문만 제시하기로 한다.『산행일기』나『산수심원기』의 번역문은 정약용,『국역 다산시문집』9(민족문화추진회편, 1996)에 의거함. 원문은 같은 책에 의거.

3.2.2. 산문과 운문의 대응

『산행일기』는 여행 과정을 날짜별로 기록한 기행문 겸 일기인데 산문 기록 간간이 운문이 삽입되어 있어 산운 혼합담론의 성격을 지닌다. 여기에 수록된 산문은 여정을 기록한 것, 論・辨의 성격을 띤 것, 記文의 성격을 띤 것, 작은 글씨로 부기된 注釋文의 네 종류가 있는데 이들 산문은 서사성을 띠지 않으므로 산운 혼합담론의 여러 유형 중에서도 '비서사체 시삽입형'으로 분류될 수 있다. 산문과 운문은 상호 밀접한 관계를 지니면서『산행일기』라는 문맥에 모두 나타나 있으므로 '병치'의 양상으로 대응을 이룬다.

산운 혼합담론으로서의『산행일기』에는 다산 자신의 시를 비롯하여 여행에 동행한 約菴 李載毅, 그리고 기타 다른 사람들이 지은 시, 5언시, 7언시, 절구, 율시, 잡체시 등 다양한 성격을 띠는 운문이 71수나 삽입되어 있는데 이 운문들은 본래의 맥락에서 분리되어『산행일기』에 재수록되면서 텍스트에서 행하는 기능이 달라지게 된다. 어떤 시를 본래의 문맥에서 떼어내어 다른 문맥에 재수록한다는 것은 기본적으로 텍스트를 변형하는 과정을 수반하게 된다. 원래 있던 제목을 없앤다든가 연작시의 순서를 바꾼다든가 原詩의 일부를 생략한다든가 하는 것은 변형의 대표적인 양상이라 할 수 있다.

이러한 재배열이 이루어지게끔 하는 결정적 기준이 되는 것은 산문의 내용이다. 여행 일정에 따라 그에 부합하는 운문이 선정・삽입되었기 때문이다. 다시 말해, 산문과 운문 중 主가 되는 것은 산문이며 산문 내용을 충실하게 혹은 자세하게 부연・보충하기 위한 목적으로 운문이 삽입된다는 것이다. 이에 따라 본래 서정시로서 시인의 감정을 표출하는 것을 본질로 하던 텍스트가 여행 기록 안에 삽입됨으로써 해당 장소나 경관, 사물에 관한 보충 정보를 제공하고 구체적 내용을 전달하는 텍스트로 성격이 바뀌게 된다. 타인의 시는 말할 것도 없고 정약용 자신이 지은 시라 할지라도 이전에 지은 것을 여행일기라는 문맥에 삽입할 경우 한 개인의 내면세계의 표출이라는 서정적 요소가 크게 희석되는 것이다. 서정시로서의 주관성, 내면세계의 표출 기능은 약화되고 특정 장소나 경관에 대한 객관적 사실의 '전달 기능'은 강화되는 셈이다. 일반적으로 시텍스트가 독자에 초점이 맞춰질 경우 '전달 기능'이, 시인에 초점이 맞춰질 경우 '표현 기능'이 우세해진다. 독자에게 교훈을 주거나 사실을 설명하고자 하는 교술시에서 전달의 기능이 강화되며, 시인의 내적 독백을 근간으로 하는 서정시에서 표현의 기능이 강화된다.

4월 20일 기록을 예로 들어 본다.

(1) 20일 맑음. 약암 등 여러 사람과 함께 昭陽亭에 올라 여러 사람들의 시를 써서 건 다음, 정자 아래에 배를 띄우고 맑은 물 위를 소요하였는데 玄生이 좋은 술 한 병을 보내왔다. 해가 질 무렵에 從僕과 말이 비로소 陶井으로부터 돌아왔다. 드디어 약암 등 여러 사람과 함께 谷雲으로 떠났는데, 韓·禹·吳 제생은 피곤하여 따르지 못했다. 참으로 애석한 일이었다.13)

(2) '소양정'을 소재로 한 김시습, 김상헌, 김창협, 김창흡, 이민구, 이현석, 이재, 조재호의 시, 다산이 경진년에 지은 <昭陽亭懷古>, 약암의 시 소개

(3) 「貊辨」

(4) 경진년에 지은 다산의 <牛首州詩>

(5) 다음 旅程(水雲潭, 普通店, 文巖書院)에 대한 기록

위에서 보는 바와 같이 20일자 여행 기록은 5부분으로 나눌 수 있는데 시가 11편이나 수록되어 있고 「맥변」이라는 論辨體 산문도 실려 있는 등 매우 길고 복잡한 구성을 보인다. (2)시 10편은 모두 20일 여정의 주 목적지인 '소양정'을 소재로 한 것이고 (4)의 <牛首州詩>는 「맥변」의 내용을

---

13) "二十日晴. 與約菴諸人登昭陽亭. 錄題揭諸詩. 汎舟亭下 沿洄澄潭之上. 玄生餽佳酒一瓶. 日將晡 僕馬始自陶井還.遂與約菴諸人 發谷雲之行. 韓禹吳倦乏不能從 可悵可悵." 『산행일기』, 『與猶堂全書』 제1집 22권 「雜評」.

시 형식으로 표현한 것이다.

(2)의 시들은 20일의 주 여정지인 '소양정'을 소재로 한 것들로서 산문 서술이 여행에 관한 객관적 사실을 기록한 것이라면 이 시들은 주 소재를 둘러싼 주관적 감흥을 표현한 것이다. 『산행일기』는 여행일기이므로 장르 상 '교술수필'로 분류될 수 있고, 시는 교술 속에 삽입된 서정이라 할 수 있다. 그러나 이 시들은 해당 시인의 문집이나 다른 문헌에 수록된 경우와 여행일기인 『산중일기』에 수록된 경우 그 시적 효과나 텍스트에서의 기능은 크게 달라진다. 農巖 金昌協의 시를 예로 들어 본다.

이 작품은 <歸路 再上昭陽亭>라는 제목으로 『農巖集』 4권에 실려 있는데, 『산행일기』에 삽입되면서 제목은 사라지고 원문만 인용되어 있다. 문집에 시를 모아놓은 부분14)에 제목과 함께 수록되었을 경우 '소양정'을 보고 한 시인이 느낀 바를 표출한 독백적 진술의 성격을 띤다. 그러나 여정을 기록한 문헌에 수록되게 되면 한 개인의 私的 정서는 상당 부분 희석되면서 여정지인 '소양정'에 대한 구체적 정보를 보충해 주는 구실은 강화된다.

山寺歸來意悵然	산사에서 돌아올 땐 마음이 섭섭하더니
眼明還是此樓前	누각 앞에 이르자 눈이 환히 열리네
闌干今古橫斜日	난간엔 언제나 햇살이 비껴 들고
舟楫東西閱逝川	돛대는 이리저리 강물을 따라가네
貊國秋容禾滿野	맥국의 가을빛은 벼가 들에 가득하고
牛村晚景樹生煙	우촌의 저녁 나무에 연기나네
澄江最覺宜佳句	맑은 강에 명작의 마땅함을 알았으나
安得詩如小謝姸	어찌하면 소사처럼 고운 싯귀 읊을고.

---

14) 『聾巖集』은 원집 36권, 속집 2권, 별집 4권으로 되어 있는데 시는 1권~6권에 실려 있다.

소양정에 이르러 아름다운 가을 풍광을 대하고 일어나는 감흥을 표현한 것이다. 頷聯과 頸聯은 누대 주변의 풍광이 마치 한 눈에 들어오듯 생생하게 묘사했으며, 首聯과 結聯은 이를 대하는 화자의 주관적 심정을 표현하여 매끄러운 情景의 조화를 7언율시 형식에 담아내고 있다. 독자가 이 시를 농암의 문집에서 읽었거나 시모음집 성격을 띠는 여타 문헌에서 읽었다면 시인의 시선에 공감·이입하여 시인과 같은 감흥을 느낄 수 있을 것이다. 그러나 『산행일기』라는 여행일기 문맥에 삽입되면서 '소양정'이라는 여정지에 대한 부가 설명, 보충 정보를 제공하는 구실이 훨씬 강화된다. 물론 『산행일기』를 통해 이 시를 접한 독자라 할지라도 이 시를 읽으면서 잠시 작자가 시를 지을 당시의 감정을 추체험하기도 하고 시가 주는 서정적 감흥에 젖어들 수도 있다. 그러나 이것은 부차적인 기능이고 여행 일정에 포함된 해당 장소나 경관에 대한 추가 정보를 제공하는 것이 이 시의 1차적 기능이라 할 수 있다

삽입시의 이같은 기능 변화는 다산 자신이 지은 시의 경우도 크게 다르지 않다.

漁子尋源入洞天	어부가 수원을 찾아 동천으로 들어가니
朱樓飛出幔亭前	붉은 누각이 만정봉 앞에 날아드네
弓劉割據渾無跡	궁준·유무의 할거 자취는 혼연히 사라지고
韓貊交爭竟可憐	진한·맥국 싸움은 끝내 가련하기만 하네
牛首古田春草遠	우수산 옛밭엔 봄풀이 아스라하고
麟蹄流水落花姸	인제에서 흐르는 물엔 낙화가 어여쁘구나
紗籠袖拂嗟何補	깁 댄 등롱, 하늘대는 소매[15]를 어떻게 이어갈꼬
汀柳斜陽獨解船	물가 버드나무에 석양 아래 홀로 배를 푸노라.

---

15) '紗籠' '袖拂'은 좋은 시로 대우받는 것을 가리킴. 역자 주.

이것은 (2)에 포함된 10편 중 하나로 다산이 경진년 여행 때 지은 것을 삽입한 것이다. 이 시는 경진년 여행 때 지은 시모음집인 「穿牛紀行」[16]에 <昭陽亭懷古>라는 제목으로 수록되어 있다. 이 시는 다른 시편들과 마찬가지로『산행일기』에 삽입되면서 제목이 삭제되고 본문만 제시되어 있다. 「천우기행」 속에 포함된 이 작품은 시적 대상을 접하고 시인의 내면에서 일어나는 주관적 감흥을 표현한 독백적 진술의 성격을 띤다. 그러나 이 시가 여행일기에 삽입되면서 여정지인 '소양정'에 대한 추가 정보를 제공하는 구실을 하게 된다.

서정시의 핵심은 어떤 대상을 마주하고 일어나는 순간적 감흥을 독백적 어조로 표현하는 데 있다. 다시 말해 서정시는 '순간성' '현재성'을 기본으로 하는 시양식인 것이다. 그런데 한 편의 서정시로서 이 <소양정회고>가 제목을 잃은 채 몇 년 뒤의 기록인『산행일기』에 재수록되면서 순간성과 현재성이라는 서정시적 본질을 상실한 채 소양정과 그 주변 경관, 그리고 우수주―춘천―[17]에 얽힌 역사적 사건을 설명하는 자료로 활용되고 있다. 이처럼 산문(1)과 운문(2)는 상호 대응을 이루면서 운문이 산문의 내용을 보조하는 구실을 하고 있음을 알 수 있다.

'소양정'을 소재로 한 10편의 시 뒤에는 다시 맥국에 대한 주장을 편 산문 「貊辨」과 경진년에 지은 다산의 <牛首州詩>[18]가 이어진다. 「맥변」은 우수주―춘천―은 맥국이 아니라는 내용을 골자로 하여 이를 논증하는 글인데, (2)의 시들 중 김창협, 이현석, 이재의 이 세 사람의 시가 우수주를 맥국이라 표현한 것에 대하여 이것이 잘못된 생각임을 증명하고자 한 것이다. 원래 <牛首州詩>는 「천우기행」 속의 '和杜詩' 12편 중 맨 마지막 편으로서 총 20구로 되어 있는데,『산행일기』에는 앞 4구와 뒤 4구는 생

---

16)『與猶堂全書』 제1집 7권.
17) '우수주'는 신라 때 춘천의 이름이다.
18) 「穿牛紀行」에 실려 있으며, 원제는 <牛首州和成都府>이다.

략하고 나머지 12구만 발췌하여 삽입하였다.[19]

이 시 뒤에 다산은 '이는 대개 춘천이 맥국이 아니라는 것을 말한 것이다("蓋謂春川非貊國也")'라는 문구를 붙여 산문 「맥변」의 논지를 보강하는 자료로 활용했음을 명시하고 있다. 그 내용을 보면, 춘천 지방의 산천, 곡물, 경관 등을 세밀하게 묘사하면서 그 역사적 흔적이 사라지고 없음을 안타깝게 여기는 심정을 표현하고 있다. 생략된 앞 뒤 8구가 '맥'과 직접적 연관이 없는 부분이라는 점을 감안할 때, 이 시를 왜 「맥변」 뒤에 덧붙이고 있는가에 대한 다산의 의도가 더욱 분명해진다고 할 수 있다.

이상 산문(1)과 운문(2), 산문(3)과 운문(4)는 상호 대응을 이루는 관계이며 운문으로써 산문의 내용을 보강하는 양상을 띠고 있다는 것을 다시 확인할 수 있다. 보통 여행을 하면서 지은 시들은 어느 장소에서 몇 수 지었다는 것만 언급하고 문집에 제목과 함께 수록하는 것이 상례인데 다산처럼 굳이 산문 기록 뒤에 시 전문 혹은 일부를 재수록해서 삽입한 이유도 이로써 설명할 수 있다. 산문과 운문이 상호 작용하여 텍스트를 구성하는 양상을 다음과 같이 나타낼 수 있다.

$$A \rightarrow B \rightarrow C \rightarrow D \rightarrow E \cdots\cdots N$$
$$\uparrow \quad \uparrow \quad \uparrow \quad \uparrow \quad \uparrow \qquad \uparrow$$
$$a \quad b \quad c \quad d \quad e \qquad n$$

이 그림에서 알파벳의 대문자는 여정을, 그리고 그 사이의 수평 화살은 산문서술의 전개를 가리키고, 소문자는 운문을, 그리고 수직 화살은 운문이 산문서술 어느 부분에 삽입되어 있는 양상을 가리킨다. 산문부가 여행 일정 전체의 흐름을 알게 해주는 계기축(syntagmatic axis)으로 작

---

19) 발췌·삽입된 해당 시구는 다음과 같다. "嗟玆樂浪城 冒名云貊鄕 木皮不能寸 五穀連仟)長 地暄發生早 首夏葉已蒼 鳴鳩樹樹喧 黃鳥弄柔簧 南韓昔巡撫 漢使川無梁 勒石久埋沒 薰聲竟微茫."

용한다면 운문부는 계기적 선상에 존재하는 지점들에 대한 인상이나 느낌을 전달하는 계열축(paradigmatic axis)으로 작용하여 서술을 전개해 가는 것이다.

3.2.3. 경진년의 시와 계미년의 시의 대응

『산행일기』에는 총 71수의 시가 수록되어 있는데, 이 중 다산이 지은 것은 47수이다. 47수는 경진년 1차 춘천 여행시 지었던 것 중 22수와 계미년에 새로 지은 것 25수를 합친 것이다. 25수에는 여행에서 돌아온 뒤 주자의 <무이도가>에 차운하여 지은 <곡운구곡시> 10수도 포함되어 있다. 앞서도 언급한 것처럼 다산은 처음 춘천을 여행하면서 7언시―7언절구― 25수, 和杜詩 12수, 잡체시 10수를 지었는데[20] 이 중 7언시 8수, 화두시 9수, 잡체시 5수 도합 22수를 『산행일기』에 재수록하고 있는 것이다.

다산은 새로 짓지 않고 경진년 시를 다시 인용한 것에 대하여 4월 15일자 일기에서 '경진년 봄에 황공탄에 올라 시를 지었는데 그 시는 다음과 같다' 하고 시를 소개한 뒤, '지금 보는 경치도 이와 같으므로 다시 짓지 않는다'고 설명하고 있다. 또한 4월 21일자의 내용을 보면 '여기서부터는 모두가 처음 보는 지역이다. 비로소 새로 시를 지었다'라고 하여 새로운 경험이 주는 흥분, 호기심이 시를 짓게 하는 동인으로 작용함을 알 수 있다.

그러나 다산이 『산행일기』라는 기행문 속에 상대적으로 많은 수의 시를 지어 수록하고 있는 것은 새로운 것을 보고 여행자의 詩心이 자극되었기 때문만은 아니다. 일반적으로 기행문에는 시가 삽입되는 예가 많은데,

---

20) 병진년에 지은 이 47수의 작품은 『與猶堂全書』 제1집 7권에 「穿牛紀行」이라는 제목으로 수록되어 있다.

여행 중 지은 시편이 많은 경우 대개는 문집에 별도로 수록하고 기행문에는 시를 몇 수 읊었다는 내용만 기록하는 것이 보통이다. 그런데 다산의 경우 과거·현재에 지은 시를 47편이나 기행문에 수록하고 있다는 것, 더구나 과거에 지어 한 권의 시집으로 갈무리해 놓은 것을 22수나 『산행일기』에 재수록했다는 것은 예사로운 일이 아니다. 『산행일기』 4월 15일자에서도 밝히고 있다시피 그는 시로써 여정을 기록하려는 의도를 가지고 있었다. 특히 2차 춘천 여행의 경우는 산수의 물길을 탐사하려는 목적이 있었기에, 행로는 1차 춘천 여행 때 이미 기록해 놓은 것으로 대치하고 새로 보는 지역의 경우만 새로 시편을 지었던 것인데 이 또한 歸路를 시로써 기록하려는 의도가 있었다는 것을 반영한다.

일기를 면밀히 읽어 보면 다산이 새로 시를 짓기 시작하는 4월 21일을 분기점으로 歸路에 접어든다는 것을 알 수 있다. 그 반환점이 된 것은 '문암서원'이다. 그러므로 '금년에는 특별히 물길을 기록하는 터라, 갈 때의 길은 대략 기록하고 회로의 기록은 상세히 하였다'는 일기의 내용과, 다산이 귀로에 접어드는 지점에서부터 새로 시를 짓기 시작했다는 사실은 서로 부합한다는 것을 알 수 있다.

우리는 여기서 경진년의 시와 계미년이 시가 단지 옛날 지은 것과 새로 지은 것의 대응을 넘어 '낯익은 경험'과 '낯선 경험'의 대응을 이루고 있는 동시에, 산수의 흐름에 대한 실질적 조사 기록으로서 각각 춘천까지의 '行路'와 춘천으로부터의 '歸路'에 대응되고 있음을 놓쳐서는 안될 것이다.

경진년의 시를 『산행일기』에 수록하기까지는, 일련의 연작시인 7언절구 25수와 5언의 和杜詩 12수를 해체하는 과정과 그 중 일부를 선정하는 과정, 그리고 선정한 것을 새로운 질서 속에 편입시켜 재배열하는 과정을 거치게 된다. 그럼으로써 과거의 현재화가 이루어진다. 경진년 춘천여행에서 지은 시모음집인 「穿牛紀行」은 錢起의 <江行百絶句>[21]와 두보의 「成都紀行」 12수에 부응한다는 主題意識이 반영된 것이기에 이 시들을 하나의 단위로 얽어매는 기준은 주제 및 詩體였다. 이 질서를 일단 허물고 난 다음, 2차 춘천 여행의 경유지에 따라 적재적소에 그 시들을 끼워넣고 있는데 새로운 문맥 속에서 절구와 화두시는 뒤섞여 배열된다. 그것은 시의 배열에 새로운 기준이 작용하고 있음을 말해 준다. 그 기준이란 여행 경유지―이것은 汕水의 경로의 역순이기도 하다―를 차례로 기록한다는 것이다. 즉, 경유하는 '장소'가 경진년의 시들을 재배열하는 기준이 되고 있는 것이다. 이처럼 해체와 재구성을 거쳐 『산행일기』라고 하는 새로운 질서 속으로 편입된 경진년의 시는, 「천우기행」의 그것과 '표면적인 내용'은 동일한 것일지라도 '심층적인 의미'는 동일한 것이라고 말할 수 없다. 개개의 시가, 그것이 속한 맥락 속에서 행하는 기능이 달라졌기 때문이다.

　여기서 우리는 『산행일기』에 포함된 경진년의 7언시 8수는 한편으로는 계미년에 새로 지은 시에 직접적으로 대응되면서, 또 한편으로는 1819년 충주 여행 때 지은 5언시 75수 및 전기의 <강행백절구>와는 간접적으로 대응된다는 것을 놓칠 수 없다. 그러므로 『산행일기』에 수록된 경진년의 시에는 다산의 1차 춘천여행과 더불어 충주여행, 그리고 전기의 양자강 여행의 경험이 이중·삼중으로 녹아 있어, 2차 춘천여행의 의미를 더욱 값지게 함과 동시에 같은 시구이면서도 새로운 느낌을 주게 되어 詩想을 더욱 풍부하게 하는 효과를 가져 온다.

　또한 각각의 텍스트들은 독립적이면서도 『산행일기』 안에서 서로 조화를 이루어 多聲和音을 연출해 내는 것이다. 대위법에서 주제 선율이 시간 차를 두고 다른 성부에서 재현될 때 변화를 주면서 상호 말을 건네고 그에 응답하는 방식으로 조화를 이루어나가는 것과 흡사하다고 하겠다. 이 텍스트들이 조화를 이루게 하는 공분모, 말하자면 대위법에서 주제 선율

---

21) 원 제목은 <四月十五日陪伯氏乘漁家小艓向忠州 效錢起江行絶句>이다. 『錢考功集』에는 「江行無題一百首」라는 제목으로 실려 있다. 이는 錢起가 양자강을 따라 강남으로 여행하면서 지은 기행시 모음이다.

과 같은 구실을 하는 것은 '船上旅行'의 체험을 시로 녹여냈다고 하는 점이다. 다산의 1819년의 충주여행, 1820·1823년의 춘천여행, 그리고 전기가 양자강을 따라 강남으로 간 여정은 모두 배를 이용한 선상여행이었던 것이다.

이처럼 『산행일기』에 수록된 경진년의 시와 계미년의 시는 시간상으로는 과거의 것과 현재의 것이면서 경험상으로는 낯익은 것과 낯선 것, 텍스트 생산에 있어서는 해체와 재구성이라고 하는 다양한 쌍이 이중·삼중으로 대응되어 과거의 현재화를 이루고 『산행일기』의 텍스트성을 풍부하게 한다고 말할 수 있다.

3.2.4. 다산의 詩文과 타인의 詩文

『산행일기』에는 총 71수의 시편과 몇 편의 遊記 작품들이 수록되어 있다. 그 구체적인 양상을 보면 다산의 시는 총 47편으로 이것은 경진년의 시 22수를 포함하여 계미년에 새로 지은 시 15수, 그리고 여행에서 돌아온 후 주자의 <무이도가>에 追和한 <곡운구곡시> 10수를 합한 수치이다. 타인이 지은 시로는 여행에 동행했던 約菴 李載毅의 시가 6수 있고, 昭陽亭을 두고 김시습·김상헌·김창협·김창흡·이민구·이현석·이재·조재호가 읊었던 시 8수가 인용되어 있으며, 곡운 김수증과 그의 子姪들이 <무이도가>에 차운하여 지은 <곡운구곡시> 10수 도합 24수가 있다.

文으로는 다산이 춘천은 맥국이 아니라는 것을 주장한 「貊辯」, 곡운구곡에 있는 정자를 대상으로 한 김수증의 「題籠水亭」, 그의 조카인 농암 김창협의 「不知菴記」「三一亭記」, 다산의 「疊石臺記」「隆義淵記」「明月溪記」 그리고 臥龍潭, 明玉瀨, 白雲潭, 碧漪灣, 神女峽, 青玉潭, 望斷磯, 雪壁渦, 傍花溪를 대상으로 한 산문이 수록되어 있다. 이들은 각각 단편의 독립된 山水遊記로 볼 수 있을 만큼, 여행일정이나 날씨를 기록한 여행일기의 본문과는 별개의 성격을 지닌다.

이들 시문에서 특별히 주목할 것은 다산의 시문과 타인의 시문 간에 보이는 여러 쌍의 대응관계이다. 우선 다산의 시와 이약암의 시, 다산의 곡운구곡에 관한 산문과 김수증의 「谷雲記」가 대응을 이루며, 다산의 <곡운구곡시>는 한편으로는 김수증과 그의 자질이 지은 「곡운구곡시」에, 그리고 또 한편으로는 주자의 <무이도가> 10수에 대응된다. 뿐만 아니라, 『산행일기』에 수록된 경진년의 7언시 8수와 전기의 <강행백절구>, 『산행일기』에 수록된 경진년의 화두시와 두보의 <성도기행> 12수 또한 대응관계를 형성한다. 타인의 시편들 중에는 이약암의 시나 김수증의 <곡운구곡시>처럼 『산행일기』에 수용되어 텍스트 일부를 구성하는 경우도 있지만, 주자의 <무이도가>나 전기의 <강행백절구>, 두보의 <성도기행> 12수처럼 텍스트 문면에는 직접 드러나지 않는 경우도 있다. 그러나 다산이 이 텍스트들을 '전제'로 하여 혹은 이 텍스트들을 '본떠서' 그에 상응하는 시를 지었기에 그의 의식 속에서 대응을 이룬다고 보는 것이다.

3.2.4.1. 다산의 시와 이재의의 시

이재의는 2차 춘천여행 때 다산과 동행했던 인물인데 『산행일기』에 그의 시가 6수 수록되어 있다. 이 중 다산의 시와의 대응이라는 측면에서 주목되는 것은, 춘천의 역사를 두고 상이한 관점을 드러낸 작품이다. 다산은 4월 20일자 일기에서 맥국에 대한 변증을 하면서 경진년 봄에 지은 和杜詩 중 두보의 <成都府>에 차운한 <牛首州> 시를 수록하였다.

嗟玆樂浪城	아아, 이 낙랑성이 어쩌다가
冒名云貊鄉	맥향이라는 이름을 뒤집어 썼나
木皮不能寸	나무껍질은 한 치도 되지 않고
五穀連阡長	밭마다 오곡이 무성하게
地暄發生早	따뜻한 지기에 발육이 빨라서

首夏葉已蒼   초여름에 벌써 나뭇잎 짙푸르네
           (下略)

그리고 이 시 뒤에 '대개 이 시는 춘천이 貊國이 아님을 말한 것이다'라는 설명을 붙이고 있다. 이 시뿐만 아니라 다산은 저술 곳곳에서 춘천은 貊이 아님을 누누이 강변하였다. 특히 『我邦疆域考』의 「樂浪別考」 「濊貊考」 「八道沿革總敍」 등에서 '옛 기록에 자주 보이는 낙랑은 바로 춘천이고 예맥의 본거지는 부여이므로 낙랑의 옛터인 춘천을 두고 맥국의 옛터라고 한 것은 잘못된 것'이라는 내용을 골자로 한 주장을 펴고 있다.

위 시의 1·2구는 이같은 주장을 반영한 표현이며, 3~6구 역시 춘천은 맥이 아니라는 근거를 시로 표현한 부분이다. 다산은 「예맥고」에서, '맥땅에는 곡식이 나지 않고 기장만 난다'고 한 『맹자』 「告子」편의 기록이나, '호맥 지역은 그늘 쌓인 곳에서는 나무껍질이 3치이고 얼음 두께가 6자다'라고 한 『漢書』 「鼂錯傳」의 기록에 대하여,

　　지금 우리나라 춘천은 오곡이 무성하게 익으니 맹자가 가리킨 것도 우리나라 춘천이 아니다. 땅의 기후가 화창하고 따뜻해 겨울 얼음도 몇 치 되지 않는다. 먹을 것이 풍부하게 갖추어져 한 번도 소나 양젖을 마신 적이 없으니, 「鼂錯傳」에서 가리킨 것도 우리나라 춘천이 아니다.[22]

라고 강변하고 있다. 이 내용을 시로 표현하고 있는 것이다.

이와 같은 다산의 입장에 반해 이재의는,

江山如畫有高樓   그림같은 강산에 높은 누각이 있어
貊國遺墟客遠游   맥국 옛터에 먼 곳 손이 노니네

---

22) 정약용, 「濊貊考」, 『我邦疆域考』(丁海廉 역주, 현대실학사, 2002), 135~136쪽.

라고 하여 춘천을 맥국의 터로 보고 있다. 다산은 이재의와 사상이나 당파, 학파에 있어 다른 성향을 지녔고 여러 차례에 걸쳐 사단론을 두고 격론을 벌이기도 했지만 오랜 기간에 걸쳐 교유하면서 그를 존경하였다.23) 우리는 여기서 자신과 다른 견해, 다른 입장에 대하여 유연하게 대처하는 다산의 면모를 엿볼 수 있다. 춘천에 대한 시각차를 지닌 이재의의 시를 실은 것은 여행에 동행한 지인에 대한 존중과 배려의 마음이 작용한 것도 있지만, 한편으로는『산행일기』전반에 걸쳐 작용하는 두 요소간의 대응의식이 발현된 것임을 간과할 수 없다. 또한 입장을 달리하는 시를 삽입함으로써 대상에 대한 다면적 시각을 제시하고 있다고 볼 수 있다.

3.2.4.2. 다산과 김수증, 다산과 주자

그 다음 주목되는 것은 다산의 <곡운구곡시>이다. 이 작품군은 한편으로는 김수증 및 그의 자질들이 지은 <곡운구곡시>에, 그리고 다른 한편으로는 주자의 <무이도가> 10수에 대응된다. 九曲詩體는 주자의 이 <무이도가>에서 기원하는데 주자는 54세 되던 해에 武夷山 大隱屛 아래에 武夷精舍를 짓고 성정을 도야하면서 그 다음 해에 7언절구로 된 <무이도가> 10수를 지었다. 한편 곡운 김수증을 중심으로 한 <곡운구곡시>는 임신년(1692년)에 지었다는 年紀가 서시 뒤에 붙어 있는데, 서시와 제1곡은 김수증이 짓고 제2곡은 아들 昌國이, 제3곡은 조카 昌集, 제4곡은 조카 昌協, 제5곡은 조카 昌翕, 제6곡은 아들 昌直, 제7곡은 조카 昌業, 제8곡은 조카 昌緝, 제9곡은 외손인 洪有人이 지었다.

다산은 곡운서원을 예방하고 김수증이 선정한 9곡 중 7·8·9곡인 疊石臺, 隆義淵, 明月溪 세 곳은 볼 만한 것이 없고 경치가 별로 좋지 않은데도 9곡으로 정한 것이 잘못 되었다고 비판하고 이를 뺀 뒤 대신 碧漪灣,

---

23) 심경호,『茶山과 春川』(강원대학교 출판부, 1996), 147~158쪽.

望斷碕, 雪壁渦 세 곳을 새로 넣어 기존의 臥龍潭, 明玉瀨, 白雲潭, 神女峽, 靑玉潭, 傍花溪와 합해 9곡을 정하였다. 김수증의 <곡운구곡시>나 다산의 <곡운구곡시>의 전체 체제 및 시형식은 모두 <무이도가>를 본떴으니, 경치좋은 곳 아홉 군데를 정하여 각 장소마다 7언절구의 형식으로 시를 한 수씩 짓고 맨 앞에 이를 총괄하는 序詩를 붙이는 체제이다. 각 시의 첫 구 첫 머리에 번호를 붙여 '一曲' '二曲'으로 시작하는 방식 또한 주자의 구곡시체의 전형을 따른 것이다. 더구나 次韻한 양상을 보면, 김수증이나 다산이나 10수 전체에 걸쳐 제1구·2구·4구의 韻을 주자의 것과 동일한 글자를 사용하고 있어 전체적으로 주자의 <무이도가>를 철저하게 본받고 있음을 알 수 있다. 다산은 김수증과 주자의 구곡시체를 본떠 <곡운구곡시>를 지었지만 구곡의 형상화 양상을 검토해 보면 어떤 면에 중점을 두고 두 사람의 구곡시에 대응시키고 있는지 엿볼 수 있다.

먼저 김수증의 구곡시와 비교해 보면, 다산의 <곡운구곡시>는 九曲의 구체적인 장소는 다소 차이가 있다 하더라도, '谷雲'[24]이라고 하는 동일한 지리적 배경을 두고 김수증이 정한 9곡을 전제로 하여 읊어진 것이라는 점에서, 김수증의 구곡시에 '장소 중심'의 대응을 이루려 한 다산의 의도를 읽을 수 있다. 이에 반해, 주자의 <무이도가>에 대해서는 자신의 1곡과 주자의 1곡, 자신의 2곡과 주자의 2곡과 같이 9곡의 순차적인 대응을 꾀한다는 점이 대조가 된다.

예를 들어 다산의 제9곡, 김수증의 제6곡에 해당하는 <臥龍潭詩>의 경우 각각,

九曲靈湫水湛然	구곡이라, 신령한 못 물색이 맑은데
桑麻墟里帶晴天	뽕과 삼 우거진 옛 마을 맑은 시내 둘렀네
老龍不省人間雨	늙은 용은 인간에게 비내릴 일 안 살피고

---

24) '谷雲'은 강원도 화천에 있는 계곡 이름이다.

春睡猶濃養麥天	보리 기를 시절에 봄 잠만 곤히 자네
六曲幽居枕綠灣	육곡이라, 그윽한 집 푸른 물굽이 베개삼아
深潭千尺映松關	일천 자 깊은 못 그림자 솔문을 비추네
潛龍不管風雲事	숨은 용은 풍운같은 세상사 간여치 않고
長臥波心自在閑	물 속에 길게 누워 저 홀로 한가롭네

라고 읊고 있는데 같은 장소를 두고 지은 것이기에 공통적인 것도 있지만 시상을 취함에 있어 차이도 적지 않다. 두 시 모두 해당 장소의 이름에 포함된 '용'을 주요 소재로 활용하고 있다. 그리고 다산의 경우, 가물 때면 사람들이 그 곳에 와서 기도를 한다는, 김수증의 「谷雲記」의 내용[25]을 차용하여 3·4구를 이루었다.

다산은 곡운구곡을 대상으로 한 記에서

와룡담 이상[26]은 산세가 비속하고 물의 흐름이 또한 세차지 못하다. 그리고 뽕밭, 삼밭, 느릅나무, 버드나무 등의 그늘과 빽빽한 밭도랑과 가옥들은 이미 인간세상의 속된 경관이다. 다만 당시에 정자가 여기에 있었고 그 노인[27]이 늘 상 멀리까지 노닐 수 없어 보통 이 곳에 발걸음을 많이 했기 때문에 이상의 3곡이 외람되이 9곡의 수를 채우게 된 것이다. 주자의 「무이도가」도 7곡과 8곡에 이르면 아름다운 경치는 없으나 다만 7곡의 '碧灘蒼屛'과 8곡의 '鼓樓奇巖'은 그래도 취할 만하다 하였고 9곡에 이르러서는 '桑麻雨露 別有人間'[28]이라 읊고 있는 것이다. 이 예를 미루어 보면 의당 와룡담으로 제9곡을 삼아 平川의

---

25) 김수증은 「곡운기」에서 와룡담에 대하여, '절벽 하나를 돌자 고인 물이 아주 맑아 그 깊이를 헤아릴 수 없을 정도였다. 속칭 龍淵이라 하여, 가물 때면 마을 사람들이 기도를 한다고 한다. 마침내 와룡담으로 고쳤다'고 서술하고 있다. 심경호, 앞의 책, 212쪽에서 재인용.

26) 疊石臺, 隆義淵, 明月溪의 3곡을 가리킨다.

27) 김수증을 가리킨다.

28) 주자 〈무이도가〉 제9곡 제2구의 "桑麻雨露見平川"과 제4구의 "除是人間別有天"의 구절을 따온 것이다.

入始로 여길 것이요, 그 정자나 집, 촌락 저쪽은 취하지 않는 것이 아마도 마땅
할 듯하다.29)

고 서술했는데, 이 내용을 보면 다산이 곡운을 방문했을 당시 명월계·융
의연·첩석대 일대는 뽕밭, 삼밭, 느릅나무 등이 우거져 있고 근처에 마을
이 형성되어 있었음을 알 수 있다. 다산은 '첩석대'에 대해서는 '큰 길에는
그늘을 이룰 만한 수목도 없어 은일지사를 감당할 수 없다'고 하였고, '융
의연'에 대해서는 '위에는 화전이 있고 옆에는 보리밭이 있어 기괴한 암석
도 없고 그늘을 이룰 만한 수목도 없다'고 하였으며, '명월계'에 대해서는
'소와 말, 개와 돼지가 물을 건너고 먼지와 재, 쭉정이와 겨가 뒤섞여 시끄
럽고 비천하기가 이루 말할 수 없다'고 하면서 어떻게 이런 곳을 9곡의
반열에 올려 놓았는지 모르겠다고 푸념하고 있다.

　이런 언급에서 알 수 있듯, 다산은 인간의 삶의 모습이 물씬 묻어나는
현장을 속된 경관으로 보고 이를 9곡에 넣는 것을 못마땅하게 여겼다. 그
러나 〈와룡담〉 시에서는 '뽕나무와 삼나무가 우거진 마을'을 '맑은 시내'
'신령한 못'과 연결시킴으로써 俗氣를 걷어내고 맑은 물색의 이미지로 형
상화하고 있다. 다산이 본 세 곡의 풍경은 김수증이 「곡운기」에서 묘사한
것과는 큰 차이를 보이는데, 김수증이 곡운정사를 경영한 것과 다산이 이
곳을 찾은 시점간에는 130년 이상의 시간차30)가 있으므로 그 사이에 산
천풍경도 많이 변했을 것이고 마을도 조성이 되었을 것이 틀림없다.

---

29) "蓋自臥龍潭以上 山色已庫浴 水勢已委靡. 桑麻楡柳之蔭 溝塍室屋之稠 已是人間俗
　　物. 特以當時亭宇在此 老人不能每遠游 尋常杖屨 多在此間. 故以上三曲 得以濫竽於
　　是也. 朱子武夷櫂歌 至七曲八曲 謂無佳景 然七曲之碧灘蒼屛 八曲之鼓樓奇巖 猶有
　　可取 至九曲則曰桑麻雨露 別有人間. 推是例也 當以臥龍潭爲第九曲 以作平川之始
　　其自亭舍村閭以往 恐不宜更取也."『산행일기』4월 22일자 내용.
30) 김수증의 〈곡운구곡시〉는 1692년에 지어졌고 곡운정사를 경영한 것은 그 이전이
　　므로, 다산이 이곳을 찾은 1823년과는 130년 이상의 시간차가 있다.

그렇다면 다산이 桑麻를 인간세상의 상징적 징표로 보고 속된 것으로 여기면서도 시에서는 9곡의 한 경관으로 속기가 가셔진 맑은 이미지로 형상화한 연유는 무엇일까? 그 답은 주자의 <무이도가> 제9곡에서 찾을 수 있다.

九曲將窮眼豁然	구곡이라, 다하려다 시야가 툭 트이니
桑麻雨露見平川	뽕과 삼에 비이슬, 평천이라네
漁郎更覓桃源路	어부는 다시 도화원 길을 찾지만
除是人間別有天	바로 여기가 인간 별천지로다

이 시의 배경이 된 것은 平川으로 도연명의 「桃花源記」에서 시상을 따왔다. 뽕밭과 삼밭 또한 「도화원기」에 등장하는 소재이다. 뽕과 삼은 비단과 삼베를 제공하는 것이기에 경제적으로 인간의 생활에 보탬이 되는 나무이다. 이로 볼 때 다산은 인간세상의 속기가 감도는 장소를 9곡에 포함시키는 것을 마땅치 않게 여기면서도 자신의 9곡을 주자의 9곡에 대응시키느라 뽕과 삼, 그리고 이것들로 대표되는 인간의 삶을 시에서 노래하고 있는 것이다.

종합해 보면 다산은 '와룡담'을 소재로 시를 지음에 있어, 해당 장소의 이름에 포함된 '용'이라는 소재와, 가물 때면 사람들이 그 곳에 와서 기도를 한다는, 김수증의 「곡운기」의 내용을 융합하고 여기에 <무이도가> 9곡의 도화원 모티프를 빌어와 제9곡을 이루었다고 할 수 있다. 즉, 다산은 <곡운구곡시>를 지음에 있어 김수증의 <곡운구곡시>에 대해서는 해당 장소의 풍광이나 그 장소의 명칭이 갖는 함의를 중심으로 대응을 시키고, 주자의 <무이도가>에 대해서는 곡의 순번에 따라 이미지나 모티프, 전체적 주지 등을 대응시키고 있는 것이다.

이상 살펴 본 것처럼 『산행일기』에는 여행 중 지나치는 경관을 보고 지은 수많은 시작품이 삽입되어 있는데 이 시들은 단지 그 경관을 두고 읊어졌다고 해서, 혹은 그 장소와 관련이 있다고 해서 수록된 것이 아니다. 여기에는 동일한 대상이나 유사한 상황을 두고 자신의 것과 타인의 것을 대응시켜 상이한 관점을 제시함으로써 어떤 사물이나 현상, 나아가서는 세계에 대한 입체적 조명을 꾀하고자 하는 다산의 의도된 고안이 작용하고 있는 것이다.

어떤 대상에 대하여 자신이 느낀 감흥을 표현하고 자신이 포착한 특징을 묘사하는 것에 그친다면, 시를 통한 자기표현욕구는 충족될지 모르나 대상에 대한 정보의 제공, 설명 및 묘사의 면에서는 충실하지 못할 수도 있다. 경진년의 절구나 和杜詩의 경우, 전기나 두보의 경우와 동일한 장소, 동일한 대상을 두고 읊은 것은 아니지만 어떤 유사한 상황에서 읊어진 것을 대응시킴으로써 자신이 마주하는 상황을 좀더 생생하고 선명하게 그리고 그 시적 의미를 풍부하게 드러낼 수 있는 것이다. 말하자면,『산행일기』의 시는 주체의 표현욕구를 반영하면서도 대상지향적 혹은 대상중심적 성향이 강한 시로 볼 수 있는 것이다. 그 대상의 핵심에는 춘천과 산수, 더 범위를 좁히면 '汕水'가 자리한다.『산행일기』는 '산수에 관한 담론'인 것이다.

3.2.5. 공간상의 대응

『산행일기』를 둘러싸고 형성된 또 다른 대응양상은 바로 '춘천:성도'라고 하는 공간상의 대응이다. 다산은 저술 여기저기에서 춘천을 중국 촉땅의 성도에 비견하고 있는데 예를 들면『산행일기』4월 18일자에 다산이 춘천의 현 상황을 두고 그 고을 校卒·鄕甲과 나눈 대화 내용을 기록한 나눈 뒤,

> 내가 생각건대 춘천은 우리나라의 成都이다. 孔明은 蜀땅을 근거지로 하여 부흥을 도모하였으며 明皇은 촉땅으로 피하여 위기를 모면하였다. 춘천 역시

위난의 때에 나라를 보존할 수 있는 지역이다. 그런데 지금 이와 같이 패망하였
으니 아 참으로 애석한 일이다. 도망한 아전과 백성들을 다시 불러들여 안정시
키자면 6,7년이 아니고는 안 될 것인데, 지금 또한 아침에 제수하여 저녁에 옮겨
가게 되니 아 이를 장차 어찌할 것인가?[31]

라고 서술한 대목이 있다. 제갈공명이 촉땅을 근거로 해서 漢室의 부흥을
도모하고 당 현종이 안녹산의 난을 피해 촉땅으로 피신했던 중국의 역사
를 들어, 춘천도 성도와 마찬가지로 국가 위난의 때에 나라를 보존할 수
있는 지역임을 천명한 것이다. 또한, 「穿牛紀行」 중 <和杜詩十二首> 序
에서는,

> 옛날 두보가 촉땅에 들어가면서 古詩 12수를 지은 적이 있다. 春州는 우리나
> 라의 성도이다. 산의 험준함과 강물의 파도가 거친 것이 아주 흡사하다. 그러므
> 로 차운하여 화답하는 바이다.[32]

라고 하여 산이 험준하고 파도가 거칠다고 하는 지세가 흡사함을 들어 춘
천을 성도에 비기고 있다.

이처럼 다산은 춘천과 성도의 지리적·역사적 의의와 비중을 동일하게
보고 있다. 성도는 현재 중국 泗川省에 있는 분지로 三國 蜀漢의 도읍지
이다. 촉땅은 '蜀道難'이라고 하는 제목 하에 악부를 비롯, 梁의 簡文帝나
唐의 張文琮·李白 등과 같은 중국의 수많은 문인들이 시를 지어 그 곳으
로 가는 길의 험난함을 노래한 것으로 미루어 알 수 있듯 예로부터 산세
가 험준하고 궁벽진 심산유곡에 위치하여 자연경관은 뛰어나지만 왕래하
기가 힘든 곳으로 인식되어 왔다. 춘천 또한 나라의 구석진 곳에 위치하여

---

31) "余惟春川者 吾東之成都也. 孔明據蜀以圖興復 明皇幸蜀以免危急. 春川亦國家必保
之地 今敗亡如此 嗚呼惜哉. 招來安集 非六七年不能 今且朝除而夕遷 噫將奈何."
32) "昔杜甫入蜀 有古詩十二首. 春州者 我邦之成都也. 山險江濤 若相似然. 故次韻和之."

산세가 험준하고 가는 길도 험하여 유배지로나 적절한 곳이지만 가는 길목 여기저기 경승지가 산재해 있어 더없이 아름다운 경관을 자랑하는 곳이었다. 성도나 춘천은 말하자면 지리적 여건이나 지세·산세로 볼 때 나라의 '奧地'라는 점에서 동일한 의미를 지닌 곳인 셈이다. 이와 같이 춘천과 성도를 병렬시켜 바라보는 인식태도는 자연스럽게 자신의 춘천여행과 두보의 성도행을 대응시켜 바라보는 시각으로 이어지고 나아가 <성도기행> 12수에 대한 화두시 12수를 낳게 된 것이다.

또 한편 다산은 자신의 춘천여행을 宋의 문인 陸游의 入峽旅行에 대응시키고 있어 주목된다. 「穿牛紀行」에 수록된 절구 25수 중 제10수를 보면,

直北穿牛又北東	북으로 곧장 우수주를 관통 또 그 북동쪽엔
澄泓十里亂山中	이리저리 얽힌 산 속에 맑은 강물이 십 리인데
放翁入峽書中景	방옹의 입협서 속 경치와 비교해 보니
一曲差殊二曲同	첫 굽이는 다르지만 둘째 굽이부터는 똑같네

라 하여 放翁[33] 육유의 入峽 여행에 대해 언급하고 있다. 여기서 '入峽書'는 그가 1169년 촉땅 蘷州의 通判으로 補任받아 이듬해 1170년 5월 18일에 고향인 山陰을 출발하여 10월 27일 기주에 도착하기까지 근 5개월에 걸친 장도의 선상여행 경험을 기록한 기행문 『入蜀記』를 가리킨다. 『입촉기』는 육유가 긴 여정에서 보고 경험한 주변 풍광과 사람들의 삶의 모습을 날짜를 좇아 기록한 장편의 여행일기로서 수많은 사람들의 시문이 인용되어 '시삽입형 혼합담론'의 전형이 되는 텍스트이다.[34]

---

33) 放翁은 육유의 호이다.

34) 『입촉기』는 비슷한 시기에 나온 范成大의 『吳船錄』과 더불어 기행문의 장편화를 야기하는 기폭제가 된 것으로 후대에 수많은 문인들에 의해 이를 본뜬 일기체 기행문이 쏟아져 나오게 된다.

이렇게 본다면 여행주체·여행장소·여행기록을 둘러싸고,

여행주체	여행장소	여행기록
다산: 전기	충주·춘천여행: 강남행	절구 100수: 강행백절구
다산: 두보	춘천여행: 성도행	화두시 12수: 성도기행 12수
다산: 육유	춘천여행: 입협여행	산행일기: 입촉기

와 같은 삼중의 대응관계가 형성되는 셈이다. 이 또한『산행일기』가 면밀
한 대응의식의 소산임을 말해주는 근거가 된다.

춘천과 성도에 이어 또 다른 공간 대응이 이루어지는 것은 春川과 汕水
간에 이루어지는 대응이다. 다산은 앞서 인용한『산수심원기』서문에서
'洌水는 곧 漢水 즉 오늘의 한강인데 북한강의 물은 산골짜기에서 나오므
로 이것이 곧 汕水고, 남한강의 물은 습지에서 나오므로 이것이 곧 濕水'
라고 하면서 '春川과 狼川의 물이 汕水가 된다'고 단정지었다. 여기서 춘
천과 산수의 관계가 명확히 드러난다. 앞에서『산행일기』를 관통하는 핵
심어는 춘천과 산수라고 언급한 바 있는데, 다산이 두 차례에 걸쳐 춘천여
행을 하고 특히 2차 여행 때의 관심사가 산수의 물길을 조사하는 데 있다
고 명시한 것을 보면 다산의 춘천여행의 최종 관심사는 춘천 자체보다는
산수에 있었음이 분명히 드러난다. 춘천은 산수의 근원 중 하나가 되기
때문에 다산의 특별한 관심을 끌었던 것이다. 이로 볼 때 '춘천: 산수'라고
하는 두 공간 요소는『산행일기』를 구축하는 다양한 대응쌍 중 하나를
이루는 것이라 할 수 있다.

4. 대위법적 구성의 미적 효과와 '汕水'의 의미

『산행일기』는 사실성과 기록성을 최대치로 하는 기행문학이면서도 경험
한 바를 순서대로 서술하지 않고 어떤 의도에 따라 재배열·재구성한다는

점에서 다른 여행일기와는 변별되며, '대위법적 구성'이라는 미적 토대 위에서 경험의 재배열이 행해진다고 보고 그 구체적 양상에 대해 살펴보았다. 대위법적 구성에 기반한 여러 쌍의 대응요소들은 서로 무관한 것이 아니라 횡과 종으로 얽혀 '산행일기'라는 담론을 구축한다. 다양한 대응쌍을 통해 텍스트가 구축되는 것은 우연의 소치가 아니라 다산의 면밀한 의도 및 고안에 의한 산물이다. 단일 요소에 의한 텍스트 생산보다 다양한 요소의 대응에 의한 구축이, 풍부한 텍스트성을 야기함은 말할 나위가 없다.

대응쌍을 통한 대위법적 구성은, 기존의 시문을 해체하는 과정과 그 중 일부를 선정하는 과정, 그리고 선정한 것을 새로운 질서 속에 편입시켜 재배열하는 과정을 거치게 된다. 이 과정에서 과거에 이미 지어진 시문을 인용하는 데서 오는 과거의 현재화, 타인의 시문과 자신의 것을 병치시키는 데서 비롯되는 타인의 경험의 자기화, 공간의 대응을 통한 경험의 확장이 이루어지게 되는 것이다. 그리고 결과적으로『산행일기』는 다산과 타인간의 대화의 장으로 변모한다. 우리가 '허구'라는 말을 '상상에 토대를 둔 가공의 이야기'라는 뜻을 넘어, 문학텍스트의 '창작 원리' 혹은 '구성의 원리'라는 의미로 확대 해석할 때,『산행일기』에서 보이는 경험의 재배열에 의한 대위법적 구성은 명백한 허구의식의 발현으로 볼 수 있다.35) 즉, 경험의 재구성은 어떤 의미에서는 기행문학이 지닌 사실성을 희석시키고 허구성을 증대하는 미적 효과를 야기한다고 말할 수 있다.

그렇다면, 다산은 왜 사실성과 기록성이 중시되는 여행일기를 쓰면서 경험한 대로 서술하지 않고 이같은 미적 효과를 의도했을까? 이 의문은 다산이 汕水에 대해 가졌던 애착과 관심, 그리고 산수가 다산에게 어떤

---

35) 허구를 나타내는 '픽션(fiction)'이라는 말이 '형성하다'라는 뜻을 가진 라틴어 '픽티오(fictio)'을 어원으로 한다는 점에 의거할 때, 이 말 자체에는 문학텍스트의 구성 원리라는 의미가 내포되어 있다고 할 수 있다. 한국문학평론가협회 편,『문학비평용어사전』下(국학자료원, 2006), 1094쪽.

의미를 지니는가를 살핌으로써 답을 얻을 수 있다.

다산이 그토록 '산수'에 대해 비상한 관심과 애정을 가지고 있었던가 하는 실질적인 이유로 『대동수경』에 漢水 즉 지금의 한강에 대한 기록이 누락되어 있었기 때문이라는 것을 꼽을 수 있다. 이 점은 다산이 「穿牛紀行」의 시나 『산행일기』를 통해 직접 명시한 바이므로 '산수'에 대한 관심의 직접적·1차적 근거가 된다. 그러나 다산이 漢水의 또 다른 이름인 洌水를 자신의 호로 사용할 만큼 강한 집착을 보인 것에 대한 설명으로는 충분하지 않다. 중국이나 우리나라나 옛 문인들이 자신에게 의미가 있는 장소나 지역의 명칭을 호로 삼는 것은 그리 드문 현상은 아니었다. 윤선도의 '孤山'[36], 김수증의 '谷雲', 이이의 '栗谷'[37] 등 자기가 나서 나란 고향이나 은거하던 곳을 호로 삼은 예를 어렵지 않게 찾아볼 수 있다.

다산은 남한강과 북한강이 합류하는 한강변에서 나고 자랐기 때문에 한강에 대한 특별한 친근감을 가지고 있었다. '고향'이란 한 사람의 정체성의 형성과정에 최초의 중심이 되는 장소로서, 성장한다는 것 그리고 삶을 살아간다는 것은 고향이 갖는 경험을 확대해 나가는 과정에 다름 아니다. 이런 점에서 다산에게 있어 '산수'는 학자로서, 경세가로서, 문인으로서의 정체성을 확립하는 과정에 있어 최초의 중심으로 작용한 지리·공간적 요소였다고 할 수 있다.

다산은 체계적인 通史類의 역사서를 저술하지 않았지만, 자연 환경에 의거해서 역사 발전을 이해하려는 태도를 가지고 있었다고 평가된다.[38] 『아방강역고』가 그 대표적인 예인데 이 저술은 지리적 여건이나 강역의 고증을 통해 상고사를 재구성했다는 점에서도 획기적인 의미를 지닌다.[39]

---

36) 경기도 양주에 있는 지명. 이곳에 별장이 있었다.
37) 경기도 파주 율곡리를 가리킴.
38) 한영우, 「茶山 丁若鏞의 歷史觀」, 『丁茶山 研究의 現況』(한우근 외, 민음사, 1985).
39) 같은 책.

즉, 다산은 공간적 요소를 통해 역사의 흐름을 파악하는 독특한 역사관을 가지고 있었다.

이처럼 '공간'은 다산에게 있어 크게는 역사의 흐름을 파악하는 기준으로 작용하였으며, 작게는 한 개인으로서 정체성을 확립하는 과정에서 중요한 인자로 작용한 것이다. '산수'는 그같은 공간적 지향성의 핵심 또는 궁극적 도달점에 해당하는 것이었기에, 다산은 『산행일기』를 통해 '汕水'의 이모저모를 입체적으로 조명하여 산수가 지닌 의미와 가치, 비중을 부각시키고자 했던 것으로 보인다. 이같은 의도가 있었기에, 다산은 산수 여행 경험을 서술함에 있어 일반 기행문학처럼 여정에 따라 보고 들은 바를 사실에 충실하게 기록하는 방식 대신, 과거 경험을 현재화하고 타인의 시문과 자기 것을 병치시키며 춘천과 성도를 대응시키기도 하는 등 다양한 형태로 경험을 재구성·재배열하는 방식을 택하여 미적 효과를 최대화하였다고 생각한다. 그리고 바로 여기에 『산행일기』의 기행문학적 위상이 놓인다고 본다.

제6부

복합형

【소총론】

⋮

복합형은 산운 혼합담론의 유형이라기보다 여러 유형이 복합되어 나타나는 것을 가리킨다. 복합적 양상이 나타나는 단위는 1)하나의 텍스트 2)여러 개의 개별 텍스트가 모인 작품집 혹은 문헌 3)어떤 한 문학 양식으로 구분해 볼 수 있다. 1)의 예로서 여기서는 강용흘의 「초당」을, 2)의 예로 『춘추좌씨전』을 그리고 3)의 예로 일본의 하이분(俳文)을 집중적으로 살폈다. 강용흘의 자전적 소설이라 할 「초당」에는 서부가형과 서사체 시삽입형이 복합되어 있는데 한 가지 특징적인 것은 일반 서부가형에서는 운문이 주가 되고 운문 앞에 幷序 혹은 이에 준하는 산문 서술이 오게 되는 것에 비해 여기서는 본문이 산문이며 운문이 서와 같은 題詞 구실을 한다는 점이다. 그리고 삽입된 주요 운문이 시조라는 점도 특이하다.

산운 혼합서술의 복합적 양상을 보이는 대표적 텍스트로 단연 첫손 꼽히는 것은, 동아시아 산운 혼합담론의 始原으로 제시할 수 있는 『춘추좌씨전』이다. 복합형으로서의 『춘추좌씨전』은 2)에 해당하는데 여기서는 주석형, 서사체 시삽입형, 열전형 등이 복합된 양상을 보인다. 한편 짧은 산문과 말미에 배치된 하이쿠로 구성된 일본의 하이분(俳文)은 서부가형과 비서사체 시삽입형, 그리고 변격 열전형이 복합된 문학 양식으로 볼 수 있다.

이 외에도 여기서는 다루지 않았지만 1)에 해당하는 이규보의 장편 서사시 <東明王篇>은 앞부분에 '幷序'가 있고 군데군데 본문보다 작은 글씨로 본문 내용을 부가 설명하는 부분이 있어 이것이 '주석'의 성격을 띠므로 '서부가형'과 '주석형'이 복합된 텍스트로 볼 수 있고, 2)에 해당하는 『삼국유사』에서는 '서부가형' '열전형' '시화형' '서사체 시삽입형' 등 여러 유형이 복합된 것을 볼 수 있다.[1] 또한 기행문과 僧傳의 복합적 성격을 띤 「대당서역구법고승전」은 비서사체 시삽입형과 정격 열전형의 면모를 동시에 갖춘 텍스트이다.[2]

---

1) 『삼국유사』를 구성하는 개별 텍스트들을 대상으로 할 때 「양지사석」은 '열전형+시화형', 「혜성가」는 서부가형, 「신충괘관」은 '열전형+서사체 시삽입형', 「월명사 도솔가」는 시화형, 「처용랑 망해사」를 비롯한 몇몇 텍스트는 서사체 시삽입형으로 분류할 수 있다. 이 중 「월명사 도솔가」는 본서 제3부 「시화형 산운 혼합담론의 스펙트럼」에서, 그리고 열전형의 면모 또한 제3부 「전문학과 시가 운용」에서 부분적으로 다루었다.

2) 「대당서역구법고승전」에 보이는 열전형의 면모는 본서 제3부 「전문학과 시가 운용」에서, 비서사체 시삽입형으로서의 면모는 제6부 「순례기행문으로서의 『왕오천축국전』」에서 부분적으로 다루었다.

동아시아 散韻 혼합담론과 『春秋左氏傳』

1. 문제 제기

중국 문학사 나아가 동아시아 문학사에서 『春秋左氏傳』[1]은 매우 중요한 위치를 차지한다. 특히 동아시아에서 산운 혼합담론이 어떻게 전개되는가를 살피는 데 있어 『좌전』은 가장 먼저 심도있게 검토되어야 할 작품이다. 산운 혼합담론의 제 유형별 기원이 되는 담론들 중에서도 이 『좌전』을 最古의 것으로 간주할 수 있기 때문이다.

산운 혼합담론의 기원을 추적할 때 多元論的 관점을 지향해야 한다는 점은 앞에서 여러 번 표명한 바 있다. 이같은 다원론적 관점은 산운 혼합담론에 대하여 여러 종류의 祖型을 상정할 수 있는 가능성과 융통성을 전제함과 동시에 후대의 혼합담론들의 형성·발전에 있어 여러 종류의 조형들의 복합적인 상호작용을 전제함으로써 '영향'의 다원성까지도 고려하는 입장이다. 혼합담론의 기원과 관련시켜 볼 때 『좌전』은 주석형과 독본류 서사체 시삽입형의 始原 내지 嚆矢로, 열전형의 雛形으로 간주될 수 있다. 열전형에 대하여 '雛形'이라는 말을 쓴 것은 『좌전』에서 열전형의 편린만을 볼 수 있기 때문이다.[2] 열전형 혼합담론의 조형으로 볼 수 있는

---

1) 이하 『춘추좌씨전』은 『左傳』으로 약칭하기로 한다.
2) 시원, 기원, 조형, 추형, 효시, 祖宗, 最古形 등의 용어 사용에 대해서는 본서 총론 참고.

것은 漢代 劉向의 『列女傳』이다. 또한 『좌전』은 모든 유형의 혼합담론들을 총괄하여 보았을 때 산문과 운문을 섞어 담론을 구성한 최초의 예가 되기에, 주석형과 독본류 서사체 시삽입형의 시원인 동시에 산운 혼합담론의 시원으로 간주할 수 있다. 일상언어와 노래를 섞어 대화를 이어나가는 예는 『書經』「虞書·益稷」에서 그 최초의 용례를 찾아볼 수 있지만, 이 한 예를 가지고 『서경』을 최초의 혼합담론으로 보기에는 무리가 있으므로 필자는 『좌전』을 동아시아 혼합담론의 효시로 보고자 한다.

2. 『春秋左氏傳』의 담론적 성격

『좌전』을 동아시아 산운 혼합담론의 최초의 예로 보고 그 구체적 양상을 살피기 전에 『좌전』이 어떤 성격의 담론인가부터 조명해 보고자 한다.

2.1. '敍事談論'으로서의 성격

『춘추좌씨전』은 魯나라의 역사기록인 『춘추』에 대한 주석 혹은 해설의 성격을 띠는 책이다. 원래 『춘추』는 노나라의 史官이 기록해 놓은 역사적 사실을 공자가 정리한 것으로 유가 경전의 하나로 추앙되어 왔다. 『춘추』는 노 隱公 元年(B.C. 722년)부터 哀公 14년(B.C. 481년)까지 노나라의 열두 명의 제후가 통치했던 시기의 사건들을 연대기적으로 간략히 서술한 편년체의 역사 기록이다.

　　○元年春 王正月
　　○三月 公及邾儀父盟于蔑
　　○夏五月 鄭伯克段于鄢

위 隱公 元年의 기록에서 보는 것처럼 『춘추』의 기록은 단순한 史實의 나열로서 역사서술이라기보다는 역사서술을 위한 자료 즉 史料에 가깝다. 이같은 史實이나 정보의 나열만으로는 공자의 사상이나 교훈, 진의를 파악하기 어려웠기 때문에 원문을 자세히 풀이하고 설명하는 주석서들이 출현했는데 그것이 이른바 春秋三傳으로 일컬어지는 『春秋左氏傳』 『春秋穀梁傳』 『春秋公羊傳』이다. 이 중 『곡량전』과 『공양전』은 해석학적 · 훈고학적 입장에서 문자 표현 이면에 숨겨진 의미를 밝혀내는 데 그 목적을 두고 있는 반면, 『좌전』은 해석보다는 『춘추』에 기록된 사건의 배경과 세부적 사항을 설명 · 서술하는 데 초점을 맞추고 있다.[3] 그러므로 三傳간의 이런 차이를 朱子는, '『좌전』은 史學이고 『곡량전』과 『공양전』은 經學'이라고 구분했던 것이다.

『좌전』의 구성방식을 보면, 첫 머리에 시간적 순서에 따라 역사적 사건을 기록한 『춘추』 원문—이를 보통 經文이라 함—을 제시한 뒤 해당 사건들의 전말을 자세히 보충 설명하는 글—이를 보통 傳文이라 함—을 덧붙이는 체제로 되어 있는데, 傳 부분은 경문 조목을 간단히 보충 설명하는 것으로 그치기도 하지만, 많은 경우에 있어 짧은 이야기, 때로는 장편의 이야기로 발전하기도 한다. 이처럼 연대기적 기록에 덧붙어 경전 기록의 이면에 숨어 있는 내용들을 구체화시켜 주는 일련의 독립적 이야기들을 '敍事短篇'으로 부르기도 하는데[4] 이런 이야기들의 존재는 『좌전』을 다른 두 주석서와 변별되게 하는 중요한 특징이 된다.

그러나 이 이야기들을 '서사단편'으로 부르고, 나아가 『좌전』을 하나의 서사담론으로 규정하기 위해서는 다음 몇 가지 사실들이 검토되어야 한다. 첫째, 중국의 고대 담론에 대하여 '서사'나 '허구' '역사'라는 용어를 사

---

3) 루샤오펑, 『역사에서 허구로: 중국의 서사학』(조미원 · 박계화 · 손수영 옮김, 길, 2001), 98~99쪽; 서경호, 『중국소설사』(서울대학교 출판부, 2004 · 2006), 94쪽.

4) 루샤오펑, 같은 곳.

용하는 문제에 조심스런 접근이 필요하다. 중국에는 그 나름대로 문학 분류체계를 가지고 있었지만, 서구적 개념의 '서사'라는 용어가 없었고, 서사적 글쓰기의 전체 범위를 포괄하는 말로는 '史'라는 말이 선택되었다.5) 따라서 중국 전통에서 서구의 서사라는 장르 범주에 가장 가까운 것은 '역사'라 할 수 있다. 이런 점으로 인해 중국 고전 담론을 대상으로 '서사'라는 말을 사용할 때는 역사 혹은 허구로 분류되는 저작물을 모두 포함시켜야 할 필요성이 제기된다. 이같은 중국의 전통을 포괄하기 위해 루샤오펑은 '역사 서사'(historical narrative)와 '허구 서사'(fictional narrative)를 구분했던 것이다.6) 루샤오펑의 분류대로 한다면 『좌전』은 '역사 서사' 쪽으로 기운 담론으로 규정할 수 있다.

『좌전』을 서사담론으로 보는 데 있어 두 번째로 전제되어야 할 점은 역사 서술에도 상상력이 개입된다는 사실이다. 앞의 예에서 보았듯 『춘추』는 기록한 사건에 대한 아무런 역사적 배경의 설명도 없는, 정보와 사실의 나열에 불과하다. 이것이 『좌전』에서 보이는 것과 같은 상세하고 풍부한 내용을 갖춘 기록이 되는 과정에는 다른 문헌기록, 구두전승을 통해 축적된 다양한 정보의 역할이 크게 작용했겠지만, 무엇보다 『좌전』 작자의 상상력도 한 몫을 했을 것으로 생각된다.7) 『좌전』이 쓰여진 전국시대에 이르면 애초의 '사실'에 많은 주변 정보가 합쳐져서 역사는 더 이상 사실의 나열이 아니라 과거에 일어난 사건의 설명으로 발전하게 된다.8) 이것은 이 시기의 문장 구성 능력이 춘추시대보다 더욱 완숙해지고 발전해 있었

---

5) 루샤오펑은 앞의 책 1장과 2장에서 서구와 중국의 '서사' '역사' '소설'을 둘러싼 용어의 재정립을 시도했다.

6) 같은 곳.

7) Tso-chiu Ming, *The Tso Chuan: Selections from China's Oldest Narrative History*, trans. Burton Watson(New York: Columbia University Press, 1989), Introduction, xv.

8) 서경호, 앞의 책, 95쪽.

기에 가능했던 일이다. 정보 중에는 단편적인 사실뿐만 아니라 이야기도 포함되었을 것이며 『좌전』의 작자는 이 정보들을 자신의 시각으로 재해석하여 『춘추』의 기록을 보충·설명했을 것이다. 이 과정에 작자의 주관과 상상력이 개입했을 것은 충분히 짐작할 수 있는 바이다. 말하자면 『좌전』은 『춘추』 관련 정보에 대한 작자의 주관적 해석에 기대어 사실을 '나열'하는 단계로부터 역사적 사건에 대해 '이야기'하는 단계로 나아갔던 것이다.

허구의 본질을 상상력이라 한다면, 『좌전』의 성립에 이미 허구의 요소가 어느 정도는 내재되어 있었다고 말할 수 있는 것이다. 이것은 비단 『좌전』만이 아닌 모든 역사서의 특성이기도 하다. 실제로 중국의 전통적 담론에서는 허구와 역사가 서로 얽혀 서술되는 현상은 매우 보편적인 것이며, 어떤 면에서 모든 담론은 '허구'와 '역사'를 양 극단으로 하는 스펙트럼 안에 존재한다고 할 수 있다. 결국 역사와 허구는 '종류'의 문제가 아니라 '정도'의 문제인 것이다.

셋째, 『좌전』을 서사담론으로 규정할 때 이를 성립시킨 주체[9]를 뭐라 불러야 할 것인가의 문제를 검토해 볼 필요가 있다. 작자를 아무 것도 덧붙이지 않고 베끼기만 하는 轉寫者(scriptor), 자신의 것이 아닌 모든 것을 덧붙일 수 있는 編纂者(compiler), 원전을 남이 이해할 수 있도록 자기 생각을 덧붙이는 註釋者(commentator), 딴 사람이 생각한 것에 기대어서 자기 자신의 생각을 감히 발표하는 著者(author)[10]로 분류할 때 일반 허구적 서사의 작자를 온전히 '저자'로 부르는 데는 별 문제가 없다. 그러나 역사 서사인 『좌전』의 경우 그 작자를 '저자'로 규정할 수는 없다. '저자'는

---

9) 『좌전』의 작자에 대해서는 魯나라의 左丘明이 지었다고 보는 설과, 공자 제자인 子夏의 춘추학에 영향을 받은 魏나라의 사관 左某氏가 기원전 320년을 전후하여 지었다는 설로 나뉜다. 『春秋左氏傳』, 『完譯版 四書五經』11(삼성문화사, 1993), 해제. 또한 한나라에 들어와 그 내용에 수정과 가필이 있는 것으로 보고 서한 말엽 劉歆의 위작설까지 제기되고 있다. 김학주, 『中國古代文學史』(명문당, 2003), 124쪽.
10) 롤랑 바르뜨의 분류. 본서 총론 참고.

딴 사람의 생각보다 자기 자신의 생각을 우선시하며 글을 쓰는 과정에서
자신의 생각을 드러내는 데 주안점을 두는 존재이기 때문이다. 그렇다고
『좌전』의 작자를 『공양전』이나 『곡량전』의 작자처럼 '주석자'로만 규정할
수도 없다. 『좌전』의 작자가 자기 생각을 덧붙이는 정도는 이미 단순한
주석자의 단계를 넘어서 있기 때문이다. 그는 저자와 주석자의 중간쯤에
위치하는 존재로 보아야 할 것이다.

넷째, 『좌전』은 오늘날의 서사이론에 비추어 볼 때도 서사장르의 범주
에 귀속될 수 있는 충분한 내적 근거를 지닌다. 『좌전』을 서사담론으로
보고 연구하는 관점은 서구에서는 이미 보편화되어 있는데, 그 대표적인
예로 John Wang의 연구를 꼽을 수 있다.[11] 보통 인물·시점·플롯을 서
사의 3요소라 하는데 먼저 『좌전』에 등장하는 인물을 보면 임금이나 왕의
인척, 경대부, 왕의 측근 등 지배층이 서사의 중심이 된다. 일반 백성이나
변방의 낮은 벼슬아치들이 등장하지 않는 것은 아니지만 그들은 특수한
경우를 제외하고는 대개 이름이 드러나지 않는 존재들이다. 다시 말해 主
인물의 행위나 그들이 펼치는 사건들을 돋보이게 하는 從的·附隨的 존
재들인 것이다. 오직 사건의 주동인물들만이 이름이 명시될 뿐이다.

시점의 측면을 볼 때, 『좌전』에서 주 인물들을 중심으로 펼쳐지는 사건
들은 철저하게 외면적으로 드러나는 객관적 사실, 즉 제3자가 관찰할 수
있는 것만이 묘사될 뿐 인물의 내면심리나 마음 속의 진의 등은 서술되지
않는다. 겉으로 드러나는 객관적 사실만 묘사한다는 것은 실제 그 사건이
'진실'이냐 하는 것과는 별도의 문제이다. 이같은 3인칭 관찰자 시점에 의
한 사건 서술은 모든 역사 서사의 공통분모라 할 수 있다. 시점과 관련하
여 『좌전』에서 특기할 만한 사실은 때때로 서사 말미에 '君子'가 등장하여

---

11) John C. Y. Wang, "Early Chinese Narrative: The *Tso-chuan* as Example," *Chinese
Narrative*, ed. Andrew H. Plaks, with a foreword by Cyril Birch (Princeton:
Princeton University Press, 1977).

어떤 사건과 인물에 대해 논평을 한다는 점이다. 여기서 군자는 작자 자신을 가리킨다. 이같은 서술 패턴은 후대에 사마천의 『사기』에서 자신을 '太史公'으로 칭하며 사건과 인물에 대해 議論하는 체제의 모델이 되었다고 생각된다. 서술자 내지 화자가 1인칭으로 자신을 가리키는 서사 기법은 한참 후대에 나타나는 현상인 것이다. '군자왈' 부분은 표면상 '군자'라는 제3의 인물이 자신의 의견을 피력하는 부분으로서 명백히 서사 속 인물과는 구분되며 이같은 시점의 전환은 '액자형' 서술의 원초적 형태를 보여주는 것으로 이해할 수 있다.

한편 『좌전』에서는 어떤 한 사건의 전말을 자세히 서술할 때 '初'라는 문구로 시작하는 예가 많은데 '初'라는 말은 '처음'의 의미가 아니라 어떤 사건을 기준으로 하여 그보다 앞서 일어난 時點을 의미한다. 사건이 실제 일어난 순서대로 기술하지 않고 어떤 효과—그것이 美的 효과이든 실용적 효과이든—를 위해 사건의 순서를 바꾸거나 재배열하여 서술하는 기법을 '플롯'이라 할 때 『좌전』에는 명백히 플롯의 기법이 존재한다고 말할 수 있는 것이다. 또한 『좌전』은 본래 『춘추』와는 별도로 춘추시대의 역사를 기록한 『左氏春秋』였는데 후에 『춘추』를 해설하는 자료로 전용되면서 『춘추좌씨전』이라 부르게 되었다는 견해[12]까지 고려한다면, 그것은 원래의 이야기가 『춘추』의 해당 연도 아래로 나누어져 삽입되는 과정에서 사건의 재구성 및 재배열이 있었다는 것을 의미하므로 이 또한 플롯 개념에 상응하는 것으로 볼 수 있는 것이다.

이상의 전제들을 바탕으로 『좌전』을 '서사담론'으로, 여기에 포함된 개별 이야기들을 '서사단편'으로 규정할 수 있는 근거가 마련되었다고 본다.

---

12) 劉逢祿에 의해 제기된 설, 김학주, 앞의 책, 124~125쪽에서 재인용. 버튼 왓슨과 루샤오펑도 『좌전』의 서사 단편들이 원래는 완전한 하나의 이야기였는데 나중—漢代—에 『춘추』의 해당 연도 아래로 나누어져 삽입되었다는 견해를 제시하고 있어 劉逢祿과 입장을 같이 하고 있다. Tso-chiu Ming, *op.cit.*, Burton Watson의 Introduction xiii 및 루샤오펑, 앞의 책, 100쪽 주4).

2.2. '多聲談論'으로서의 성격

풍부한 이야기를 담고 있다는 점 외에, 『곡량전』이나 『공양전』과는 다른 『좌전』의 특징으로서 『易經』 『書經』 『詩經』의 인용이 빈번하다는 점을 들 수 있다. 이 점은 『좌전』이 쓰여질 당시 이미 三經의 원본이 있어 그것들이 『좌전』의 인물의 말 안에 인용되었을 것이라는 추정을 가능케 한다.[13] 이 가운데 가장 주목되는 것은 『시경』의 인용이다.

『좌전』과 『國語』[14]를 보면 춘추시대에 제후나 卿大夫 등 지배층 인물들이 궁정 회합이나 외국의 사신을 영접할 때 자신의 생각이나 심중 의도를 직접적이고 일상적인 언어를 써서 상대방에게 전달하는 대신, 『시경』의 일부 구절을 빌려와 간접적으로 전달하는 관습이 있었음을 알 수 있는데, 이같은 풍속이 유행한 것은 시가 지닌 애매성·간접성으로 인해 청자가 화자의 말에 반응함에 있어 선택의 여지를 줄 수 있고 양자 간에 형성될 수도 있는 직접적 갈등의 여지를 줄일 수 있었기 때문이다.[15]

자신의 견해를 표명함에 있어 기존의 담론에 의존하는 것은, 다만 정도의 차이는 있을 뿐, 역사상 존재한 모든 담론의 본질적 특성이라 할 수 있다. 바흐찐은 모든 담론이 본질적으로 지니고 있는 이같은 속성을 '多聲性' '對話'라는 용어로 포괄하여 설명하였는데,[16] 이런 점에서 볼 때 『좌

---

13) 竹內照夫 譯註, 『春秋左氏傳』(東京: 集英社, 1974·1983), 해제.

14) 『국어』는 춘추시대 左丘明이 편찬한 것이라고 전해지는데 B.C. 1000년 무렵부터 B.C. 453년 무렵까지 즉 周의 穆王부터 晉나라 知氏의 멸망까지 약 550년간의 周·魯·齊·晉·鄭·楚·吳·越의 여덟 나라의 일을 대화체로 기록한 것이다. 『좌전』이 『春秋經』에 대한 직접적 해설서의 성격을 지니는 반면, 『국어』는 간접적인 참고서의 성격을 띠므로 보통 전자를 '春秋內傳'이라 하는 것에 대하여 후자를 '春秋外傳'이라 일컫고 있다.

15) Tam, Koo-Yin, "The Use of Poetry in Tso Chuan: an Analysis of the 'Fu-Shih' Practice," University of Washington, Ph.D Thesis, U.M.I., 1988. Ch.1, Ch.3., pp.299 ~ 301.

16) 츠베탕 토도로프, 『바흐찐: 문학사회학과 대화이론』(최현무 옮김, 까치글방, 1987);

전』은 담론이 지니는 다성적 속성을 극명하게 보여준 최초의 담론이 아닐까 생각한다.

공식석상에서 정치·외교적 목적으로 『시경』의 시구를 읊는 관행[17]이 『좌전』이나 『국어』와 같은 기록으로 문자화되면서 그 형태는 산문 서술 간간이 운문을 삽입하는 서술 방식으로 구현되었다. 이 점은 본 장의 논지와 관련하여 매우 중요한 두 가지 사실을 시사한다. 하나는 『좌전』이나 『국어』에서 보이는 그같은 서술방식은 다름아닌 산운 혼합담론의 면모를 그대로 보여준다는 사실이다. 다른 하나는 말의 형태와 운문의 형태를 섞어 자신의 견해를 표명하고 산문과 운문을 섞어 문장을 기술하는 방식은 기본적으로 민간층보다는 지배층·지식층과 더 밀접한 관련이 있는 發話관행이자 글쓰기 방식의 특성이라는 점이다. 민간에서 전해지는 이야기나 노래는 구두로 유포·전승된다는 점에서, 기억과 암기에 용이하게 이야기면 이야기, 노래면 노래 이처럼 단순한 방식으로 담론이 형성되었을 것이기 때문이다. 이런 구두 전승들을 지식층에 속하는 『좌전』의 작자가 수합하고 정리하여 문자기록화하면서 둘을 혼합하기도 하고 어느 부분을 첨가·생략하기도 하는 등의 손질을 가했을 것으로 생각된다.

이상의 논의를 종합하면 『좌전』은 三經을 인용하는 서술 특징을 지닌다는 점에서 '다성담론'의 가장 오래된 형태를 보여주고, 특히 『시경』의 빈번한 인용은 『좌전』을 '산운 혼합담론'의 효시로 보기에 충분한 단서를 제공한다. 나아가 『좌전』은 산운 혼합서술 문체가 지식층의 글쓰기의 소산임을 시사하는 근거가 된다고 할 수 있다.

M. 바흐찐, 『도스토예프스키 시학』(정음사, 1988).

17) 이런 형태를 강창과 같은 연행예술로 보기 어려운 것은 그 목적과 의도에 있어 차이가 있기 때문이다. 강창 연행은 관중을 상대로 '재미'와 '즐거움'을 주기 위한 목적에서 이루어진 것이지만, 공식석상에서 이루어지는 이런 형태는 직접 말하기 어려운 것을 '시경'의 시구를 통해 우회적으로 전달하려는 외교적·정치적 목적 하에 이루어진 것이므로 일반적으로 말하는 '연행' 혹은 '강창'과는 성격이 다르다.

3. 散韻 혼합담론으로서의 『春秋左氏傳』

이제 『좌전』을 '역사적 서사담론'으로 규정하고, 여기서 보이는 산운 혼합서술의 측면을 검토해 보기로 한다. 앞서 언급한 것처럼 『좌전』에는 여러 유형이 복합되어 있는 양상을 보이지만 이 중 '서사체 시삽입형'의 조형으로서의 면모에 대해서는 별도의 지면[18]에서 집중적으로 다루기로 하고, 여기서는 주석형·열전형의 성격에 대해서만 간략히 살피고자 한다.

3.1. '주석형' '열전형' 혼합담론으로서의 면모

동아시아 산운 혼합담론의 효시로서 『좌전』을 논할 때, 다양한 형태의 산운 혼합서술의 양상이 복합되어 있음을 발견하게 된다. 우선 『좌전』은 『춘추』에 대한 주석서·해설서의 성격을 띤다는 점에서 본질적으로 '주석형' 혼합서술을 기본으로 한다고 할 수 있다. 주석형은 크게 본문과 주석문 사이에 산운결합이 있는 경우('가'형)와, 주석문 내에 산운결합이 있는 경우('나'형)로 나눌 수 있다. '가'형과 '나'형은 다시 본문이 산문이냐 운문이냐에 따라 세분화될 수 있다. 이를 요약하면 다음과 같다.

> '가'형: 본문과 주석문 사이에 산운결합이 있는 경우
>   (가-1) 본문(산문)+주석문(운문)
>   (가-2) 본문(운문)+주석문(산문)
> '나'형: 주석문 내에서 산운결합이 있는 경우
>   (나-1) 본문(산문)+주석문(산운결합)
>   (나-2) 본문(운문)+주석문(산운결합)

이 중 『좌전』은 (나-1)형에 속한다. 즉, 본문―『춘추』 經文―에 대해 해설하고 설명하는 주석문―傳文―이 산운결합으로 되어 있는 양상이다.[19]

---

18) 신은경, 『서사적 글쓰기와 시가 운용』(보고사, 2015).

또한 『좌전』은 불완전하나마 '열전형' 혼합담론의 면모를 보이기도 한다. 열전형은 첫 부분에서 어떤 인물의 가계와 인적 사항, 그리고 행적 및 활동상에 대해 서술을 하고 맨 끝에 운문으로 된 논평부를 붙여 그 인물의 행적이나 사건에 대한 자신의 주관적 견해를 제시하는 구조로 이루어져 있다. 이같은 서술방식은 司馬遷(B.C. 145~86)의 『史記』 「열전」에서 그 틀이 확립되었으나, 어떤 인물 및 그 인물을 둘러싼 사건에 대한 객관적 서술을 한 뒤 논평부에서 서술자의 주관적 견해를 가미하는 방식은 이미 『좌전』에서 시도되었다. 『춘추』는 편년체 역사기록이고 『좌전』 또한 큰 틀에서는 그 패턴을 유지하고 있지만, 경우에 따라서는 『사기』 「열전」에 못지 않은, 인물중심의 기록으로 발전되는 양상을 쉽게 발견할 수 있다. 어떤 사건에는 반드시 主動 인물과 副 인물이 존재하기 마련이고 사건의 전말을 자세히 서술하다 보면 자연히 특정 인물의 행적이 부각되어 『사기』에서 보는 바와 같은 紀傳體的 성격을 띠기 쉽다. 『좌전』에서는 어떤 사건을 둘러싼 특정 인물의 행적에 대하여 객관적인 서술을 한 뒤 아래 예에서 보는 바와 같이 "君子曰"로 시작하는 논평부[20]를 붙여 작자—기록자—의 주관적 견해를 펼쳐 보이는 예를 어렵지 않게 발견할 수 있다.

> 군자는 말한다. "潁考叔은 이를 데 없는 효자이다. 제 모친을 사랑하고 莊公에게까지도 모친을 사랑하도록 했기 때문이다. 『시경』에 '효자는 효심이 끝이 없으니 하늘은 길이 너에게 좋음을 주리로다' 하였는데, 이것은 潁考叔을 두고 한 말일 것이로다!" (「隱公 元年」)[21]

---

19) 주석형의 하위 유형의 각 양상에 대해서는 본서 제4부 참고.

20) 『사기』 「열전」의 경우 논평부는 "太史公曰"로 시작된다.

21) 君子曰, "潁考叔, 純孝也, 愛其母, 施及莊公. 詩曰, '孝子不匱 永錫爾類.' 其是之謂乎" 이하 이 글에서 인용되는 『좌전』의 원문 및 번역문은 竹内照夫 譯註, 『春秋左氏傳』 (東京: 集英社, 1974·1983); 『春秋左氏傳』(『完譯版 四書五經』 11, 삼성문화사, 1993); 정대현 역주, 『春秋左氏傳』(전통문화연구원, 2001)에 의거하였다. 단 『좌전』 속의 『시

영고숙은 隱公 元年 기록에 나오는 인물로 莊公과 그의 모친인 姜氏의 오랜 불화를 화해로 이끈 인물이다. 그는 자신의 孝心으로써 장공을 감동시켜 결국 장공으로 하여금 어머니에 대한 효심을 회복하도록 하였다. 영고숙의 효심에 관한 일화는, 장공과 강씨를 주 인물로 하는 전체 서사의 결말 부분에 등장하는데 그 부분만 독립시켜 보면 영고숙이라는 인물 略傳으로 보아도 무방하다. 그리고 뒤를 이어 작자의 분신인 '군자'는 『시경』의 시구를 끌어와 그에 대한 논평을 행하고 있는 것이다. 시는 「大雅·旣醉」의 제5장의 일부이다. 모든 논평부가 『시경』의 구절을 수반하는 것은 아니지만 운문을 사용하여 인물의 행적을 논평하는 방식이 『좌전』에서 이미 하나의 서술패턴으로 자리잡았다는 점에 그 의의가 있다. 이로 볼 때 『좌전』은 필자가 열전형으로 분류한 혼합서술 패턴과 완전히 일치하지는 않지만, 그 雛形으로 보는 데는 무리가 없다고 하겠다.

이상 살펴본 바와 같이 『좌전』에서 보이는 산운 혼합서술은 기본적으로 주석형에 속하며, 또 부분적으로 열전형의 속성을 지니고 있다 할 수 있다. 그러나, 『좌전』에서 가장 극명하게 드러나는 혼합서술 유형은 '시삽입형'이다.

3.2. 『春秋左氏傳』과 후대의 산운 혼합담론

지금까지 『좌전』이 지닌 다양한 성격을 검토해 보았다. 그간 산문과 운문을 섞어 하나의 담론을 구성하는 방식의 기원을 오직 唐代에 성행한 강창문학에서 찾는 일원론적 관점이 지배적이었는데 이 글에서는 그 문제점을 인식하고 다원적 기원을 모색하는 입장에 서서 『좌전』을 혼합담론의 한 '祖宗'으로 볼 수 있는 가능성을 제시했다. 그 결과 『좌전』은 필자가 분류한 혼합담론의 6가지 유형 중 '주석형'과 '시삽입형'—구체적으로는

경』 시구의 해석은 성백효 역주, 『詩經集傳』(전통문화연구회, 1993)을 참고하였다.

'서사체 시삽입형'—의 조종 내지 시원으로, '열전형'의 雛形으로 자리매김
할 수 있었다. 이 점을 종합하면 결국 『좌전』은 이 세 유형의 요소를 모두
지니는 '복합형' 혼합담론이 되는 셈이다. 또한 『좌전』은 산문과 운문의
교직으로 담론이 구성되는 최초의 예가 된다는 점에서, 모든 유형의 혼합
담론을 통틀어 산운 혼합담론의 효시로 자리매김될 수 있다.

『좌전』에서 형성된 (나-1) 방식의 주석형 혼합서술, 즉 산문으로 된 본
문에 대한 주석문 이 산운결합으로 이루어진 혼합서술 방식은 후대에 『水
經注』나 우리나라의 『新增東國輿地勝覽』22) 등에 그 영향의 흔적을 남
기고 있다. 『좌전』과 후대 담론들의 관계를 '영향'으로 볼 것인가 '발전·
계승'으로 볼 것인가 아니면 우연한 '유사성'으로 볼 것인가의 문제는 더
심층적인 논의가 필요할 듯하나, 이 글에서는 잠정적으로 '영향'의 관계로
보는 선에서 그치고자 한다.

『좌전』이 지닌 열전형 혼합담론으로서의 면모는 아직 불완전한 것으로
본격적인 양상은 漢代 劉向의 『열녀전』과 『열선전』에서 찾아볼 수 있다.
『열녀전』의 찬술 시기가 좀 더 앞서므로 이를 열전형 혼합담론의 조형으
로 볼 수 있다. 『二十四孝』나 우리나라의 『화랑세기』 그리고 『삼강행실
도』에서 그 전형적인 모습을 발견할 수 있으며 唐의 승려 義淨이 찬술한
『大唐西域求法高僧傳』23)은 부분적으로 열전형의 모습을 보인다.

한편 '서사체 시삽입형' 혼합담론의 시원으로서의 『좌전』은 유향이 지
은 筆記類 故事選集이라 할 『新序』와 『說苑』의 형성에도 적지 않은 영

---

22) 이에 대해서는 본서 제4부 참고.
23) 『대당서역구법고승전』은 당의 승려 의정이 인도를 여행한 뒤 기록한 기행문으로
    여타 기행문과는 달리 그 곳에서 전해 들은 중국·신라·고구려의 渡竺僧에 관한
    傳記를 곁들이고 이를 찬양하는 시를 곁들이고 있다. 그리고 군데군데 여행자로서
    느끼는 심정을 토로한 시가 삽입되어 있다. 따라서 이 책은 열전형과 비서사체 시삽
    입형이 복합된 산운 혼합담론이라 할 수 있다. 이 책의 기행문으로서의 성격에 대한
    것은 본서 제5부 「왕오천축국전」 참고.

향을 끼쳤다고 본다. 두 책에 실려 있는 짤막짤막한 故事들 또한 '서사단편'으로 규정할 수 있는데 이 고사들을 소개하는 중에 시편들을 삽입하는 체제로 되어 있다. 여기에 삽입된 시들은 『좌전』의 경우와 마찬가지로 이 야기 속 인물이 『시경』의 시구를 인용하는 양상을 취한다. 인물에 의해 새로 지은 시가 삽입되는 경우는 매우 드물다.

그러나 『搜神記』나 『拾遺記』 등 위진남북조시대에 성행한 '志怪'를 보면 기존의 시구가 인용되기보다는 이야기 속 인물이 지은 시구가 증가하는 양상이 현저해진다. 이같은 변화는, 집단보다는 개인을 중시하고, 기존의 틀에 얽매이기보다는 자유로움을 추구하며 시문을 지을 때 기존의 담론에 의존하기보다는 독창성을 강조했던 이 시대 사대부층의 인식 변화와 맞물려 나타난 것으로 본다.[24] 개성을 가진 한 개인으로서 文人이 등장한 것이 바로 이 시기인 점과 이처럼 지괴 작품 속에 창작시가 삽입되는 것은 동전의 양면과 같은 현상인 것이다. 『시경』의 시구를 읊조리기보다는 창작 시편을 이야기 속에 삽입하는 것이 그들의 취향에 더 부합했을 것이다.

이같은 양상은 唐代 傳奇에서 더욱 뚜렷해진다. 이 시기에는 문인들간에 '行卷' 또는 '溫卷'으로 불리는 관습이 있었는데, 이것은 과거시험 전에 유력자에게 자신들의 文才를 보여 실력을 인정받아 벼슬길에 나아가는 데 유리한 계기를 마련하려는 목적에서 비롯된 것이다. 과거시험 과목으로 부과된 시문 유형이 아닌 새로운 방식으로 자신들의 실력을 드러내기 위해서 문인들은 다양한 방식을 도모했는데 그 중 하나가 시와 문, 이야기 등 다양한 장르를 섞어 담론을 구성하는 서술 방식의 도입이었다. 그러나 傳奇의 지배적 특징으로 부각되는 산운 혼합서술 문체를 唐代의 과거제도와 관련된 시대 풍속에서 돌출한 갑작스런 현상으로 보기보다는, 『좌전』

---

24) 요시가와 다다오, 「육조 사대부의 정신생활」, 『위진남북조史』(임대희 · 이주현 · 이윤화 외 옮김, 서경, 2005).

이래로 이어져 온 산운 혼합의 전통이 바탕이 되어 여기에 當代의 시대적 요소가 새로운 동인으로 부가되어 상호작용한 결과로 보는 것이 타당할 것이다.

　이상과 같은 서사체 시삽입형 담론들에서 우리는 명백한『좌전』의 흔적을 발견하게 된다. 이들은 지식인층을 작자·독자로 한 文言體 '讀物'로서, 같은 서사체 시삽입형이라 하더라도 講經文이나 變文, 宋元 話本, 明代의 擬話本, 그리고 회장체 소설처럼 연행적 관습의 흔적이 뚜렷한 일련의 口語體[25] 담론들과는 분명 큰 차이가 있다. 이 점에 대해서는 별도의 지면에서 심도있게 다루기로 한다.

---

25) 중국 담론을 기준으로 한다면 '口語體' 대신 '白話體'라는 말을 쓸 수 있을 것이다.

강용흘의 英譯 時調에 관한 연구

1. 머리말

강용흘은 미국으로 건너가 작가로 활동한 재미 소설가이다. 그는 1903년 함경남도 홍원군에서 태어나[1] 미선계 학교인 영생 중학교를 졸업하고 1921년 미국인 선교사의 도움으로 캐나다에 가서 댈후지 대학을 다녔다. 그 후 미국으로 건너가 보스턴 대학에서는 의학을, 하버드 대학에서는 영미문학을 공부했다. 이후 1931년 자전적 소설 『The Grass Roof』(『초당』)[2]을, 1933년에는 이것의 축약판인 『The Happy Grove』(『행복의 숲』)[3]을 발표하였다. 이외에 1937년에 발표한 『동양사람 서양에 가다』 역시 자서전적 소설이다. 『초당』은 예술성을 높이 평가받아 수 개 국어로 번역되었을 뿐만 아니라 그에게 구겐하임상을 안겨준 작품으로 유명하다. 그는 어릴 때부터 시에 관심이 많았고 또 시인이 되기를 꿈꾸었으나 시집을 낸 적은 없고 이 세 편의 소설을 발표했을 뿐이다. 따라서 그의 문학가로서의

---

1) 그의 출생연대에 대해서는 빠르게는 1896년 늦게는 1903년까지 7년의 차이가 있다. 그러나 강용흘이 미국에서 제출한 공식문서 등 여러 정황을 고려할 때 1903년 출생설이 설득력을 얻고 있고 이 글에서도 이 견해를 따른다. 김욱동, 『강용흘: 그의 삶과 문학』(서울대학교 출판부, 2004).

2) Younghill Kang, *The Grass Roof* (NewYork; London: Charles Scribner's Sons, 1931).

3) Younghill Kang, *The Happy Grove* (New York; London: C. Scribner's Sons, 1933).

그의 경력은 이 세 편의 소설을 토대로 하고 있다.[4]

그의 문학이 주목을 받는 이유는 크게 두 가지이다. 하나는 영어로 발표한 그의 작품들이 재외 한인문학 혹은 이민자 문학으로 분류되면서 한국문학의 개념과 범주에 대한 새로운 인식을 촉구하는 계기가 되었다는 점이다.[5] 또 하나는 그가 발표한 세 편의 소설 중 『초당』과 『행복의 숲』에 고시조를 비롯하여 민요, 한용운의 시 등이 소개되어 있다는 사실이다. 특히 33편[6]의 고시조 자료들은 제임스 게일(James S. Gale)에 이어 두 번째로 서양 세계에 소개된 시조 英譯이라는 점에서 의미가 크다.[7] 이 글은 이 중 그의 소설 속에 인용 또는 삽입된 고시조 자료들을 대상으로 하여 번역의 구체적 실태를 살피고 한국문학 번역사에서 강용흘이 차지하는 위치에 대해 검토하는 것을 목적으로 한다.

그의 고시조 영역 자료들을 연구의 대상으로 할 때 몇 가지 염두에 두어야 할 점이 있다. 첫째, 강용흘의 영역 시조의 경우 가장 큰 문제가 되는

---

4) 강용흘의 삶을 둘러싼 전기적 사실들은 김욱동(앞의 책)에 의해 상세하게 소개된 바 있어, 이 글에서는 이를 생략한다.

5) 그러나 한편으로 그를 미국내 소수민족 작가, 한국계 미국작가로 분류하는 관점도 있다. 김욱동, 앞의 책.

6) 강용흘의 영역 시조에 대해 집중적으로 분석한 홍경표, 김효중의 연구에 따르면 〈황조가〉 및 두 자료에 중복된 시조 작품을 제외하고 총 31편의 시조가 영역·삽입되어 있다고 했다. 그러나 필자가 조사한 바에 의하면 이 외에도 『초당』에 사설시조 1편, 『행복의 숲』에 평시조 1편이 더 소개되어 있다. 각각 영역시조 자료 일련번호 7번과 24번에 해당한다. 따라서 이 글에서 다루게 될 강용흘의 시조 영역 자료는 총 33편이 된다. 홍경표, 「강용흘의 『초당』과 『행복의 숲』에 인용된 한국의 고시조: 특히 영어번역과 관련하여」, 《한국말글학》 제20집, 한국말글학회, 2003년 10월; 김효중, 「재미 한인문학에 인용된 고시조 영역 고찰: 강용흘의 『초당』을 중심으로」, 《비교문학》 39집, 한국비교문학회, 2006.

7) 논자에 따라서는 강용흘의 번역자료들을 시조 영역의 최초의 예로 보기도 한다. 박미영은 홍경표의 연구(앞의 글)에 의거하여 우리나라의 고시조가 처음으로 영역되어 소개된 것은 강용흘에 의해서라고 하였다. 박미영, 「미주 시조선집에 나타난 디아스포라 시조론」, 《시조학논총》 30집, 한국시조학회, 2009, 61쪽.

것은 번역의 대본이 되는 텍스트 즉 번역시조의 원문이 무엇인지 확정할
수 없다는 점이다. 시조는 대개 노래로 불리면서 구전되다가 歌集에 수록
되는 과정을 거친다. 구전의 특성상 표현·내용면에서 다양한 이형태가
존재할 수밖에 없다. 이것이 가집에 수록될 때 또 한 번 변개를 거치게
되므로 시조 한 작품에 대하여 다양한 異本 혹은 異形態가 존재하게 된
다. 그러므로, 『초당』의 한국어 번역판에 제시된 것을 강용홀이 번역의 대
본으로 삼은 원문이라고 착각하는 오류를 범해서는 안되는 것이다.

둘째, 그의 작업은 한국의 문학을 외국어로 번역한 선례가 없던 시기[8]
에 이루어진 것이므로 1960년대 이후 한국문학의 번역이 활성화된 이후
에 나온 시조 영역자료들과는 다른 관점에서 접근해야 한다는 점이다. 오
늘날 시조 번역은 형식적 틀은 대체로 고정되어 번역자 나름대로 개성을
살려 약간의 변화를 주고 같은 내용을 어떻게 달리 표현하는가를 고심하
면 되지만, 게일이나 강용홀의 경우 내용을 영어로 옮기는 것과 더불어
'시조'라는 운문 형식을 파괴·해체하고 이를 '영시' 형태로 재구축하는 문
제까지를 고려해야 했던 것이다.

세 번째로 유의할 사항은, 그의 소설은 '창작물'이지만 그 속에 삽입된
고시조는 '번역물'이라는 점을 잊지 않는 것이다. 이 시조들은 소설의 일
부로 차용된 것이기 때문에 고시조만을 독립시켜 번역의 문제를 논하기
보다는 전체 서사와의 관계 속에서 살피는 것이 중요하다. 넷째, 한국문학
번역사에 있어 강용홀의 위상은 '게일—강용홀—변영태'로 이어지는 전체
적 맥락 속에서 검토되어야 한다는 점이다.[9] 게일과 강용홀의 시조 영역

---

8) 사실 게일의 번역의 선례가 있지만, 강용홀은 그것을 모르고 있었으므로 본인은
처음 영어로 번역하는 것이라고 말하고 있다.

9) 게일과 변영태의 영역시조에 관한 논의는 신은경, "A Reception Aesthetic Study
on Sijo in English Translation: The Case of James S. Gale," *Seoul Journal of
Korean Studies* 26, no.1, June 2013 참고.

은 변영태 이후의 것과 상당한 차이를 보이기 때문이다.

강용흘에 관한 연구는 주로 재미 한인문학 또는 최초의 이민문학 등의 범주에서 이루어져 왔고 영역된 고시조들에 논의를 집중한 것은 필자가 아는 한 홍경표와 김효중에 의한 연구 두 편이다. 홍경표[10]는 『초당』과 『행복의 숲』에 인용된 고시조 목록을 제시하고 이 고시조들은 작가의 민족 및 자아정체성의 의지적 표현으로서 선택된 것이라 하였다. 그러나, 강용흘이 양반으로서의 자신이 위상을 표현하는 데 고시조가 적절했기 때문에 이를 활용했다고 본 점[11]에 대해서는 재고할 여지가 있다. 그의 영역 시조 중에는 7편의 사설시조도 포함되어 있고 주지하는 바와 같이 사설시조는 양반층의 가치관을 표현하는 것과는 거리가 먼 시양식이기 때문이다. 또한 영역된 작품의 원시조를 확정할 수 없는 상황에서 그의 번역의 '誤譯' 문제를 언급한 것[12]은 다시 검토할 필요가 있다고 본다.

한편 김효중[13]은 문화번역이론을 논거로 삼아 논의를 전개하였는데, 강용흘의 번역 시조가 원문에 충실하면서도 독창성과 문학성을 확보하였다고 하였다. 그러나 강용흘이 언어의 구조가 다른 데서 오는 번역의 문제점을 간과하여 3장 6구의 시조형식을 6행시로 구성하였다는 설명에 대해서는 동의하기 어려운 점이 있다. 뒤에 제시할 영역 자료 일람표를 보면 총 33편 중 6행 배열이 비록 대다수를 차지하지만 이에 해당하지 않는 것이 10편이나 된다는 사실이 고려되지 않았기 때문이다. 그러므로 그의 다양한 행배열 양상은 3장 6구를 반영하기 위한 의도적 산물이기보다는, 아직 시조의 영역에 대한 典範이 형성되지 않았던 초창기의 불안정한 상태를 보여주는 것으로 이해하는 것이 타당하다고 본다.

---

10) 홍경표, 앞의 글.

11) 홍경표, 같은 글, 321쪽.

12) 홍경표, 같은 글, 327쪽.

13) 김효중, 앞의 글.

이상의 유의점과 문제점들을 염두에 두고 형식·내용 양면에서 드러나는 그의 시조 영역의 구체적 양상을 살피고(2장), 시조가 서사적 맥락 속에 삽입되어 있다는 점에서 이를 散韻 혼합담론으로 규정하고 산문 서술과의 관계 속에서 시조의 기능을 살피며(3장), 게일과 변영태와의 비교를 통해 강용흘의 번역사적 위상을 조명하고자 한다(4장).

2. 時調 英譯의 구체적 양상

2.1. 자료 개관

강용흘의 시조 영역의 구체적 양상을 살피기에 앞서, 먼저 두 소설에 인용된 33편의 자료가 어떤 형태로 존재하는가를 검토할 필요가 있다. 영역의 대상이 된 시조의 유형, 행배열 형태, 章別 행수, 시조를 지칭하는 말들을 정리해 보면 다음과 같다. 아래 목록에서 일련번호 뒤 괄호 안의 숫자는 『시조문학사전』(정병욱 편저, 신구문화사, 1966)에 수록된 작품번호를 가리키고 인용 지면 중 'GR'은 『Grass Roof』, 'HG'는 『Happy Grove』를 가리킨다.

일련번호	인용 지면	시조유형	행배열	장별 행수	시조지칭어
1(2110)	GR 1부 題詞	평시조	7행	1·2/3·4/5-7	old Korean poem
2(1957)	〃 2장	평시조	8행	1·2/3-6/7·8	Korean poem
3(332)	〃 4장	평시조	6행	1·2/3·4/5·6	classical Korean song
4(1182)	〃 4장	평시조	6행	1·2/3·4/5·6	Korean poem
5(2154)	〃 5장 題詞	평시조	6행	1·2/3·4/5·6	Korean poem
6(156)	〃 5장	평시조	4행	1/2/3·4	song
7(857)	〃 5장	사설시조	6행	1-3/4·5/6	old Korean poem
8(2042)	〃 5장	평시조	4행	1/2/3·4	Korean poem
9(2055)	〃 7장	평시조	7행	1·2/3-5/6·7	Korean folk-air song

10(2191)	〃 7장	평시조	6행	1·2/3·4/5·6	old Korean poem
11(2109)	〃 7장	평시조	6행	1·2/3·4/5·6	native poem
12(733)	〃 8장	평시조	6행	1·2/3·4/5·6	song
13(895)	〃 8장	평시조	6행	1·2/3·4/5·6	poetry
14(1050)	〃 8장	평시조	6행	1·2/3·4/5·6	poetry
15(587)	〃 9장	평시조	6행	1·2/3·4/5·6	song
16(716)	〃 9장	평시조	6행	1·2/3·4/5·6	song
17(426)	〃 9장	평시조	6행	1·2/3·4/5·6	song
18(1715)	〃 9장	평시조	7행	1·2/3·4/5−7	poem
19(294)	〃 9장	평시조	6행	1·2/3·4/5·6	song
20(2045)	〃 11장	평시조	6행	1·2/3·4/5·6	old Korean poem
21(811)	〃 11장	평시조	6행	1·2/3·4/5·6	poem
22(976)	〃 11장	평시조	6행	1·2/3·4/5·6	poem
23(1129)	〃 13장	평시조	7행	1·2/3·4/5−7	poem
24(1639)	HG 1장 題詞	평시조	6행	1·2/3·4/5·6	×
25(485)	〃 1장	평시조	6행	1·2/3·4/5·6	old native poem
26(1273)	〃 1장	평시조	6행	1·2/3·4/5·6	Korean poem
27(2136)	〃 2장 題詞	평시조	6행	1·2/3·4/5·6	×
28(1605)	〃 2장	평시조	5행	1·2/3/4·5	Korean poem
29(1496)	〃 2장	평시조	5행	1·2/3·4/5	Korean poem
30(1665)	〃 2장	평시조	6행	1·2/3·4/5·6	poem
31(888)	〃 2장	평시조	6행	1·2/3·4/5·6	classical Korean song
32(2065)	〃 8장 題詞	평시조	6행	1·2/3·4/5·6	×
33(189)	〃 9장	평시조	5행	1·2/3/4·5	Korean poem

 이 표를 일괄해 보면 33편의 자료 중 사설시조는 7번 한 편에 불과하고 나머지가 평시조라는 것을 알 수 있다. 또한 한 편의 시조가 몇 행으로 배열되느냐 하는 것을 살펴 볼 때, 6행 배열의 형태가 23편으로 대다수를 차지하고 7행 배열 4편, 5행 배열 3편, 4행 배열 2편, 그리고 8행 배열 1편 순으로 이어진다는 것을 알 수 있다.

 두 소설에 인용된 시조는 삽입된 위치 및 서사 내에서 행하는 기능에 따라 題詞와 題詞 아닌 것으로 나눌 수 있다. 전자의 '題詞'는 'epigraph'

를 말하며 책이나 章의 첫머리에 두어 그 책 전체 혹은 해당 장의 주제를 암시하거나 내용을 압축·요약하는 기능을 하는 것으로 33편 중 5편이 이에 해당한다. 나머지는 중간중간에 삽입되어 서사적 전개에 있어 정서적 깊이를 주고 시적인 분위기를 조성하는 기능을 행한다. 시조를 지칭하는 말을 보면, 지칭어가 없는 3편을 제외한 나머지 30편 중 'poem'이라는 말을 사용한 것이 24예로, 'song'이라는 말을 사용하여 시조를 지칭한 6예보다 압도적인 빈도수를 보인다는 것을 알 수 있다.

2.2. 시조 定型性의 문제

게일이나 강용흘의 경우처럼 시조를 외국어로 번역하는 것에 대한 규범이나 형식적 틀이 정착되어 있지 않은 초기 단계에 있어 시조를 영역한다는 것은 단순히 동일한 내용을 어느 한 언어에서 다른 언어로 옮기는 일만을 의미하지는 않았다. 시조가 지닌 정형의 틀을 '파괴'하고 이를 영시의 형태로 '재구축'하는 공통적인 과정을 거쳐야 했던 것이다.[14] 다시 말해 시조를 영어로 번역한다는 것은 '時調의 英詩化'를 의미하기도 했던 것이다. 이런 점에서 영시 형태로 번역된 시조는 시조와 영시의 '하이브리드'로 간주할 수 있다. 강용흘이 시조를 영시화하는 과정에서 가장 먼저 고려했을 것으로 생각되는 것은 3장을 몇 행으로 배열할 것인가 하는 문제였을 것이다.

---

14) 이 점은 오늘날의 시조 번역에서도 마찬가지이기는 하지만, 오늘날에는 이미 어떤 기본틀 혹은 형식―6행 배열, 들여쓰기, 대·소문자의 활용, 행간 여백 등―이 어느 정도 정착되어 있고 그 틀에 맞춰 한국어로 된 내용을 한국어 아닌 언어로 옮기는 일에 치중하면 되므로 형식에 대한 고민은 그다지 문제가 되지 않는다.

2.2.1. '3장 구성'의 특성

이를 알아보기 위해 먼저 시조가 본래적으로 지니는 정형의 틀에 대해서 생각해 보기로 하자. 정형시로서의 시조의 형식적 특징은 다음과 같이 설명될 수 있다.

1) 시조 한 편은 초장·중장·종장의 세 장으로 이루어진다고 하는 3단위 구성
2) 3~4음절을 단위로 하는 음보가 한 장에 4번 실현된다고 하는 4음보의 율격패턴
3) 종장 첫구는 감탄성을 지닌 3자 어구로 고정되어 있고 종장 제2구는 5자(최소한 4자 이상)의 어구로 이루어진다는 점

이 외에 시조의 리듬감을 형성하는 요인으로 장과 장간에 이루어지는 並列法, 하나의 장 안에서 前句와 後句 사이에 이루어지는 對句를 들 수 있다.15) 이것은 시조 정형의 필수요건은 아니지만 리듬감을 조성한다는 점에서 準定型 요건으로 고려해 볼 필요가 있다. 이런 대구적 표현은 주로 초장과 중장에서 많이 발견된다. '章'은 시조의 구성단위를 가리키는 용어이므로, 시의 구성요소를 가리키는 말인 '행'(line)과는 구분된다. '장'과 '행'의 구분은 사설시조를 대상으로 할 때 첨예하게 부각되는 요소이다. 평시조는 3행시라 할 수 있지만, 길이가 길어 3행으로 배열하기 어려운 사설시조의 경우는 결코 3행시로는 규정할 수 없기 때문이다.

이 정형의 요건들은 대부분 외국어 번역에서 살리기 어려운 것들이다. 한국어에서의 글자수를 나타내는 음절과 영어에서의 음절(syllable)은 계산하는 단위가 다르므로 시조에서의 3음절과 영어의 3음절은 다를 수밖에 없다. 글자수를 따질 때 대개 영어의 3음절이 글자수가 많다. 정형 요

---

15) '병행'과 '대구'는 모두 영어의 parallelism에 해당하지만, 이 글에서는 이를 구분하였다.

건 2)를 충족시키기 위해 3·4음절로 된 영어 단어를 4개 배열한다고 해서 그 리듬감이 살아나는 것은 아니다. 또한 3)의 조건을 반영하기 위해 3음절 영어 단어를 선택하고 그 뒤에 5음절 단어를 배치한다 해도, 시조를 낭독할 때와 같은 리듬감은 기대할 수 없다. 그러므로 시조 정형의 요건 중 2)와 3)은 일본어 외의 외국어로 번역될 때 반영하기가 거의 불가능한 요소가 된다. 특히 사설시조는 한 장이 4음보 패턴의 규칙성을 지니지도 않고 3행으로 배열할 수도 없어 엄밀히 말해 정형시라 할 수 없기 때문에 번역할 때의 어려움은 더욱 커지게 된다. 강용흘이나 게일은 물론, 후대의 시조 영역자료들에서 사설시조가 차지하는 비율이 평시조에 비해 현저하게 낮은 것도 이런 이유 때문이다.

반면 1)과 準定型 요건인 '대구' 혹은 '병렬'은 영어 번역에 비교적 용이하게 반영할 수 있는 요소이다. 특히 1)은 행배열을 통해 실현될 수 있는데, 시조의 3장 6구의 형식적 요건이 바로 오늘날 시조의 영역에서 거의 고정화된 6행 배열의 근거가 되는 것이다. 최초로 시조를 영역한 게일이나 그 뒤를 잇는 강용흘의 경우 6행 배열을 기조로 하면서도 4행, 5행, 7행, 8행 등 '다양한' 혹은 '불안정적'인 패턴을 보여주는데, 이런 패턴은 변영태 이후의 시조 영역 자료에서는 찾아보기 어려운 양상이다.[16]

> Birds, oh birds, don't grieve for fallen flowers!
> Flowers are helpless when the winds assault.
> If the Spring too swiftly vanishes,
> Is it a bird's fault?   (No.6)[17]

---

16) 오늘날의 시조 영역 자료들을 보면 6행 배열이 주를 이루며, 원시조의 3장 구성의 특성을 살려 3행으로 배열하는 경우, 시조시를 5장으로 나누어 부르는 가곡창의 특성을 살려 5행으로 배열하는 경우는 간혹 발견된다.

17) 여기서 아라비아 숫자는 강용흘의 시조 영역 자료 목록의 일련번호를 가리킨다.

꽃이 진다 하고 새들아 슬허마라
바람에 흩날리니 꽃의 탓 아니로다
가노라 희짓는 봄을 새와 무슴하리오   (156번)[18]

위의 예는 원시조의 초장과 중장을 각각 1행과 2행으로, 종장을 3~4
행으로 배열한 양상을 보여준다. 이 시조를 소개하기 전에 강용흘은 "I
know many songs of regret about this period. One is the song to
the birds"라는 구절을 서술하고 다음에 4행으로 배열된 시조 번역을 소
개하고 있다. 오늘날 영역 시조 자료들 중에는 이처럼 4행으로 배열하는
예는 찾아보기 어렵다.

Think of our human life―
Only a bundle of dreams!
Good things, evil things,
All are dreams within dreams.
But as we dwell in dreams,
Why not enjoy good times?
What else could you do?   (No.18)

人生을 혜여ᄒ니 혼바탕 꿈이로다
죠혼 일 구즌 일 꿈속에 꿈이여니
두어라 꿈ᄀ튼 人生이 아니 놀고 어이리   (1715번)

<No.18>은 원시조의 초장을 1·2행으로, 중장을 3·4행으로, 종장을
5~7행으로 배분하여 총 7행 배열의 형태를 취하고 있다. 번역문의 제7행
을 보면, 있으면 원시조 종장의 뜻이 분명해지겠지만 없어도 충분히 원시

---

18) 원시조는 정병욱 편저 『시조문학사전』(신구문화사, 1966)에 의거하였으며 인용말
    미의 아라비아 숫자는 이 책에 수록된 작품 번호를 가리킨다.

조의 뜻을 잘 반영할 수 있는 군더더기 표현이다. 만일 강용홀이 시조를 6행으로 배열하는 것을 원칙으로 삼았다면, 혹은 적어도 3장 6구의 형식을 살려 6행으로 배열하려는 의도가 있었다면 굳이 이 行을 넣지 않았을 것이다. 이같은 7행 배열은 현대의 시조 영역자료는 물론, 게일의 영역 시조에서도 찾아볼 수 없는 패턴이다. 우리는 이로부터 강용홀이 '3장 구성'이라고 하는 시조의 특성을 영시 형태의 번역문에 반영하기 위해 특별한 고심을 하지 않은 것으로 판단할 수 있다.

2.2.2. 대구와 병렬법

3장 구성 외에 영어번역에 비교적 쉽게 반영할 수 있는 시조의 특성은 對句 혹은 병렬법이다. 오늘날의 시조 영역 자료들을 보면 대부분 이같은 대구적 특성을 살려 번역하려고 애쓴 흔적을 볼 수 있다. 그러나, 시조 번역의 초기 단계에는 우선적으로 내용의 번역에 급급하여 시조의 특성을 반영할 겨를이 없었을 것이며, 번역의 테크닉 또한 진지하게 고려할 처지가 아니었을 것으로 본다. 영어 원어민으로서 영시 형태에 익숙해 있던 게일과는 달리 영어를 제2언어로 하는 강용홀의 경우 이 문제는 더욱 절실했을 것이라 생각된다. 예를 들어 보도록 하자.

The bright sun is falling behind the Western mountain
As the yellow river enters the Eastern sea.
From old old times until now, heroes and flowers
Have all gone down to their graves in the Northern snow.　(No.13)

白日은 西山에 지고 黃河는 東海로 들고
古今英雄은 北邙으로 든닷 말가　(895번)

이 작품에 해당하는 원시조[19]를 보면 초장의 前句와 後句, 그리고 중장 전체가 같은 문장 패턴으로 되풀이되면서 등위절을 이루고 있다. 강용흘의 번역을 해당 시조와 비교해 보면 초장 전반부에 해당하는 제1행과 후반부에 해당하는 제2행이 종속절로 연결되어 있어 兩者 간에 구문상의 등가가 형성되지 않는다. 또한 이 두 행의 시제가 현재인 것에 비해, 중장에 해당하는 제3, 4행의 시제는 현재완료로 되어 있어 시제상의 등가도 이루어지지 않고 있다. 이 작품에 대한 현대의 영역을 보도록 하자.

> The sun sets duly in the west;
> the yellow river empties into the East sea.
> The greatest men of all ages
> all go to the graveyard in the end.[20]

위는 같은 시조에 대한 김재현의 번역이다. 역시 제1행은 초장의 전반부, 제2행은 후반부이고 제3, 4행은 중장이다. 초장의 전반부와 후반부는 물론, 중장을 번역한 것까지 모두 '주어+서술어'의 동일한 문장패턴을 보이며, 이를 현재시제로 통일하여 일관성을 유지하고 있다. 그리하여 원시조에서 대구나 병행법을 통해 형성된 리듬감이 어느 정도 살아나고 있는 것을 알 수 있다.

아래의 예에서도 같은 양상을 볼 수 있다.

> In the old garden, young life is green
> With flowers of a long-ago fame.   (No.4)

---

19) 이 작품에 해당하는 시조는 가집에 따라 별다른 異形態가 보이지 않으므로 원시조로 보고 논의를 전개해도 무리가 없다고 본다. 이하 다른 작품에서도 가집에 따라 맞춤법 이상의 변개 양상이 나타나지 않을 경우는 '원시조'라는 말로 칭하고 논의를 할 것이다.

20) Jaihiun Joyce Kim, *Classical Korean Poetry*(Seoul: Hanshin Publishing Co.,1986), p.3.

舊圃에 新菜나고 古木에 名花로다   (1182번)

New vegetables in old fields,
brilliant flowers on old trees.[21]

위 인용들은 차례로 강용흘의 번역, 원시조, 오록(K. O'Rourk)의 번역 일부를 발췌한 것이다. 원시조는 박효관의 작품 중 중장을 인용한 것이다. 前句와 後句가 의미상·구문상으로 완벽한 대응을 보이면서 대구를 이루고 있다. 강용흘의 번역에서는 이같은 '대구' 및 대구에서 오는 '리듬감'이 살아나지 않고 있는 반면, 오록의 번역에서는 'New: brilliant' 'vege-tables: flowers' 'in:on' 'old: old' 'fields: trees'와 같이 단어 하나하나가 대응을 이루면서 완벽한 대구를 이루고 있다. 그리하여 원 시조에서 형성된 리듬감이 번역에서도 그대로 느껴진다.

번역자에 따라 이런 차이점들이 나타나는 것은 앞서 언급한 것처럼, 시간이 지나면서 번역작업이 축적됨에 따라 번역에 대한 인식이 달라지고 요령과 테크닉도 터득하게 된 데다가 시조에 대한 이해도 깊어져 그 특징을 번역에 반영하려는 노력이 가능해졌기 때문일 것이다.

2.3. 번역의 충실성 문제

번역에 관해서 논할 때, 보통 원문에의 충실성(faithfulness)과 가독성 (readability)의 문제가 논의의 핵심을 이룬다.[22] 특히 원문을 얼마나 충실하게 번역에 반영하는가에 관한 충실성의 문제는 번역비평이나 번역학 등 번역을 다루는 학문 분야에서 첨예하게 부각되는 기준이 된다. 그러나

---

21) Kevin O'Rourke, *The Sijo Tradition*(Seoul: Jung Eum Sa, 1987), No.222.
22) 이상원, 「문학번역 평가 어떻게 할 것인가?」,《번역학연구》제9권 2호, 한국번역학회, 2008.

이것은 어디까지나 번역의 대본이 되는 원문이 확정되어 있을 때에 한정된 논점이다. 보통 번역자가 어떤 작품 혹은 텍스트를 번역하고자 할 때, 그리고 원문에 해당하는 것이 여러 개가 존재할 때, 그 중 어느 하나를 택하여 대본으로 삼고 번역을 하는 것이 일반적인 패턴이다.

시조의 번역도 마찬가지이다. 그러나 강용흘의 시조 영역이 논의의 대상이 되면 문제는 달라진다. 최초의 시조 영역자인 게일만 해도 『남훈태평가』라고 하는 시조집을 대상으로 한 것이 기록을 통해 분명히 드러나지만, 강용흘은 시조를 자전적 소설에 인용 또는 삽입하면서 그것이 어디에 수록된 것인지 밝히지는 않았다. 그것은 시조만을 별도로 번역한 것이 아니라 소설이라는 맥락에 삽입해 넣은 것이기 때문일 것이다. 작품 안에서는 그럴 수 없다 쳐도 작품 서문이라든가 후기, 또는 다른 지면을 통해 밝힐 수도 있었겠지만 현재까지는 그런 내용을 담은 기록이 존재하지 않는다.

그런데 문제는 시조가 口傳的 속성을 지니고 있어 몇몇 특별한 경우[23]를 제외하고는 대개 노래로 불리다가 가집에 수록된다는 점에 있다. 그것도 하나의 가집만이 아니라 같은 노래가 수많은 가집에 수록되는 것이다. 그러므로 구전되는 과정, 가집에 수록되는 과정에서 다양한 이본이 생겨나게 되는 것이다. 작게는 맞춤법상의 표기에서부터 어휘나 문장의 변개, 크게는 세 章 중 어느 한 장 전체의 내용이 달라지는 경우에 이르기까지 異形態의 양상은 매우 광범하고 다양하게 나타난다.

이같은 시조의 특성을 전제로 할 때, 강용흘이 시조를 번역함에 있어 어떤 특정 가집의 것을 대본으로 했는지, 아니면 자신이 기억하고 있는 것에 의존했는지, 만일 번역의 대본이 있었다면 그게 어떤 것인지 우리는 판단할 수가 없는 것이다. 다만 한국어 번역판에 제시된 것과 '동일한' 혹

---

23) 구전되는 것이 아니라 처음부터 개인 문집에 실어 놓은 경우를 말한다.

은 '유사한' 시조를 대상으로 했을 것이라고 '추정'할 뿐이다. 즉, 어떤 유형의 시조[24]를 번역했는가 하는 것만을 짐작할 수 있을 뿐이다. 『초당』의 한국어 번역판[25]에 나와 있는 시조는 영어 번역을 토대로 번역자가 해당 시조를 일일이 찾아내 수록한 것인데, 번역자는 수많은 가집 혹은 시조집 중 어느 것에 의거한 것인지 출처를 밝히지 않았다. 그러므로, 그것을 강용흘이 번역의 대본으로 삼은 원문이라고 착각해서는 안되는 것이다.

필자가 그의 영역시조 자료 33편 각각의 이형태들을 면밀히 검토한 결과 어느 한 특정 가집을 대본으로 하지 않았다는 것만은 분명한 듯하다. 필자의 입장은 강용흘이 평소 한시라든가 우리나라 시인들의 시 등을 줄줄 외우고 있었다는 점, 시에 대단한 관심과 애호적 태도를 가지고 있었다는 점[26]을 고려하여, 두 소설에 인용된 시조들이 그의 기억에 의존한 것이라는 면에 비중을 두고 있다.

이상을 고려하면 강용흘의 영역시조에 대하여 誤譯의 여부라든가, 원문에의 충실성 여부, 번역의 정확성 문제, 직역 혹은 의역의 문제 등을 논하는 것은 어찌 보면 큰 위험 요소를 내포할 수도 있다. 이 글에서는 이런 오류를 피하기 위해 강용흘의 영역 시조의 해당 원문을 검토할 때 『歷代時調全書』(심재완 편, 세종문화사, 1972)에 제시된 수십 종의 가집에 나타난 변이형태들을 모두 비교해 본 뒤 공통의 유형이라고 할 만한 것을 원문으로 상정하고 논의를 전개하고자 한다.

---

24) 여기서 말하는 '유형'이란, 어떤 한 편의 시조에 대하여 가집마다 수많은 이형태가 존재할 때 그 이형태들의 공분모를 이루는 내용을 가리킨다.

25) 장문평 역, 『초당』(범우사, 1993·1975).

26) 김욱동, 앞의 책, 63쪽, 390쪽.

Full moonlight, full moonlight
As I go boating up the Autumn river,
Under the sky, the water;
O boatman, catch that moon!
Drunken I'd live with long immortal gazing…   (No.28)

月正明 月正明ᄒ니 ᄇ!을 타고 秋江에 ᄂ!려
하늘아리 물이오 물우희 달이로다
沙工아 져달 건져라 翫月長醉ᄒ리라   (1605번)

<No.28>은 朴尙의 시조를 5행 배열의 형태로 영역한 것인데 이렇게 5행이 된 이유는 원문 중장 '물우희 달이로다'가 누락되었기 때문이다. 『역대시조전서』를 보면 어느 가집도 이 구절이 빠져 있는 것은 없다. 이것은 강용흘이 시조집을 대본으로 한 것이 아니라, 그의 기억에 의존하여 번역에 임했기 때문에 기억나지 않는 부분을 누락시켰다고 볼 수 있는 것이다.

Night on the Autumn river;
Waves sleep on the water.
The line is cast;
Fish do not bite.
Only unfeeling moonlight
In bare home-turning boats.   (No.27)

秋江에 밤이 드니 물결이 ᄎ노미라
낙시 드리치니 고기 아니 무노미라
無心한 돌빗만 싯고 뷘 비 저어 오노라   (2136번)

번역 <No.27>과 이에 해당하는 원시조의 초장 後句 "물결이 ᄎ노미라"를 비교해 보면, "Waves sleep on the water"라 하여 물결이 잦아들어 잠잠해진 것을 '물결이 자는 것'으로 번역하고 있음을 본다. 만일 위에 제

시한 것을 번역의 '원문'으로 확정한다면 분명 물결이 '찬 것'을 '자는 것'
으로 옮겼기 때문에 誤譯에 해당한다. 이 노래가 실려 있는 24종의 가집
을 보면 23종이 모두 위의 표현대로 되어 있는데,[27] 유일하게 『佛蘭西本
歌曲源流』에는 "물결이 쟈노민라"로 되어 있다. 그러므로 이 가집을 번역
의 원문으로 본다면 정확한 번역이 되는 것이다. 그렇다고 해서 곧바로
강용흘이 이 가집에 수록된 것들을 대본으로 하여 위 시조를 비롯한 다른
작품들을 번역했다고 단정할 수는 없다. 그가 번역한 시조들 중에는 이
가집에 수록되지 않은 것들도 많기 때문이다. 이것 또한 그가 어떤 특정
가집을 대본으로 한 것이 아니라 기억에 의존하여 번역을 행하지 않았을
까 하는 추정의 한 근거가 될 수 있다.

Why is the Spring growing late on the clear stream by the grass roof?
Snow-white the fragrant pear blossom, the willow's gold is weak.
In ten thousand cloud-strewn valleys, the ghosts are wailing.
Ah, Spring too is a wraith…(O why!)　　(No. 8)

清溪上 草堂外에 봄은 어이 느젓는고
梨花白雪香에 柳色黃金嫩이로다
萬壑雲 蜀魄聲中에 春思茫然ᄒ여라　　(2042번)

　이 시조는 한시투의 문구를 많이 사용 것이 특징인데, 여러 가집들에
서 별다른 이형태가 보이지 않는다. 시간적으로는 '봄', 공간적으로는 '초
당'을 배경으로 하여 어느 봄날의 정경을 그림처럼 그려내고 있다. 마치
흰눈과도 같은 배꽃 향기가 퍼지고 여린 버드나무가 황금빛을 띠며 고운
자태를 뽐내는데 첩첩이 둘러쳐진 골짜기에 구름이 감돌아 있고 어디선
가 들려오는 두견새 소리에 봄을 느끼는 화자의 마음이 뒤숭숭해지는 것

---

27) 『역대시조전서』 2966번.

을 노래했다.

그런데 번역문을 보면 '평화로우면서도 심란한' 정조를 띠는 원시조의 분위기가 크게 변질되어 있는 것을 발견하게 된다. 초장, 중장에 해당하는 제1행·2행은 별 차이가 없으나, 종장에 해당하는 제3·4행은 암울하면서도 음산한 느낌을 표현하고 있다. '蜀魄'은 두견새를 가리키는데 蜀의 왕이 죽어 그 혼백이 이 새가 되었다는 전설을 지니고 있다. '두견새'는 봄날 밤에 구슬프게 우는 새로서 그 자체로 슬픔, 비애 등 무거운 정조를 환기한다. 강용흘은 새 이름 속에 담겨 있는 '魂魄'의 의미를 바탕으로 이를 'ghosts'로 옮기고 다시 두견새의 피를 토하는 듯한 구슬픈 울음을 환기하여 이를 'wailing'이라는, 다소 센 느낌을 주는 표현으로 번역하였다. 그런 다음 '春思茫然' 즉 '봄을 느끼는 뒤숭숭한 마음'이라는 내용을 '영혼' '유령' '망령' 등 '죽음'의 이미지를 지니는 'wraith'로 번역하여 앞 행의 'ghosts'와 호응을 이루게 하였다. 이렇게 함으로써 원시조가 지니는 어느 봄날의 아름답고 평화로운 느낌이 크게 희석되고 전체적으로 '죽음'을 연상시키는 음산한 느낌이 더 부각되는 결과를 낳게 되었다.

이 시조를 인용하기 앞서 강용흘은 '(봄은) 다음의 한국시에서 보는 바와 같이 환희의 계절이요 다소 슬픈 계절이기도 했다'[28]라고 서술하고 있다. 이를 보면 그가 기억하는 한국의 봄은 '절대적으로 크나큰 환희'("perfect rapture")의 계절이면서도 동시에 '약간은 슬픈'("faint melan choly") 계절이다. 이 상반되는 이미지 중 '환희' '새 생명' 면에 무게가 두어지고 있음을 알 수 있고, 원시조 역시 전자 면의 분위기가 전체를 지배하고 있다. 그럼에도 번역에서는 오히려 '슬픔' '죽음' 면이 더 강조되고 있는 것이다. 이같은 텍스트성의 변질이 어디서 기인하였는가에 대해 생각해 볼 필요가 있다. 첫째로 강용흘이 '蜀魄'이 '두견새'를 가리킨다는 것을 몰랐던 탓에 '魄'이

---

28) "It is a time of perfect rapture, and faint melancholy, as in the Korean pooem:" *The Grass Roof*, Ch.5, p.67.

라는 글자를 'ghosts'로 번역했을 가능성이 있다. 두 번째로 그가 이 사실을 알고도 '두견'을 'nightingale'이라 번역하지 않고 'ghosts'라는 단어를 선택했을 가능성도 있다. 필자는 이 중 전자 면에 비중을 두고 있다. 왜냐면 서양 문화에서도 '나이팅게일'은 슬픔과 비애를 상징하는 새로 이해되기 때문이다. 그러므로 '촉백'을 '나이팅게일'로 번역했다면 원시조가 갖는 '약동하는 봄기운 속에 느껴지는 아득한 느낌'을 잘 살릴 수 있었을 것이다.

요컨대 그의 시조 번역은 어떤 가집을 대본으로 하여 이루어진 것이 아니라 기억 속에 남아 있는 것에 의존했을 가능성이 크다고 보며, 어느 구절이 잘 기억나지 않을 때 그 구절은 번역에서 빼기도 하고, 또 잘 알지 못하는 내용에 대해서는 자신이 이해한 대로 영어로 옮기기도 했다는 추정을 해 볼 수 있다. 그러므로 그의 번역에 대하여 '오역'이라든가 '부정확한 번역'이라는 평가를 내리기는 힘들다고 본다.

2.4. 시조 지칭어

앞에서 언급한 대로 강용홀이 영어로 번역한 시조들은 독립적으로 존재하는 것이 아니라 소설의 한 부분으로 존재한다. 그렇기 때문에 서사적 맥락 속에서 그가 시조를 어떻게 지칭하고 있는가를 살피는 것은 그의 영역시조를 이해하는 데 도움이 되리라 생각한다.

앞의 표에도 나와 있듯, 시조를 지칭하는 말이 나타나 있는 31편 중 '노래'라는 말이 사용된 것이 9회, '시'라는 말이 사용된 것이 22회로 '시'로 지칭한 예가 압도적으로 많다. 한편 '시조'라는 지칭어는 한 번도 사용한 적이 없다. 그렇다면 강용홀은 왜 시조를 '시조'라는 말로 칭하지 않았을까 하는 의문이 생긴다. 그리고 강용홀이 한국에서 시조를 접하고 익혔을 시기에 시조는 '시'가 아닌 '노래'로 인식되었는데 왜 그는 '시'라는 말을 더 많이 사용하고 있는가 하는 점도 검토해 봐야 할 문제다.

주지하는 바와 같이 원래 시조는 성악곡의 한 종류이다. 따라서 시조는 본래적으로 노랫말이라고 하는 '문학'의 요소와 멜로디라고 하는 '음악'의 요소를 모두 갖추고 있다. 시조에서 음악적 요소를 제거하고 시로서 인식하기 시작한 것은 1920년대 초 국학파를 중심으로 시조부흥운동이 일어나면서부터이다. 구체적으로 최남선이 1928년 1405수의 시조를 모아 내용별로 21항목으로 분류하여 『時調類聚』라는 이름으로 편찬하면서 시조는 세 章으로 된 '노래'를 가리키는 말에서 3행으로 된 '시'를 가리키는 말로 정착되기에 이른다. 따라서 강용흘이 한국에 있는 동안 즉 1920년대 이전의 시조는 '노랫말'과 '멜로디'를 갖춘 '노래'로 인식되고 있었던 것이다. 이를 가리키는 명칭도 '時調'보다는 '短歌'라는 말이 더 널리 통용되고 있었다. 강용흘 또한 시조를 '노래'로 기억하고 있었기에, 만일 자신이 번역한 운문에 대하여 '시조'라고 소개를 한다면 '노래'만으로 한정되어 그 포괄 범위가 매우 좁아진다고 생각했을 것이다.

강용흘은 『초당』 서문에서 자신이 인용한 한국의 운문들에 대하여 다음과 같이 말하고 있다.

"All the oriental literature quoted herein is from actual translations made by myself and Frances Keely, which is to appear soon in book form. The Korean poetry has never been translated before in any western language."

이 글을 보면 『초당』에 인용된 동양의 문학("oriental literature")이 자신과 그 아내에 의해 번역된 것이며, 한국의 시("Korean poetry")는 아직까지 어떤 서양의 언어로도 번역된 적이 없음을 밝히고 있다. 그는 시조·민요·한시 등 『초당』에 삽입된 다양한 형태의 운문들을 '한국의 시'라는 말로 총괄하고 있는 것이다. 이로 볼 때, 포괄범위가 좁을 뿐만 아니라 영어권 독자들에게 생소한 '시조'라는 말 대신 이들에게 쉽게 이해될 수 있는,

보편성을 띤 '시'라는 말을 선호했을 것으로 본다.

그러면서도 한편으로 '노래'라는 말을 적지 않게 사용한 이유는 무엇이 었을까? '노래'라는 말로써 시조를 지칭한 예들을 검토해 보면, '솔숲 악대의 반주에 맞춰 부르는 노래 가운데 모두가 가장 좋아하던 것은 다음의 한국 민요였다'(<No.9>)[29]라든가 '순희의 선비는 그녀의 거문고에 맞추어 열정적으로 노래했다'(<No.19>)[30]와 같이 시조가 演行되는 실제적 상황을 묘사·소개하고자 할 때 '노래'라는 말을 사용하는 경향이 있음을 발견하게 된다. 강용흘이 기억하고 있던 시조는 사람들이 모여 부르고 듣고 즐기던 것이었기에 이런 享受의 현장을 그려내고자 할 때는 '시'라는 말보다는 '노래'라는 말을 사용했던 것으로 보인다.

반면, 서사적 맥락과 관련지어 시조의 내용 자체를 부각시키고자 할 때는 '시'라는 말을 썼던 것이다. 예를 들어 주인공 한청파가 밤길을 걷다가 호랑이가 나타나지 않을까 두려움에 휩싸여 있는 와중에 '호랑이'를 조심하라는 시조[31]를 떠올린다든가(<No.23>), 겨울철의 정취를 서술하면서 한청파가 삶의 모토로 삼고 있는 시조를 소개한다든가(<No.30>) 할 때는 예외없이 '시'라는 말을 사용하고 있는 것이다.

3. 서사적 맥락에서의 영역 시조의 기능과 의미

이 두 소설의 특징 중 하나는 시조를 비롯하여, 민요, 영시, 한시, 중국 시인의 시, 일본시, 한용운의 시 등 여러 가지 운문 형태가 군데군데 삽입

---

29) "One song which all were very fond of singing to the accompaniment of the Pine Grove Orchestra was the Korean folk-air."

30) "Shun-Hi's scholar seized her kummonko and sang fervently."

31) 이는 "夕陽 넘은 후에 山氣는 좋다마는/ 黃昏이 가까우니 物色이 어둡는다/ 아해야, 범 무서운데 나다니지 말아라"라고 하는 윤선도의 시조다.

및 인용되어 있다는 점이다. 이러한 운문은 책머리나 한 章의 앞부분에 인용되어 있기도 하고 서사 내 중간중간에 삽입되어 있기도 하다. 특히 각 章의 첫머리, 본문에 앞서 반드시 한 편 이상의 시를 소개하고 있다는 점은 1930년대 한국 소설에서는 찾아보기 어려운 특징이라 할 수 있다.

강용흘이 번역한 시조들을 연구함에 있어 가장 먼저 염두에 둘 점은, 이 자료들이 독립적으로 존재하는 것이 아니라, 『초당』과 『행복의 숲』이라는 자전적 소설 속에 인용 혹은 삽입된 형태로 존재한다는 것을 인식하는 일이다. 시조는 서사의 일부분을 구성하면서 산문 서술과 호응을 이루어 특별한 기능을 행한다. 그러므로 그의 영역시조는 전체 서사와의 관계 속에서 조명되어야 할 필요가 있다.

『초당』은 크게 1부와 2부로 구성되어 있는데 제1부는 1장에서 11장까지이고, 제2부는 12장에서 24장까지이다. 『행복의 숲』은 『초당』을 축약한 것으로 1부, 2부로 나뉘어 있지는 않다. 그의 영역시조들은 장이나 절의 앞부분에 삽입되어 있기도 하고 서사 중간중간에 삽입되어 있기도 하다. 시조가 삽입 또는 인용된 위치는 여러 가지 중요한 사실을 시사한다.

시조가 첫머리에 인용된 경우는, 앞의 표에서 보는 바와 같이 『초당』 제1부의 첫머리, 1부 5장 첫머리, 그리고 『행복의 숲』 1장, 2장, 8장의 첫머리 등 5편이 이에 해당한다. 첫머리에 인용되는 운문은 英詩가 대부분이지만 이처럼 시조도 5편 포함되어 있는 것이다. 나머지 28편은 서사 중간중간에 삽입되어 있다. 책의 첫머리나 章節의 첫부분에 인용되는 비교적 짧은 인용구를 보통 '題詞'(epigraph)라 하는데 제사는 '序'처럼 책 전체의 주제나 해당 장절의 내용을 요약, 암시하는 기능을 한다. 필자의 분류에 의하면 이는 '서부가형'에 속한다. 그리고 시가 서사 중간중간에 삽입되어 정서적 기능을 강화하고 시적 분위기를 조성하는 형태는 '시삽입형'에 속한다. 시삽입형은 소설처럼 산문서술 부분이 서사장르에 속하는 '서사체 시삽입형'과 기행문처럼 비서사장르에 속하는 '비서사체 시삽입형'

으로 구분할 수 있다. 그러므로 『초당』과 『행복의 숲』은 서부가형과 서사체 시삽입형이 복합된 혼합담론 유형에 속한다고 할 수 있다. 산운 혼합담론으로서의 성격에 초점을 맞추어 두 소설을 검토해 보면, 운문이 첫머리에 위치하는 경우 운문의 대부분은 英詩이며, 서사 중간중간에 삽입된 운문은 시조가 주류를 이룬다는 점을 발견하게 된다.

3.1. 서부가형 혼합담론으로서의 면모

그러면 먼저 시조가 첫머리에 인용된 경우, 즉 '서부가형' 혼합담론으로서의 면모를 살펴보기로 한다.

> In a grass roof idly I lay,
> A kumoonko for a pillow:
> I wanted to see in my dreams
> Kings of Utopian ages:
> But the faint sounds came to my door
> Of fishers' flutes far away,
> Breaking my sleep…(Old Korean poem)　(No.1)

> 草堂에 일이 업셔 거믄고를 베고 누어
> 太平聖代를 꿈에나 보려트니
> 門前에 數聲漁笛이 줌든 날을 씨와다　(2110번)

이 시조는 『초당』 제1부의 본문이 시작되는 바로 앞 페이지에 권두시로 실려 있는 것으로, 평화롭고 유유자적한 삶을 유토피아에 비유하고 있는 점이 눈에 띈다. 소설의 제목 "Grass Roof"는 이 시조 첫 행에서 따온 것이다.

『초당』은 작자가 미국으로 건너가기 전까지의 어린 시절의 회상이 주 내용을 이루는데 1부는 주인공 한청파의 탄생, 가족과 친척, 친구들, 전통적 풍속 등 한일합방 전까지의 이야기를 서술하고 있고, 2부는 한일합방 후부터 3·1운동까지의 시기로 주인공이 기독교 및 선교사로 대표되는 서양문물에 눈을 뜨고 박수산이라는 인물을 알게 되면서 내면세계가 성숙되어 가는 과정을 그리고 있다. 1부가 주로 고향에서의 전통적 삶의 방식을 그리는 데 치중하고 있다면, 2부는 주로 주인공이 고향 밖의 세계로 눈을 돌려 시야를 확대해 가는 모습을 그리는 데 중점을 두고 있다고 할 수 있다. 이로 볼 때 〈No.1〉 작품은 1부 전체의 내용을 함축적으로 포괄한다는 것이 드러난다. '초당'이라든가 '거믄고' '漁笛' 등은 바로 평화로운 삶에 대한 객관적 상관물이라 할 수 있다. 이 점은 제2부의 권두시 혹은 題詞로, 이름이 밝혀지지 않은 시인의 다음 영시 구절이 인용된 것과 대조를 이룬다.

> The waving meadow is trampled,
> The dewy road is soiled,
> The star of the sky is overcast with dust.
> O grass of the earth, you have no power to bind me—
> For what man can turn back the way he came?
>
> (〈An Undying Wanderer〉)

> 물결치는 풀밭은 짓밟히고
> 이슬맺힌 도로는 더럽혀졌네
> 하늘의 별은 먼지에 덮여 흐릿하다네
> 아, 땅위의 풀이여 너는 나를 묶을 힘이 없나니
> 무엇 때문에 왔던 길을 되돌아 갈 것인가? (필자 역)

이 시구절은 고향에서의 안온하고 평화롭던 주인공의 삶이 외세의 거센 물결에 휩싸여 안팎으로 요동치는 모습을 그린 제2부의 내용을 함축적으로 표현하고 있다. 여기서 '짓밟힌 풀밭' '더럽혀진 도로' '먼지에 덮여 흐릿한 별' 등은 주인공을 둘러싼 외부적 현실—개인적 삶을 포함하여 외

세의 침략으로 고통받는 나라와 민족의 현실 등―을 비유한 것으로, 앞의
시조에서의 '초당' '거문고' '漁笛'과 대조를 이룬다.

　이처럼 본문의 앞에 붙어 전체적인 주제를 암시하고 구체적인 내용을
함축적으로 요약하는 기능을 행하는 시조는 두 소설 합하여 모두 5편인
데, 이 중 題詞의 포괄범위가 가장 넓은 것이 바로 <No.1> 작품이다. 나머
지 것은 어느 한 章의 내용만을 포괄하는 것임에 비해 이 작품은 11개의
장으로 이루어진 제1부 전체의 주제 및 내용을 포괄하기 때문이다. 그러
나 나머지 4편의 題詞的 기능을 갖는 시조 중 『행복의 숲』 제1장 앞머리
에 인용된 아래 <No. 24> 작품은 <No.1>과 거의 성격이 비슷하다.

> Lully-lullay… a grass roof has
> Such harmony…
> Cool winds blow to and fro,
> Moonbeams weave through.
> No trouble comes.
> We sleep, arise.　(No.24)

> 이러ᄒ나 뎌러ᄒ나 이 草屋 便코 돗ᄐ
> 淸風은 오락가락 明月은 늘낙나락
> 이中에 病업슨 이몸이 쟈락씨락 ᄒ리라　(1639번)

　『행복의 숲』은 『초당』 1부의 내용을 주축으로 하고 여기에 2부 앞 부분
두 章을 추가하여 이루어진 일종의 『초당』 축약판이다. 그러므로 제1장 본
문 앞에 인용된 위의 시조는 하나의 章의 내용을 포괄하는 동시에 『행복의
숲』이라는 책 전체, 그리고 『초당』 제1부 전체를 포괄한다고 할 수 있다.
위 시조를 보면 초장의 '草屋'("grass roof"), 중장의 '淸風'("cool winds")과
'明月'("moonbeams") '병없는 이 몸'("no trouble")은 <No.1>의 변주라고 해
도 좋을 만큼, 主旨 · 어휘 · 이미지 · 내용 등 여러 면에서 비슷한 면모를 보

인다. 즉, <No.1>과 <No. 24>는 同腔異曲이 되는 셈이다.

여기서 한 가지 주목할 점은, 제사나 권두시적 성격을 띠는 운문 대부분은 英詩라는 사실이다. 1부와 2부를 합하여 『초당』이라는 소설 전체를 포괄하는 권두시 또한,

To Frisk:
Awake from Winter's Dark Roads;
Come to the garden of Spring.

프리스크에게:
겨울의 어두운 길목을 벗어나
봄의 정원으로 오라.[32]

라는 영시 구절이다. 이처럼 매 章節에 운문을 인용하고 있는 점, 운문 가운데서도 특히 영시의 비중이 크다는 점 등은 강용흘이 하버드 대학에서 영미문학을 공부하고 후에 영문학 강의를 했다는 점 등으로 설명이 되는 부분이다. 말하자면 그의 영문학적 소양을 충실하게 반영하고 있는 것이다.

여기서 한 가지 지적할 점은, 동아시아의 일반적 서부가형 혼합담론과 강용흘의 경우의 차이이다. 전자의 경우는 대개가 운문이 주가 되고 산문이 종이 되는 韻主散從 형태로서, 주가 되는 운문의 창작 배경, 창작 과정에 얽힌 일화 등을 산문으로 서술하여 첫머리에 배치하는 양상을 보인다. 이것이 '序'와 같은 성격을 띠기 때문에 '서부가형' 혼합담론으로 부를 수 있는 것이다.[33] 그런데, 강용흘의 경우는 산문이 주가 되고 운문이 종이

---

32) 강용흘, 『초당』(장문평 옮김, 범우사, 1993)의 번역에 의거함.
33) 漢賦, 箴銘, 일본의 와카(和歌)에 붙은 고토바가키(詞書) 등은 운문으로 된 본문에 앞서 산문으로 된 序를 서술하는 형태로 되어 있다.

되는 散主韻從 형태라는 점에서 차이가 있다. 또한, 동아시아의 혼합담론에서는 산문과 운문이 동일작자에 의한 것인 반면, 강용흘을 비롯하여 題詞를 도입한 서양의 산운 혼합담론의 경우 산문과 운문은 동일작자가 아니라는 차이점이 있다. 이처럼 산주운종이냐 운주산종이냐의 문제, 운문의 위치, 산문과 운문 작자의 동일성 여부 등의 관점에서 강용흘의 경우를 검토하면 책이나 장절의 첫머리에 운문을 인용하는 것은 동아시아적 전통에 맥이 닿아 있다기보다는, 영문학적 전통을 따르고 있다는 점이 분명해진다.

3.2. 서사체 시삽입형 혼합담론으로서의 면모

다음으로 시조가 서사가 진행되는 중간중간에 삽입된 경우를 살펴보도록 하자. 이런 형태는 앞서의 분류 중 '서사체 시삽입형' 혼합서술에 속한다. 산문으로 된 장절의 첫머리에 운문인 題詞가 위치하는 형태가 서양문학에서는 흔히 활용되는 기법이고 동아시아 문학에서는 보기 드문 양상인 반면, 서사 중간중간에 운문이 삽입되는 양상은 동아시아 문학에서는 아주 흔하게 발견되는 패턴이지만 서양 문학에서는 그리 활성화되어 있지 않은 서술 패턴이다.

> Tree you are not,
> Grass you are not,
> Nothing is more straight than you.
> Inside why are you so clean?
> Bamboo, for this besides I love you,
> All four seasons you are green!   (No.3)

> 나모도 아닌거시 풀도 아닌거시
> 곳기는 뉘 시기며 속은 어이 뷔연는다

더러코 四時에 프르니 그를 됴하 ㅎ노라   (332번)

<No.3>은 『초당』 4장 '방탕한 아들'("The Prodigal Son")에 삽입된 것인데, 이 시조가 인용되기 바로 앞에는, 사람들이 넋을 잃고 매화를 보면서 그 아름다움에 취해 꺾으려고 다가갔다가 물러서고 다시 다가가곤 한다는 내용이 서술되어 있다. 그런 다음 '겨울철 동안 읊조리던, 대나무에 관해서는 더 이상 읊조리지 않는다'는 말이 이어지면서 이 시조가 소개된다. 4장은 시기적으로 봄철이 배경이 되고 있어 봄을 처음 알리는 매화에 대해 언급한 것은 자연스러운 서술이라 할 수 있다.

그런데 매화에 대해 말하다가 갑자기 대나무에 관한 시조를 소개한 것은, 매화가 피는 시기가 아직 겨울의 흔적이 남아 있는 때여서 겨울철을 연상시키는 대나무를 인용한 것이 아닌가 추정된다. 이런 점을 감안한다 해도 이 시조는, 서사 전개상 전혀 필요치 않은 잉여적 요소이다. 우리는 이로부터, 작자가 서양에 없는 꽃인 매화[34]를 소개하려는 의도와 더불어 겨울에 시인들이 즐겨 암송하는 '대나무'에 관한 한국의 시를 소개하려는 목적으로 이 시조를 삽입한 것으로 추정할 수 있다.

> Green mountains are natural, natural,
> Blue water is natural, natural!
> Natural mountains, natural streams,
> Mountains above me, rivers around me,
> [I too am natural, natural!]
> Here where a natural body was grown,
> Even old age will be natural, natural!   (No.9)

靑山도 절로절로 綠水도 절로절로

---

34) 그러므로 '매화'는 영어로 번역될 때 대개 'plum flowers'라는 말로 대치된다.

山절로 水절로 山水間에 나도 절로
그中에 절로 ㅈ란 몸이 늙기도 절로하리라   (2055번)

<No.9>는 7장 '집요한 유령들의 향연'("Feast of Haunting Ghosts")에 삽입된 것으로, 고향마을 송둔치의 여름밤 풍경을 서술하는 대목에 소개되어 있다. '솔숲 악대의 반주에 맞춰 부르는 노래 가운데 모두가 좋아하던 것은 다음의 한국 민요였다'[35]라는 서술 뒤에 이 작품이 이어진다. 우리는 여기서 강용흘이 이 시조를 '민요풍'(folk-air)이라고 소개하고 있는 것에 주목할 필요가 있다.

혹 강용흘이 이 시조를 지은 이가 누구인지 확실히 기억하지 못했다 할지라도 적어도 민요나 민요적 성격을 띠는 노래가 아닌 것만은 알고 있었을 것이라 생각한다. 그는 한시에 대해 일가견이 있을 뿐만 아니라 시조에 대해서도 특별한 애착을 가지고 있었다. 그러므로 이 작품이 자연과 어우러져 살겠다는 내용의 철학적인 시이지, 일반 백성의 입에서 입으로 전해지고 불리는 민요가 아니라는 것은 알고 있었을 것이다. 그러나 한국의 시를 미국인에게 소개하려는 강용흘의 입장에서는 이 시가 민요풍의 것이든 한 시인의 철학적 사고에서 나온 것이든 그리 중요하지 않았을 것으로 본다.

일반적으로 소설에 삽입된 시는 대개 등장인물이 지은 것으로 '대사'나 '독백'의 성격을 띤다. 그럼으로써 등장인물의 내면 생각이나 감정을 효과적으로 전달하는 서사 장치가 된다.[36] 그런데 강용흘의 경우는 어떤 일화

---

35) "One song which all were very fond of singing to the accompaniment of the Pine Grove Orchestra was the Korean folk-air."

36) 예를 들어 『구운몽』에서, "(소유가) 손으로 버들가지을 휘여줍고 쥬져ㅎ여 능히 가지 못ㅎ고 탄식ㅎ되 우리 시골 촉중에 비록 아름다온 나무가 잇스나 일즉 이갓흔 버들은 보는 바 처음이라 ㅎ고 드듸여 양유ㅅ을 지으니 ㅎ엿스되, '양유 푸르러 자는 것갓흐니/ 긴 가지가 그림 두락에 쏠치더라/ 원컨디 그디는 부지런이 심은 듯은/ 이 ㄴ무가 가장 풍류러라'"(완판본)라 한 경우를 보면, 양소유가 상대 娘子와 대화를 나누면서 버드나무에 대해 시를 읊고 있다. 여기에 삽입된 시는 등장인물인 양소유

를 서술하다가 그와 관련된, 혹은 그로부터 연상되는 시조를 소개하는 양
상을 취한다. 그러므로 삽입시는 등장인물이 지은 것이 아니며, 등장인물
의 일화와 관계된 것이다. 등장인물 중에는 미치광이 詩人 숙부에 관계된
일화를 서술할 때 시조가 많이 인용되어 있다. 이는 시인의 애기를 하면서
한국의 시를 소개하는 것이 자연스러운 흐름이 되었을 것이기 때문이다.

시조를 삽입함에 있어 흔히 사용되는 연결 문구, 예를 들어 '나는 이런
시를 많이 알고 있다'(No.6), '이런 취미를 말해 주는 옛 시는 많이 있
다'(No.11)와 같은 것은, 강용흘이 등장인물의 내면세계를 효과적으로 전
달하는 한 서사적 장치로서 '시'를 활용하기보다는, 한국의 시를 소개하는
것 자체에 주목적을 두고 있었음을 말해 주는 한 단서가 된다. 『초당』의
서문 성격의 글에 '시가 담고 있는 한국의 정신을 잘 전달하고자 주의를
기울였다'[37]는 내용이 있는데, 이는 시조 및 한국의 운문을 삽입한 의도
중 하나가 한국의 문화를 소개하려는 것이었음을 말해 주는 대목이라 하
겠다.

4. 강용흘 영역 시조의 번역사적 의의

강용흘은 게일에 이어 두 번째로 시조를 영어로 번역하여 서양 세계에
소개했다는 점에서 번역사적으로 큰 의의를 지닌다. 게일은 선교사들을
위한 잡지에, 강용흘은 자서전적 소설에 시조를 소개하였다. 게일은 번역
에 있어 도착어의 원어민이고 강용흘은 출발어의 원어민이라는 점에서

가 지은 것으로서 그가 하는 대사의 일부를 구성하며 등장인물의 내면 감정이나
생각 등을 효과적으로 전달하는 한 장치가 된다.

37) "we have paid much attention to carrying over the spirit, the aesthetic pattern
and the literal meaning from the original."

차이가 있지만, 모두 영어권 세계에 한국의 전통적 운문을 소개한다는 의
지를 가지고 번역에 임했다는 공통점이 있다.

2011년을 기준으로 필자가 조사한 영역시조 자료는 30여 종에 이른
다.[38] 한국문학의 번역이 1960년대에 들어와 활성화된다는 점을 감안할
때, 게일의 번역을 필두로 강용흘, 변영태[39] V.H. Viglielmo[40] Peter H.
Lee[41]의 번역은 비교적 초기의 작업에 속한다. 이 초기 자료들 중 게일과
강용흘의 번역은 여러 면에서 유사점을 지니며 나머지 자료들과 변별
된다. 강용흘은『초당』서문에서 "The Korean poetry has never been
translated before in any western language"라 천명하고 있어 그가 번
역을 할 당시까지 게일의 시조 번역에 대해서는 알지 못하고 있었음이 분
명하다. 그러나, 강용흘이 청소년기에 미션 스쿨에 다녔고 미국, 캐나다
선교사들과 친분이 있었으며 언더우드 여사를 도와『천로역정』을 번역했
다는 사실을 감안하면, 이미 그 전에 동일 작품을 번역한 캐나다 선교사
게일의 존재를 몰랐을 리는 없다고 본다.

필자는 게일과 강용흘의 시조 영역에 있어 두 가지의 공통점에 주목하
고자 한다. 하나는 행배열의 특이성이다. 변영태 이후 시조 영역은 한 작
품을 6행으로 배열하는 것이 일종의 공식처럼 행해지고 있는 것에 비해,
강용흘의 경우는 앞서 살펴 본 것처럼 6행 배열이 주를 이루면서도 4행,
5행, 7행, 8행 등 다양한 배열 양상을 보인다. 이것은 게일과의 공통점으
로서 시조를 영시 형태로 재구축함에 있어 행배열 문제에 대한 인식이 아

---

38) 이 영역자료 목록은 제임스 게일의 영역시조를 검토하는 필자의 논문(주9 참고)에
   서 제시된 바 있으므로 여기서는 생략한다.

39) Pyŏn Yŏng-t'ae, *Songs From Korea*(Seoul: The International Cultural Association
   of Korea, 1948).

40) V.H. Viglielmo, *Korean Survey*, February, October 1955. 여기에 각각 5편씩 도합
   10편의 시조를 번역, 발표하였다.

41) Peter H. Lee, *Hudson Review*, winter 1956. 여기에 51편의 시조를 번역, 발표하였다.

직 정착되지 않은 초기 단계의 상황을 말해 준다. 다른 하나는 시조를 가리키는 용어상의 문제이다. 게일은 '노래', 변영태 이후의 번역에서는 '시' 또는 '시조'라는 말로 지칭하는 것에 비해, 강용흘의 경우는 '시'에 비중을 두면서 '노래'라는 말도 혼용하고 있어 시조에 대한 인식이 '노래'에서 '시'로 넘어가는 과도적 양상을 보여주고 있다.

강용흘의 영역시조는 이처럼 한편으로는 게일과 상통하는 점도 있지만 다른 한편으로는 변영태 이후의 번역과 상통하는 점도 있다. 게일이 押韻이나 행 들여쓰기 등을 하여 시조를 英詩 형태로 가다듬고자 한 노력을 보인 것과는 달리, 강용흘은 압운을 하지 않았다. 이 점에서 강용흘은 후대의 번역자들과 상통한다고 하겠다.

게일이 최종 시조 번역을 발표한 시기와 강용흘이 『초당』을 발표한 시기는 4년의 차이밖에 되지 않으나, 강용흘이 시조를 번역함에 있어 게일의 것을 참고했다든가, 아니면 적어도 게일의 영역시조를 본 적이 있다든가 하는 문제에 대한 확실한 근거는 없다. 그러나, 강용흘의 시조 영역은 어떤 점에서는 게일의 것과 상통하는 면도 있고, 또 어떤 점에서는 후대의 번역자들의 그것과 상통하는 부분도 있어, 게일에서 변영태 이후 번역으로 이어지는 징검다리 역할을 했다고 본다.

일본 하이분의 句文 융합

1. 하이분(俳文) 개괄

일본의 俳文은 산문과 운문의 결합으로 텍스트가 이루어지는 양상을 살필 때 특별히 관심을 끄는 독특한 문학양식이다. 하이분에 대한 정의나 규정은 다소 이견이 있으나 하이카이(俳諧)적 성격을 띠는 수필풍의 짧은 산문이라는 점에서는 일치된 의견을 보인다. 또한 대부분 그 안에 하이쿠(俳句)를 포함하고 있으므로 '句文映發'의 문학[1]으로 인식되기도 한다. 좀 더 구체화하면 俳人에 의해 쓰여진, 俳趣味를 띤 수필풍의 문장으로서 간결한 표현 혹은 省筆에 의한 함축의 묘미, 이리저리 바꿔 표현하는 문장 스타일, 일본·중국의 고사에 토대를 둔 비유적 표현의 사용 등을 특징으로 하는 문학 양식으로 규정할 수 있다.[2]

하이분의 역사를 보면 바쇼 이전에도 季吟이 1648년에 간행한 『야마노이』(『山の井』), 山岡元隣이 1671년에 간행한 『다카라구라』(『寶藏』)를 비롯하여 많은 선례가 있었으나, 하이분 하면 마츠오 바쇼(松尾 芭蕉)의 것을 연상할 만큼 바쇼에서 하나의 문학양식으로 체계화 및 집대성이 이루어졌다.[3]

---

1) 井本農一・堀信夫・村松友次 校注・譯, 『松尾芭蕉集』(小學館, 1972・1989), 31쪽.
2) 楠元六男, 「芭蕉の俳文の特色」, 『芭蕉を讀むための研究事典』(《國文學》-解釋と教材の研究-, 1994年 3月號), 51~52쪽.
3) 『松尾芭蕉集』, 31쪽.

바쇼의 제자 去來가 쓴『去來抄』에는 바쇼가 이상적으로 생각하는 하이분의 세 요소가 설명되어 있는데 그 세 가지는 1)俳意를 세운 문장 2)언어표현(俳言)에 있어 和語만이 아닌 漢語도 취하며 일반 산문과는 다른 운율이 있는 문체 3)소재는 세속에서 취하면서도 비속에 빠지지 않는 품위를 갖추는 것이다.[4] 이외에도 白石悌三은 하이분의 표현면의 특징으로 와카적인 緣語・掛詞나 漢詩的인 대구를 많이 사용하고 일본・중국의 전거를 가진 표현과 俗諺 또는 卑近한 비유를 혼용하는 것을, 내용면의 특징으로는 일상 신변의 것을 취재해서 俳意를 표명하는 것을 들었고 堀切實은 하이분의 특징으로 14가지 요소 제시했다.[5]

바쇼는 평생에 걸쳐 여행을 계속했는데 여행중이나 여행후에 써놓은, 句를 포함한 하이분이 그의 기행문 집필의 주요 재료가 되었다.[6] 따라서 그의 기행문과 하이분은 불가분의 관계가 있고 기행문 전체가 句文 융합의 특성을 지니게 된 것도 바로 여기서 기인한다고 할 수 있다.

바쇼의 하이분은 37세(1680년) 때의 深川 草庵에서의 은거 이후 처음으로 나타나게 되는데[7] 그의 초기 하이분은 짧은 산문에 하이쿠 한 편이 붙는 방식이 주를 이루었다. 그러나 점점 하이분 쓰는 것에 익숙해져감에 따라 그는 하이쿠로서는 말할 수 없는 것을 문장으로 서술하는 것에 흥미를 갖게 되고 1690년 「幻住庵記」를 집필할 무렵에는 새로운 문학 양식을 수립하고 싶다는 의욕을 가졌던 것으로 보인다. 그리하여 길이도 길어지고 하이쿠가 없는 하이분도 다수 나타나게 된다.[8]

俳文集의 편집을 기획했을 정도로 바쇼는 하이분에 흥미와 자신을 가

---

4) 栗山理一・山下一海 외 2인 校注・譯,『近世俳句俳文集』(小學館, 1972・1989), 해설 39쪽; 楠元六男, 앞의 글, 51쪽.
5) 楠元六男, 앞의 글.
6)『松尾芭蕉集』, 20쪽.
7) 같은 곳.
8)『松尾芭蕉集』, 32쪽.

지고 있었지만 결국 이 계획은 실현되지 못하고 그의 109편[9])의 하이분
작품들은 許六의『風俗文選』, 支考의『本朝文鑑』『和漢文操』, 土芳의
『蕉翁文集』『蕉翁句集』, 기타『芭蕉圖錄』『泊船集』등 여러 문헌에 흩
어져 전한다.[10])

　바쇼의 하이분은 내용뿐만 아니라, 산문과 하이쿠의 관계, 삽입된 운문
의 數나 種類 등 여러 면에서 한 가지 성격으로 획일화할 수 없는 다양성
을 지닌다. 하이쿠 외에 한시구나 와카가 산문 부분에 인용되기도 하고
문 중간에 하이쿠가 삽입되어 하나의 하이분에 여러 편의 하이쿠가 존재
하기도 한다. 어떤 사실을 비교적 객관적 톤으로 일관한 작품이 있는가
하면, 자신의 주관적 심회를 직접적으로 토로한 작품도 있다. 이같은 다양
성에도 불구하고, 모든 하이분이 1인칭 시점으로 작자 자신의 직접 경험
을 소재로 하여 쓰여진다는 점에서 이를 수필풍의 문장 혹은 한발 나아가
'수필'로 분류하는 데는 무리가 없다.

2. 바쇼 하이분의 다양한 양상들

　한 편의 하이분은 '제목[11])+산문+종결부의 하이쿠 1편'으로 된 것이 기
본을 이룬다. 그러나 하이쿠를 포함하지 않은 것도 있고 종결 부분에 한
편 이상의 하이쿠를 포함하는 것도 있으며, 문 중간에 여러 편의 하이쿠가
삽입된 경우도 있다. 또, 삽입된 운문 가운데는 하이쿠 외에 타인이 지은
漢詩句나 和歌를 인용한 것도 있다. 이처럼 바쇼의 하이분은 매우 다양한

---

9) 바쇼의 전작품을 총괄한 자료인『松尾芭蕉集』에 수록된 작품수이다.
10)『松尾芭蕉集』, 31쪽.
11) 바쇼의 하이분은 문인들에 의해 편찬된 책들에 수록되어 있고 동일 작품이 여러
　　문헌에 조금씩 다른 제목으로 수록되어 있기도 하다. 이 글에서는『松尾芭蕉集』의
　　것을 따랐다.

양상을 보이지만, 산문 서술 뒤에 하이쿠가 한 편 배치되는 패턴이 기본을 이룬다고 볼 수 있다. 산문서술과 운문이 결합하여 텍스트를 구성하는 형태는 일본 고전문학에서 두루 발견되는 보편적 양상이지만, 이처럼 운문—하이쿠—이 산문 끝에 배치되어 하나의 텍스트를 구성하는 방식은 하이분의 독특한 문체가 되고 있다. 이 句文 복합의 문학 양식을, '하이카이적 풍미를 띠는 산문'이라는 의미의 '하이분'(俳文)이라는 용어로 지칭한다는 것은 기본적으로 이 문학 양식이 산문에 비중을 둔 것임을 말해 준다. 즉, 산문과 운문이 散主韻從의 관계에 놓이는 특성을 가리키는 것이다.

아래 두 예는 길이나 하이쿠의 편수, 산문의 내용, 산문과 운문의 관계 등 여러 면에서 표준적인 하이분의 면모를 보여 준다.

(1-1) 혼자서 요시노의 외진 곳에 머물렀다. 이 곳은 정말로 산속 깊은 곳이어서 흰구름이 산봉우리에 겹겹이 둘러 있고 안개는 골짜기를 가득 메우고 있다. 서쪽에서는 나무를 자르는 소리, 동쪽에서는 낮은 골짜기에 있는 절의 종소리가 들려와 절실하게 마음에 스며드는지라 한 숙소에서 하룻밤을 지내기로 했다. "다듬이 소리를 나에게 들려다오 승방의 아내여."

(「きぬたうちて」詞書)[12]

(1-2) 음력 20일 남짓 무렵, 달빛은 희미하고 산기슭은 몹시 캄캄하고 말발굽도 뒤뚱거린다. 말위에서 졸다가 몇 번이나 떨어질 뻔하면서 數里를 왔는데 아직 닭도 울지 않는다. 杜牧은 <早行>[13]이라는 시에서 '殘夢'이라 읊었지만 나는 사요(小夜)의 中山에 당도하여 놀라 확 잠이 깨고 말았다.

"말위에서 졸면서 아직도 꿈속인 듯, 동틀 무렵 저 멀리 달 그리고 차끓이는 연기"

(「馬に寝て」)[14]

---

12) 獨 吉野のヲクニヤドリテ, 誠ニ山深ク, 白雲峰ニ重リ烟雨谷ヲ埋テ, 西ニ木ヲ伐音, 東ニ低キ院院ノ 鐘ノ聲ハ, 心ノ底ニコタヘテ, 或坊ニヒトヨアカシヌ. "きぬたうちて 我に聞せよや坊が妻." 이하 작품 인용은 『松尾芭蕉集』에 의거한다.

13) <早行>의 全文은 다음과 같다. "垂鞭信馬行 數里未鷄鳴 林下帶殘夢 葉飛時忽驚 霜凝孤鶴逈 月曉遠山横 僮僕休辭險 時平路復平."

이 두 작품 모두 貞享 元年(1684년) 가을, 바쇼가 '노자라시 기행'(野ざら
し紀行)을 하면서 느낀 감회를 서술한 것인데, 이처럼 여행중의 斷想을 기
록한 것이 하이분 내용 중 가장 큰 비중을 차지한다. 그렇기 때문에 여행
에 관계된 요소 즉 일정·시간·장소·숙박지, 자연풍광, 역사적 명소, 심
신의 컨디션, 동행인, 우연히 만난 사람, 여행 중의 여러 에피소우드 등에
관한 내용이 많다. 이 여행 요소들이 산문 서술에 직접적·명시적으로 드
러나 있느냐 혹은 간접적·암시적으로 표현되어 있느냐 하는 정도의 차이
는 있지만 거의 대부분의 하이분에 기본적으로 여행과 관련된 내용이 담
겨 있는 것을 발견하게 된다. 이 점이 바쇼 하이분의 두드러진 특징 중
하나이다. 『野ざらし紀行』 『奧の細道』와 같은 그의 기행문도 이렇게 여
행 중에 기록해 놓은 하이분의 내용에 첨삭과 윤색이 가해져 집필된 것이
다. 그러므로 그의 하이분은 기행문과 밀접한 관련을 지닌다.

도착한 여정지의 낯선 풍경과 숙소에 관한 언급은 여러 요소들 중 여행
의 분위기를 전해주는 가장 뚜렷한 항목이라 할 수 있는데 (1-2)에서는
이에 더하여 여행 날짜까지 기록되어 있어, 마치 기행문의 일부를 옮겨놓
은 것같은 느낌을 준다. 사실 바쇼에게 있어 기행문은 여행 도중 메모해
놓은 이런 하이분들을 엮어 내용의 첨삭과 표현의 윤색을 가하여 이루어
진 것들이기 때문에 개개 하이분이 기행문의 일부같은 느낌을 주는 것은
당연한 일일 것이다.

바쇼의 기행문을 보면 어느 여정지에 도착하여 그 곳의 풍광이나 특징,
에피소우드 등을 기술한 뒤 하이쿠를 배치하고 다음 여정지를 향해 나아
가는 식으로 구성되어 있다. 그래서 하이쿠를 기준으로 자연스럽게 단락
의 분절이 이루어지는데 이런 구성은 바로 여행 중 기록해 놓은 여러 하

---

14) はつかあまりの月かすかに, 山の根ぎはいと闇, こまの蹄もたどたどしくて落ぬべき
事あまたたびなりけるに, 數里いまだ鷄鳴ならず. 杜牧が早行の殘夢, 小夜の中山に至
ておどろく. "馬に寝て殘夢月遠し茶の烟."

이분들을 모아 편집한 데서 비롯된 결과라 할 수 있는 것이다. 그러나 이 하이분들을 기행문의 일부로 볼 수 없는 확실한 근거는, 어느 한 장소에서의 느낌이나 인상을 기록하고 여기에 하이쿠 한 편을 말미에 붙여 하나의 '독립적이고 완결된' 텍스트를 이루고 있다는 사실에서 찾을 수 있다.

(1-1)에서 산문은 새로운 여정지에 도착하여 일어난 감회를 서술했고 (1-2)에서 산문은 여정지에 도착하기까지의 과정을 주로 서술했다. (1-1)에서는 산문에서 언급한 '절의 숙소'라는 요소가 하이쿠에서 '승방'으로 이어지지만 여기서 한걸음 나아가 승방의 아내가 두드리는 다듬이소리를 기대하는 내용으로 진전을 이룬다. (1-2) 역시 여정지에 도착하기까지의 '비몽사몽의 상태'를 하이쿠에서 '졸음'과 殘夢으로 이어받으면서 '차끓이는 연기'를 통해 마을에 들어섰음을 나타내는 내용으로 진전을 이루고 있다. 여기서 하이쿠는 산문에서 언급하지 않은 내용이나 소재—다듬이소리와 차끓이는 연기—를 첨가하여 산문의 내용을 구체화하거나 특정 요소 및 장면을 강조·부각시키는 기능을 하면서 동시에 텍스트를 종결시키는 구실을 한다.

다시 말해 하이쿠는 산문의 내용을 그대로 되풀이하는 것도 아니고 그렇다고 산문과 전혀 무관한 내용을 표현하는 것도 아니며, 산문의 내용과 중첩되는 부분을 토대로 상상력의 확대를 이루고 있다. 요컨대 산문과 하이쿠는 전면적인 '중복'이나 '등가'보다는 의미요소의 '부분적 겹침'이나 내용의 '진전'을 이룬다고 할 수 있다.

바쇼 하이분은 이 두 예에서 볼 수 있는 특성들—여행과 관련된 내용을 담은 짧은 산문, 맨 뒤에 하이쿠 한 편이 배치되는 구성, 산문의 내용에 다른 요소가 부가되어 의미의 진전을 이루고 산문 내용을 구체화하며 텍스트 종결 기능을 갖는 하이쿠—을 기본으로 하면서도 아래의 예들처럼 여러 측면에서 기본형과는 다른 다양한 모습들을 보여 준다.

(2-1) 나스노의 들녘을 아득히 걷고 있을 때다. 그 곳에 아는 사람이 있어 그 사람이 말을 보내줬는데 고삐를 잡고 있던 남자가 무슨 생각을 했는지 내게 하이쿠 한 수를 지어 종이에 써달라고 하였다. 재미있고 운치있는 일인 데다가 이런 남자가 그런 부탁을 한다는 게 특이하게 생각되기도 해서 가지고 있던 작은 벼루 상자의 먹을 적셔 말 위에서 써주었다.

"들판을 가로질러 말 머리를 돌려다오 저 소쩍새여"(「野を横に」 詞書)15)

(2-2) 삿갓은 오랜 여행길의 비에 실밥이 뜯어지고 종이옷은 매일밤 입고 잤기 때문에 폭풍을 맞은 것처럼 꼬기작거렸다. 이렇게 초라한 모습이 되어버린 비참한 사람, 나 자신이 슬프게 여겨진다. 옛날 치쿠사이라고 하는 狂歌 시인이 이 나고야에서 찢어진 종이옷을 입고 살았다는 것이 갑자기 떠올라 다음과 같은 구를 지었다.

"狂句 읊으며 찬바람 맞는 신세는 竹齋와 닮았구나"

(「狂句こがらしの」 詞書)16)

(2-3) 달을 보며 쓸쓸함을 느끼고 내 신세에 쓸쓸함을 느끼고 무능한 나를 생각하며 쓸쓸함을 느낀다. 옛날 아리와라노 유키히라(在原行平)가 노래한 것17)처럼 내게 안부를 묻는 사람이 있다면 '쓸쓸하게 지내고 있다'고 대답하련만 그 누구도 내게 안부를 묻는 사람이 없다. 그래서 더욱 쓸쓸한 생각이 들어 구를 짓는다.

"쓸쓸하도록 맑고 투명한 달이여 거친 밥과 노래와 함께하는 외로운 삶이로다"

(「侘てすめ」 詞書)18)

---

15) 那須の原はるばると行ほど, 其さかひにしる人ありければ, 馬にて送られけるに, 口付のおのこいかがおもひげん, 一句仕てゑさせよなむどいへば, おかしく興ありて, ことにおもひて, 矢立さしぬらして, 馬上において書遣す. "野を横に馬引むけよほととぎす."

16) 笠はの長途の雨にほころび, 紙衣はとまりとまりのあらしにもめたり. 侘つくしたるわび人, 我さへあはれにおぼえける. むかし狂哥の才士, 此國にたどりし事を, 不圖おもひ出て申侍る. "狂句こがらしの身は竹齋に似たる哉."

17) 『古今和歌集』 962번.

18) 月をわび, 身をわび, 拙きをわびて, わぶとこたへむとすれど, 問人もなし. なをわびわびて, "侘てすめ月侘齋が奈良茶哥."

위의 예들 또한 길이가 짧고 하나의 텍스트에 하나의 하이쿠를 포함하는 구성으로 되어 있어 평균적인 하이분의 면모를 보여준다. 그리고 여행이 주요 소재가 되고 있다는 점도 바쇼 하이분의 전형적 모습을 보여 준다. 그런데 (1)군과는 달리 산문이 '나스노의 들녘을 걷고 있는 상황'(2-1)이나 '오랜 여행길에 만난 비'(2-2) 등 여행의 상황 자체를 서술하는 데 중점이 놓이기보다는 하이쿠의 성립 배경을 설명하는 데 초점이 모아지고 있다는 점에 주목할 필요가 있다.

(2-1)은 바쇼가 元祿 2년(1689년) 나스노를 가로질러 갈 때의 일을 내용으로 한 것인데 정확한 집필 시기는 알려져 있지 않다. 이 텍스트에서 산문 부분은 여행 중에 만난 마부의 부탁으로 하이쿠를 짓게 되었다는 경위를 기술하고 있고, (2-2)는 여행 중의 자신의 신세가 옛날 狂歌 시인인 치쿠사이(竹齋)와 비슷하다는 생각이 들어 하이쿠를 짓는다는 作句 동기를 설명하고 있다. (2-3) 또한 산문 부분에서 아무도 안부를 묻는 사람이 없는 쓸쓸한 삶을 서술함으로써 말미의 하이쿠를 짓게 된 동기를 밝히고 있다. 사실 직접적이든 간접적이든 대개의 하이분은 어느 정도 하이쿠를 짓게 된 사정을 포함하기 마련이다. 그러나 (2)군의 예들은 作句 동기가 문면에 직접적으로 명시되어 있는 점이 눈에 띈다. (2-1)에서는 "書遣す" (2-2)에서는 "もうしはべる"라는 표현으로써 '句를 짓는' 배경을 직접 명시하고 있는 것이다.

여기서 특별히 주목할 것은 (2-3)이다. (2-3)은 산문 부분이 '더욱 쓸쓸한 생각이 들어서'("なをわびわびて")와 같이 미완성으로 끝나고 바로 하이쿠로 이어지고 있다. '구를 짓는다'는 말이 문면에 나타나 있지는 않지만 미완결의 문장 뒤에 '다음과 같은 구를 지었다'라는 말이 생략된 것으로 볼 수 있다. (2-3)뿐만 아니라 수많은 하이분 텍스트의 산문 부분이 이렇게 미완결의 문장으로 끝나는 양상을 발견할 수 있는데, 이것을 단지 우연의 현상으로 볼 것인가 하는 의문이 제기된다.

　바쇼의 하이분은 대개 여행 중의 경험이나 느낌을 메모한 것이다. 수차례 행해진 바쇼의 기행이 여기저기 구경하는 여행 자체의 목적보다는 하이진(俳人)으로서 하이쿠의 새로운 소재나 발상을 얻고 감성을 충전하기 위한 목적이 주였다고 본다면, 산문은 하이쿠를 짓게 된 동기나 배경 또는 그 과정을 서술한 것이라 해도 과언이 아니다. 하이분은 문자화된 텍스트로 본다면 산문이 주가 되는 문학 양식이지만, 문자로 표현되기 전의 동기를 보면 운문—하이쿠—이 중심이 되고 있는 것이다.

　지금까지 위에서 든 예들에서 보듯 하이분 제목 뒤에는 '詞書'라는 말이 붙는 경우가 많은데,[19] 詞書가 운문의 성립배경, 운문에 관한 1차적 정보를 제공하는 짧은 산문을 가리킨다는 점을 감안하면 하이분의 산문이 기본적으로 作句 동기를 설명하는 역할을 한다는 점이 분명해진다. 다만 (2)군 텍스트처럼 문면에 명시되느냐 간접적으로 암시되느냐 하는 정도의 차이가 있을 뿐이다.

　앞에서 '산문+하이쿠'로 구성된 이 문학 양식을 '하이분'이라 부르는 것은 기본적으로 산문이 주가 되고 그 안에 운문—하이쿠—을 포함하는 형태 즉, 散主韻從의 성격을 가리키는 것이라고 언급했는데, (2)군의 텍스트들은 이와는 다른 시각으로 볼 필요가 있다. 산문이 하이쿠의 성립 배경을 서술하고 있다는 것은 다시 말해 텍스트의 중점이 하이쿠에 놓여 있고 산문은 하이쿠를 보조하는 구실을 한다는 것을 말해 준다. 즉, 산문은 하이쿠와 韻主散從의 관계에 놓이면서 하이쿠 해석의 길잡이 구실을 하는 것이다. 하이분은 기본적으로 그 안에 하나 이상의 운문을 포함하는 형태를 취하므로 산주운종의 관계로 파악할 수 있지만 위의 예들처럼 산문의 내용에 따라 하이쿠와의 관계 양상이 달라지는 것을 간과할 수 없다.

　여기서 산문과 하이쿠의 내용의 중복 여부를 살펴 볼 필요가 있다.

---

19) '詞書' 대신 '前書'라는 말이 사용되기도 한다.

(2-1)을 보면 산문의 내용이 하이쿠에 전혀 반영되어 있지 않다. 즉, 산문과 하이쿠는 내용상 중복이 없는 것이다. 이에 비해 (2-2)는 산문 내용을 하이쿠로 응축하고 있는 것을 본다. 즉, '헤진 종이옷' '狂歌' '竹齋'를 중심으로 산문과 하이쿠가 내용상 중첩을 보이고 있는 것이다. 한편 (2-3)의 하이쿠에서 노래된 '투명한 달' '거친 밥' '노래' '외로운 삶'에 관한 내용이 산문에서 그대로 서술되어 있음을 볼 수 있다. '거친 밥'("奈良茶")은 산문에서 '무능한 자신'으로 인한 결과이고, '노래'의 요소는 산문의 '在原行平'을 통해 서술되고 있으며 '외로운 삶'은 산문에서 '안부를 묻는 사람이 없다'는 것으로 서술되어 있다. 이처럼 산문에서 구체적인 문장으로 자신의 삶을 서술한 뒤 하이쿠에서 같은 내용을 시적으로 함축하여 표현하고 있는 것이다.

이처럼 (2)군의 텍스트들에서 산문과 하이쿠위 내용의 중복 여부를 (1)군과 비교해 보면, (1)군은 산문과 하이쿠는 일부 내용의 겹쳐짐이 있으면서 이를 토대로 한 단계 의미의 진전이 이루어지는 반면, (2)군은 (2-1)처럼 내용상 전혀 중복되지 않거나 (2-2) (2-3)처럼 내용의 중복을 보인다는 차이가 있다.

앞서 언급한 것처럼 바쇼의 하이분은 대개 여행 도중 느낀 감회나 경험한 것을 소재로 하여 집필된 것이다. 그러므로 여정지의 풍광이나 풍습, 새로 만난 사람, 지인과의 조우, 다음 일정, 계절, 숙박 등에 관한 내용이 많은 것은 물론이다. 그런데 그 중에는 단순한 호기심이나 관심을 넘어 어떤 특정 장소에 초점을 맞춰 집중적으로 서술·묘사하는 예가 종종 발견된다. 歌人이나 俳人들에게 특별한 의미를 지니는 그런 장소를 보통 우타마쿠라(歌枕)라 하는데 바쇼의 하이분에서는 이같은 우타마쿠라가 다수 나타난다.

(3-1) 마츠시마는 일본 제일가는 풍경이다. 풍류를 아는 古今의 文士들이

먼저 이 섬을 염두에 두고 온 마음을 다하여 이런저런 기교로 아름다움을 표현했다. 바다의 넓이는 대략 사방 3리에 지나지 않으나 수많은 섬들이 각양각색으로 모습을 바꾸는 진귀한 모습은 마치 조물주가 기기묘묘한 솜씨로 조각을 해놓은 듯하다. 저절로 소나무가 무성하게 자라 그 고운 꽃과 솔방울은 무엇과도 비교할 수 없을 정도이다.

"수많은 섬들이 여기저기 흩어져 있는 여름의 바다"　　　(「松島」 前書)[20]

(3-2) 곤륜산은 먼 옛날 전설 속의 산이고, 봉래산과 방장산은 신선이 사는 곳이다. 그런데 눈앞의 후지산은 대지로부터 솟아 푸른 하늘을 받치며 해와 달을 위해 구름문을 열어 두고 있는 듯하다. 어느 쪽에서 보아도 모두 정면으로 보이고 그 아름다운 경치는 千變萬化한다. 시인도 이 무한 변화하는 경치를 시구로 다 표현하지 못하였고, 才士·文人들도 말을 잇지 못했으며, 화공도 붓을 놓고 줄행랑을 쳐버렸다. 만일 藐姑射山의 神人이 있다면 이 경치를 능히 시로 읊고 그림으로 그릴 수 있을 것인가?

"안개와 구름이 수시로 나타났다 사라져 백 가지 모습 보여준다네."

(「士峰の賛」)[21]

여기서 '마츠시마'(松島)와 '후지산'은 모두 유명한 우타마쿠라인데 바쇼는 이 두 장소의 아름다움에 대하여 '조물주'나 '神人'의 솜씨라고 표현할 만큼 찬탄에 찬탄을 거듭하고 있다. '우타마쿠라'란 원래 和歌에 사용되는 특별한 歌語를 가리켰는데 후에는 和歌에 사용된 특정 '地名'이나 '名所'를 가리키는 말[22]로 의미의 축소를 이루게 된다. 우타마쿠라는 그 말 자

---

20) 松島は好風扶桑第一の景とかや. 古今の人の風情, 此島にのみ思ひよせて, 心を盡し, たくみをめぐらす. をよそ海のよも三里計にて, さまざまの島島奇曲天工の妙を刻なせるがごとし. おのおのまつ生茂りて, うるわしき花やかさ, いはむかたなし. "島島や千千にくだけて夏の海".

21) 崑崙は遠く聞, 蓬萊·方丈は仙の地也. まのあたり士峰地を拔て蒼天をささえ, 日月の爲に雲門をひらくかと, むかふところ皆表にして美景千變す. 詩人も句をつくさず, 才士·文人も言をたち, 畵工も筆捨てわしる. 若, 藐姑射の山の神人有て, 其詩を能せんや, 其繪をよくせん歟. "雲霧の暫時百景をつくしけり"

체만으로도 특정 내용과 함축된 의미를 연상시키는 힘을 가지고 있는 일
종의 '언어적 관습'이므로 와카를 짓는 歌人이나 하이쿠를 짓는 俳人들은
우타마쿠라가 된 장소를 특별하게 여기고 나아가 '신성시'하는 경향을 보
인다. 특히 바쇼 기행의 목적 중 하나는 바로 우타마쿠라의 탐방[23]에 있
었던 만큼 기행문이나 하이분에는 우타마쿠라 및 그에 관한 언급이 많이
등장한다. 앞서 예를 든 (1-2)의 '사요노나카야마'(小夜中山) 역시 유명한
우타마쿠라이다.

　우타마쿠라를 포함하는 텍스트의 경우 산문 서술은 그 장소의 특징이
나 역사적 유래, 그 곳과 관련된 과거 인물이나 詩句들을 소개하는 경우
가 많은데 단순히 객관적 사실을 언급하는 것으로 그치지 않고 위에서 보
는 것처럼 '讚美'의 어조로 일관하는 경향을 보인다.

　뒤 두 예에서 산문과 하이쿠는 각각 '수많은 섬들이 흩어져 있는 모습'
'천변만화하는 풍광'이라고 하는 의미 요소가 일부 겹쳐짐을 보인다. 그러
나 (3)군에서 중요한 것은 그같은 내용의 겹쳐짐 여부가 아니라 그 이면
에 일관되고 있는, 대상—歌枕—에 대한 서술자의 '찬미'의 태도이다. 즉,
서술자는 자연 풍광을 보면서 산문으로 한번 자세하고 구체적으로 찬미
의 내용을 서술한 다음 다시 이를 시형태로 응축하여 찬미의 마음을 되풀
이하고 있는 셈이다.

　다음에 살펴볼 예들 또한 대상에 대한 찬미의 내용을 담고 있는 것인데,
여행과 관련된 요소가 아닌 특정 사물—그림—을 대상으로 하여 그 내력을
서술하는 것에 초점이 맞춰져 있다.

---

22) 犬養廉 編, 『和歌大辭典』(明治書院, 1986), 93쪽.

23) 久富哲雄, 「歌枕と『おくのほそ道』」 『芭蕉を讀むための研究事典』, 《國文學》-解釋
　　と教材の研究-, 1994年 3月號, 60쪽.

(4-1) 京都[24]의 僧 雲竹이 자신의 초상화인지 저편으로 얼굴을 향한 법사를 그려서 여기에 贊을 써달라고 하였으므로 다음과 같이 글을 적었다. '당신은 60세 정도, 나는 이미 50세에 가깝다. 모두 꿈속의 삶을 사는 듯한데 이 초상은 그 꿈같은 모습을 잘 나타내고 있다. 이 초상화에 다시 잠꼬대를 덧붙여 놓기로 한다.'

"이 쪽을 돌아보시게. 나도 쓸쓸해지는 가을 해질녘."　　(「雲竹の贊」)[25]

(4-2) 아, 존귀하고 존귀하도다. 삿갓도 존귀하고 도롱이도 존귀하다. 누가 말을 전하고 어디 사는 사람이 이렇게 그림으로 그려 천년 전 고마치(小町)의 환영이 지금 이렇게 생생하게 나타난 것일까. 그 모습이 이렇게 눈앞에 있으니 영혼 또한 여기에 깃들어 있으리라. 도롱이도 고귀하고 삿갓도 고귀하다.

"고귀함이여 눈내린 날에도 도롱이와 삿갓."　　(「卒塔婆小町贊」)[26]

(4-3) …이에 저 宗祇・宗鑑・守武의 상서로운 畵像을 구하고 싶어 이 방면의 才士인 교리쿠(許六)에게 그림 그리는 수고를 부탁하고 여기에 나의 서툰 句 한편을 붙여 하이카이의 도가 그저 만고에 성행할 수 있기를 기원할 뿐이다.

"달이나 꽃에 마음을 둔 이 세 분 誠心의 주인들."　　(「三聖圖贊」)

위의 세 예에서 (4-1)은 승려 雲竹, (4-2)는 헤이안 시대의 여성 歌人인 고마치(小町), (4-3)은 하이카이의 三聖이라 불릴 만한 宗祇・宗鑑・守武의 초상을 그린 그림이 하이분의 소재가 되고 있다. 소재와 내용면에서 여행 요소가 주가 되는 기본형의 파격을 이룬다. 여기서 한 가지 주목할

---

24) 원문에는 '洛'(즉, 洛陽)으로 되어 있으나 여기서는 수도의 의미로 사용되었으므로 '京都'를 가리킨다고 볼 수 있다.

25) 洛の桑門雲竹 自の像にやありむ, あなたの方に顔ふりむけたる法しを畵て, 是に贊せよと申されければ, '君は六十年余り, 予は旣に五十年に近し. ともに夢中にして夢のかたちを顯す. 是にくはふるに又寐言を以す.' "こちらむけ我もさびしき秋の暮."

26) あなたふとたふと, 笠もたふとし. 蓑もたふとし. いかなる人か語傳え, いづれの人かうつしとどめて, 千歳のまぼろし, 今爰に現す. 其かたちある時は, たましひ又爰にあらむ. みのも貴し, かさもたふとし. "たふとさや雪ふらぬ日も蓑とかさ."

점은 제목에 '-贊'이 붙어 있다는 점인데 위의 예들 외에도 바쇼의 하이분
에는 제목에 '찬'이 붙은 것들이 많다.27)

주지하는 바와 같이 '贊'은 書畵나 인물·문장을 대상으로 그 德이나
아름다움을 기리는 운문 양식을 가리키는데 주로 4언구로 되어 있으며 여
기에 시구 앞에 산문으로 된 幷序를 붙이기도 한다. 찬은 비교적 길이가
짧으나 병서로 인해 전체 텍스트 길이가 길어지기도 한다. 병서는 찬을
짓게 된 내력이나 배경을 설명하는 것이 일반적이다.28) 위 하이분은 모두
그림을 대상으로 하는데 모두 그림 속의 인물들을 찬미하는 어조를 담고
있어 한문의 운문 양식인 '찬'을 의도하고 쓰여진 것이 분명하다.

(4-1)은 인생은 꿈과 같다는 진리를 몸으로 체득한 승려 雲竹의 초탈
한 마음을, (4-2)는 재색을 겸비한 가인으로 칭송받다가 乞食하는 말년을
보냈음에도 가인으로서의 풍모를 잃지 않은 고마치의 고귀한 영혼을,
(4-3)은 하이카이의 길을 닦고 열어준 宗祇·宗鑑·守武의 풍아의 정신
을 칭송하고 말미의 하이쿠에서 산문의 내용을 응축하고 있다. 그러므로
하이분의 산문 부분은 '찬'의 병서에, 말미의 하이쿠는 찬의 本 운문에 해
당하는 셈이다. 찬의 길이가 비교적 짧다는 것도, 바쇼가 찬의 자리에 하
이쿠를 대치할 수 있었던 근거가 되었을 것이다.

산문으로 된 병서가 아무리 길다 하더라도 '찬'은 기본적으로 운문에
초점이 맞춰진 것이므로 (4)군의 산문과 운문은 韻主散從의 관계에 놓인
다. 대상에 대한 찬미의 어조를 담고 있다는 점에서 (4)군은 (3)군의 텍스
트와 같은 양상을 보이지만, (3)군은 산문이 주가 되는 반면 (4)군은 운문

---

27) 앞에 (3-2)에서 예를 든 「土峰の贊」도 어떤 면에서는 (4)군과 공통되는 점이 있으
   나 여행과 관련된 것인가 일반 사물에 관련된 것인가를 기준으로 (3)군과 (4)군으로
   분류했다.
28) 이종건·이복규, 『한국한문학개론』(寶晉齋, 1991), 174쪽. 179~182쪽. 찬에는 雜
   贊·哀贊·史贊으로 나뉘는데 이 중 잡찬은 인물·문장·글씨·그림 등이 대상이 된
   다는 점에서 이 하이분 텍스트들은 잡찬에 해당한다고 할 수 있다. 같은 곳.

이 주가 된다는 차이가 있다. 또한 (3)군의 찬미의 대상은 우타마쿠라인 반면, (4)군의 경우는 書畵과 같은 사물이라는 차이도 있다.

다음 예들은 한 편의 하이분에 여러 詩篇이 포함되어 있다는 점에서 기본형과는 다른 양상을 보여 준다.

(5-1) 재차 아츠타(熱田)에서 짚신을 벗고 잠시 林桐葉氏의 객이 되었으나 다시 江戶29)로 가야겠다는 생각이 들어 다음과 같은 구를 지었다.

"모란 꽃술 헤집고 기어드는 벌들의 흔적"

그러자,

"명아주잎 따서 끓인 국 대접해 보낸 뒤 혼자 남은 외로움이여"

하고 주인장도 이별을 아쉬워했다.   (「牧丹蕊分て」詞書)30)

(5-2) 石洞北鯤의 동생 山店子는 나의 무료함을 달래주려고 미나리밥을 해서 일부러 여기까지 왔다. 옛날 두보가 靑泥坊31) 아래 미나리를 데쳤던 그때의 쓸쓸함을 이제 새삼스레 느낀다.

"나를 위해서일까 학이 먹다 남긴 미나리밥"   (「我のためか」詞書)32)

(5-3) '窓含西嶺千秋雪 門泊東吳萬里船' 나는 다만 그 시구를 알 뿐, 그 마음은 보지 못한다. 그 쓸쓸함은 헤아릴 수가 있어도 그 즐거움은 알지 못한다.

---

29) 원문은 "あづま"인데 이는 일본 關東.

30) ふたたびあつたに草鞋をときて, 林氏桐葉子の家をあるじとせしに, またあづまにおもひたちて, "牧丹蕊分て逗出る蜂の余波哉" "うきは藜の葉を摘し跡の獨かな"と, あるじ侘けらし.

31) 하이분 원문에는 "金泥坊"으로 되어 있지만 "靑泥坊"의 착오인 듯하다.

32) 石洞北鯤生おとうと山店子, 我つれづれなぐさめんとて, 芹の飯煮させて, ふりはへて來る. 金泥坊底の芹にやあらむと, 其世の侘も今さらに覺ゆ. "我のためかはみのこす芹の飯." <崔氏東山草堂>의 全文은 다음과 같다. "愛汝玉山草堂靜 高秋爽氣相鮮新 有時自發鍾磬響 落日更見漁樵人 盤剝白鴉谷口栗 飯煮靑泥坊底芹 何爲西莊王給事 柴門空閉鎖松筠." 鈴木虎雄 譯註, 『杜甫全詩集』 6권(東京: 日本圖書センター, 1978).

내가 두보보다 나은 것은 다만 병이 더 많다는 것일뿐. 한적하고 소박한 초가집에서 파초의 그늘에 숨어 스스로 '걸식하는 노인네'라고 부르고 있다.(이하 바쇼가 지은 네 편의 하이쿠는 생략) (「乞食の翁」)

(5-4) 오츠(大津)에서 치게츠(智月)라고 하는 老 비구니의 거처를 방문했다. 옛날 '도끼 소리에 괴로운 이별'[33]이라고 하는 노래를 읊어 '도끼 소리의 쇼오쇼오(少將)'라 불렸던 비구니가 나이가 든 후 이 근처에서 숨어 살았다고 하는 것이 생각나서 다음과 같은 구를 지었다.

"쇼오쇼오 비구니의 이야기여 시가의 눈"(ばせを)

"그 분은 고운 모래, 나는 초겨울 찬바람"(智月)

"싸리비뿐인 이 늙은이 집에 내리는 눈"(智月)

"화로를 감싸안는 검게 물들인 옷"(芭蕉) (「少將の尼)[34]

(5-5) 元祿 2년 8월 14일 츠루가(敦賀) 나루터에 숙소를 정하고 나서 밤에 게히(氣比) 神宮에 참배했다. 이 신사는 옛날 二世의 遊行上人이었던 他阿上人이 泥沼였던 이 참도를 메우려고 자신이 모래를 운반하였다. 그 사적을 기념하기 위하여 '砂持의 神事'라고 하는 것이 지금까지 전해져 행해지고 있는 것이다. 신사 앞에는 과연 엄숙한 모습의 소나무 사이로 달빛이 새어나와 신심이 점점 뼛속까지 스며드는 듯하다.

"달빛 맑도다, 遊行上人이 가져온 모래알 위"

15일에는 비가 내려 다음과 같은 구를 지었다.

"추석 보름달이여 호쿠리쿠 날씨는 변덕스럽네"

같은 날 밤, 주인이 이야기해 준 바에 의하면 이 츠루가의 바다에 梵鐘이 가라앉아 있는데 지방관이 흙을 바다에 넣어 찾게 했더니 용머리 쪽이 아래가

---

33) 쇼오쇼오(少將)라는 비구니는 鎌倉 중기 무렵의 인물로 'をのが音につらき別れのありとだに知らでやひとり鳥の鳴くらん'이라는 와카를 지었다. 하이분은 첫 구절을 인용한 것이다.

34) 大津にて智月といふ老尼のすみかを尋て, をのが音の少將とかや, 老の後, 此あたりちかく, かくれ侍しといふを, "少將の咄や志賀の雪" "あなたは眞砂爰はこがらし" "草箒かばかり老の家の雪" "火桶をつつむ墨染のきぬ".

되어 거꾸로 떨어져 있었다고 한다. 그래서 끌어올릴 방법도 없고 해서 그대로
놔두고 있다는 말을 듣고 다음과 같은 구를 지었다.

"달도 없고 종도 가라앉아 있는 바다 밑바닥"

이로하마(色浜)에 배를 띄우고 놀면서 다음과 같은 구를 지었다.

"작은 싸리꽃 흩날리는 작은 조개같은 술잔"

그 해안에 있는 어떤 절에 놀러가서 다음과 같은 구를 지었다.

"적막함이여 스마보다 한층 더한 이로하마의 가을"　　　　(「敦賀にて」)[35]

(5-1)에는 바쇼와 林桐葉이라는 사람이 이별에 즈음하여 주고 받은 하
이쿠 두 편이 포함되어 있으며, (5-2)의 경우 산문 부분에 두보의 <崔氏
東山草堂>의 한 구절 '飯煮青泥坊底芹'이 인용되어 있고 끝에 바쇼의 하
이쿠로 종결이 되고 있다. (5-3)은 에피그라프처럼 산문 앞에 두보의 <絶
句四首> 중 제3수의 두 구절[36])이 인용된 후 산문 서술이 이어지고 산문
뒤에 바쇼의 하이쿠 4편이 배치되어 있다. (5-4)는 智月이라고 하는 비구
니의 거처를 방문하여, 옛날 쇼오쇼오(少將)라는 비구니의 일을 떠올리겨
智月을 그에 비견하여 바쇼가 하이쿠를 짓고 이를 이어 智月이 7/7자의
脇句를 지은 뒤, 다시 智月이 하이쿠를 짓고 바쇼가 脇句로 이어받아 마
무리를 하였다. (5-5)는 마치 여행일기처럼 날짜를 쓰고 산문 사이사이에
하이쿠를 삽입하여 (1)군의 기본형에서 많이 멀어진 양상을 보인다.

---

35)　元祿二年八月十四日敦賀の津に宿をもとめて, 氣比の神宮に夜參す. むかし二世の
　　遊行上人, この道の泥土をきよめんとて, みづから砂をはこび玉ふより, 砂持の神事と
　　て, 今の代にもつたへるとかや. 社頭神さびたるありさま, 松の木の間に月の影もりて,
　　信心やや骨に入べし. "月淸し遊行のもてる砂の上" 十五日雨ふりければ, "名月や北國
　　日和さだめなき." おなじ夜, あるじの物語に, 此海に釣鐘のしづみて侍るを, 國守の海
　　土を入てたづねさせ給へど, 龍頭のさかさまに落入て, 引あぐべき便もなしとて聞て,
　　"月いづく鍾はしづめる海の底." 色浜泛舟, "小萩ちれますほの小貝小盃." その浦の寺
　　にあそびて, "淋しさや須磨にかちたる浜の秋."

36)　<絶句四首・三>의 全文은 다음과 같다. "兩箇黃鸝鳴翠柳 一行白鷺上青天 窓含西
　　嶺千秋雪 門泊東吳萬里船." 『杜甫全詩集』 13권.

(5-1)에서 바쇼의 하이쿠는 여행 중 林氏 집에 머물렀다 다시 여행을 떠나는 바쇼 자신의 모습을, 꿀을 찾아 모란꽃으로 날아들었다가 다시 다른 꽃으로 날아가는 벌에 비유한 것이고 주인인 林氏의 하이쿠는 잘 대접하지도 못한 채 보내야 하는 아쉬움을 표현한 것이다. 특이한 것은 하이분의 끝에 놓이는 하이쿠는 거의 대부분 바쇼의 것임에 반해 여기서는 타인의 구라는 점, 그리고 하이쿠로 텍스트가 종결되는 것이 아니라 그 뒤에 다시 짧은 산문 서술이 이어져 마무리가 이루어진다는 점이다. 기본형의 하이분에서 하이쿠는 텍스트를 마무리하는 '종결'의 기능을 갖는 것에 비해, 여기서 하이쿠는 바쇼와 숙소의 주인 사이의 석별 인사에 해당하며 종결 기능은 거의 사라졌다고 할 수 있다. 그리하여 전체적으로 산문 서술 중간중간에 하이쿠가 '삽입'되어 있는 양상을 띤다.

(5-2)와 (5-3)은 모두 杜甫의 시구를 인용한 것인데 삽입된 위치에 차이가 있다. (5-2)는 하이분에 타인의 시구를 인용할 경우의 일반적 패턴, 즉 산문 중간에 삽입하는 패턴을 보이지만 (5-3)은 산문 앞부분에 배치되어 에피그라프같은 역할을 하고 있는데 이런 패턴은 바쇼 하이분에서 매우 드문 예이다. 또한 (5-3)에서 산문 뒤의 하이쿠는 4편이나 삽입되어 있어 기본형에서 보는 것과 같은 종결의 기능은 크게 약화되는 양상을 보인다.

한편 (5-4)는 鎌倉 시대의 비구니 少將의 와카 한 구절이 산문 안에 인용[37]된 뒤, 바쇼와 智月이 주고 받는 發句-脇句-發句-脇句 네 편이 이어져 俳諧와 같은 구성을 취하고 있다. 이 하이분은 결국 하이쿠가 아닌 7/7자의 脇句로 종결이 이루어진다는 특징을 보인다. 그리하여 기본형

---

37) 이 하이분은 두 개의 이본이 있는데, 이 글에서는 그 중 두 번째 것을 텍스트로 하였다. 첫 번째 것에는 少將의 와카 全文이 인용되어 있으며 산문 뒤에 智月의 句는 없고 바쇼의 하이쿠 한 편만 붙어 있다. 두 번째 것이 초고이고 첫 번째 것이 改稿일 가능성이 크다. 『松尾芭蕉集』, 496쪽 (ㅁ) 해설 부분.

에서처럼 산문 뒤의 하이쿠 한 편이 텍스트를 종결하는 구실을 하는 것과
는 사뭇 다른 양상을 보이고 있는 것이다. 전체적으로 하이분의 기본 구조
가 파괴되고 산문 안에 몇 편의 운문이 '삽입'되어 있는 것같은 패턴이 되
어 있다.

  (5-5)는 이런 양상이 극대화된 것을 보여 준다. 하이분이라기보다는 기
행문 혹은 기행일기의 일부같은 느낌을 준다. 맨 끝에 하이쿠가 배치되어
있으나 산문 서술 중간중간에 이미 4편의 하이쿠가 삽입되어 있어, 맨 끝
의 하이쿠는 종결의 구실을 하기보다는 단지 다섯 번째 句라는 느낌을
준다. 다시 말해 이 뒤에 8월 16일의 일정에 대한 기록과 그에 따른 하이
쿠가 이어질 수도 있는 가능성을 함축하고 있다는 것이다. (5)군의 하이분
들에서 산문 서술에 인용되는 운문은 漢詩나 和歌가 많고 詩人으로는 杜
甫·杜牧·蘇軾·白居易, 歌人으로는 能因法師·西行法師·紀貫之·在
原行平 등이 있다.

  다음에 살펴볼 (6)군의 텍스트는 주변의 소소한 일상이나 삶의 단면을
소재로 하여 인생관·가치관·삶의 본질과 같은 무거운 주제로 나아가 길
이가 길며 마치 한 편의 완성된 수필을 읽는 것같은 느낌을 준다. 대표적
인 것으로 元祿 3년(1690년)에 쓰여진 「幻住庵記」를 들 수 있으며 이외에
「移芭蕉詞」「洒落堂記」「堅田十六夜之弁」「閉關之說」「許六을 送る
詞」「悼松倉嵐蘭」 등도 이 부류에 속한다. 여행에 관련된 내용을 비교적
짧은 문장으로 서술하고 끝에 하이쿠 한 편을 붙여 마무리하는 것을 하이
분의 기본형이라 할 때, (6)군의 텍스트들은 여행보다는 일정 기간 어느
한 곳에 체재하는 동안 집필한 것으로 바쇼의 하이분들 중 주로 후기에
쓰여진 것들이 많다.[38] 「幻住庵記」의 예를 들어 본다.

---

38) 하이분을 쓰는 것에 익숙해져감에 따라 바쇼는 하이쿠로서는 말할 수 없는 것을
    문장으로 서술하는 것에 흥미를 갖게 되고 「환주암기」를 집필할 무렵에는 문학으
    로서의 하이분을 쓰는 것을 의식하여 새로운 문학 양식을 수립하고 싶다는 의욕을

(6) (a) 이시야마(石山) 깊은 곳 이와마(岩間) 뒤편에 國分山이라는 산이 있다. 옛날 이 부근에 國分寺가 있어 그 이름이 전해지고 있는 것이다.[39]

(b) 혼은 악양루에서 "吳楚東南坼" 하고 노래했던 두보에게 달려가고, 몸은 瀟湘江과 洞庭湖를 바라보며 서 있는 듯하다.[40]

(c) 海棠花 나무위에 거처를 마련했던 徐佺이나 主簿峰에 암자를 얽어 지은 王翁과 같은 무리는 아니다. 그저 늘어지게 잠만 자는 山人이 되어 산중턱에 발을 걸치고 빈산에서 이를 잡고 앉아 있을 따름이다.[41]

(d) 오로지 한적만을 좋아하여 산야에 자취를 감추려고 한 것은 아니다. 조금 몸에 병이 있고, 인간관계가 피곤해서 세상으로부터 떠나 있는 참이다.[42]

(e) 한때는 벼슬길에 나아가 주군을 섬기는 처지를 부러워하기도 했고, 또 한때는 佛門에 들어 승려가 될까도 생각했지만, 목표가 정해지지 않은 여행길의 풍운에 시달리며 花鳥에 마음을 뺏기고 그것을 시로 읊는 일이 한동안은 내 생계수단이 되기도 했기 때문에 드디어 능력도 재주도 없으면서 이 하이카이 한 길에 매달리게 됐다. 백낙천은 시 때문에 오장에 탈이 날 정도였고, 두보는 시 때문에 몸이 수척해졌다고 한다.[43]

(f) "믿음직스런 메밀잣밤나무 서있는 여름철 무성한 숲"[44]

갖게 된다. 하이쿠가 없는 하이분도 이 시기의 하이분, 그리고 (6)군의 하이분에서 적지 않게 보인다. 『松尾芭蕉集』, 俳文 解說, 32쪽.

39) 石山の奧, 岩間 のうしろに山有, 國分山と云. そのかみ國分寺の名を傳ふるべし.

40) 魂吳楚東南にはしり, 身は瀟湘・洞庭に立つ.

41) 主簿峰に庵を結べる王翁徐佺が徒にはあらず. 惟睡辟山民と成て, 屏顔に足をなげ出し, 空山に虱を捫て座す.

42) ひたぶるに閑寂を好み, 山野に跡をかくすむとにはあらず. やや病身人に倦で, 世をいとひし人に似たり.

43) ある時は仕官懸命の地をうらやみ, 一たびは佛籬祖室の扉に入らむとせしも, たどりなき風雲に身をせめ, 花鳥に情を勞して, 暫く生涯のはかり事とさへなれば, 終に無能無才にして此一筋につながる. 樂天は五臟の神をやぶり, 老杜は瘦たり.

44) "先たのむ椎の木も有夏木立." 완전하게 전하는 「환주암기」는 세 개의 본이 있는데 처음 원고에는 말미에 두 편의 하이쿠가 배치되어 있고, 두 번째 수정한 원고에는 하이쿠가 없으며, 세 번째 최종 완성된 본에는 하이쿠가 한 편 붙어 있다. 이 글은 최종 완성 원고를 대상으로 하였다. 「환주암기」의 각 이본의 원문 및 이에 대한 소

위는 시작 부분(a)과 말미의 하이쿠(f), 그리고 군데군데에서 발췌한 부분들이다. (a)의 뒤를 이어 幻住庵의 주변환경과 암자에 얽힌 유래가 서술된다. 바쇼는 (c)에서 자신이 심산유곡에 숨어사는 隱者가 아니라는 것을, (d)에서는 자신의 入菴의 계기가 현실적인 상황에서 비롯된 것임을 밝히고 있으며 (e)에서는 현재 하이카이의 길을 걷게 되기까지의 자신의 처지를 서술하고 있다. 이처럼 幻住庵에의 입암을 계기로 자신의 과거와 현재를 돌아보며 삶과 문학에 대한 심회를 솔직하게 써내려 가고 있다는 점에서 한 편의 완벽한 수필로 보아도 무리가 없다. 바쇼는 이 하이분을 완성하기까지 여러 번의 퇴고를 거치며 수정에 수정을 거듭했는데 이로 미루어 봐도 「환주암기」는 단순히 여행 중의 斷想을 기록·메모해 둔 여타 하이분들과는 달리 완성도가 높은 글이며 바쇼에게도 특별한 의미를 지진 글임을 알 수 있다.

원래 「記」란 어느 특정 장소나 지명, 혹은 사물을 소재로 그 곳의 내력과 유래, 특징 등을 서술한 산문 갈래를 가리킨다. 절이나 누각, 별장과 같은 특정 건축물이 세워진 경위와 내력을 기록한 것도 있고 산수를 유람하거나 일정 지역에서 거주했던 경험을 기록한 경우도 있다.[45] 그러므로 '기'는 기본적으로 문학 분류상 수필의 범주에 속한다.

바쇼는 47세에 이 암자에서 약 4개월간 머무르면서 자신의 처지와 심사를 허심탄회하게 서술하면서 군데군데 西行法師·杜甫·黃山谷 그리고 『萬葉集』의 시구를 인용하고 있다. (b)는 그 한 예인데 이 글에서 바쇼는 산마루에서 밑을 내려다 보는 자신의 입장을, 악양루에 올라가 소상강과 동정호를 바라보며 시구를 읊조린 두보와 동일시하고 있다.

(6)군의 하이분들은 길이가 길기 때문에 이처럼 고인의 시구를 인용하

개는 『松尾芭蕉集』, 500~514쪽.
45) 이종건·이복규, 앞의 책, 223쪽.

고 그들의 행적을 빌어옴으로써 자신의 상황을 효과적으로 설명할 수 있는 여지가 마련된다. 그래서 모두가 그런 것은 아니지만 이 부류의 하이분을 보면 타인의 시구가 여러 편 인용되는 경향이 있다. 이처럼 자신의 생각을 솔직담백하게 서술한 산문에 옛 시인들의 시구를 인용하고 그들의 행적을 환기함으로써 글의 내용이 더욱 풍부해지고 '記' 문학으로서의 완성도가 높아지며 수필로서의 풍미도 배가되는 효과를 가져 오지만, 반면 짧은 산문에 여행과 관련된 내용을 위주로 하는 하이분의 기본 성격이 희석되는 것 또한 사실이다. 이 글이 어디까지나 하이분이라는 것을 말해주는 요소는 말미에 붙은 하이쿠 한 편일 것이다. 전체적으로 운문을 간간이 삽입한 수필이라는 느낌이 강하다.

3. 散韻 혼합담론으로서의 하이분

앞장에서 바쇼 하이분의 여러 모습들을 살펴보았다. 바쇼 하이분은 기본적으로 짧은 산문과 말미의 하이쿠로 구성된 句文 혼합의 텍스트들, 즉 산운 혼합담론의 성격을 지닌다. 산운 혼합담론으로서 하이분은 어느 한 유형으로 일관되는 것이 아니라, 서부가형·시삽입형·열전형 등 여러 유형이 섞여 있다는 특징을 지닌다. 우선 서부가형으로서의 면모를 보도록 한다.

3.1. '서부가형'으로서의 면모

서부가형은 산문으로 된 '序' 혹은 '幷序'가 이 앞에 오고 운문이 뒤에 오는 방식으로 병서는 운문이 성립된 배경을 설명하므로 텍스트는 운문이 주가 되는 韻主散從의 성격을 띤다. 산문 부분에 '서'나 '병서'라는 말이 안 붙어도 그 구실을 하는 경우는 서에 準하는 것으로 볼 수 있다. 이런 기준으로 볼 때 앞에 든 예들 중 (2)군과 '찬'의 성격을 띠는 (4)군의 하이분은 서부가형 산운 혼합담론으로 규정할 수 있다.

(2)군을 검토하면서 하이분 제목에 붙는 '고토바가키'(詞書)에 대해 간단히 언급한 바 있는데 여기서 좀더 자세히 설명하고자 한다. 詞書는『古今集』이래 和歌集에서 보편화된 것으로 作歌의 성립사정이나 주제 등 노래에 대한 1차적인 정보를 제시하는 짧은 산문 문구를 가리키는데, 이것은『萬葉集』의 題詞46)를 이어받은 것으로 이해되고 있으며 題詞·詞書 모두 作歌의 사정을 설명한다는 점에서 '서'와 거의 비슷한 기능을 한다고 할 수 있다.47) 그러므로 바쇼 하이분에서 제목에 '詞書'라는 말을 덧붙이는 예가 많다는 것은 기본적으로 하이분의 산문 서술이 말미의 하이쿠의 성립 동기를 설명하는 구실을 한다는 것을 직접적으로 시사하는 부분이라 할 수 있다. 그리고 이것은 詞書가 붙은 하이분 텍스트를 '서부가형'으로 분류할 수 있는 뚜렷한 근거가 된다.

그러나 '詞書'라는 말이 붙어 있지 않은 것 중에도 作句의 배경을 서술한 것이 많고 (2)군처럼 명시적·직접적으로 作句 배경을 밝히지 않았어도 하이분의 모든 산문 서술은 어느 정도 句의 성립 사정을 말해 주고 있다는 사실을 감안하면, 詞書라는 것이 꼭 서부가형의 근거로만 국한되는 것이 아니라 하이분이라는 문학 양식의 기원을 설명하는 단서가 된다고 할 수 있다.

다시 말해 운문의 성립 동기를 함축하고 있는 '산문서술' 뒤에 '하이쿠'가 붙어 이루어진 문학 양식인 하이분의 기원은 만엽집의 題詞나 和歌의 詞書에서 찾을 수 있는 것이다.

---

46) 題詞는 詞書의 일종이나 주로『萬葉集』의 노래에 사용되는 용어이며 詞書는『古今集』이후 和歌集에 사용되는 용어이다. 犬養廉 外 6人 共編,『和歌大辭典』(東京: 明治書院, 1986).

47) 이에 대해서는 본서 제2부「이세모노가타리의 형성과정과 일본 서부가형 혼합담론의 전개」참고.

(a) 和銅 3년 庚戌年 봄 2월에 藤原宮에서 寧樂宮으로 遷都할 때 御駕를 長屋의 들판에 멈추고 옛 도읍 藤原宮을 뒤돌아 보면서 이 노래를 지었다. 어떤 책에는 太上天皇이 지은 것으로 되어 있다.

"새가 나는 아스카의 도읍을 버리고 왔는데 당신의 언저리는 볼 수가 없는 걸까요"　　　　　　　　　　　　　　　　　　　　　　　　　　(『萬葉集』78번)[48]

(b) 長谷寺에 갔을 때 숙소를 정한 집이 있었는데 얼마 후에 다시 찾아가 보니 그 집의 주인이 '집은 이와 같이 잘 있습니다' 하고 말을 건네길래 거기에 심어져 있던 매화를 꺾어 다음과 같이 읊었다.

"어떠하신지 그 맘은 모르지만 친숙한 이 곳 꽃은 옛날과 같은 향기를 풍기고 있군요"　　　　　　　　　　　　　　　　　　　　　　　　　　(『古今和歌集』42번)[49]

(a)는 『萬葉集』 題詞의 예이고 (b)는 기노 츠라유키(紀貫之)가 지은 和歌 및 그 앞에 붙은 詞書의 예이다. (a)의 경우 산문과 운문의 작자가 다르지만 (b)는 모두 紀貫之가 쓴 것이다. 이렇게 볼 때 1인칭으로 산문과 하이쿠를 써가면서 자신의 심사를 토로하는 하이분은 (b)에 훨씬 더 근접해 있음을 알 수 있다. 와카집의 텍스트들을 보면 詞書와 和歌의 작자가 다른 예가 더 많은데 위의 예처럼 한 사람이 산문과 운문을 다 지은 경우는 좁게는 (2)군의 하이분, 넓게는 하이분이라는 문학 양식의 직접적 기원이 된다고 할 수 있다.

'짧은 산문+ 하이쿠'로 구성된 기본 형태에서 길이가 늘어나기도 하고 作句 동기 이외의 내용들로 범위가 확대되기도 하고 산문 부분에 타인의

---

48) 和銅三年庚戌春二月 從藤原宮遷于寧樂宮時 御輿停長屋原 廻望故鄉作歌. 一書云 太上天皇御製. "飛ぶ鳥の 明日香の里を 置きて去なば 君があたりは 見えずかもあらむ." 小島憲之・木下正俊・佐竹昭廣 校注・譯, 『萬葉集・1』(小學館, 1971).

49) 初瀬にまうづるごとに, 宿りける人の家にひさしく宿らで, 程へてのちにいたれりければ, かの家のあるじ, 'かくさだかになむやどりはある'と, 言ひいだして侍りければ, そこにたてりける梅の花を折りてよめる. "ひとはいさ心もしらずふるさとは花ぞ昔の香ににほひける." 小澤正夫 校注・譯, 『古今和歌集』(小學館, 1971).

찾아보기

신은경(辛恩卿)

전북 전주 출생
서강대 국어국문학과, 한국학대학원(석사), 서강대대학원(박사)
동경대학 비교문학·비교문화연구실 visiting scholar
하버드대학교 옌칭연구소 visiting scholar
하와이대학교 한국학연구소 visiting scholar
현재 우석대학교 교수

논저
『辭說時調의 詩學的 研究』(開文社, 1992)
『古典詩 다시 읽기』(보고사, 1997)
『風流: 東아시아 美學의 근원』(보고사, 1999)
『한국 고전시가 경계허물기』(보고사, 2010)
「윤선도와 바쇼에 끼친 두보의 영향에 관한 연구」
「동아시아 꿈담론과 판타지 영화의 비교 연구 : 〈아바타〉와 〈매트릭스〉를 중심으로」
「A Reception Aesthetic Study on Sijo in English Translation : Focused on
  the Case of James S. Gale」
「『三國遺事』 소재 '郁面婢念佛西昇'에 대한 페미니즘적 조명」

동아시아의 글쓰기 전략

2015년 9월 29일 초판 1쇄 펴냄

지은이 신은경
펴낸이 김흥국
펴낸곳 도서출판 보고사

책임편집 이유나
표지디자인 윤인희

등록 1990년 12월 13일 제6-0429호
주소 경기도 파주시 회동길 337-15 2층
전화 031-955-9797(대표)
　　　02-922-5120~1(편집), 02-922-2246(영업)
팩스 02-922-6990
메일 kanapub3@naver.com / bogosabooks@naver.com
http://www.bogosabooks.co.kr

ISBN 979-11-5516-453-2　93810
ⓒ 신은경, 2015

정가 34,000원

이 도서의 국립중앙도서관 출판예정도서목록(CIP)은 서지정보유통지원시스템 홈페이지
(http://seoji.nl.go.kr)와 국가자료공동목록시스템(http://www.nl.go.kr/kolisnet)에서
이용하실 수 있습니다.(CIP제어번호 : CIP2015024774)